Anna Grue
Das falsche Gesicht

PIPER

Zu diesem Buch

Der Mord an Dorthe Bertelsen entsetzt nicht nur ihre Kollegen und Schüler, denn die aufgeschlossene Lehrerin, die am Gymnasium von Christianssund unterrichtete und die Theater-AG leitete, war bei allen sehr beliebt. Auf der Suche nach dem Täter gerät schon bald Dorthes Lebensgefährtin Pia Waage ins Visier, die Polizistin ist. Als ihre blutverschmierten Turnschuhe in der Nähe des Tatorts gefunden werden und sich herausstellt, dass Dorthe schwanger war, deutet alles auf ein Eifersuchtsdrama hin. Doch Dan Sommerdahl glaubt nicht an diese Theorie und beginnt, stattdessen in der Schule zu ermitteln. So stößt er bald auf eine Spur, die alles in einem anderen Licht erscheinen lässt. Und der Vorhang hebt sich für ein tödliches Verwirrspiel, in dem nicht nur der Tod eine Maske trägt …

Anna Grue, 1957 in Nykøbing geboren, ist eine der erfolgreichsten skandinavischen Krimi-Autorinnen. Ihre Serie um den kahlen Detektiv Dan Sommerdahl steht regelmäßig auf der dänischen Bestsellerliste. Anna Grue lebt mit ihren drei Kindern und ihrem Mann in der Nähe von Kopenhagen.

Anna Grue

Das falsche Gesicht

Sommerdahls sechster Fall

Aus dem Dänischen
von Ulrich Sonnenberg

PIPER

Von Anna Grue liegen im Piper Verlag vor:
Dan-Sommerdahl-Reihe:
Die guten Frauen von Christianssund
Der Judaskuss
Die Kunst zu sterben
Es bleibt in der Familie
Die Wurzel des Bösen
Das falsche Gesicht

Gemeinsam sind wir einzig

FSC
www.fsc.org
MIX
Papier aus verantwortungsvollen Quellen
FSC® C083411

Ungekürzte Taschenbuchausgabe
ISBN 978-3-492-23115-2
Piper Verlag GmbH, München
März 2019

Titel der dänischen Originalausgabe:
»Sidste forestilling«, Politikens Forlag, Kopenhagen 2013

Umschlaggestaltung: zero-media.net, München
Umschlagabbildung: FinePic®, München (Himmel, Blut, Rahmen);
Getty Images/Sarah Martinet (Fischernetz am Strand)
Satz: Greiner & Reichel, Köln
Gesetzt aus der Sabon Next LT Pro
Druck und Bindung: CPI books GmbH, Leck
Printed in the EU

Für Jesper

SAMSTAG, 18. AUGUST 2012

1

»Was meinst du?« Marianne Sommerdahl sah ihren Exmann an. »Kaufen wir es?«

Dan antwortete nicht. Er ließ seinen Blick noch einmal durch den Garten schweifen. Ein halbes Dutzend kleiner, knorriger Obstbäume verteilte sich über die Grasfläche. Eine wilde Hecke schützte vor neugierigen Blicken, und aus einem mit Giersch überwucherten Beet ragten einige wenige Stauden heraus, die überlebt hatten. Das Ferienhaus selbst … Nun ja, er musste zugeben, dass es perfekt war. Klassisch schwedisch-rote Holzverkleidung, weiße Fensterrahmen, eine nach Südwesten ausgerichtete Terrasse mit Hollywoodschaukel. Alles schrie nach einer liebevollen Hand und einem Anstrich mit Holzschutzmittel, aber die Aussicht auf die Landzunge war fantastisch. Sogar der Preis ging in Ordnung.

Und doch stimmte irgendetwas nicht. Egal, wie idyllisch es sich auch tarnte, Mariannes »Projekt Ferienhaus« war eine Manifestation des Status quo. Eine Manifestation, mit der Dan sich auf keinen Fall abfinden wollte.

»Dan? Was meinst du?«

Er sah sie an. »Ich weiß nicht …«

»Gefällt es dir nicht?«

»Doch, schon …«

»Oh, Dan. Was ist denn?«

Dan ging in den Garten. Die Pflaumen waren reif. Er pflückte eine. Kühl und schwer lag sie in seiner Hand. Er biss hinein, und süßer Fruchtsaft füllte seinen Mund. Er drehte sich um und schaute hinauf zum Haus, wo der Makler in seinen Unterlagen blätterte und so tat, als hätte er die kleine Kontroverse seiner potenziellen Käufer nicht bemerkt.

Marianne kam auf ihren Exmann zu und legte ihm eine Hand auf den Arm. »Also, ich bin verrückt nach diesem Haus, Dan. Es ist genau das, wonach wir gesucht haben.«

Dan spuckte den Pflaumenkern aus. »Wollen wir's nicht noch einmal diskutieren? Das ganze Projekt, meine ich.«

»Dass wir uns zusammen ein Ferienhaus kaufen? Ich dachte, wir wären uns einig.«

»Das ist eine weitreichende Entscheidung. Ich finde, wir sollten ganz sicher sein, dass wir es auch wirklich wollen.«

»Aber ich bin mir sicher!«

»Ich weiß.«

Marianne zog die Hand zurück und griff sich den Riemen ihrer Schultertasche. »Aber du nicht, oder?«

»Ich finde, wir sollten es noch einmal besprechen«, wiederholte er.

»Also, Dan!«

»Lass uns zu Hause darüber entscheiden.«

»Und wenn nun jemand anderer das Haus kauft, während wir das Ganze zu Tode diskutieren? Hin und wieder muss man auch mal etwas tun, ohne so viel darüber nachzudenken.«

»Dieses Haus wird kaum innerhalb der nächsten paar Tage verkauft werden. Es steht seit fast einem Jahr zum Verkauf.« Dan zuckte die Achseln. »Lass uns später entscheiden«, sagte er noch einmal. »Ich glaube, der Makler hat noch andere Verpflichtungen.«

Als sie kurz darauf in Dans Wagen saßen, war die Stille nahezu körperlich zu spüren. Er warf Marianne einen Seitenblick zu. Tränen standen ihr in den Augen, vor Wut presste sie die Lippen zusammen. Dan hätte gern eine freundliche Bemerkung gemacht, um die Stimmung etwas aufzuheitern. Er entschied sich, besser nichts zu sagen. Es gab keinen Grund, die bevorstehende Diskussion gleich im Auto anzufangen.

Als er an der Hafenpromenade hielt und aussteigen wollte, um das Tor aufzuschließen, öffnete Marianne zum ersten Mal, seit sie das Ferienhaus verlassen hatten, den Mund: »Ach, du hast entschieden, dass wir zu dir fahren?« Sie sah ihn nicht an.

Dan ließ sich in den Sitz zurückfallen. »Ist das nicht das Vernünftigste?«

»Du hättest mich wenigstens vorher fragen können.«

Er seufzte. »Möchtest du lieber in die Gørtlergade? Dann fahren wir gleich weiter. Du entscheidest.«

»Bringen wir's hinter uns.« Der Mund war wieder verkniffen.

»Kaffee?«, fragte er, als sie kurz darauf in seinem Wohnzimmer standen.

»Eine kleine Tasse.«

Dan ließ sich Zeit mit der Zubereitung des Kaffees. Er fürchtete die Unterhaltung, die sie führen mussten. Denn wenn er ganz ehrlich war, wusste er bereits seit einiger Zeit: Der Ferienhausplan war hoffnungslos.

Er und Marianne lebten seit vier Jahren getrennt und führten seit drei Jahren eine merkwürdige On-off-Beziehung. In der ganzen Zeit hatte Dan seine Exfrau angefleht, wieder zusammenzuziehen, aber Marianne wollte sich nicht erweichen lassen. Dan war einmal zu oft fremdgegangen. Und es gefiel ihr, allein zu leben. Außerdem konnte sie ihm offensichtlich nicht verzeihen. Unabhängig davon hatte sie eine Eifersucht entwickelt, die er fast schon als krankhaft empfand. Ständig verdächtigte sie ihn, eine Affäre zu haben – und jedes Mal tatsächlich unbegründet. Dan hatte die wiederholten Vorwürfe ernsthaft satt. Jede einzelne tränenreiche Auseinandersetzung zehrte an ihrer Beziehung, jede unbegründete Anklage zehrte sie weiter aus.

Sein alter Freund Flemming Torp hatte vor ein paar Monaten den Nagel auf den Kopf getroffen, als Dan ihm einmal mehr von seinen Problemen erzählte: »Du weißt, wie sehr ich dich und Marianne mag, Dan. Und die Götter wissen, wie sehr ich mir wünsche, dass es bei euch wieder funktioniert. Aber wie heißt es noch gleich? Was einmal zerbrochen ist, lässt sich nur schwer wieder kitten. Vielleicht ist es ein sinnloses Projekt, eure gescheiterte Ehe wieder einrenken zu wollen.«

Die Worte hatten sich in Dans Unterbewusstsein gegraben, und eine Zeit lang hatte er versucht, sich an diesen Gedanken zu gewöhnen. Der Schaden war offenbar nicht wiedergutzumachen. Doch kurz bevor er die unvermeidlichen Konsequenzen ziehen wollte, hatte Marianne mit ihrem gewohnten Gespür für Timing seine Gedanken mit einem Kompromissvorschlag durcheinandergewirbelt: Und wenn sie nun ein Ferienhaus kauften? Die Kosten würden sie sich teilen und es zusammen einrichten? Auf diese Weise hätten sie eine gemeinsame Basis, ohne täglich unter einem Dach leben zu müssen. Dan hatte die ausgestreckte Hand dankbar ergriffen. Vielleicht hätte Marianne ja dann mit der Zeit Lust … Nein, hatte er sich gebremst. Eben diese falsche Hoffnung hatte ihn in dem idyllischen Ferienhausgarten zweifeln lassen, kurz bevor der Kaufvertrag unterschrieben werden sollte.

Für Marianne war das Ferienhaus das eigentliche Ziel, eine dauerhafte Lösung für den Rest des Lebens. Im Ferienhaus zusammen, in der sonstigen Zeit jeder für sich. Sie wäre damit zufrieden gewesen, Dan wünschte sich etwas anderes. Eine stabile Beziehung, die er in jungen Jahren nonchalant vernachlässigt hatte, war sein größter Wunsch. Keine weiteren Kompromisse, keine halben Lösungen, keine Entschuldigungen. Ging das eigentlich allen Paaren so?, fragte er sich. Dass der Mann mehr und mehr auf eine feste Beziehung drängte, während die Frau das Bedürfnis nach größerer

Freiheit hatte, sobald sie älter wurde und die Verantwortung für die Kinder und das Familienleben nicht mehr so groß war? Dan hatte den Eindruck, dieses Muster zu kennen.

Man darf den Aspekt der Bestrafung in Mariannes Haltung nicht unterschätzen, dachte er, als er das kochende Wasser in die Stempelkanne goss. Jede Zurückweisung erinnerte ihn daran, dass all dies seine Schuld war. Er hatte sie im Stich gelassen, er hatte sich schwachsinnig benommen. Als hätte er das nicht längst begriffen und die Verantwortung dafür übernommen. Mit dem gemeinsamen Kauf dieses Ferienhauses würde er sämtliche Kompromisse akzeptieren, und damit wollte Dan einfach nicht leben. Marianne musste sich jetzt entscheiden. Alles oder nichts.

Er stellte die Kaffeekanne und Tassen auf ein Tablett, atmete tief durch und ging ins Wohnzimmer.

Es wurde genau so hart, wie er es befürchtet hatte. Marianne tobte, als er sich aus ihrem sorgfältig zurechtgelegten Plan zurückzog. Sie heulte und überhäufte ihn mit Vorwürfen, während Dan immer kühler wurde. Jede neue Attacke bestätigte ihn nur umso mehr in seinem Entschluss. So würde es niemals funktionieren. Schließlich stellte Dan seine Bedingung, auch sonst wieder zusammenzuleben, alles oder nichts, und es überraschte ihn nicht, welchen Weg Marianne wählte.

Als sie aus dem Wohnzimmer rannte, blieb Dan sitzen, unendlich müde. Das Geräusch der Tür, die so fest zugeschlagen wurde, dass der Spiegel im Flur klirrte, war vor allem eine Erleichterung.

Er zog eine Flasche Rotwein auf, schaltete den Fernseher ein und legte die Füße auf den Couchtisch. Die zweite Halbzeit eines Fußballspiels hatte begonnen. Wieder Junggeselle. Es gab Schlimmeres. Nach drei Jahren als Vorbild an Tugend schien es durchaus verlockend, mal wieder eine fremde Frau ansehen zu dürfen. Dans Gedanken kreisten träge um diesen positiven Aspekt der Trennung, als ein missglückter Torschuss die Stimme des Kommentators ins Falsett steigen ließ. Das Publikum brüllte, einige vor Begeisterung, andere vor Wut. Dan war es egal. Er schaltete ab, bevor das Spiel zu Ende war.

SONNTAG, 19. AUGUST 2012

2 Die stellvertretende Kommissarin Pia Waage war auf dem Weg zu ihrer Freundin am Rand des Balleslev Hegn. Sie ließ den Wagen das letzte Stück des Schotterwegs im Leerlauf rollen, hin- und hergerissen zwischen Sorge und Verärgerung. Dorthe hatte auf Pias Anrufe am Vorabend nicht reagiert – weder im Festnetz noch auf dem Handy –, und auch heute hatte sie kein Lebenszeichen von sich gegeben, obwohl sie zum Mittagessen verabredet gewesen waren. Normalerweise standen Dorthe und Pia ständig per SMS in Kontakt. Besonders im Moment, schließlich wollten sie in sechs Tagen zusammen in eine neue Wohnung ziehen. Es gab eine Unmenge von Kleinigkeiten zu entscheiden. Die Handwerker waren gerade noch rechtzeitig mit dem Badezimmer fertig geworden, jetzt würden sie endlich die Wandfarbe für das Wohnzimmer aussuchen müssen. Sie hatten beide keine Lust, zwischen Umzugskartons und abgedeckten Möbeln zu streichen. Ein ausgesprochen unpassender Zeitpunkt, überhaupt nicht zu reagieren, dachte Pia verärgert und bog in die Einfahrt des kleinen Forsthauses.

Dorthes ramponierter Renault stand an seinem üblichen Platz. Also war sie zu Hause. Pia blieb einen Moment sitzen, nachdem sie den Motor abgestellt hatte, und versuchte, sich zu beruhigen. Und wenn Dorthe es bereut hatte? Wenn sie den Sprung doch nicht wagte? Sie hatte gesagt, dass sie bereit sei, sie hatte die Neuigkeit ihrer ständig unzufriedenen Mutter erzählt und sogar ihren Exmann über ihre Pläne unterrichtet. Dennoch schien sie sich bei dem Umzugsprojekt nicht so recht wohlzufühlen. Hatte Pia sie vielleicht zu sehr unter Druck gesetzt? Natürlich war es ein großer Entschluss. Aber waren zwei Jahre Beziehung nicht Anlauf genug für eine gemeinsame Wohnung?

Pia blickte hinüber zum Haus. Niemand öffnete die Tür. Niemand schaute aus dem Wohnzimmerfenster und winkte. Niemand rief einen Gruß aus dem Garten hinter dem Haus. War überhaupt jemand zu Hause? Vielleicht ging sie gerade spazieren?

Pia warf die Fahrertür zu und wartete noch einige Sekunden. Dann ging sie zur Tür und drückte die Klinke. Nicht abgeschlossen. Wie oft hatte sie Dorthe gesagt, sie solle die Tür abschließen? Ein Haus, das so einsam lag ... Es war einfach zu riskant, das Haus rund um die Uhr offen stehen zu lassen. Dorthe hatte sie immer nur ausgelacht. Wer sollte denn kommen?, hatte sie gefragt. Wer sollte sie bestehlen? Sie besaß doch nichts von Bedeutung. Außerdem gab es so gut wie keinen Verkehr auf dem Waldweg.

»Dorthe?«

Keine Antwort. Pia trat in den halbdunklen Flur und wäre beinahe über irgendetwas auf dem Boden gestolpert. Ein Bügeleisen. Das mit Stoff bezogene Kabel war ordentlich aufgerollt, doch Kabel und Bügeleisen schienen ziemlich schmutzig zu sein. Sie registrierte es, als sie es aufhob und auf einer niedrigen Kommode abstellte. Als hätte es längere Zeit unter Wasser gelegen und wäre jetzt von dunklem Schlamm überzogen. Oder ... Pia hatte sofort erkannt, dass es sich hier nicht um Schlamm handelte. Als erfahrene Polizeibeamtin war ihr sofort klar, von welcher Substanz dieses Bügeleisen offensichtlich verschmiert war. Ihr Unterbewusstsein bereitete sich bereits auf den Anblick vor, der sie im Inneren des

Hauses erwartete, aber noch gelang es ihr, die heftigen Alarmsignale zu blockieren. Sie durfte sie nicht an die Oberfläche steigen lassen, solange es auch nur den Hauch einer Hoffnung gab, dass sie sich irrte.

Noch einmal rief sie nach Dorthe. Keine Antwort. Pia ging in die Küche. Sie war mehr oder weniger ausgeräumt, die leeren Regalbretter waren abgewischt. Dorthe hatte fast den gesamten Hausrat in sorgfältig beschriftete Umzugskartons verpackt: »Töpfe + Geschirrtücher«, »Für den Dachboden« und »Blaues Service + Kochbücher«. Geschrieben mit großen Buchstaben und rotem Filzstift in Dorthes nachlässiger Handschrift. An der Tür standen ein paar Plastiksäcke mit Dingen, die weggeworfen werden sollten; nur der Stolz des Hauses, eine knallrote Espressomaschine, die ein kleines Vermögen gekostet hatte, befand sich noch an ihrem alten Platz.

Die Sonne schien direkt in die Küche, es war heiß wie in einer Sauna. Pia öffnete das Fenster einen Spalt weit, dann blieb sie reglos stehen und horchte. Es war viel zu still.

»Dorthe? Bist du zu Hause?« Sie warf einen Blick ins Badezimmer, Esszimmer, Schlafzimmer. Nichts.

Als Pia das Wohnzimmer ganz hinten im Haus erreichte, blieb sie abrupt auf der Schwelle stehen. Diesen Geruch kannte sie. Er war schwach, drang aber unverkennbar aus dem aufgeheizten geschlossenen Raum. Ihre innere Alarmglocke schrillte jetzt so laut, dass es sich nicht mehr verdrängen ließ. Im selben Moment fiel ihr Blick auf die schwarzroten Blutspritzer. An den Wänden, über der Rückenlehne des Sofas, ein feines Strichcode-Muster auf dem Flachbildschirm des Fernsehers.

Pia konnte weder atmen noch schlucken. Sie ging einen Schritt weiter in den Raum und entdeckte die Leiche. Dorthe lag auf dem Rücken, den Kopf zur linken Schulter gedreht. Ihre Arme waren gebeugt, beide Hände lagen in Schulterhöhe. Die Beine ausgestreckt. Eine Sandale war von ihrem etwas breiten Fuß gefallen, dessen Nägel mit neongrünem Lack bedeckt waren. Gesicht und Haare waren mit dicken Placken von geronnenem Blut überzogen. Die Stirn eine große, klaffende Wunde, mehrere tiefe Risse zogen sich über die Kopfhaut. Ihre blaugrauen Augen standen halb offen.

Eigentlich hätte nun Pia Waages professionelles Ich übernehmen müssen. Sie hätte stehen bleiben und rückwärts hinausgehen müssen, ohne irgendetwas anzufassen, sie hätte, ohne zu zögern, ihre Kollegen rufen müssen. Doch hier siegte die Privatperson über die Ermittlerin. Pia sank auf die Knie in die eingetrocknete Blutpfütze, hob Dorthes Kopf an ihre Brust, strich das verklebte Haar auf ihrer Stirn zur Seite, streichelte das arme misshandelte Gesicht. Sie drückte die Leiche ihrer Freundin an sich, während sie verzweifelt ihren Puls suchte, der zu diesem Zeitpunkt seit über vierundzwanzig Stunden aufgehört hatte zu schlagen. Pia weinte nicht, sie rang nur verzweifelt um Atem, als sie gegen jede Vernunft versuchte, Dorthe von Mund zu Mund zu beatmen und ihr eine Herzmassage zu geben. Es vergingen mehrere Minuten, bis sie ihr hoffnungsloses Vorhaben erkannte. Eine Leiche, die bereits zu riechen begann, konnte nicht wiederbelebt werden.

Dennoch blieb sie mit Dorthes Kopf im Schoß auf dem Boden sitzen, als sie ihr Mobiltelefon aus der Tasche fischte und den Wachhabenden der Polizei von Christianssund anrief. Und so saß sie noch dort, als die Kollegen erschienen. Gefolgt vom Chef der Kriminaltechnischen Abteilung, Kurt Traneby, der sich bereits in der Einfahrt über all die Leute aufregte, die dort herumrannten und seinen Tatort kontaminierten.

Der Leiter der Ermittlungsgruppe, Frank Janssen, Pias fester Partner seit mehreren Jahren, musste all seine Überredungskünste anwenden, um sie dazu zu bewegen, die Leiche loszulassen. Frank brachte Traneby mit einem scharfen Blick zum Schweigen, als er seine unter Schock stehende Kollegin aus dem Haus begleitete. Er setzte sie in einen Gartenstuhl. Trotz der sommerlichen Temperaturen zitterte Pia Waage vor Kälte, und die Polizeiassistentin Lotte Andersen holte ihr eine Decke und ein Glas Wasser.

Pia weinte nicht. Aber sie konnte auch keine Fragen beantworten, sie reagierte kaum, als Frank versuchte, ihr einige Informationen zu entlocken. Wer war das Opfer? War die Tote die Bewohnerin des Hauses? In welcher Verbindung stand Pia zu ihr? Wann war sie hier angekommen? Hatte sie jemand gerufen? War alles in Ordnung mit ihr? Hatte sie jemanden gesehen? Pia verschloss sich immer mehr und schüttelte bei jeder Frage ihres Vorgesetzten nur den Kopf.

Der Rechtsmediziner, ein jüngerer Mann names Kim Larsen-Jensen, stieg aus seinem Auto und kam direkt auf sie zu.

»Jetzt hör schon auf damit, Janssen«, unterbrach er Franks Versuche, Pia auszufragen. »Du musst ins Krankenhaus, Waage. Du stehst ganz gewaltig unter Schock.«

Die Andeutung eines Nickens.

»Ich besuche dich nachher«, sagte Frank. »Im Krankenhaus.«

Irgendetwas an seinem Ton ließ Pia aufblicken.

»Wir müssen ...« Er zog ihr die Decke fester um die Schultern. »Wir müssen deine Kleidung untersuchen und ...«

»Ich weiß«, brachte sie heraus.

Frank schüttelte den Kopf. »So sind die Regeln. Mach dir keine Sorgen. Niemand glaubt, dass du ...«

»Mach's einfach.«

Der Rechtsmediziner griff nach der Tasche mit seiner Ausrüstung und verließ die beiden mit einem Nicken.

Frank blickte auf. »Lotte, würdest du Waage ins Krankenhaus bringen?«

3

Pia Waage schlief, als Frank Janssen ein paar Stunden später ins Krankenhaus kam. Sie lag zusammengekauert auf der Seite, die Bettdecke hatte sie bis zu den Lippen gezogen, als würde sie frieren. Eine Haarlocke klebte ihr an der Stirn, ihre Augen umgaben dunkle Schatten. Es war fast acht Uhr abends, die einsetzende Dämmerung hatte den Himmel eine Nuance dunkler werden lassen, jemand hatte eine Leselampe eingeschaltet, sodass das grau lackierte Kopfende des Bettes in einem gedämpften, warmen Licht erschien. Frank blieb an der Tür des Einzelzimmers stehen und betrachtete seine Stellvertreterin. Als er das letzte Mal im Trauma-Zentrum des Krankenhauses von Christianssund gewesen war, hatte Pia ebenfalls hier gelegen. Doch obwohl ihre physischen Verletzungen damals erheblich schwerer gewesen waren, sah die Situation diesmal doch weitaus ernster aus.

»Sie hat etwas zur Beruhigung bekommen«, erklärte eine junge Krankenschwester, die plötzlich neben ihm aufgetaucht war.

»Darf ich sie wecken?«

»Sie hat erwähnt, mit Ihnen sprechen zu wollen, sobald Sie hier sind, insofern …« Die Krankenschwester trat ans Bett. »Pia?« Sie legte eine Hand auf den Arm der schlafenden Frau.

Pia bewegte sich ein wenig und öffnete halb die Augen.

»Ihr Chef ist hier.«

»Mmm?«

Die Krankenschwester half der Patientin in eine sitzende Position und verließ das Zimmer.

»Wie geht's dir, Waage?« Frank zog einen Stuhl ans Bett.

Pia sah ihn einige Sekunden an, und ohne Vorankündigung liefen ihr Tränen über die Wangen. Sie verbarg ihr Gesicht in den Händen. Frank blieb ruhig sitzen und ließ sie weinen. Er kannte sie zu gut, um sie zu umarmen oder sonst zu berühren. Nicht einmal in einer Krisensituation wie dieser würde Pia eine derartige Grenzüberschreitung akzeptieren. Wie klein sie ist, dachte er – nicht zum ersten Mal –, als er die weinende Frau betrachtete. Obwohl Pia durchtrainierter und um einiges schneller war als die meisten ihrer männlichen Kollegen, war sie ein Strich in der Landschaft, mit zarten Handgelenken und einem grazilen Nacken. So wie sie dort saß und versuchte, lautlos zu weinen, glich sie einem Kind.

»Entschuldige«, sagte Pia kurz darauf. Sie nahm ein Papiertaschentuch vom Nachttisch und putzte sich die Nase.

»Es gibt nichts zu entschuldigen.« Er wartete einen Moment, aber da sie nichts weiter sagte, fuhr er fort: »Soweit ich die Ärzte verstanden habe, bist du unverletzt.«

Sie schüttelte den Kopf. »Zumindest physisch.« Sie tupfte sich die Augen, knüllte das Taschentuch zu einer Kugel und richtete sich auf. »Schieß los.«

»Wenn du so weit bist.«

»Klarer werde ich kaum.«

»Okay.« Er beugte sich ein wenig vor. »Du hast Dorthe Bertelsen gekannt, oder?«

»Ja.«

»Seid ihr Freundinnen gewesen?«

Sie richtete den Blick auf die durchweichte Papierkugel und zögerte. Frank wusste, wie sehr Pia ihr Privatleben abschirmte. Keiner ihrer Kollegen war je bei ihr zu Hause gewesen, und sie hatte niemals über ihre sexuelle Orientierung gesprochen, noch nicht einmal, als die anderen sich über sie lustig machten, um es ihr zu entlocken. Jetzt nickte sie nur nach einer kurzen Pause.

»Ich muss dich etwas fragen, Waage.«

»Natürlich.«

»Dafür muss man sich nicht schämen.«

»Wer sagt denn, dass ich mich schäme?«

Frank zuckte die Achseln. »Du redest nie darüber.«

»Darüber? Dass ich lesbisch bin, meinst du?«

»Ja.«

Pia sah ihn an. »Ich weiß doch auch nicht alles über dich.«

»So wie ich das sehe, bist du ziemlich gut informiert. Du weißt, dass ich Single bin, eine Zeit lang mit einer Freundin zusammengewohnt habe, auf Amager aufgewachsen bin, Comics lese, nicht kochen kann, eines Tages gern Kinder haben möchte und noch eine Menge mehr. Du brauchst mich nur zu fragen, wenn du noch mehr wissen willst.« Er lächelte. »Du wirst doch nicht etwa behaupten wollen, das würde auch umgekehrt gelten?«

Pia tupfte sich erneut die Nase. »Ich weiß nur nicht, was es andere Leute angeht, dass ich lesbisch bin. Mein Privatleben ist meine Sache. Oder ... das war es jedenfalls bis jetzt.«

»So ist das nun mal bei Ermittlungen in Mordfällen. Es gibt kein Privatleben mehr.«

Pia zog die Augenbrauen zusammen. »Ihr habt die Fotos gesehen?«

»Ja.« An Dorthe Bertelsens Kühlschrank klebten Ferienfotos – alle mit Pia als Motiv. An einem Strand, auf einer Wanderung, sich zuprostend in einem Straßencafé. Dorthes Schlafzimmer war dekoriert mit einem Poster von Pias lächelndem Gesicht. »Das ließ sich nicht übersehen.«

»Außerdem ist meine DNA überall. Im Bett, an meiner Zahnbürste, im Sofa vor dem Fernseher. Verflucht, ich habe dort sogar eine Schublade mit Klamotten. Es wäre bescheuert, es abzustreiten.«

»Wann habt ihr euch kennengelernt?«

Ein Zucken ging durch ihr Gesicht. »Vor etwas über zwei Jahren. Sie war damals verheiratet.«

»Mit einem Mann?«

»Du musst kein so ein erstauntes Gesicht machen. Es ist schließlich nicht zum ersten Mal in der Weltgeschichte passiert, dass jemand die Seiten gewechselt hat.« Sie zog die Bettdecke mit einem gereizten Gesichtsausdruck hoch. »Muss ich hier eigentlich bleiben? Die Techniker und der Rechtsmediziner haben doch, was sie brauchen. Ich will hier raus.«

Frank stand auf. »Ich schaue mal, ob ich einen Arzt finde.« Er drehte sich an der Tür um. »Bist du bereit zu einer Aussage?«

»Ich komme mit ins Präsidium.«

*

Eine Stunde später saßen sie in Franks Büro. Er hinter seinem Schreibtisch, Pia und Lotte Andersen auf den Besucherstühlen. Die beiden Polizistinnen hätten kaum unterschiedlicher sein können. Pia zartgliedrig und geschmeidig, Lotte vollbusig und schwer. Pias dunkle, kurz geschnittene Locken hatten ihren Gegenpart in Lottes glattem, blondem Pferdeschwanz, und während Pia so dunkelbraune Augen wie ein Eichhörnchen hatte, waren Lottes blaugrau und traten ein wenig hervor. Die beiden Frauen waren sich sympathisch, seit Lotte in die Ermittlungsgruppe eingetreten war.

Pia berichtete sorgfältig und detailliert über die Ereignisse des Vormittags. Lotte schrieb mit, und Pia machte regelmäßige Pausen, damit ihre Kollegin mitkam.

»Erklär mir noch einmal, wo dieses Bügeleisen stand, als du hereingekommen bist«, bat Frank sie, nachdem sie ihren Bericht beendet hatte.

»Auf dem Fußboden, direkt an der Tür.«

»Auf der Fußmatte?«

Pia dachte einen Moment nach. »Nein. Direkt davor. Also vom Flur aus gesehen. Es stand so weit von der Tür entfernt, dass sie nicht dagegenstieß, als ich sie öffnete, und so nah, dass ich fast darüber gestolpert wäre, als ich hereinkam.«

»Hast du das Blut daran nicht bemerkt?«

»Nein. Oder doch, schon …« Sie schloss die Augen und klemmte mit Daumen und Zeigefinger die Nasenwurzel zusammen. »In gewisser Weise wusste ich genau, dass es Blut war, aber …« Sie sah ihn an. »Ich wollte es nicht wahrhaben. Ich habe mir gesagt, dass es Dreck oder Schlamm sein muss.«

»Was hast du dir gedacht, als du es dort auf dem Boden entdeckt hast?«

»Typisch, schmeißt dieses unordentliche Weibsstück das Bügeleisen einfach irgendwohin, ohne daran zu denken, dass man darüber stolpern könnte.«

»So war Dorthe? Unordentlich?«

Pia zuckte die Achseln. »In manchen Dingen schon. Wenn sie mit irgendetwas beschäftigt war, hatte sie nichts anderes im Kopf. Ihr habt es vielleicht in der Küche bemerkt, an der Art, wie sie die Kartons beschriftet und die leeren Regalbretter abgewischt hat. Systematisch, pedantisch, fast schon etwas autistisch. Sie wusste es selbst. Sie konnte sich nur auf eine Sache auf einmal konzentrieren. Alles andere war ihr dann egal.«

»Versuch, sie zu beschreiben«, forderte Lotte sie auf. »Ihre Persönlichkeit.«

Pias Augen füllten sich umgehend wieder mit Tränen. »Ich weiß nicht, ob ich …«

»Je mehr du uns über sie erzählen kannst, desto besser können wir arbeiten, Waage«, sprang Frank Lotte bei. »Das weißt du doch.«

Pia rieb sich die Augen mit dem Handrücken. »Ich werde es versuchen. Dorthe ist … Dorthe war Gymnasiallehrerin. Dänisch und Sozialkunde. Sie unterrichtet seit acht Jahren am Gymnasium von

Christianssund, gerade hat das neue Schuljahr begonnen. Sie ist … sie war sehr beliebt.«

»Bei den anderen Lehrern? Oder den Schülern?«

»Sowohl als auch. Sie hat jedes Jahr das Schultheaterstück organisiert und ständig irgendeine andere soziale Aufgabe übernommen. Unter anderem war sie Facebook-Administratorin der Schule. Sie hat erstaunlich viel Zeit mit solchen Dingen verbracht. Oft sind Schüler zu ihr nach Hause gekommen, und ich bin ein paarmal zu verschiedenen Veranstaltungen mitgegangen. Sie war viel offener als … als ich.«

Pia versagte die Stimme. Sie starrte eine Weile selbstverloren auf ihre Hände. Dann atmete sie tief durch und fuhr fort: »Dorthes Ansicht nach war es totaler Blödsinn, dass ich sie euch nie vorgestellt habe. Sie meinte, es sei absurd, dass sie sich gerade geoutet habe und total offen gegenüber ihren Kollegen und Freunden sei, während ich keine Lust hätte, es zu zeigen, obwohl ich schon mein ganzes Leben lesbisch gewesen bin. Aber ich bin nun mal der Meinung, dass es niemanden etwas angeht. Wenn ich mit einem Mann zusammenleben würde, hätte ich auch nicht das Bedürfnis, ihn euch vorzustellen.«

»Menschen sind verschieden«, sagte Lotte freundlich. »Das ist schon okay.«

»Hatte Dorthe Feinde?«, wollte Frank wissen.

Pia schüttelte den Kopf. »Das kann ich mir nicht vorstellen.« Sie dachte nach. »Nein«, sagte sie dann. »Jedenfalls nicht, dass ich wüsste.«

»Okay.«

»Na ja, ihr habt gefragt, wie Dorthe war. Ihr Mundwerk stand nie still. Sie war unordentlich. Voller Engagement. Kreativ. Fröhlich. Sie hat oft so laut gelacht, dass die Leute sich auf der Straße nach ihr umdrehten. Sie hat viel gelesen und auch selbst ein wenig geschrieben – nur so für die Schublade, ihr wisst schon. Sie hat ihren Job sehr ernst genommen und unglaublich viel Zeit für die Unterrichtsvorbereitungen aufgebracht. Und auch für konstruktive Kritik bei schriftlichen Aufsätzen hat sie sich sehr viel Zeit genommen.« Pia machte eine kleine Pause. »Und sie war eitel. Sehr eitel sogar. Ich kenne nicht viele Frauen, die so viel Zeit für die Pflege von Haaren, Haut und Fingernägeln aufwenden wie Dorthe.«

»Ihr Nagellack ist mir auch aufgefallen«, warf Lotte ein. »Neongrün.«

Pia lächelte blass. »Ja, grässlich, nicht? Dorthe hat diese schreienden Farben geliebt, obwohl man das eigentlich allen verbieten sollte, die aus dem Teenageralter heraus sind.«

»Wie alt war sie denn?«, erkundigte sich Frank.

»Zweiundvierzig.«

»Und ihr habt nicht zusammengewohnt?«

»Wir wollten … am Samstag wollten wir zusammen in einen Neubau in der Weststadt einziehen.«

»Deshalb die ganzen Umzugskartons im Haus?«

»Bei mir sieht's genauso aus. Ich lebe gerade in einem einzigen riesigen Umzugschaos.« Sie schlug die Hand vor den Mund. »Oh nein. Was soll ich denn jetzt machen? Ich habe meine Wohnung gekündigt. Was soll ich mit dem ganzen Platz?«

»Vielleicht kannst du die Kündigung rückgängig machen?«

»Die haben längst einen neuen Mieter gefunden. Nächste Woche ist Schlüsselübergabe.« Erneut kamen ihr die Tränen.

Frank und Lotte tauschten einen Blick aus.

»Vielleicht reden wir morgen weiter«, schlug Frank vor.

»Nein, nein«, erwiderte Pia und nahm sich ein weiteres Papiertaschentuch. »Ich werde mich zusammennehmen.«

»Nur noch eine Frage, bevor wir dich nach Hause schicken.« Frank beugte sich vor und stützte die Ellenbogen auf den Schreibtisch. »Was kannst du uns über die letzten Wochen in Dorthes Leben erzählen? Je mehr Details, umso besser.«

»Ich weiß, dass …« Pia putzte sich die Nase. »Sie hat letzte Woche die neuen Schüler eingewiesen. Am Wochenende, also am 11. und 12., waren wir in der neuen Wohnung, um eine Liste zu erstellen, was uns fehlt und was noch erledigt werden muss. Sonntagabend waren wir mit zwei Freundinnen im Kino. Ingelise und Hanne. Ja, die sind auch lesbisch.« Sie sah Frank an. »Willst du ihre Adresse?«

»Das erledigen wir zum Schluss.«

»Montag, den 13. waren wir …« Pia zog ihr Handy heraus und klickte auf den Kalender. »Nein, da haben wir uns nicht gesehen. Dorthe war auf einer Konferenz in der Schule, glaube ich. Dienstag war sie bei mir zu Hause. Wir haben auf dem Dachboden alten Kram sortiert und uns von der Imbissbude etwas zu essen geholt. Mittwoch waren wir zum Abendessen bei Freunden, ein paar von Dorthes älteren Kollegen, Klaus und Else. Sie sind verheiratet. Ihre Adresse gebe ich euch auch später.« Sie warf Lotte einen Blick zu, um zu sehen, ob sie folgen konnte. »Donnerstag war ich gegen sieben nach dem Training bei Dorthe, Freitag haben wir bei ihr gegessen und geschlafen. Gestern Morgen bin ich nach Hause gefahren, weil Dorthe den Tag nutzen wollte, um irgendeine größere Geschichte für ihre Abschlussklasse vorzubereiten. Wie auch immer sie das anstellen wollte, mitten in der Packerei.«

»Ihr hattet also gestern keinen weiteren Kontakt?«

»Ich habe am Abend ein paarmal angerufen, aber sie ist nicht ans Telefon gegangen. Ich dachte, sie hätte es vielleicht stumm gestellt, weil sie in Ruhe arbeiten wollte. Aber ich habe mich schon gewundert, warum sie nicht zurückrief. Für heute hatten wir eine lockere Verabredung, bei mir zu Mittag zu essen und hinterher in die neue Wohnung zu fahren, um die letzten Details zu besprechen, aber sie ist nicht gekommen und immer noch nicht ans Telefon gegangen. Ich habe ihr eine Unmenge von Kurznachrichten geschickt, aber …« Sie stockte.

»Und schließlich bist du hingefahren.« Frank sah sie an. »Ich muss dir diese Frage stellen. Was hast du gestern im Laufe des Tages und Abends gemacht?«

»Ich?« Sie runzelte die Stirn. »Ich war von zehn bis elf beim Spinning, danach habe ich an den Geräten trainiert.«

»Wo trainierst du? Hier im Präsidium?«

»Im Fitnesscenter am Justesens Plads.«

»Wieso benutzt du nicht unseren Fitnessraum?«

»Im Center sind die Geräte besser.« Als Frank nickte, fügte Pia hinzu: »Sonst war ich allein.«

»Du bist nicht einkaufen gegangen?«

»Nein … oder doch. Ich habe auf dem Heimweg Milch bei Netto gekauft, bin aber niemandem begegnet, den ich kenne.«

»Und danach?«

»Ich habe meinen Dachboden leer geräumt, eine Menge Sachen auf den Sperrmüll gebracht und den Rest in Umzugskartons verpackt. Ich habe nur Pause gemacht, um Dorthe anzurufen.«

»Die nicht antwortete.«

»Die nicht antwortete, ja.«

Frank kratzte sich im Nacken. »Du hast nicht daran gedacht, bereits gestern Abend zu ihr zu fahren, als sie auf deine Anrufe nicht reagierte?«

»Ganz ehrlich, Janssen, ich hatte genug zu tun. Bis nach zehn war ich nur auf dem Dachboden beschäftigt. Ich war total erledigt.«

MONTAG, 20. AUGUST 2012

4

»Die hat es aber eilig, was?«

Laura lief ein paar Schritte, bis sie ihn eingeholt hatte. »Wer?«

»Na, deine Mutter natürlich.« Dan wurde langsamer. Er wusste, dass er oft genug in sein normales Schritttempo verfiel, auch wenn ihn jemand begleitete, der bedeutend kürzere Beine hatte als er.

Seine Tochter Laura hatte ihn am Morgen mit einem Anruf geweckt, sie wollte sich gern mit ihm unterhalten und hatte vorgeschlagen, zusammen mit dem Hund Gassi zu gehen. Dan hatte seinem schmerzenden Kopf getrotzt – er hatte am späten Abend allein eine ganze Flasche Rotwein getrunken –, und jetzt war er froh, sich aufgerafft zu haben. Es war schönes Wetter, und die frische Luft tat ihm gut. Mariannes Promenadenmischung Rumpel wuselte ihnen um die Beine und versuchte eifrig, die Möwen am Wasser zu erschrecken – mit dem Resultat, dass der Himmel über ihnen erfüllt war von wütendem Protestgeschrei.

»Wie ist das denn gemeint – sie hat es eilig?«, fragte Laura.

»Na ja, vor weniger als zwei Tagen habe ich ihr gesagt, dass ich nicht mehr will, und schon gestern werde ich angerufen und beschimpft. Erst von Flemming, dann von deiner Großmutter. Und jetzt fängst du auch noch an. Eigentlich müsste irgendwann auch noch ein Anruf von Rasmus kommen. Wo hat sie denn sonst noch angerufen und mich angeschwärzt?«

»Jetzt beruhige dich mal. Mama hat mich am Samstag angerufen und Rotz und Wasser geheult, als sie nach Hause gekommen ist.« Laura sah ihn an. »Sie war ziemlich schockiert, so einfach rausgeschmissen zu werden.«

»Ich habe sie nicht rausgeschmissen. Ich habe ihr nur gesagt, dass ich auf diese halbherzige Art und Weise nicht mehr weitermachen kann. Glaub bloß nicht, für mich sei das eine Traumsituation.

Ich finde aber, dass ich wirklich alles getan habe, was ich konnte. Ernsthaft!« Dan trat gegen einen kleinen Stein, der in hohem Bogen übers Wasser flog und mit einem Plumps hineinfiel.

»Sie ist völlig fertig, Papa.«

»Das bin ich auch. Trotzdem konnte es so nicht mehr weitergehen. Wir reiben uns auf, Laura. Ich will nicht mehr ständig nur am ausgestreckten Arm gehalten werden. Als würde ich unangenehm riechen.« Er sah sie an. »Nicht, dass ich dir eine Erklärung schulde. Streng genommen geht das nur deine Mutter und mich etwas an.«

»Ach je, mach dir um mich bloß keine Gedanken.« Sie erwiderte seinen Blick. »Ich musste mir das ja auch nur vier Jahre meines Lebens mit ansehen.«

»Laura!«

Der Pfad wurde schmaler, sie konnten nicht länger nebeneinandergehen. Er ging hinter ihr, betrachtete ihren Nacken. Er wusste, dass Laura recht hatte: Sie war keine Außenstehende, sondern ein Teil der komplizierten Mechanik im Familienleben der Sommerdahls. Und sie hoffte, das alles würde leichter werden, wenn sie nach Kopenhagen gezogen war. Laura hatte das Jahr nach ihrem Abitur genutzt, um ein paar ergänzende Kurse zu besuchen, nun wollte sie Biologie studieren. Es würde ihr guttun, die Kampfzone zu verlassen, dachte Dan und pfiff nach Rumpel, der ein bisschen zu weit vorausgelaufen war.

»Meinst du, der Kiosk am Hafen hat geöffnet?«, fragte er, als sie kurz darauf zurück in die Stadt gingen. »Ich gebe ein Eis aus.«

»Ach, Papa.« Laura sah ihn an. »Glaubst du immer noch, dass ich mich mit einem Eis trösten lasse?«

»Etwa nicht?«

»Es müsste schon sehr groß sein.« Ihr Ernst wurde von einem breiten Grinsen abgelöst. »Und mit einem dicken Schokoladenüberzug.«

Vor dem Kiosk stand eine Schlange.

»Was?«, rief Laura plötzlich. »Die kenne ich doch!«

Dan folgte ihrem Blick und sah ein Werbeplakat für die aktuelle Ausgabe des *Ekstra Bladet*. Ein schwarz-weißes Foto füllte ungefähr ein Drittel des gelben Plakats aus, der Rest bestand aus fetten Blockbuchstaben: LESBISCHE LEHRERIN BESTIALISCH ERMORDET. Das Foto zeigte eine Frau mit hellen Korkenzieherlocken. Sie hatte eine Sonnenbrille ins Haar geschoben und kniff die Augen ein wenig zusammen, als würde sie von der Sonne geblendet.

»Ich glaube, ich habe sie auch schon mal gesehen«, meinte Dan.

»Sie war Lehrerin auf meinem Gymnasium.« Laura schluckte. »Möglicherweise hast du sie dort gesehen. Sie hieß Dorthe, Dorthe Bertelsen. Sie war total nett. Ich hatte sie im ersten Jahr in Dänisch, dann haben wir einen anderen Lehrer bekommen. Das ist ja schrecklich. Kaufst du uns eine Zeitung?«

»Ja, sicher.« Dan starrte noch immer auf den Aushang, wobei sein Hirn die Anlässe sortierte, bei denen er Dorthe Bertelsen begegnet sein könnte. Er kannte sie nicht durch Laura, so viel war klar. Er hatte diese blonde Frau nur ein einziges Mal ganz kurz gesehen, doch ihr herzliches Lächeln und die lebendigen Augen waren ihm in Erinnerung geblieben. Auf einmal lieferte seine innere Suchmaschine die korrekte Antwort: Dorthe Bertelsen war die Frau, die an Pia Waages Krankenbett gesessen hatte, als sie damals von diesem bissigen Hund angefallen worden war. Sie hatte Pias Hand gehalten und ein bisschen zu hastig losgelassen, als Dan die Tür öffnete. Pias heimliche Geliebte – jedenfalls damals. Aber das wollte er seiner Tochter nicht erzählen.

Dan kaufte der Kioskbetreiberin die letzte Zeitung ab, und während Laura ihr Eis aß, las er ihr kurze Absätze aus den Artikeln vor. Zuerst die Reportage mit den Fakten, die von der Polizei bisher freigegeben worden waren: Name und Alter des Opfers, die

Todesursache, die als Schlag mit einem stumpfen Gegenstand beschrieben wurde, der Fundort – viel mehr stand dort nicht. Der Artikel war illustriert mit dem Foto eines niedrigen, reetgedeckten Hauses, bei dem es sich laut Bildunterschrift um das alte Forsthaus im Balleslev Hegn handelte. Dazu brachte das Blatt dasselbe Porträtfoto wie auf dem Werbeplakat, allerdings nicht so stark beschnitten. In diesem Ausschnitt sah man auch den größten Teil von Dorthes Körper. Sie trug ein ärmelloses, gestreiftes Sommerkleid, hatte die Beine übergeschlagen und hielt ein Weinglas in der Hand. Hübsche Knie, dachte Dan. Er verscheuchte den unpassenden Gedanken sofort wieder.

»Dieses Foto muss in den letzten vierzehn Monaten gemacht worden sein.« Laura lehnte sich gegen die Schulter ihres Vaters, um besser sehen zu können.

»Woher weißt du das denn so genau?«

»Dorthe hat sich dieses Kleid letztes Jahr zur Entlassungsfeier gekauft. Ich erinnere mich, wie sie es erzählte.« Laura fing einen Tropfen geschmolzenes Eis mit der Zungenspitze auf. »Stell dir vor, sie beglückwünschte uns und konnte sich an alle Namen erinnern, obwohl es Jahre her war, dass sie uns gehabt hatte. Cool, oder?«

»Tja.« Dan blätterte. »Kann man wohl sagen.«

Über eine ganze Seite zog sich ein Interview mit Dorthes Nachbarn, Gunnar und Anni Højgaard, einem Ehepaar in den besten Jahren. Sie wohnten ein paar Hundert Meter vom Forsthaus entfernt und hatten überhaupt nichts bemerkt, was allerdings auch daran lag, dass die beiden am Samstagnachmittag, an dem der Mord geschehen war, wie aus den vorläufigen Untersuchungen der Polizei hervorging, überhaupt nicht zu Hause gewesen waren. Sie waren das gesamte Wochenende über verreist und wussten von nichts, so der Reporter, dem es dennoch gelungen war, die Spalten mit den üblichen Banalitäten zu füllen: wie schockiert sie waren und dass man so etwas doch nicht an einem ruhigen Waldweg erwartete. Dorthe wäre eine so angenehme Nachbarin gewesen, sie konnten es noch gar nicht fassen. Reiner Leerlauf, dachte Dan und betrachtete ihr Foto. Gunnar war ein sehniger Mann mit einer großen klassischen Nase und buschigen Augenbrauen. Seine Frau hielt einen kleinen Hund im Arm.

»Schrecklich«, sagte Laura noch einmal. »Dorthe war einfach so nett.«

»Nein, das ist nicht zu begreifen.« Dan faltete die Zeitung zusammen.

»Kannst du denn nichts unternehmen, Papa?«

»Ich?« Dan verzog das Gesicht zu einem schiefen Grinsen. »Das ist nicht meine Aufgabe. Ich bin sicher, dass die Polizei bereits alles Notwendige in die Wege geleitet hat.«

»Na ja, aber du könntest ihnen doch helfen?« Laura warf den letzten Rest der Eiswaffel Rumpel zu, der mehrere Minuten völlig regungslos vor ihr gestanden und sie intensiv beobachtet hatte. »Das hast du doch schon oft gemacht. Und immerhin hast du sie gekannt …«

»Ach, was heißt gekannt.« Dan stand auf. »Ich habe sie ein Mal gesehen, das ist alles.«

Sie gingen in Richtung Innenstadt. Laura hatte sich bei ihm untergehakt, offenbar hatte sie ihm vergeben.

»Ich habe nie wirklich geglaubt, dass sie lesbisch war«, sagte sie nach einer Weile. »Die anderen haben gesagt, sie hätten sie zusammen mit einer Frau gesehen, aber das hätte doch ebenso gut eine ganz normale Freundin sein können.«

»Sicher.«

»Aber wenn es sogar in der Zeitung steht, wird es wohl stimmen.«

»Also die Boulevardpresse ist generell nicht der beste Garant für die Wahrheit«, erwiderte ihr Vater vorsichtig. »Vielleicht gibt es ja einen Grund, warum sie es schreiben.«

»Sie sah einfach nicht aus wie eine Lesbe.«

Dan blickte sie an. »Und wie sieht eine Lesbe so aus?«

»Ach, du weißt schon.« Laura zuckte die Achseln. »So ein bisschen ... maskuliner.«

»Unfug. Ich habe Lesben in allen Farben und Nuancen gesehen. Das sind bloß Vorurteile.«

»Aber sie hat bei den Schulfesten immer mit den Jungs getanzt. Und den Lehrern.« Laura zuckte mit den Schultern. »Ich weiß nicht, ich finde halt, dass sie nicht lesbisch wirkte.«

»Okay«, lenkte Dan ein und blieb am Springbrunnen auf dem Rathausplatz stehen. »Jetzt trennen sich unsere Wege, Töchterchen. Es sei denn, du willst auf eine Tasse Kaffee mitkommen?«

»Nein danke. Irgendjemand muss ja Mama trösten, wenn sie von der Arbeit kommt.« Sie legte einen Arm um seinen Nacken und umarmte ihn. »Tschüss, dummer Papa.«

»Tschüss, kluge Tochter.«

Dan sah ihr nach, als sie mit schaukelndem Pferdeschwanz auf der Algade verschwand. Dann drehte er sich um und schaute zum Polizeipräsidium. Von dem dreistöckigen Gebäude aus rotem Backstein sah man auf den Platz, den Springbrunnen und das Hotel Marina. Von außen wirkte das Präsidium mit seinen sorgfältig lackierten Sprossenfenstern, den feinen Sandsteinborten und dem gut erhaltenen Schieferdach sehr aufgeräumt und friedlich, aber Dan wusste, dass es im Augenblick innerhalb dieser Mauern alles andere als ruhig zuging. Jedenfalls in der Abteilung für Gewaltverbrechen. Er sah vor sich, wie Kommissar Frank Janssen seine Leute in dem großen Gemeinschaftsbüro informierte. Und wie daraufhin einige Ermittler mit dem Telefon am Ohr ermittelten, während andere ausschwärmten, um Dorthe Bertelsens Kollegen, Familie, Freunde und Nachbarn zu vernehmen. Wie die Kriminaltechniker das kleine Forsthaus nach Spuren durchkämmten und wie der Rechtsmediziner – vielleicht sogar in diesem Moment – die Leiche im Obduktionskeller des Krankenhauses von Christianssund untersuchte.

Störte es Dan, nur Zuschauer zu sein? Ein bisschen schon. Obwohl er es ungern zugab, war die Nebenbeschäftigung als Privatdetektiv doch ein wichtiger Teil seines Lebens geworden. Die Verbrechen selbst fand er abstoßend, und doch hatte er nach und nach erkannt, wie sehr es ihm gefiel, bei der Aufklärung eines Falles mitzuwirken, Theorien zu entwickeln, Beweismaterialien und Fakten aus verschiedensten Blickwinkeln zu betrachten. Er nutzte gern seine Menschenkenntnis, sein Gespür für das Wiedererkennen von Mustern und seine Fähigkeit, querzudenken. Dan mochte das Puzzlespiel der Ermittlungen einfach, so morbid es auch klingen mochte.

Gedankenverloren machte Dan sich auf den Weg nach Hause und bemerkte erst nach einigen Minuten, wie seine Schritte langsamer und zögerlicher wurden, je näher er Havnepromenaden Nr. 12 kam. Als er seine Haustür erreicht hatte, blieb er stehen. Er hielt den Schlüssel in der Hand und betrachtete ihn geistesabwesend, während er überlegte, ob er seinem Impuls folgen sollte oder nicht. Dann fasste er einen raschen Entschluss und ging zum Hoftor, einige Meter von der Haustür entfernt. Ein bisschen Bewegung muss manchmal sein, sagte er sich, und es war schließlich nichts dabei, sich zur Abwechslung einmal in der Umgebung des BallesIev Hegn zu bewegen. Dan betrat den Hinterhof des Gebäudes, wo eine Reihe von Garagen und ein Halbdach die vier- und zweirädrigen Fahrzeuge vor Wind und Wetter schützten. Er schloss sein Fahrrad auf und fuhr los, bevor er die Zeit fand, es zu bereuen.

Die ersten vier, fünf Kilometer führten über die ansteigenden Straßen des Villenviertels Bøgebakken. Als er den Kamm erreicht hatte, stieg er vom Rad. Dan gönnte sich immer eine kleine Pause am Aussichtspunkt, einer Holzplattform hoch über den Dächern der Stadt. Seine Höhenangst verbot ihm allerdings, nah an das grün lackierte Geländer heranzutreten, die einzige Barriere vor dem steilen Abhang, der irgendwo zwanzig, fünfundzwanzig Meter tiefer endete, aber die Aussicht ließ sich auch genießen, wenn man ein Stück vom Rand entfernt stand. Von der Plattform konnte man die gesamte Innenstadt und den Fjord überblicken; bei klarem Wetter sah man sogar bis hinüber nach Nyholm. Als Kind war Dan hier ein paarmal mit seiner Mutter gewesen – und als Erwachsener mit seinen eigenen Kindern. Hier hatte er Mädchen geküsst, fotografiert und war mit seinem alten Hund spazieren gegangen. Auf der Bank hier oben hatte er vor vielen Jahren sogar einmal ein Einstellungsgespräch geführt. Er warf einen letzten Blick auf seine Stadt und fuhr weiter.

Auf dem Weg zum Balleslev Hegn radelte Dan durch eine hügelige Waldlandschaft, vorbei an Waldseen, riesigen Stapeln mit Baumstämmen, Lichtungen, die unvermittelt einen kurzen Blick auf den Fjord gestatteten. Als er den Teil des Waldes erreicht hatte, in dem er das Forsthaus vermutete, stellte er das Fahrrad ab und setzte sich auf eine Eichenwurzel, die sich vor mehreren Jahrzehnten aus dem Boden gearbeitet hatte und nun wie ein massiver, moosüberzogener Buckel aussah. Die Wurzel hatte exakt die richtige Höhe und Breite für das müde Hinterteil eines Privatdetektivs. Er überprüfte seine Position mit dem GPS seines Handys und versuchte auszurechnen, wo Dorthe Bertelsens Haus lag. Dan hatte keine genaue Adresse, so viele Möglichkeiten gab es jedoch nicht. Ungefähr zweihundert Meter weiter bog ein Weg nach links, und laut Karte standen dort einige Häuser.

Dan steckte das Telefon in die Tasche und blieb noch einige Minuten sitzen, um die Stille zu genießen, die nur durch die Geräusche der Natur gestört wurde: Wind fuhr durch die Baumwipfel, er hörte einen Specht klopfen, Vogelgesang. Eigentlich ist es überhaupt nicht still, dachte er. Es fühlte sich nur so an; das Fehlen von menschlichen Stimmen, Motoren, brummenden Kühlschränken und Klimaanlagen wirkte beruhigend. Könnte man dieses Fehlen komprimieren und in Tablettenform verkaufen, wäre man rasch Millionär. Dan verstand nur zu gut, warum Dorthe Bertelsen sich für diesen Wohnort entschieden hatte. Umgekehrt war es erstaunlich, dass man sich nur zehn Minuten mit dem Auto vom Zentrum Christianssunds entfernt befand.

Kurz darauf fuhr er einen Schotterweg entlang. Er kam an einem Fertighaus mit einer sorgfältig geschnittenen Hecke vorbei und folgte einer sanften Kurve, die sich um eine Gruppe Ebereschen zog. Eine Sekunde später wusste er, dass er auf der richtigen Spur war. Vor einem reetgedeckten Bauernhaus stand ein Streifenwagen der Polizei, und in der Einfahrt hielt ein grauer Lieferwagen. Als Dan näher kam, sah er das rot-weiß gestreifte Absperrband, das vor dem Haus und der Einfahrt zwischen zwei Bäumen flatterte. Er fuhr am Tatort vorbei und ignorierte einen Pressefotografen, der sich in seinem Auto langweilte. Ein Mann schaute über den Jägerzaun, der sich um den Garten des Forsthauses zog. Dan lehnte sein Fahrrad an einen Baum und stellte sich neben ihn.

Der Mann drehte sich um. »Tag.« Es handelte sich um einen stämmigen, ungefähr siebzigjährigen Mann mit schweren Tränensäcken unter den Augen. Er hatte eine rote Trucker-Kappe tief in die Stirn gezogen.

»Guten Tag«, erwiderte Dan den Gruß.

»Da drin ist es passiert«, erklärte der Mann. »Der Mord an dieser Punzenleckerin.« Er warf dem Neuankömmling einen Blick zu, um zu überprüfen, ob Dan die Pointe begriffen hatte. »Sie stand auf Damen«, ergänzte er, als Dan nicht reagierte.

»Ich weiß.«

»Sind Sie von der Polizei?«

»Nein, ich bin nur zufällig vorbeigekommen.«

»Ich auch«, behauptete der Mann und fischte eine kleine Schachtel aus der Brusttasche seiner Arbeitsjacke. »Priem?«

»Nein danke.«

Der Mann nahm sich ein Stück Kautabak und schob es zwischen Gaumen und Oberlippe; ein Prozess, der offenbar seine volle Konzentration erforderte. Dan richtete den Blick auf Dorthes Garten.

»Geht da drinnen irgendetwas vor?«, erkundigte er sich.

Der Alte zuckte die Achseln, ohne zu antworten.

Sie blieben eine Weile nebeneinander stehen und schauten auf den Rasen, auf dem ein Gartenschlauch lag.

»Na«, äußerte Dan, als er sich nach ein paar Minuten ein bisschen albern vorkam. »Ich muss dann mal …«

In diesem Moment wurde die Terrassentür geöffnet und ein Mann mittleren Alters, der einen weißen Overall trug, blickte mit verärgertem Gesichtsausdruck auf die neugierigen Zuschauer. Dan erkannte den Leiter der Kriminaltechnischen Abteilung sofort und versuchte, sich zu ducken. Natürlich war es zu spät.

»Dan?«, rief Kurt Traneby. »Dan Sommerdahl?« Er kam auf den Jägerzaun zu.

Der Mann mit der Trucker-Kappe schaute vergnügt von dem weiß gekleideten Kriminaltechniker zu Dan und wieder zurück. »Tja«, meinte er, »offenbar ist man bei den Bullen bestens bekannt, was?«

»Hej!«, rief Dan, ohne auf die Bemerkung des Alten zu reagieren.

»Was treibst du hier?«, wollte Traneby wissen, als er am Zaun angelangt war.

»Ist es verboten, hier zu stehen?« Der Alte verschränkte die Arme.

Auch Traneby ignorierte ihn. »Hast du mit dem Fall zu tun, Dan?«

»Nein, nein, ich bin zufällig vorbeigekommen und wollte nur mal sehen, wo es passiert ist.«

Traneby sah ihn an. »Du darfst jedenfalls nicht mit rein. Janssen ist nicht da, und ich will unter keinen Umständen, dass du …«

»Ich will doch gar nicht ins Haus«, log Dan. »Ich trainiere ein bisschen mit dem Rad, bin zufällig vorbeigekommen und habe die Absperrung gesehen.«

Traneby hob eine Augenbraue. »Okaaaay«, sagte er gedehnt.

Sie sahen sich an. Dan fühlte sich dämlich. »Na ja, ich muss jetzt weiter. Noch viel Spaß bei der Arbeit.«

»Danke.« Der Leiter der Kriminaltechnischen Abteilung blieb stehen und sah ihm nach, er versuchte, ein Lächeln zu unterdrücken. Der Mann mit der Kappe hatte weniger Feingefühl. Er winkte mit einem breiten Grinsen, als Dan sich ein letztes Mal umdrehte. Diese Geschichte wird ein Klassiker in seiner Stammkneipe, dachte Dan. Die Geschichte von dem glatzköpfigen Idioten, der von der Polizei verscheucht wurde. Wahrscheinlich irgendein Gewohnheitsverbrecher.

Dan fuhr mit vor Scham glühenden Ohren zurück auf den Schotterweg. Er hatte das Gefühl, sich wie einer dieser Trottel benommen zu haben, die immer auftauchen und glotzen, wenn irgendwo ein Unglück passiert ist. Und Polizisten und Sanitätern im Weg stehen. Es soll sogar schon vorgekommen sein, dass der eine oder andere Schaulustige hinterher um psychologische Hilfe gebeten hat. Dan trat in die Pedale.

Bei den Ebereschen sah er eine dunkelhaarige Frau am Straßenrand. Sie drehte sich um, als sie den Schotter knirschen hörte, sie bekamen Blickkontakt. Dan überlegte fieberhaft, wo er sie schon einmal gesehen hatte, als auf der gegenüberliegenden Seite des Wegs ein kleiner schwarz-weißer Kugelblitz aus einem Gebüsch schoss und Dan direkt vors Vorderrad lief. Er bremste so heftig, dass er einen Augenblick später unsanft auf dem harten Schotterweg landete.

»Hoffentlich ist Ihnen nichts passiert?«, erkundigte sich die Frau, als er sich aufrappelte. Der Kugelblitz, der sich bei näherem Hinsehen als kleiner Hund zu erkennen gab, stand unverletzt neben ihr und betrachtete ihn neugierig.

»Nein, nein.« Dan befreite sich von seinem Fahrrad und entfernte kleine Steinchen aus einer Hautabschürfung. Er war einigermaßen durcheinander.

»Aber Sie bluten ja.«

»Ja.« Dan registrierte ein paar fette, tiefrote Tropfen, die sein Handgelenk hinunterliefen. »Offenbar.«

»Kommen Sie besser mit rein, ich klebe ein Pflaster drauf«, forderte die Frau ihn auf. »Ich wohne gleich hier.«

Dan überprüfte das Rad, das nur einen Kratzer am Lenker abbekommen hatte, lehnte es an einen Baum und folgte der Frau. Der kleine Hund flitzte voraus, völlig unbeeindruckt von dem Drama, das er verursacht hatte.

»Sie humpeln«, stellte die Frau fest.

»Wahrscheinlich habe ich mir das Knie geprellt.«

»Ich bitte wirklich um Entschuldigung«, beteuerte die Frau. »Bingo ist Verkehr nicht gewohnt. Hier kommt ja nie jemand.«

Sie öffnete die Tür des Hauses, an dem Dan schon auf der Hinfahrt vorbeigekommen war, und in diesem Moment fing sein Hirn wieder an zu funktionieren. Er betrachtete die Frau.

»Ich habe Sie heute in der Zeitung gesehen.«

Ein Leuchten ging über ihr Gesicht. »Ja, wir hatten Besuch von einem Journalisten. Ich finde das Foto ja nicht so gut, aber heißt es nicht immer, dass die Kamera fünf Kilo drauflegt?«

»Sie heißen ... Anni Højgaard, nicht wahr?«

»Gutes Erinnerungsvermögen.« Sie lächelte, zufrieden über ihren Ruhm.

»Dan Sommerdahl.« Er streckte ihr den Ellenbogen hin. »Leider kann ich Ihnen nicht richtig die Hand geben.«

Als Dans Wunde kurz darauf gereinigt und mit der ausreichenden Menge an Pflastern versorgt war, servierte ihm Anni ein Bier auf der Terrasse. Schön, hier zu sitzen und zur Ruhe zu kommen, dachte Dan, als er einen langen, heilsamen Schluck trank, während seine Gastgeberin zu einem schier endlosen Redestrom eine Zigarette nach der anderen rauchte. Sie berichtete von dem ganzen Theater, dem sie und ihr Mann plötzlich ausgesetzt waren. Journalisten, Fotografen und die Polizei natürlich. Heute Morgen waren sie bei ihr gewesen, ein großer und ein kleiner breiter Bursche. Sie waren ziemlich nett, aber Gunnar ... »Ja, Gunnar ist mein Mann, den kennen Sie sicher auch aus der Zeitung? Er ist noch mal kurz in die Stadt gefahren, vielleicht sehen Sie ihn ja später noch.« Als Dan irgendetwas Freundliches murmelte, nahm sie ihre Erklärungen wieder auf: Sie und ihr Mann hätten ja nicht viel beitragen können, weil sie das ganze Wochenende bei einem Familienfest gewesen seien. »Und als wir nach Hause kamen, wimmelte es hier von Polizeiautos. Als wären wir in einem Film«, erzählte sie mit großem Enthusiasmus und schnitt eine kleine Grimasse. »Ausgerechnet, wenn hier endlich mal was passiert, sind wir nicht zu Hause. Das ist mal wieder typisch.«

Dan sah sie an. Sollte die Bemerkung auch nur einen Hauch von Selbstironie enthalten, gelang es ihr ausgezeichnet, sie zu verbergen. Anni Højgaard genoss es, im Zentrum der Aufmerksamkeit zu stehen. Sie würde garantiert jede Frage beantworten, die Dan in den Sinn kam: Dorthe Bertelsens Alltag, ihre Gewohnheiten, ihre Gäste. Das ganze Hintergrundmaterial, das bei einer Ermittlung so wichtig war. Diese Situation hatte ihm der Himmel geschickt, wenn er hier als Detektiv wäre, nur … das war er nicht, rief er sich zur Ordnung. Außerdem hatten die Ereignisse der letzten halben Stunde ihn mitgenommen. Dans Lust, sich mit diesem Mordfall zu beschäftigen, war so gut wie verschwunden. Beinahe jedenfalls.

5

»Schon wieder!« Frank Janssen warf das Interview in *Ekstra Bladet* mit dem Ehepaar Højgaard auf den Schreibtisch. »Wie konnte es passieren, dass die Presse vor uns mit den Nachbarn redet?«

»Wir konnten erst heute Morgen mit den beiden sprechen«, erklärte Svend Gerner und streckte seine langen Beine aus. »Sie waren gestern nicht zu Hause.«

»Einem Reporter ist es doch auch gelungen, sie trotzdem zu erwischen. Vielleicht war der Mitarbeiter von *Ekstra Bladet* ein wenig beharrlicher als du?«

»Es hilft nichts, wenn du dich aufregst, Janssen«, erwiderte Gerner mit irritierender Gelassenheit. »Die Højgaards waren nicht zu Hause, als wir geklingelt haben. Das ist alles. Außerdem waren sie das ganze Wochenende bei einem Familientreffen auf Møn. Sie waren am Samstag nicht mal in der Nähe von Dorthe Bertelsens Haus.«

»Hm.« Frank Janssen klickte mit seinem Kugelschreiber, während er über die kleine Versammlung blickte: Lotte Andersen,

Thor Bentzen und Svend Gerner. »Gut, hatten sie sonst noch etwas zu berichten? Kannten sie das Opfer?«

»Nur oberflächlich, wie das halt so ist bei Nachbarn auf dem Lande. Sie haben ihr mal einen Anhänger geliehen.«

»Einen Anhänger?«

Gerner zuckte die Achseln. »Sie hatten nicht viel zu erzählen.«

»Ich denke, wir reden noch einmal mit ihnen. Wenn ich der Zeitung glauben darf, kannten sie Dorthe Bertelsen schon ein wenig besser.« Frank sah ihn an. Klick, klick, klick. »Wie sieht der Rest deines Tages aus, Gerner?«

»Wie wir heute Morgen besprochen haben – es sei denn, du hast inzwischen andere Ideen. Bentzen und ich fahren zum Gymnasium und reden mit Dorthe Bertelsens Kollegen, sobald wir hier fertig sind. Nur um einen Überblick zu bekommen. Vielleicht haben sie ja irgendeine Veränderung ihres Verhaltens bemerkt.«

»Du hältst es also für möglich, dass es kein zufälliger Einbrecher war?«

»Es gibt keinerlei Hinweise auf einen Einbruch, das weißt du doch.«

»Waage sagt, dass die Haustür nie verschlossen war. Es lässt sich unmöglich sagen, ob es sich eventuell sogar um jemanden handelte, den sie selbst hereingelassen hat.«

»Sollten wir untersuchen.«

»Klar.« Klick, klick, klick. »Ich denke, wir …«

Ein hastiges Klopfen an der Tür unterbrach ihn. Kurt Traneby steckte den Kopf herein. »Entschuldigt die Verspätung«, sagte er und nahm am Tisch Platz. »Wir haben eine Menge um die Ohren.«

»Erzähl uns was Neues. Du kommst direkt vom Tatort, oder?«

Traneby nickte. »Ein Spezialist für Blutspritzer ist momentan bei der Arbeit. Wenn er und der Rechtsmediziner ihre Ergebnisse liefern, werden wir hoffentlich ein etwas besseres Bild über den eigentlichen Ablauf der Ereignisse haben.«

»Natürlich.«

»Es ist gar nicht so einfach«, fügte Traneby hinzu. »Das Haus ist voller Krimskrams, und wir haben keine Ahnung, ob die Sachen an ihrem normalen Platz stehen oder nicht, vor allem, weil ein Großteil des Hausrats bereits in Umzugskartons verpackt ist. Es ist ein einziges Chaos. Aber wir knien uns rein. Hoffentlich kann Waage uns irgendwann behilflich sein.« Er sah Frank an. Als er keine Antwort auf seine unausgesprochene Frage bekam, fuhr Traneby fort: »Wir haben Reste von verbrannter Kleidung in Dorthe Bertelsens Gartengrill gefunden. Eine Trainingshose, ein T-Shirt, eine Kappe. Vielleicht auch andere Gegenstände. Es ist schwer zu erkennen, aber wir analysieren die Asche. Vielleicht finden wir etwas Brauchbares, allzu viel Hoffnung solltet ihr euch nicht machen.«

»Hm.«

»Außerdem habe ich einen alten Bekannten da draußen getroffen.« Traneby lachte. Es war ein so seltenes Ereignis, dass sich alle Blicke auf ihn richteten.

»Wen?«

»Dan Sommerdahl.« Er lachte erneut.

»Oh nein.« Frank verzog das Gesicht. »Was wollte er?«

»Er stand am Zaun und schaute in den Garten.«

»Du hast ihn doch nicht ins Haus gelassen?«

»Hältst du mich für einen Idioten?« Traneby schüttelte den Kopf. »Er war einfach nur neugierig.«

»Halt ihn um Gottes willen auf Abstand.«

»Das musst du mir nicht erzählen.« Tranebys Gesicht sah wieder aus wie immer – mürrisch.

»Das war alles?«

»Ja, ich glaube schon.« Der Kriminaltechniker schaute noch einmal in seine Unterlagen. »Jedenfalls im Moment. Natürlich gibt es noch eine Unmenge von Fingerabdrücken und DNA-Spuren im Haus. Es wird eine Ewigkeit dauern, bis wir die alle identifiziert haben.«

»Bei dieser Gelegenheit, Gerner.« Frank schaute den großen Polizeiassistenten an. »Es ist sicher eine gute Idee, wenn du dich im Gymnasium umhörst, wer irgendwann einmal das Haus des Opfers besucht hat. Und von denen, die dort waren, brauchen wir die Fingerabdrücke.«

»Sollen wir alle fragen? Auch die Schüler?« Gerner runzelte die Stirn. »Das sind über hundert Leute.«

»Dorthe Bertelsen war laut Waage ziemlich aktiv. Sie saß in allen möglichen Ausschüssen, Komitees und Studienkreisen. Ein Teil der Treffen fand bei ihr zu Hause statt, es gibt also garantiert einige Kollegen und Schüler, die dort ihre kleinen, fetten Fingerabdrücke hinterlassen haben. Und die müssen wir kennen.«

Gerner nickte. »Können wir noch ein paar Leute mitnehmen?«

»Zwei.« Frank stützte die Hände auf die Schreibtischplatte, bereit aufzustehen. »Wir haben noch andere Aufgaben zu erledigen. War das alles für den Augenblick?«

»Ich würde gern mehr über Waages Rolle bei der Sache wissen.« Gerner sah ihn an. »Es gibt eine Menge Gerüchte, und die Leute sind unsicher, wie sie sich verhalten sollen.«

Frank ließ sich zurück auf den Stuhl fallen. »Waage war mit dem Opfer befreundet, an den Ermittlungen kann sie nicht teilnehmen.«

»Versteht sich von selbst.«

»Sie ist sowieso für zwei Wochen krankgeschrieben, und wenn sie zurückkommt, werde ich ihr Aufgaben übertragen, die mit den Ermittlungen im Mordfall Bertelsen nichts zu tun haben.«

»Dürfen wir mit ihr reden?«, wollte Thor Bentzen wissen. »Einige Leute machen sich Sorgen, immerhin ist sie eine Kollegin.«

»Natürlich dürft ihr mit ihr reden«, erwiderte Frank. »Aber ich würde es schätzen, wenn ihr nicht über den Fall mit ihr redet.«

»Klar.« Bentzen und Gerner tauschten einen Blick aus. »Aber sie steht doch nicht unter Verdacht, oder?«

»Objektiv gesehen können wir sie nicht ausschließen. Schließlich war sie Dorthes Lebensgefährtin und hat die Leiche gefunden.«

»An dem Bügeleisen haben wir nur Waages Fingerabdrücke gefunden«, ergänzte Traneby. »Und alles deutet darauf hin, dass es sich dabei nicht um die einzige Mordwaffe handelt.«

»Und?«

»Kim sagt, dass die Schädelverletzungen durch einen ganz gewöhnlichen Hammer verursacht worden sein könnten, aber fragt ihn selbst. Er untersucht es gerade.«

»Hm.« Frank ärgerte sich, dass er von dem Rechtsmediziner nicht ordentlich auf dem Laufenden gehalten wurde. »Wie auch immer, Waage hat erklärt, dass sie das Bügeleisen vom Boden aufgehoben hat, und der Täter kann Handschuhe getragen haben. Dass nur ihre Fingerabdrücke vorhanden sind, muss gar nichts bedeuten.«

»Ein Alibi hat sie doch auch nicht«, warf Gerner ein.

»Nein.« Frank erhob sich. »Ihr habt natürlich recht, wir können nichts ausschließen. Aber Waage deshalb gleich für den Mörder zu halten – das wäre ein bisschen weit hergeholt. Ich persönlich bin überzeugt, dass sie die Wahrheit sagt.« Er ging zur Tür. »Lotte, wir sehen uns in zehn Minuten unten beim Wachhabenden. Wir müssen nach Roskilde und mit Dorthes Mutter sprechen.« Er nickte der Gruppe zu und verschwand.

Frank fluchte innerlich, als er über den Korridor in sein Büro ging. Er hatte diesen Fall von Anfang an falsch angepackt, das spürte er. Doch dass das Opfer quasi eine Angehörige in der Ermittlungsgruppe hatte, war äußerst selten und führte für sich genommen schon zu erheblichen Komplikationen. Und dass diese Angehörige ausgerechnet Pia Waage war, machte die Angelegenheit bestimmt nicht leichter. Frank Janssen war es gewohnt, von seiner durch und durch vernünftigen, tatkräftigen Stellvertreterin als leitender Polizeikommissar unterstützt zu werden – ein Dienstgrad, der erst wenige Monate alt war. Die Beförderung von Pia hatte in der Abteilung für Unruhe gesorgt, weil Svend Gerner, der schon sehr viel länger im Dienst war als Pia, sich übergangen fühlte. Mit dem Resultat, dass Gerner anfing, ständig Franks Autorität zu untergraben. Frank hatte das unbedingte Gefühl, der große, humorlose Polizeiassistent würde hinter seinem Rücken die Führung schlechtmachen, er hatte nur noch keine direkten Beweise dafür. Tatsächlich freute er sich auf den Tag, an dem er ihn auf frischer Tat erwischte. Gerner musste zur Ordnung gerufen werden, dachte Frank, doch so, wie die Dinge im Moment lagen, brauchte er jeden erfahrenen Mann in der Gruppe. So lange musste er den Burgfrieden einhalten. Gerner war sicher kein Stellvertreter, den er sich ausgesucht hätte, dennoch war er ein tüchtiger Polizist.

Frank blätterte rasch einen Stapel Papiere durch, die sich in seinem Eingangskorb gesammelt hatten. Er unterschrieb ein Sitzungsprotokoll, überflog ein Rundschreiben über die neuen Regeln bei Schwangerschaftsvertretungen und legte den Rest beiseite. Mitten auf dem Schreibtisch klebten zwei gelbe Zettel mit Telefonnummern von Leuten, die angerufen werden wollten. Eine Nummer gehörte dem Polizeidirektor – er steckte den Zettel in die Tasche –, die andere dem Rechtsmediziner Kim Larsen-Jensen. Okay, also hatte der Mann versucht, ihn zu erreichen. Man kann den Leuten auch unrecht tun, dachte Frank, während er beim

Verlassen des Büros die Nummer auf seinem Handy wählte. Er klemmte das Telefon zwischen Kinn und Schulter, als er hinter sich abschloss.

»Wir haben die Obduktion noch nicht ganz beendet«, erklärte Kim. »Aber ich habe etwas gefunden, das du sofort wissen solltest.«

»Außer der Sache mit den zwei Schlagwaffen?«

»Ach, du hast mit Traneby geredet?«

»Ja.«

»Das Bügeleisen hat an mehreren Stellen der Kopfhaut Wunden hinterlassen, die alle ziemlich oberflächlich sind. Die ernsthafteren Schläge, mit denen der Schädel an den Schläfen und an der Stirn zertrümmert wurde, hat der Täter mit einer anderen Waffe ausgeführt, so wie es aussieht, mit einem Hammer. Aber die Techniker haben keinen Hammer gefunden, ich habe das mit Traneby abgeklärt.«

Frank füllte am Automaten einen Plastikbecher. »Zwei Täter?«

»Vielleicht? Aber es kann durchaus ein Täter gewesen sein, der zum Hammer gegriffen hat, als er bemerkte, dass die Schläge mit dem Bügeleisen nicht kräftig genug waren.«

»Du sagst, er?«

»Schlechte Angewohnheit.«

»Okay.« Frank dachte nach. »Die Schuhabdrücke, die dort gefunden wurden, haben die Größe 40. Ein Mann mit ziemlich kleinen Füßen oder eine Frau mit großen.«

»Beides ist möglich, ja«, bestätigte Kim. »Aber das wollte ich dir nicht erzählen.«

Frank knüllte den Plastikbecher zusammen, warf ihn in den Papierkorb. »Dann schieß los.«

»Dorthe Bertelsen war schwanger.«

Frank blieb abrupt auf der Haupttreppe stehen und wäre beinahe von einer Sekretärin umgestoßen worden, die mit einem Stapel Aktenordner direkt hinter ihm ging. »Was war sie?« Er lächelte der Frau entschuldigend zu, die jetzt mit einem mürrischen Gesichtsausdruck an ihm vorbeiging.

»Sie war in der sechsten Woche schwanger.«

»Aber …« Franks Hirn arbeitete, während er langsam die Treppe hinunterging. »Sie war doch lesbisch. Wie ist das möglich?«

»Das darfst du mich nicht fragen, Janssen. Ich liefere dir lediglich das Untersuchungsergebnis.«

Frank informierte Lotte Andersen über diese neue, erstaunliche Entwicklung, als sie in Richtung Roskilde zu Dorthes Mutter fuhren.

»Vielleicht hat sie sich künstlich befruchten lassen«, überlegte Lotte und überholte einen Lieferwagen. »Das machen viele lesbische Frauen.«

»Oder sie ist fremdgegangen.«

»Warum gleich das Schlimmste annehmen?«

»Irgendetwas ist da jedenfalls nicht ganz sauber. Wenn Waage wusste, dass ihre Freundin schwanger war, hätte sie es uns gestern mitgeteilt.«

»Vielleicht hat sie es Waage nicht erzählt.«

»Ach, weißt du, die beiden waren ein festes Paar, sie wollten zusammenziehen. Warum sollte sie eine künstliche Befruchtung geheim halten? Oder verschweigen, dass es gelungen war? Das klingt nicht sonderlich überzeugend.«

»Sollen wir sie besuchen, sobald wir mit Dorthes Mutter gesprochen haben? Waage, meine ich. Könnte doch sein, dass es eine logische Erklärung gibt.«

»Ja, ist vermutlich besser.«

Frank rief Pia an und verabredete einen Besuch. Sie klang müde und phlegmatisch, nicht wie die sonst energische Kommissarin. Verdammte Situation, dachte er, während Lotte sich auf den Verkehr konzentrierte. Und niemand, mit dem er sie besprechen konnte.

Er könnte sich höchstens an seinen Vorgänger wenden, Polizeikommissar Flemming Torp, der schon immer eine solide Stütze gewesen war. Ohne Flemmings direkte Empfehlung wäre Frank kaum zum Leiter der Ermittlungsgruppe ernannt worden. Den Posten hätte ein älterer und erfahrenerer Polizist von außerhalb bekommen, und Frank wäre bis heute die Nummer zwei in der Abteilung. Flemming gehörte inzwischen nicht mehr zu Franks täglichem Umgang. Nach einer längeren Krankheit war der ehemalige Leiter der Abteilung für Gewaltverbrechen in eine andere Abteilung des Präsidiums versetzt worden, wo er sich mit der Aufklärung von Wirtschaftsverbrechen befasste – eine Tätigkeit, die nur selten Überstunden erforderte und noch seltener anstrengende Überlegungen über Leben und Tod.

Anfangs hatte Frank hin und wieder in Flemmings Büro vorbeigeschaut, mit ihm ein Personalproblem oder eine Führungsstrategie diskutiert oder sich einfach einen guten Rat geholt. Aber die kleinen, informellen Treffen waren immer seltener geworden. Frank versuchte, sich zu erinnern, wann er zuletzt Flemmings etwas gebückte Gestalt und seinen sonderbar schwebenden Haarflaum gesehen hatte – eine unerwartete Folge der Chemotherapie. Es muss mehrere Wochen her sein, überlegte er und beschloss, seinen ehemaligen Chef am späten Nachmittag zu besuchen.

*

Lotte Andersen parkte den Wagen vor einem flachen, grauen Bungalow mit einem üppig blühenden Garten in einer Seitenstraße im Westen Roskildes. Die sorgfältig angelegten Beete waren akribisch gepflegt, bemerkte sie, als sie den Plattenweg durch den Garten hinaufgingen. Sogar die Rasenkanten waren gleichmäßig geschnitten, die Stauden professionell hochgebunden, die Hecke wie mit einem Lineal gezogen. Entweder hatten die Hausbesitzer ungewöhnlich viel Zeit und sehr grüne Daumen, oder sie konnten sich einen erstklassigen Gärtner leisten, sagte sich Lotte, als sie den Finger auf die Klingel legte.

»Guten Tag«, begrüßte sie die Frau, die ihnen kurz darauf die Tür öffnete. Die Haut um Ulla Bertelsens Augen war geschwollen und hellrot, der Ausdruck in den grauen Augen jedoch neutral. Im Gegensatz zu ihrer blonden, vollbusigen Tochter hatte Ulla dunkles Haar und wirkte eher kantig. Ihre klassisch flaschengrüne Cardigan-Garnitur und die zarte Goldkette standen in scharfem Kontrast zu Dorthes bunter Boheme-Garderobe. Lotte hatte in Erfahrung gebracht, dass Ulla Bertelsen einen akademischen Abschluss hatte und im Außenministerium arbeitete, mehr wussten sie nicht über die Frau.

Frank und Lotte folgten ihr ins Wohnzimmer.

»Setzen Sie sich«, wurden sie aufgefordert.

»Danke.« Frank nahm auf einem dunkelbraunen Lederstuhl Platz, direkt gegenüber der Hausherrin. Lotte entschied sich für das Sofa und zog ihren Block heraus. Während Ulla Bertelsen Tee einschenkte und Frank sie über die vorläufigen Ermittlungsergebnisse informierte, sah sich Lotte diskret um.

Die Einrichtung des Wohnzimmers war ebenso konservativ wie Ulla Bertelsens Kleidung. Dunkle alte Möbel, auf den Regalen, Sideboards und wenigen Quadratzentimetern der Fensterbretter, die nicht von üppigen Topfpflanzen belegt waren, standen Porzellanfiguren, Silbervasen und anderer Zierrat. Die Vorliebe für Nippes haben Mutter und Tochter jedenfalls gemeinsam, dachte Lotte und sah Dorthes Haus vor sich, in dem Buddha-Skulpturen, mystische Keramikfiguren und alte Blechdosen mit anderem Krimskrams um den Platz in den Umzugskartons wetteiferten.

Auch die Liebe zu Büchern teilten Mutter und Tochter. Bei beiden bogen sich die vollgestellten Regalbretter unter der Menge an Büchern. Allerdings standen sie in Dorthes Regalen zweireihig, und auf jeder Reihe lagen noch mehrere Bände kreuz und quer durcheinander. In Ullas Wohnzimmer standen die Bücher dagegen akkurat in einer Reihe. Jedes Regalfach war mit einer speziell angefertigten Bibliothekslampe versehen, die ein warmes Licht auf die Buchrücken warf. Witzig, dachte Lotte Andersen, so unterschiedlich konnten gemeinsame Neigungen von Mutter und Tochter zum Ausdruck kommen. Sie richtete ihre Aufmerksamkeit wieder auf ihren Chef und Ulla Bertelsen.

Frank hatte die einleitenden Manöver beendet und beugte sich auf seinem Stuhl vor. »Wir sind hier, um mit Ihnen über Dorthe zu sprechen, Ulla. Soweit Sie dazu in der Lage sind.« Er sah sie an. »Je mehr wir über Ihre Tochter wissen, desto besser können wir arbeiten.«

»Fragen Sie einfach«, erwiderte die Mutter neutral und schlug die Beine übereinander.

»Wann haben Sie Dorthe zuletzt gesehen?«

»Das ist drei, vier Wochen her. Ende Juli, habe ich ausgerechnet. Sie wollte sich meine Boule-Kugeln leihen.«

»Weshalb?«

»Es ging irgendwie um die Einführung der neuen Schüler, glaube ich. Sie selbst hatte drei Boule-Sets, benötigte aber offenbar mehr.« Sie blickte auf ihre Hände. »Dorthe hatte es eilig, sie wollte nach Hause, um irgendetwas zu erledigen, sie hatte kaum Zeit, sich zu unterhalten. Sie war so ...« Sie schloss einen Moment die Augen und öffnete sie sofort wieder. »Sie wirkte ein wenig gestresst.«

»Dorthe hatte in diesen Tagen wohl auch viel um die Ohren. Der Schulanfang stand bevor, die Einführung musste vorbereitet werden. Sie war für die jährliche Schulaufführung verantwortlich. Und es waren ja nur wenige Wochen, bis sie mit ihrer Freundin zusammenziehen wollte.«

Ulla Bertelsen blickte auf. »Kennen Sie sie? Diese Freundin, meine ich? Sie ist eine Kollegin von Ihnen, oder?«

»Dorthes Lebensgefährtin?«

Sie nickte.

»Ja, Pia Waage arbeitet in unserer Abteilung. Sie ist krankgeschrieben.«

»Die Beamten, die gestern hier waren, um mich zu benachrichtigen … sie sagten, dass sie Dorthe gefunden hätte?«

»Sie haben noch nicht mit Pia gesprochen?«

»Nein.« Ulla öffnete den Mund, um noch etwas zu erklären, hielt aber inne. Stattdessen sagte sie nach einer Pause: »Es muss ein fürchterlicher Schock für sie gewesen sein.«

»Zweifellos.« Frank betrachtete sie eine Weile. »Wie ist Ihr Verhältnis zu Pia Waage?«, fragte er, nach einigen Sekunden des Schweigens.

»Oh, sie ist bestimmt eine ausgezeichnete Person.« Ulla Bertelsen bürstete einen Fussel von ihrem Rock. »Ich bin ihr nur wenige Male begegnet.«

»Warum nicht häufiger? Sie war seit über zwei Jahren mit Ihrer Tochter befreundet.«

Ein Achselzucken.

»Hatten Sie Vorbehalte gegen die Beziehung?«

Sie sah ihn an. Mit einem Mal hatten ihre Wangen Farbe bekommen. »Was glauben Sie, wie man sich fühlt, wenn das einzige Kind plötzlich aus einer langjährigen und durch und durch glücklichen Ehe ausbricht? Und dann auch noch verführt von einer Person des eigenen Geschlechts?«

»Durch und durch glücklich?«

»Selbstverständlich. Bis diese Frau aufgetaucht ist.« Wieder sah Ulla ihn an und wiederholte: »Wie würden Sie sich fühlen?«

»Ich finde es interessanter zu erfahren, wie Sie sich gefühlt haben.«

»Das können Sie sich ja wohl denken.« Sie griff zu einer Papierserviette, kniff sie sorgfältig zusammen und tupfte sich die Nase. »Dorthe und William haben geheiratet, als sie noch studierten, und viele Jahre haben sie davon geträumt, ein Kind zu bekommen.«

»Aber sie bekamen keine Kinder?«

»Sie hatten gerade mit einer Fertilitätsbehandlung begonnen, als Dorthe diese … diese … Entschuldigen Sie bitte.« Sie putzte sich die Nase. »Es fällt mir wirklich schwer, ihr zu verzeihen. Es ist ihre Schuld, dass ich niemals ein Enkelkind haben werde.«

Frank warf Lotte einen kurzen Blick zu. Dann richtete er seine Augen wieder auf Ulla Bertelsen. »Wusste Dorthe, wie Sie sich fühlten?«

»Ja, was denken Sie denn? Das konnte ich doch nicht verbergen.« Ulla legte die sorgfältig zusammengefaltete Serviette auf die Untertasse. »Es war eine Gemeinheit gegenüber William, und das habe ich ihr auch gesagt.«

»Haben Sie noch Kontakt zu Ihrem ehemaligen Schwiegersohn?«

»Nur sporadisch. Er ruft hin und wieder an und schickt eine Karte zu meinem Geburtstag. Er ist ein guter Mann.«

»Wissen Sie, ob er hin und wieder auch mit Dorthe geredet hat?«

»Vielleicht. Sicher bin ich mir nicht. Das ist alles nicht einfach, wissen Sie.«

Frank nickte. »Was arbeitet er?«

»William? Er ist eigentlich Datenanalytiker, hat aber seit vielen Jahren seine eigene kleine IT-Firma. Er richtet Homepages ein und bietet technischen Support an, so etwas in der Art«, erklärte Dorthes Mutter. »Ich finde ja, er verschwendet seine Begabung und sein tolles Studium, aber …« Wieder zuckte sie die Achseln. »Es macht ihm offenbar Spaß.«

»Hat William eine neue Beziehung?«

»Das müssen Sie ihn selbst fragen. Ich weiß es nicht.«

»Haben Sie seine Adresse? Oder eine Telefonnummer?«

»Natürlich. Ich schreibe sie Ihnen auf.« Ulla Bertelsen erhob sich und ging ins Nebenzimmer.

Lotte beugte sich zu Frank und flüsterte: »Soll sie es nicht erfahren?«

»Die Schwangerschaft?« Frank zögerte.

»Je länger wir warten, desto größer ist das Risiko, dass sie es von sonst irgendwem erfährt. Wir müssen es Waage sagen, vielleicht auch diesem William und ihr. Wäre es nicht unmenschlich, wenn sie es über Umwege erfährt?«

Frank runzelte die Stirn. »Okay«, sagte er dann.

Als ihre Gastgeberin mit der Adresse des Schwiegersohns zurückkam, bat er sie, sich wieder zu setzen.

»Es gibt noch etwas, Ulla, das Sie wissen sollten. Etwas über Dorthe.«

6

Else Forsberg wusste nicht, was sie machen sollte. Gleich würde sie zum Gespräch gebeten, und sie hatte sich bis jetzt nicht entschieden, ob sie der Polizei alles erzählen sollte, was ihr in den letzten Wochen durch den Kopf gegangen war, oder ob sie es dabei belassen sollte, einfach nur möglichst konkret auf ihre Fragen zu antworten.

Else hatte Dorthe versprochen, den Mund zu halten, und dieses Versprechen hatte sie bisher auch gehalten. Nicht einmal ihr

Mann Klaus wusste von den Dingen, die Dorthe beunruhigt hatten. Es gab doch auch keinen Grund, auf dieser unsicheren Basis unnötige Verdächtigungen zu äußern. Und was die Schwangerschaft betraf ... Sie konnte unmöglich etwas mit Dorthes Tod zu tun haben, dachte Else und betätigte die Spülung.

Auf der anderen Seite wusste die Polizei vermutlich längst von Dorthes Zustand, und in diesem Fall war es sicher besser, mit offenen Karten zu spielen. Sie verließ die Toilette und trat ans Waschbecken. Während sie sich die Hände einseifte, entschied sie sich. Die Wahrheit würde sowieso ans Licht kommen, und Else wollte nicht als jemand dastehen, der den Beamten Details verschwiegen hatte. Sie trocknete die Hände mit ein, zwei Blättern aus dem zerkratzten Papierspender an der Wand und verließ die Damentoilette.

Die Polizei hatte sich im Lehrerzimmer eingerichtet. An einem Tisch am Ende des Raums saß ein großer Mann in mittleren Jahren mit einem ebenso großen, jungen Beamten mit kurz geschnittenen rotblonden Haaren; zwei weitere Kriminalbeamte hatten auf der Sofagruppe Platz genommen. Nach und nach wurden die Lehrer zu einem der Teams gerufen. Else kam zu dem Mann in mittleren Jahren.

»Polizeiassistent Svend Gerner«, stellte der sich vor, erhob sich halb von seinem Stuhl und gab ihr die Hand. »Und das hier ist Benjamin Winther.« Er zeigte mit dem Kopf auf den anderen Beamten.

Else gab ihren Namen und ihre Adresse an und bestätigte, dass sie mit Klaus Forsberg verheiratet war, mit dem die Polizisten bereits gesprochen hatten.

»Soweit wir verstanden haben«, begann Svend Gerner, »waren Dorthe Bertelsen und Pia Waage erst kürzlich bei Ihnen zum Abendessen eingeladen?«

»Letzten Mittwoch.«

»Sind Sie enge Freunde gewesen?«

»Pia hatten wir nur wenige Male getroffen, aber Dorthe würde ich als enge Freundin bezeichnen, ja.«

»Wie lange kannten Sie sich?«

»Seit Dorthe hier an die Schule kam.«

»Also ...« Gerner blickte auf ein Blatt Papier. »Seit acht Jahren?«

»Ist das wirklich schon so lange her?« Else schüttelte den Kopf. »Ich war in den ersten Jahren ihre Mentorin.«

»Was bedeutet das?«

»Ich habe ihr geholfen, den jeweiligen Projektverlauf zu evaluieren, und habe per Supervision ihren Unterricht generell begleitet. Wir sind sehr stolz auf unser Mentorensystem hier an der Schule. Das ist eine große Hilfe für neue Lehrer.«

»Ich vermute, Sie unterrichten die gleichen Fächer wie Dorthe?«

»Nur Dänisch. Sie hatte auch Sozialkunde, mein Nebenfach ist Englisch.«

»Sind Sie mal bei ihr zu Hause gewesen?«

»Im Forsthaus? Ja, sicher. Klaus und ich waren oft dort. Entweder zu Sitzungen oder privat.«

»Was für Sitzungen?«

»Ach, im Laufe des Jahres gibt es einige Sitzungen zu den unterschiedlichsten Themen. Und wenn wir nur eine kleine Gruppe sind, treffen wir uns, soweit es möglich ist, gern abends. Das ist gemütlicher, als im Lehrerzimmer zu sitzen.«

»Und die Treffen bei Dorthe Bertelsen?«

»Wir waren gemeinsam in einem Festkomitee und in ein paar Koordinierungsgruppen für verschiedene Projekte, an denen sich die Schule beteiligt. Zuletzt war ich zum Beispiel wegen der Schultheateraufführung bei ihr zu Hause. Die Leitungsgruppe unseres jährlichen Musicals hat sich dort getroffen.«

Gerner nickte. »Was kommt in diesem Jahr?«

»Ein Jazzoratorium von Ernst Bruun Olsen, *Teenager Love*. Das Stück ist von 1962, aber noch topaktuell, wenn man es nur ein wenig überarbeitet, also ...«

»Interessant«, unterbrach Gerner. »Und wer sitzt in dieser Leitungsgruppe?«

»Dorthe und ich waren immer dabei. Dorthe hat jedes Jahr bei der Schulaufführung Regie geführt, ich bin verantwortlich für alles Praktische, obwohl ich diesmal wohl auch die Regie übernehmen muss, jetzt, wo Dorthe ...« Else atmete tief durch und fuhr fort: »Klaus, also mein Mann, ist Musiklehrer und dirigiert den Chor und die Schulbands. Unter anderem das Jazz-Quartett, das die Vorstellungen begleitet. Er ist natürlich auch mit in der Gruppe. Außerdem Svea Lorén, die Sportlehrerin. Sie ist für die Choreografie verantwortlich.«

»Sind denn keine Schüler dabei?«, fragte Benjamin.

»Doch, sicher. Alle, die im Stück und in der Band mitspielen.«

»Bei den Treffen, meine ich.«

»Ach so.« Else lächelte. »Die Schülervertretung wählt jedes Jahr zwei Schüler in die Leitungsgruppe. In diesem Jahr sind es zwei aus der Studienvorbereitung. Ditte Kløvborg und Robin Carlsen. Er ist für die Beleuchtung und den Ton verantwortlich.«

»Okay.« Benjamin machte sich eine Notiz.

»Robin ist auch Schulsprecher.«

Gerner sah sie an. »Wann fand die letzte Sitzung statt, auf der Sie dabei waren?«

»Im Forsthaus? Am 3. August, glaube ich. Wir vereinbaren oft Termine kurz vor Schuljahresbeginn. Weil wir wissen, wie anstrengend es im normalen Schulalltag wird.«

»Wir würden gern Ihre Fingerabdrücke nehmen. Nur, um den Überblick zu behalten. Und wir brauchen natürlich auch die Fingerabdrücke der übrigen Beteiligten. Von allen, die in Dorthe Bertelsens Haus gewesen sind.«

»Selbstverständlich, aber …« Else zog die Augenbrauen zusammen. »Und was ist, wenn unsere Fingerabdrücke keine weitere Bedeutung für den Fall haben?«

»Dann vernichten wir sie.«

»Gut. Ich würde ungern in irgendeiner Kartei landen.«

»Das passiert auch nicht.«

Else sah ihn an. »Sie wollen sicher wissen, was ich am Samstag gemacht habe?«

»Sie sind mir zuvorgekommen.« Gerner lächelte. »Ja, danke.«

»Klaus und ich haben am Vormittag eingekauft. Dann haben wir zu Mittag gegessen.«

»Zusammen?«

»Ja. Nur ein Heringsbrot in der Küche. Das heißt … Klaus hatte ein Heringsbrot. Ich mache gerade so eine Pulverdiät.«

»Klingt unangenehm.«

»Glauben Sie mir, es ist gar nicht so schlimm. Aber es ist notwendig, wie Sie sehen.« Else klopfte sich auf ihre umfangreiche Mittelpartie. Sie grinste – der ewige Versuch der Übergewichtigen, Kritik mit Selbstironie zuvorzukommen.

Svend Gerner entschied sich, ihre Bemerkung zu ignorieren. »Wie spät war es, als Sie gegessen haben?«

»Eins, glaube ich. Vielleicht halb zwei.«

»Und danach?«

»Habe ich einen Mittagsschlaf gehalten. Ich bin gegen drei wieder aufgewacht. Den Rest des Tages habe ich im Garten gearbeitet.«

»Zusammen mit Ihrem Mann?«

»Nein. Klaus hat an dem Chorarrangement gearbeitet.« Sie dachte nach. »So gegen sechs kam unsere jüngste Tochter zum

Abendessen. Es gab Frikadellen. Also, ich mache ja diese Kur, ich habe nur eine gegessen.« Wieder lächelte Else. Als der Polizist wieder nicht reagierte, fuhr sie fort: »Wir haben uns einen Film angesehen. Sille ist gegen elf heimgefahren, und wir sind ins Bett gegangen.«

Svend Gerner lehnte sich zurück. »Wann haben Sie Dorthe zuletzt gesehen?«

Die Antwort kam prompt. »Am Freitag. Hier im Lehrerzimmer.«

»Haben Sie sich mit ihr unterhalten?«

Else zögerte. Hier teilte sich der Weg. Die ganze Wahrheit oder nur ein bisschen?

»Else?«

»Entschuldigung. Ja, das habe ich.«

»Haben Sie mit ihr über etwas Besonderes gesprochen?«

Else richtete sich auf. »In der Tat. Ich habe sie gefragt, ob sie Probleme hätte. In den letzten Wochen war sie so ... Ach, ich weiß nicht. Dorthe schien sich mit irgendeinem Problem zu quälen. Sonst war sie immer so präsent. Fröhlich und energisch. In der letzten Zeit dagegen ... Sie wirkte müde, starrte in die Luft, wenn sie glaubte, unbeobachtet zu sein. Sie konnte sich durchaus zusammenreißen, wenn es darum ging, aber ... Verstehen Sie?«

»Was hat sie geantwortet?«

»Erst spielte sie es herunter. Der Umzug und der ganze Betrieb. Als ich energischer nachfragte, erzählte sie mir schließlich, dass sie schwanger sei.«

»Sie hat ihre Freundin betrogen?«

»So muss es wohl gewesen sein.«

»Hat sie erzählt, wer der Vater ist?«

»Damit wollte sie nicht herausrücken. Sie sagte lediglich, dass sie das Kind behalten wollte. Sie hatte überhaupt nicht geglaubt, dass sie schwanger werden könnte, insofern verstand ich sie gut.«

»Was hielt Pia Waage davon?«

»Genau das war ja das Problem. Dorthe hatte es ihr noch nicht erzählt. Darüber zerbrach sie sich den Kopf. Wie sollte sie es ihr sagen? Sollte sie warten, bis sie zusammengezogen waren?«

»Was haben Sie ihr geraten?«

»Es sofort zu sagen. Ohne Umschweife.«

»Hatten Sie den Eindruck, dass Dorthe Ihrem Rat folgen wollte?«

»Ich bin ziemlich sicher, dass es so ist. Trotzdem war sie natürlich nervös, weil sie nicht wusste, wie Pia reagieren würde.«

»Wie lange war Dorthe schon schwanger?«

»Nicht sehr lange. Ein paar Wochen vielleicht. Genau weiß ich es nicht.«

»Dann vielen Dank für Ihre Hilfe.« Gerner erhob sich halb. »Wir werden uns sicher noch einmal mit Ihnen unterhalten müssen.«

»Ja, das ist völlig okay.«

Als Else die Abnahme der Fingerabdrücke hinter sich hatte, verschwand sie über den Flur, wo eine Gruppe Schüler stand. Einige der Mädchen weinten, die anderen unterhielten sich leise. Else ging weiter durch das Foyer und den Haupteingang und kam an einer größeren Anzahl Blumensträuße vorbei, die dort in Rekordzeit verwelkten. Ein paar Kerzen flackerten mit nahezu unsichtbaren Flammen im Sonnenschein.

Else blieb erst stehen, als sie in der kleinen Anlage zwischen den beiden Hauptflügeln des Gymnasiums stand. Sie ließ sich auf eine Bank fallen und versuchte, die Alarmsignale ihres knurrenden Magens zu ignorieren. Sie hatte unglaublichen Hunger. Für einen Berliner könnte ich jemanden ermorden, dachte sie. Oder für eine Tüte Studentenfutter. Oder … egal, Hauptsache, Zucker und Fett. Wie sie diese Diät hasste. Sie suchte in ihrer Handtasche nach einem Päckchen Kaugummi.

»Else?«

»Hej, Robin.«

»Ist es nicht furchtbar«, begann der junge Oberstufenschüler und setzte sich neben sie. »Absolut unverständlich.«

Else schüttelte den Kopf, mit einem Mal unfähig, ein weiteres Wort herauszubringen. Sie bot ihm ein Kaugummi an und ließ das Päckchen wieder in der Handtasche verschwinden.

Robin kaute eine Weile, dann sah er sie an. »Ich habe einen Nachruf für das Onlineportal von *Politiken* geschrieben. Im Namen der ganzen Schülergruppe.«

»Ach ja?«

»Der Rektor hat mich darum gebeten.«

»Na ja, du hast Dorthe ja auch gut gekannt. Jedenfalls besser als die meisten anderen Schüler.«

Er hob die Schultern. »Als Schulsprecher bin ich bei vielen Projekten dabei, und Dorthe war halt auch ziemlich aktiv.« Robin wandte ihr sein Gesicht zu. »Aber das weißt du ja alles. Ich war nicht oft bei Sitzungen mit Dorthe, an denen du nicht auch teilgenommen hast.« Er sah ihr in die Augen und lächelte, und Else vergaß einen Moment ihre Trauer und lächelte zurück. Robin war mit Abstand der hübscheste männliche Schüler der Schule, fand sie: mittelgroß, geschmeidig, mit einem dünnen, sorgfältig getrimmten Vollbart und modisch zerwühlter Frisur. Er trug ein kreideweißes Hemd und hatte sich wie immer ein Seidenhalstuch mit Paisleymuster umgebunden. Er sah damit aus wie ein italienischer Flaneur. Ein wenig anachronistisch vielleicht, doch Else fand es sehr charmant.

»Entschuldigung.« Eine Stimme unterbrach ihre Gedanken. »Darf ich eine Frage stellen?«

Else blickte auf und sah einen großen, von Akne geplagten jungen Mann vor sich. »Hej, Andreas.«

»Ich unterbreche wohl gerade eine Geheimsitzung, was?« Er lachte gekünstelt.

»Ach, halt die Klappe, Andreas«, sagte Robin. »Wieso bist du eigentlich immer so neugierig?«

»Geheimsitzung?« Else war ernsthaft verwirrt.

»Egal.« Andreas' Adamsapfel bewegte sich wie ein neurotischer Fahrstuhl auf und ab. Es wirkte fast so, als würde er seine Worte irgendwie runterschlucken. »Ich wollte nur …« Er stellte Else eine Reihe Fragen zu den Hausaufgaben in Englisch, die er und der Rest der Klasse am Vormittag bekommen hatten, bedankte sich für die Antworten und verschwand wieder, ohne Robin auch nur eines Blickes zu würdigen.

»Was war das denn?«, erkundigte sich Else. »Habt ihr euch verkracht?«

»Ach, er ist ein Arsch. Andreas erträgt es nicht, wenn jemand mit den Lehrern über etwas anderes als die Schule redet.«

»Hm.« Else erhob sich. »Ich muss los, Robin.«

Er stand ebenfalls auf. »Komm gut nach Hause.« Er legte seine Hand auf ihre Schulter, nur eine leichte Berührung. Dann drehte er sich um und ging zurück zum Eingang.

Else nahm ihr Handy aus der Handtasche, ein gutes, altes Nokia aus der Zeit, als es weder Smartphones noch andere Mobiltelefone mit Internetzugang gab. Damit konnte man jemanden anrufen, angerufen werden und Kurznachrichten verschicken – das genügte Else, die ihren Widerstand gegen die moderne Technik als Zeichen einer überlegenen Intelligenz wertete. Sie rief ihren Gatten an.

»Wo bist du?«, fragte er, ohne auch nur seinen Namen gesagt zu haben. »Hast du das Kreuzverhör überstanden?«

»Ja.« Else spürte, wie ihr Nervenkostüm allein durch den Klang der Stimme ihres Mannes zur Ruhe kam. »Ich bin vor der Schule. Was ist mit dir?«

»Ich korrigiere eine Gruppenaufgabe im Musikraum.« Dann eine kaum spürbare Pause. »Möchtest du gern nach Hause?«

»Ich falle gleich um vor Müdigkeit.«

»Gib mir noch zehn Minuten zum Zusammenpacken.«

Kurz darauf saßen sie im Auto, er am Steuer, sie auf dem Beifahrersitz. Die Sonne hatte den Innenraum des Wagens unglaublich aufgeheizt, unter ihr brannte der Sitz.

Klaus ließ den Wagen an und stellte die Klimaanlage auf die niedrigste Temperaturstufe, blieb aber noch auf dem Parkplatz stehen. »Was ist los?«, erkundigte er sich und sah ihr ins Gesicht.

»Es ist alles einfach so schrecklich.« Else spürte, wie ihr Tränen in die Augen traten. »Dass Dorthe auf diese Weise sterben musste. Und die arme Pia.« Sie fing an zu weinen. »Ich schäme mich so.«

»Du schämst dich?« Klaus legte einen Arm um ihre Schulter. »Warum schämst du dich denn?«

»Wir haben nicht einmal angerufen und kondoliert.«

»Dafür gab es doch bis jetzt noch gar keine Gelegenheit«, erwiderte ihr Mann mit kaum zu widerlegender Logik. »Es ist nicht einmal einen Tag her, dass man Dorthes Leiche gefunden hat.«

»Nein, aber …« Die Tränen übermannten sie, eine Weile brachte sie kein Wort heraus. Sie bedankte sich, als Klaus eine Packung Papiertaschentücher aus der Seitentasche der Tür nahm und ihr reichte. »Nein, aber ich habe das Gefühl, sie im Stich gelassen zu haben«, sagte sie, als sie wieder sprechen konnte. »Also Pia. Und in gewisser Weise auch Dorthe. Mit all dem, was ich der Polizei erzählt habe.«

»Das musst du mir bitte näher erklären.«

Und so brach die Geschichte noch einmal aus Else heraus. Sie hatte das Gefühl, als fiele es ihr leichter, zum zweiten Mal innerhalb einer guten Stunde von Dorthes Geheimnis zu erzählen.

»Und deshalb schämst du dich?«, sagte Klaus langsam, als sie zu

Ende erzählt hatte. »Warum das denn? Weil du verraten hast, was du weißt? Dorthe ist das jetzt egal. Und vielleicht hat es ja auch gar nichts mit der Sache zu tun.«

»Nein, möglicherweise nicht.« Else putzte sich die Nase und drehte ihm den Kopf zu, um ihm in die Augen zu sehen. »Ich weiß ja nicht einmal, ob Dorthe Pia schon von der Schwangerschaft erzählt hat. Vielleicht weiß sie es noch gar nicht.«

»Das ist jedenfalls absolut nicht deine Schuld.«

»Ich finde den Gedanken schrecklich, dass ich es wusste und Pia vielleicht nicht. Verstehst du das?« Als sein Gesichtsausdruck abwartend blieb, fügte sie hinzu: »Ich würde mich jedenfalls gekränkt fühlen, wenn meine Freundin jemand anderem etwas so Wichtiges vor mir anvertraut hätte.«

»Ach je, Else«, Klaus zog sie an sich. Eine Weile blieben sie in dieser unbequemen Stellung mit dem Schaltknüppel zwischen sich sitzen, Elses Tränen waren nicht zu stoppen. »Du machst dir viel zu viel Gedanken«, sagte er nach einiger Zeit. »Dorthe hat sich dir anvertraut, und du hast ihr geraten, es Pia zu erzählen. Das war doch richtig. Du kannst nichts dafür, dass Dorthe gestorben ist, bevor sie es Pia erzählen konnte.«

Sie betrachtete sein Profil, als er kurz darauf den Gang einlegte und sie nach Hause fuhren. Ihr Klaus. Mit seinen etwas zu langen, grau melierten dünnen Haaren und der runden Hornbrille sah er aus wie ein Nerd. Er war ein Nerd. Aber ein durch und durch liebevoller Nerd.

»Hältst du bitte kurz an der Bäckerei?«, bat ihn Else. »Ich brauche jetzt etwas Gutes.«

»Ich dachte, du bist auf Diät.«

»Ich brauche das jetzt«, wiederholte Else. »Es kann ja wohl nicht schaden, ein kleines Stückchen Kuchen zu essen.« Sie sah ihn an. Der Beginn eines Lächelns zuckte um seine Mundwinkel, und sie wusste, dass sie keine weiteren Argumente benötigte. »Nur ein winziges Stückchen Kuchen.«

7

Frank Janssen sah sich in Pia Waages Wohnung mit mehr als nur gewöhnlicher Neugierde um. Die Anzahl der vollen oder halb vollen Pappkartons entsprach ungefähr der Menge im Forsthaus. Er war froh, dass er nicht umziehen musste, und drückte sich an einem Stapel zusammengefalteter Kartons vorbei, die die Fläche des ohnehin schmalen Flurs halbierten.

Lotte Andersen folgte ihm in die Küche, wo eine schwarz-weiß getigerte, übergewichtige Katze auf der Fensterbank saß und die Gäste mit wippender Schwanzspitze betrachtete. Pia hatte Kaffeetassen, eine Stempelkanne und einen Teller mit Rumkugeln bereitgestellt.

»Das ist alles, was ich im Haus habe«, entschuldigte sie sich. »Es sind bei Netto die besten. Ich hatte nicht die Energie, zum Bäcker zu gehen.«

Lotte plapperte ein wenig nervös, wie sehr sie gerade diese Sorte Rumkugeln mochte, während Frank Pia betrachtete. Ihr Gesicht wirkte kränklich blass, die Haut fettig, die dunklen Locken klebten glanzlos am Kopf, ein leichter Schweißgeruch umgab sie. Ganz offensichtlich hatte Pia weder geschlafen, noch war sie im Bad gewesen, seit sie die Leiche ihrer Freundin gefunden hatte.

»Hast du heute Nacht überhaupt geschlafen, Waage?«, erkundigte er sich.

Pia zuckte die Achseln, ohne ihn anzusehen. »Ein bisschen.«

»Gibt es denn niemanden, der dich betreuen kann? Eine Freundin oder deine Mutter?«

»Ich bin es gewohnt, allein zu sein.« Sie goss Kaffee in die Tassen ihrer Gäste. »Außerdem ziehe ich in fünf Tagen um. Die Wohnung muss bis zum Ersten geräumt und besenrein sein, und die Umzugskartons packen sich schließlich nicht von allein.«

»Ich würde dir gern helfen«, bot Lotte an. »Ich kann auch auf deinem Sofa schlafen, wenn du Gesellschaft möchtest.«

»Danke. Mit Blick auf die laufenden Ermittlungen wäre das nicht besonders klug. Es könnte meiner und eurer Sache schaden, wenn wir uns zu häufig treffen. Schließlich stehe ich unter Verdacht.«

»Aber …«, Lotte hielt inne, »wir glauben bestimmt nicht, dass du …«

»Waage hat völlig recht«, unterbrach sie Frank. »Wir müssen professionell bleiben, Lotte, und sie ist persönlich viel zu sehr in den Fall involviert.« Er sah Pia an. »Trotzdem halte ich es nicht für richtig, wenn du ausgerechnet jetzt allein bleibst.«

Wieder zuckte Pia die Achseln.

»Sag mal, wollt ihr eigentlich irgendetwas Besonderes, Janssen?« Zum ersten Mal sah Pia Frank direkt an.

Er erwiderte ihren Blick und atmete tief durch. »Wusstest du, dass Dorthe schwanger war?«

»Was?«

»Der Rechtsmediziner sagt, sie war in der sechsten Woche.«

Pia starrte ihren Chef fassungslos an. Dann schüttelte sie langsam den Kopf.

»Du wusstest es nicht?«, fragte Frank noch einmal.

»Nein.« Sie sah aus, als wäre sie gelähmt. »Nein, ganz sicher nicht. Das muss ein Missverständnis sein.«

»Kim hat keinerlei Zweifel.«

»Aber das kann nicht stimmen. Wie sollte Dorthe denn …?« Pia schloss die Augen und blieb eine Weile so sitzen. »Ich verstehe das nicht«, sagte sie, als sie die Augen wieder öffnete.

»Weißt du, ob sie diese Fertilitätsbehandlung fortgesetzt hat?«

»Was meinst du?«

»Ihre Mutter hat uns erzählt, dass Dorthe und ihr Exmann versuchten, ein Kind zu bekommen, bevor sie dich kennenlernte. Vielleicht hat sie die Behandlung nicht aufgegeben, obwohl sie den Mann gegen eine Frau getauscht hat? Aber geht das überhaupt? Eventuell hat sie es mit einem anonymen Spender versucht?«

Pia lachte. Ein kurzes Bellen, etwas zu laut. »Nie im Leben«, erklärte sie. Dann wurde sie wieder ernst. »Der Gedanke ist vollkommen absurd. So etwas macht man doch nicht hinter dem Rücken seines Partners. Und schon gar nicht Dorthe, sie war so … so …« Pia brach ab.

»Weißt du, in welche Klinik sie und ihr Mann seinerzeit gegangen sind?«

Sie schüttelte den Kopf.

»Ich denke nur«, sagte Frank langsam, »dass es das Natürlichste wäre, sich dort behandeln zu lassen, wo es ohnehin eine Krankenakte gibt. Also, wenn sie die Hoffnung nicht aufgegeben hatte, meine ich.«

Pias Kopfschütteln wurde heftiger. »Niemals«, erklärte sie noch einmal. »Dorthe war gegen anonyme Samenspenden, das weiß ich.«

Frank wollte gerade eine weitere Frage stellen, als sein Telefon klingelte. »Entschuldigung, es ist Traneby. Das Gespräch muss ich annehmen.« Er stand auf und ging ins Wohnzimmer.

»Bei uns sind gerade ein Paar Schuhe hereingekommen«, begann Kurt Traneby.

»Ja?«

»Türkise Asics-Sneakers, Größe 40.« Der Leiter der Kriminaltechnik machte eine Kunstpause. »Sie lagen in einer Plastiktüte und sind mit relativ frischem Blut verschmiert. Ein aufmerksamer Mitbürger hat sie gefunden und uns vor ein paar Stunden gebracht.«

»Ist das relevant für den Mordfall?«

»Gar keine Frage. Das Sohlenmuster und die Größe passen zu den Spuren, die wir am Tatort gefunden haben. Wir haben eine Blutprobe ans Labor geschickt. Wenn sie mit der Blutgruppe des Opfers übereinstimmt, ist die Sache klar.«

»Okay.« Frank wartete geduldig. Er kannte Traneby gut genug, um zu wissen, dass er noch mehr hatte. Er hätte den Leiter der Ermittlungen sonst niemals auf dem Handy angerufen, es sei denn, es gäbe noch eine Pointe. »Willst du mich nicht fragen, wo die Schuhe gefunden wurden?«

»Doch, doch. Wo wurden sie denn gefunden?«

»In einem Sperrmüllhaufen an der Lundbygade 19.« Traneby machte eine weitere Pause. »Dem Nachbarhaus von Pia Waage.«

»Das ist ja 'n Ding.«

»Sie lagen bei einer Menge anderem Kram. Die Kinder, die sie gefunden haben, wollten sie einer der Mütter zum Geburtstag schenken, nachdem sie gesehen hatten, dass die Schuhe praktisch neu waren. Zu Hause hat der Vater dann sofort gesehen, dass die Schuhe mit Blut verschmiert waren. Er hat sie wieder in die Tüte gesteckt und uns die ganze Herrlichkeit vorbeigebracht.«

»Ich finde, das klingt sehr merkwürdig.«

»Ganz deiner Meinung.«

»Tja, wenn zwei Kinder und ein Vater die Tüte und die Schuhe in der Hand hatten, gibt es wohl kaum noch Fingerabdrücke – außer ihren.«

»Wir sperren gerade den Hinterhof ab. Könnte ja sein, dass wir noch weitere Spuren finden.«

»Ich komme in einer Viertelstunde runter zu euch.«

»Runter? Wo bist du?«

»In der Lundbygade 21. In Waages Wohnung.«

»Aha.« Traneby räusperte sich. »Das ist kein einfacher Fall.«

»Das kann man wohl sagen.«

Frank blieb am offenen Fenster stehen. Es war die erste Spur, die nicht durch Zufall entstanden sein konnte. Pia Waages Fingerabdrücke auf der Mordwaffe ließen sich erklären, auch die Blutspuren an ihrer Kleidung. Das hatte sich aus dem Umstand ergeben, dass Pia quasi eine Angehörige des Opfers war. Aber das hier ... Würde seine hochintelligente Kollegin wirklich so dumm sein, einen so wichtigen Beweis in der Nähe ihrer Wohnung zu entsorgen? Deutete das nicht eher darauf hin, dass irgendjemand versuchte, die Aufmerksamkeit der Polizei auf Pia zu lenken? Oder konnte es auch umgekehrt sein? Hatte Pia die Beweisstücke eventuell bewusst an einem Ort abgelegt, der eindeutig auf sie hinwies, um die Polizei schlussfolgern zu lassen, es müsse sich um eine falsche Spur handeln? War sie so gerissen, dass sie Franks Überlegungen mit einkalkuliert hatte? Er ging in die Küche.

»Darf ich mal deine Trainingsschuhe sehen, Waage?«

Pia sah ihn an. »Weshalb?«

»Deshalb.«

Sie stand auf. »Sollen es die Spinningschuhe, die Laufschuhe oder die Turnschuhe sein? Ich habe sogar mehrere Paar Laufschuhe, wenn es sein muss.«

»Zeig mir einfach die ganze Sammlung.«

Sie gingen ins Schlafzimmer, und Pia legte eine verblüffende Auswahl an Sportschuhen aufs Bett. Einige holte sie aus dem Garderobenschrank, andere aus den Umzugskartons, und ein einzelnes Paar lag in ihrer Trainingstasche.

»So«, sagte sie, als sie fertig war.

Frank hob einen weiß-silberfarbenen Asics-Laufschuh hoch und drehte ihn um. »Die sind ja fast neu.«

»Ja, ich bin erst ein paarmal damit gelaufen.«

»Größe 40. Ich wusste gar nicht, dass du solche Quadratlatschen hast.« Frank versuchte, den lockeren Ton beizubehalten. »Bist doch sonst eher ein kleiner Krümel.«

»Ich benutze immer Laufschuhe, die ein bis zwei Nummern größer sind als meine normalen Schuhe. Das ist angenehmer für die Zehen. Man muss sie nur stramm zubinden, dann funktioniert das ausgezeichnet.«

Frank hob ein anderes Paar hoch. »Die sind abgenutzter.«

»Das ist ein altes Paar, ja. Es sind Waldlaufschuhe.« Pia sah ihn an. »Eigenartig, dass du dich plötzlich für mein Schuhwerk interessierst.«

»Ich würde die hier gern mitnehmen.«

Pia ließ ihren Blick von seinem Gesicht auf die Schuhe und wieder zurück wandern. »Du wählst das am meisten ausgetretene Paar«, sagte sie langsam, »weil das Labor so die Art, wie sie abgenutzt sind, mit ein paar anderen Schuhen vergleichen kann.« Sie runzelte die Stirn. »Deshalb hat Traneby angerufen, oder? Sie haben in Dorthes Haus ein Paar Schuhe gefunden und wollen nun herausfinden, ob es meine sind.«

»So in etwa.«

»Wo haben sie gelegen? Im Haus, davor oder wo?«

Frank schüttelte den Kopf.

»Ach, hör schon auf, Janssen.«

Er sah sie einen Moment an und wog das Für und Wider ab. Dann sagte er: »Sie wurden hier im Viertel gefunden.«

»Hier? In der Lundbygade?«

Er nickte.

»Ihr glaubt doch nicht …«

»Wir müssen es untersuchen, Waage.«

»Ja.« Sie schluckte. »Ja, natürlich müsst ihr das tun.« Pia ließ sich aufs Bett fallen, mitten in die Schuhsammlung, und begrub ihr

Gesicht in den Händen. »Oh, verdammt!« Ihre Stimme drang undeutlich durch ihre Finger. »Was für ein Chaos.«

Frank gab die Schuhe an Lotte weiter und setzte sich neben Pia Waage. »Wenn wir nun sagen …« Er hätte gern ihre schlanken Handgelenke umfasst und die Hände vom Gesicht gezogen, um Blickkontakt zu bekommen. »Willst du mich nicht mal ansehen, Waage?«

Sie ließ die Hände fallen und blickte auf.

»Wenn wir nun sagen, dass der Täter die Schuhe auf dem Nachbargrundstück hinterlassen hat, um den Verdacht auf dich zu lenken?«

Pia nickte.

»Nehmen wir an, es ist so«, fuhr Frank fort. »Es handelt sich um die gleiche Marke wie deine neuen Schuhe, auch die Größe stimmt. Wir überprüfen sie und deine alten Schuhe auf DNA-Spuren. Wenn sich nun herausstellt, dass es deine Schuhe sind, und wir sagen, dass du sie nicht dorthin gebracht hast … Wie könnte der Täter an die Schuhe gelangt sein?«

Pia ließ den Blick über die Schuhe schweifen, die auf dem Boden und dem Bett lagen. »Ich sehe nicht, wie … mein Gott, natürlich!« Sie hielt abrupt inne. »Die Schuhe sind mir letzte Woche gestohlen worden. Ein Paar Asics. Das hatte ich völlig vergessen.« Sie deutete mit dem Kopf auf die neuen Schuhe, die Frank sich angesehen hatte. »Deshalb habe ich dieses Paar gekauft. Sie sind beinahe identisch.«

»Welche Farbe hatten die Schuhe, die gestohlen wurden?«

»Türkis und weiß.«

»Und wo ist das passiert?«

»Im Fitnesscenter am Justesens Plads. Sie standen im Vorraum des Umkleideraums, als ich an den Geräten trainierte.«

»Im Vorraum?«

»Das ist ein Garderobenraum, in den wir unsere Jacken und Mäntel hängen und die Straßenschuhe abstellen. Die Spinde im eigentlichen Umkleideraum sind so klein, dass wir gerade mal die Kleidung und eine Tasche hineinbekommen.«

»Wird dieser Vorraum von Männern und Frauen genutzt?«

Pia nickte.

Frank dachte einen Moment nach. »Warum standen deine Trainingsschuhe in der Garderobe, während du trainiert hast? Wieso hast du sie nicht getragen?«

Pia verzog ihr Gesicht. »Ich trainiere doch nicht drinnen und draußen in denselben Schuhen. Ich wechsele die Schuhe, wenn ich an die Geräte gehe.«

»Hast du sie als gestohlen gemeldet?«

»Ich habe dem Personal gesagt, dass sie weg sind.«

»Hm.« Frank kratzte sich an der Wange. Das passte alles zusammen, aber … »Letzte Woche, sagst du? Wenn Dorthes Mörder sie gestohlen hat, dann war der Mord geplant.«

Pia sah ihn an. »Und es war auch geplant, dass mir die Schuld zugeschoben wird.«

8

Liebe Pia,

Dan Sommerdahl starrte auf die beiden Worte, seine Finger schwebten über der Tastatur. Dann lehnte er sich zurück. In Gedanken versunken, öffnete und schloss er zerstreut seine schmerzende Hand. War es übertrieben, sich auf diese Weise an Pia Waage zu wenden? So gut kannte er sie nun auch wieder nicht, oder? Sicher, inzwischen hatten sie einige Male zusammengearbeitet und waren sich immer sympathisch gewesen. Aber befreundet im eigentlichen Sinn waren sie nicht. Privat wusste er im Grunde überhaupt nichts über sie, außer den Dingen, die er sich im Laufe der Zeit so zusammengereimt hatte. Vielleicht fand sie ihn aufdringlich?

Andererseits ... Brauchte sie jetzt nicht jede Unterstützung, die sie bekommen konnte? Dan vergaß seine Hand und klickte wieder auf die Netzausgabe des *Ekstra Bladet*, in der er gerade über die jüngsten Entwicklungen in dem Mordfall gelesen hatte. Eine Quelle, die der Ermittlungsgruppe nahestand, hatte mitgeteilt, dass die Leiche von einer hochrangigen Mitarbeiterin der Polizei von Christianssund gefunden worden war. Und da diese Mitarbeiterin ein Liebesverhältnis mit der Ermordeten hatte, war sie von der Aufklärung des Falls ausgeschlossen. Die Quelle deutete an, die Betreffende könnte in den Mord verwickelt sein. Es gäbe mehrere Spuren, die gründlich untersucht werden müssten, bevor sie das Präsidium wieder betreten dürfe. Die geschwätzige Quelle hätte eigentlich nur noch den Namen und die Adresse der betreffenden Person angeben müssen – Informationen, die der Zeitung ganz sicher schon vorlagen. Dan wäre jede Wette eingegangen, dass in diesen Minuten ein Reporterteam vor der Haustür von Pia Waage wartete.

Er hörte sich selbst aufstöhnen, als er aus seinem Arbeitsstuhl aufstand. Einige Stunden nach dem Unfall auf dem Schotterweg schmerzte nicht mehr nur seine Eitelkeit. Tatsächlich tat der ganze Körper weh. Vor allem das rechte Knie. Auf seinem Oberschenkel zeichnete sich zudem ein riesiger blauer Fleck ab. Er humpelte zum Erkerfenster. Die Segel von ein paar Windsurfern und einer Gruppe Optimist-Jollen flogen über den dunkelblauen Fjord. Heisere Möwenschreie drangen durch das offene Fenster. Hier, auf seinem festen Aussichtsposten, konnte Dan am besten nachdenken. Wenn er sich jemals entschließen sollte, aus seiner Junggesellenwohnung auszuziehen, würde er diese Aussicht auf den Fjord vermissen.

Er versuchte sich vorzustellen, wie es Pia Waage momentan ging. Wenn er sie richtig einschätzte, war sie allein. Mit Journalisten würde sie garantiert nicht reden. Weinte sie? Dan konnte es sich nicht vorstellen, aber immerhin hatte sie ihre Lebensgefährtin verloren, und auch sie war nicht aus Stahl. Sie brauchte jemanden, mit dem sie reden konnte. Oder zumindest jemanden, der Mitgefühl zeigte.

Er beugte sich vor und stützte die Ellenbogen auf die Fensterbank. Er konnte sich nicht entscheiden. Und er wusste nicht so genau, was ihn in seiner Entscheidungsfähigkeit behinderte. Seit der Auseinandersetzung mit Marianne am Samstag war sein Hirn von einer Unzahl Gedanken blockiert. Als würde er überall Fragezeichen setzen, an seinen eigenen Beweggründen zweifeln und unsicher sein, wie andere ihn beurteilten. Dan brauchte ein Projekt, etwas, das ihn von seinen privaten Problemen ablenkte. Die Aufgaben in seiner Werbeagentur waren gerade nicht sehr herausfordernd, dort fand er nur wenig Ablenkung. War das der eigentliche Grund, warum ihn dieser tragische Mord so sehr interessierte? War es ganz einfach Langeweile, die ihn auf diese dämliche Mission zum Balleslev Hegn geführt hatte? Wollte er sich deswegen an Pia Waage wenden? Oder war er schlicht so neugierig wie alle möglichen anderen Außenstehenden?

Nein, dachte er, als er zurück zum Schreibtisch ging. Oder doch, möglich war es. Aber selbst undurchsichtige Motive sollten ihn nicht daran hindern, sich gegenüber einer guten Bekannten, die sich in einer unglücklichen Situation befand, anständig zu verhalten. Er schrieb weiter an seiner Mail:

Liebe Pia,
gerade habe ich von Dorthes Tod gehört. Es tut mir wirklich leid.

Nun starrte er auf diese beiden Zeilen. Ein bisschen kurz, oder? Gab es wirklich nicht mehr zu sagen? Nur wusste er in Wahrheit nichts über die Umstände, und er hatte nichts als sein Mitgefühl anzubieten. Bei Licht betrachtet, könnte Pia sogar selbst die Täterin sein. Hieß es nicht, dass sich in den weitaus meisten Fällen die Schuldigen im unmittelbaren Umkreis des Opfers fanden? Aber so wollte er einfach nicht denken. Er ergänzte seine Zeilen um einen weiteren Satz:

Sag Bescheid, wenn ich etwas für Dich tun kann.
Liebe Grüße

Nein. Dan löschte die Grußformel und ersetzte sie durch:

Freundliche Grüße
Dan

So. Gesendet. Dan blieb einen Moment sitzen, bis ihn die Ruhelosigkeit erneut überkam. Plötzlich ertrug er seine eigene Gesellschaft nicht mehr. Er musste irgendetwas tun. Er könnte seine Mutter besuchen. Oder vielleicht nach Kopenhagen fahren und mit seinem Sohn ins Kino gehen. Rasmus hatte die Nachricht von der erneuten Trennung seiner Eltern mit erstaunlicher Ruhe aufgenommen.

Keine dieser Möglichkeiten reizte ihn wirklich. Dan wurde klar, dass er sich eigentlich nur mit jemandem unterhalten wollte, mit dem er über den Mordfall sprechen konnte. Mit jemandem, der Pia kannte. Jemandem, der vielleicht ein bisschen mehr wusste als die Zeitungen. Dan wählte die richtige Nummer und rief an.

»Torp.«

»Ich bin's, Dan.«

»Hej, hej.« Flemming klang geistesabwesend.

»Störe ich?«

»Ein wenig. Hast du etwas Besonderes auf dem Herzen?«

»Bist du heute Abend beschäftigt?«

»Nein.« Flemming machte eine Pause. »Willst du mit uns essen?«

»Sehr gern.«

»Ich gebe Urs Bescheid.«

»Danke.«

Eine kurze Pause.

»Ich muss jetzt auflegen, Dan.«

Das Gespräch war zu Ende.

Dan hatte noch eine Stunde, bevor er aufbrechen musste. Er ging noch einmal die Netzausgaben verschiedener Zeitungen durch. Die *BT* hatte einige Schüler des Gymnasiums von Christianssund befragt, welche Bedeutung die ermordete Lehrerin für sie gehabt hatte. Es ist, als würde man Zeuge einer Heiligsprechung werden, dachte Dan und überflog die vielen liebevollen Aussagen. Glaubte man Dorthe Bertelsens Schülern, war die tote Gymnasiallehrerin ein Geschenk Gottes an das dänische Bildungssystem gewesen. In einem anderen Artikel zitierte die Zeitung die Geschichte eines Konkurrenzblattes über die lesbische Beziehung des Opfers zu einer Repräsentantin der örtlichen Polizei. Es gab keine weiteren Details.

Ekstra Bladet hingegen brachte als neueste Information, dass man in der Nähe der Wohnung der krankgeschriebenen Ermittlerin ein Paar Schuhe gefunden hatte, die mit großer Wahrscheinlichkeit eine entscheidende Spur in dem Fall waren.

Einiges deutete darauf hin, dass nur *Ekstra Bladet* Kontakt zu dieser redseligen Quelle bei der Polizei von Christianssund hatte, dachte sich Dan, als er einen weiteren Artikel anklickte, in dem ein pensionierter Leiter der Kopenhagener Mordkommission interviewt wurde. Er wollte den konkreten Fall nicht kommentieren, erklärte aber die generellen Regeln, wie man sich aufseiten der Behörde verhielt, wenn ein Polizist bei Ermittlungen ins Rampenlicht geriet. Der Begriff »Suspendierung« tauchte mehrfach in dem Artikel auf, obwohl der ehemalige Polizeichef sehr deutlich darauf aufmerksam machte, dass schon viel zusammenkommen müsse, bis eine derartige Maßnahme ergriffen würde.

Weder *Politiken* noch *Berlingske Tidende* brachten das unbestätigte Gerücht, dass eine Ermittlerin aus Christianssund in Dorthe Bertelsens Tod verwickelt war. Auf der Seite von *Politiken* war dafür ein ausgezeichneter Nachruf erschienen, verfasst von einem Schüler namens Robin Carlsen. Der junge Mann drückte in seinem Artikel ebenso viel Bewunderung und Trauer aus wie die Schüler, die von der *BT* interviewt worden waren, im Gegensatz zu ihnen vermied er jedoch die schlimmsten Klischees. Es war ihm sogar gelungen, in dem ernsten Text eine gewisse Portion Humor unterzubringen.

Dan ging auf Facebook und gab den Namen des Autors ein. Er hatte sofort Erfolg: Robin Carlsen, Christianssund. Das musste er sein. Auf dem Profil ausgewählte Informationen. Ein hübscher junger Mann mit dunklen Augen. Dreiundzwanzig Jahre alt. Dan überprüfte, an welchen Gruppen er teilnahm. Es waren einige, sowohl dänische wie ausländische. Unter anderem eine, die sich schlicht »Christianssund Gymnasium« nannte. Dan stellte rasch fest, dass diese Gruppe geschlossen war, der Inhalt konnte nur von ihren Mitgliedern angesehen werden. Er schickte eine Bitte um Mitgliedschaft – als alter Schüler des Gymnasiums müsste ich doch qualifiziert sein, dachte er – und widmete sich wieder Robins Profil, in dem auch die Freundesliste zugänglich war. Dan überflog sie. Plötzlich tauchte ihr Name auf: Dorthe Bertelsen.

Das Profil der toten Gymnasiallehrerin stand sperrangelweit offen. Schüler und Kollegen hatten im Laufe des Tages ihre Chronik mit Trauerbekundungen gefüllt, jeder konnte ihr Aktivitätslog überprüfen. Was für ein Vertrauen. Dorthes Profilbild war ein anderes als in den Zeitungen. Auf diesem Foto wirkte sie seriöser. Ohne Sonnenbrille und Weinglas, die Locken durch eine rote Haarspange gezähmt, ein kontrolliertes Lächeln. Dan vermutete, dass sie hier ihr professionelles Ich zeigte. Er fand Pia Waages Namen in Dorthes Freundesliste und war nicht überrascht, als sich herausstellte, dass Pias Profil noch privater war als Robin Carlsens. Nicht einmal ein Foto gab es, nur die anonyme Standardsilhouette in Facebooks hellblauer Grundfarbe. Pia Waage war geschlossenes Terrain.

9

»Ich verstehe einfach nicht, wie diese Geschichte an die Öffentlichkeit kommen konnte.« Frank Janssen lehnte sich auf dem Sofa zurück. »Oder besser: Wer hat geplaudert? Gundersen hat versucht, es in Erfahrung zu bringen, aber selbstverständlich schützt dieser Journalist seine Quelle.« Helle Gundersen war die für Presse und Kommunikation Verantwortliche der Polizei von Christianssund und kannte alle Kriminalreporter der überregionalen Medien.

»Könnte es Gerner gewesen sein?«, fragte Flemming Torp vorsichtig.

»Das war auch mein erster Gedanke. Gerner hatte einige Auseinandersetzungen mit Waage, vor allem nach ihrer Beförderung. Mich hat er ohnehin nie richtig akzeptiert. Er hat ja ein paar Dienstjahre mehr auf dem Buckel als sie oder ich, und es gibt gar keinen Zweifel daran, dass er sich übergangen fühlt.« Frank schüttelte den Kopf. »Ich glaube, mit seiner Loyalität ist es nicht weit her. Aber er kann nichts von den Schuhen gewusst haben, die auf dem Nachbarhof gefunden worden sind. Der Artikel erschien gegen fünfzehn Uhr, zu diesem Zeitpunkt saß Gerner noch mit drei weiteren Beamten im Gymnasium und hat Dorthe Bertelsens Kollegen vernommen. Ich habe ihn erst gegen achtzehn Uhr über den Schuhfund informiert.«

»Könnte es jemand aus Tranebys Abteilung sein? Einer von den Kriminaltechnikern, meine ich?«

»Wäre eine Möglichkeit.«

Flemming blätterte in einem Stapel Ausdrucke, während sich Frank im Wohnzimmer umsah. Er hatte seinen ehemaligen Chef in all den Jahren selten besucht, und jedes Mal kam es ihm so vor, als ob er noch nie hier gewesen wäre. Flemmings Einrichtung wechselte in regelmäßigen Abständen – ein Abbild seines jeweiligen bürgerlichen Standes. Vor vielen Jahren ein ordentliches, kleinbürgerliches Vorstadtheim, damals war er noch mit seiner ersten Frau verheiratet. Dann eine Zeit, in der nackte Wände und halb leere Regale sein Dasein als geschiedener Ehemann bezeugten. Und jetzt, als Folge der Ehe mit der Kunstlehrerin Ulla, eine unglaubliche Menge an Fotos, Gemälden und handgefertigten Gegenständen, die jeden freien Quadratzentimeter der Wohnung bedeckten. Man musste lange suchen, um irgendeine Spur von Flemming Torp in diesem Wohnzimmer zu finden. Es gab nicht einmal Fotos seiner erwachsenen Kinder. Frank vermutete, dass es seinem alten Chef egal war. Die Wohnungseinrichtung interessierte ihn offensichtlich nicht.

Flemming blickte von seinen Unterlagen auf. »Vielleicht sind es zwei verschiedene Quellen«, überlegte er. »Dass das Opfer die Geliebte einer Polizistin war, könnte aus einer Polizeiquelle stammen, wenn man diesem Artikel glauben durfte – und diese Quelle könnte jeder sein. Den Hinweis auf die Schuhe, die in der Lundbygade gefunden worden sind, könnte die Redaktion dagegen auch von dem Vater bekommen haben, der sie bei der Polizei abgegeben hat.« Flemming wusste, dass die Leute erstaunlich oft bei den Redaktionen anriefen.

»Lass mich mal sehen«. Frank griff nach den Artikeln. »Hm«, brummte er, als er sie noch einmal gelesen hatte. »Du hast recht. Ich bin einfach davon ausgegangen, dass es derselbe gewesen sein muss.«

»Was willst du unternehmen?«

»Ich muss irgendwann mit Gerner sprechen. Es geht ja nicht nur um dieses Leck. Er hat ein generelles Autoritätsproblem, nur ...«

»Das Timing?«

»Genau.« Frank sah seinen alten Chef an. »Ich brauche ihn, Torp. Du bist nicht mehr da, Waage ist krankgeschrieben, und die anderen sind ausnahmslos tüchtige Leute, aber sie alle sind weitaus unerfahrener als Gerner. Wenn ich es jetzt auf eine Konfrontation mit ihm ankommen lasse, riskiere ich, dass er total blockiert.« Er zuckte die Achseln. »Ich muss es dabei belassen, allen einzuschärfen, dass die Kommunikation mit der Presse ausschließlich über Gundersen und mich zu laufen hat. Im Moment müssen wir uns auf den Mordfall konzentrieren.«

Flemming lehnte sich auf dem Sofa zurück. »Wie weit seid ihr?«

Frank berichtete von den vorläufigen Ergebnissen. Es war rasch überstanden. Er erzählte von Dorthes Schwangerschaft, von der Pia Waage nichts gewusst hatte, obwohl sie und Dorthe in einigen Tagen zusammenziehen wollten. Er erwähnte die verbrannte Kleidung, die Fingerabdrücke auf dem Bügeleisen und den verschwundenen Hammer. »Waage ist bereit zu schwören, dass in Dorthes Werkzeugkiste ein Hammer lag. Nur ist der einfach verschwunden.«

»Ihr geht also davon aus, dass der Hammer des Opfers die Mordwaffe war?«

»Das scheint am wahrscheinlichsten, ja.« Als Flemming nickte, fuhr Frank fort: »Und dann ist da noch diese Geschichte mit den Schuhen.« Er wiederholte Pias Erklärung über die gestohlenen Schuhe.

»Die ihr natürlich überprüft habt?«, vergewisserte sich Torp.

»Ein Beamter hat mit dem Personal in Waages Fitnesscenter gesprochen. Sie konnten sich gut erinnern, dass sie ihre Schuhe gesucht hat. Der Diebstahl wurde in einer internen Liste über Dinge, die im Fitnesscenter gestohlen wurden, registriert.«

»Das könnte arrangiert worden sein.«

»Natürlich. Wenn Waage geplant hat, ihre Freundin zu ermorden und falsche Spuren zu legen, wäre genau dieses Detail sehr clever.«

»Du klingst, als würdest du sie verdächtigen?«

»Nicht direkt. So wie ich sie kenne ...« Frank wand sich ein wenig. »Nein, das ist Quatsch. Die Wahrheit ist, dass ich sie nicht sonderlich gut kenne. Ich wusste bis gestern zum Beispiel nichts über ihr Verhältnis zu Dorthe Bertelsen. Und ich habe keine Ahnung, wie sie auf einen Seitensprung ihrer Freundin reagieren könnte.«

»Nur weil sie ihr Privatleben abschirmt, ist sie nicht gleich schuldig.«

»Natürlich nicht.« Frank fuhr mit der Hand durch seine beinahe schwarzen Locken, die in der letzten Zeit anfingen, an den Schläfen grau zu werden. »Ich muss nur ständig darüber nachdenken, ob sie uns etwas vorgespielt hat, als sie behauptete, nichts von Dorthes Schwangerschaft gewusst zu haben. Vielleicht wusste sie es längst. Jedenfalls lange genug, um diese ganze Geschichte zu inszenieren.«

»Was sagt deine Intuition?«

»Die ist nicht zu allzu viel zu gebrauchen, oder?«

»Mitunter ist es ein ganz nützliches Werkzeug.«

Frank sah ihn an. »Ich weiß es nicht. Waage ist schwer zu durchschauen. Ich möchte am liebsten nicht so über eine Kollegin denken.«

»Vielleicht musst du es aber tun.« Flemming stand auf und blieb mit den Händen an den Hüften stehen. Vorsichtig drehte er sich von der einen auf die andere Seite. Er hatte seit Jahren Probleme mit dem Rücken, und es war offensichtlich nicht besser geworden, obwohl er inzwischen einen sehr viel weniger anstrengenden Job hatte, dachte Frank und ertappte sich dabei, in Flemming Torp einen älteren Herrn zu sehen, obwohl der Mann erst achtundvierzig Jahre alt war. Seine Krebserkrankung hatte dazu geführt, dass er bedeutend älter aussah, doch immerhin galt er inzwischen seit einigen Jahren als genesen.

»Du kannst nicht einfach so tun, als wäre alles in Ordnung, Janssen. Ich finde, du solltest Waage vom Dienst freistellen. Stell dir vor, was passiert, wenn sich herausstellen sollte, dass sie tatsächlich etwas mit dem Mord zu tun hat.«

»Vorläufig ist sie krankgeschrieben«, erwiderte Frank.

»Ja, aber das dauert nicht ewig. Sie ist in den Fall verwickelt, egal ob uns das gefällt oder nicht. Du riskierst, dass plötzlich eine potenziell Verdächtige ihren Namen und ihr Bild auf einem Whiteboard sieht und die Möglichkeit hat, im Computer Berichte zu lesen. Es wäre nicht nur für sie unangenehm. Sondern auch für uns. Stell dir vor, was die Presse daraus machen würde.«

»Hm.«

»Du musst die Angelegenheit mit dem Polizeidirektor besprechen. Eigentlich überrascht es mich, dass du nicht längst mit ihm telefoniert hast.«

»Er hat bereits angerufen«, gab Frank zu, und es war ihm peinlich, dass er den Zettel in seiner Jackentasche vergessen hatte. »Ich habe es noch nicht geschafft, ihn zurückzurufen.«

»Sieh zu, dass du es hinter dich bringst.«

Frank kam auf die Beine. »Dank dir für die Unterhaltung«, sagte er. »Darf ich noch mal wiederkommen, wenn ich …«

»Klar.« Flemming klopfte ihm sanft auf die Schulter. »Toi, toi, toi, Janssen. Ich beneide dich wirklich nicht.«

Flemming begleitete Frank hinaus. Als er die Tür öffnete, fing es an zu regnen. Der Himmel, dessen Farbe sich innerhalb der letzten halben Stunde vom hübschesten Vergissmeinnichtblau in eine drohende gelbgraue Nuance verändert hatte, öffnete sich beinahe von einer Sekunde auf die nächste und goss ganze Wasserkaskaden auf die Erde.

»Meine Güte!«, rief Frank, der unwillkürlich auf der Schwelle stehen geblieben war.

»Das war's dann wohl mit dem Sommer«, meinte Flemming.

In diesem Moment schoss ein Fahrradfahrer auf sie zu. Er fuhr so schnell, dass die Regentropfen in alle Richtungen spritzten, und schwang sein Bein über den Sattel, kaum dass das Fahrrad still stand. Die Gestalt warf das Rad in die Einfahrt und humpelte hastig auf die Haustür zu. Einen Augenblick später standen die drei Männer dicht gedrängt in dem schmalen Eingangsbereich.

»Mist«, fluchte Dan Sommerdahl und schüttelte sich. »Ich dachte, ich schaff's noch, bevor es anfängt.« Das Wasser lief ihm über die Glatze, sein nasses Hemd klebte auf der Haut.

Er und Flemming sahen sich an und fingen spontan zu lachen an. Für einen Moment sah Frank, was die beiden alten, sehr unterschiedlichen Freunde verband. Zu seiner Überraschung spürte er einen Hauch von Eifersucht.

»Du bist ja total durchgeweicht, Mann«, sagte Flemming. »Ich hole dir ein Handtuch. Willst du auch trockene Sachen?«

»Das ist sicher eine gute Idee«, bedankte sich Dan mit einem schiefen Grinsen. »Ich bin kurz vorm Ertrinken.« Er sah Frank an. »Wolltest du gerade gehen?«

»Eigentlich schon.« Frank sah hinaus in den Regen, der so dicht fiel, dass er sein Auto an der Bordsteinkante nur ahnen konnte. »Aber vielleicht sollte ich noch ein bisschen warten.«

»Du kannst mit uns essen, Janssen«, lud ihn Flemming ein, der mit einem großen gelben Badehandtuch auftauchte. »Ursula hat Lasagne gekocht.«

»Ja, danke ... wenn genug da ist?«

»Da bin ich ziemlich sicher. Ich frag sie mal.« Flemming verschwand noch einmal.

Frank setzte sich wieder aufs Sofa und betrachtete Dan aus den Augenwinkeln, der sich in der Ecke des Wohnzimmers abtrocknete. Seine Gefühle für den kahlköpfigen Amateurdetektiv waren wie immer gemischt. Auf der einen Seite mochte er Dan Sommerdahl. Ihm gefiel Dans Humor, und mit den Jahren war auch sein Respekt für dessen Fähigkeiten als Detektiv gewachsen. Andererseits ärgerte ihn, dass der Mann sich ständig einmischen musste, egal, ob er gefragt wurde oder nicht. Sein plötzliches Auftauchen am Tatort zum Beispiel: Niemand konnte Frank weismachen, dass es sich um einen Zufall handelte. Sein Besuch bei Flemming Torp ausgerechnet heute, es musste mit dem Mord zu tun haben. Der Mann ist einfach viel zu neugierig, dachte Frank und beobachtete, wie Dan ein sauberes T-Shirt und eine etwas zu weite Jogginghose anzog. Natürlich wusste Frank, dass Flemming und Dan seit ihrer gemeinsamen Zeit auf dem Gymnasium eng befreundet waren, aber dennoch. Ausgerechnet heute? Das konnte kein Zufall sein.

»Woher hast du denn diesen riesigen blauen Fleck?«, erkundigte er sich. »Und was ist mit deiner Hand passiert?«

Dan sah ihn an. »Ein dummer Unfall«, sagte er, ohne es weiter auszuführen.

Frank nickte. Er würde aus diesem Mann nie schlau werden. Dan hätte sich doch – in Franks Augen – ein einfaches Leben machen können, seine Werbeagentur betreiben, gutes Geld verdienen, das Leben genießen. Trotzdem wühlte er aus eigenem Antrieb immer wieder in dem Dreck, der für Frank und seine Kollegen Alltag war: verstümmelte Leichen, chaotische Tatorte, langweiliges Sichten von ebenso langweiligen Daten. Hin und wieder tat er es sogar, ohne dafür bezahlt zu werden. Frank begriff nicht, was den Mann antrieb.

10

William Friis-Mortensen stand in der Tür, als Frank Janssen und Lotte Andersen am späteren Abend die Treppe zu dem etwas heruntergekommenen Haus aus den Sechzigerjahren an der südlichen Peripherie von Christianssund hinaufgingen. Er war groß, hatte einen kräftigen blonden Vollbart und stand ein wenig gebückt in einem blauen T-Shirt mit einem Alien-Motiv.

»Bitte entschuldigen Sie, dass ich erst jetzt Zeit habe«, sagte er. »Ich weiß, dass es außerhalb Ihrer Arbeitszeit ist.«

»Kein Problem«, erwiderte Frank und drückte ihm die Hand. »Es gibt leider keine festen Arbeitszeiten, wenn man in einem Mord ermittelt, und es ist ja erst acht. Soweit ich weiß, kommen Sie gerade aus dem Ausland?«

»Ich war in Lund«, erklärte William. Er trat einen Schritt zur Seite. »Kommen Sie herein.«

»Wie lange waren Sie in Schweden?«, erkundigte sich Lotte, nachdem sie ihn ebenfalls begrüßt hatte. »Nur heute oder …?«

»Seit Freitag. Ich sollte eigentlich ein bisschen länger bleiben, aber als sie anriefen und sagten, dass Dorthe …« Er wandte sich abrupt ab. »Gehen wir ins Wohnzimmer.«

Kaum zu glauben, dass der Bewohner dieser Räume bis vor zwei Jahren mit Dorthe Bertelsen verheiratet gewesen sein soll, dachte Frank. Sie liebte es bunt, hippiehaft und hatte Freude an Details, während ihm jeder Sinn für Ästhetik fehlte. Alles, was sich in den beiden kleinen Räumen befand, hatte eine praktische Funktion. Das Durcheinander gehörte zur Arbeit eines Computer-Nerds: Kabel zogen sich die Wände entlang, lagen auf Regalbrettern und den Fensterbänken. Stapel von DVDs standen neben Tastaturen, Harddisks und anderen Einzelteilen. Die Möblierung des Schlafzimmers, die durch eine offene Tür zu sehen war, beschränkte sich auf ein Doppelbett, einen Kleiderschrank und einen riesigen Flachbildschirm mit mehreren Spielekonsolen. Im Wohnzimmer standen ein graues Ledersofa, ein paar Stühle und ein großer schwarz gebeizter Arbeitstisch mit Metallfüßen. Ein Ende des Tisches war belegt von einem stationären Computer und zwei Notebooks, das andere Ende diente als Esstisch. Das einzige persönliche Detail stand vor dem gehäkelten Platzdeckchen: ein Salz- und Pfeffer-Set aus Porzellan in Form von zwei molligen Schweinchen mit karierten Schürzen. Ganz bestimmt ein Geschenk, dachte Frank, der sich nicht vorstellen konnte, dass dieser ernst aussehende Mann in einen Laden ging, um sich so albernen Nippes zu kaufen.

»Was haben Sie in Lund gemacht?«, erkundigte sich Frank, nachdem er sich auf einen der Stühle gesetzt hatte.

»Ich wickele einen größeren Auftrag von einer Firma dort drüben ab. Das meiste kann ich von zu Hause aus erledigen, aber …« William setzte sich neben Lotte aufs Sofa.

Als Frank feststellte, dass Dorthes Exmann auch diesmal nicht beabsichtigte, seinen Satz zu beenden, sagte er: »Wir müssen Sie um den Namen und die Telefonnummer der Firma bitten.«

»Selbstverständlich.« William rief die Kontaktliste seines Telefons auf und gab ihnen die Informationen.

»Gibt es eine Kontaktperson, an die wir uns wenden können? Jemand, der bestätigen kann, dass Sie am Samstag in Lund waren?«, fragte Lotte.

»Selbstverständlich«, wiederholte William. »Hasse Falsing.« Er teilte eine weitere Telefonnummer mit. »Wir waren den ganzen Samstag über zusammen, allerdings ...«

»Ja?«

»Na ja, ich war den ganzen Tag über dort. Ich habe um acht angefangen und gearbeitet, bis ich vor Müdigkeit fast vom Stuhl gefallen bin. So etwa bis neun Uhr, glaube ich. Also abends.«

»Und ihr Kontakt?«

»Hasse war morgens ein paar Stunden da und kam gegen fünf wieder. Ich habe ihn angerufen, weil es ein Problem gab, das er sich ansehen sollte, und ...« William räusperte sich. »Er hatte eigentlich frei.«

»Also waren sie vom späten Vormittag bis gegen fünf allein?«, fragte Lotte. »Ist das korrekt?«

»Ja, ich habe gearbeitet. Wenn Sie das kontrollieren wollen, müssen Sie nur auf dem Firmenserver die Protokolle überprüfen.«

Lotte nickte.

Frank beugte sich vor und stützte die Ellenbogen auf die Knie.

»Wie war Ihr Verhältnis zu Dorthe nach der Scheidung?«

»Gut«, erklärte William. Er saß auf der Sofakante, als wäre er zu Besuch bei den Polizisten, nicht umgekehrt. Die Hände hatte er unter die Oberschenkel gesteckt. »Richtig gut«, fügte er einen Augenblick später hinzu.

»Sie waren nach der Scheidung nicht verbittert?«

»Verbittert? Nein.« Neue Pause. »Ich war traurig, natürlich, vor allem zu Beginn, aber ...« Erneut ließ er den Rest des Satzes offen.

»Haben Sie sich gesehen?«

»Hin und wieder. Sie hat mich angerufen, wenn es Probleme mit ihrem Computer gab.«

»Und dann sind Sie zu ihr gefahren und haben ihr geholfen?«

»Wenn es sich nicht am Telefon klären ließ, ja.«

»Also waren Sie nach der Scheidung bei ihr?«

»Mehrfach.«

»Wir müssen Ihre Fingerabdrücke nehmen«, sagte Frank. »Das betrifft alle, die im Forsthaus gewesen sind«, fügte er rasch hinzu, als er sah, dass William protestieren wollte. »Würden Sie bitte morgen aufs Präsidium kommen?«

»Okay.«

»Haben Sie sich mit ihr auch über andere Dinge als ihren Computer unterhalten?«

Dorthes Exmann zuckte die Achseln. »Dorthe hat ja immer viel erzählt, oder? Über ihre Arbeit und dass sie bald umziehen wollte. Dass sie den Hund vermisste, den wir hatten, als wir noch verheiratet waren. Er wurde kurz vor der Scheidung eingeschläfert. Wegen Nierenversagen. Dreizehn Jahre alt ist er geworden.« Er sank ein wenig zusammen, erschöpft von dem langen Redestrom.

»Haben Sie auch über andere Dinge gesprochen? Ihre Beziehung zum Beispiel?«

William sah Frank an. »Da gab's nicht viel zu reden. Das war Vergangenheit.«

»Lieben Sie Dorthe noch?«

»Ich habe nie damit aufgehört.«

»Sie haben also keine neue Freundin?«

»Es gab ein paar, aber …«

»Was empfand sie für Sie?«

Die Muskeln um Williams Augen zogen sich zusammen. »Was glauben Sie denn«, entgegnete er, zum ersten Mal klang seine

Stimme aggressiv. »Dorthe hatte mich verlassen. Sie hatte sich in eine andere verliebt.«

»Aber sie mochte Sie auch weiterhin?« Als er keine Antwort bekam, fügte Frank hinzu: »Darauf deutet ja einiges hin, William. Sonst hätte sie wohl kaum die ganze Zeit Kontakt zu Ihnen gehalten.«

»Sie brauchte Hilfe bei ihrem Computer.«

»Die kann man auch woanders bekommen.«

»Sicher.« William studierte seine Knie. »Sicher, natürlich kann man das. Vielleicht hat sie sich Sorgen um mich gemacht, hatte ein schlechtes Gewissen oder ...«

Nach einigen Sekunden des Schweigens sagte Frank: »Es tut mir leid, dass ich so direkt bin, aber haben Sie noch miteinander geschlafen?«

»Dorthe und ich?« Er zog die Augenbrauen zusammen. »Wie sollten wir ... Ich meine, sie war les... Das wäre doch ...«

»Sie taten es also nicht.«

»Aber nein.«

Frank nickte.

»Wann haben Sie Dorthe zuletzt gesehen?«

»Das habe ich tatsächlich überprüft. Ich dachte mir, dass Sie das fragen werden.« Er zog sein Telefon aus der Tasche und rief den Kalender auf. »Am fünften Juli«, sagte er dann.

»Bei ihr?«

»Nein, hier. Sie wollte ein paar alte PS3-Spiele holen.«

»Spielte sie PlayStation?« Frank konnte sich nicht erinnern, irgendetwas bei Dorthe Bertelsen gesehen zu haben, das darauf hindeutete. Gab es überhaupt eine Spielkonsole im Haus?

»Aber nein.« William lächelte. »Ich glaube nicht, dass sie es jemals versucht hat.«

»Wozu dann?«

»Eines ihrer wohltätigen Projekte. Ich glaube, sie wollte sie für ein Asylzentrum haben. Ich habe nur mit halbem Ohr zugehört.«

»Warten Sie«, bat Frank, als William sein Handy beiseite legen wollte. »Können Sie in Ihrem Kalender auch sehen, wann Sie das letzte Mal bei ihr zu Haus waren?«

»Dazu brauche ich keinen Kalender. Das war am 29. Juni, ihrem Geburtstag.«

Frank rechnete nach. Das musste ungefähr der Zeitpunkt gewesen sein, als Dorthe schwanger wurde, aber er entschloss sich, deshalb jetzt nicht noch einmal nachzuhaken. »Und da waren Sie eingeladen?«

»Nein, das nicht …« Wieder steckte William die Hände unter die Oberschenkel, als hätte er Angst, sie könnten irgendetwas anstellen, wenn er sie nicht festhielt. »Ich bin am Vormittag mit einem Strauß Rosen vorbeigekommen. Das war so eine Tradition, seit wir …« Wieder verstummte er.

»Waren Sie im Haus?« Frank war es leid, dem Mann jedes Wort aus der Nase ziehen zu müssen. »Oder haben Sie lediglich die Blumen abgeliefert und sind gegangen?«

»Sie hat mich auf eine Tasse Kaffee eingeladen. Ihre Freundin … Pia war auch da.«

»Und wie ist Ihr Verhältnis zu ihr?«

William zögerte. »Sie kennen sie, oder?«

»Ja.«

William bohrte die Hände noch tiefer unter seine Oberschenkel. »Dann muss ich wohl aufpassen, was ich sage.«

»Sie müssen sich nicht zurückhalten.«

»Es ist mir nicht leicht mit ihr gefallen. Aber das ist sicher nicht so ungewöhnlich, oder?« Er sah Frank mit einem verständnisheischenden Blick an. »Sie ist einfach so dahergekommen und hat meine Frau verführt. Bevor ich mich auch nur umdrehen konnte, war ich geschieden und musste mir eine neue Wohnung suchen.« Er sah sich in dem nicht sonderlich inspirierenden Zimmer um. »Das hier war eigentlich nur als eine Art Zwischenstation gedacht, bis ich etwas Ordentliches finde, aber …«

»Hatten Sie direkte Auseinandersetzungen mit Waage?«

»Einmal, ganz am Anfang. Sie war …« Er dachte nach. »Herablassend ist wohl das richtige Wort. Sie hat sich benommen, als hätte sie Dorthe vor einem Schicksal bewahrt, das schlimmer ist als der Tod. Und als seien ich und meine Gefühle in diesem Zusammenhang vollkommen irrelevant.«

»Und in der Zeit danach?«

William zuckte die Achseln. »Man nennt so etwas vermutlich bewaffnete Neutralität. Wir sind uns möglichst aus dem Weg gegangen.«

»Wäre es mit einem richtigen Bruch für Sie nicht einfacher gewesen? Es muss doch hart für Sie gewesen sein, Ihre Exfrau unter diesen Umständen zu sehen.«

»Vielleicht.« William blickte wieder auf seine Knie. Er drückte sie fest zusammen, seine Muskeln waren angespannt.

»Haben Sie tief in Ihrem Inneren gehofft, sie würde zurückkommen?«

»Wahrscheinlich«, murmelte er und blickte auf. »Aber das ist nie passiert.«

Frank stand auf, Lotte folgte seinem Beispiel sofort. Er bedankte sich und streckte die Hand aus. »Wir werden sicher noch einmal mit Ihnen reden müssen. Wann fahren Sie wieder nach Lund?«

Auch William erhob sich und ging zur Eingangstür. »Ich arbeite von zu Hause aus, also … wahrscheinlich nach der Beerdigung. Sie wissen nicht, wann das sein wird, oder?«

»Sobald die Rechtsmediziner fertig sind, wird Dorthes Mutter informiert. Sie hält Sie doch sicher auf dem Laufenden?«

»Ja, natürlich.«

»Soweit ich es verstanden habe, sind Sie regelmäßig in Kontakt.«

»Mit Ulla? Ja. Sie ist immer noch traurig, dass wir geschieden wurden.«

Als Lotte und Frank kurz darauf im Auto saßen, war es dunkel geworden.

»Mein Güte, was für eine Schlafmütze«, meinte Frank.

»Ja, als Stimmungskanone würde ich ihn auch nicht bezeichnen.« Lotte ließ den Sicherheitsgurt einrasten. »Zurück ins Präsidium?«

»Genau. Wir schaffen gerade noch ein Briefing, bevor wir Feierabend machen können.«

»Ist es dafür nicht ein bisschen spät?« Lotte ließ den Wagen an.

»Nur kurz«, erwiderte Frank und überprüfte, ob in der Zwischenzeit irgendwelche Kurznachrichten eingegangen waren. Eine Nachricht vom Polizeidirektor: Frank sollte anrufen, sobald er einen Moment Pause hätte, egal, wie spät es wäre. Es muss wirklich dringend sein, dachte er und steckte das Telefon in die Tasche. Sein Chef meldete sich nur in äußersten Notfällen mobil oder mit einer SMS. Trotzdem konnte Frank nicht mit ihm telefonieren, solange Lotte neben ihm saß und zuhörte, ob der Grund nun das Nachrichtenleck war oder Pias dienstliche Situation.

»Was hältst du von ihm?«, fragte er sie. »Also William. Ist er ein Mörder?«

»Ich kann es mir nicht wirklich vorstellen«, antwortete Lotte nach einem Augenblick Bedenkzeit. »Aber natürlich hat er ein Motiv. Diese Demütigung, meine ich.«

»Ja. Und er hätte einen guten Grund, Waage schaden zu wollen. Sollte die Frau, die ihm seine Frau weggenommen hat, wegen Mordes verurteilt werden – wäre das eine ziemlich raffinierte Rache, findest du nicht?«

»Was heißt hier weggenommen? Dorthe hatte dabei schon auch ein Wort mitzureden.«

»Du weißt, was ich meine.« Frank blickte auf den feuchten Asphalt. Der Regen hatte aufgehört, überall standen große Pfützen, und die Autos spritzten Wasserkaskaden über die Fahrradwege und Bürgersteige. »Wenn sie jetzt sein Kind erwartet hätte ...«, überlegte er laut, »wäre es ein noch besseres Motiv.«

»Was meinst du? William wollte doch unbedingt ein Kind mit Dorthe.«

»Ja, genau. Aber wenn Dorthe ihm von der Schwangerschaft erzählt und dann erklärt hat, dass sie bei Waage bleiben wollte? Wenn sie beabsichtigte, das Kind mit Pia großzuziehen?«

»Ich glaube nicht, dass sie noch miteinander ins Bett gegangen sind.«

»Es ist nicht die einzige Methode, um schwanger zu werden.«

»Nein.« Sie warf ihm einen raschen Seitenblick zu, bevor sie sich wieder auf den Verkehr konzentrierte.

»Laut Waage hatte Dorthe einen heftigen Widerwillen gegen anonyme Samenspenden«, fuhr Frank fort. »Sie war seinerzeit zusammen mit William bei der Fertilitätsbehandlung. Vielleicht hatte sie sich entschieden, sich mit seinem Samen befruchten zu lassen. Soweit ich weiß, wird er einige Zeit aufbewahrt.«

»Ist das ohne die Zustimmung des Spenders möglich? Und warum hat sie das nicht Waage erzählt?«

»Genau das müssen wir herausfinden.« Frank zog sein Handy wieder aus der Tasche und gab eine Nummer ein. »William? Entschuldigen Sie, dass ich noch einmal störe, hier ist Frank Janssen ... ja. Ich habe noch eine Frage: Können Sie sich an den Namen der Fertilitätsklinik erinnern, in der Sie und Dorthe seinerzeit behandelt wurden? ... Ja ... Ja ... Danke. Nein, wir versuchen nur, ein paar offene Fragen zu klären. Hej.« Er wandte sich an Lotte. »Westseelands Fertilitätszentrum. Es liegt in der Oststadt. Das übernimmst du morgen, Lotte. Finde heraus, ob Dorthe die Behandlung wiederaufgenommen hat. Wenn sie dort einen Beschluss brauchen, um Informationen herauszugeben, bekommst du einen.«

11

»Das ist ganz nach Vorschrift, Janssen.« Polizeidirektor Kjeld Hanegaards Telefonstimme hatte den väterlichen Ton angenommen. »Niemand verdächtigt dich oder irgendjemand anderen in deiner Abteilung der Parteilichkeit, dennoch ist es ein Gebot des gesunden Menschenverstandes, in der derzeitigen Situation Unterstützung von jemandem zu bekommen, der Pia Waage nicht persönlich kennt. Und darüber entscheiden weder du noch ich. Die Führung hat hier eine ganz eindeutige Haltung. Tatsächlich waren die meisten dafür, die gesamten Ermittlungen der Rigspoliti zu übergeben, wir haben uns dann auf einen Kompromiss geeinigt.«

»Ja, sicher, aber … Wenn wir Waage mit umgehender Wirkung vom Dienst freistellen und sofort die gesamte Maschinerie in Gang setzen, mit Hausdurchsuchungen und Vernehmungen – dann kann uns doch niemand Parteilichkeit vorwerfen.« Frank lehnte sich mit dem Telefonhörer am Ohr zurück. »Oder?«

»Niemand wirft uns etwas vor. Noch nicht. Es ist ausschließlich eine vorbeugende Maßnahme.«

»Okay.« Frank dachte einen Moment nach. Der Gedanke, einen fremden Polizisten in die Abteilung zu bekommen, war keineswegs angenehm – noch dazu einen Polizisten, dessen Aufgabe es nicht nur war, bei der Aufklärung eines Verbrechens zu helfen, sondern der auch die Kollegen der Hauptverdächtigen im Auge behalten sollte. Auf der anderen Seite … »Okay«, lenkte er ein.

»Tatsächlich wäre es nicht schlecht, einen weiteren erfahrenen Mann dabeizuhaben. Mir fehlen einfach Leute mit mehr als nur ein paar Jahren auf dem Buckel.«

»Du hast doch Gerner.«

»Sicher …« Frank hatte sich noch nicht entschieden, ob er den Polizeidirektor in seine Probleme mit dem im schlimmsten Fall illoyalen und zumindest widerwilligen Ermittler einweihen sollte. Er beließ es bei: »Gerner hat genug mit den Anfangsvernehmungen zu tun. Das Opfer hatte einen riesigen Bekanntenkreis, und allein die Übersicht darüber zu behalten, wer als Gesprächspartner relevant ist und wer nicht, ist schon eine Aufgabe für sich. Ich brauche einen Ersatz für Pia Waage.«

»Wenn du der Meinung bist, dass du zum jetzigen Zeitpunkt genügend Beweise hast, um eine Hausdurchsuchung zu erwirken, dann …« Hanegaard unterbrach sich. »Hast du diese Beweise, Janssen? Hast du so viel gegen sie in der Hand?«

»Ja, aber …« Frank dachte an die vielen Stunden, die vergangen waren, seit die blutigen Schuhe in Pias Nachbarhof gefunden wurden. »Lass es mich so sagen: Wenn Waage keine Kollegin wäre, dann hätten wir ihre Wohnung bereits auf den Kopf gestellt.«

»Das habe ich jetzt nicht gehört«, erwiderte der Polizeidirektor. »Es bestätigt nur, dass ein Unabhängiger dazukommen muss. Tu, was getan werden muss. Ich sorge dafür, dass du morgen früh einen Stellvertreter hast. Und veranlasse diese Hausdurchsuchung so schnell wie möglich.«

»Okay.«

»Noch etwas.« Kjeld Hanegaard räusperte sich. »Dieser Artikel im Internet heute …«

»Den von *Ekstra Bladet* meinst du?«

»Dieses Leck muss gestopft werden.«

»Ich habe keine Ahnung, wer es sein könnte«, log Frank. »Ich verpasse der gesamten Abteilung morgen früh einen kollektiven Anschiss.«

Als er aufgelegt hatte, ignorierte er zunächst den Papierstapel, der sich im Laufe der vergangenen Stunden in seinem Eingangskorb angesammelt hatte. Er gönnte sich eine kleine Pause hinter der geschlossenen Bürotür. Frank zog die unterste Schreibtischschublade heraus und stellte die Füße darauf. Dann faltete er die Hände im Nacken und schloss die Augen. Dieses Gefühl der Ohnmacht, das er seit dem Leichenfund am Vortag empfand, war so stark geworden, dass er sich fast schon auf die Einmischung der Rigspoliti freute. Brauchte er jetzt nicht genau so etwas? Einen Ebenbürtigen, mit dem er seine Überlegungen teilen konnte. Er war so ratlos, dass er während des Abendessens bei Flemming Torp sogar mit dem Gedanken gespielt hatte, Dan Sommerdahl miteinzubeziehen. Glücklicherweise hatte er sich bremsen können. Dan kannte Waage ja auch. Es war weit besser, mit jemandem zusammenzuarbeiten, der ganz von außen kam. Jetzt konnte er nur hoffen, dass der Betreffende umgänglich war.

Frank wurde aus seinen Überlegungen gerissen, als es an der Tür klopfte und Gerner den Kopf hereinsteckte. »Haben wir noch ein Briefing, bevor wir nach Hause gehen?«

»Natürlich.« Frank erhob sich. »Sag den anderen, dass wir in fünf Minuten zusammenkommen.« Er blätterte rasch seine Post durch, um zu sehen, ob es etwas gab, das er zu der Besprechung mitnehmen musste, griff nach einem Blatt Papier und ging auf die Herrentoilette, wo er sich ein bisschen kaltes Wasser ins Gesicht spritzte, bevor er ins Sitzungszimmer ging.

Die Zahl der Anwesenden war bescheiden. Die zusätzlich abgestellten Polizisten und Kriminaltechniker waren längst nach Hause gegangen, geblieben waren lediglich Lotte Andersen, Thor Bentzen und Svend Gerner.

Frank informierte sie rasch über die Verstärkung aus Kopenhagen. »Morgen früh kommt ein Beamter. Ich weiß nicht, wer es sein wird, ganz bestimmt jemand, der schon an der Aufklärung vieler Mordfälle beteiligt war. Es kann nicht schaden, Unterstützung von einem erfahrenen Mann zu bekommen.« Er registrierte Gerners Irritation aus den Augenwinkeln, ließ sich aber nichts anmerken. »Der Betreffende wird hauptsächlich mit dir ein Team bilden, Bentzen. Gerner, du musst mit einem der jüngeren Leute zusammenarbeiten.«

»Benjamin Winther hat heute mit mir gearbeitet. Er ist nicht auf den Kopf gefallen.«

»Gut. Was habt ihr herausgefunden?«

Gerner berichtete über die Marathonvernehmung der Lehrer und Schüler am Gymnasium von Christianssund. »Bentzen und ich haben die Notizen heute Abend verglichen, wir haben eine Liste erstellt, mit wem wir uns intensiver unterhalten sollten.« Gerner schob Frank einen Computerausdruck zu und las aus seiner eigenen Kopie vor. »Else und Klaus Forsberg waren eindeutig die engsten Freunde von Dorthe Bertelsen an der Schule. Ich glaube, sie können die meisten Informationen über Dorthe als Person liefern – abgesehen von Waage natürlich.«

»Und diese Svea Lorén?«

»Sie ist Sportlehrerin, und ich glaube eigentlich nicht, dass sie und das Opfer sehr viel miteinander zu tun hatten. Allerdings war Svea die Choreografin sämtlicher Musicals, bei denen Dorthe Regie geführt hat. Das heißt, sie war regelmäßig im Forsthaus.« Gerner schaute auf seine Liste. »Die beiden letzten Namen sind die Namen zweier Schüler aus der Studienvorbereitung, Robin Carlsen und Ditte Kløvborg. Ich habe sie mit aufgenommen, weil sie in der Theatergruppe sind und mit Dorthe Bertelsen zusammengearbeitet haben.«

»Okay.«

»Es gibt noch ein paar andere Schüler, mit denen wir reden müssen. Unter anderem einen Schüler der sogenannten Organisation Tagewerk. Er hat irgendwann Fliesen in Dorthe Bertelsens Garten verlegt. Andreas Henningsen heißt er. Aus der Oberstufe.«

»Und der Rest der Lehrer?«

»Alle kannten sie, alle mochten sie. Tatsächlich ist es schwierig, jemanden zu finden, der Schlechtes über sie sagt. Aber irgendwo müssen wir ja anfangen, und diese Namen da sind unsere Vorschläge für die erste Runde. Du bekommst den detaillierten Bericht morgen – dann siehst du ja, ob du noch mit anderen reden willst.«

»Okay.« Frank sah ihn an. »Noch etwas?«

»Bentzen und ich sind auf dem Heimweg bei den anderen warmen Schwestern vorbeigefahren.«

»Was für warme Schwestern?«

»Können wir es vielleicht unterlassen, hier solche Ausdrücke zu verwenden?«, sagte Lotte und bekam sofort einen roten Kopf, als ihr klar wurde, dass sie gleich zwei Vorgesetzte auf einmal gerüffelt hatte. »Entschuldigt, aber es irritiert mich, dass wir in diese Macho-Sprache verfallen.«

»Du hast recht.« Frank setzte ein sehr ernstes Gesicht auf. »Lasst mich die Frage umformulieren: Welche anderen Frauen mit alternativer sexueller Orientierung, Gerner?«

Lotte blickte auf den Tisch und versuchte, ein Grinsen zu unterdrücken. Gerner lachte. »Ingelise Jensen und Hanne Busk. Die beiden Freundinnen, mit denen Waage und Dorthe eine knappe Woche vor dem Mord im Kino waren. Sonntag, den 12., um genau zu sein. Sie hatten nicht viel zu berichten.«

»Wie war ihr Verhältnis zu Dorthe?«, wollte Frank wissen.

»Sie waren alte Freundinnen. Ingelise hat Dänisch mit ihr studiert. Und glaub es oder nicht, Hanne hatte vor vielen Jahren mal ein Verhältnis mit Waage. Alle vier hatten viel miteinander zu tun, sie sind auch häufig zusammen verreist«, berichtete Gerner. »Hanne und Ingelise haben Waage angeboten, bei ihnen zu wohnen, solange der Fall nicht geklärt ist, sie hat zunächst einmal abgelehnt.«

»Ich glaube, Lotte und ich sollten mit ihnen reden«, sagte Frank. »Vielleicht wussten sie von Dorthes Schwangerschaft.«

»Sie haben behauptet, nichts davon gewusst zu haben. Dafür wissen wir jetzt, dass Dorthe sich Else Forsberg anvertraut hat. Und sie hat Dorthe geraten, alles so schnell wie möglich ihrer Partnerin zu erzählen.«

»Aber Else wusste nicht, ob sie es getan hat?«

»Nein.«

»Oder wer der Vater sein könnte?«

Gerner schüttelte den Kopf.

»Hm.« Frank griff nach dem Blatt Papier von seinem Schreibtisch. »Kim Larsen-Jensen ist fertig mit der Obduktion und schickt den Bericht so schnell wie möglich. Diese Liste mit den wichtigsten Ergebnissen hat er mir als serviceorientierter Mann gleich auf den Tisch gelegt.« Er räusperte sich. »Über die Schwangerschaft haben wir gesprochen, damit müssen wir keine Zeit verschwenden. Die Todesursache waren verschiedene Schläge auf den Kopf. Die meisten oberflächlichen Verletzungen stammen von dem Bügeleisen, das am Tatort gefunden wurde, die tödlichen Schläge wurden dagegen möglicherweise von einem Hammer verursacht. Es gibt keinerlei Anzeichen von sexueller Gewalt.«

»Dann können wir einen Sexualmord ausschließen?«

»Es deutet jedenfalls nichts darauf hin.«

»Gibt es Abwehrläsionen?«, wollte Lotte wissen.

»Es finden sich Spuren an den Fingern und Händen, sie sind nicht besonders auffällig. Kim lässt so schnell wie möglich den Schmutz unter den Fingernägeln analysieren.«

»Wann starb sie?«

»Irgendwann am Samstag zwischen zehn und sechzehn Uhr. Näher lässt es sich leider nicht eingrenzen.«

Einen Augenblick war es still am Tisch.

Svend Gerner gähnte laut. »War's das?«, fragte er und richtete sich auf. »Dann würde ich jetzt gern schlafen gehen.«

»Nicht ganz«, hielt Frank ihn auf. »Morgen durchsuchen wir Waages Wohnung und überprüfen ihren Computer und ihr Mobiltelefon. Wenn ich sie richtig kenne, lässt sie uns problemlos arbeiten. Falls nicht, müssen wir einen Beschluss besorgen.«

»Ist das nicht ein bisschen drastisch?«

»Wir müssen sie so behandeln wie jeden anderen Verdächtigen auch. Vielleicht sogar etwas strenger – mit Rücksicht auf die Öffentlichkeit.«

»Natürlich.« Gerner rutschte auf seinem Stuhl herum. »Fährst du selbst mit raus?«

»Natürlich. Sie muss ja Bescheid wissen … über alles.«

Gerner nickte. »Was habe ich morgen zu erledigen?«

»Wir müssen Dorthes letzte Tage rekonstruieren. Die Anruflisten der Telefongesellschaft, ihre Mails, die aufgerufenen Internetseiten, Quittungen und sonst alles. Wir haben ja bereits einige Informationen, ich möchte, dass du das Ganze koordinierst.«

DIENSTAG, 21. AUGUST 2012

12

Polizeikommissarin Annette Poulsen gähnte ausgiebig. Es war gerade mal sieben Uhr, aber ihr Arbeitstag hatte bereits begonnen. Sie warf dem Polizeiassistenten Lars Vogelbjerg, der am Steuer saß, einen Blick zu. Er sieht deutlich frischer aus, dachte sie, während sie versuchte, nicht auf den Tacho zu sehen. Lars fuhr immer eine Spur zu schnell, sogar im dichten morgendlichen Verkehr auf der Autobahn. Nicht so schnell, dass er eine Strafe riskierte, doch es waren immer fünf bis acht Stundenkilometer zu viel. Er behauptete, der Geschwindigkeitsmesser des GPS sei verlässlicher als der Tachometer des Wagens und laut GPS bewege er sich im Rahmen des Gesetzes. Vielleicht hat er ja sogar recht, dachte sich Annette und gähnte noch einmal. Sie hatte jetzt jedenfalls keine Lust, sich auf eine weitere Diskussion mit ihm einzulassen, und öffnete ihre Tasche. Annette hielt sorgfältig Ordnung in der großen, handgenähten Tasche aus weichem, schokoladenbraunem Kalbsleder und überprüfte zum dritten Mal an diesem Morgen, ob sie an alles gedacht hatte.

»Hast du gestern Abend die Berichte noch gelesen?«, erkundigte sich Lars, als er einen Lastwagen überholte.

»Das meiste. Und du?« Sie schloss die Tasche und stellte sie zwischen ihre Füße.

»Ich habe alles überflogen. Ich vermute, wir werden vor Ort gebrieft, wenn wir ankommen.«

»Hässliche Sache.«

»Du sagst es.«

»Wir müssen herausfinden, wer der Kindsvater ist«, sagte Annette. »Das kann doch nicht so kompliziert sein.«

»Wer weiß, ob es überhaupt etwas mit dem Fall zu tun hat.«

»Schwer zu sagen.«

»Es hätte schon eine gewisse Logik, wenn der Vater des Kindes die Frau ermordet hätte. Vielleicht wollte er nicht, dass andere es herausfinden, meine ich, wie zum Beispiel seine Frau. Und hat sie im Affekt ermordet.«

»Du vergisst die Laufschuhe, Vogel.« Annette sah ihn an. »Wenn die Schuhe wirklich vor über einer Woche gestohlen wurden, kann man bei diesem Verbrechen kaum von Affekt sprechen. Dann war es ein lange geplanter Mord.«

»Es sei denn, ihre Freundin ist es gewesen.«

»Die Möglichkeit besteht durchaus«, gab Annette zu. »Vielleicht hat sie Dorthe Bertelsen aus Eifersucht ermordet. Aber egal, ob Pia Waage versucht, uns in eine Sackgasse zu leiten, oder ein anderer die Schuhe geklaut hat – der Mord war geplant.«

Eine Weile sagten beide kein Wort.

»Es wird nicht leicht werden«, sagte Lars. »So von außen zu kommen und die Ermittlungen zu übernehmen, meine ich.«

»Das ist es nie.« Ein neuerliches Gähnen. »Aber man gewöhnt sich daran.« Annette war als Mitglied der Rigspoliti schon an der Aufklärung vieler Gewaltverbrechen im ganzen Land beteiligt gewesen.

»Ja, natürlich. Diesmal ist es aber schon etwas anderes. Ich meine, diese Pia Waage ist eine Kollegin. Wenn sich nun zeigt, dass sie die Hauptverdächtige ist … Werden sie nicht versuchen, sie zu decken? Wir könnten schnell auf einen Haufen Loyalitätsprobleme stoßen.«

»Darüber sollten wir uns nicht im Vorfeld den Kopf zerbrechen«, entgegnete Annette. »Es sind professionelle Beamte. Die Polizei von Christianssund hat schon eine Menge Mordfälle aufgeklärt. Sie wissen genau, worum es geht. Außerdem haben sie selbst um unsere Hilfe gebeten.«

»Hm.«

Annette schloss die Augen und entspannte sich für eine halbe Stunde. Erst als sie in Christianssund ankamen, richtete sie sich wieder auf. Sie war schon häufiger hier gewesen. Und sie mochte die Atmosphäre in der ehemaligen Werft-Stadt, die inzwischen zu einer neuen Identität als Ort für das eher kulturorientierte Gewerbe gefunden hatte. Werbebüros, Galerien, Architekten und ein Zeitungsverlag prägten das Bild, doch die Arbeitslosigkeit in der Gegend war immer noch hoch. Man konnte einen Schweißer schließlich nicht per Zauberstab in einen Grafikdesigner verwandeln, nur weil das örtliche Jobangebot sich änderte.

»Wohnt hier in Christianssund nicht auch dieser kahlköpfige Detektiv?«, fragte Lars, als er die Rampe zur Tiefgarage unter dem Polizeipräsidium hinunterfuhr.

»Ja. Ich habe auch gerade an ihn gedacht.«

»Kennst du ihn?«

»Nein, ich bin ihm nie begegnet. Aber es würde mich nicht wundern, wenn wir ihn kennenlernen würden. Angeblich gehört er hier im Haus fast schon zum festen Inventar.«

»Und dagegen hast du nichts?« Lars rollte auf einen leeren Parkplatz und stellte den Motor ab.

Annette zog stumm die Mundwinkel ein wenig nach unten.

»Und wenn er sich einmischt?«, fuhr Lars fort.

Sie lachte. »Das werden wir ihm sicher nicht gestatten.«

Sie gingen zum Empfang und wurden gebeten zu warten, bis jemand sie abholte. Annette schaute sich um. Es sah aus wie in vielen Polizeirevieren in der Provinz, die sie kannte. Eine hohe Schranke aus hellem Buchenfurnier, eine Reihe netter Armstühle mit graublauen Bezügen, Plakate, die vor Alkohol am Steuer warnten, ein Ständer mit Broschüren zu Themen wie dem Wiedererwerb des Führerscheins bis hin zu Hilfsgruppen für die Opfer von Gewaltverbrechen. In der Ecke stand eine kraftstrotzende Yucca-Palme, die sich bei näherem Hinsehen als künstlich entpuppte.

Die Tür am hinteren Ende des Korridors ging auf, und ein Mann in einem hellgrauen, gut sitzenden Jackett kam mit ausgestreckter Hand auf sie zu. Er stellte sich als Frank Janssen vor und zeigte mit einem Lächeln seine schönen, regelmäßigen Zähne. Nichtraucher, dachte Annette, als sie den Händedruck erwiderte und sich selbst vorstellte. Sein Haar war grau gesprenkelt, und an den Augen zeigten ein paar dünne Linien, wo sich eines Tages seine Lachfalten befinden würden. Sie schätzte sein Alter auf Ende dreißig. Ziemlich jung für einen Ermittlungsleiter. Er musste tüchtig sein.

Annette und Frank gingen nebeneinander die Treppe hinauf, Lars folgte ein paar Stufen hinter ihnen.

»Ich wusste nicht, dass ihr zu zweit kommt«, sagte Frank.

»Das machen wir immer so«, erwiderte sie. »Ich hoffe, das ist kein Problem?«

»Aber nein.« Er lächelte. »Umso besser.«

Wer weiß, ob er auch überrascht ist, dass eine Vorgesetzte gekommen ist?, überlegte Annette. Vielleicht hatte er sich vorgestellt, nur ein wenig Verstärkung zu bekommen? In diesem Fall verbarg er es gut.

Die Etage, auf der die Abteilung für Gewaltverbrechen untergebracht war, hatte man erst kürzlich renoviert, registrierte Annette Poulsen. Die Wände waren relativ frisch gestrichen, und alle Schalter und Klinken sahen neu aus. Sie vermutete, dass die große Veränderung hier wie in so vielen anderen Büros darin bestand, dass Einzel- oder Zweimannbüros zu größeren Einheiten zusammengelegt worden waren. Nur die Leiter behielten ihre eigenen Zimmer. Der Korridor war nahezu menschenleer, aber es war ja auch erst kurz vor acht Uhr.

Frank Janssen führte sie in ein kleines Sitzungszimmer mit Fenstern, aus denen man auf eine Grünanlage blickte. »Ich dachte, du könntest hier sitzen«, wandte er sich an Annette. »Vogelbjerg bekommt einen Platz im Gemeinschaftsbüro, wenn das okay ist.«

»Gut«, sagte sie und stellte ihre Tasche auf den Tisch.

»Ich sorge dafür, dass hier ein Computer aufgestellt wird, sobald die Jungs von der IT-Abteilung ihren Dienst antreten. Ich habe erst gestern Abend erfahren, dass du ... dass ihr kommen werdet, deshalb konnten wir nicht mehr alles rechtzeitig vorbereiten.« Er sah sie an. »Brauchst du sonst noch etwas?«

»Kannst du ein Hotel empfehlen?«

»Direkt gegenüber, auf der anderen Seite des Rathausplatzes. Das Hotel Marina. Es ist nicht zu übersehen, wenn ihr aus dem Haupteingang kommt. Soll ich euch etwas reservieren lassen?«

»Danke, sehr gern.«

Ein weiterer Polizist tauchte auf, ein vierschrötiger junger Polizeiassistent, der sich als Thor Bentzen vorstellte. Er blieb an der Tür stehen. »Traneby hat gerade angerufen, Janssen.«

»Ja?«

»Es geht um den Hof, in dem Waages Schuhe gefunden wurden. Also den Nachbarhof«, ergänzte er und sah dabei die fremden Polizisten an. »Waage wohnt in Nr. 21, und die Schuhe wurden in Nr. 19 gefunden«, erklärte er höflich.

»Was ist mit dem Hof?«, fragte Frank ein wenig ungeduldig.

»Traneby hat sich erlaubt, bei der Untersuchung den Radius etwas zu erweitern.« In Thors Gesicht kämpften Sorge und Sensationslust. »Die Techniker haben an zwei Stellen Blutspuren gefunden: am Handgriff auf der Fahrertür von Waages Auto und am Rahmen ihrer Haustür.«

Frank zog die Augenbrauen zusammen. »Und?«

»Beide Proben wurden zu einer DNA-Analyse geschickt, aber es steht bereits fest, dass es sich um Dorthe Bertelsens Blutgruppe handelt.«

Frank sah ihn an. »Vielleicht gibt es eine logische Erklärung. Waage hat sich ziemlich mit Blut beschmiert, als sie Dorthe fand. Als wir kamen, hielt sie ihre Leiche im Arm. Sie könnte doch …«

»Nein«, unterbrach ihn Thor. »Erstens hat sie laut ihrer eigenen Aussage weder das Auto noch die Haustür angefasst, bevor sie im

Krankenhaus untersucht und gewaschen wurde. Zweitens war das Blut, das sich nach dem Leichenfund an ihr befand, einen Tag alt. Bei den Spuren, die am Auto und an der Haustür gefunden wurden, handelt es sich um frisches Blut. Wenn Waage sie nicht selbst hinterlassen hat, gibt es keine logische Erklärung, die mit ihrer Zeugenaussage übereinstimmt. Entweder lügt sie, oder sie hat diese Spuren nicht hinterlassen.«

»Okay.«

Annette hatte die Akten des Falls aus ihrer Tasche genommen und sorgfältig auf dem Tisch gestapelt. »Danke, Bentzen«, sagte sie mit einem freundlichen Nicken.

Thor sah Frank unsicher an und zog sich zurück.

»Wenn du Zeit hast ...«, Annette legte eine Hand auf den Papierstapel, »... wäre ich dankbar für ein Briefing. Wir haben uns die Berichte zwar angesehen, aber es ist immer gut, das Ganze direkt aus erster Hand zu hören.« Sie grinste. »Und die Hand bist in diesem Fall du.«

Frank berichtete detailliert über den Fall und beantwortete die Fragen der beiden fremden Ermittler. »Aber eigentlich«, beendete er seinen Vortrag, »denke ich, dass wir hier keine Zeit mehr verschwenden sollten.«

»Was hast du dir vorgestellt?«

»Na ja, es ist nur ein Vorschlag. Ich weiß, dass du von nun an den Betrieb leitest.« Er zögerte einen Augenblick. Erst als sie nickte, fügte er hinzu: »Ich finde, wir sollten jetzt zuerst Pia Waages Wohnung durchsuchen.«

»Das übernehmen Vogel und ich«, erklärte sie ruhig.

»Natürlich. Trotzdem würde ich gern dabei sein.« Er erklärte, dass er in Absprache mit dem Polizeidirektor seine stellvertretende Polizeikommissarin bis auf Weiteres vom Dienst freistellen müsse. »Und jetzt, nach den neuen Funden, ist es absolut unvermeidbar. Ich hoffe, es ist okay, wenn ich ihr das selbst sage. In die Hausdurchsuchung werde ich mich nicht einmischen.«

Wieder nickte Annette. »Hast du einen Beschluss?«

»Ich könnte schnell einen beschaffen, aber ich glaube nicht, dass es nötig sein wird. Waage weiß ganz genau, wie es läuft.«

13

Pia Waage setzte sich beim Ton der Türklingel im Bett auf. Ihre Augen standen zwar offen, aber in ihrem Kopf schien eine dickflüssige Grütze hin und her zu schwappen, sie fühlte sich so benommen, dass sie kaum etwas wahrnahm. Viele Jahre Training hatten Pias Körper gelehrt, in jeder Situation zu gehorchen, aber innerlich war sie eine hilflose Nachteule geblieben. Wieder klingelte es. Pia blieb einen Moment vor dem Bett stehen, während die Grütze an ihren Platz im Schädel schwappte. Wie lange hatte sie geschlafen? Sie zog den Bademantel an. Gegen drei hatte sie eine Schlaftablette genommen, erinnerte sie sich. Vielleicht war sie gegen vier oder halb fünf eingeschlafen, jetzt war es kurz vor neun. Wie viele Stunden waren das? Es gelang ihr nicht, es auszurechnen. Es klingelte ein drittes Mal, bevor sie den Flur erreichte und den Hörer der Gegensprechanlage abhob.

»...« Das Wort steckte irgendwo in der Grütze. Es konnte nur nicht heraus. Sie probierte es noch einmal: »Ja?«

»Polizei. Dürfen wir hereinkommen?« Eine Stimme, die sie nicht kannte.

Pia drückte auf den Knopf und öffnete die Wohnungstür. Schwere Schritte näherten sich. Zwei Personen, vielleicht drei. Die Besucher befanden sich auf dem letzten Treppenstück vor ihrem Absatz, als sie Frank Janssen vorweggehen sah. Sie hatte die Luft angehalten und atmete nun erleichtert aus.

»Hej«, sagte sie. »Wer hat denn ...« Weiter kam sie nicht, denn nun tauchten zwei wildfremde Personen in Franks Kielwasser auf. Eine große Frau in den Vierzigern mit grauer Pagenfrisur, hohen Wangenknochen und mandelförmigen Augen. Ein jüngerer, etwas unscheinbar aussehender Mann mit braunem Schnurrbart. Pia sah Frank an und runzelte die Stirn zu einer wortlosen Frage.

»Habe ich dich geweckt?«, wollte er wissen.

»Und wie.«

»Guten Tag.« Die fremde Frau streckte eine Hand aus. »Kommissarin Annette Poulsen, Rigspoliti.«

»Polizeiassistent Lars Vogelbjerg.« Der Mann mit dem Schnurrbart nickte, ohne ihr die Hand zu geben.

»Machst du uns einen Kaffee?«, fragte Frank.

»Nicht für mich, danke«, sagte Annette Poulsen. »Wir wollen uns nur mal umsehen, wenn das okay ist?«

»Rigspoliti?« Pia kämpfte weiter mit der Grütze im Kopf und hoffte, dass man es ihr nicht ansah.

»Komm, Waage.« Frank berührte sanft ihre Schulter, um sie in Richtung Küche zu lenken. »Es geht einfacher, wenn du etwas Koffein zu dir genommen hast.«

Pia sah ihn an und nickte langsam. »Habt ihr einen Durchsuchungsbeschluss?«

»Hätten Sie gern einen?«, fragte Annette freundlich. »Dann beschaffen wir schnell einen. Wir bleiben einfach hier, bis er ausgefertigt ist.«

Pia krümmte die Zehen auf dem kalten Holzboden. Sie bereute, dass sie die Hausschuhe im Schlafzimmer vergessen hatte. »Tut, was ihr tun müsst«, sagte sie nach ein paar Sekunden. »Wo muss ich unterschreiben?«

Die beiden fremden Polizisten begannen sofort. An ihrem Esstisch in der Küche hörte Pia, wie sie im Schlafzimmer arbeiteten, während Frank, ohne ein Wort zu sagen, Wasser kochte und ein paar Becher auf den Tisch stellte. Schon durch den Geruch des Kaffees ließ die Benommenheit so weit nach, dass Pia allmählich die Situation überblickte. Sie hatte selbst an so vielen Hausdurchsuchungen teilgenommen, dass sie genau wusste, was die beiden gerade taten. Vor ihrem inneren Auge folgte sie den Handschuhen, die sich aufmerksam ihren Weg durch die Schublade mit der Unterwäsche, den kleinen Schrank mit den Brettspielen und den beklebten Pappschachteln mit persönlichen Papieren und alten Fotos suchten. Pia hörte, wie die Polizisten Umzugskartons öffneten und die in Zeitungspapier eingewickelten Gegenstände wieder auspackten. Hoffentlich machten sie sich die Mühe, die Sachen auch wieder einzupacken, dachte sie und folgte den Geräuschen der angehobenen Matratze, der Kleiderbügel auf dem Garderobenständer und der Bücher, die durchgeblättert wurden.

Als Frank sich ihr gegenübersetzte und ihr einen Becher Kaffee eingoss, hatte einer der Polizisten das Wohnzimmer erreicht. Wahrscheinlich die Kommissarin. Pia legte die Hände um den heißen Becher. Ganz bestimmt ist es die Kommissarin, verbesserte sie sich einen Augenblick später. Das Klackern der Absätze auf dem Holzboden des Wohnzimmers klang ausgesprochen feminin.

»Waage«, sagte Frank.

Pia sah ihn an. Ihr wurde klar, dass er wartete, bis sie den ersten Schluck Kaffee getrunken hatte. Sie führte den Becher zum Mund und pustete. Er war noch zu heiß. »Rigspoliti, Hausdurchsuchung. Ich weiß, worauf das hinausläuft.«

»Es fällt mir schwer, es auszusprechen.«

»Ich bin die Hauptverdächtige.«

»Wir müssen dich überprüfen. Das weißt du. Die Fingerabdrücke, die Schuhe, deine Beziehung zum Opfer. Und jetzt sind noch andere Spuren gefunden … Es ist unvermeidbar.«

Sie nickte. Pustete in ihren Kaffee. »Gleich teilst du mir mit, dass ich vom Dienst freigestellt bin. Das ist doch der einzige Grund, warum du mitgekommen bist.«

»Waage, ich …«

»Ist schon okay, Janssen. Bringen wir's hinter uns.«

Er machte es kurz. Dienstfrei, solange der Fall aufgeklärt wird. Das Recht, sich an Thor Bentzen, den Vertrauensmann, zu wenden und über die Gewerkschaft um juristischen Beistand zu bitten. Das Verbot, über die laufende Mordsache mit ihren Kollegen von der Polizei von Christianssund zu sprechen.

Langsam nippte Pia am Kaffee. Hin und wieder nickte sie, ließ Frank Janssen dabei aber nicht eine Sekunde aus den Augen. Sie sah, wie es ihn schmerzte. Er glaubte nicht einen Augenblick an ihre Schuld. Dennoch hatte er keine Wahl. Sollte auch nur das geringste Gerücht aufkommen, dass Pia Waage als seine Stellvertreterin großzügiger behandelt wurde als andere Mordverdächtige, würde es ihn den Kopf kosten.

»Wir warten immer noch auf die Testresultate, vielleicht sind es ja doch nicht deine Schuhe.«

»Es klingt aber durchaus so«, erwiderte sie.

»Wenn du nachher zum Verhör ins Präsidium kommst, kannst du einen Blick darauf werfen. Vielleicht erkennst du sie wieder.«

»Okay.«

»Ich an deiner Stelle würde gründlich darüber nachdenken, wer einen Grund dafür haben könnte, das hier gegen dich anzuzetteln.«

»Um sich zu rächen, meinst du?«

»Ich wüsste keine andere Erklärung.«

Pia nickte langsam.

»Und wenn dir irgendjemand einfällt, der uns einen Hinweis dazu geben könnte, wer für Dorthes Schwangerschaft verantwortlich ist, wäre das natürlich auch eine große Hilfe«, fuhr Frank fort. »Es ist die einzige Spur, die im Moment nicht zu dir führt.« Er sah sie an. »Wir haben ein Opfer, das von allen hochgelobt wird. Niemand sagt irgendetwas Schlechtes über Dorthe, alle fanden sie fantastisch. Mit anderen Worten, zu diesem Zeitpunkt müssen wir uns in Anbetracht der denkbaren Motive auf zwei Täter konzentrieren: Entweder hast du es getan, zum Beispiel aus Eifersucht, oder der Vater ihres Kindes, der einer Zwickmühle entgehen wollte und gleichzeitig die Gelegenheit nutzte, um dir eins auszuwischen. Und ich hoffe sehr, dass es sich um die zweite Möglichkeit handelt.«

Pia schaute eine Weile auf ihre Hände. »Werde ich beschuldigt?«, fragte sie dann.

»Nicht, wenn sich herausstellt, dass ...« Frank unterbrach sich. »Wenn wir weitere entscheidende Spuren finden, die auf dich verweisen, sind wir gezwungen ...« Er warf einen Blick in Richtung Wohnzimmer, aus dem weiter das Klackern von Absätzen drang. »Tatsächlich ist das nicht meine Entscheidung«, fügte er gedämpft hinzu.

»Leitet sie die Ermittlungen?« Pia zeigte mit dem Kopf in Richtung Wohnzimmer.

»Annette Poulsen, ja.« Er nickte ebenfalls. »Eigentlich sollte ich eine Stellvertretung bekommen, und dann ...«

»Stattdessen haben sie dir einen neuen Boss geschickt. Und sogar mit Anhang.«

»Nur für diesen Fall natürlich.«

»Natürlich.«

Sie saßen sich jetzt wortlos gegenüber. Tranken Kaffee. Aßen Knäckebrot. Pia fütterte ihre Katze mit kleinen Käsehappen. Mehrfach spürte sie, wie ihr Tränen in den Augen brannten, aber sie hielt die Augen weit geöffnet und zwang sich, bis tief in den Bauch zu atmen. Dann räusperte sie sich und drehte sich um – sie würde alles tun, um nicht zu weinen, solange Frank und die beiden fremden Polizisten in ihrer Wohnung waren. Warum sollte sie auch? Einiges deutete darauf hin, dass sie in den kommenden Wochen oder Monaten sehr viel Zeit haben würde. Zeit genug, um jeden Tag stundenlang zu weinen, wenn ihr danach war. Kein Grund, es ausgerechnet jetzt zu tun, dachte sie und tupfte sich die Nase mit einem Stück Küchenrolle.

Sie hob den Kopf und traf auf Franks mitleidigen Blick. »Was ist?«, fragte sie irritiert.

»Ach nichts.« Er wandte den Blick ab.

Annette Poulsen tauchte an der Küchentür auf. »Wenn ihr kurz ins Wohnzimmer gehen würdet, könnten wir noch die Küche überprüfen.« Sie bemerkte die Katze, die sich auf ihren festen Platz auf dem Fensterbrett zurückgezogen hatte. »Oh, der ist ja schön«, sagte sie mit einer sanfteren Stimme.

»Tatsächlich ist es eine Dame«, korrigierte Pia.

»Sorry.« Annette lächelte. »Nicht leicht, den Unterschied zu sehen, oder?«

»Sie heißt Jakobsen, Miss Jakobsen, und ist vierzehn Jahre alt.«

»Witziger Name.« Annette kraulte die gescheckte Katze hinter dem Ohr.

Frank erhob sich. »Ich glaube, ich gehe jetzt los.«

Pia nickte, ohne ihn anzusehen. »Grüß schön.«

Er hob die Hand, als wollte er sie ihr auf die Schulter legen, bemerkte dann aber, dass Annette Poulsen ihn betrachtete. Er ließ die Hand wieder fallen. »Mach ich.«

Als er gegangen war, rollte sich Pia mit Jakobsen auf dem Bauch in der Sofaecke zusammen und schaltete den Fernseher ein, um einen Fixpunkt zu haben. Aus den Augenwinkeln hatte sie registriert, dass ihr Notebook von seinem Platz auf dem kleinen Tisch am Fenster verschwunden war. Sonst sah alles so aus wie immer, obwohl die Bücher nicht mehr in einer schnurgeraden Reihe standen und man sah, dass jemand die Kommode von der Wand gezogen hatte. Es würde nicht lange dauern, die Spuren der Hausdurchsuchung zu beseitigen, aber sie wollte damit warten, bis die fremden Beamten ganz fertig waren. Geistesabwesend streichelte sie die alte Katze, die jetzt so laut schnurrte, dass es trotz der Geräusche des Fernsehers zu hören war.

Allerdings ließ sich der Gedanke an die Umzugskartons nicht einfach so verdrängen. Am Samstag musste sie umziehen. Wie sollte sie es nur schaffen, den Rest ihrer Sachen einzupacken? Wie sollte sie den eigentlichen Umzug bewältigen? Und wie sollte sie es ertragen, allein in der neuen, großen Wohnung zu sein? Während sie versuchte, sich auf eine politische Diskussion im Nachrichtenstudio von TV2 zu konzentrieren, hatte Pia das Gefühl, dass für sie die Aussicht auf den Umzug tatsächlich furchteinflößender war als der Gedanke, möglicherweise des Mordes an Dorthe beschuldigt zu werden. Es ist doch grotesk, sagte sie sich und stellte den Fernseher lauter, um den Lärm aus der Küche zu übertönen, wo Schubladen und Schränke durchwühlt wurden. Sogar der Gefrierschrank wurde inspiziert, wie sie hörte.

Lars Vogelbjerg steckte den Kopf zur Tür herein. »Haben Sie einen Werkzeugkasten?«

»Ja. Im Schrank über der Badezimmertür. Soll ich ihn holen?«

»Nein, bleiben Sie bitte sitzen.« Er verschwand.

Werkzeugkasten? Pia schaute mit leerem Blick auf die Köpfe im Fernsehen. Sie gab es auf, nach einer Erklärung zu suchen, und dachte stattdessen an die Mail, die sie gestern bekommen hatte. Oder besser: an eine der Mails. Tatsächlich hatte sie verblüffend viele Grüße von dem Moment an bekommen, an dem die Nachricht von der Beziehung des Opfers zu »einer hochrangigen Polizistin« durch die Presse gegangen war. Von Kollegen, alten Freunden, fernen Verwandten. Alle kondolierten und boten ihre Schultern an, um sich daran auszuweinen. Oder ihre Gästezimmer. Keiner zweifelte daran, dass es sich um sie handeln musste. Das war vielleicht bei ihren Kollegen verständlich, die Details des Falles kannten, und natürlich bei den gemeinsamen Freundinnen und Freunden, die ihre Beziehung zu Dorthe kannten. Aber die anderen? Es zeigte nur, wie schwer es war, in einem Provinznest wie Christianssund anonym zu bleiben. Die Zeitungen hätten ebenso gut ihr Foto auf die Titelseiten drucken können.

Ihre Gedanken kehrten zum Ausgangspunkt zurück, zu der Mail von Dan Sommerdahl. Sie hatte ihm nicht geantwortet, und jetzt war ihr Computer weg. Eine Antwort sollte er trotzdem bekommen. Es war schließlich nett von ihm, sie zu unterstützen.

Als Annette Poulsen und Lars Vogelbjerg eine Stunde später die Durchsuchung der kleinen Wohnung beendet hatten, unterschrieb Pia ihr Einverständnis, dass gewisse Gegenstände zu weiteren Ermittlungszwecken mitgenommen wurden. Außer dem Computer ging es um einen Wandkalender, einen Stapel Briefe und Postkarten, ein blaues Fotoalbum und ein Laken aus dem Korb mit der Schmutzwäsche. Es wurde mitgenommen, weil sich darauf ein Blutfleck befand.

»Ich weiß«, sagte Pia. »Deshalb ist das Laken ja in der Wäsche.«

»Wissen Sie, um wessen Blut es sich handelt?«

»Um meins. Es war …« Sie warf dem männlichen Ermittler einen Blick zu. »Meine Menstruation hat vor ein paar Tagen eingesetzt.«

Annette nickte, als würde ein ernsthafter Verdacht bestätigt. »Das wird sich beim DNA-Test ja herausstellen.«

»Gibt es einen Zugangscode oder ein Passwort zu dem Computer?«, wollte Lars Vogelbjerg wissen.

Pia gab ihm nicht nur, worum er sie bat. Er bekam den Code zum Computer, zum Mailprogramm, sogar zu ihrem eigentlich total geschlossenen Facebook-Profil. »Wollen Sie auch mein Telefon checken?« Sie zog es aus der Tasche.

»Ja, danke.« Der Beamte steckte Pias Handy in eine Plastiktüte. »Sie bekommen es zurück, sobald wir es untersucht haben.«

»War das alles?«

»Für den Augenblick, ja.« Annette Poulsen ging zur Tür. »Wir müssen uns natürlich noch ausführlich mit Ihnen unterhalten, wenn Sie bitte heute Nachmittag aufs Präsidium kommen. Dann hatten Vogelbjerg und ich auch eine Chance, uns näher mit den Akten zu befassen.«

Pia begleitete sie nicht hinaus. Sie schaltete den Fernseher ab und blieb auf dem Sofa sitzen. Eigentlich sollte sie jetzt weinen. Jetzt hatte sie die Möglichkeit. Aber es kam nicht eine Träne.

14

»Ich finde das geschmacklos«, erklärte Else Forsberg. »Sollten wir nicht wenigstens bis nach der Beerdigung warten?«

»Der Rektor ist ganz meiner Ansicht«, erwiderte Svea Lorén. »Wir müssen eine schnelle Entscheidung treffen. Sollen wir die Vorstellung durchführen oder absagen?«

»Aber ...«

»Wenn wir uns entscheiden, sie abzusagen, dann ist es einfach so«, fuhr Svea fort. »Wenn wir weiterarbeiten wollen, müssen wir die Regie so schnell wie möglich neu besetzen. Sonst haben wir keine Chance mehr, noch bis zum Dezember fertig zu werden.«

»Dann finde ich, dass wir das Stück absagen sollten«, meinte Else. »Mit gefällt diese Hektik nicht, zumal einige von uns ...«, sie sah Svea an, »... in Trauer sind.«

Svea richtete sich auf. »Dorthe hätte eine Absage nicht gewollt.«

»Wieso wissen plötzlich alle, was Dorthe gewollt hätte?« Else blickte die Sportlehrerin wütend an. »Das ist doch das übelste Klischee, Svea.«

»Jetzt hast du es mir aber gegeben. Du musst dich mir gegenüber nicht als Dänischlehrerin aufspielen.« Svea lehnte sich auf ihrem Stuhl zurück und schlug die Arme übereinander. »Ich habe Dorthe jedenfalls gut genug gekannt, um zu wissen, was sie zu dieser Diskussion gesagt hätte. Diese Vorstellung ist ein wichtiges Element im Schuljahr, sowohl fachlich wie sozial, und für sie wäre es undenkbar gewesen, das Ganze einfach fallen zu lassen.«

»Seht ihr nicht, dass es noch eine dritte Möglichkeit gibt?« Klaus Forsberg schob die Brille mit ausgestrecktem Zeigefinger auf ihren Platz.

Else blickte ihren Mann an. »Und die wäre?«

»Wir verschieben die Premiere, zum Beispiel bis Ostern. Damit hätten wir genug Zeit, einen neuen Regisseur zu suchen.«

»Das ist vielleicht eine Idee, aber ...«

»Die Premiere wäre dann nicht lange vor den Prüfungen«, unterbrach sie Robin, der die Diskussion der Lehrer bisher verfolgt hatte, ohne ein Wort zu sagen. »Ditte und ich gehen in die Abschlussklasse und viele andere Schüler, die dabei sind, auch – unter anderem die meisten aus der Band. Ich finde, in der zweiten Hälfte des Schuljahres sollten die schulischen Belange im Vordergrund stehen.«

»Du sprichst nur für dich, Schätzchen«, widersprach ihm Ditte Kløvborg und schob sich eine Strähne ihres rot gelockten Haares hinters Ohr. »Nicht alle sind solche Streber.«

»Du würdest also gern mitmachen, auch wenn die Aufführung um drei, vier Monate verschoben wird, Ditte?«

»Ganz bestimmt.«

Robin zuckte die Achseln. »Macht, was ihr wollt. Für das Licht und den Ton müsst ihr dann jemand anderen finden. Ich will gute Examensnoten.«

Einen Moment war es still. Das hastig einberufene Treffen fand in der Mittagspause statt, und die Mitglieder des Planungsausschusses hatten ihre Pausenbrote mit in den Musikraum gebracht. Durchs Fenster hörten sie das Summen der Stimmen aus der Gartenanlage des Gymnasiums. Hin und wieder war ein Geräusch herauszuhören: Ein Mädchen rief eine Freundin, ein Musikfetzen übertönte wenige Sekunden den Hintergrundlärm, ein paar Jungen lachten laut. Man kann kaum glauben, dass es sich um die gleichen Schüler handelt, die einen Tag zuvor untröstlich den Tod ihrer geliebten Lehrerin beweint haben, dachte Else. Die Lücke, die Dorthe Bertelsen hinterlassen hatte, füllte sich mit erschreckender Geschwindigkeit. Sie leerte den Behälter mit ihrem Diät-Shake und warf ihn in den Papierkorb, während sie die Tatsache zu ignorieren versuchte, dass sie keineswegs satt geworden war.

Sie sah Robin an. »Du wirst schwer zu ersetzen sein.«

»Danke.« Robins Augen strahlten Herzlichkeit aus, und einen Moment bekam Else kaum Luft. »Ihr findet schon einen anderen. Es ist schließlich kein Hexenwerk, und die gesamte Ausstattung ist ja vorhanden.«

Sie erwiderte sein Lächeln auf eine hoffentlich einigermaßen entspannte Art und Weise. »Stell dein Licht nicht so unter den Scheffel, Robin.«

»Ich nehme mir gern die Zeit, den Neuen einzuweisen.«

»Meint ihr nicht, dass Henrik Jensen es übernehmen könnte?«, schlug Ditte vor. »Er ist immerhin Physiklehrer und interessiert sich sehr für diesen ganzen Hi-Fi-Kram.«

»Es braucht schon etwas mehr als nur technisches Verständnis, um eine Theatervorstellung abzuwickeln«, warf Klaus ein, der wie gewöhnlich nicht bemerkt hatte, dass seine Frau fasziniert von dem jungen Oberstufenschüler war. »Vielleicht versteht Henrik ja eine Menge von der Technik, aber er hat ungefähr so viel Rhythmus im Blut wie ein Lichtmast.«

»Vielleicht könnte Robin etwas vorprogrammieren …«

»Nein, das ist doch einfach doof«, unterbrach sie Svea Lorén. »Wir können das durchaus bis Weihnachten schaffen, sodass Robin dabei sein kann.«

»Ohne Regisseur?«, sagte Else.

»Ich könnte die Regie übernehmen.«

»Du?«

»Warum nicht?« Svea sah sie an. »Ich habe mich sehr intensiv mit dem Stück beschäftigt, immerhin bin ich für die Choreografie verantwortlich.«

»Na ja, nur …« Else betrachtete die zwanzig Jahre jüngere Sportlehrerin, die noch immer mit übergeschlagenen Armen dasaß. Sveas blondierter Jungenhaarschnitt war mit Gel sorgfältig hochfrisiert, und ihr windhundschlanker, muskulöser Körper steckte wie gewöhnlich in strammen Jeans und einem eng sitzenden T-Shirt, das heute exakt die gleiche perlgraue Nuance hatte wie ihre Augen. Physisch wie psychisch war sie das genaue Gegenteil von ihr selbst, und ganz instinktiv hatten die beiden Frauen sich von Anfang an nicht gemocht. Dorthe hingegen hatte Svea immer verteidigt, wenn Else sich über sie beschwerte. Verstehe das, wer wolle.

»Was ist? Glaubst du, ich kann das nicht? Oder willst du den Job vielleicht selbst übernehmen?«

»Nein, das ist es nicht«, verteidigte sich Else. »Es ist nur …« Alles in ihr sträubte sich. Bei der Regie ging es ja nicht nur um rein praktische Dinge, wie wer wann und an welcher Stelle zu stehen hatte. Dorthes Talent als Regisseurin lag vor allem in ihrem ausgeprägten Sinn für Psychologie. Sie konnte den jungen Schauspielern genau verständlich machen, was sie zu tun hatten, wie ihre Figuren fühlten und was sie dachten. Dazu kam, dass bei einer Satire wie *Teenager Love* ein Regisseur mit Sinn für Humor und Timing nötig war. Wie sollte sie Svea nur erklären, dass sie weder sehr humorvoll war noch über besonderes psychologisches Einfühlungsvermögen verfügte? »Ich könnte die persönliche Einführung in die Rollen übernehmen«, schlug Else schließlich vor. »Dann könntest du dich darum kümmern, wie sie sich auf der Bühne positionieren und bewegen.«

»Das ist doch eine gute Idee«, unterstützte sie Klaus und unterband damit einen ärgerlichen Ausbruch von Svea. »Was sagt ihr, Ditte und Robin?«

»Ich bin dafür«, erklärte Robin. »Hauptsache, wir sind bis Weihnachten so weit.«

»Findest du es okay, mit zwei Regisseurinnen zu arbeiten?«

»Na klar. Ich glaube, Else ist fantastisch, wenn es um die Rolleneinführung geht, und mit Svea habe ich ja schon letztes Jahr bei der Choreografie zusammengearbeitet.«

Klaus sah Ditte an: »Was meinst du?«

Ditte fuhr mit einer Hand durch ihre roten Locken. »Darf ich die Maggi spielen?«, fragte sie dann.

»Das ist der einzige größere weibliche Gesangspart«, erwiderte er zögernd. »Ich finde …«

Else unterbrach ihn. »Die Rollen sind noch nicht verteilt, Ditte. Außerdem gibt es ein öffentliches Vorsingen für die gesamte Schule.«

»Aber ich war doch eine gute Maria in der *West Side Story* letztes Jahr, oder?«

»Ja, richtig. Und gerade deshalb sollte in diesem Jahr vielleicht jemand anderes die Chance auf die Hauptrolle bekommen. Es gibt auch noch andere Mädchen im Chor, die für das Vorsingen üben.« Else warf ihrem Mann einen Blick zu. »Ist es nicht so, Klaus?«

»Ja«, bestätigte er, »die Rolle der Maggi ist begehrt. Aber es gibt bestimmt auch viele, die gern Plastic-Smiths Tochter spielen wollen.«

»Ich könnte es mir nur sehr gut vorstellen …« Ditte warf Svea einen mascaraschweren Augenaufschlag zu, und Else begriff plötzlich, was diese Göre versuchte. Ditte würde die Kandidatin unterstützen, die ihr die Hauptrolle anbot.

»Egal, wie wir uns mit Blick auf die Regie entscheiden«, sagte Else rasch, »Svea und ich werden das Casting gemeinsam übernehmen – selbstverständlich zusammen mit Klaus, der die Gesangsstimmen bewerten muss, vor allem für die Hauptrollen. Es ist kein leichtes Stück, und wir müssen sicher sein, dass wir die beste Besetzung finden.« Als sie sah, wie sich Enttäuschung in Dittes hübschem, sommersprossigem Gesicht ausbreitete, fügte sie hinzu: »Natürlich werden wir eine gute Rolle für dich finden, Ditte. Wir können nur nichts vorab versprechen.«

Ditte sank auf ihren Stuhl zurück und setzte den gewohnt mürrischen Gesichtsausdruck auf. »*Whatever.*«

»Und das heißt?«

Sie hob die Schultern. »Übernehmt ihr zwei ruhig die Regie.«

Else nickte langsam, wobei sie Klaus einen fragenden Blick zuwarf.

»Einverstanden«, sagte er. »Es wäre ja auch nicht gerecht, wenn Svea alles allein übernehmen müsste.«

»Das hätte mich nicht weiter gestört«, entgegnete Svea. »Ich habe eher Angst, dass wir in Sitzungen ertrinken, wenn wir alles gemeinsam entscheiden müssen, Else.«

»Das wird schon. Wir verteilen die Aufgaben halt von vornherein.«

Die Klingel schellte.

Svea schraubte den Verschluss auf ihre Mineralwasserflasche und erhob sich. »Gut so weit. Dann machen wir's so. Ich bin offenbar in der Minderheit.« Ohne eine Antwort abzuwarten, verließ sie den Musikraum und ließ die Tür sperrangelweit offen stehen.

»Ist sie jetzt sauer?« Ditte hob ihre schwarze Ledertasche mit Messingnieten vom Boden.

»Sie ist wahrscheinlich nur sehr beschäftigt«, antwortete Else besänftigend.

Ditte zog einen Flunsch und verschwand mit Robins Arm um die Schultern auf dem Flur.

»So wird es uns auch gehen«, meinte Klaus, der die Tische und Stühle wieder an ihren Platz stellte. »Beschäftigt zu sein. Musikalisch gesehen ist *Teenager Love* so ungefähr das schwierigste Stück, das wir uns aussuchen konnten. Die Band wird von heute an bis zur Premiere jeden Tag üben müssen.«

»Ich finde es halt sehr aktuell. Was da alles drinsteckt. Es trifft diese Reality-TV-Zeit auf den Punkt.« Else war auf der Schwelle stehen geblieben. »Oder sollten wir doch ein anderes Stück nehmen? Etwas Leichteres?«

»Für die Musiker ist es eine Herausforderung, und ein paar von ihnen sind ungewöhnlich gut, insofern, nein. Es wird schon gehen.« Klaus richtete sich auf. »Ich sage nur, dass es stressig werden wird.«

»Ich muss in den Unterricht. Wir sehen uns heute Nachmittag, Schatz.«

»Bis dann.« Er kam durch den Raum auf sie zu und küsste seine Frau auf die Wange. »Pass auf dich auf.«

15

»Das ist nicht sonderlich klug, Dan.« Flemming Torp wischte sich ein bisschen Bierschaum von der Oberlippe.

»Ach, man wird doch noch mit einem alten Freund zu Mittag essen dürfen?« Dan Sommerdahl signalisierte dem Kellner, dass sie bestellen wollten. »Und hier ist doch auch niemand, der sich darüber mokieren könnte.«

»Darf ich dich darauf aufmerksam machen, dass wir in einem Straßencafé sitzen, das zufälligerweise direkt neben dem Polizeipräsidium liegt?« Flemming schüttelte den Kopf. »Du kannst sicher sein, dass das ganze Haus uns gesehen hat. Wir wären ebenso unsichtbar, wenn wir an einem Tisch in der Kantine säßen.«

»Zumindest isst man hier besser«, erwiderte Dan. Schon der Gedanke an die Kantine der Polizei von Christianssund, in der an Personal gespart wurde und nur eine Auswahl schlapper Sandwiches und trockener Kuchen aus einer Reihe von Automaten gezogen werden konnte, verursachte ihm leichte Übelkeit. Er verdrängte diese Assoziation und bestellte beim grauhaarigen Oberkellner des Hotels Marina drei Arten Hering, hausgemachtes Roggenbrot und einen kleinen Schnaps.

»Für mich dasselbe«, sagte Flemming. »Abgesehen vom Schnaps. Schlimm genug, dass ich mitten in der Arbeitszeit Bier trinke.«

»Dann möchte ich auch keinen.« Dan wartete, bis der Kellner gegangen war, bevor er fortfuhr: »Wie geht es dir eigentlich? Du wirkst so ein bisschen … erschöpft?«

»Ach ja?«

»Ja, ein wenig. Wann wurden deine Werte zuletzt überprüft?«

»Das ist erst ein paar Monate her. Alles in Ordnung.« Flemming sah ihn an. »Mach dir um mich keine Sorgen.«

»Aber bist du glücklich?«, hakte Dan nach.

Flemming zuckte die Achseln. »Ich weiß nicht … Man läuft ja nicht ständig jubelnd durch die Gegend, oder?«

»Nein.« Dan erwiderte Flemmings Blick. »Und mit dir und Ursula läuft's gut?«

Flemming wand sich, die Frage war ihm offensichtlich unangenehm. »Nein, eigentlich nicht«, räumte er nach einer Pause ein. »Manchmal macht sie mich völlig verrückt. Sie hat ständig etwas zu nörgeln. Nimm deine Vitamine. Iss mehr Salat. Geh früh schlafen.«

Dan lachte. »Klingt, als hättest du deine Mutter geheiratet.«

»Ganz genau.«

»Sie meint es sicher nur gut.«

»Ja, ja, natürlich.«

»Und es ist hoffentlich nicht immer so?«

»Nein, Gott sei Dank, die meiste Zeit geht es uns gut. Aber ich fühle mich konstant überwacht. Je mütterlicher Urs wird, desto mehr werde ich zum Teenager. Inzwischen ist es mir ein Vergnügen, auf dem Heimweg heimlich ein Würstchen am Imbiss zu essen. Hin und wieder überlege ich sogar, insgeheim wieder mit dem Rauchen anzufangen – aus reinem Protest.« Flemming grinste.

»Das machst du bitte nicht!«, rief der Antiraucher Dan.

Flemming lachte. »Nein. War nur ein Spaß.«

»Redet ihr darüber? Wie es dir geht, meine ich?«

Wieder zuckte sein alter Freund die Achseln. »Nicht so richtig. Hin und wieder schreien wir uns ein bisschen an.«

»Ich finde, man muss etwas tun, wenn man nicht glücklich ist.«

»Wir können uns doch nicht alle scheiden lassen, nur weil du plötzlich das Licht gesehen hast?«

Dan sah ihn an. »Das war unter der Gürtellinie.«

»Hör mal, Dan.« Flemming schlug die Arme übereinander. »Ich bin gesund, ich habe eine Frau, die gut auf mich achtet, ich habe ein gutes Verhältnis zu meinen Kindern und einen Job, bei dem ich klarkomme. Alles in allem habe ich gute Gründe, zufrieden zu sein. Ich sehe nicht, dass …«

»Vielleicht drückt der Schuh ja genau da?«, unterbrach ihn Dan.

»Wo?«

»Es war nur deine Formulierung: ›Einen Job, bei dem ich klarkomme‹ … Das klingt nicht sonderlich herausfordernd. Langweilst du dich etwa in deiner neuen Abteilung?«

»Tja …« Flemming trank einen Schluck Bier. »Das war nach meiner Genesung eine überschaubare Aufgabe.« Seit seiner Genesung von einer schweren Krankheit – einer seltenen Form von Blutkrebs mit dem medizinischen Namen Akute Myeloische Leukämie (AML) – überprüfte Flemming zusammen mit einem Buchprüfer Firmen und Privatpersonen, die unter dem Verdacht der Wirtschaftskriminalität standen. Sie hatten zu entscheiden, welche Fälle an die Spezialisten in Kopenhagen weitergereicht wurden. »Der Job ist okay.«

»Und trotzdem vermisst du die Aufregung.« Keine Frage, eine Feststellung.

Flemming stellte sein Glas ab. »In absehbarer Zeit lässt sich daran nichts ändern. Frank Janssen kommt ausgezeichnet zurecht, dort gibt es für mich keinen Platz. Ich hätte eigentlich nichts dagegen, wieder in der Mordkommission zu arbeiten, auch in einer niedrigeren Position als der Leitung, aber ich kann mir nicht vorstellen, dass es für Janssen oder mich besonders schön wäre, wenn ich ihn plötzlich zum Vorgesetzten hätte. Wenn ich wieder zur Mordkommission will, muss ich mir einen anderen Bezirk suchen – und darf auch dort auf Hierarchien keinen Wert legen.«

»Das nennt man Wertefalle.«

»Was heißt das?«

»Kennst du nicht den alten Versuch, bei dem man einen Schimpansen seinen Arm durch ein Rohr stecken ließ, um an eine Banane zu kommen? Der Affe konnte seinen Arm nicht wieder aus dem Rohr ziehen, ohne die Banane fallen zu lassen. Und so saß er da und musste sich entscheiden: Freiheit oder Futter. Es endete früher oder später jedes Mal damit, dass er die Freiheit wählte.«

»Und mit dieser kleinen, erbaulichen Geschichte willst du mir ... was sagen?«

»Dass es vielleicht eine sehr gute Idee wäre, deine Situation zu überdenken. Um herauszufinden, was dir am meisten bedeutet. Vielleicht wäre es nicht der Weltuntergang, umzuziehen und in einem andern Bezirk anzufangen.«

Flemming sah ihn an. »Und Urs müsste auch einen neuen Job finden? Das kann ich ihr nicht ernsthaft vorschlagen. Abgesehen davon, dass ich einen Rückfall erleiden könnte ... Und dann sitze ich in einer fremden Stadt, weit weg von dir und Marianne und meinen anderen alten Freunden?« Er lehnte sich ein wenig zur Seite, damit der Kellner den Teller vor ihm abstellen konnte. »Nein, danke«, sagte er. »Dann beschäftige ich mich doch lieber weiter mit Kassenbetrügern und Abrechnungsschwindlern.«

Eine Weile konzentrierten sich die beiden Freunde auf das Essen. Dann hob Dan den Kopf. »Denkst du wirklich so? Planst du dein Leben danach, dass du wieder krank werden könntest?«

»Alles andere wäre naiv, Dan. Die Prognosen für AML sind in meinem Alter miserabel. Das Risiko eines Rückfalls ist groß.« Flemming sah ihn an. »Das muss deine Frau dir doch erzählt haben.«

»Meine Exfrau. Ja, hat sie. Ich versuche nur, es zu verdrängen.«

Ein junger Mann mit modischen Bartstoppeln stand plötzlich an ihrem Tisch. »Entschuldigung«, sagte er. »Ich habe Sie gerade gesehen. Haben Sie einen Moment Zeit?«

Dan sah ihn an. »Sie sind von der *Christianssund Tidende*, oder?«

»Gutes Gedächtnis«, erwiderte der Journalist. »Dennis Truelsen. Wir haben uns vor ein paar Jahren mal unterhalten.«

Dan nickte.

»Gibt es einen besonderen Grund, dass Sie hier sitzen und mit einem hochrangigen Polizisten zu Mittag essen?« Der Mann legte ein digitales Aufnahmegerät auf den Tisch.

»Das können Sie gleich wieder ausschalten, Dennis«, sagte Flemming. »Wir sitzen hier bei einem privaten Mittagessen. Das interessiert die Leser der *Tidende* ganz bestimmt nicht.«

»Dann liegt es also nicht daran, dass die Polizei einmal mehr feststeckt und die Hilfe des kahlköpfigen Detektivs braucht?«

»Ich bin überhaupt nicht in der Ermittlergruppe.« Flemming verschränkte die Arme vor der Brust. »Und ich finde, Sie sollten jetzt gehen.«

Der Journalist ignorierte ihn. »Haben Sie ein besonderes Interesse an dem Fall, Dan?«

»Nein. Und wenn ich es hätte, wären Sie natürlich der Erste, dem ich mich anvertrauen würde.« Er stand auf und streckte die Hand aus. »Auf Wiedersehen. Hat mich gefreut.«

Truelsen begriff, dass er nicht weiterkam, und ging zurück zu dem Tisch, wo er mit seinem Fotografen zu Mittag gegessen hatte, als er den bekannten Kahlkopf bemerkt hatte.

Flemming schüttelte den Kopf. »Was habe ich gesagt?«

»Du hattest recht. Sorry.«

»Der indiskreteste Treffpunkt der Welt.« Flemming sah ihn an. »Weshalb wolltest du dich eigentlich mit mir treffen, Dan?«

Dan hatte sich gerade einen Happen Hering in den Mund gesteckt und musste erst kauen und schlucken, bevor er antworten konnte. »Natürlich wegen des Mordfalls.«

»Ich habe es geahnt.«

»Pia Waage hat mich vor ein paar Stunden angerufen.«

»Ja? Wie geht es ihr?«

»Nicht gut. Aber damit hat wohl auch niemand gerechnet.«

»Hatte sie einen bestimmten Grund, dich anzurufen?«

»Nein, nicht wirklich. Ich hatte ihr eine Mail geschickt, um zu kondolieren, aber bevor sie antworten konnte, kamen eure Kollegen und haben ihren Computer beschlagnahmt.«

»War das Janssen?«

»Er war dabei, ja. Aber wohl eher, um Pia zu erklären, dass sie bis auf Weiteres vom Dienst freigestellt ist.«

»Das habe ich gehört.«

»Dann weißt du sicher auch, dass die Untersuchung jetzt von irgendeiner Kommissarin der Rigspoliti geleitet wird?«

»Ja, Annette Poulsen ist damit beauftragt. Sie hat einen guten Ruf.«

»Sie und ihr Mitarbeiter, Lars Soundso, haben Pias Wohnung durchwühlt und eine Menge Dinge mitgenommen.«

Flemming sah ihn an. »Soweit ich es beurteilen kann, Dan, hatten sie keine andere Wahl. Es wurden Spuren gefunden, die mehr oder weniger eindeutig auf Waage hinweisen. Selbstverständlich musste ihre Wohnung durchsucht werden. Wenn man die Ermittlungen nachlässig angeht oder zögerlich gegenüber einem Kollegen auftritt, der unter Verdacht steht, wäre das nicht gut, oder? Weder für die Aufklärung des Falles noch für die Öffentlichkeit.«

»Es klingt so, als wäre das bei diesem Fall das Wichtigste. Also, wie es nach außen aussieht.«

»Es ist auch durchaus möglich, dass es so ist. Vermutlich ist es vernünftig, in diesem Fall besonders scharf vorzugehen.«

»Das sagt Pia auch.«

»Na, siehst du. Sie weiß genau, wie es läuft.« Flemming lehnte sich zurück. »Aber du hast mir noch nicht erzählt, warum du mit mir reden wolltest.«

»Ich habe gehofft, du wüsstest etwas.«

»Nicht mehr, als wir bereits besprochen haben. Und wenn ich es täte, würde ich es dir genauso wenig erzählen, wie du deine Überlegungen mit diesem Journalisten teilen würdest.«

»Dann willst du mich nicht auf dem Laufenden halten?«

»Warum sollte ich, Dan? Wie ich bereits gesagt habe: Lass die Finger von diesem Fall. Es ist eine Sache, sich in Ermittlungen einzumischen, die von Leuten geleitet werden, die dich kennen und wissen, wie du in der Vergangenheit der örtlichen Polizei bei der Aufklärung einiger Fälle geholfen hast. Wenn du jetzt wildfremden Beamten in die Quere kommst ... das wird bestimmt gar nicht gern gesehen. Im schlimmsten Fall riskierst du, es für Waage nur noch schlimmer zu machen.«

Dan legte Messer und Gabel auf den Tisch und schob den Teller mit dem halb aufgegessenen Hering beiseite. »Ich habe nur ein ganz mieses Gefühl«, erklärte er. »Als würde jemand bewusst versuchen, den Verdacht der Polizei auf Waage zu lenken. Das Ganze erscheint mir schlicht zu einfach.«

Flemming sah ihn an. »Ich wette, dass meine Kollegen längst denselben Gedanken haben. Wenn Waage nichts mit dem Mord zu tun hat, passiert ihr auch nichts.«

»Das kommt darauf an ...«

»Was meinst du?«

»Vielleicht haben wir bisher nur den Anfang der ganzen Sache gesehen. Das Bügeleisen, das so hingestellt wurde, dass sie es aller Wahrscheinlichkeit aufheben und damit ihre Fingerabdrücke darauf hinterlassen würde. Die Schuhe, die ganz sicher ihre sind und die ebenso sicher mit dem Blut des Opfers beschmiert wurden. Pia hat mir gerade erzählt, dass der Mörder auch eine Blutspur auf ihrem Auto hinterlassen hat. Wer sagt, dass er nun aufhört? Oder sie. Könnte es nicht ebenso gut eine Frau gewesen sein?«

»Frauen gehen selten so gewalttätig vor.«

»Und wenn es nun die einzige Waffe gewesen ist, die gerade zur Hand war?«

»Das Bügeleisen gehörte nicht Dorthe Bertelsen, ihr Bügeleisen wurde in einem der Umzugskartons gefunden. Die Techniker sagen, dass das Bügeleisen, das bei dem Mord benutzt wurde, nagelneu war. Es gab keinerlei Textilspuren auf der Sohle, und der Wasserbehälter wurde nie gefüllt.«

»Du weißt ja doch etwas!«

Flemming blickte mit einem kleinen Lächeln auf den Tisch. »Reiner Zufall, dass ich dieses Detail aufgeschnappt habe.«

Dan räusperte sich. »Was ich eigentlich sagen wollte ...« Er räusperte sich noch einmal. »Wenn sich weitere Indizien gegen Pia ergeben, beispielsweise auch der Hammer irgendwo bei ihr gefunden wird, dann helfe ich ihr. Und das habe ich ihr auch gesagt.«

»Dan, du kannst dich da nicht einmischen!«

»Was ich dich eigentlich fragen wollte«, fuhr Dan ungerührt fort, »ist, ob sie dann vielleicht auch deine Unterstützung hat.«

Flemming zog die Augenbrauen zusammen. »Ich bin nicht sicher, ob ich dich richtig verstehe, Dan.«

»Du willst doch nicht etwa behaupten, dass Pia schuldig ist?«

»Nein, aber ...« Flemming wand sich. »Wir können es doch nicht ohne Weiteres ausschließen, oder? Untreue ist eines der gewöhnlichsten Mordmotive der Welt.«

»Was glaubst du tief im Inneren, Flemming?«

Er verzog das Gesicht zu einer Grimasse. »Zugegeben, es fällt mir wirklich sehr schwer, das zu glauben.«

»Genau das meine ich. Du und ich glauben Pia, weil wir sie kennen und wissen, wie sie ist. Das tun die beiden Ermittler aus Kopenhagen nicht. Für sie ist sie nur die engste Vertraute des Opfers – und bisher die einzige Verdächtige mit einem Motiv. Verstehst du?« Dan sah ihn an. »Sie braucht uns, Flemming.«

»Annette Poulsen wird niemals zulassen, dass du …«

»Du missverstehst mich. Diesmal komme ich nicht, um der Polizei zu helfen, wenn ich mich entschließe, mich mit diesem Fall zu beschäftigen. Ich will Pia helfen. Mit der Polizei als Gegenspieler, wenn es nötig ist. Was diese Frau Poulsen will oder nicht, ist völlig unerheblich.«

»Hast du das schon mit Pia besprochen?«

»Nur indirekt. Ich habe gesagt, dass ich zu ihrer Verfügung stehe, wenn sie mich brauchen sollte.«

»Hm.«

»Im Augenblick bereite ich mich lediglich vor. Sammle Truppen, wenn du so willst.«

Flemming blickte schweigend über den Fjord.

»Kaffee?«, fragte der Kellner, der plötzlich an ihrem Tisch aufgetaucht war.

Flemming und Dan sahen sich an. »Ja, danke. Espresso.«

»Für mich auch«, ergänzte Dan.

»Aber gern.«

»Was sagst du, Flemming?«, fragte Dan, als der Kellner mit ihren Tellern verschwunden war. »Kann ich mit deiner Unterstützung rechnen, wenn Waages Situation sich verschlechtert?«

Flemming strich sich über den dünnen Flaum auf seinem Kopf. »Nein«, sagte er dann. »Oder doch, vielleicht.« Er sah seinen alten Freund an. »Ich kann es dir nicht versprechen. Ich kann es mir nicht erlauben, meinen Job zu verlieren.«

Dan überlegte einen Moment, ob er noch mehr Druck ausüben sollte. Dann zuckte er die Achseln. »*Point taken.* Vergiss, dass ich gefragt habe.«

»Schon okay.«

Nach dem Kaffee verabschiedeten sich die beiden Freunde am Springbrunnen auf dem Rathausplatz. Flemming ging zurück ins

Polizeipräsidium, während Dan in der Sonne stehen blieb und das Leben auf dem halbkreisförmigen Platz betrachtete, von dem aus man eine besonders schöne Aussicht über den Fjord von Christianssund hatte. Es gab der Stadt eine ganz besondere Atmosphäre, dass dieser zentrale Treffpunkt so offen war. Alle wichtigen Institutionen waren auf diesem Platz versammelt: In der Mitte stand das Rathaus, östlich davon das Polizeipräsidium und an der Westseite das Hotel Marina – der Treffpunkt des Bürgertums. Das Hotel belegte die gesamte Ecke bis zum Fjord, und bei schönem Wetter breitete sich das Straßencafé des Hotels über den Platz aus. Mitten auf dem Platz thronte der sporadisch funktionierende Springbrunnen, um den herum die unbequemsten Bänke von ganz Dänemark standen. Allerdings erfüllten sie ihre Funktion voll und ganz – sie sollten die Penner vom zentralen Platz der Stadt vertreiben.

Am Anfang der Algade war in einem zweigeschossigen Eckgebäude gleich rechts vom Polizeipräsidium das Ärztehaus von Christianssund untergebracht. Hier arbeitete eine kleine Gruppe von Ärzten, zu denen auch Marianne Sommerdahl gehörte. Dan hatte seit ihrer Auseinandersetzung am Samstag keinen direkten Kontakt zu seiner Exfrau mehr gehabt, er wusste von Laura, dass Marianne noch wütend auf ihn war, was er eigentlich gut verstehen konnte. Er hätte es niemals zulassen dürfen, dass die Pläne für ein gemeinsames Ferienhauses so weit gingen, bevor er die Notbremse zog. Wäre er seiner Intuition gefolgt, hätte er ihre halbherzige Beziehung schon längst beenden müssen.

In diesem Moment wurde ihm klar, dass er noch immer als Patient bei Marianne registriert war. Er hatte dieses kleine Detail fast vergessen, weil er so selten ärztliche Hilfe brauchte. Den Gedanken, Marianne in ihrem Sprechzimmer gegenüberzusitzen, wollte er nicht zu Ende denken. Als Dan kurz darauf wieder seine Wohnung an der Hafenpromenade betrat, setzte er sich sofort an den Computer und informierte sich über die Möglichkeiten, den Arzt zu wechseln. Ein Arztwechsel, der nicht aufgrund eines Umzugs erfolgte, war mit Kosten verbunden, aber das war ihm egal. Dan entschied sich eher wahllos für den neuen Arzt, die Praxis lag direkt gegenüber dem Bahnhof.

Danach wechselte er zu Facebook, wo ihn eine Nachricht erwartete: Man hatte ihn in die Gruppe »Christianssund Gymnasium« aufgenommen. Die Chronik der Gruppe war wie erwartet voller Trauerbekundungen von Dorthes Schülern. Einige hatten Fotos von ihr gepostet: bei einem Tanz auf der Straße, wie sie beim Luciafest in Tracht durchs Foyer des Gymnasiums lief, im Gespräch mit dem Rektor auf dem Rasen. Dan klickte auf einige Fotos und studierte das Gesicht der toten Lehrerin. Sie sah so lebendig aus. Egal, ob sie herumalberte, lachte oder ernst war, Dorthe Bertelsen hatte eine ansteckende Energie ausgestrahlt. Sie wirkte wie ein sehr freigiebiger Mensch, sie schien keine Angst davor zu haben, ihre Gefühle mit anderen zu teilen. Er wünschte sich, sie kennengelernt zu haben. Dan vergrößerte ein Foto, auf dem Dorthe mit einer Gruppe Schüler in voller Skiausrüstung stand. Tatsächlich erinnerte sie ihn an jemand anderen. Nicht unbedingt durch ihr Aussehen. Aber durch ihre Ausstrahlung. Er betrachtete ihre Augen, die sie wegen der Sonne auch auf diesem Foto ein wenig zusammenkniff, und mit einem Mal traf ihn die Erkenntnis wie ein Schlag in die Magengrube. Marianne. Sie ähnelte Marianne. Der gleiche weibliche Körper, das gleiche unbekümmerte Lächeln, die gleiche selbstsichere Ausstrahlung. Der gleiche Sexappeal, ging ihm noch durch den Kopf, bevor er seine Assoziationskette unterbrach. Für einen Moment vermisste er seine Exfrau beinahe schmerzhaft.

Rasch schloss er das Foto und beschäftigte sich weiter mit der

Facebook-Gruppe des Gymnasiums. Ein Eintrag stammte von Svea Lorén:

Nach Dorthe Bertelsens Tod wurde die Unterzeichnerin zum neuen Administrator der Gruppe gewählt. Alle relevanten Beiträge, Mitteilungen und Kommentare sind willkommen, allerdings wird jede Form von unpassenden oder mobbenden Beiträgen auch in Zukunft gelöscht. Im Wiederholungsfall wird der Betreffende von der Gruppe ausgeschlossen. Stößt du auf etwas Unangenehmes in der Chronik der Gruppe, gib mir Bescheid. Ich kann nicht vierundzwanzig Stunden am Tag auf Facebook sein, greife aber gern ein, wenn ich auf Probleme aufmerksam gemacht werde.

Dorthe war also die Facebook-Administratorin der Schule gewesen, dachte Dan und ließ den Blick über die Seite gleiten, wo die etwas älteren Administratorenbeiträge tatsächlich mit Dorthes Profilfoto versehen waren. Auch sie hatte offensichtlich Ärger mit »unpassenden Beiträgen« gehabt. Allein in diesem Schuljahr, das ja erst ein paar Wochen alt war, hatte sie zweimal mit Blockierungen gedroht, sofern die Leute nicht aufhörten, sich in der Chronik der Gruppe zu mobben.

Dan suchte noch einige Zeit vergeblich nach den ominösen Beiträgen, die natürlich längst gelöscht waren. Er würde die neue Administratorin fragen müssen, worum es ging, falls er sich überhaupt weiter mit dem Fall befassen würde. In der gegenwärtigen Situation hatte er leider keine Entschuldigung, um seine Neugierde zu befriedigen.

16

Frank Janssen streckte sich, bis die Gelenke knackten. In gewisser Weise war er erleichtert, die Ermittlungen im Mordfall Dorthe Bertelsen nicht mehr leiten zu müssen, obwohl er sich auch in seiner Eitelkeit verletzt sah, weil er faktisch in der Hierarchie der Abteilung zurückgestuft worden war. Es hatte immerhin den Vorteil, dass er jetzt Zeit für die administrative Arbeit fand, die sich sonst auf seinem Schreibtisch angesammelt hätte. Frank hatte noch immer nicht wirklich gelernt, die Rolle des Chefs auszufüllen, wenn er in einer Ermittlung steckte. Im Grunde wusste er, dass er den Fall vom Schreibtisch aus leiten musste, die Laufarbeit sollten seine Mitarbeiter erledigen, aber es gelang ihm einfach nicht, sich den Routinearbeiten zu entziehen. Dieses Unvermögen rächte sich nach Abschluss eines Falls stets in Form von hohen Papierstapeln auf seinem Schreibtisch, jetzt genoss er den seltenen Luxus eines leeren Eingangskorbs. Er setzte seine Initialen unter das Sitzungsprotokoll, das er gerade gelesen hatte, legte es in den Ausgangskorb und stand auf.

Frank blieb an der Tür des Gemeinschaftsbüros stehen, in dem große Whiteboards die gesamte hintere Wand verdeckten. Eines hing voller Farbfotos. Sie zeigten die lebende und die tote Dorthe Bertelsen, eine lächelnde Pia Waage, Dorthes Exmann William Friis-Mortensen, das kleine Forsthaus von vorn und vom Garten aus gesehen, das blutverschmierte Bügeleisen und Waages blutbespritzte Laufschuhe sowie ein Gemeinschaftsfoto des versammelten Kollegiums des Gymnasiums von Christianssund, das beim Abschlussfest vor den Sommerferien gemacht worden war. Auf einer anderen Tafel waren Dorthes Aktivitäten in Stichworten auf einer Zeitschiene notiert: Ein Kauf bei einem Internetbuchhändler, ein Telefonanruf, eine Ausschusssitzung, ein Abendessen und manches mehr ergaben zusammen ein Bild der Aktivitäten des Opfers in den letzten Tagen seines Lebens. Auf einer dritten

Tafel hielten die Mitglieder des Teams fest, wo sie sich im Laufe des Tages befanden und mit welchen Zeugen sie reden wollten.

Frank ließ den Blick durch den Raum schweifen. Die meisten Schreibtische waren leer. Auf dem Platz, der Lars Vogelbjerg zugewiesen worden war, stand ein Becher mit Bart Simpsons lächelndem Gesicht. Frank hatte den Becher noch nie gesehen, er vermutete, dass der Polizeiassistent ihn aus Kopenhagen mitgebracht hatte. Eigentlich war es ja ganz schön, auf diese Weise zu erfahren, dass sich hinter Vogelbjergs anonymer Fassade ein Zeichentrickfilmfan verbarg. Noch dazu ein Fan, der auch einen von Franks Idolen gut fand.

Ein paar Beamte saßen an ihren Computern und schrieben Berichte oder überprüften Fakten, der Rest war unterwegs, um Zeugen zu vernehmen. Frank vertraute Annette Poulsens Art, die Arbeit anzugehen. Sie schien äußerst kompetent und perfektionistisch zu sein, fast schon ein Kontrollfreak. Gleichzeitig gelang es ihr, sich taktvoll gegenüber den Mitarbeitern der Abteilung zu verhalten, die offensichtlich ebenso an der Schuld von Pia Waage zweifelten wie er selbst. Annette akzeptierte, dass es ihnen schwerfiel, eine Kollegin zu verdächtigen, dennoch verschaffte sie sich ruhig und gezielt einen Überblick, ohne sich von den Emotionen ihrer Umgebung ablenken zu lassen. Das ist durchaus bemerkenswert, dachte Frank und ging zu Lotte Andersen. Ihr helles, glattes Haar reichte genau bis zu der Stelle, an der die Bluse und der Hosenbund aneinanderstießen. Frank überkam plötzlich die Lust, daran zu ziehen. Rasch steckte er die Hände in die Taschen.

»Sind die anderen unterwegs?«, erkundigte er sich.

Lotte blickte auf. »Das sollte eigentlich an der Tafel stehen. Gerner und Thor rekonstruieren immer noch die letzten Tage des Opfers. Im Moment sind sie unterwegs, um Überwachungsvideos von diversen Geschäften im Einkaufszentrum und dem Viertel um die

Algade zu besorgen. Es sind ein paar Quittungen aufgetaucht, die darauf hindeuten, dass Dorthe am Freitagnachmittag in der Stadt war. Wenn man zum Beispiel eine Aufzeichnung fände, auf der sie von jemandem begleitet wird, könnte das eine ganz neue Spur sein.«

»Gute Idee. Und der Rest?«

»Annette Poulsen und Vogel verhören Waage in zehn Minuten. Sie bereiten sich in ihrem Büro darauf vor.«

»Ist bei Annette ein Computer installiert worden?«

»Soweit ich weiß, ja.« Lotte sah ihn an. »Ich vermute, sie überlegen, wie sie Waage am schnellsten knacken können.«

Frank sah sie mit der ganzen Autorität des Vorgesetzten an. »Andersen, genau das ist eine der Bemerkungen, die du nicht machen solltest, wenn Annette Poulsen in der Nähe ist.«

»Sorry.«

»Es ist für uns alle nicht leicht, Lotte«, fügte Frank besänftigend hinzu. »Wir sind alle befangen. Schon deshalb ist es gut, dass jemand von außen die Ermittlungen leitet.«

Lotte nickte. Ihre Wangen glühten.

»Noch etwas?«

»Einer der Kollegen beschäftigt sich mit dem Bügeleisen. Es ist ein Modell, das seit einem Jahr auf dem Markt ist, laut Importeur wurden über vierhundert Stück im ganzen Land verkauft. Das wird schwierig.«

»Hm. Grenzen wir es auf Christianssund ein.«

»Okay, ich gebe es weiter.«

»Sonst noch Neuigkeiten?« Frank wandte sich den Whiteboards zu. »Weitere Resultate der Techniker?«

»Die IT-Jungs sind dabei, Waages Computer und Telefon zu überprüfen. Sie gehen davon aus, bis zum Feierabend Ergebnisse zu haben.«

»Okay. Allerdings glaube ich kaum, dass sie irgendetwas Interessantes finden.« Frank drehte sich bei dem Geräusch von Lottes unterdrücktem Kichern um. »Was ist?«

»Wer ist denn jetzt voreingenommen?«, fragte sie.

Er sah sie einen Moment an und erwiderte ihr Lächeln. »Eins zu eins. Und womit beschäftigst du dich gerade?«

»Ich habe diese Fertilitätsklinik überprüft, bei der Dorthe Bertelsen und ihr Mann in Behandlung waren.«

»Ja?« Frank zog sich einen Stuhl heran und setzte sich.

»Sie haben sie seit damals nicht gesehen.«

»Dann war das also eine Niete?«

»Hinterher habe ich noch drei weitere Fertilitätskliniken auf Seeland abgefragt. Nichts.«

»Würden sie es uns sagen, wenn sie dort gewesen wäre? Gilt dort nicht auch die Schweigepflicht?«

»Sie waren erstaunlich hilfsbereit, solange sie lediglich erklären sollten, ob Dorthe in Behandlung war oder nicht. Ihr Foto war ja auf sämtlichen Titelseiten, sie konnten wirklich sicher sein, dass ich nach einer Toten frage.«

»Wir sind des Rätsels Lösung also keinen Schritt näher gekommen.«

»Nein.« Lotte räusperte sich. »Aber ...« Sie blätterte in ihrem Notizblock. »Ich habe eine Liste mit allen Namen zusammengestellt von denen wir die DNA nehmen sollten, um den Vater zu finden.«

»Lass mal sehen.« Lotte schob den Block ihrem Chef zu.

»William«, fing Frank an zu lesen. »Das ist klar. Aber sämtliche männlichen Angestellten der Schule?« Er sah sie an. »Das meinst du doch nicht ernst, oder?«

»Irgendwo müssen wir ja anfangen.«

»Richtig. Irgendwo. Aber nicht an zwanzig Stellen gleichzeitig.«

Frank schob den Block beiseite. »Ich denke, wir sollten einen ganz anderen Weg einschlagen.«

»Und?« Lotte setzte sich auf ihrem Bürostuhl zurecht und versuchte mit aller Kraft, gleichgültig zu wirken, obwohl er ihre Idee einfach so vom Tisch gewischt hatte.

»Ich finde, wir sollten diejenigen befragen, die Dorthe am nächsten standen. Vielleicht hat sie jemandem anvertraut, dass sie eine Affäre hatte.«

Lotte nickte. »Zum Beispiel diese Else Forsberg, mit der Gerner gestern gesprochen hat.«

»Ja, und das Freundinnenpärchen. Wie hießen die?«

»Ingelise Jensen und Hanne Busk«, antwortete Lotte nach einem Blick auf ihren Block. »Und was ist mit den Nachbarn? Den Højgaards?«

»Laut Gerner und der Weltpresse kannten sie Dorthe Bertelsen kaum.«

»Na ja, aber sie haben vermutlich die Autos bemerkt, die zum Forsthaus gefahren sind. Denk dran, wie einsam sie wohnen. Die Leute auf dem Land wissen immer, was bei den Nachbarn los ist.«

Frank stand auf. »Du hast recht. Wir fangen bei ihnen an.«

17

Merkwürdiges Gefühl, dachte Pia Waage, als sie in der Eingangshalle saß und darauf wartete, in eines der Vernehmungszimmer gebracht zu werden. Das Polizeipräsidium war seit vielen Jahren ihr Arbeitsplatz; sie war durch sämtliche Türen gegangen, hatte an den meisten Schreibtischen geplaudert, kannte jeden Mitarbeiter. Auch den uniformierten Polizeiobermeister, der am Empfang saß und die Hinweise aus der Bevölkerung sortierte. Ibsen hieß er. Ein älterer Mann. Sie kannte den Namen seines Enkelkindes, wusste, welches Plundergebäck er am liebsten aß und welche politischen Sympathien er hegte. Aber heute saßen sie buchstäblich auf verschiedenen Seiten der Schranke. Er ertrug ihren Blick nur schwer. Was man ihm eigentlich nicht verdenken konnte, fand sie. Sie war jetzt nicht nur eine höherrangige Polizistin, sondern gleichzeitig auch noch die Hauptverdächtige in einem Mordfall. Damit war nicht leicht umzugehen.

»Hej«, hörte sie eine Stimme.

Pia blickte auf und sah Lars Vogelbjerg. »Hej«, erwiderte sie seinen Gruß und stand auf.

»Sie sind pünktlich«, sagte er, als er vor ihr die Treppe hinaufging.

»Ja, was haben Sie denn gedacht?« Sie versuchte zu lächeln.

Im Vernehmungszimmer standen eine Thermoskanne und ein Teller Kekse. Vornehme Verhältnisse, dachte Pia, als sie auf einem der Stühle um den Laminattisch Platz nahm. Immerhin wird man doch eine bisschen bevorzugt behandelt.

Annette Poulsen betrat den Raum und gab ihr die Hand. Die akkurat geschnittene Pagenfrisur saß genau wie am Morgen, registrierte Pia und vermutete, dass das an einer ordentlichen Menge Haarspray lag.

»Wir müssen noch einmal ganz von vorn anfangen«, begann die Kommissarin und setzte sich. »Ich weiß, dass Sie alles schon erzählt haben ...«

»Schon mehrfach.«

»... trotzdem wollen wir es noch einmal von Ihnen hören. Wie Sie Dorthe kennengelernt haben, wie Ihre Beziehung war, Ihr Bekanntenkreis. All das. Und dann müssen wir natürlich wissen, was im Laufe des Wochenendes passiert ist.«

Pia nickte.

Sie gingen chronologisch vor. Pia antwortete so detailliert wie möglich auf die vielen Fragen, wobei sie all ihre Reserven einsetzte, um den Deckel auf ihren Gefühlen geschlossen zu halten. Sie wollte hier nicht sitzen und heulen.

»Den Entschluss, zusammenzuziehen, haben Sie also gemeinsam getroffen?«, fragte die Kommissarin.

»Absolut. Wir kannten uns immerhin seit zwei Jahren, es lag auf der Hand.«

»Waren Sie auch einer Meinung, dass es eine Wohnung sein sollte?«

»Was meinen Sie?«

»Wäre es nicht logischer gewesen, gemeinsam im Forsthaus zu wohnen? Dort hätte es doch reichlich Platz für Sie beide gegeben, und Dorthe wohnte doch offensichtlich gern dort.«

»Ich wollte nicht so weit von der Stadt entfernt wohnen.«

»Und was hat Dorthe dazu gesagt?«

»Ach.« Pia versuchte, ihre Irritation nicht allzu offen zu zeigen. »Liegt das nicht auf der Hand? Sie hat zugestimmt, oder? Der Garten ist ihr ohnehin über den Kopf gewachsen.«

Annette Poulsen nickte.

Lars Vogelbjerg legte eine Plastiktüte mit Laufschuhen auf den Tisch. »Kennen Sie die?«

Pia griff nach der Tüte und betrachtete den Inhalt. Dann nickte sie. »Das sind meine.«

»Die aus dem Fitnessstudio verschwunden sind?«

»Ja.«

»Und wie lange ist das her?«

»Das habe ich doch bereits …« Pia bremste sich. »Entschuldigung. Es ist inzwischen ein paar Wochen her.«

»Können Sie es näher eingrenzen?«

»Nicht ohne es nachzurecherchieren. Das Personal im Studio

weiß es bestimmt. Sie wurden am Donnerstag, bevor ich die neuen Schuhe kaufte, gestohlen. Also, wenn ich mir die Quittung für die Schuhe ansehen könnte, die ich als Ersatz gekauft habe, könnte ich es zurückdatieren.«

»Hier ist sie.« Lars legte einen Kassenbon vor sie. »Sie lag auf Ihrem Schreibtisch.«

»Ja, dann.« Pia wollte nach der Quittung greifen, aber der fremde Polizist legte sie zurück in die Mappe.

»Es wäre schön, wenn Sie sich selbst daran erinnern könnten«, sagte er.

Pia zog eine Braue hoch. »Okay.« Sie lehnte sich zurück. »Was ist heute? Der 21. ... Das heißt, Samstag war der 18. Ich glaube, ich habe die Schuhe am Samstag davor gekauft, das heißt ...« Sie dachte nach. »Ja, es war dieser Samstag. Der 11. August.«

»Korrekt«, bestätigte Lars.

»Dann wurden diese Schuhe da«, sie nickte in Richtung Plastiktüte, »am 9. gestohlen.«

Lars nickte.

»Und was sollte dieses Ratespielchen jetzt?«

Er hob die Schultern. »Es gibt keinen Zweifel daran, dass es sich um Ihre Schuhe handelt, und auch nicht daran, dass diese Schuhe von Dorthe Bertelsens Mörder getragen und in der Nähe Ihrer Wohnung gefunden wurden. Ihre Diebstahlmeldung beweist dagegen gar nichts. Streng genommen ist es nur der Hinweis auf eine gründliche Planung.«

»Oder dafür, dass irgendjemand mir sehr sorgfältig eine Falle gestellt hat. Haben Sie daran mal gedacht?«

»Selbstverständlich. Trotzdem werden Sie doch zugeben, dass wir uns für Sie interessieren müssen, nicht wahr?«

Pia schüttelte den Kopf. Ging es denen, die verhört wurden, tatsächlich immer so? Fühlten alle Verdächtigen – Schuldige wie Unschuldige – sich so eingeschüchtert? Einen Moment lang sah sie ihre eigenen Verhöre in einem ganz neuen Licht.

Annette Poulsen ergriff wieder das Wort. »Wir müssen über die Tatsache sprechen, dass Ihre Partnerin schwanger war.«

»Ich hatte nicht die geringste Ahnung.«

»Nein, das sagten Sie ja bereits.« Annette blickte in ihre Notizen. »Und Sie meinten, Dorthe sei gegen anonyme Samenspenden gewesen.«

»Das meine ich nicht nur, ich weiß es. Wir haben oft darüber diskutiert.«

»Weshalb? Hatten Sie geplant, ein Kind zu bekommen?«

Pia vertraute ihrer Stimme nicht, also beließ sie es bei einem Nicken.

»Wie?«

Pia räusperte sich. »Nun ja, genau das war ja das Problem.« Sie trank einen Schluck Kaffee, räusperte sich erneut. »Ich hatte niemals den Drang, mich fortzupflanzen, aber ich wusste von Dorthe, wie sehr sie sich jahrelang nach einem Kind gesehnt hatte.« Sie atmete tief durch. »Aber so einfach war das eben nicht. Einerseits wollte Dorthe nur zu einer neuen Fertilitätsbehandlung gehen, wenn wir uns einig waren – und das waren wir noch nicht. Andererseits hätte sie nie auch nur einen Klecks anonymen Samen gekauft. Das widersprach wie gesagt ihren Prinzipien.«

»Und wie sah der Plan aus?«

»Ich sagte doch, weiter waren wir nicht gekommen.« Pia sah Annette an. »Zumindest habe ich das geglaubt. Wenn es denn sein musste, sollte es ein Kind von einem Mann sein, den wir kannten und auf den wir uns beide einigen konnten.«

»Den hat sie offenbar allein gefunden. Sie haben keine Idee, wer es gewesen sein könnte?«

»Meine erste Vermutung war natürlich William. Also ihr Exmann. Es gab zwischen ihnen auch weiter eine gewisse Vertrautheit, sie mochte ihn. Als Freund, meine ich.«

»Aber?«

»Das ergibt keinen Sinn. Die beiden hatten lange versucht, ein Kind zu bekommen, und es hat nicht geklappt. Warum hätte sie also ausgerechnet mit ihm die Versuche fortsetzen sollen?«

»Wir haben die Fertilitätsklinik überprüft, in der sie in Behandlung war, bis sie ihren Mann verlassen hat. Sie ist seitdem nicht mehr dort gewesen. Sie hatte auch keinen Kontakt zu anderen Kliniken auf Seeland, bei denen wir uns erkundigt haben.«

»Genau das sage ich doch. Sie hätte niemals einen unbekannten Spender genommen. Und auch wenn noch irgendwo eine Portion von Willams Samen läge, hätte der ja sowieso nicht funktioniert.«

»Alles deutet darauf hin, dass das Kind auf natürliche Weise gezeugt wurde«, sagte Annette.

»Da bin ich ganz Ihrer Meinung.«

»Aber von wem?«

»Ich habe keine Ahnung.«

Annette lehnte sich über den Tisch. »Okay. Vielleicht können Sie uns mit ein paar Namen weiterhelfen, damit wir in der Sache weiterkommen. Sie müssen doch wissen, wem Dorthe nahestand. Haben Sie mit ihr über einen möglichen Spender diskutiert? Einen Kollegen, einen alten Freund, was weiß ich?«

Pia zuckte die Achseln.

Die Kommissarin richtete sich auf. »Wenn Sie möchten, dass wir uns für andere Verdächtige als Sie selbst interessieren, wäre es klug zu kooperieren.« Als Pia nicht antwortete, fügte sie hinzu: »Sehen Sie nicht, dass es für die Ermittlungen wichtig ist, bei dieser Spur Klarheit zu schaffen? Wenn wir den Vater des Kindes finden, haben wir möglicherweise auch ein ganz neues Motiv für den Mord. Es ist sehr gut möglich, dass Dorthe ihn nur als Samenspender wollte, aber wer sagt denn, dass der Betreffende ebenso platonische Gefühle für sie hatte? Vielleicht war er in sie verliebt? Vielleicht ist er bei der Nachricht, dass sie schwanger war, durchgedreht?« Annette Poulsen machte eine Kunstpause. »Wenn es sich um einen Mord aus Eifersucht handelt, könnte das eventuell erklären, warum der Täter so eifrig bemüht ist, den Verdacht auf Sie zu lenken. Was wäre eine bessere Rache, als dass eine Rivalin für einen Mord verurteilt wird, den man selbst begangen hat?«

»Tja …«

»Und dann dürfen wir die dritte Möglichkeit nicht übersehen?«

»Welche?«

»Sex, ohne Fortpflanzung im Sinn zu haben, wenn ich mich so direkt ausdrücken darf. Vielleicht war die Schwangerschaft gar nicht geplant? Es könnte ja auch sein, dass sie einfach bei der Verhütung nachlässig war, weil sie glaubte, sie könne ohne medizinische Hilfe ohnehin nicht schwanger werden?«

Pia spürte, wie sich ihr Puls beschleunigte. Was bildete sich dieses Miststück eigentlich ein? Sie stand kurz vor einer wütenden Antwort, riss sich aber im letzten Moment zusammen. Ein Wutanfall würde ihrer Sache überhaupt nichts nützen. Sie atmete tief durch und beließ es bei einem ruhigen »Das glaube ich nicht«.

»Ich meine nur, dass wir uns alle Möglichkeiten offenhalten müssen, bis wir den Vater gefunden und die Chance gehabt haben, ihn selbst zu fragen.«

Pia blickte auf den Tisch und konzentrierte sich auf einen Kekskrümel, der einsam auf der Laminatplatte lag. Sie fegte ihn auf den Boden. »Sie haben recht«, sagte sie dann. »Ich werde es versuchen.«

»Gut.«

Pia räusperte sich. »Klaus Forsberg. Er war einer der engsten Freunde von Dorthe, obwohl sie meist mit seiner Frau zu tun hatte. Klaus und Dorthe haben wegen der Schulaufführung jedes Jahr viel Zeit miteinander verbracht, und hin und wieder ging sie mit ihm auch in ein Konzert, wenn seine Frau keine Zeit hatte.«

»Was für Konzerte waren das?«

»Meist klassische Musik. Sie waren unter anderem ein paarmal beim Donnerstagskonzert von Danmarks Radio in Kopenhagen. Aber mir fällt die Vorstellung schwer ...«

»Wir werden uns mit ihm unterhalten Gibt es sonst noch jemanden in der Schule?«

»Tja.« Pia runzelte die Stirn. »Mit einem Französischlehrer hat sie sich gut verstanden.« Sie nannte den Namen, den Lars aufschrieb, außerdem die Namen von ein paar anderen Lehrern am Gymnasium. »Mehr Leute von der Schule fallen mir nicht ein.«

»Was ist mit den Schülern?«

»Den Schülern?« Pia musste gegen ihren Willen lächeln. »Halten Sie Dorthe für pädophil?«

»Soweit ich weiß, sind alle auf dem Gymnasium über fünfzehn.«

»Lehrer gehen nicht mit ihren Schülern ins Bett. Punkt.«

»Trotzdem. Versuchen Sie nachzudenken.«

»Okay, okay.« Pia durchforstete ihr Gehirn und nannte ein paar Namen. Robin natürlich. Sie erinnerte sich an ein paar Oberstufenschüler, die Dorthe geholfen hatten, in der Einfahrt Fliesen zu verlegen. Sie meinte, einer hätte Andreas geheißen. Aber sonst ... Sie zuckte die Achseln.

»Andere? Studienkollegen? Alte Freunde?«

Pia lieferte nach bestem Wissen eine Liste. Bei jedem Namen fühlte sie sich wie eine Verräterin. Sie wusste, dass einer oder mehrere dieser ganz sicher unschuldigen Männer befragt werden würden, einen DNA-Test machen mussten und das Gefühl haben würden, unter Verdacht zu stehen.

»Wir haben gehört, dass Dorthe ziemlich gern flirtete«, sagte Lars Vogelbjerg, als Pia keine weiteren Namen mehr nennen konnte. »Auch mit Männern.«

»Wer erzählt denn solchen Blödsinn?«

»An ihrem Arbeitsplatz ist das offenbar allgemein bekannt.«

»Und was heißt das, dass sie gern flirtete?« Erneut spürte Pia, wie ihr Puls anstieg. »Dorthe tanzte gern, und ja, bei den Schulfesten trank sie auch einen Schluck ... Das hat sie mir selbst erzählt.«

»Sie waren bei diesen Festen nicht dabei?«

»In der Schule? Nein. Da ist der Anhang nie dabei«, erklärte Pia mit angestrengter Ruhe. »Ich glaube auch, dass die meisten Ehepartner sich bedanken würden, einen ganzen Abend mit mehreren Hundert betrunkenen Teenagern verbringen zu müssen. Dorthe hat es genossen. Sie war gern auf Festen. Jemand, der den ganzen Abend tanzte und die Leute ein bisschen zu oft umarmte. Ich könnte mir durchaus vorstellen, dass ihr Verhalten falsch eingeschätzt werden konnte, wenn irgendjemand Anstoß nehmen wollte. Und so etwas gibt's ja. Dass jemand Anstoß nehmen will. Wenn man Lehrerin ist, und noch dazu lesbisch, braucht es nicht viel, bis Mythen und Märchen kursieren.«

»Waren Sie nie eifersüchtig?«

»Auf wen?«

»Auf diejenigen, die bei den Festen waren. Wenn Sie wussten, wie sie sich benahm?«

»Vielleicht.« Nicht aufregen, nicht aufregen. »Eigentlich nur am Anfang. Verflucht, ich war schließlich verliebt. Wer wäre denn nicht eifersüchtig, wenn die Liebste allein auf ein Fest geht?«

Lars Vogelbjerg nickte.

»Haben Sie mit ihr darüber gesprochen?«, wollte Annette Poulsen wissen. »Über Ihre Eifersucht, meine ich?«

»Nein, jetzt hören Sie aber auf!«, schrie Pia, bevor sie sich zusammenreißen konnte. »Bei Ihnen klingt das, als hätte ich ein riesiges Eifersuchtsproblem gehabt. Das hatte ich nicht!«

»Und wie finden Sie es, dass Ihre Lebensgefährtin Ihnen offensichtlich untreu gewesen ist – mit einem Mann?«

»Was glauben Sie denn?« Pia konnte die Tränen nicht mehr zurückhalten. Diesmal weinte sie nicht aus Trauer, sondern vor Zorn. »Mir geht es beschissen!«

Es klopfte an der Tür, und Benjamin Winther steckte den Kopf herein. »Entschuldigung, Sie sagten, dass ich sofort Bescheid sagen sollte«, wandte er sich an die Ermittlungsleiterin und hielt ihr eine Kunststoffhülle mit einer Reihe von DIN-A4-Blättern hin.

»Ja?« Annette stand auf und ging zur Tür. »Was ist das?«

»Die Ausdrucke der Mailbox.« Benjamin warf einen raschen Blick auf Pia. »Aus beiden Computern.«

»Aus meinem Computer?«, erkundigte sich Pia.

»Und aus Dorthes«, erwiderte Annette Poulsen und legte den Stapel mit den Ausdrucken vor sich auf den Tisch. Sie hatte bereits angefangen zu lesen.

»Ich kann Ihnen über Dorthes Computer nichts sagen, aber ich weiß, dass Sie auf meinem nichts finden werden«, sagte Pia. »Jedenfalls nichts, was Sie gebrauchen könnten.«

»Hm.« Annette blickte auf. »Ich bin mir nicht so sicher, dass Sie recht haben.«

»Was meinen Sie damit?«

Annette sah Lars an. »Machen wir eine Pause. Wir müssen zuerst darüber reden.« Sie erhob sich und fügte an Pia gewandt hinzu: »Wir sind gleich zurück. Trinken Sie noch einen Kaffee.«

18

Das rote Backsteinhaus von Gunnar und Anni Højgaard wirkte zwischen den hohen Buchen seltsam deplatziert, als ob das nette Fertighaus tatsächlich lieber bei ein paar Hundert Artgenossen in einem der einheitlichen Reihenhausviertel am Stadtrand von Christianssund stehen würde – komplett ausgestattet mit Ligusterhecke, Perlkies und einem Büschel Elefantengras. In der Einfahrt stand ein Volvo.

Lotte und Frank hörten irgendwo im Haus einen Hund bellen, und als sie den Plattenweg zur Haustür hinaufgingen, steigerte sich der Lärm zu einer ohrenbetäubenden Lautstärke.

Lotte klingelte. Der Hund klang, als stünde er kurz vor einem Schlaganfall. Eine Frauenstimme brüllte mit ihm um die Wette, Variationen über das Thema »Halt die Klappe, Hund!«. Lotte und Frank sahen sich an.

»Bitte entschuldigen Sie«, sagte Gunnar Højgaard, als er die Tür öffnete. »Meine Frau schließt diesen verrückten Hund in die Waschküche, dann haben wir Ruhe.«

Ruhe ist gut, dachte Frank, als er dem drahtigen Mann in den Vierzigern ins Wohnzimmer folgte. Der Hund bellte immer noch so laut, dass es schwer war, ein normales Gespräch zu führen, aber jetzt musste man wenigstens keine Angst mehr haben, gebissen zu werden.

»Wir haben bereits mit der Polizei geredet«, erklärte Gunnar und bat sie mit einer Handbewegung, sich auf die Sofagruppe zu setzen. »Allerdings mit zwei anderen Polizisten. Sie sind wohl von einer anderen Abteilung?«

»Nein.« Frank schob ein Kissen zur Seite, bevor er in einem Sessel mit hoher Lehne Platz nahm. »Wir sind alle bei der Polizei von Christianssund. Aber wir haben noch ein paar weitere Fragen.«

»Entschuldigen Sie den Krawall«, sagte Anni Højgaard, die nun auch erschien. Im Hintergrund hörten sie immer noch den Hund.

»Bingo ist sehr wachsam, und so viele Fremde kommen hier ja nicht vorbei.«

»Ist schon okay«, erwiderte Lotte. Sie lehnte an der Wand, ein Zeichen, dass es sich nur um einen kurzen Besuch handeln sollte. »Soweit wir verstanden haben, ist Ihnen am Wochenende nichts Ungewöhnliches aufgefallen?«

»Wir waren doch überhaupt nicht zu Hause.« Gunnar strich sein graues Haar zurück. »Wir sind am Freitag nach Møn gefahren und kamen erst Sonntagabend zurück.«

»Gott sei Dank«, fügte seine Frau hinzu und setzte sich aufs Sofa. »Die hätten ja genauso gut uns umbringen können.«

»Was meinen Sie?«, fragte Frank.

»Na ja, all diese Einbrüche und Raubüberfälle. Das ist doch furchtbar, dass man sich in seinem eigenen Haus nicht mehr sicher fühlen kann.«

»Weshalb glauben Sie, dass es sich um einen Einbruch gehandelt hat?«

»Was soll es denn sonst gewesen sein? Es war bestimmt irgend so ein Verrückter, der gerade vorbeigekommen ist und … Wurde sie vergewaltigt?«

»Dafür gibt es keinerlei Anzeichen, nein.« Frank betrachtete sie. Anni tat ganz offensichtlich einiges für ihr Aussehen, und genau genommen von allem etwas zu viel, ihre Haarfarbe war etwas zu grell, das Make-up etwas zu dick aufgetragen, die Fingernägel etwas zu lang. »Und es gibt auch keinerlei Hinweis auf einen Einbruch, wenn das ein Trost ist.«

»Na, dann bin ich ja beruhigt.« Anni lächelte ihn an. Dann besann sie sich: »Ich meine … nicht so. Ich meine natürlich nicht, dass es gut ist, was …« Sie zündete sich eine Zigarette an.

»Na also, jetzt hat er aufgegeben«, sagte Gunnar, als der Krach aus der Waschküche endlich aufgehört hatte.

»Was ich sagen wollte, war ...« Frank holte tief Luft. Er hatte immer Probleme mit Zigarettenrauch, und in dieser Wohnung roch es wie in einer Räucherkammer. »Wir müssen mehr über Dorthe Bertelsens Bekanntenkreis erfahren.«

»Aber wir kennen ihre Freunde überhaupt nicht.«

»Wir haben uns auch nicht besonders oft gesehen«, fügte ihr Mann beinahe entschuldigend hinzu. »Also zerstritten waren wir nicht, aber ...«

»Ich dachte eher daran, ob Sie bemerkt haben, wer sie besuchte. Vielleicht sogar wissen, wer regelmäßig gekommen ist. Man muss ja bei Ihnen vorbeifahren, wenn man zum Forsthaus will, nicht wahr?«

»Ja, ja.« Gunnar sah seine Frau an. »Ihre Freundin natürlich. Schlank, mit braunen Locken. In einem kleinen Nissan. Sie kam oft.«

»Und übernachtete«, ergänzte Anni und sah Frank vielsagend an. »Wir hatten uns ja schon Gedanken gemacht, wollten uns aber nicht einmischen.«

»Und sonst?«

»Oft kam ein silbergrauer Citroën«, sagte Gunnar. »Ein C3 – Baujahr ungefähr 2010, dem Nummernschild nach zu schätzen. Ein Ehepaar, glaube ich. Es kam vor, dass sie zusammen kamen, oder der Mann allein, aber meistens war es nur die Frau.«

»Wie sahen sie aus?«

»Sie ist so ein bisschen fülliger, und er ...«

»Fülliger? Sie ist fett«, unterbrach Anni ihren Mann. »Graue Haare. Ich glaube, sie ist eine Kollegin von Dorthe aus dem Gymnasium. Der Mann ist sicher auch Lehrer.«

»Trägt eine Brille«, fügte Gunnar hinzu. »Und sieht so ein bisschen abgerissen aus. Wissen Sie, das sind so alte Achtundsechziger.«

Forsbergs, dachte Frank. »Sie wissen nicht, wie sie heißen?«

Gunnar schüttelte den Kopf. »Sie bekam noch von vielen anderen Leuten Besuch. Ich glaube, ein paar davon waren auch ihre Schüler.«

»Andere Männer? Also außer dem Mann im Citroën?«

»Ein paarmal kam ein großer Mann mit Bart, einem hellen, buschigen Bart«, sagte Anni.

»Ja?« Die Beschreibung passt auf William, dachte Frank und beugte sich ein wenig vor. »Was für ein Auto fuhr er?«

»Einen roten Toyota Avensis«, antwortete Gunnar sofort. »Fließheck. Ungefähr zehn Jahre alt.«

»Sie kennen sich mit Autos aus, was?«, warf Lotte ein.

»Schon immer«, erklärte Anni. »Gunnar war ursprünglich Automechaniker, aber das hat er zum Glück hinter sich.«

»Und was sind Sie jetzt?«, erkundigte sich Frank.

Anni kam ihrem Mann zuvor: »Wir haben unsere eigene Firma. Buchführung und Wirtschaftsprüfung. Gunnar ist Wirtschaftsprüfer, ich bin Buchhalterin.«

»Ein Auto kann ich trotzdem noch reparieren, wenn es sein muss«, lächelte Gunnar. »Das hat man einfach im Blut.«

Frank nickte. »Wenn Ihnen noch weitere Besucher einfallen, die Sie im Forsthaus bemerkt haben ...« Er legte seine Visitenkarte neben den gefüllten Aschenbecher auf dem Couchtisch. »Es muss nicht unbedingt jemand sein, der regelmäßig kam. Vielleicht auch nur ein einmaliger Besuch.«

»Vor einem halben Jahr waren ein paar Jungs bei ihr. Sie haben Platten verlegt.«

»Können Sie sich erinnern, wie sie aussahen?«

»Das waren Jugendliche. Einer war so ein Langer, Dünner mit Pickeln.« Gunnar zuckte die Achseln. »Mehr weiß ich nicht. Tut mir leid.«

»Und dann gab's noch den jungen Franzosen«, sagte Anni.

»Ein Franzose?«

»Ja, so sah er jedenfalls aus. Er hatte funkelnde schwarze Augen und dunkles Haar. Und so ein Tuch um den Hals. Sehr romantisch.«

»Das war ein echter Däne, Anni«, widersprach Gunnar. »Ich habe mit ihm geredet. Sehr höflich.«

»Sie wissen nicht zufällig, wie er hieß?«

»Robin, glaube ich. Er hat sie mehrmals besucht.«

»Und dann war da noch dieser Detektiv«, fiel Anni jetzt noch ein. »Er kam mit herein und hat sich ein bisschen mit mir unterhalten. Aber das war natürlich nach dem Mord.«

Frank beugte sich auf dem Sessel vor. »Was für ein Detektiv?«

»Der kahlköpfige Detektiv. Den kann man nicht so leicht verwechseln.«

»Dan Sommerdahl?« Frank fluchte innerlich. »Was wollte er?«

»Ich glaube, er war bei Dorthes Haus.«

»Wann?«

»Gestern. Unmittelbar nachdem Ihre Kollegen mit uns geredet haben.«

Das passte zu Tranebys Geschichte. »Was wollte er von Ihnen? Hat er versucht, Sie auszufragen?«

»Nein, nein. Er wollte gar nicht zu uns. Nun ja, er fuhr wahnsinnig schnell mit seinem Fahrrad, und dann ist Bingo ihm vors Rad gelaufen, und ...« Anni erzählte die Geschichte von Dans Sturz und dem anschließenden Besuch auf der Terrasse mit einem so wichtigen Gesichtsausdruck, als würde sie in einem Prominentenprozess in Hollywood eine Zeugenerklärung abgeben. Ganz offensichtlich genoss sie die volle Aufmerksamkeit der Polizisten. »Ich sollte ihn eigentlich noch anrufen«, beendete sie ihre Geschichte, »um mich zu erkundigen, wie es ihm geht. Er hat sich ziemlich wehgetan.«

»Machen Sie sich keine Sorgen.« Frank empfand eine gewisse Befriedigung, dass er die Wahrheit über Dans blaue Flecken herausgefunden hatte. »Er kommt schon zurecht. So ist es jedenfalls normalerweise.«

Als er aufstand, begann der Hund in der Waschküche wieder zu bellen, und die höflichen Abschiedsfloskeln mussten gebrüllt werden.

»Uff«, stöhnte Frank, als sie kurz darauf wieder im Auto saßen. »Ich werde nie eine Raucherin heiraten, und ich werde mir niemals, wirklich niemals einen Hund anschaffen.«

*

Auch Ingelise Jensen und Hanne Busk verfügten über keinerlei Informationen, die auf der Jagd nach dem Urheber von Dorthes Schwangerschaft behilflich sein konnten. Sie hatten nur zwei konkrete Vorschläge: William Friis-Mortensen und Klaus Forsberg. Aber auch sie nannten die Namen der beiden Männer, ohne wirklich überzeugt zu sein.

»Das führt zu nichts«, erklärte Lotte und ließ den Motor an.

»Ich weiß nicht. So wie es aussieht, haben wir zwei Namen auf der Shortlist. Forsberg und ihr Exmann tauchen immer wieder auf. Wenn wir ihre Kollegen noch ein bisschen gründlicher befragen, finden wir vielleicht noch ein paar, denen diese Namen einfallen.«

»Keiner der beiden klingt wahrscheinlich.«

»Nein, offenbar fallen allen zuerst diese beiden ein, und es sind die einzigen Männer, die die Nachbarn in ihrem Haus gesehen haben, sieht man mal von den Schülern ab. Mit irgendjemandem muss sie ja zusammen gewesen sein, es sei denn, sie hatte Besuch vom Heiligen Geist.« Franks Telefon klingelte, er schaute aufs Display. »Wir können sie doch freundlich und höflich fragen, ob wir einen DNA-Test durchführen dürfen. Übernimmst du das, Lotte?«

Er wartete ihre Antwort nicht ab und nahm den Anruf entgegen. »Janssen.« Mehrere Minuten hielt er still das Telefon ans Ohr und hörte zu. »Ja«, sagte er dann. »Selbstverständlich. Wir kommen sofort.«

»Was ist?«, fragte Lotte, als er das Handy in die Jackentasche gesteckt hatte. »Ist etwas passiert?«

»Das kann man wohl sagen.«

»Was ist?«, wiederholte Lotte.

»Ich fürchte«, antwortete Frank langsam, »dass noch mehr gefunden wurde.«

»Und?«

Er sah sie an. »Pia Waage hat uns offenbar nicht die ganze Geschichte erzählt.«

19

Annette Poulsen saß bereits am Sitzungstisch, als Frank und Lotte ins Präsidium kamen. Ihre Unterlagen hatte sie ordentlich vor sich gestapelt. Neben ihr Lars Vogelbjerg mit seinem Bart-Simpson-Becher hinter einem Notebook, weiter hinten im Raum saß Benjamin Winther und sah aus, als wisse er nicht so genau, ob er wirklich anwesend sein durfte.

»Was ist mit Gerner?«, erkundigte sich Frank und nahm gegenüber der Ermittlungsleiterin Platz. »Soll er das nicht sehen?«

»Er und Bentzen sind noch in der Stadt. Sie bekommen natürlich eine Kopie«, sagte Lars. »Wie ihr alle.«

»Besorgst du uns eine Kanne Kaffee, Winther?«, fragte Annette.

Benjamin stand sofort auf, als hätte er nur auf eine konkrete Aufgabe gewartet.

»Erklärst du uns bitte noch mal, worum es geht?«, bat Frank.

»Die IT-Abteilung hat die Computer von Pia Waage und Dorthe Bertelsen überprüft«, erklärte Lars. »Im ersten Durchgang sollten sie sich auf die beiden Mailboxen konzentrieren, um zu sehen, ob es E-Mails gab, die uns etwas mehr Aufschluss über Dorthe Bertelsens Bekanntenkreis geben würden – und über ihre Beziehung zu Pia Waage. Es sind einige Namen von Personen dabei herausgekommen, mit denen wir noch einmal reden müssen. Das meiste sieht recht unschuldig aus, doch es gibt auch ein paar Dinge, denen wir nachgehen müssen.«

»Zum Beispiel?«

»Zum Beispiel hat Dorthe mehrfach mit ihrem Nachbarn gemailt. Er hat ihr offenbar hin und wieder bei kleineren Reparaturen an ihrem Auto geholfen.«

»Das passt zu seiner eigenen Aussage. Wir kommen gerade von dort.«

»Wir müssen noch einmal mit ihm reden«, wiederholte Lars und blätterte in einem Notizbuch. »Es gibt auch einen Mailwechsel zwischen Dorthe und einem Robin.« Er fand den vollen Namen. »Robin Carlsen.«

»Er war einer ihrer Schüler aus der Abschlussklasse. Gerner hat mit ihm gesprochen«, sagte Frank. »Robin und Dorthe waren auch zusammen in irgendeinem Schulaufführungsausschuss.«

»Und einigen weiteren Ausschüssen, soweit ich sehen kann. Die Planung der Operation Tagewerk im letzten Jahr zum Beispiel. Sie waren ganz eindeutig auf einer Wellenlänge.«

»Ihr glaubt doch nicht etwa, dass er ihr heimlicher Liebhaber war? Ein Schüler?«

»Nein, sie könnte schließlich seine Mutter sein. Aber man weiß ja nie. Die Chance ist jedenfalls groß, dass der junge Herr Carlsen uns noch ein paar Informationen liefern kann.«

»Soll ich mal mit ihm reden?«, erkundigte sich Frank.

»Mach das«, sagte Annette nach einer kaum spürbaren Pause. »Fahr morgen früh zum Gymnasium. Bitte ihn auch um eine Speichelprobe für die DNA-Analyse. Nur zur Sicherheit.«

»Ich muss ohnehin zum Ehepaar Forsberg. Das kann ich bei dieser Gelegenheit auch gleich erledigen. Willst du mitkommen?«

»Wir haben genug mit Pia Waage zu tun.« Annette Poulsen schaute hinüber zu Lars Vogelbjerg. »Wie ihr gleich sehen werdet.«

Benjamin kam mit einer Thermoskanne zurück und stellte sie auf den Tisch.

»Bevor wir weitermachen, nur eine Sache.« Lotte kratzte sich mit dem stumpfen Ende ihres Bleistifts am Kopf. »Vorläufig bitten wir nur drei Männer um Speichelproben: Forsberg, den Exmann und Robin. Ist das korrekt?«

»Das ist bis auf Weiteres die Shortlist. Mit etwas Glück landen wir einen Treffer und brauchen die Suche nicht auszuweiten.« Frank wandte sich an Annette. »Also, was wolltet ihr uns zeigen?«

Lars klickte auf eine Datei, und ein Dokument füllte den Bildschirm aus. »Das hier fanden die Techniker, als sie die gelöschten Mails in Dorthe Bertelsens und Pia Waages Computer wiederherstellten. Also nicht im Papierkorb des Mailprogramms. Auch daraus war es gelöscht. Einige dieser Mails sind mehrere Monate alt, andere neueren Datums.«

»Winther«, sagte Annette Poulsen und nickte Benjamin zu, »hat sich die Mühe gemacht, die Texte in eine Word-Datei zu kopieren und zu sortieren, sodass sie in chronologischer Reihenfolge erscheinen – der Übersichtlichkeit halber.«

Der junge Beamte versuchte, unbeeindruckt auszusehen, aber der Stolz über das Lob ließ seine Backen in einer hübschen hellroten Nuance aufglühen.

Alle richteten nun ihre Aufmerksamkeit auf das Whiteboard, auf dem eine Mail nach der anderen erschien. Lars Vogelbjerg überprüfte regelmäßig, ob auch tatsächlich alle auf die Tafel blickten, bevor er den Text weiterklickte. Zwischen ganz alltäglichen Mails über Verabredungen zum Abendessen und Geburtstagsgrüßen gab es Texte von ganz anderem Charakter. Bittere Beschuldigungen, sarkastische Kommentare. Pia Waage hatte Gift und Galle über Dorthes Beziehungen zu einer Kollegin ausgegossen, die laut Pia einen unverhältnismäßig engen Kontakt zu Dorthe unterhielt.

»Habt ihr mit ihr gesprochen?«, erkundigte sich Annette, als sie zur dritten Mail kamen, in der Svea Lorén genannt wurde.

»Ja«, antwortete Benjamin. »Gerner und ich. Sie ist Sportlehrerin am Gymnasium.«

»Lesbisch?«

»Das weiß ich nicht, aber ich glaube schon. Sie ist auch in dieser Theatergruppe. Ich habe alle Mails zwischen ihr und Dorthe überprüft, nachdem ich das da gelesen habe. Es ging nur um die Schule und das Musical.«

»Okay.«

Schweigend lasen sie weiter. Der Ton in dem Mailwechsel wurde schärfer, je weiter sie kamen, die Mischung aus Alltäglichem und hysterischen Vorwürfen blieb jedoch seltsam. Mitunter wirkte es regelrecht grotesk: In einer Mail schickte Pia zum Beispiel völlig friedlich einen Link zu einem Theater und fragte Dorthe, ob sie Lust hätte, sich eine bestimmte Vorstellung mit ihr anzusehen. Und wenige Stunden später klagte sie heftig und völlig unvermittelt ihre Freundin an, mit dem gesamten Kollegium des Gymnasiums zu schlafen – mit Männern wie Frauen. Und in einer dritten Mail, die auf den darauffolgenden Tag datiert war, entschuldigte sie sich für ihre Anschuldigungen und bat um Vergebung.

»Sieht aus, als ob sich ihre Laune im Laufe des Abends entscheidend verändert hätte«, schob Annette ein. »Und morgens kam dann der moralische Kater.«

»Trinkt sie?«, erkundigte sich Lars.

»Nein, soweit ich weiß, nicht«, antwortete Frank.

»Das könnte eine Erklärung sein.«

Frank zuckte wortlos die Achseln.

Sie lasen weiter. In den letzten Monaten hatte Pia Dorthe mehr und mehr unter Druck gesetzt zusammenzuziehen. Dorthe zögerte, hatte sich aber nach und nach überreden lassen. Bis zur letzten Mail, die sie zwei Tage vor dem Mord an Pia geschickt hatte. Darin teilte sie mit, dass sie doch nicht wolle. Sie könne nicht mit Pias Stimmungsschwankungen und ihrer krankhaften Eifersucht leben. In der anschließenden Mail entschuldigte sich Pia beinahe kriecherisch, und alles endete damit, dass sie am Freitagabend eine endgültige Entscheidung treffen wollten.

Frank war erschüttert. »So kenne ich sie überhaupt nicht«, sagte er. »Waage ist normalerweise ziemlich ausgeglichen.«

»Dass sie sich Freitagabend aussprechen wollten, passt im Übrigen zu ihrer eigenen Aussage«, erklärte Lotte, die den Bericht mit der ersten Vernehmung Pias überflog. »Sie hat ausgesagt, dass sie am Freitag, den 17. August essen gegangen sind. Und sie danach im Forsthaus übernachtet hat.«

»Ihr Alibi für den Samstag ist nicht besonders wasserdicht«, sagte Lars. »Abgesehen von der Spinning-Stunde von zehn bis elf.«

»Waage selbst behauptet, nicht eifersüchtig veranlagt zu sein«, ergänzte Annette Poulsen. »Offenbar ist das nicht ganz richtig.«

Frank schüttelte den Kopf. »Ich weiß überhaupt nicht mehr, was ich glauben soll. Das ist ja beinahe schizophren.«

»Glaubst du, es könnte etwas dran sein – oder ist das reine Fantasie? Diese Beschuldigungen, meine ich. War Dorthe Bertelsen wirklich so promisk? Oder umgekehrt: Ist Pia so paranoid?« Annette stellte die Frage. »Wie passt das mit dem Rest zusammen, den wir gehört haben?«

»Ich habe keine Ahnung.« Frank kratzte sich im Nacken. »Es gab wohl Gerüchte über Dorthes Hang zum Flirten, nur … Ach, ich weiß es wirklich nicht. Ich finde es schon etwas seltsam, dass all das wahr sein soll. Ich meine, soll Dorthe etwa mit Svea Lorén und gleichzeitig mit dem Vater ihres ungeborenen Kindes ins Bett gegangen sein? Und warum erwähnt sie die Schwangerschaft nicht, wenn sie und Waage ohnehin dabei waren, in ihrer Beziehung aufzuräumen?«

»Vielleicht hat sie es Freitagabend getan?«, spekulierte Lars. »Vielleicht war es der berühmte Tropfen, der das Fass zum Überlaufen brachte.«

»Und am nächsten Tag wurde sie getötet«, stelle Annette fest.

Frank schüttelte den Kopf. »Das passt allerdings nicht mit den Schuhen zusammen, oder? Wenn Waage das Verschwinden ihrer Schuhe am 9. arrangiert hat, dann handelt es sich hier nicht um einen Affektmord, der durch eine Nachricht ausgelöst wurde, die sie erst am 17. bekam.«

»Und dann gibt es noch die Spuren von Dorthes Blut an Waages Auto und der Haustür. Du hast selbst gesagt, es gäbe keine logische Erklärung, wie es dorthin gekommen sein könnte, nachdem Waage die Leiche gefunden hat.«

Es wurde still am Tisch. Dann richtete Annette Poulsen sich auf. »Ich muss Waage bis auf Weiteres hierbehalten, Janssen.«

Frank nickte.

»Vogel und ich werden uns weiter mit ihr unterhalten. Und wenn es sein muss, werden wir das die Nacht über tun.«

»Verhaften wir sie?«

»Dazu sind wir nahezu gezwungen, oder?«

»Tja.«

Annette erhob sich. »Du arbeitest weiter wie besprochen, Janssen. Rede mit den Leuten vom Gymnasium. Uns fehlen immer noch ein paar Teilchen in diesem Puzzle.«

»Also suchen wir weiter nach dem Mann, der für die Schwangerschaft verantwortlich ist?«

»Natürlich. Außerdem müssen wir jemanden finden, der die Informationen, die wir heute bekommen haben, bestätigen oder entkräften kann. Einen Zeugen, der die Umstände genau kennt, wenn du so willst. Wenn Dorthe und Pia wirklich ein so stürmisches Verhältnis hatten, wie es diese Mails suggerieren, muss es jemanden geben, der davon gewusst hat. Jemanden, dem Dorthe sich anvertraut hat. Sie hat dieser Else Forsberg die Schwangerschaft gebeichtet, oder? Vielleicht hat sie ihr auch den Rest erzählt?«

»Ja.« Frank wurde plötzlich von Müdigkeit überwältigt. »Ja, vielleicht.«

20

Flemming Torp ging es gut. Er saß auf einem weichen Sofa, ein Glas Rotwein in der Hand und den Duft von Curry in der Nase. Marianne Sommerdahl war eine hervorragende Köchin. Tatsächlich könnte sie eine zweite Karriere als Köchin beginnen, sollte sie eines Tages keine Lust mehr haben, als Ärztin zu praktizieren, dachte er.

Er hörte, wie sie in der Küche summte, rumorte und hackte. Flemming kannte Marianne gut genug, um zu wissen, dass sie beim Kochen keinerlei Gesellschaft brauchte. Sie wollte in der Küche allein sein. Bot man ihr Hilfe an, wurde sie konsequent abgelehnt, höflich, aber bestimmt. Flemming hatte es ein paarmal versucht, inzwischen jedoch längst gelernt, sich in der Wartezeit zu beschäftigen, und um ehrlich zu sein, gefiel es ihm auch so.

Nur dasitzen, entspannen, die Gedanken schweifen lassen und dabei den Geräuschen aus der Küche zu lauschen. Eher unaufmerksam verfolgte er zudem die Nachrichten im Fernsehen. Es war schön.

Er lehnte den Kopf an die Rückenlehne des Sofas und schloss die Augen. Einen Moment dachte er an Ursula. Sie hatte begonnen, an einer Abendschule Aquarellieren zu unterrichten; der Dienstag würde künftig sein freier Abend werden. Ein Abend, an dem er keine Rechenschaft darüber ablegen musste, was er aß, trank oder im Fernsehen sah. Es war bedenklich, wie zufrieden er mit der Aussicht auf einen Ursula-freien Abend war, und mindestens ebenso beunruhigend war der nächste Punkt seiner Gedankenkette: Liebte er seine Frau überhaupt noch?

Flemming versuchte sich zu erinnern, wann er Ursulas Gesellschaft zuletzt wirklich genossen hatte. Ja, im Bett, natürlich. Nicht, dass sie so häufig miteinander schliefen, aber wenn es passierte, war es so gut wie immer. Und davon abgesehen? Wann hatten sie entspannt miteinander geredet, ohne dass es damit endete, dass einer von beiden gereizt reagierte? Im Urlaub in der Türkei vor ein paar Monaten? Vielleicht. Flemming konnte sich schlichtweg nicht entsinnen. In seiner Erinnerung bestand ihre dreijährige Ehe aus einer langen Reihe von Situationen, in denen er – im übertragenen Sinn – auf der Stuhlkante gesessen und versucht hatte, eine Entschuldigung zu finden, das Fest zu verlassen. Dan hat recht, dachte Flemming. Diese Beziehung war nicht gesund.

»Bist du eingenickt?«, erkundigte sich Marianne.

Flemming öffnete die Augen. Sie stand in der Tür. »Nein, nein.« Er richtete sich auf. »Ich habe nur nachgedacht.«

»Ach so. Möchtest du noch Wein?«

»Ich weiß, wo die Flasche steht.«

Sie lächelte. »Wir essen in fünf Minuten.«

Er sah Mariannes gedrungener Gestalt nach, als sie wieder in der Küche verschwand. Der lange, dicke Zopf hing wie ein rotblondes Kupferornament zwischen ihren Schulterblättern. Einen Moment schämte er sich, dass er Dan nicht erzählt hatte, wo er den Abend verbrachte, doch dann verscheuchte er den Gedanken. Er war ihm keine Rechenschaft schuldig.

Flemmings und Mariannes gemeinsame Geschichte war lang und verschlungen: Erst einige intensive Wochen ein Paar, damals, als sie beide noch sehr jung waren. Kurz darauf die Demütigung, als Marianne ihn gegen seinen besten Freund eintauschte. Bald danach hatte sie Dan geheiratet, und kurze Zeit später folgten Flemming und seine erste Frau. Dann kamen die Jahre mit den gemeinsamen Abendessen der beiden Paare, den gemeinsamen Ferien und Familienbesuchen mit den insgesamt vier Kindern. Flemmings Scheidung. Die Liebe zu Ursula. Dans und Mariannes Trennung. Flemmings Krankheit. Dan und Marianne, die wieder zusammengefunden hatten.

Und jetzt? Er hatte das Gefühl, als löste sich alles auf, sämtliche Konstellationen veränderten sich. Dan und Marianne hatten sich wieder getrennt – diesmal ernsthaft, soweit er es beurteilen konnte –, und seine eigene Ehe, nun ja. Flemming und Dan waren beste Freunde, während er und Marianne … Ja, was war eigentlich mit ihm und Marianne? Die wenigen Male, in denen die beiden in all diesen Jahren allein Zeit miteinander verbracht hatten, ließen sich an zwei Händen abzählen, jedenfalls wenn man die Besuche im Ärztehaus nicht mitzählte.

Trotzdem war es ein gutes Gefühl, hier zu sein. Überhaupt nicht merkwürdig, dachte er und betrachtete geistesabwesend die flimmernden Fernsehbilder aus irgendeinem Katastrophengebiet. Eigentlich seltsam, wenn man darüber nachdachte. Wenn jemand ihn fragen würde, wer die Liebe seines Lebens wäre, würde er, ohne zu zögern, Marianne nennen – es sei denn, bei dem Fragesteller handelte es sich um Ursula oder Dan. Mehr als einmal hatte er sich gestattet, mit dem Gedanken zu spielen, wie es wohl gewesen wäre, wenn Dan damals die Finger von der neuen Freundin seines besten Freundes gelassen hätte. Wäre er dann mit Marianne zusammen? Hätten sie Kinder bekommen? Vielleicht. Jedenfalls wären sie sich sehr nahe gekommen. Er bildete sich ein, dass er ein glücklicherer Mensch geworden wäre, wenn das Schicksal die Dinge auf diese Weise geordnet hätte, aber vielleicht irrte er sich auch. Jetzt war es in jedem Fall zu spät. Das Rennen war gelaufen.

»Das Essen ist fertig!«, rief Marianne.

Flemming schaltete den Fernseher ab. »Wir sitzen nicht draußen, oder?«

»Nein, das ist mir eine Spur zu kalt.« Marianne lächelte. Sie waren beide nicht so versessen aufs Draußensein. »Lass uns in der Küche essen.«

»Wie geht's dir eigentlich?«, erkundigte sich Flemming, als sie kurz darauf mit gefüllten Rotweingläsern vor ihren Tellern saßen. »Nach der ganzen Geschichte mit Dan, meine ich.«

»Ach.« Marianne verzog das Gesicht. »Du weißt schon.«

»Nein«, erwiderte er lächelnd. »Ich weiß es nicht. Deshalb frage ich ja.«

»Ganz ehrlich, ich bin immer noch wütend«, erklärte sie nach einer Pause. »Wieso hat dieser Idiot das nicht längst gesagt? Ich meine: Wenn es ihm wirklich so ging, warum mussten wir all die Zeit verschwenden, um eine neue Form des Zusammenseins zu finden, wenn er von vornherein diese Alles-oder-nichts-Haltung hatte?«

»Wäre es ein wesentlicher Unterschied gewesen?«

Sie hob die Schultern. »Wahrscheinlich nicht. Aber eigentlich hatten wir es überstanden, wir waren auf dem Weg nach vorn.«

»Vielleicht hat er selbst erst jetzt gemerkt, wie es ihm dabei ging?«

Marianne zog unter ihrem dichten Pony die Augenbrauen zusammen. »Verteidigst du ihn etwa?«

»Nein, aber …«

Sie würgte ihn mit einer ungeduldigen Handbewegung ab. »Ich habe keine Lust, über Dan zu reden. Ich habe seine Zahnbürste weggeworfen und die Türschlösser auswechseln lassen.«

»Klingt ziemlich dramatisch. Hättest du ihn nicht einfach bitten können, die Schlüssel zurückzugeben?«

»Das hätte erfordert, mit dem Mann zu reden.« Marianne erhob sich. »Da fehlt Salz«, sagte sie und stellte einen winzigen blauen Salzstreuer auf den Tisch. »Tut mir leid.«

»Ich finde, es schmeckt ausgezeichnet. Tolles Abendessen.«

»Jetzt übertreiben Sie mal nicht so, junger Mann«, erwiderte sie lächelnd. »Da sind sogar Klümpchen in der Soße. Die ganz hohe Gastronomie ist das nicht.«

»Es ist jedenfalls um Klassen besser als der Schlangenfraß, den ich zustande bringe.«

»Ich kann dir gerne einen Kurs geben«, erklärte Marianne. »Stell eine Liste deiner zehn Lieblingsgerichte zusammen. Dann kochen wir sie nach und nach gemeinsam.«

»Meinst du das ernst?«

»Natürlich. Du stellst die Küche zur Verfügung und kaufst ein. Wir kochen zusammen und teilen uns den Abwasch. Du bist doch jeden Dienstag Strohwitwer, oder?«

»Abgemacht!« Flemming gab ihr quer über den Tisch die Hand. »Das ist eine feste Vereinbarung. Und auf diese Weise langweilen wir uns nicht allein zu Haus.«

»Langweilst du dich?«, fragte Marianne, als sie seine Hand losließ. »Langweilst du dich, wenn du allein bist?«

»Manchmal. Du nicht?«

»Ich liebe es, allein zu sein. Allerdings ist es hier jetzt ein bisschen sehr still, seit Laura ausgezogen ist.« Sie schob ihm die Salatschüssel zu, als sie seinen leeren Teller sah. »Tatsächlich vermisse ich sie mehr als Dan.«

»Und Rasmus?«

»Ach, es ist schon so lange her, seit er ausgezogen ist. Daran hatte ich mich längst gewöhnt. Obwohl ...« Sie lächelte. »Wenn es nach mir ginge, hätten sie ihr ganzes Leben zu Hause wohnen bleiben können. Kennst du das?«

Flemming nickte. »Meine erste Ehe ist in dem Moment kaputtgegangen, als der Jüngste auszog. Wir entdeckten, dass wir einfach kein gemeinsames Thema hatten, wenn wir allein waren.«

»Ihr wart doch noch einige Jahre verheiratet.«

»Ja, ja, doch in den ganzen letzten Jahren war das nur pro forma. Es stellte sich ja auch heraus, dass sie mich jahrelang betrogen hatte, als sie mich verließ.«

»Hm.« Marianne sah ihn an. »Ich habe übrigens eine Frage über Untreue.«

»Schieß los.«

»Wie ist dein Eindruck? Glaubst du, Dan hat eine andere?«

»Glaubst du es denn?«, fragte Flemming vorsichtig zurück.

»Das würde doch viel erklären, oder? Dass er mich plötzlich so fallen lässt und ...« Eine einzelne Träne stahl sich über ihre Wange. Sie wischte sie mit einer ungeduldigen Bewegung fort. »Hat er etwas gesagt?«

Flemming schüttelte den Kopf. »Nicht ein Wort.«

»Und was hast du für ein Gefühl?«

Nach einer kleinen Pause antwortete er: »Nein, ich glaube nicht, dass er mit einer anderen zusammen ist. Eigentlich würde mir das nicht entgehen.«

Sie nickte. »Lange wird es nicht dauern.«

»Das ist unwahrscheinlich, ja.« Flemming korrigierte den Sitz seiner Brille. »Der Mann war nie sehr lange allein.«

»Tell me all about it.«

Flemmings Handy klingelte. Er schaute aufs Display. Frank Janssen. »Da muss ich rangehen«, entschuldigte er sich und ging ins Wohnzimmer. Wenige Sekunden später waren sämtliche Gedanken an Ursula, Marianne, Dan, erwachsene Kinder und Klümpchen in der Soße wie weggeblasen.

Pia wird des Mordes an Dorthe Bertelsen beschuldigt, erzählte Frank. Morgen wird man sie einem Richter vorführen, der sie dann mit großer Wahrscheinlichkeit in Untersuchungshaft nimmt. »Der Vertrauensmann begleitet sie zum Haftrichter, und natürlich bekommt sie einen Anwalt.«

»Ich dachte, Pia ist selbst Vertrauensmann?«

»Seit ihrer Beförderung nicht mehr. Thor Bentzen hat den Posten übernommen, und er macht das gut, soweit ich weiß.«

»Haben die wirklich genug Beweise für eine Untersuchungshaft?«

»Jetzt machst du den gleichen Fehler, bei dem ich mich heute auch schon mehrmals ertappt habe«, erwiderte Frank müde.

»Was?«

»›Sie‹ zu sagen statt ›wir‹.«

»Oh, du hast recht.«

»Vielleicht ist es gut, dass jemand von außen es veranlasst.«

»Ich kann einfach nicht glauben, dass Waage jemanden ermordet haben soll.«

»Das ist schwer vorstellbar«, stimmte Frank ihm zu. »Aber wie ich feststellen musste, gibt es vieles, was ich nicht über sie wusste.« Er informierte Flemming kurz über den Mailverkehr, den die Techniker in den beiden Computern ausgegraben hatten. »Dr. Jekyll und Mr. Hyde, aber total«, schloss er seinen Bericht. »Und wenn sie uns über ihre Beziehung belügen konnte, warum nicht auch bei allen möglichen anderen Dingen?«

»Was sagt sie selbst denn zu den Mails?«

»Sie weigert sich, etwas zu sagen, bevor sie mit ihrem Anwalt gesprochen hat.«

»Hm.«

»Ich fand, du solltest das wissen.«

Nach dem Telefonat blieb Flemming Torp regungslos stehen und starrte aus dem Fenster. Er dachte darüber nach, was er unternehmen sollte. Eine rot getigerte Katze schlich auf dem gegenüberliegenden Bürgersteig die Mauer entlang. Das Kopfsteinpflaster glitzerte im Licht der Straßenlaternen. Es hatte geregnet.

Als der Duft von Kaffee sich im Haus verbreitete, rief Flemming Dans Namen in der Kontaktliste seines Telefons auf und starrte lange darauf, bevor er sich entschied.

MITTWOCH, 22. AUGUST 2012

21

Frank Janssen, Lotte Andersen und Benjamin Winther bekamen im Gymnasium ein leeres Klassenzimmer zugewiesen, in dem sie die Proben für die DNA-Analyse nehmen und sich mit einigen Mitgliedern aus der Leitungsgruppe der Schulaufführung unterhalten konnten.

»Ist doch okay.« Lotte öffnete ein Fenster zur Gartenanlage, wo im Augenblick eine nahezu unwirkliche Ruhe herrschte. Sie wusste, dass es damit vorbei sein würde, sobald die Pausenklingel ertönte und ein paar Hundert ausgelassene Jugendliche sich auf den Bänken und Rasenflächen verteilten. Dann machen wir das Fenster einfach wieder zu, sagte sie sich. »Soll ich eine Kanne Wasser beschaffen?«

»Das kann Benjamin übernehmen«, sagte Frank und stellte drei Stühle an einen der Tische. »Könntest du die beiden Herren herbringen, Lotte? Frag im Büro, wo sie gerade unterrichten.«

»Okay.«

Im Vorzimmer des Rektors saßen zwei ältere Frauen vor ihren Bildschirmen. Keine der beiden blickte auf, als Lotte den Raum betrat. Als sie sich räusperte, hob eine der Frauen widerwillig ihren grauen Schopf. Sie sah nicht Lotte an, sondern starrte ein paar Sekunden bösartig auf ihre Kollegin, bevor sie langsam den Blick auf den Eindringling richtete. Lotte fühlte sich wie eine Sechzehnjährige, die zum Rektor gerufen wurde, um einen Tadel entgegenzunehmen.

»Entschuldigen Sie.« Lotte bemerkte, dass ihre Stimme jung und unsicher klang. Sie räusperte sich noch einmal und stellte sich in einer etwas tieferen Stimmlage mit Namen und Rang vor. »Ich brauche ein paar Informationen.«

Die Dame mit dem grauen Haar sah wieder hinüber zu ihrer Kollegin, die ihren Blick weiter stur auf den Bildschirm richtete. »Birgit, die Polizei ist hier.«

Jetzt blickte auch die zweite Sekretärin auf. »Ich bin gerade beschäftigt.« Die beiden Frauen starrten sich an. Dann gab Birgit auf und erhob sich. Die Grauhaarige konnte ein siegreiches Lächeln nicht unterdrücken, als sie sich wieder ihrem Bildschirm zuwandte. Bei der kleinen Vorstellung ging es offensichtlich nicht darum, wer von den beiden beschäftigter war, sondern ausschließlich um einen Machtkampf.

»Was kann ich für Sie tun?« Jetzt lächelte Birgit entgegenkommend.

»Vorläufig muss ich nur einen Schüler und einen Lehrer finden.

Ich dachte, Sie haben vielleicht einen Plan und können sehen, wo sie gerade sind.«

»Um wen geht es?«

»Klaus Forsberg und Robin Carlsen.«

Birgit setzte sich an ihren Computer und winkte Lotte heran. Sie gab den ersten Namen ein. »Klaus hat im Augenblick eine Freistunde. Danach hat er Unterricht bei seinem Leistungskurs. Wenn Sie sich beeilen, erwischen Sie ihn noch im Lehrerzimmer.«

»Und Robin?«

»Er ist …« Wieder bediente sie die Tastatur. »Ihn finden Sie im Raum 308. Drüben im Westflügel. Nach der Stunde hat er frei, Sie müssen sich also ebenfalls beeilen, wenn es dringend ist.«

»Danke.«

Lotte lief zum Lehrerzimmer, fand den leicht konsternierten Musiklehrer und schickte ihn zum Zimmer 402, bevor sie weiter zum Westflügel eilte. Sie erwischte Robin, als es gerade klingelte.

»Um was geht es denn diesmal?«, fragte er, als er sie durch das Gewimmel von Schülern begleitete.

»Wir müssen uns noch einmal mit Ihnen unterhalten. Es dauert nicht lange.«

Seine dunkelbraunen Augen suchten ihre. »Unterhalten? Worüber denn?«

»Dieses und jenes. Sie gehören schließlich zu den Personen, die mit Dorthe Bertelsen am meisten zu tun hatten.«

Sie gingen im Gänsemarsch durch das von Schülern gefüllte Foyer. Lotte lief schräg hinter Robin und betrachtete ihn aus den Augenwinkeln. Sie fühlte sich nicht sonderlich wohl in seiner Gesellschaft, wusste aber nicht genau, woran es lag. Der Blick des jungen Mannes war direkt, und er bewegte sich entspannt, mit fließenden, beinahe katzenhaften Bewegungen. Vielleicht ist er einfach zu attraktiv, dachte sie. Lotte hatte nie große Anziehungskraft auf Männer ausgeübt, und wenn ein Mann allzu hübsch war, hielt sie gern deutlichen Abstand, um einer möglichen Zurückweisung zuvorzukommen. Sie trat einen Schritt zur Seite, um nicht von einem rothaarigen Mädchen überrannt zu werden, das mit einem Mal direkt auf Robin zulief.

»Hej, mein Schatz!«, rief sie und küsste ihn auf den Mund. Nur einen kleinen Schmatz, aber dennoch. Das junge Mädchen hatte in Robins Gegenwart offensichtlich nicht Lottes Probleme mit ihrem Selbstwertgefühl. »Wo willst du denn so schnell hin?«

»Wir unterhalten uns mit den Personen, die Dorthe Bertelsen am besten kannten«, mischte Lotte sich ein. »Einige von ihnen sind im Theaterausschuss oder wie ihr das nennt.«

»Ditte.« Das Mädchen streckte die Hand aus. »Warum redet ihr nicht mit mir? Ich sitze auch in der Leitungsgruppe.«

»Vielleicht später.« Lotte erwiderte den Händedruck. Sie sah keinen Grund, Ditte einzuweihen, dass sie sich zunächst vor allem für die Männer interessierten.

»Seid nett zu ihm.« Ditte schaute zu Robin auf, der einen Arm um ihre Schulter legte.

Lotte lächelte. »Seid ihr ein Paar?«

Robin und Ditte tauschten einen Blick aus, Ditte kicherte.

»Nein«, sagte Robin. »Nur Freunde.«

»Er ist der Einzige an der Schule, der mir noch nie an die Wäsche wollte«, fügte Ditte hinzu. »Ich weiß nicht so genau, ob ich mich deswegen beleidigt oder geehrt fühlen soll.« Wieder kicherte sie.

»Na dann«, sagte Lotte nur. Sie warf Robin noch einen Blick zu. Vielleicht ist er ja schwul, ging ihr durch den Kopf. Es hätte sie nicht überrascht. Mehrere bittere Erfahrungen hatten sie gelehrt, dass die wirklich attraktiven Männer sich oft genug nur füreinander interessierten. Laut sagte sie: »Es tut mir leid, Ditte, aber wir haben es eilig.«

»Schon okay.« Ditte umarmte Robin zum Abschied. »Wir sehen uns!«

Rasch legte Lotte das letzte Stück bis zum Raum 402 zurück, sie blieb erst stehen, als sie die Tür erreicht hatten. »Warten Sie hier«, sagte sie, klopfte an und steckte den Kopf hinein.

Auf einem Stuhl saß Klaus Forsberg und wischte sich gerade den Mund mit einer Serviette ab, während Benjamin Winther das Wattestäbchen, das er für die Speichelprobe benutzt hatte, in ein Glasröhrchen steckte. Frank stand am Fenster.

»Seid ihr so weit?«, fragte Lotte.

»Ja.« Frank sah den Musiklehrer an. »Es sei denn, Sie möchten noch etwas hinzufügen?«

Klaus schüttelte den Kopf. »Im Moment nicht.«

Er stand auf, warf die Serviette in den Papierkorb und fuhr sich mit der Hand durch sein langes, dünnes Haar, bevor er ging. Lotte blieb direkt hinter ihm.

»Sie können jetzt reinkommen, Robin.«

Klaus nickte seinem Schüler zu und verschwand.

»Na, Robin«, begann Frank, als sie sich an dem kleinen Tisch gegenübersaßen. »Wie Lotte Andersen Ihnen vielleicht erzählt hat, würden wir gern ein wenig mehr über Ihre Beziehung zu Dorthe Bertelsen erfahren.«

»Beziehung? Wir hatten keine Beziehung. Sie war die Lehrerin und ich der Schüler, nichts weiter.«

»Sie sind häufig bei ihr zu Haus gewesen.«

»In Verbindung mit unseren Treffen, ja. Das habe ich alles schon Ihrem Kollegen erzählt. Diesem Langen.«

»Svend Gerner.«

»Und ihm da.« Er nickte Benjamin zu, der sich an einen Tisch ganz hinten im Raum gesetzt hatte.

»Ja, wir würden trotzdem gern noch einmal mit Ihnen reden«,

fuhr Frank fort. »Sehen Sie, wir müssen mehr über Dorthes Verhältnisse zu ihren männlichen Bekannten in Erfahrung bringen.«

»Ah ja?«

»Ich bin mir sicher, dass Sie Dorthe auch allein besuchten?«

»Das ist ein paarmal vorgekommen, ja.« Robin zog die Augenbrauchen zusammen. »Und woher wissen Sie das?«

»Sie wurden mehrfach an ihrem Haus gesehen.«

»Die Nachbarn.« Der junge Mann nickte. »Die behalten alles im Auge.«

»Sind Sie mit ihnen bekannt?«

»Ich habe den Mann mal gegrüßt, als er Dorthes Auto reparierte. Die Frau kenne ich nur vom Sehen.«

»Sie haben Dorthe also mehrfach allein besucht? Warum?«

»Wegen der AGs in der Schule. Projekte. Sie wissen schon.« Robin zuckte die Achseln. »Wir hatten beide alle möglichen freiwilligen Aufgaben übernommen.«

»Und Sie waren sich sympathisch?«

»Natürlich.« Robin richtete sich auf dem Stuhl auf. »Dorthe und ich waren befreundet.«

»Wie Sie vielleicht den Zeitungen entnommen haben, hat die Obduktion ergeben, dass Dorthe schwanger gewesen ist.«

»Das habe ich gelesen, ja.«

»Haben Sie irgendeine Vermutung, wer der Vater sein könnte?«

Robin stieß ein trockenes Lachen aus. »Ich jedenfalls nicht.«

»Sie hatten niemals ein sexuelles Verhältnis?«

»Verdammt, sie war lesbisch. Und doppelt so alt wie ich.«

»Nicht ganz.«

»Nein, aber trotzdem.«

»Dann haben Sie sicher auch keine Einwände, wenn wir eine Speichelprobe für eine DNA-Analyse von Ihnen nehmen, oder?«

»Warum das denn?«

»Reines Ausschlussverfahren. Wir testen eine ganze Reihe von Männern aus Dorthes Bekanntenkreis.«

»Können Sie mich dazu zwingen?« Robin starrte Benjamin an, der ein weiteres steriles Probenset vorbereitete.

»Nicht sofort. Die DNA-Analyse geschieht auf freiwilliger Basis.«

Er dachte einen Moment nach. »Dann sage ich Nein.«

Frank legte die Stirn in Falten. »Wenn Sie nicht der Vater sind, haben Sie nichts zu befürchten, Robin. Wir vernichten die Probe, wenn sich herausstellt, dass sie keine Bedeutung für den Mordfall hat.«

»Ich mache es trotzdem nicht.« Robin presste die Lippen zusammen.

Frank lehnte sich zurück und schlug die Arme übereinander. »Sie können dazu gezwungen werden, wenn wir irgendwelche Spuren finden, die den Verdacht auf Sie lenken. Das müssen Sie schon wissen.«

»Ich bin nicht der Vater.« Robin sah ihn an. »Und so ein DNA-Test geht mir absolut zu weit.«

»Okay.« Frank betrachtete ihn eine Weile. »Okay«, sagte er dann noch einmal. »Dann kommen wir eben mit einem Beschluss, sobald es notwendig werden sollte.«

Robin zuckte die Achseln.

»Es geht hoffentlich nicht zu weit, wenn Sie mir erzählen, was Sie am Samstag zwischen zehn und sechzehn Uhr gemacht haben?«

»Ich war zu Hause. Bis kurz vor halb zwölf habe ich geschlafen. Dann ein Bad genommen. Und ich habe den Rasen gemäht, sofern Sie das auch noch interessiert. Das kann meine Nachbarin bezeugen. Sie hat mir über die Hecke dabei zugesehen, muss um zwei gewesen sein. Man darf in unserem Anliegerverband zwischen zwölf und zwei keinen Rasenmäher benutzen, und ich kann mich erinnern, dass ich in der Küche darauf wartete, bis es genau zwei Uhr war.«

»Abgesehen davon waren Sie allein?«

»Ja. Tut mir leid.«

»Rasen gemäht?«, warf Lotte Andersen ein. »Sie wohnen in einem Haus? Allein?«

»Ja, im Haus meiner Eltern. Das heißt, bis vor zwei Jahren gehörte es meiner Großmutter, aber sie ist gestorben. Ich wohne dort, solange ich noch zur Schule gehe. Nach dem Examen soll es verkauft werden, dann muss ich mir etwas anderes suchen.«

»Und Ihre Eltern?«

»Die wohnen in Phoenix, Arizona, und sind so gut wie nie hier.«

»Sie haben ein ganzes Haus und nutzen es nicht?«

»Da mische ich mich nicht ein. Sie hatten einfach keine Zeit, es zu verkaufen, außerdem sagen sie, dass die Immobilienpreise im Moment zu niedrig sind. Ist das nicht gestattet?« Als Lotte den Kopf schüttelte, fügte er hinzu: »Das Arrangement ist für alle Seiten praktisch. Sie können sicher sein, dass jemand Großmutters Haus in Schuss hält, und ich wohne umsonst. Ziemlich genial, wenn man nur Ausbildungsförderung bezieht.«

»Klingt himmlisch. Ein haltbares Alibi haben Sie trotzdem nicht«, bemerkte Frank, der offensichtlich keinerlei Interesse daran hatte, wie ein Sprössling der internationalen Elite sich mit dänischen Wohnverhältnissen arrangierte. »Sind Sie sicher, dass Sie uns keine freiwillige Speichelprobe geben wollen?«

»Ganz sicher.« Robin beugte sich vor und stützte die Hände auf die Stuhllehne. »Kann ich jetzt gehen?«

Frank blieb sitzen und sah ihn an. Seine Augen wanderten von den dunklen, mit Gel gestylten Haaren über den weichen Vollbart und das auffällige Halstuch zu den manikürten Händen und den teuren, handgenähten Schuhen. Verachtung leuchtete aus Franks

Augen. Die Verachtung des normalen Mannes gegenüber reichen, verzogenen Strebern.

»Das können Sie. Aber wir sehen uns ganz bestimmt wieder.«

22

Else Forsberg stand im Kopierraum der Schule. Sie hatte die Hälfte der Partitur und des Manuskripts von *Teenager Love* vervielfältigt, das sie und Dorthe Bertelsen aktualisiert und gekürzt hatten.

Die Wahl von Ernst Bruun Olsens und Finn Saverys Jazzoratorium war ihnen nicht leichtgefallen. Weder Svea noch die beiden Schüler der Gruppe hatten zuvor je von dem Stück gehört, und als Klaus ihnen die LP mit der Studioversion von 1962 vorspielte, hätten sie beinahe rebelliert. Keiner der drei sah irgendeinen Anlass, sich für ein Musical zu entscheiden, das sich nicht nur schwer aufführen ließ, sondern das auch noch die Zuschauer herausforderte. Die Musik ging in sämtliche Richtungen, die Songs waren rhythmisch gesehen reine Kamikaze-Nummern, die Figuren eher Karikaturen als Menschen – von Popstar Billy Jack und seinem geldgierigen Produzenten Tommy Tommyman bis zu dem fiesen Kapitalisten Plastic-Smith und den rivalisierenden Frauen Maggi und Vivi.

Dennoch hatten sich Else, Klaus und Dorthe auf das Stück eingeschworen. Für sie war *Teenager Love* nicht nur ein betagtes sozialistisches Musical. Sie wiesen darauf hin, dass das Stück vor genau fünfzig Jahren ein Riesenhit am Königlichen Theater gewesen war, mit Stars wie Henning Moritzen und Bodil Kjær in den Hauptrollen. *Teenager Love* war das bahnbrechende Stück für eine ganz neue Entwicklung im dänischen Musiktheater gewesen. Ohne dieses Stück hätten viele antiautoritäre Theaterproduktionen der Siebzigerjahre kaum zu ihrer damaligen Form gefunden. Sie waren der Ansicht, dass das Werk bis heute so aktuell geblieben war wie bei seiner Premiere 1962. Es würde eine Jubiläumsvorstellung, vielleicht die einzige des einst so berühmten Stücks, argumentierte Klaus, der ein glühender Fan des Komponisten war. Schließlich hatten die Skeptiker zögernd nachgegeben.

Glücklicherweise, dachte Else und füllte im Drucker Papier nach. Sie überlegte, vor der Premiere den Text mit ihrer Dänischklasse zu lesen. Vielleicht würden die anderen Dänischlehrer sich anschließen, sodass es ein Projekt für die ganze …

»Ach, hier bist du«, unterbrach eine Stimme ihre Überlegungen.

Else drehte sich um. »Klaus! Hast du mich erschreckt!«

»Entschuldige. Ich habe dich gesucht. Ich …« Er sah sie nicht an, sondern stand nur da und trat verlegen von einem Bein aufs andere, wobei er auf die ordentlich gestapelten Manuskriptblätter starrte. »Ich habe das nicht …« Er blieb stecken.

»Was ist denn los?«

Klaus schüttelte den Kopf.

»Klaus«, insistierte sie. »Sieh mich an.«

Er gehorchte. Erst jetzt sah sie, dass ihm hinter den dicken Brillengläsern Tränen in den Augen standen. »Ist auch egal«, brachte er heraus. »Ich bin einfach nur so blöd.«

»Komm mal her.« Else nahm eine Schachtel mit wattierten Umschlägen vom einzigen Stuhl des Kopierraums. »Setz dich.« Sie schloss die Tür zum Korridor. »Heraus damit.«

»Ich war bei der Vernehmung«, sagte er endlich.

»Sie haben doch gesagt, dass sie noch einmal mit uns reden müssen«, sagte Else. »Sie werden sich vermutlich auch mit mir noch einmal unterhalten. Das ist doch nicht weiter überraschend. Wir waren schließlich Dorthes beste Freunde.«

»Ja, ja. Darum geht es doch gar nicht.« Klaus richtete den Blick wieder auf den Papierstapel auf dem Sideboard. »Die Polizei glaubt, dass ich Dorthe geschwängert habe.«

Else runzelte die Stirn. »Wie kommen sie denn darauf?«

Er schüttelte den Kopf, ohne zu antworten.

»Sie müssen doch einen Grund haben?«

»Wenn sie einen Grund haben, wollten sie ihn mir jedenfalls nicht verraten. Sie haben behauptet, es sei nur Routine.«

»Was ist nur Routine?«

»Der DNA-Test.«

»Was?«

»Immerhin bin ich nicht der Einzige, den sie überprüfen.«

»Wen denn noch?«

»Danach habe ich nicht gefragt.« Klaus nahm die Brille ab und putzte sie mit einem Hemdzipfel. »Das hätten sie mir auch garantiert nicht gesagt. Sie haben nur gesagt, ich sei einer von mehreren.«

»Hm.«

Er sah sie an. »Willst du gar nicht fragen?«

»Was?«

»Ob ich es war? Ob ich mit Dorthe im Bett war?«

Eine beinahe nicht zu hörende Pause. »Und, warst du?«

»Nein.«

»Na also, mehr gibt es dazu nicht zu sagen.«

Klaus putzte weiter. Seine Augen, die hinter den starken Brillengläsern sonst so winzig klein aussahen, wirkten mit einem Mal groß und wehrlos. Normalerweise sah sie ihn so nur zur Schlafenszeit. Damals, als sie jung und frisch verliebt waren, war der bloße Anblick von Klaus ohne Brille ausreichend gewesen, um ihr Lust zu bescheren. Wie lange war es her, dass es ihr so mit ihm ergangen war? Zehn Jahre? Fünfzehn? Wie auch immer, es war jedenfalls viel zu lange her. Vielleicht hatte Klaus ja tatsächlich eine Affäre gehabt. Ganz abwegig wäre es zumindest nicht.

»Es war nur so erniedrigend.« Klaus kniff die Augen zusammen, als er seine Brillengläser vor der Deckenbeleuchtung prüfte. »Ich musste den Schnabel aufreißen wie ein Vogeljunges, während ein Polizist mit Gummihandschuhen und einem Wattestäbchen in meinem Mund fuhrwerkte. Ich fühlte mich so … zur Schau gestellt. Und verdächtig. Kannst du dir das vorstellen?«

»Ja.«

Auf dem Korridor ertönte die Pausenklingel. Klaus setzte seine Brille wieder auf, stopfte das Hemd in die Hose und sah aus, als hätte er sein inneres Gleichgewicht wiedergefunden. Seine kleine Übersprunghandlung mit dem Brillenputzen hatte offenbar funktioniert. »Ich muss in den Unterricht«, erklärte er und stand auf.

Else schlang die Arme um ihn. »Ich glaube dir«, sagte sie mit den Lippen an seinem Hals. »Und ich liebe dich.« Sie spürte seine Überraschung über die unerwartete Liebeserklärung.

In diesem Moment wurde die Tür geöffnet. Hastig ließen sie sich los.

»Na so was«, lachte Svea Lorén. »Ich dachte immer, Sex im Kopierraum ist überflüssig, wenn man verheiratet ist.« Ihr Lachen klang so aufgesetzt wie bei einem Teenager, der allen Buspassagieren demonstrieren will, wie komisch sein Handytelefonat gerade ist. »Ihr pimpt euer Sexualleben wohl mit ein paar Rollenspielchen auf, oder?«

Klaus und Else lachten verlegen, ohne sich anzusehen. Der seltene Augenblick der physischen Nähe war vorbei, beinahe bevor er stattgefunden hatte.

»Na und, Svea?« Else bemühte sich, ihre Stimme normal klingen zu lassen. »Wolltest du mit mir reden? Oder suchst du Klaus?«

»Tatsächlich war ich auf der Suche nach euch beiden.« Die blonde Sportlehrerin hatte immer noch ein schmieriges Grinsen im Gesicht.

»Dann muss es schnell gehen«, sagte Klaus. »Auf mich wartet nämlich eine Klasse.«

»Wir müssen nur ein Datum für das Vorsingen festlegen.«

»Das könnt ihr auch ohne mich klären.« Klaus drückte sich an Svea vorbei. »Mein Kalender liegt im Lehrerzimmer. Du kennst den Code zu meinem Schrank, Else.«

»Kannst du nicht in den Kalender auf deinem Handy sehen?« Svea wedelte mit ihrem iPhone.

»Nein. Den benutze ich nie.«

»Ach, Quatsch, ich bringe dir im Handumdrehen bei, wie …«

»Bis dann!« Er winkte über die Schulter und verschwand.

»Wir sind sehr zufrieden mit unseren guten, altmodischen Lehrerkalendern«, sagte Else. »Vielen Dank. Außerdem gibt es diesen Unfug auf meinem Handy gar nicht.«

Svea lachte erneut auf. »Ich kenne niemanden, der so viel Angst vor Technik hat wie du.«

»Ich weiß nur nicht, wozu es gut sein soll, mein altes Nokia und der ganz gewöhnliche Spiralkalender funktionieren ausgezeichnet.«

»Mit einem Smartphone hättest du deinen Kalender immer zur Hand. Du kannst damit auch ins Netz oder auf Facebook gehen, Zeitung lesen und …«

»All diese Elektronik vergeudet Zeit, mentale Energie und Strom. Ich lese die Zeitung auf Papier, rede mit meinen Freunden in der Realität und kaufe in richtigen Geschäften ein. Das Internet benutze ich für Unterrichtsvorbereitungen. Und sonst zu nichts.«

»Aber du hast doch ein Facebook-Profil?«

Else grinste. »Ich kann dir versprechen, dass ich keins habe.«

»Wie hältst du dann Schritt? Es gibt jede Menge guter Diskussionen in der Gruppe der Schule. Ich werde dort auch den Termin des Vorsingens veröffentlichen. So erfahren alle davon.« Sie sah Else an. »Du weißt, dass ich die neue Administratorin bin?«

»Tja, herzlichen Glückwunsch.« Else bemerkte Sveas Blick und fügte hinzu: »Okay, entschuldige. Das ist doch schön, und ich bin sicher, dass du damit ein wichtiges Stück Arbeit leistest. Mir gefällt Facebook nur nicht. Wenn ich etwas erfahren soll, muss es mir jemand sagen oder mir eine Mail schicken.«

»Aha, du hast also zumindest eine E-Mail-Adresse?« Svea lachte unfreundlich. »Ich habe mich schon gefragt, ob du total von gestern bist.«

»Du weißt ganz genau, dass ich E-Mails schreib. Sei bloß nicht so herablassend.« Else hatte diese Diskussion schon so oft geführt – mit Schülern, Freunden, Kollegen. Sie war möglicherweise ein Dinosaurier, aber sie selbst störte das nicht halb so sehr, wie es offenbar den Rest der Welt irritierte.

»Na gut, finden wir einen Termin«, sagte Svea. »Du kannst ja gerade Klaus' Kalender aus dem Lehrerzimmer holen.«

»Lass uns heute Abend telefonieren, Svea«, schlug Else vor. »Ich bin gerade beim Kopieren, und wenn ich jetzt gehe, kommt garantiert ein anderer, der …«

»Wir legen einfach einen Zettel auf den Kopierer, dass er reserviert ist. Oder noch besser, dass er kaputt ist. Dann versucht es niemand.«

Else zuckte die Achseln. Wenn Svea Lorén sich erst einmal etwas in den Kopf gesetzt hatte, konnte man auch gleich nachgeben. Sie nahm einen Filzstift und ein Blatt Papier und schrieb mit großen Buchstaben: AUSSER BETRIEB. TECHNIKER IST BESTELLT.

Else begleitete Svea ins Lehrerzimmer, holte ihren und Klaus' Kalender und machte ein paar Vorschläge.

»Mittwoch von vierzehn bis siebzehn Uhr«, sagte Svea schließlich und schloss ihren elektronischen Kalender mit einem leichten Tippen auf das Display ihres iPhones. »Ich teile es der Facebook-Gruppe mit.«

Else hatte sich einen Apfel aus ihrem Schrank genommen und biss kräftig hinein. Ein Tropfen Fruchtsaft lief ihr übers Kinn und landete auf ihrer Bluse. »Ach, herrje«, schimpfte sie.

»Bist du noch auf Diät?«, erkundigte sich Svea und betrachtete unverblümt den fülligen Körper ihre Kollegin.

»Das ist ein Projekt für alle Ewigkeit.«

»Wie viel hast du abgenommen?«

»Diesmal? Drei, vier Kilo.« Sie sah Svea an. »In vier Wochen.«

»Und was ist dein Ziel?«

Else lachte freudlos auf. »Mindestens zwanzig. Am liebsten dreißig.«

»Du weißt, dass ein so großer Gewichtsverlust ohne Bewegung nahezu unmöglich ist, oder?«

»Ja, aber ich habe Knieprobleme.«

»Das geht vorbei, wenn du sie trainierst. Ich kann dir ein paar Übungen zeigen, und du solltest jeden Morgen mit einer Runde im Fitnessstudio beginnen.«

»Jeden Morgen. Dazu habe ich keine Zeit.«

»Das ist eine Frage der Prioritäten. Steh eine Stunde früher auf.«

»Ich brauche meinen Schlaf.«

Else aß ihren Apfel auf dem Weg zurück zum Kopierraum. Die Irritation über Svea war nicht verflogen, ihre Nackenmuskeln waren angespannt, doch als sie sich zwang, sich auf die Arbeit zu konzentrieren, ging es ihr allmählich wieder besser. Diese Form von Aufgabe gefiel ihr. Man sah, was man geschafft hatte, Papier in die Maschine, Papier aus der Maschine, der Stapel auf dem Sideboard wuchs stetig. Sie hätte ihre Gedanken und Gefühle gern ebenso systematisch geordnet, aber in ihr herrschte Chaos. Könnte Klaus tatsächlich der Vater von Dorthes ungeborenem Kind sein? Sie konnte es sich nur sehr schwer vorstellen. Else klappte den Kopierer auf, um einen Papierstau zu entfernen.

Ihr Telefon klingelte. Unterbrechungen, Unterbrechungen, Unterbrechungen. Sie nahm den Anruf an, ohne aufs Display zu sehen.

Eine Frauenstimme. »Lotte Andersen, Polizei von Christianssund.«

»Hej.«

»Haben Sie Unterricht, oder könnten Sie sich gleich kurz mit uns unterhalten?«

»Im Moment unterrichte ich tatsächlich nicht, ich bin trotzdem ziemlich beschäftigt, deshalb ...«

»Wir sitzen im Klassenzimmer 402.« Die Verbindung wurde unterbrochen.

Else seufzte. Sie legte den Zettel mit der erfundenen Fehlermeldung wieder auf den Deckel des Kopierers und verließ widerstrebend den halb fertigen Manuskriptstapel, schloss die Tür hinter sich und ging zum Ostflügel des Gymnasiums.

Als sie dort ankam, trat Robin aus der Tür. Das hübsche Gesicht war blass, seine Augen leuchteten ihr kohlschwarz entgegen.

»Robin!«, rief Else und legte spontan eine Hand auf seinen Arm. »Ist irgendetwas?«

»Nein, nein. Oder doch. Ja schon ...«

»Was?« Else zog ihre Hand zurück.

»Ich will nicht darüber reden.«

»Lass mich raten«, sagte sie. »Sie haben dich um eine DNA-Probe gebeten.«

Er sah sie an. »Woher weißt du das?«

»Sie haben noch jemand anderen aus der Schule getestet.«

»Einen anderen Schüler?«

»Das ist doch egal.«

»Oh. Klaus natürlich. Ich habe gesehen, wie er herauskam. Das ist vielleicht logisch, aber, verflucht, wieso glauben die, dass ich die alte Schach…« Er hielt inne, als ihm klar wurde, dass Else mindestens fünfzehn Jahre älter war als die »alte Schachtel«. »Entschuldige. So war das nicht gemeint.«

Else schluckte die unbeabsichtigte Demütigung. »Du musst das nicht persönlich nehmen, Robin«, sagte sie stattdessen. »Die schießen mit Schrot.«

Er sah sie an. »Ich habe Nein gesagt.«

»Was hast du getan?«

»Ich habe mich geweigert.«

»Damit hast du dich verdächtig gemacht.«

»Na und? Ich bin prinzipiell gegen einen DNA-Test, wenn das einzige Argument mein Geschlecht ist. Das ist diskriminierend.«

»Nun ja …«

»Testen die etwa alle Männer, mit denen Dorthe Kontakt hatte?«

»Einiges deutet darauf hin.«

»Und heißt das nicht, dass sie eine Menge Leute nur aufgrund ihres Geschlechts verdächtigen?«

»Das stimmt, Robin.« Else hätte ihm gern beruhigend die Wange getätschelt, aber sie hielt sich zurück. »Es ist offenbar wichtig herauszufinden, wer der Vater des Kindes ist.«

Robin schüttelte den Kopf. »Ich bin es jedenfalls nicht.«

23

Eine etwas ältere Frau trat ein und stellte sich als Else Forsberg vor. Ziemlich gut gepolstert, dachte Frank, als sie sich die Hand gaben, sie als fett zu bezeichnen, wie es Anni Højgaard getan hatte, war jedoch etwas übertrieben. Eigentlich versteckte Else ihre überflüssigen Pfunde ganz gut unter dem olivgrünen Kleid.

»Gibt es wirklich keine andere Methode, den Vater zu finden?«, fragte Else, als sie vor ihm Platz genommen hatte. »Ist es überhaupt wichtig?«

»Sie haben mit Ihrem Mann gesprochen«, stellte Frank fest.

»Und mit Robin Carlsen, ja.«

»Es sind momentan die Einzigen, die wir um eine Speichelprobe gebeten haben. Jedenfalls hier an der Schule.«

»Und warum gerade die beiden?«

Frank hob die Schultern. »Irgendwo müssen wir schließlich anfangen. Ihr Mann und Robin Carlsen wurden mehrfach als Besucher in Dorthe Bertelsens Haus genannt, und wir haben dort ihre Fingerabdrücke gefunden. Wir wollen sie lediglich aus den Ermittlungen streichen können. Reine Routine.«

»Begreifen Sie denn nicht, wie demütigend das ist?« Else atmete tief ein, um die Kontrolle über ihre Stimme zu behalten. »Für beide.«

»Es ist niemals eine angenehme Situation. Aber schon sehr bald wird Ihr Mann hoffentlich negativ getestet sein, und mit etwas Glück ist es nicht nötig, Robin zu testen. Dann können wir das alles vergessen.«

Else nickte.

»Möchten Sie ein Glas Wasser?«, erkundigte sich Lotte Andersen.

»Danke.« Else nahm den weißen Plastikbecher entgegen und trank ein paar Schlucke.

»Was wissen Sie über das Verhältnis Ihres Mannes zu Dorthe?«, fragte Frank. »Wir wissen, dass sie hin und wieder zusammen in Konzerte gegangen sind, waren sie auch sonst allein?«

Else schüttelte den Kopf. »Das können Sie vergessen. Klaus ist nicht so.«

»Das sage ich ja auch gar nicht. Ich versuche nur so viel wie möglich über Dorthes Freundeskreis in Erfahrung zu bringen.«

»Dorthe war in erster Linie meine Freundin«, erklärte Else. »Klaus mochte sie auch sehr, und ja, ich habe ihr ein paarmal meine Konzertkarten gegeben, wenn ich keine Zeit oder keine Lust hatte, einen ganzen Abend still zu sitzen und andächtig zu lauschen. Sie hatte ganz einfach ein größeres Interesse an klassischer Musik als ich. Mehr ist dazu nicht zu sagen.« Sie stellte den Plastikbecher ab und schlug die Arme übereinander. Durch die Bewegung spannte der olivgrüne Stoff über dem üppigen Busen. »Wenn Sie wissen wollen, was sie sonst noch unternommen haben, wenn sie zusammen waren, müssen Sie ihn selbst fragen.«

»Okay«, sagte Frank. »Dann lassen Sie uns über Ihr Verhältnis zu Ihrem Mann sprechen.«

Sie hob die Augenbrauen. »Entschuldigung, aber was hat das denn mit der Sache zu tun?«

»Wie lange sind Sie verheiratet?«

Else sah ihn einen Moment an, bevor sie antwortete. Klar, direkt und ohne eine Miene zu verziehen. Sie und Klaus hatten sich während des Studiums kennengelernt, 1975 geheiratet, waren die Eltern zweier Kinder, hatten gerade einen Enkelsohn bekommen, wohnten in einem Viertel in der Weststadt und führten eine gute und liebevolle Ehe. Oh nein, keine Seitensprünge. Da war sie sicher.

Nach Ende ihres Redestroms war es still im Raum. Else saß ruhig da und blickte Frank an, jeder Muskel ihres Körpers war angespannt. Sie erzählt uns nicht die ganze Wahrheit, dachte Frank. Vielleicht hielt sie nichts von Bedeutung zurück, aber irgendetwas verschwieg sie.

»Sie und Dorthe«, sagte er.

Else nickte.

»Sie haben einem meiner Kollegen erzählt, dass Dorthe schwanger war«, fuhr er fort. »Wir haben das inzwischen auch selbst herausgefunden, dennoch waren Sie offenbar die Einzige in Dorthes Bekanntenkreis, die davon wusste.«

»War ich das?«

»Wir haben jedenfalls noch niemanden sonst gesprochen. Sie hat es weder ihrer Partnerin noch ihrer Mutter oder anderen Freundinnen erzählt.« Er sah sie an. »Dorthe muss großes Vertrauen in Sie gehabt haben.«

Else zuckte die Achseln, ohne zu antworten.

»Deshalb müssen wir uns noch ein bisschen unterhalten, Else. Es könnte doch sein, dass Sie mehr wissen; irgendein Detail, das Sie bisher für irrelevant gehalten haben.«

»Was meinen Sie konkret?«

»Na, zum Beispiel über Dorthes und Pias Beziehung.«

»Ich verstehe nicht ...« Else zog die Augenbrauen zusammen. »Was sollte es da zu erzählen geben? Sie waren sehr unterschiedlich, und gerade deshalb passten sie gut zusammen. Dorthe redete wie ein Wasserfall, Pia hingegen ist eher still und bedacht. Das wissen Sie ja selbst, oder?« Als Frank nickte, fuhr sie fort: »Sie waren glücklich miteinander, sie freuten sich darauf zusammenzuziehen. Wie andere verliebte Paare auch. Viel mehr gibt es dazu nicht zu sagen.«

»Sie stritten sich nicht?«

»Wenn sie es taten, dann allein.«

»Dorthe sprach also mit Ihnen nicht über Probleme, die sie mit Pias Eifersucht hatte?«

»Eifersucht?« Else schüttelte den Kopf. »Nein, davon habe ich nie gehört.«

»Dann wissen Sie nicht, ob Pia zur Eifersucht neigt?«

»Nein.«

»Oder ob es andere Konflikte gab?«

Else dachte nach. »Sie wählten unterschiedliche Parteien. Dorthe wählte die Sozialistische Volkspartei, Pia die Liberalen, glaube ich. Meinen Sie so etwas?«

»Okay.« Frank und Lotte tauschten einen Blick aus. »Lassen Sie mich die Frage anders stellen: Wenn Dorthe persönliche Probleme mit ihrer Freundin hatte, ist es dann wahrscheinlich, dass sie sich Ihnen anvertraut hätte, oder fallen Ihnen andere Personen ein, zu denen sie eine größere Vertrautheit hatte?«

»Vielleicht Hanne und Ingelise.« Wieder zuckte Else die Achseln. »Nein, ich war wohl ihre engste Vertraute. Hanne ist ja Pias ehemalige Freundin, sie wäre sicher nicht Dorthes erste Wahl gewesen. Ja, also vermutlich war ich das. Aber ich habe nie davon gehört, dass Dorthe Probleme in dieser Richtung gehabt hätte.« Else sah ihn an. »Darf ich Sie mal etwas fragen?«

»Bitte.«

»Woher haben Sie all diese Gerüchte?«

»Darauf kann ich Ihnen leider keine Antwort geben. Wir haben gute Gründe. Die Fragen sind nicht aus der Luft gegriffen.«

»Hm.« Else schlug die Beine übereinander und arrangierte sorgfältig ihr Kleid, sodass es weiter ihr Knie bedeckte. »Ich finde, es klingt nicht so, als wüsste Ihre Quelle, was sie da verbreitet.«

»Wir haben auch andere Gerüchte gehört.«

»Passen Sie auf, dass Sie sich nicht zu sehr darauf verlassen.«

Er ignorierte ihren Ton. »Von mehreren Seiten haben wir gehört, Dorthe habe sich sehr herausfordernd benommen, zum Beispiel auf Schulfesten.«

»Herausfordernd?«

»Flirtend.«

»Ach, jetzt hören Sie doch auf«, erwiderte Else müde. »Sie hat sich amüsiert. Das ist bestimmt nicht verboten.«

»Haben Sie jemals gesehen, wie sie auf den Festen mit jemand zusammen gewesen ist?«

»Wenn Sie mit ›zusammen gewesen‹ tanzen meinen, dann ja.«

»Nein, ich dachte eher an … Hat sie jemanden geküsst? Verschwand sie mit irgendjemandem aus dem Saal? Sie wissen doch genau, was ich meine.«

»Nein und nochmals nein.«

»Nie?«

»Zum Teufel, das waren Schulfeste. Als Lehrer müsste man schon ungewöhnlich dämlich sein, sich so zu benehmen, wenn Schüler dabei sind.«

»Also hatten Sie nie das Gefühl, dass sie eine Affäre mit jemandem hier aus der Schule haben könnte?«

Else seufzte demonstrativ. »Nein.«

Frank nickte. »Okay.«

»Darf ich jetzt gehen? Ich bin mitten in einem größeren Projekt.«

Er überhörte ihre Frage. »Sie haben eine Kollegin namens Svea Lorén.«

»Ja.«

»Wie war Dorthes Verhältnis zu ihr?«

Else lehnte sich zurück. »Gut, glaube ich. Svea ist wie ich auch jedes Jahr bei der Schulaufführung dabei, sie hatten einiges miteinander zu tun.«

»Was ist mit dem Rest der Zeit? Außerhalb der Schule, meine ich. Waren sie befreundet?«

»Fragen Sie Svea danach.«

»Das haben wir getan. Ich wollte nur Ihre Meinung über diese Beziehung hören.«

»Beziehung?« Else sah ihn an. »Ach, darauf wollen Sie hinaus.« Sie stieß ein kurzes, bellendes Lachen aus. »Nur weil es zufälligerweise zwei lesbische Lehrerinnen an einem Arbeitsplatz gibt.«

»Ich frage nur.«

»Und meine Antwort ist, dass es mich sehr wundern würde. Sie werden kaum zwei unterschiedlichere Menschen finden als die beiden.«

»Pia Waage und Dorthe Bertelsen waren auch sehr unterschiedlich.«

»Ja, aber nicht so unterschiedlich.«

»Pia und Svea sind im Grunde der gleiche Typ.« Frank benutzte die Finger, um die Punkte aufzuzählen. »Beide trainieren sehr viel. Beide sind schlank und kurzhaarig. Beide sind, ich sage mal, hyperenergisch. Vielleicht war es dieser Typ, der Dorthe anzog?«

»Ja, in diesen Punkten sind sie sich möglicherweise ähnlich, aber ich könnte ebenso viele Unterschiede aufzählen. Svea hat zum Beispiel überhaupt keinen Humor. Und sie hat überhaupt kein Feingefühl. Ihre Empathie ist gleich null. Dorthe hätte niemals etwas mit jemandem wie Svea angefangen.«

»Ihre Kollegin ist nicht gerade Ihr Fall, können wir wohl festhalten.«

»Nicht gerade, ja. Reden Sie mit ihr selbst.«

»Das haben wir, wie gesagt, bereits getan. Und wir werden uns sicherlich noch einmal mit ihr unterhalten.«

»War das jetzt alles?« Else stellte beide Füße auf den Boden und stützte die Hände auf die Armlehne, um aufzustehen. »Ich würde jetzt gern weiterarbeiten.«

»Noch eine Frage, tut mir leid«, hielt Lotte sie zurück.

»Was?«

»Wir wissen, dass Dorthe Bertelsen mit Ihnen und anderen an vielen weiteren gemeinsamen Projekten arbeitete, nicht nur an der Schulaufführung. Es wäre gut, wenn wir wüssten, woran sie überall beteiligt war. Vielleicht gibt es noch weitere Personen hier an der Schule, mit denen wir reden müssen, und vielleicht helfen uns diese Projekte, sie zu finden.«

»Vielleicht.«

»Der Rektor hat uns eine Liste gegeben – Operation Tagewerk zum Beispiel und eine Gruppe, die sich um die Zusammenarbeit mit ihrer Partnerschule in Frankreich kümmert, trotzdem haben wir den Eindruck, dass die Liste nicht komplett ist. Wären Sie so freundlich, sie sich einmal anzusehen?«

»Wo ist sie?«

»Hier.« Lotte reichte ihr einen Computerausdruck über den Tisch.

»Der Ausschuss ist dabei ... und der auch ...« Else ließ den Blick über die Liste schweifen. »Er hat Facebook vergessen. Merkwürdig, dabei hat er sie selbst gefragt. Und merkwürdig ist auch, dass ausgerechnet ich das entdecke. Ich bin vermutlich die Einzige an der Schule, die kein Profil hat.«

»Facebook?«

»Dorthe war die Administratorin für die Facebook-Seite der Schule. Sie hat unangemessene Beiträge gelöscht und dafür gesorgt, dass neue Nachrichten veröffentlicht wurden. Wenn Sie mich fragen, hat sie viel zu viel Zeit damit verbracht.«

»Gut.« Lotte machte sich eine Notiz. »Noch etwas?«

»Ich glaube nicht.« Else sah die Liste erneut durch und gab sie Lotte zurück. »Und jetzt muss ich aber wirklich los.«

Als sie die Tür hinter sich geschlossen hatte, wandte Frank sich an Lotte. »Sie verheimlicht etwas.«

»Ganz deiner Meinung. Nur was?«

»Sicher etwas vollkommen Unschuldiges. Weder Herr noch Frau Forsberg kommen mir sonderlich kriminell vor.«

»Nee.« Lotte zögerte.

»Was ist?«

»Ich weiß nicht. Vielleicht ist ihre Ehe nicht ganz so ... körperlich, wie es aussehen soll.«

»Wie kommst du darauf?«

»Ich weiß nicht. Nur so ein Gefühl.« Sie sah ihn an. »Nicht, dass es relevant wäre, aber …«

»Du meinst, es wäre verständlich, wenn er eine Affäre hätte?«

»Ich kann mir nur nicht vorstellen, was Dorthe in ihm gesehen hat.«

»Klaus Forsberg? Er wirkt doch ganz nett.«

»Nett, ja, aber sexy?« Lotte rümpfte die Nase.

»Wenn er sie geschwängert hat, wissen wir es jedenfalls bald. Was Robin angeht, müssen wir sein Nein akzeptieren, es sei denn, es tauchen andere Spuren auf, die ihn ins Rampenlicht rücken. Ich habe ihn eigentlich nie für wirklich verdächtig gehalten.«

»Einverstanden«, sagte Lotte. »Jetzt fehlt uns nur noch der letzte Mann der Liste.«

»William Friis-Mortensen? Hast du ihn schon erwischt?«

»Wir haben verabredet, dass er morgen ins Präsidium kommt.«

»Weiß er, worum es geht?«

»Ja. Und er hat zugestimmt, eine Speichelprobe abzugeben.« Lotte grinste. »Es wäre übertrieben zu behaupten, dass er begeistert war, noch einmal erscheinen zu müssen, aber er war einverstanden.«

Franks Telefon gab Geräusche von sich. Er blickte aufs Display: Helle Gundersen, die Pressesprecherin der Polizei von Christianssund.

»Das muss ich annehmen«, sagte er und ging zur Tür. »Wir treffen uns am Wagen.« Erst, als er außer Hörweite war, nahm er den Anruf entgegen. »Hej, Helle. Etwas Neues?«

»Nichts«, antwortete sie. »Ich habe mich wirklich bemüht, den Journalisten auszufragen, der den ersten Artikel über Dorthe Bertelsens Verhältnis zu Pia Waage geschrieben hat. Es ist nichts zu machen, und seine Chefredaktion unterstützt ihn natürlich.«

»Hm.«

»Dann habe ich mich bei seinen Kollegen bei den anderen Blättern umgehört, aber die wissen nichts. Sagen sie. Man kann natürlich nie sicher sein. Wenn es darum geht, anonyme Quellen zu schützen, halten sie zusammen.«

»Ich wäre schon glücklich über einen kleinen Hinweis, wer die Geschichte verraten hat. Wenn ich Gerner mit unserem Verdacht konfrontiere, ohne konkrete Beweise zu haben …« Er seufzte. »Hast du einen Vorschlag?«

»Ich könnte versuchen, sie mit einer Exklusivstory zu locken. Manchmal funktioniert es.«

»Dann mach das.«

»Es würde allerdings bedeuten, dass du den betreffenden Journalisten irgendwann in eine Ermittlung einweihen musst. Vielleicht müsstest du dich sogar interviewen lassen.«

»Hm.« Frank hatte den Parkplatz erreicht und stand neben ihrem Dienstwagen, einem silbergrauen Mondeo. »Wann sollte das sein?«

»Hängt davon ab, was passiert.« Helle war einen Moment still. »Vielleicht würde dir ein Interview ja auch sonst nützen, Janssen. Dänemarks jüngster Ermittlungsleiter und so weiter.«

Frank stöhnte laut auf.

»Aber zuerst versuche ich die andere Nummer«, fügte Helle hastig hinzu. »Ich rufe dich an, wenn es etwas Neues gibt.«

24

Die Hintergrundmusik im Supermarkt war extrem laut, und auch die munteren Unterbrechungen vom Band mit Angeboten für Hähnchen aus Käfighaltung, Abfallsäcke und Grillkohle waren so aufdringlich, dass Dan mit hängenden Schultern, leicht gebückt und im Laufschritt durch die Regalreihen hastete. Wonach suchte er eigentlich in der Gefrierabteilung? Ach ja, Erbsen. Er nahm eine Tüte aus einer Kühltruhe und warf sie in den Einkaufswagen, bevor er weiterhastete. Seine Bewegungen waren ungeduldig, er wollte hier einfach nur weg. Als er an der Fleischtheke stand und zum x-ten Mal darüber fluchte, dass man auch in diesem Laden nur die Wahl zwischen Rinderhack und Rinderhack hatte, wenn man auf Biofleisch bestand, klingelte sein Telefon.

»Dan Sommerdahl.«

»Mark Frandsen, von der Anwaltskanzlei Borg & Johansen.« Winzige Pause. Als Dan nicht reagierte, fuhr die Stimme fort: »Ich bin der Pflichtverteidiger von Pia Waage im Mordfall Dorthe Bertelsen.«

Dan richtete sich auf, mit einem Mal aufmerksam. »Ja?«

»Ich weiß nicht, ob Sie schon davon gehört haben, Pia Waage wurde vor ein paar Stunden für vierzehn Tage in Untersuchungshaft genommen.«

»Oh.« Dan hoffte, dass seine Überraschung echt klang. Flemming durfte nicht in Schwierigkeiten geraten, weil er Dan auf dem Laufenden hielt.

»Der Staatsanwalt hatte vier Wochen gefordert, aber darauf hat der Richter sich glücklicherweise nicht eingelassen.«

»Weil die Beweise zu schwach sind?«

»So in etwa.« Mark Frandsen räusperte sich. »Haben Sie die Möglichkeit, im Laufe des Tages in meinem Büro vorbeizuschauen?«

»Weshalb?«

»Pia Waage hat darum gebeten.« Als Dan nicht antwortete, erklärte der Anwalt: »Ich habe eine Nachricht für Sie.«

»Okay. Wo?«

Dan bekam die Adresse und schrieb sie auf die Rückseite einer Quittung. Er erledigte den Rest seiner Einkäufe in Rekordzeit und brachte die Lebensmittel eilig nach Hause, um sofort zu Borg & Johansen aufzubrechen.

Mark Frandsens Büro war so steril und gesichtslos, wie man es sich nur vorstellen konnte. Nicht einmal ein Foto seiner Frau oder der Kinder stand auf dem großen Eichenschreibtisch, auf dem Stapel von Akten lagen. Der Anwalt trug eine teure Krawatte und hatte Zähne, die gebleicht aussahen.

Dan nahm in dem Stuhl Platz, der ihm angeboten wurde. »Wie geht es Pia?«

Das Lächeln verschwand. »Nicht gut«, antwortete Mark Frandsen und schüttelte den Kopf. »Bestimmt nicht gut. Es ist eine sehr unangenehme Situation.«

»Das ist vermutlich noch untertrieben.« Dan sah ihn abwartend an.

»Wie ich schon am Telefon sagte, hat meine Klientin mich gebeten, mit Ihnen Kontakt aufzunehmen.« Mark lehnte sich zurück und verschränkte die Hände vor der Brust. »Sie sagte, Sie hätten ihr Hilfe angeboten.«

»Das ist richtig.«

»Sie vermutet, dass Sie meinten, sich als Privatdetektiv zur Verfügung zu stellen.«

»Auch das, ja. Oder mehr persönlich. Es war ein generelles Hilfsangebot.«

»Wie auch immer. Pia Waage würde Sie gern anheuern, um den Fall zu untersuchen.«

»Ah ja?«

»Ich persönlich halte das für eine ziemlich ungewöhnliche Anfrage. Vor allem, wenn man ihren Beruf bei der Kriminalpolizei in Betracht zieht.«

»Pia Waage und ich haben mehrfach zusammengearbeitet«, erwiderte Dan. »Sie kennt mich und weiß, was ich kann und was nicht. Das Wichtigste dabei ist, dass ich nichts mit der offiziellen Ermittlung zu tun habe. Ich kann mir erlauben, etwas freier zu operieren. Mir kann es egal sein, was die Polizeiführung meint oder wie die Presse die Ermittlungen beurteilt. Und ich pfeife darauf, wie man so etwas anpackt. Diese Methode hat sich schon mehrmals als ausgesprochen effektiv erwiesen.«

»Genau.« Der Anwalt nickte, er hatte wie ein Guru seine Fingerspitzen aneinandergelegt – wahrscheinlich eine Geste, die er bei einem Managementkurs gelernt hatte. »Meine Klientin hat nahezu wörtlich dasselbe gesagt.«

»Sehen Sie.«

Mark Frandsen erwiderte Dans Lächeln nicht. »Dieser mangelnde Respekt vor den Regeln kann uns bei ihrer Verteidigung jedoch leider auch alles verderben.«

»Wie meinen Sie das?«

»Es wäre katastrophal, wenn Sie Beweise oder Zeugenaussagen auf eine Weise beschaffen würden, durch die es später wegen Unregelmäßigkeiten unmöglich wird, eine ordentliche Verteidigungsstrategie zu entwickeln. Zum Beispiel weil der Richter das Beweismaterial abweist, meine ich. Sie könnten sehr schnell mehr Schaden anrichten, als der Sache zu nützen.«

»Immer mit der Ruhe. Ich kenne die Fallstricke bei Ermittlungen.« Dan verspürte keinen Drang, dem Anwalt zu erklären, dass er sie vor allem kannte, weil er selbst ein paarmal darüber gestolpert war.

Sie saßen sich wortlos gegenüber.

»Sagen Sie mal«, ergriff Dan dann das Wort. »Sind Sie vielleicht dagegen, dass ich mich in den Fall einmische?«

»Ich möchte damit am liebsten nichts zu tun haben. Wie gesagt, ich halte Sie für einen Risikofaktor, den wir uns ehrlich gesagt sparen sollten. Pia Waage besteht darauf, nur dehalb …« Mark räusperte sich. »Also, was sagen Sie dazu, werden Sie sich mit der Sache beschäftigen?«

»Ich habe Pia meine Hilfe angeboten, wenn es nötig werden sollte, mehr gibt es dazu eigentlich nicht zu sagen.«

»Ich entwerfe eine Vereinbarung, die Sie bis morgen zur Unterschrift bekommen. Ihr Honorar ist sicher der Betrag, der auf Ihrer Homepage steht?«

»Ja.«

»Es wird eine Klausel zur Schweigepflicht geben, wie Sie sich der Presse gegenüber zu verhalten haben und so weiter.«

»Gut.«

»Wenn Sie auf Details stoßen, die der Öffentlichkeit von der Polizei aus irgendeinem Grund vorenthalten werden, müssen Sie mir das unbedingt mitteilen.«

»Gut.«

»Respektieren Sie diese Klauseln nicht, verfällt Ihr Honorar.«

Dan zog die Augenbrauen zusammen, ohne etwas zu erwidern.

»Haben Sie verstanden?«

»Okay, okay.« Dan sah ihn an. »Was ist mit dem Zugang zu den Akten? Darf ich die Vernehmungsprotokolle, die rechtsmedizinischen Berichte und diese Dinge einsehen?«

»Sobald mir Ihre Unterschrift vorliegt, bekommen Sie Zugang zu allen Unterlagen, von denen ich selbst eine Kopie besitze. Formal werden Sie Angestellter dieser Kanzlei, obwohl Pia Waage Ihr Honorar bezahlt. Auf diese Weise bekommen Sie völlig legal Einblick in alle Informationen.« Mark sah ihn an. »Sie müssen sich jedoch bis morgen gedulden.« Er gab seine Guru-Haltung auf, öffnete eine dicke Mappe mit Papieren, nahm das oberste Blatt heraus und reichte es Dan. »Ich habe einen Brief meiner Klientin für Sie. Sie hat ihn geschrieben, während ich neben ihr saß, und natürlich habe ich eine Kopie einbehalten.«

»Danke.« Dan blickte auf den kurzen Brief, der handschriftlich auf einem karierten Blatt geschrieben war, das jemand aus einem Kollegheft gerissen hatte. »Darf ich ihn lesen?«

»Gern. Und wenn Sie Fragen haben …« Der Anwalt nahm wieder seine Guru-Managerposition ein.

Dan zog die Lesebrille aus der Brusttasche und beugte sich über den Brief. Pia Waages Handschrift war beinahe kindlich und glücklicherweise leicht zu lesen.

Lieber Dan,

es ist ein ziemliches Durcheinander. Ich glaube, dass jemand bewusst versucht, den Verdacht auf mich zu lenken, aber ich habe keine Ahnung, wer es sein könnte.

Ich habe es NICHT getan! Ich habe Dorthe NICHT ermordet, ich habe die Schuhe NICHT in den Nachbarhof gelegt, und ich habe die Mails NICHT geschrieben, die jetzt offenbar als stärkste Beweismittel der Staatsanwaltschaft dienen. Irgendjemand muss sich in meinen privaten Computer gehackt haben – und in Dorthes. Es ist die einzig mögliche Erklärung, die ich dafür habe. Das Motiv ist mir bisher ein Rätsel. Um es zu lösen, muss tiefer gegraben werden, und ich vertraue nicht hundertprozentig darauf, dass Annette Poulsen dieser Spur folgen will.

Ich hoffe, dass Du ~~Marc~~ Mark Frandsen helfen kannst und willst, ein paar Geschütze für die Verteidigung zu finden. Benutz ihn als Mittelsmann, wenn Du Fragen an mich hast. Er darf mich so oft sehen, wie er will, Du selbst kannst höchstens ein Mal in der Woche zu Besuch kommen – und auch nur unter Beobachtung, weil wir nicht über den Fall sprechen dürfen.

Und nur die Ruhe: Ich KANN Dich bezahlen, Dan. Dorthe und ich haben eine gegenseitige Versicherung abgeschlossen, als wir uns entschieden zusammenzuziehen. Außerdem haben wir uns jeweils als Al-

leinerben eingesetzt. Das haben meine Kollegen bisher noch nicht entdeckt – wenn sie es tun, werden sie es natürlich als weiteres mögliches Motiv ansehen. Mir graut davor, muss ich gestehen.

Apropos Kollegen: Bitte bezieh diesmal niemanden von den anderen mit ein. Sie sind ohnehin in einem Loyalitätskonflikt gefangen, und ich möchte nicht, dass jemand ~~ein Risiko~~ riskiert, wegen mir den Job und die Pension zu verlieren. Das meine ich sehr ernst, Dan. Sprich mit dem Anwalt, sprich mit Dorthes Freunden und Familie (Mark hat versch. Nummern), schnüffel herum, so viel Du willst. Aber halt Dich vom Präsidium fern. Please.

Ich hoffe, Du sagst Ja.

Beste Grüße

Pia

PS: Kannst Du mir einen GROSSEN Gefallen tun? Meine Katze ist allein in der Wohnung. Würdest Du dafür sorgen, dass sich jemand um sie kümmert? Vielleicht Du selbst? Du könntest sie eventuell mit in die Havnepromenaden nehmen, wenn es einfacher ist. Hinter der Tür zum Schlafzimmer steht eine Transportkiste, und ihr Futter steht in dem Schrank rechts von der Spülmaschine. Denk auch an das Katzenklo. Sie heißt Jakobsen.

»Jakobsen?« Dan sah Mark an.

Der Anwalt zuckte die Achseln. »Ich bin allergisch, deshalb musste ich es ablehnen, ihr mit der Katze zu helfen.« Er legte zwei Schlüssel auf den Tisch. »Der lange ist für die Haustür, der andere für die Wohnungstür.«

»Ich fahre sofort hin.«

»Und hier ist eine Liste.« Mark reichte Dan noch ein Blatt. »Das sind die Namen und Telefonnummern der meisten Personen aus

Dorthes Bekanntenkreis. Ich habe sie von Pia, deshalb ist es sicher nicht so schlimm, wenn ich sie Ihnen jetzt schon gebe.«

»Danke.«

»Wir sehen uns morgen.« Mark griff nach einer anderen Akte, ganz offensichtlich wollte er mit seiner Tagesarbeit weiterkommen.

Dan stand auf. »Schicken Sie mir eine SMS, wenn der Vertrag fertig ist?« Er streckte eine Hand aus.

»Mache ich.«

Dan hielt auf dem Weg zur Tür inne. »Sagen Sie … diese Mails, von denen Pia spricht?«

»Ja?«

»Worum geht's da?«

»Es handelt sich um die Mailkorrespondenz mehrerer Monate, in denen sich Pia eifersüchtig und ungerecht äußert. Die IT-Spezialisten haben die Mails aus den Harddisks der beiden Computer gefischt. Das ist eines der Details, von denen die Presse bisher nichts weiß.«

»Und sie sind echt?«

»Das behauptet die Polizei. Meine Klientin bestreitet jede Kenntnis eines großen Teils dieser Mails, räumt aber ein, andere durchaus geschrieben zu haben. Es ist ziemlich verwirrend, ich habe sie die Mails ankreuzen lassen, bei denen sie sicher ist, dass sie von Dorthe oder ihr geschrieben wurden. Nur der Übersicht halber.«

»Diese Mails muss ich sehen.«

»Wie gesagt, Sie bekommen Kopien von allen Unterlagen.« Mark griff nach seinem Telefon. »Morgen. Wenn nichts weiter anliegt, dann …«

Dan ging langsam die Treppe hinunter und blieb vor dem Eingang stehen. Sein Kopf brummte von all den Verhaltensmaßregeln. Als Flemming am Abend zuvor angerufen und erzählt hatte, man würde Pia Waage dem Haftrichter vorführen, ahnte Dan schon, dass seine Hilfe gefragt war. Wie schnell Pia Kontakt zu ihm aufgenommen hatte, überraschte ihn nun doch. Er hätte nie mit diesem Tempo gerechnet. Sie muss wirklich unter Druck stehen, dachte er.

Auf der Fahrradfahrt zur Lundbygade spielte er die Situation durch. Es musste einen Ansatzpunkt geben, an den die Polizei nicht dachte. Vielleicht ein Zeuge, der etwas wusste – der aber keine Ahnung hatte, wie wichtig es war. Eine Spur, die nicht verfolgt wurde. Es kribbelte Dan in den Fingern, er wollte anfangen, aber in Wahrheit konnte er nicht allzu viel tun, bevor er die Akten gelesen hatte. Er überholte ein Lastenfahrrad, auf dem zwei kleine Jungs in Kindersitzen vorn auf der Ladefläche angeschnallt waren. Er bekam Blickkontakt zu einem der beiden und lächelte. Das Kind sah ihn ernst an und starrte dann wieder geradeaus.

Kurz darauf schloss er Pias Wohnung auf. Ein strenger Geruch verriet, dass das erwähnte Katzenklo unbedingt geleert werden musste. Er schloss die Tür hinter sich und stieß leise Miez-miez-miez-Geräusche aus, die hoffentlich beruhigend wirkten – wo immer sich das Tier auch befand. Wenige Sekunden später stand Jakobsen vor ihm: eine nicht besonders schöne, leicht übergewichtige Katze mit schwarzen Flecken in ihrem weißen Pelz. Doch was der Katze mit dem seltsamen Namen an Aussehen abging, ersetzte sie durch ihre große Freundlichkeit, wie Dan rasch herausfand. Ohne weitere Bedenkzeit spazierte Jakobsen ein bisschen steifbeinig auf Dan zu und rieb sich an seinem Bein, wobei sie so laut schnurrte, dass es in dem kleinen Flur beinahe dröhnte. Er kraulte die Katze hinter den Ohren und inspizierte dann kurz die Wohnung.

Viel zu sehen gab es nicht: Wohnzimmer, Schlafzimmer, eine kleine Küche mit Essnische, ein nett gefliestes Badezimmer. Klein und gemütlich. Eigentlich hatte Dan die Vorstellung, diese praktische, sportliche Frau müsste, wenn man in Lifestyle-Segmenten dachte, in einer modernen No-nonsense-Wohnung leben, schnörkellos und ohne Schnickschnack. Doch selbst jetzt, wo große Teile ihres Hausrats in Umzugskartons verpackt waren, ließ sich ahnen, dass sie jeden Quadratmeter ihrer Wohnung sorgfältig eingerichtet hatte. Dan sah sich mit den professionellen Augen eines Werbefachmanns um und fand Pia Waages Einrichtung weit romantischer, als er es sich vorgestellt hatte. Die Wände waren in gedeckten blaugrünen Nuancen gehalten. Eine kleine Nische, in der sicher einmal ein Kachelofen stand, war mit Vogelmotiven in verblichenen Farben tapeziert. Die Bilder, sofern sie noch an ihrem Platz hingen, hatte Pia offensichtlich sorgfältig ausgewählt: alte Konzertplakate in ornamentierten Goldrahmen, Collagen von vergilbten Familienfotos, ein paar schwarz-weiße Originalradierungen in Passepartouts. Die Sitzmöbel waren groß und in hellen Stoffen gepolstert, sodass der Gesamteindruck einer leichten, sommerlichen Wohnung entstand; vor allem jetzt, als die Nachmittagssonne durch die offenen Fenster fiel. Alles war viel bewusster arrangiert, als Dan es sich vorgestellt hatte. Das zeigt nur, wie gefährlich es ist, Leute in Schubladen zu stecken, wenn man sie nicht kennt, dachte er.

Er verließ die Küche, um Jakobsens Verpflegung zu überprüfen. Der Wasser- und der Futternapf waren leer, und das Katzenklo garnierte tatsächlich eine imponierende Menge kleiner, brauner Würstchen. Dan leerte das Katzenklo in eine Plastiktüte und knotete sie sorgfältig zu. Dann füllte er Katzenstreu ein, gab Trockenfutter und Wasser in die Näpfe und wusch sich die Hände. Er betrachtete die betagte Katze eine Weile, die zuerst lautstark vor dem Futternapf schnurrte und schließlich knirschend von dem Trockenfutter fraß. Was sollte er machen? Er brachte es nicht fertig, das gesellige Tier hier ganz allein zu lassen – mit höchstens einem

Besuch am Tag. Es würde mindestens vierzehn Tage dauern, bis Pia wieder nach Hause kam. Andererseits hatte Dan keine große Lust, die Katze mit nach Hause zu nehmen. Allein der Gedanke, sein kostbares Finn-Juhl-Sofa könnte in einen Kratzbaum verwandelt werden …

Plötzlich hatte er eine Idee. Er zog das zusammengefaltete Papier mit den Namen von Dorthes Bekanntenkreis aus der Hosentasche. Einige von ihnen mussten doch auch Pias Freunde sein. Er überflog die Liste. Vielleicht würde einer von ihnen sich der Katze annehmen. Er konnte ja ein bisschen telefonieren und fragen.

Dan goss sich eine Tasse Pulverkaffee auf und setzte sich mit der Liste aufs Sofa. In der ersten Zeile stand *William Friis-Mortensen (Ds Ex)*. Mit ihm würde er irgendwann reden müssen, aber es stand kaum zu vermuten, dass er sich um die Katze der Partnerin seiner Exfrau kümmern wollte. Vorsichtig trank Dan einen Schluck von dem heißen Kaffee. Allerdings war es vielleicht denkbar, dass entweder *Else und Klaus Forsberg, Ds Lehrerkollegen*, oder *Ingelise Jensen und Hanne Busk, gemeinsame Freundinnen*, sich überreden ließen. Oder eventuell *Ulla Bertelsen, Ds Mutter*, die vermutlich ihre Schwiegertochter gut genug kannte, um ihr zu helfen. Andererseits waren *Anni und Gunnar Højgaard, Ds Nachbarn*, kaum eine Möglichkeit. Die Wahrscheinlichkeit, dass die alte Katze sich mit einem Hund vertrug, war gering.

Während Dan über die Namen nachdachte, die sich in den kommenden Tagen mit Gesichtern verbinden würden, kam Jakobsen aus der Küche. Sie setzte sich auf die Schwelle, von der aus sie das Zimmer und den fremden Mann betrachten konnte, und fing an, sich mit einer feinen, hellroten Zunge zu putzen. Vielleicht, sagte sich Dan, war es in Wahrheit ziemlich clever von Pia gewesen, ihm die Verantwortung für die Katze zu übertragen. Sie bescherte ihm eine großartige Eingangsfloskel, wenn er sich mit den Personen auf der Liste in Verbindung setzte. Als Privatdetektiv konnte man nie sicher sein, ob die Leute mit ihm reden wollten. Diesmal würde ihm eine dicke, alte Katze als Türöffner dienen.

25

Dreieinhalb mal zwei Meter. In der Ecke ein Handwaschbecken und an der hinteren Wand eine siebzig Zentimeter breite Erhöhung mit einer dünnen, plastikbezogenen Matratze. Eine Wolldecke. Ein winziges Handtuch. Kein Spiegel, keine Haken. Keine Stühle, Tische oder anderen losen Gegenstände. Kein Fernseher, kein Computer. Das Essen bekam man dreimal täglich auf einem dünnen Metalltablett. Besteck und Teller waren aus Plastik. Es war mit anderen Worten dafür gesorgt, dass absolut keine brauchbaren Gegenstände zur Hand waren, mit denen der Insasse sich oder anderen schaden konnte. Es sei denn, natürlich, man rechnete Langeweile zu den tödlichen Waffen.

Pia Waage lag auf der Pritsche und versuchte, sich zu entspannen. Fast den ganzen Nachmittag über hatte man sie verhört, und so wie sie die Prozedur kannte, würde sie in ein paar Stunden wieder geholt werden, nachdem die Ermittler zu Abend gegessen und ein Briefing abgehalten hatten. Wenn ich nur ein Buch hätte, dachte sie. Sie musste den Anwalt bitten, ihr eins zu besorgen. Am besten wäre es natürlich, ein bisschen zu schlafen. Sie legte den Unterarm über die Augen. Nur eine halbe Stunde wäre wunderbar; eine halbe Stunde ohne all die Grübeleien und die tiefe Trauer, die ständig am Außenrand ihres Bewusstseins auf der Lauer lag. Sie wusste, dass sie davon überrollt würde, wenn sie ihr nachgab, die Trauer würde sie verschlingen, umherwirbeln und sämtliches Leben aus ihr saugen, bevor sie wie eine leere Hülle wieder ausgespuckt wurde. Schon bei dem Gedanken daran musste sie sich aufsetzen. Und sofort beschäftigte sie sich mit einem praktischen Problem: Sie hatte Hunger. Das Abendessen, Hacksteak mit Zwiebeln, hatte sie gerade bekommen, aber ihr Magen verlangte bereits nach mehr. Wenn sie doch nur eine Pizza hätte. Oder eine Tüte Chips. Oder einfach nur ein gewöhnliches Käsebrot. Im Moment gibt es nichts mehr zu essen, hatte die Gefängnisbeamtin erklärt. Die nächste Mahlzeit war das Frühstück – in dreizehn Stunden. Pia seufzte. Wäre sie auf freiem Fuß gewesen, hätte sie den Hunger mit einer Joggingrunde in hohem Tempo bekämpft, normalerweise funktionierte das. Sie könnte natürlich um eine halbe Stunde im Fitnessraum bitten, doch der Gedanke, sich im Gemeinschaftsbereich des Gefängnisses zu bewegen, war nicht gerade verlockend. Vor zehn Tagen erst hatte sie als Polizistin einem der anderen Insassen Handschellen angelegt. Sie konnte durchaus darauf verzichten, einem aggressiven Gewohnheitsverbrecher in einer Umgebung gegenüberzustehen, in der er sich weit mehr zu Hause fühlte als sie. Deshalb hatte sie sich für die freiwillige Isolation entschieden: ohne Fernseher, Laufband und gemeinsame Mahlzeiten, bei denen man sich noch einen Nachschlag holen konnte, wenn man wollte.

Dennoch brauchte sie Bewegung. Pia erhob sich von der Pritsche. Sie tat alles, um ihren Pulsschlag zu steigern. Hunderte von Kniebeugen, Liegestützen und Sit-ups wechselten sich mit schnellem Laufen auf der Stelle ab, bis sie sich nicht mehr traute, weiter zu trainieren. Das Risiko für Gelenkschäden durch das Laufen in Sandalen auf dem harten Betonfußboden war einfach zu groß. Als sie aufhörte, lief ihr der Schweiß herunter, und sie war so außer Atem, dass es in der Brust schmerzte. Fantastisch!

Nach dem Sport fühlte sie sich immer sehr viel besser, obwohl an Schlaf jetzt nicht zu denken war. Wieder wurde sie von Gefühlen überwältigt, nur ersetzte jetzt Wut die Trauer. Über Dorthe, die ihr untreu gewesen war und ihre Schwangerschaft verheimlicht hatte. Über ihre Kollegen, die so bereitwillig falsche Spuren verfolgten, ohne ihr eine Chance zu geben. Aber vor allem über diesen Satan von einem Mörder, der ihr Dorthe genommen und sie in diese verzweifelte Situation gebracht hatte.

Pia zweifelte nicht eine Sekunde daran, dass Dorthes Mörder es auch auf sie abgesehen hatte. Jemand hasste sie. Aber warum? Sie drehte sich auf die Seite, starrte an die Wand und dachte nach. Privat hatte sie keine Feinde. Oder doch? Hasste Dorthes Exmann William sie möglicherweise doch? Und was war mit Dorthes Mutter Ulla? Sie hatte der Frau, die ihre Tochter verführte, nie wirklich vergeben können. Hasste sie Pia so sehr, um sie auf diese Weise zu bestrafen? Und hätte sie dafür Dorthe geopfert? Pia fehlte die Fantasie, um sich so etwas vorzustellen. Betrachtete man die Sache vom technischen Standpunkt aus, hätte William sicher das notwendige Wissen dafür, sich professionell in ein Mailprogramm zu hacken. Und was war mit Ulla? Niemals.

Wenn Pia auch selbst Ziel dieses Verbrechens war, konnte die Schlussfolgerung aus dieser Argumentation nur sein, die Feinde zu berücksichtigen, die sie sich in ihrem Berufsleben gemacht hatte. Menschen, die man mit ihrer Hilfe wegen irgendeines Verbrechens verurteilt hatte – wie der Kerl dort draußen, der sie mit seiner bloßen Anwesenheit in die Isolationshaft zwang. Es könnte sich aber auch um jemanden handeln, der sich längst wieder auf freiem Fuß befand und die Verhaftung als ungerechtfertigten Übergriff empfunden hatte. Pia erlebte jetzt am eigenen Leib, dass sich die Untersuchungshaft wie ein fundamentaler Übergriff anfühlte, egal ob die Vorwürfe später fallen gelassen wurden oder nicht.

Die Liste der potenziell infrage Kommenden war erschreckend lang. Pia dachte intensiv über die Möglichkeiten nach, wobei sie die Sammlung der Schmierereien an der Wand betrachtete. Namen, Daten, ein Hakenkreuz, mehr oder weniger originelle Bezeichnungen für Geschlechtsorgane, die primitive Wiedergabe eines erigierten Gliedes, das wie ein Springbrunnen spritzte. Nachrichten aus vielen Stunden des Eingesperrtseins. Wie viele von denen, die vor ihr in dieser Zelle gesessen hatten, waren wohl unschuldig angeklagt worden? Nicht viele, vermutete sie. Aber einige waren es bestimmt.

Ihr Gehirn arbeitete mit Hochdruck, um sich zu erinnern, wer einen möglicherweise jahrelangen Hass auf sie haben könnte und gleichzeitig zynisch genug war, eine unbeteiligte Gymnasiallehrerin zu opfern, um sein Ziel zu erreichen. Längst vergessene Gesichter tauchten wieder auf, während ihr Blick auf die Zeichnungen an der grauen Wand hängen blieb. Mörder, Betrüger, Vergewaltiger. Das Schlimmste war, dass es ebenso gut jemand sein könnte, den sie selbst gar nicht hinter Gitter gebracht hatte; jemand, der sich zum Beispiel an ihren Namen erinnerte, weil sie die einzige Frau in dem Ermittlerteam war, das ihn erwischt hatte. Pia wusste, dass viele Menschen es als schlimmer empfanden, wenn eine Frau Macht ausübte. War man als Frau etwa besonders boshaft oder sogar sadistisch, wenn man zur Polizei ging? Könnte es sein, dass der Betreffende jemand war, der Lesben verabscheute und in irgendeiner Weise herausgefunden hatte, dass sie lesbisch war? War es paranoid, so etwas zu denken?

Pia wurde plötzlich unsicher, wie sehr sie sich auf sich selbst und ihre Urteilskraft verlassen konnte. Diese merkwürdigen Mails trafen schließlich ins Schwarze – sie hatte schon mit sich kämpfen müssen, um ihre Eifersucht zu verbergen. Natürlich war sie eifersüchtig, wenn Dorthe auf Feste ging oder Seminare außerhalb der Stadt besuchte. Und sie hatte mehr als einmal überlegt, ob diese Svea Lorén eine Rivalin war, auf die man achtgeben musste. Diese Mails waren tatsächlich sehr präzise in der Beschreibung von Pias intimsten Gefühlen. Wer konnte davon gewusst haben? Sie konnte mit der Hand auf dem Herzen sagen, dass sie niemandem ihre Eifersucht gestanden hatte, weder Dorthe noch anderen. War es denkbar, diese Mails geschrieben zu haben, ohne sich daran erinnern zu können? Handelte es sich vielleicht um irgendwelche Blackouts? Litt sie vielleicht an einer Persönlichkeitsspaltung?

Es rasselte an der Tür.

»So, Waage«, sagte die Aufseherin, eine wortkarge Blondine um die fünfzig. »Zeit für eine neue Vernehmung.«

»Kann ich zuerst noch auf die Toilette?«

»Natürlich.«

Die Beamtin konnte Pia nicht in die Augen sehen, als sie zur Seite trat und sie auf den Korridor ließ. Sie kannten sich nicht wirklich, waren sich in all den Jahren, in denen Pia im Präsidium gearbeitet hatte, aber regelmäßig begegnet. In der Kantine oder wenn Pia hin und wieder eine Verdächtige in den Gefängnistrakt gebracht hatte. Es wirkte so, als sei ihnen beiden die Situation unangenehm. »Lassen Sie sich ruhig Zeit«, sagte die Beamtin und stellte sich neben der Toilettentür an die Wand.

DONNERSTAG, 23. AUGUST 2012

26

Dan Sommerdahl war früh aufgestanden. Die Joggingrunde, die Dusche und eine Rasur hatte er hinter sich, die erste Tasse Kaffee getrunken. Er setzte sich mit Pias Telefonliste und seinem Handy in den Erker. Die erste Aufgabe des Tages bestand darin, jemanden zu finden, der sich um die Katze kümmerte. Er überflog die Namen und rief diejenige an, bei der er sich direkten Erfolg versprach.

Das Telefon wurde nach dem ersten Klingeln abgenommen. »Ingelise?«

»Ingelise Jensen?«

»Ja.«

»Mein Name ist Dan Sommerdahl. Ich bin Privatdetektiv. Pia Waage hat mich gebeten, ihren Anwalt in ihrer Sache zu unterstützen. Neue Ansätze finden, alternative Herangehensweisen und so.«

»Okay.«

»Sie wissen, dass sie in Untersuchungshaft ist? Und sich weigert, sich schuldig zu bekennen?«

»Ja. Ihr Anwalt hat uns auch angerufen.« Dan wartete auf eine Erklärung, doch es kam nichts weiter. Stattdessen fragte Ingelise: »Und was wollen Sie?«

»Zunächst etwas ganz Praktisches, das eigentlich nichts mit der Sache zu tun hat.« Dan erklärte das Katzenproblem.

Kurze Pause. »Leider geht das nicht, selbst wenn wir gern helfen würden. Wissen Sie, wir haben selbst eine etwas eigenartige, alte Katze, und ich glaube nicht, dass es eine gute Idee wäre, sie zusammenzubringen.« Ingelises Stimme klang jünger, als er es erwartet hatte. Unschuldiger. Vielleicht lag es an der Klangfarbe – woher kam sie, aus Fünen oder Lolland? »Haben Sie es bei Else probiert?«

Dans Blick überflog wieder die handgeschriebene Liste. »Else Forsberg?«

»Ich kenne sie nicht wirklich, aber soweit ich weiß, hat sie keine Haustiere.«

»Ich versuche es bei ihr. Danke.«

»Gut.« Ingelise wartete einen Moment, dann fragte sie: »War das alles?«

»Nein, eigentlich …« Dan räusperte sich. »Ich würde mich freuen, wenn Sie und Hanne mir helfen könnten.«

»Und wie?«

»Ich brauche so viele Hintergrundinformationen wie möglich. Über Dorthe und über Pia.«

»Pia? Wieso?«

»Wenn ich beweisen soll, dass es nicht Pia war, die Dorthe ermordet hat, muss ich sehr viel mehr über ihre Beziehung in Erfahrung bringen. Die Polizei ist offenbar ziemlich überzeugt davon, bereits die Richtige gefasst zu haben.«

»Das ist völlig absurd. Was wollen sie überhaupt von ihr?«

»Genau darüber möchte ich mit Ihnen reden. Einiges deutet darauf hin, dass Dorthes Mörder bewusst darauf aus war, gleichzeitig Pia und Dorthe zu schaden.«

»Sie versuchen also jemanden zu finden, der noch eine Rechnung mit ihr offen hat?«

»Exakt. Haben Sie Zeit?«

»Heute?«

»Am liebsten schon, ja.«

Ingelise zögerte. »Wissen Sie, was«, sagte sie dann, »wir könnten zwei Fliegen mit einer Klappe schlagen.«

»Was schwebt Ihnen vor?«

»Hanne und ich sind mehr oder weniger zwangsverpflichtet worden, Pias Umzug zu übernehmen. Sie hätte keine andere Möglichkeit, sagt ihr Anwalt.«

»Ach, kümmert er sich auch um den Umzug? Ist ein viel beschäftigter Mann, dieser Mark.«

»Scheint so. Na ja, jedenfalls packen wir heute ihre Sachen, ziehen am Samstag um und putzen nächste Woche die Wohnung, damit den neuen Mietern bis zum 1. September die Schlüssel übergeben werden können.«

Allein das Wort »Umzug« führte zu bangen Vorahnungen bei Dan. Und tatsächlich: »Eigentlich könnten wir gut noch jemanden gebrauchen, der ein bisschen kräftiger ist als wir beide. Pia hat einen großen Schrank, der auseinandergebaut werden muss. Und ich fürchte, wir kommen mit ihrem Doppelbett auch nicht allein zurecht.«

»Können Sie nicht eine Umzugsfirma beauftragen?«

»Die sind nur für ein paar Stunden bestellt, die Vorarbeiten müssen erledigt sein, wenn sie kommen. Wenn Sie am Nachmittag mithelfen, könnten wir uns während der Arbeit unterhalten.«

Dan hielt ein Stöhnen zurück. »Okay«, willigte er ein. »Wann soll ich dort sein?«

Als die praktischen Details besprochen waren, holte sich Dan eine weitere Tasse Kaffee. Er stand eine Weile am Fenster und blickte über den Fjord. Der Himmel war überzogen von einer grauen Schicht, die das Wasser dunkel und kalt aussehen ließ. Er rief die nächste Nummer auf der Liste an, während er einem Sportfischerboot hinterhersah. Else Forsberg ging nicht ans Telefon, es gab auch keinen Anrufbeantworter. Dan blickte auf die Uhr. Kurz vor neun. Vermutlich unterrichtete sie gerade. Er schickte ihr eine SMS, in der er sie um Rückruf bat.

Dann riss er sich von der trostlosen Aussicht los und setzte sich an den Schreibtisch, um die Internetausgaben der Tageszeitungen durchzusehen. Die *BT* berichtete ausführlich über die »hochrangige, lesbische Polizistin«, deren Namen nicht genannt werden durfte, die sich aber von jedem identifizieren ließ, der mit Google umgehen konnte. Ein weiterer Artikel war illustriert mit einem detaillierten Plan des Forsthauses und seiner nächsten Umgebung, dazu gab es ein Foto der Fassade, vor der ein Streifenwagen stand. Mit anderen Worten: nichts Neues.

Ekstra Bladet hatte dafür erneut die zuverlässige Quelle bei der Polizei angezapft und erwähnte die eigentlich geheim gehaltene Mailkorrespondenz, allerdings ohne auf Details einzugehen. Aus dem Artikel ging lediglich hervor, dass einige Mails den Verdacht von Dorthe Bertelsens Geliebter als Täterin erhärteten. Der Reporter der Zeitung hatte auch mit einer Hebamme gesprochen, die dafür bekannt war, alleinstehende und lesbische Frauen mit Samen von anonymen Spendern zu versorgen. Sie betonte, dass sie den aktuellen Fall nicht kenne, beschrieb aber die generellen Möglichkeiten einer Schwangerschaft ohne Sex und erklärte, dass es hypothetisch gesehen durchaus eine Praxis wie ihre gewesen sein könnte, in der die Befruchtung stattgefunden hatte. Allerdings bestritt sie, dass die künstliche Befruchtung möglich gewesen wäre, ohne den Partner der Schwangeren mit einzubeziehen – zumindest, wenn es sich um eine legale und professionelle Praxis handelte.

Beide Blätter drehen Locken auf der Glatze, dachte Dan. Sie schrieben einfach irgendetwas, nur um die Spalten zu füllen und das Interesse wachzuhalten, während sie auf neue Informationen warteten. Die Leser sollten den vielversprechenden Fall um Himmels willen nicht vergessen. Er ging auf Facebook und loggte sich in die Gruppe des Gymnasiums ein. Svea Lorén hatte gestern Abend den Termin des Vorsingens und Vortanzens gepostet. Mittwoch im Auditorium. Noten und Texte zu *Teenager Love* ließen sich mit einem Link downloaden. Else und Klaus Forsberg sowie Svea würden die Bewerber beurteilen, die danach so rasch wie möglich Bescheid bekämen.

Es tauchen immer wieder dieselben Namen auf, dachte Dan. Und das wurde umgehend bestätigt, als er einen Kommentar von Robin Carlsen fand, der darauf aufmerksam machte, dass man mehrere Wochen jeden Nachmittag für Proben vormerken müsse, wenn man sich an der Aufführung beteiligen wolle. Am Mittwoch könnte er die gesamte Leitungsgruppe der Schulaufführung in Aktion sehen, überlegte Dan. Vielleicht bekam er einen Einblick in diesen Teil von Dorthe Bertelsens Leben.

Es waren einige Mitteilungen auf der Facebook-Seite gepostet. Alle möglichen Aktionen, Aufrufe zu verschiedenen Demonstrationen, Einladungen zu Vorträgen, Studienkreisen und Sportveranstaltungen. Wie leicht die Kommunikation geworden war, seit sich das Internet durchgesetzt hatte. Dan erinnerte sich an die Unmengen vergessener und zerknüllter Mitteilungsblätter, die er im Laufe der Zeit in den Schultaschen seiner Kinder gefunden hatte, meist mehrere Tage oder Wochen zu spät. Er entschloss sich, die verschiedenen Posts später durchzusehen, wenn er mehr Zeit hatte. Vielleicht – nein, wahrscheinlich – war Dorthe an mehreren dieser Arrangements beteiligt.

Eine Schülerin namens Ditte Kløvborg hatte eine Serie von Fotos aus der Schulaufführung des vergangenen Jahres gepostet, der *West Side Story*. Die meisten zeigten sie in der Rolle der Maria. Sie war hübsch, hinreißend hübsch. Dan vergrößerte ein Foto, auf dem die rothaarige junge Frau in einem weißen Kleid mit Ballettröckchen und einem halbmondartigen Ausschnitt sang. Trotz der ziemlich verschleierten Bildqualität ahnte man die netten Sommersprossen überall auf ihrer Haut. Über den Schlüsselbeinen, auf den Oberarmen, sogar auf den elegant geformten Beinen. Dan liebte Sommersprossen. An den Kommentaren ließ sich ablesen, dass er damit nicht allein war. Die Faszination war vor allem den Beiträgen der Jungen anzumerken. Ein Schüler namens Andreas Henningsen hatte sogar ein kleines Gedicht für sie geschrieben, offenbar ohne großen Erfolg. Er war nicht mit einem einzigen »Like« belohnt worden.

Dan klickte auf das nächste Foto, das laut Unterschrift bei der Premierenfeier gemacht worden war. Wieder stand Ditte im Mittelpunkt, jetzt in ihrer eigenen Kleidung und mit einem schreiend roten Lippenstift. Ihre strammen, schwarzen Satinjeans sahen wie aufgemalt aus, und das ärmellose, hautfarbene Spitzentop ließ sie auf den ersten Blick topless aussehen. Purer Porno, fand Dan. Neben ihr stand ein junger Mann, der ebenso hübsch war wie sie, nur in ganz anderen Farben: Haare und Bart waren nahezu schwarz, die Augen dunkelbraun. Die beiden Gymnasiasten sahen aus wie Fotomodelle. Jung, selbstsicher, eine glänzende Zukunft vor sich. Tief in ihrem Inneren waren sie wahrscheinlich ähnlich desorientiert und frustriert, wie Dan und seine Freunde es in ihrem Alter gewesen waren.

Die männliche Schönheit war laut Bildunterschrift Robin Carlsen. Aha. Mit neuerlichem Interesse betrachtete Dan den jungen Mann. So sah er also aus, der begabte Autor des Nachrufs. Einige Menschen haben schlichtweg alles, dachte Dan. Sie sehen gut aus, sind intelligent und talentiert. Das Leben war ungerecht, egal wie viele wohlmeinende Versuche die Gesellschaft unternahm, gleiche Bedingungen für alle zu schaffen.

Dan suchte weiter in der Chronik der Gruppe. Unter einem früheren Datum fand er in der Fotomappe einige Bilder von Dorthe Bertelsen – in festlicher Kleidung, tanzend, an einem Rednerpult. Er ging noch weiter zurück. Weitere Fotos von Schulfesten, weitere Schnappschüsse von Abschiedsfeiern, weitere Bilder von Schulausflügen nach Prag, London, Stockholm. Dan verstand allmählich, warum Dorthes Kollegen und Schüler trauerten, sie war offensichtlich ein Kraftzentrum der Schule gewesen.

Plötzlich starrte er auf seine eigene Tochter, schwarz gekleidet und mit einem Stück Papier in der Hand. Laura stand auf einem Stuhl im Klassenzimmer und sah aus, als hielte sie eine Rede. Er überprüfte das Datum. Das Foto war anderthalb Jahre alt – aufgenommen ein paar Monate vor ihrem Abitur. Sie sah glücklich aus. Dan druckte das Foto aus und klebte es an den Kühlschrank, ein bisschen verschämt. Er hatte fast das Gefühl, sie auszuspionieren.

27

Dan schloss sein Fahrrad auf und fuhr langsam zur Lundbygade 21. Er spürte plötzlich, dass er nach den vielen Stunden am Schreibtisch frische Luft brauchte. Das war der Nachteil, wenn man überwiegend zu Hause arbeitete. Man verbrachte schnell zu viel Zeit in einem Raum, sofern man nicht bewusst Pausen an der frischen Luft einlegte.

Er war so in seine Gedanken vertieft, dass er beinahe einen jungen Mann angefahren hätte, der die Straße überquerte.

»He!«, rief Dan und stellte einen Fuß auf die Straße. »Pass gefälligst auf!« Noch einen Sturz übers Lenkrad konnte er wirklich nicht gebrauchen.

»Entschuldigung!« Der junge Mann sah erschrocken aus. »Ich hatte nicht gesehen, dass Sie … Dan!«, rief er aus.

Dan blickte zurück. »Benjamin!«

Er stieg vom Rad und erwiderte die linkische Umarmung. Benjamin Winther war einer der wenigen Männer, die er umarmte. Er hatte seinen eigenen Platz im Herzen Dans. Benjamin war Hauptzeuge im ersten Mordfall gewesen, in dem Dan ermittelte, und eine Zeit lang hatten der junge Mann und seine Mutter sogar bei Dan und Marianne gewohnt. Ein Jahr später war Benjamin dann Dans Assistent bei der Aufklärung eines Falls gewesen, der sie um die halbe Welt geführt hatte – und tatsächlich war Benjamin für kurze Zeit sogar mit Laura befreundet gewesen, also fast Dans Schwiegersohn geworden. Er betrachtete den jungen Mann. Die Jahre als Polizeischüler hatten ihn erwachsen werden lassen. Das kurz geschnittene rötliche Haar war ein wenig ausgebleicht, seine Kieferknochen traten stärker hervor, die Augenbauen waren kräftiger. Und hatte der schlaksige Körper des Jungen nicht sogar Muskeln angesetzt?

»Wie schön, dich zu sehen«, sagte Dan. »Was machst du hier?«

»Ich wollte mir eine Wohnung ansehen, aber sie ist schon vermietet.«

»Du ziehst nach Christianssund?«

»Im Moment wohne ich bei meiner Mutter. Ich bin zur Polizei von Christianssund versetzt worden.« Benjamin drückte den Rücken durch. »Und momentan helfe ich in der Abteilung für Gewaltkriminalität aus.«

»Dann ermittelst du im Mordfall Dorthe Bertelsen?«

Benjamin nickte mit strahlenden Augen.

Dan konnte sich ein Lächeln nicht verkneifen. »Ist es interessant?«

»Ja, wahnsinnig. Ich ...« Er unterbrach sich.

»Was ist?«

»Mir ist gerade eingefallen, dass ich nicht mir dir reden darf. Befehl von oben.«

»Wir müssen ja nicht über die Ermittlungen sprechen. Ich würde viel lieber hören, wie es dir geht. Und deiner Mutter.« Dan sah auf die Uhr. »Aber leider habe ich im Moment keine Zeit. Wir sehen uns ein andermal. Vielleicht, wenn diese Sache ausgestanden ist, damit du dir nicht die ganze Zeit auf die Zunge beißen musst. Hast du noch meine Nummer?«

»Klar. Ich schicke dir eine SMS, dann hast du auch meine.«

»Gut.« Dan schwang ein Bein über den Sattel. »Dann bestell den anderen mal Grüße von mir.«

»Das mache ich ganz bestimmt nicht.« Er lachte. »Die glauben dann noch, dass ich mich mit dem Feind verbrüdere.«

*

Kurz darauf schloss Dan die Wohnung von Pia Waage auf.

»Uh, haben Sie mich erschreckt!« Eine ungefähr vierzigjährige Frau mit langem, mittelblondem Haar stand mit aufgerissenen Augen vor ihm in dem schmalen Flur. »Ich wusste nicht, dass Sie einen Schlüssel haben.«

»Entschuldigen Sie. Ich hätte klingen sollen.« Er streckte die Hand aus und stellte sich vor. »Haben wir miteinander telefoniert?«

»Nein, das war meine Frau. Sie holt gerade Milch.« Die Frau erwiderte seinen Händedruck. »Ich bin Hanne Busk. Kommen Sie herein.« Sie ging ins Wohnzimmer voraus, das noch leerer aussah als am Vortag. Die letzten Bilder waren von den Wänden genommen, die Regalfächer leer geräumt. Hanne drehte sich um. »Ich weiß nicht, ob es Ihnen jemand erzählt hat. Ich bin Pias Exfreundin. Tatsächlich habe ich sogar mal in dieser Wohnung gewohnt.«

»Ah ja?« Dan betrachtete sie neugierig. »Ist das lange her?«

»Gaaaanz lange, ja.« Sie lachte. »Es hielt auch nur für ein Jahr. Dann haben wir uns freundschaftlich getrennt.«

»Okay.«

»Und um das Ganze noch etwas mehr zu verkomplizieren, waren die beiden anderen – also Dorthe und Ingelise – Freundinnen seit Studienzeiten. Sie sind zusammen in einer Studiengruppe gewesen.«

»Aber kein Paar?«

»Nein, sind Sie verrückt? Dorthe war total *straight*, bis sie Pia begegnet ist.«

»Sie war verheiratet, oder?«

Hanne verzog das Gesicht, ohne ihn anzusehen.

»Was ist denn?«, fragte Dan nach. »Sie mögen Dorthes Exmann wohl nicht?«

»William?« Hanne erwiderte seinen Blick. »William ist schon okay. Er ... ach, es war ziemlich hart für ihn.«

»Tja, es ist nicht leicht, verlassen zu werden.«

»Und schon gar nicht so.«

»Sie meinen, weil sie sich für eine Frau entschied?«

Hanne lachte, es klang etwas polternd, aber ziemlich charmant.

»Nein, das meinte ich nicht. Bei einem Mann wäre es sicher genauso schlimm gewesen.«

Dan wartete auf eine Erklärung.

»Es war eher …« Hanne richtete sich auf. »Dorthe war nicht sonderlich nett zu ihm. Sie hat ihn ganz offen betrogen und ihm gleichzeitig weisgemacht, es sei eigentlich alles seine Schuld gewesen.«

»Und wie hat sie das gemacht?«

»Das ist schwer zu erklären. Dorthe spielte weltmeisterlich mit den Gefühlen anderer Leute. Wenn sie jemandem zugetan war oder etwas durchsetzen wollte, war sie der fantastischste Mensch. Sie konnte sich so auf jemanden einstellen, dass der Betreffende das Gefühl hatte, interessant und attraktiv zu sein. Aber sie konnte den Spieß auch umdrehen, dann war das Licht sozusagen ausgeschaltet. So hat sie es mit William gemacht. An einem Tag war er noch der Mittelpunkt ihres Lebens, am nächsten ein Niemand. Er war nach der Trennung für Monate völlig durch den Wind, als könnte er überhaupt nicht begreifen, was für ein Dachziegel ihm da auf den Kopf gefallen ist.«

»Hat er Ihnen das gesagt?«

»Das sah man ihm an. Sie hat ihn bis zum Schluss an der Nase herumgeführt – und auch noch lange nach der Scheidung. Nett und freundlich, wenn sie seine Hilfe brauchte, sonst jedoch eiskalt.«

»Sie klingen ein wenig verbittert. Hat sie sich Ihnen gegenüber auch so benommen?«

Wieder lachte Hanne auf. »Das hätte sie mal versuchen sollen. Das wäre ihr nicht gut bekommen.« Sie wurde ernst. »Nein, aber ich habe mitgekriegt, wie sie Pia manipulierte. Und es hat mich rasend gemacht. Pia, die immer so ehrlich ist.«

»Ich kann mir gar nicht vorstellen, dass jemand so mit Pia Waage umgehen kann«, wunderte sich Dan.

»Unglaublich, oder?« Hanne schüttelte den Kopf. »Aber Pia war bis über beide Ohren verliebt, und in diesem Zustand ist man ein leichtes Opfer. Es wundert mich zum Beispiel überhaupt nicht, dass Dorthe hinter Pias Rücken schwanger wurde und ihr nicht einmal etwas gesagt hat, als sie einen positiven Schwangerschaftstest in den Händen hielt.«

»Ich bin ganz Ihrer Meinung. Ein seltsames Verhalten.«

»Ja, aber wie gesagt, für mich war es keine Überraschung. Dorthe hat diese Beziehung souverän gesteuert; wie oft sie zusammen waren, wohin sie in den Urlaub gefahren sind, ob sie zusammenziehen sollten oder nicht. Jedes Mal, wenn sie nicht einer Meinung waren, hat sie ihren Willen durchgesetzt – ausschließlich mithilfe von emotionaler Manipulation. Als würde sie die ganze Zeit mit einer Hand am Warmwasserhahn und einer am Kaltwasserhahn stehen und auf- und zudrehen, wie es ihr in den Kram passte.«

»Das klingt so, als konnten Sie sich nicht besonders leiden.«

»Ach ja?« Ein schiefes Grinsen. »Das war nicht beabsichtigt.«

»Wusste Pia, was Sie von Dorthe hielten?«

»Ich habe einmal etwas gesagt, bekam aber klar und deutlich mitgeteilt, dass ich die Klappe halten sollte.« Hanne hob die Schultern. »Es ist auch nicht leicht, sich Kritik an seiner neuen Freundin anzuhören. Vor allem, wenn sie von der Exfreundin kommt.«

Dan nickte. »Und Ihre Frau? Sie war Dorthes alte Freundin, haben Sie gesagt? Teilte sie Ihre Ansicht?«

»Ingelise war, nein, sie glaubt, ich sei nur eifersüchtig gewesen. Und wurde eifersüchtig, weil ich angeblich eifersüchtig war …« Das polternde Lachen ertönte wieder. »Ein ziemliches Durcheinander, oder?«

Dan lächelte. »Sie haben gesagt, Ingelise und Dorthe kannten sich aus dem Studium. Hat Ingelise auch einen Abschluss in Dänisch?«

Hanne nickte. »Französisch und Dänisch.«

»Und sie unterrichtet am Gymnasium?«

»Ingelise?« Ein neues Lachen. »Dazu ist sie eine viel zu große Einzelgängerin. Sie ist Übersetzerin. Sitzt den ganzen Tag über eingemauert in ihrem Arbeitszimmer und übersetzt. Ich würde verrückt werden, wenn ich so leben müsste. Sie liebt es.«

Jakobsen tauchte an der Küchentür auf und miaute lautstark.

»Ich habe sie gefüttert«, sagte Hanne. Sie bückte sich und kraulte die Katze hinter den Ohren. »Haben Sie Else erreicht?«

Dan schüttelte den Kopf. »Ich habe ihr eine Nachricht hinterlassen.«

»Kaffee? Tee?«

»Ja, danke. Kaffee, schwarz.« Dan folgte Hanne in die Küche. »Was machen Sie? Sind Sie auch Akademikerin?«

Hanne schüttelte den Kopf. »Yogalehrerin. Ich unterrichte im Fitnesscenter am Justesens Plads. Dorthe war in meiner Gruppe. Pia irgendwann übrigens auch.« Sie füllte den Elektrokessel, während sie redete.

»Sie haben recht, es ist verwirrend.«

Hanne lächelte geistesabwesend. »Jedenfalls ist es gut, dass Sie Pia helfen«, sagte sie nach einer Pause. »Es sieht nicht so aus, als würden ihre Kollegen ihr eine Chance geben.«

»Mit anderen Worten, Sie glauben nicht, dass Pia Dorthe ermordet hat?«

Sie erwiderte seinen Blick. »Nicht eine Sekunde.«

»Ich auch nicht.«

In diesem Moment ging die Tür auf und eine stattliche Brünette kam auf sie zu. Sie stellte sich als Ingelise Jensen vor, und Dan erkannte sofort den hellen, singenden Tonfall wieder. Sie gab ihm durchaus höflich die Hand, teilte allerdings offensichtlich nicht die Redseligkeit ihrer Gattin gegenüber diesem kahlköpfigen Herrn, den Pia für eine alternative Ermittlung angeheuert hatte.

»Es gibt keinen Grund zur Zeitverschwendung«, erklärte sie, als Dan seine Tasse entgegengenommen hatte und sich an den kleinen Esstisch setzte. »Wir müssen uns beeilen, wenn wir fertig werden wollen.«

»Na, jetzt drängele doch nicht gleich so, Schatz.« Hanne setzte sich Dan gegenüber. »Wir sind jetzt doch zu viert. Das geht ruck, zuck. Gib mir mal die Milch.«

»Hier.« Ingelise stellte die Milchtüte vor sie. »Aber wieso müssen wir uns denn hinsetzen? Wir können doch den Kaffee beim Packen trinken.«

»Mach, was du willst, Ingelise«, erwiderte Hanne ruhig, »Ich will jedenfalls mal zehn Minuten Pause machen.«

»Was haben Sie gemeint, als Sie sagten, wir wären zu viert?« Dan blickte Hanne an, während Ingelise widerstrebend nach einem Stuhl griff und sich setzte. Er hatte bereits ein recht klares Bild von den Kräfteverhältnissen zwischen den beiden Frauen.

»William wird auch noch kommen«, erklärte Hanne.

»Ich dachte ...« Dan wollte gegen die weitere Akquisition männlicher Arbeitskraft protestieren, verbiss es sich aber. »Gut«, sagte er stattdessen. »Dann lerne ich ihn ja auch gleich kennen.«

Es verging allerdings noch einige Zeit, bis Dorthe Bertelsens Exmann erschien. Tatsächlich dauerte es beinahe zwei Stunden, in denen Dan, Ingelise und Hanne den Rest des Inventars eingepackt hatten. Es fehlten nur noch die Jalousien, die Hanne nach kurzer Diskussion herunternahm. Könnte doch sein, so argumentierte sie, dass sie in der neuen Wohnung passen. Jedenfalls wäre es idiotisch, sie hängen zu lassen, egal, was Ingelise sagte.

Der große, schlaksige Mann versuchte offensichtlich, sich zusammenzunehmen, aber die schlechte Laune war ihm deutlich anzumerken. Auch die Feststellung, dass seine Anwesenheit eigentlich überflüssig war, half nicht unbedingt.

»Verdammter Mist, wieso sollte ich kommen, wenn ihr das auch allein schafft?« Gereizt fummelte er am Deckel eines Schrankes, den Dan gerade abgebaut hatte. »Ist ja nicht gerade so, als würde ich mich langweilen.«

»Wenn du pünktlich gekommen wärst, William«, erwiderte Ingelise und reichte Hanne, die auf einer Leiter stand und an der Jalousieaufhängung arbeitete, den Schraubenzieher, »dann hättest du hier reichlich zu tun gehabt.«

»Die Polizei wollte mich nicht gehen lassen«, erklärte William und fing an, Umzugskartons an der Wand zu stapeln, um Platz zu schaffen. »Ich dachte, ich müsste nur diese Probe abgeben, aber …« Er zuckte die Achseln.

»Was für eine Probe?«, erkundigte sich Dan.

»Eine Speichelprobe zur DNA-Analyse.« William stellte einen Karton ab und richtete sich auf. »Entschuldigung, wer sind Sie überhaupt?«

»Dan Sommerdahl.« Dan gab ihm die Hand und erklärte seine Rolle in dem Fall.

»Hm.« William stapelte weiter Kartons. »Wollen Sie uns etwa auch verhören?«

»Entspann dich, William.« Hanne kletterte von der Leiter. »Es ist gut, dass wenigstens irgendjemand Pia hilft.« Sie steckte die Jalousiebeschläge in eine Plastiktüte und verknotete sie. »Oder?«

»Na ja …«, meinte William, »falls sie tatsächlich unschuldig ist.«

»Du glaubst doch nicht im Ernst, dass sie es war?«, sagte Ingelise.

William hob die Schultern, ohne sie anzusehen. »Warum denn nicht? Die Polizei glaubt offenbar an einen Mord aus Eifersucht, und da wäre es doch logisch, dass entweder sie oder ich es getan haben. Und ich war es jedenfalls nicht.«

»Mord aus Eifersucht? Woher weißt du das?«

»Das haben sie mir gesagt. Sie haben mich mehr oder weniger direkt beschuldigt, eine Affäre mit Dorthe gehabt zu haben. Außerdem soll ich der Vater des Kindes sein. Deshalb haben sie …« Wieder verschluckte er das Ende des Satzes.

»… eine Speichelprobe für einen DNA-Test verlangt«, vervollständigte Dan den Satz. »Richtig?«

William blickte auf und nickte. »Von mir war das Kind nicht.«

»Das wird der Test dann ja beweisen«, sagte Dan.

»Basiert ihre Theorie von einem Eifersuchtsmord nur darauf, dass sie schwanger war?« Ingelise schüttelte den Kopf. »Klingt ziemlich dünn, oder?«

»Nein«, begann Dan, hielt aber sofort inne. »Egal«, fügte er hinzu, als die drei anderen ihm ihre Gesichter zuwandten.

»Was ist egal?«, wollte Hanne wissen.

Dan überlegte einen Moment. Der Anwalt hatte gesagt, dass er die Mailkorrespondenz für sich behalten müsse, aber noch hatte er nichts unterschrieben. Außerdem war die Geschichte über die belastenden Mails in der Zwischenzeit ja schon bis zum *Ekstra Bladet* durchgesickert. Er räusperte sich. »Das ist vertraulich.«

»Raus damit«, forderte ihn Hanne auf.

»Die Polizei hat Mails gefunden. Ich kenne sie nicht. Noch nicht. Ich habe nur gehört, worum es geht.« Dan erklärte in groben Zügen den Inhalt der Korrespondenz. Als er seinen Bericht beendet hatte, herrschte Schweigen im Wohnzimmer.

Dann sagte Hanne: »Das klingt wirklich sehr weit hergeholt.«

»Warum?«, fragte William. »Es wäre ja nicht das erste Mal, dass Dorthe fremdgeht. Oder sich aus einer Beziehung herausgezogen hätte. Pia tut mir leid.« Er setzte sich auf einen Stuhl. »Obwohl es natürlich keine Rechtfertigung dafür ist, was sie …« Wieder verschluckte er den Rest des Satzes.

Ingelise sah ihn an. »Ich verstehe, dass du verbittert bist, William. Die Trennung war damals hart für dich. Dennoch kannst du das nicht vergleichen. Dorthe und Pia waren wirklich sehr ineinander verliebt.«

»Und das war sie in mich nicht? Na, vielen Dank.«

»Sicher war sie das. Bis sie Pia begegnet ist. Das war etwas anderes. Und du weißt das auch.«

Eine Weile war es wieder still.

»Okay«, sagte Dan. »Pia bestreitet jedenfalls, diese Mails geschrieben zu haben. Und ich bin geneigt, ihr zu glauben.«

»Klar«, unterstützte ihn Hanne. »Sie ist es nicht gewesen. Basta.«

»Die Frage ist, wie sind diese Mails dann auf ihren Computer gekommen?«

»Hacking«, sagte William, der grübelnd dasaß.

»Wie?«

William breitete die Hände aus.

»Komm schon, William«, forderte Ingelise ihn auf. »Du bist hier der Computerfreak.« Sie richtete ihren Blick auf Dan. »William ist Informatiker. Er weiß das alles!«

Der blonde Mann blickte auf. »Na, alles ist nun wirklich übertrieben.«

»Übers Hacken? Du weißt jedenfalls mehr als 99,9 Prozent der Bevölkerung.«

»Es gibt verschiedene Möglichkeiten«, erklärte William widerstrebend. »Ich müsste die Programmierung sehen, um eine einigermaßen intelligente Erklärung zu liefern.«

»Es würde bedeuten, dass Sie die Computer untersuchen müssten, oder?«, fragte Dan.

»Ja.«

»Die haben wir leider nicht.« Dan sah ihn an. »Ich frage mich, so ganz generell, ob es überhaupt möglich ist.«

»Na klar, sicher. Wenn man sich erst einmal in einen Computer gehackt hat, ist es ein Kinderspiel, falsche Mails zu platzieren, man muss nur wissen, was man tut.«

»Und man kann die echte Mailkorrespondenz verändern? Also neue Mails hinzufügen, sodass die falschen und die echten gleichzeitig auftauchen?«

»Selbstverständlich.«

»Das wollte ich wissen, danke.«

»Die Techniker der Polizei kennen sich damit sicher aus. Bestimmt sogar besser als ich. Sie können sogar feststellen, welche Mails falsch sind. Falls es denn falsche Mails gibt.«

»Dann hoffen wir mal, dass sie es tun.«

»Das kann allerdings einige Zeit dauern.«

Dans Telefon klingelte. Er erkannte Else Forsbergs Nummer und nahm den Anruf in der Küche entgegen. Nach einem kurzen Palaver willigte Dorthes Kollegin ein, während Pias Untersuchungshaft für die Katze zu sorgen. Bevor sie auflegten, besprach Dan den praktischen Ablauf mit ihr.

Er sah, dass eine SMS des Anwalts eingegangen war. Der Vertrag war unterschriftsreif. Ob er gegen sechzehn Uhr kommen könne. Dan sah auf die Uhr. »Ich muss leider gehen«, erklärte er, »aber wir sind ja auch so weit fertig?«

Eine halbe Stunde später waren die Unterlagen abgeholt, und Dan schob sein Fahrrad die Algade hinunter zum Hotel Marina. Er brauchte nach dem anstrengenden Tag unbedingt ein kaltes Bier.

Er setzte sich an einen der Tische auf dem Platz und legte den dicken Stapel Papier vor sich. Er hatte größte Lust, sofort mit dem Lesen zu beginnen, beherrschte sich aber. Manche Dinge sollte man nicht in aller Öffentlichkeit tun – dazu gehörte die Sichtung von vertraulichen Polizeiberichten und Fotos von blutverschmierten Tatorten.

Es erwies sich als kluger Beschluss, denn mit einem Mal stand Anni Højgaard neben ihm. Frisch geschminkt und bestens gelaunt, in den Händen hielt sie ein paar große Einkaufstüten.

»Ich wusste doch, dass Sie es sind«, sagte sie.

»Hej, Anni.«

»Tja, ich kam zufällig vorbei und habe Sie entdeckt. Wie geht's Ihrer Hand?«

»Alles gut«, erwiderte Dan und hielt die Hand hoch. »So gut wie neu.«

»Sehr schön.« Anni blickte auf den leeren Stuhl gegenüber von Dan. »Warten Sie auf jemanden?«

»Nein, aber ...« Dan hatte wenig Lust, mit Dorthes Nachbarin zu plaudern. »Ich bin eigentlich gerade auf dem Sprung«, fügte er hinzu, als er sah, dass sie sich bereits auf den leeren Stuhl zubewegte.

»Ach, Unfug. Sie haben doch erst einen Schluck von Ihrem Bier getrunken.« Sie warf ihm einen flirtenden Blick zu. »Ich leiste Ihnen Gesellschaft, bis Sie gehen müssen.«

Dan gelang ein freundliches Lächeln.

»Wie läuft's denn mit unserem Mord?«, erkundigte sich Anni, als sie sich setzte. »Ich habe gehört, dass Sie bei der Aufklärung helfen?«

»Ich hatte bisher kaum Zeit, mich damit zu beschäftigen.«

Anni beugte sich vor und las den Text auf dem gedruckten Aufkleber, der den Papierstapel mit Dokumenten verschloss. »Rechtsanwaltskanzlei Borg & Johansen.« Sie sah Dan an. »Sind das die Akten des Falls?«

»Hm. Das ist vertraulich.«

»Ach, mir können Sie doch ein bisschen erzählen.« Sie sah ihn mit großen Augen an. »Stimmt es, dass Dorthe ihrer Freundin untreu war?«

»Das weiß ich nicht.«

»Wenn Sie mir Ihre Visitenkarte geben, melde ich mich bei Ihnen, falls mir noch etwas einfällt.«

Dan sah sie an. »Dann rufen Sie mal besser die Polizei an«, erklärte er, reichte ihr aber dennoch eine Karte. »Ist Bingo okay?«

»Ach, er ist unglaublich frech. Gestern Abend hat ein Paketbote geklingelt, und als ich die Haustür aufgemacht habe, ist der kleine Schlingel aus dem Haus geflitzt und ...« Sie verlor sich in einem längeren Bericht über die Untaten ihres Hundes. Dan konnte sich damit begnügen, regelmäßig zu nicken und zu lächeln.

»Dan Sommerdahl«, wurden sie von einer Stimme unterbrochen. »Guten Tag.«

Anni Højgaard unterbrach sich mitten im Satz und blickte den schwarz gekleideten Mann mit den Bartstoppeln neugierig an.

Dan erkannte den Journalisten wieder, der ihn erst vor wenigen Tagen angesprochen hatte. »Dennis Truelsen. Ich würde immer noch gern mit Ihnen sprechen. Sie kennen die Beschuldigte doch und interessieren sich bestimmt auch für die Ermittlungen?«, vermutete Truelsen unangefochten und legte ein digitales Aufnahmegerät vor Dan.

»Ich lese Zeitungen, ja.«

»Halten Sie Pia Waage für schuldig?«

»Das herauszufinden, ist Aufgabe der Polizei.«

»Aber ...« Der Journalist hielt abrupt inne, als er den Papierstapel bemerkte. »Borg & Johansen«, las er. »Das ist der Anwalt der Beschuldigten, oder?«

»Davon weiß ich nichts.« Dan legte das Päckchen unter seinen Stuhl und fluchte innerlich, dass er es nicht schon längst getan hatte.

Truelsen lächelte. »Sind Sie von der Verteidigung angeheuert worden, Dan?«

»Kein Kommentar, Dennis.« Er sah den Reporter an. Plötzlich bemerkte er Annis Blick. Sie hatte vor Sensationslust rote Flecken auf den Wangen. Er richtete seinen Blick wieder auf den Journalisten. »Ich habe da eine gute Idee für eine andere Geschichte.«

Dan stellte Anni Højgaard vor, die ausgesprochen gern bereit war, vom Alltag ihrer ermordeten Nachbarin zu erzählen. Und davon, wie es war, so nah an einem Tatort zu wohnen, wo es seit Tagen von Polizisten, Kriminaltechnikern und Presseleuten nur so wimmelte. Das war eine emotionale Herausforderung für jeden, der auch nur ein wenig Empathie hatte, erklärte sie dem Journalisten und seinem Fotografen, der inzwischen zu ihnen gestoßen war.

Dan ließ den Rest seines Bieres stehen, nahm sein Päckchen mit den Akten und verabschiedete sich von Anni. Sie winkte dankbar, bevor sie mit strahlenden Augen ein Glas Weißwein auf Rechnung der *Christianssund Tidende* entgegennahm und sich auf eine weitere Viertelstunde Ruhm vorbereitete.

28

Else Forsberg konnte nicht schlafen. Oder besser: Sie war tatsächlich eingeschlafen und nach nur einer halben Stunde wieder aufgewacht. Ihr Magen schrie vor Hunger, obwohl sie ihre zwölfhundert Kalorien für heute längst zu sich genommen hatte. Und das sollte ausreichen – jedenfalls, wenn es nach der Diätassistentin ging. Ein neues, schmerzhaftes Saugen aus ihrem Inneren signalisierte, dass ihr Körper anderer Ansicht war.

Else schaltete die Nachttischlampe an, setzte sich auf die Bettkante, fand ihre Hausschuhe und stand mit einem gedämpften Stöhnen auf. Mit ihren fast sechzig Jahren spürte sie die vielen überflüssigen Pfunde. Vor allem die rechte Hüfte schmerzte, wenn sie aufstand oder eine Treppe hinaufging. Mitunter durchfuhr sie ein stechender Schmerz, sodass sie stehen bleiben und warten musste, bis er nachließ. In der Regel tat sie dann so, als sei ihr etwas eingefallen und sie müsse stehen bleiben, um darüber nachzudenken. Else achtete sorgfältig darauf, dass niemand ihre Schmerzen bemerkte. Sie kannte ja die Reaktionen – die ausgesprochenen wie die verschwiegenen: *Das liegt nur daran, dass sie so fett ist. Ist doch ihre eigene Schuld.* Sie schämte sich, wenn jemand sie mit ihrer Kurzatmigkeit oder ihren Schwierigkeiten beim Bücken erwischte. *Wie kann man nur so nachlässig sein? Warum nimmt sie nicht einfach ab?*

Einfach, was war schon einfach? Sie wissen nicht, worüber sie reden, dachte sie und zog sich einen Morgenmantel an. Abzunehmen war eben nicht »einfach«, wenn man ihre Gewichtsklasse erreicht und den größten Teil des Lebens gehalten hatte. Else hatte sich eigentlich nie für ihren üppigen Busen, den runden Bauch und die soliden Beine geschämt. So sah sie eben aus. Ihr Mann hatte sie geliebt, wie sie war, und die Leute mochten denken, was sie wollten. Doch bei jeder Schwangerschaft kamen neue Kilos dazu, und schon mit weit unter fünfzig war sie ausgesprochen dick. Neulich hatte ein Arzt sie auf eine Waage gezwungen, der Schock über das Resultat steckte ihr noch in den Knochen.

Sie ging an Klaus' Zimmer vorbei und hörte sein Schnarchen durch die Tür. Es klang, als versuchte jemand, einen Außenbordmotor zu starten. Dieses Schnarchen war vor ein paar Jahren die Ursache gewesen, dass er ins Gästezimmer ziehen musste. Ein Entschluss, der an mehr als einer Front für Ruhe sorgte.

Else ging langsam die Treppe hinunter. Mit Rücksicht auf ihre schmerzende Hüfte nahm sie langsam eine Stufe nach der anderen; erst das rechte, dann das linke Bein. Auf diese Weise wurde die Hüfte so wenig wie möglich belastet. Sie war so konzentriert auf ihr Vorhaben, dass sie zusammenzuckte, als sich im Schatten der Treppe etwas bewegte. Es dauerte ein paar Sekunden, bis sie wusste, worum es sich handelte. Die Katze. Pias Katze. Sie hatte sie völlig vergessen. Else atmete tief durch und setzte ihren beschwerlichen Weg in die Küche fort.

Lange stand sie vor dem offenen Kühlschrank. Der Gedanke an einen weiteren Diät-Shake verursachte ihr Übelkeit. Sie könnte ein Stück geröstetes Roggenbrot mit Käse essen, aber wollte sie wirklich zwei-, dreihundert Kalorien für ein Nachtmahl verbrauchen? Else hasste diese ganze Kalorienzählerei, sie hasste den Gedanken an Essen als Brennstoff, sie hasste den Gedanken, für den Rest ihres Lebens auf diese freudlose Weise und ohne Genuss verbringen zu müssen. Sie hasste, hasste, hasste diese Schlankheitskur. Warum war es nur so schwer? Plötzlich bemerkte sie, dass sie weinte. Mist, verdammter! Tränenblind warf sie die Kühlschranktür zu und öffnete das Gefrierfach. Sie wusste, dass es dort noch einen halb vollen Behälter mit Sahneeis gab. Sie hatte es selbst vor ein paar Wochen für ein Abendessen mit Freunden zubereitet und selbst lediglich einen Löffel davon gegessen. Sie konnte sich noch erinnern, wie stolz sie gewesen war, als sie sah, wie die anderen munter zugriffen, während sie brav einen Apfel zum Nachtisch aß.

Else stellte die ganze Schale auf den Esstisch, holte einen Löffel aus der Besteckschublade und begann. Die ersten Bissen waren himmlisch. Sie hörte, wie sie vor Vergnügen stöhnte, als das Eis in ihrem Mund schmolz, sich wie eine tröstende, erfrischende Schicht um ihren Gaumen legte und in ihren armen, leeren Magen glitt. Doch nach und nach klang das Gefühl rebellischen Entzückens ab. Übelkeit löste den Hunger ab, und sie schämte sich. Sie legte den Löffel und die Plastikschale nicht in die Spülmaschine, sondern spülte sie mit der Hand ab und legte beides wieder an ihren Platz. Ihre Spuren verwischte sie stets sorgfältig, damit es Klaus nicht bemerkte, wenn sie ihre Diät sabotierte. Es war schlimm genug, es vor sich selbst zu rechtfertigen.

Else nahm eine Tasse Kamillentee mit ins Wohnzimmer und schaltete den Fernseher ein, in der Hoffnung, von irgendeiner beliebigen Sendung in den Schlaf geschaukelt zu werden. Sie zappte sich durch die Programme, bis sie bei irgendeinem Film mit Autobomben und Blaulicht hängen blieb. Sie stellte den Ton so leise, dass sie gerade noch verstehen konnte, was gesagt wurde.

Die Katze tauchte wieder auf. Sie blieb stehen und betrachtete sie abschätzend, bis sie auf den tiefsten Sessel des Wohnzimmers sprang und anfing, sich zu putzen. Die feine rosafarbene Zunge bearbeitete systematisch den Pelz. Else beobachtete es fasziniert. Sie hatte Jakobsen nicht gesehen, bevor dieser attraktive Dan Sommerdahl am Nachmittag mit der Transporttasche aufgetaucht war. Elses Freundin war schließlich Dorthe gewesen. Mit Pia gab es nur wenige Begegnungen im Forsthaus oder hier. Else war nie in ihrer Wohnung gewesen, im Grunde kannte sie Pia nicht besonders gut. Trotzdem hatte sie nicht lange nachdenken müssen, als sie einwilligte, sich um ihre Katze zu kümmern. Man musste doch helfen, wo man konnte. Es durfte ja nicht an einem unschuldigen Tier ausgelassen werden, wenn die Polizei einen Fehler beging.

Falls es wirklich ein Fehler war, dachte Else, als sie einen Schluck Kamillentee trank. Doch der Gedanke, Pia habe ihre Freundin umgebracht, war einfach grotesk. Das hatte sie auch Dan Sommerdahl erklärt.

»Warum?«, hatte er gefragt. »Warum ist es so grotesk?«

»Sie waren ein Paar«, hatte Else geantwortet. »Sie haben sich geliebt.«

»Viele Morde werden von einem Partner oder einem Ehegatten begangen.«

»Nicht Pia«, hatte Else entschieden erklärt.

»Laut Informationen der Polizei war Pia ziemlich eifersüchtig. Das ist ein gewöhnliches Motiv.«

»Wenn sie es war, dann ganz bestimmt grundlos.« Else hatte sich an Klaus gewandt. »Würdest du uns ein Bier holen?« Fragend sah sie Dan an. »Lust auf ein Bier?« Als er nickte, hatte sie ihren Mann noch einmal angesehen. »Bitte. Und ich trinke ein Mineralwasser.«

Sie hatten sich in den Wintergarten gesetzt, die Tür zum Garten blieb geschlossen, damit die Katze nicht hinauslaufen konnte. Dan ließ seinen Blick durch den kleinen Raum schweifen, so wie er es auch schon während des Gangs durch das Haus getan hatte. Er registriert alles, hatte Else gedacht. Auch sie hatte sich umgesehen und versucht, ihre Wohnung mit seinen Augen zu sehen. Es war eine typische Akademikerwohnung, hatte sie plötzlich erkannt. Die vielen Bücher, die Lithografien vom Kunstverein des Gymnasiums, die kleinen Skulpturen, die sie als Abonnenten von *Politiken* zum Vorzugspreis bekamen, die Möbelklassiker, die abgenutzten Kelims, der Flügel mit den Notenstapeln und dem alten Metronom. Ein sogenannter Lifestyle-Experte wie Dan Sommerdahl würde daraus garantiert alles über sie und Klaus ableiten: ihr Alter, ihren Beruf, ihre politische Ausrichtung. Ohne ihnen zu begegnen, wohlgemerkt, nur aufgrund ihrer Einrichtung. Ein Blick in die Küche würde ihm erzählen, dass zumindest einer von ihnen zu dick war. Die Küchenwaage, die auf dem ansonsten leeren Tisch stand, die Glasschale mit den in Wasser eingelegten Karotten, die Vorratspackungen mit Diätpulver in verschiedenen Geschmacksvarianten, die Schachteln mit Tabletten zur Nahrungsergänzung. Er weiß alles über uns, dachte Else. Und das, noch bevor er sein gut trainiertes Hinterteil in den Korbstuhl mit dem Marimekko-Kissen gesetzt und das Bierglas entgegengenommen hatte, das Klaus ihm brachte. Irgendwie war das erschreckend.

»Ich werde Ihnen etwas sagen, Dan«, hatte Else begonnen. »Ich habe viel mit Dorthe geredet. Auch über private Dinge.«

»Ja?« Dan wischte sich ein bisschen Bierschaum von der Oberlippe.

»Wenn Pias Eifersucht für sie ein Problem gewesen wäre, dann hätte sie mir davon erzählt.«

»Sind Sie sich da sicher?«

»Ganz sicher.« Else hatte Dan angesehen. »Sie müssen wissen, dass Klaus und ich mit Dorthe auch schon lange befreundet waren, bevor sie Pia kennenlernte.«

»Dann kennen Sie auch William? Ich bin ihm erst heute begegnet.«

»Er ist prima, oder?«

»Ja, vielleicht.« Dan hatte sein Glas auf den Gartentisch gestellt. »Ich hatte nicht allzu viel Gelegenheit, mich mit ihm zu unterhalten.«

»Ich weiß nicht, ob ich ihn ›prima‹ nennen würde, Else«, hatte Klaus eingewandt. »Er ist ein patenter Typ. Ordentlich und zuverlässig. Aber nicht gerade sprudelnd.«

»Egal. Ich mag ihn. Er ist ein guter Mann. Und er und Dorthe waren ein gutes Paar.«

»Okay«, hatte Dan gesagt.

»Besonders in der Zeit, als Dorthe sich gerade in Pia verliebt hatte und sie noch mit William verheiratet war, hat sie mir alles erzählt. Von ihrer Liebe und all den Erkenntnissen, die daraus für sie folgten, und von dem schweren Prozess, sich von einem Mann zu trennen, der sie immer unterstützt und sich ihrer angenommen hat. Sie und William steckten mitten in einer Fertilitätsbehandlung. Die Situation war bestimmt für keinen der beiden angenehm. Sie hat sich mir damals anvertraut. Immer wieder, die ganze Zeit über.«

Dan hatte genickt.

»Schauen Sie.« Else beugte sich auf ihrem Stuhl ein wenig vor, um ihren Worten Nachdruck zu verleihen. »Wenn Dorthe Probleme mit Pia gehabt hätte, wäre ich die Erste gewesen, die davon erfahren hätte. Egal, um welche Probleme es gegangen wäre. Ich war sozusagen …« Plötzlich fiel es ihr schwer, ihre Stimme unter Kontrolle zu behalten. Sie musste tief durchatmen, bevor sie den Satz beendete: »… eine Art Mutter für sie.« Else hatte ihr Gesicht in den Händen vergraben.

»Hm.«

»Sie hat mir alles erzählt«, hatte Else durch die gespreizten Finger erklärt. »Alles.«

»Mitunter auch ein bisschen zu viel«, hatte Klaus eingeschoben.

»Du hast recht.« Else hatte die Hände sinken lassen. »Manchmal erzählte sie mir mehr, als ich hören wollte.«

»Was zum Beispiel? Von ihrer Schwangerschaft?«

»Ich war die Einzige, der sie sich anvertraut hat. Sogar noch vor Pia. Eigentlich ist das kein sonderlich angenehmer Gedanke.« Else hatte Dan angesehen. »Ich fühlte mich so illoyal, weil ich vor ihrer Freundin von ihrem Zustand wusste. Es war bestimmt nicht angenehm, als sie …«

»Als sie was, Schatz?«, hatte Klaus nach einem Moment des Schweigens gefragt.

Else hatte nur den Kopf geschüttelt. »Ach, nichts. Vergiss es.«

Alle drei hatten still dagesessen, während die Katze sich durch ihr neues Zuhause schnupperte.

Schließlich hatte Dan sein Glas geleert. »Vielen Dank für das Gespräch. Ich muss jetzt aufbrechen. Ich habe einen ziemlich großen Stapel Papier zu lesen.«

Else hatte ihn zur Tür begleitet. »Sie brauchen nur anzurufen, wenn ich Ihnen behilflich sein kann.«

»Ich würde mich sehr gern noch einmal mit Ihnen beiden unterhalten, wenn ich mich in den Fall eingearbeitet habe. Vor allem mit Ihnen.«

Sie war stehen geblieben und hatte ihm zugesehen, wie er sein Fahrrad aufschloss und den Helm aufsetzte.

»Bis bald!«, hatte er gerufen, als er sich in den Sattel schwang und verschwand.

Ich mag diesen Dan Sommerdahl, dachte sie, als sie den letzten Schluck ihres Kamillentees trank, sehr sogar. Sie verstand gut, dass Pia ihn um Hilfe gebeten hatte. Der große kahlköpfige Mann mit den dunkelblauen Augen und dieser entstellenden Narbe an der Wange hatte etwas Beruhigendes. Er hörte zu. Er hörte richtig zu, als ob das, was man sagte, ihn wirklich interessierte. Als würde er zu verstehen versuchen, was man meinte. Man traf selten jemanden, der den Eindruck erweckte, dass er das äußere Erscheinungsbild übersah und sich auf das konzentrierte, was man sagte.

Im Flur wurde Licht eingeschaltet. Else hörte Schritte auf der Treppe. Wenige Augenblicke später steckte Klaus den Kopf zur Tür herein. Die Katze hob den Kopf und betrachtete ihn prüfend. Dann vertiefte sie sich wieder in ihre Reinigungsprozedur.

»Kannst du nicht schlafen?«, erkundigte sich Klaus und fuhr sich mit einer Hand durch das lange dünne Haar.

»Entschuldige.« Else schaltete den Fernseher ab. »Ich wollte dich nicht wecken.«

»Das hast du auch nicht. Ich musste pinkeln und habe das Licht hier unten gesehen.« Er blieb an der Tür stehen. »Möchtest du einen Gammel Dansk? Das beste Schlafmittel der Welt.«

»Ja.« Wie viele Kalorien hatte ein Gammel Dansk? Elses nicht sonderlich mathematisch veranlagtes Gehirn arbeitete mit Hochdruck. Dann gab sie es auf. »Ja, ist vielleicht eine gute Idee.«

Er holte die Flasche und zwei Schnapsgläser und warf einen fragenden Blick auf ihre Füße. Sie zog sie an sich, sodass er am Fußende des Sofas Platz fand. Seine Wangen waren mit grauen Bartstoppeln bedeckt, auf einer zeichnete sich deutlich der Abdruck des Kopfkissens ab.

»Was ist los, Else?«, fragte er nach einer Weile. »Wieso kannst du nicht schlafen?«

Else zuckte die Achseln. »Ich hatte Hunger. Und dann diese Geschichte …« Sie wedelte als eine Art Erklärung mit der Hand. »Du weißt schon.«

Er nickte. »Hat es mit dem zu tun, was du Dan Sommerdahl nicht erzählen wolltest?«

»Es gab nichts, was ich ihm nicht erzählen wollte«, erwiderte sie etwas zu hastig.

»Else.« Nur dieses eine Wort. Klaus erhob nie die Stimme.

»Es war nichts.«

»Raus damit.« Klaus lehnte sich zurück, um zu demonstrieren, dass er nicht beabsichtigte, das Thema zu wechseln, bevor sie ihm geantwortet hatte.

Sie seufzte. »Es war etwas, das Dorthe gesagt hat.«

Er blieb still und wartete auf die Fortsetzung.

»Ich will niemanden verdächtigen …«

»Dir wird es sehr viel besser gehen, wenn du es gesagt hast«, erklärte Klaus. »Du musst dich entscheiden, ob du deine Überlegungen vergisst oder etwas damit anfängst.« Er tätschelte ihr die Hand. »Du weißt doch, was ich immer sage: Piss oder runter vom Pott.«

FREITAG, 24. AUGUST 2012

29

Frank Janssen legte den Hörer auf und blieb noch ein paar Minuten sitzen, um sich zu sammeln. So etwas brauchte er jetzt wirklich nicht. Wie war Waage bloß auf diese Idee gekommen? Und er hatte Annette Poulsen auch noch versprochen, es würde keinen Ärger geben.

Er schaute auf die Uhr. Zwanzig Minuten bis zur vormittäglichen Briefing-Runde. Er musste es vorher hinter sich bringen. Frank stand auf und ging hastig den Flur hinunter zu dem kleinen Sitzungszimmer. Annette saß bei offener Tür allein darin und schien konzentriert zu arbeiten. Als er an den Türrahmen klopfte, blickte sie auf. Ohne ein Wort zu sagen, nahm sie ihre enorme dunkelbraune Tasche vom Stuhl, sodass ihr Gast sich setzen konnte.

Die Ermittlungsleiterin sah ausgeruht aus. Ihr Haar wurde von einer goldenen Haarspange gehalten, ein wenig Make-up betonte ihre katzenhaften Züge. Sie lächelte.

»Alles in Ordnung?«

»Ich hatte gerade einen Anruf von Dan Sommerdahl.«

Sie schob ihren Stuhl ein wenig zurück. »Euer verrückter Privatdetektiv? Was wollte er denn?«

Frank seufzte.

Annette schlug die Arme übereinander. »Du sagst jetzt bitte nicht, dass er sich in den Fall einmischen wird?«

»Ich fürchte, es ist noch schlimmer. Pia Waage hat ihren Anwalt dazu gebracht, ihn als Berater zu engagieren.«

Annette hob die Augenbrauen, sagte aber nichts.

»Dan soll seine eigenen Untersuchungen vornehmen, um die Verteidigung zu unterstützen. Waage glaubt offenbar nicht, dass wir gründlich genug sind.«

»Das ist illoyal.«

»Eigentlich sieht ihr das überhaupt nicht ähnlich. Sie muss verzweifelt sein.«

»Hm.« Annette Poulsen sah ihn an. »Warum hat der Mann überhaupt angerufen und es dir mitgeteilt?«

»Er fand es besser, wenn wir es von ihm selbst erfahren. Die Zeitungen haben Wind von der Geschichte bekommen. Zumindest eine Zeitung.«

»Ich habe noch nichts gesehen.«

»Nein, aber ein Journalist hat ihn gefragt, ob es korrekt sei, dass er sich mit dem Fall beschäftige. Dan hat eine Antwort verweigert, kennt die Medien jedoch gut genug, um zu wissen, dass sie die Geschichte bringen werden, egal, ob sie stimmt oder nicht. Es ist vermutlich nur eine Frage von Minuten, bis wir es in der Internetausgabe des *Ekstra Bladet* lesen können. Und wenn das passiert ist, wird unsere Pressesprecherin viel zu tun bekommen. Glaub mir, ich kenne den Rummel. Wir haben das schon häufiger erlebt.«

Annette massierte ihre Schläfen. Dann sah sie ihn an. »Wir sehen aus wie Idioten. Eine unserer eigenen Mitarbeiterinnen geht zu einem Privatdetektiv, weil sie das Gefühl hat, dass wir unsere Arbeit nicht korrekt erledigen.«

»Sie ist verzweifelt«, wiederholte Frank. »Und das kann ich ihr nicht einmal verdenken. Außerdem haben wir gute Erfahrungen mit Dan Sommerdahl, und Waage weiß das natürlich. Vielleicht ist er sogar eine Hilfe – auch für uns.«

»Willst du mir etwa sagen, dass du dich darüber freust?«

»Nein, nein.« Frank dachte nach. »Ehrlich gesagt könnte ich gut darauf verzichten. Es wird eine Menge Ärger und Verwirrung geben, wenn er Zeugen befragt und überall seine Nase reinsteckt. Alles in Betracht gezogen, glaube ich trotzdem nicht, dass es notwendigerweise in einer Katastrophe enden muss. Dan ist ein vernünftiger Mann.« Toi, toi, toi, dachte Frank und fügte hinzu: »Wenn du meinen Rat hören willst ...«

»Ja?«

»Es wäre besser, Dan Sommerdahl als Mitspieler zu gewinnen. Wenn wir bereits jetzt einen Dialog mit ihm beginnen, können wir ...«

»Nein«, unterbrach ihn Annette. »Definitiv, nein. In meine Ermittlungen wird unter keinen Umständen ein selbst ernannter Schnüffler einbezogen, der sonst etwas anrichten kann. Ich kenne die Geschichten, Janssen. Der Mann ist wie eine entsicherte Handgranate. Vergiss es auf der Stelle. Verstanden?«

»Verstanden.«

»Und wenn mir zu Ohren kommt, dass irgendjemand hier aus der Abteilung ihm hilft, dann wird es Konsequenzen haben. Versprochen.«

»Sollte nicht jemand von uns zumindest mit ihm reden, bevor er ernsthaft loslegt?«

»Dafür sehe ich keinen Grund.« Annette sah ihn an. »Weißt du, zu welchem Material er Zugang hat?«

»Nein. Aber da er als Angestellter der Anwaltskanzlei auftritt, ist es vermutlich das gesamte Beweismaterial. Es klingt so, als wäre das formal auch völlig in Ordnung.«

»Mist.« Annette zog den Computer etwas näher heran und griff nach der Maus. »Mal sehen, ob schon irgendetwas zu finden ist ... Ja, verdammt. Hier, sieh mal, Janssen.«

Frank stellte sich hinter ihren Stuhl, sodass er auf den Bildschirm blicken konnte. Unter dem großen Foto eines lächelnden Dan Sommerdahl, das aus einer alten Pressemitteilung von TV2 stammte, stand die Überschrift: DER KAHLKÖPFIGE DETEKTIV SOLL LESBISCHE POLIZISTIN RETTEN. Der Artikel war verhältnismäßig kurz, und es gab nicht ein Zitat der Hauptperson – außer »Kein

Kommentar«. Der Rest bestand aus Informationen einer Quelle, die »den Ermittlungen nahesteht«.

»Ist das dieselbe Quelle, die auch schon andere Informationen der Presse gegenüber hat durchsickern lassen?«, fragte Annette Poulsen. »Jemand aus der Abteilung?«

»Wenn jemand aus meiner Abteilung davon wusste, dass Dan sich mit dem Fall beschäftigt, hätte er es mir gesagt.« Frank setzte sich wieder.

»Glaubst du.« Sie starrte weiter auf den Bildschirm.

»Es könnte sonst irgendeiner der Beteiligten gewesen sein, mit denen er gesprochen hat. Dan hat mir erzählt, dass er bereits mit einigen Zeugen Kontakt hatte.«

»Mit wem?«

»Ingelise Jensen, Hanne Busk, Dorthes Exmann, den Forsbergs.« Frank erwiderte ihren Blick. »Meine persönliche Vermutung ist, dass der Anwalt selbst die Redaktion kontaktiert hat. Je mehr Zweifel und Verwirrung er in den Medien sät, desto besser ist es für seine Klientin.«

»Hoffen wir, dass du recht hast.« Annette stand auf. »In Anbetracht der früheren Lecks sollten wir trotzdem weiter untersuchen, ob es einer der Mitarbeiter aus der Abteilung ist. Vor allem, weil es schon wieder *Ekstra Bladet* ist, das die Geschichte gebracht hat.«

»Natürlich.«

»Wir müssen das ernst nehmen, Janssen.«

»Das tun wir auch.« Frank folgte ihr zur Tür. »Helle Gundersen tut, was sie kann.«

*

»So ist die Situation.« Frank sah in die Gesichter rund um den Tisch. »Irgendwelche Kommentare?«

»Können wir ihn nicht stoppen?«, wollte Svend Gerner wissen, der die Nachricht über Dan Sommerdahls Eingreifen mit einem gequälten Gesichtsausdruck aufgenommen hatte. »Der Gedanke, diesen arroganten Glatzkopf an den Hacken zu haben«, er schnitt eine Grimasse, »ist kaum zu ertragen.«

»Wir können nichts unternehmen. Nur hoffen und beten, dass er keine Dummheiten macht.«

»Meine Güte.«

»Es ist unglaublich, dass so etwas erlaubt ist«, rief Lars Vogelbjerg. »Wieso findet ihr euch damit ab? Es kann doch nicht so schwer sein, diesen Mann zu bremsen.«

»Warte, bis du ihn kennengelernt hast«, entgegnete Gerner. »So einfach lässt er sich nicht aufhalten.«

»Aber Recht muss auch Recht bleiben«, verteidigte ihn Thor Bentzen. »Dan hat uns mehrmals geholfen. Vielleicht zeigt sich ja auch dieses Mal, dass er …«

»Ja, ja, ja. Das mag ja alles sein«, unterbrach ihn Annette Poulsen, die bisher still dagesessen und zugehört hatte. »Ich will mich ja nicht darin einmischen, wie ihr es hier bisher gehalten habt.« Es gelang ihr, den letzten Worten einen leicht herablassenden Klang zu geben, sodass es nicht schwerfiel herauszuhören, wie hinterwäldlerisch Christianssund ihrer Meinung nach war. »Aber solange ich diese Ermittlungen leite, hat er hier nichts zu suchen. Ich möchte noch einmal betonen, dass kein Angehöriger der Polizei von Christianssund mit Dan Sommerdahl zusammenarbeiten darf. Unter keinen Umständen. Nicht ein Ton von euch ihm gegenüber. Ich weiß, dass es ihm bisher gelungen ist, sich eure Hilfe zu erschleichen, dieses Mal wird es das nicht geben. Kein Zugang zu Akten, keine Hinweise auf Ermittlungsergebnisse, keine heimlichen Tests im Labor. Verstanden?«

Allgemeines Murmeln rund um den Tisch.

»Und noch etwas«, fuhr sie fort. »Einiges deutet darauf hin, dass sich jemand unter uns befindet, der ein etwas zu enges Verhältnis zu mindestens einem Journalisten pflegt.« Sie ließ ihren Blick über die Runde schweifen. »Das muss aufhören. Sofort.«

»Beschuldigst du uns, Informationen an die Presse weiterzugeben?« Es war Svend Gerner, der die Frage stellte.

»Ich beschuldige überhaupt niemanden. Ich betone lediglich, dass ich es nicht akzeptieren werde. Zwischen uns und den Journalisten gibt es einen eisernen Vorhang. Verstanden?«

Erneutes Murmeln. Frank spürte die Irritation seiner Mitarbeiter. Sie waren es nicht gewohnt, wie eine Gruppe ungezogener Jugendlicher behandelt zu werden.

»Wir haben uns um einen Mord zu kümmern.« Annette wandte sich an den Leiter der Kriminaltechnik. »Traneby?«

»Tja.« Kurt Traneby räusperte sich. »Wir sind die Spuren im Haus durchgegangen. Es gibt von ziemlich vielen Personen Fingerabdrücke, die wir jedoch alle identifizieren konnten: der Exmann, die Mutter, ein paar Freundinnen, der Nachbar, vier Schüler des Gymnasiums, fünf Lehrerkollegen. Und Waage natürlich.«

»Wir müssen mit allen noch einmal reden«, sagte Annette.

»Selbstverständlich«, entgegnete Frank. »Nur wird es allmählich schwer, noch Fragen zu formulieren, auf die wir nicht längst eine Antwort bekommen haben.«

»Wann kommen die Resultate der DNA-Analyse?«

»Sie werden vorrangig behandelt, ihr solltet sie am Montag haben«, beantwortete Traneby die Frage.

»Ich habe über den jungen Mann nachgedacht, der sich nicht testen lassen wollte.« Annette sah hinüber zu Frank. »Ich glaube, du hast recht. Die Wahrscheinlichkeit, dass er es war, ist äußerst gering, also warten wir mit einer Verfügung ab, bis es keine andere Möglichkeit mehr gibt.«

»Ich wünschte, dieser Hammer würde auftauchen«, sagte Traneby.

»Das finden wir alle. Wo suchen wir danach?« Die Frage richtete sich an Gerner, der wie gewöhnlich für die Koordination der praktischen Details verantwortlich war.

»Wir haben den Wald um den Tatort mehrere Tage mit Hundestaffeln abgesucht, in einem Radius von bis zu ein paar Hundert Metern. Persönlich glaube ich nicht, dass die Mordwaffe sich dort draußen befindet.« Gerner schob den Stuhl ein Stück zurück und schlug seine langen Beine übereinander.

»Die Köter haben sich zusätzlich durch sämtliche Hinterhöfe der Lundbygade geschnüffelt, wo die Schuhe gefunden wurden. Auch dort nichts.«

Annette sah ihn an. »Jetzt frage ich mal ganz dumm: Habt ihr die Hunde schon hier suchen lassen?«

»Hier? Im Präsidium?«

»Die Tiefgarage, der Raum mit den Mülleimern, die Anlage im Hof. Das hier ist Pia Waages Arbeitsplatz. Es wäre ein logischer Ort, wenn man uns dazu bringen wollte, sie zu verdächtigen. Ebenso logisch, wie die Schuhe in den Nachbarhof zu legen.«

»Klingt, als würdest du auch nicht mehr daran glauben, dass sie es war«, sagte Frank.

»Ganz ehrlich? Ich finde die Sache immer seltsamer. Vogel und ich haben bei den Vernehmungen viele Stunden mit ihr verbracht und nicht ein einziges Mal auch nur den Hauch eines Widerspruchs in ihren Erklärungen gefunden. Wir müssen akzeptieren, dass sie möglicherweise nicht für den Mord verantwortlich ist.«

Frank gab sich Mühe, ein Lächeln zurückzuhalten. Dann hatte Dan Sommerdahls Auftritt auf der Bühne offenbar doch Eindruck hinterlassen. Annette Poulsen stieß Hintertüren auf. Sie hatte keine Lust, wie eine Idiotin dazustehen, sollte sich herausstellen, dass irgendjemand versuchte, sie absichtlich hinters Licht zu führen.

»Ich glaube«, ergriff Gerner das Wort, »es ist ein bisschen sehr weit hergeholt, hier im Haus nach dem Hammer zu suchen. Aber ich werde einen Hundeführer das Gebäude abgehen lassen. Allerdings habe ich noch einen anderen Vorschlag.«

»Bitte.«

»Das Fitnesscenter. Dort, wo Waages Schuhe ihrer eigenen Aussage nach gestohlen wurden. Wenn ihre Konspirationstheorie richtig ist, wäre das eine einleuchtende Wahl für den Mörder. Der Betreffende war ja ohnehin schon einmal wegen der Schuhe dort – warum also nicht noch einmal dorthin gehen? Es könnte ja jemand sein, der regelmäßig dort trainiert. Sollte sich trotzdem herausstellen, dass Waage ihre Geliebte umgebracht hat ... Tja, sie trainiert schließlich in diesem Center, oder?«

Annette sah ihn einen Moment an. Dann nickte sie. »Du hast recht. Veranlasse das Notwendige.«

»Wenn du ohnehin zum Justesens Plads fährst, Gerner«, ergänzte Frank, »könntest du dem Personal auch die Fotos der Personen zeigen, die außer Waage Fingerabdrücke in Dorthes Wohnung hinterlassen haben. Sie sollen sie auch ihren Kollegen zeigen, die heute keinen Dienst haben. Wenn wir Glück haben, erkennen sie eines oder mehrere der Gesichter.«

»Okay.« Gerner machte sich eine Notiz. »Das ist eine Aufgabe, die wie geschaffen ist für Benjamin Winther.«

»Besorgt euch die Kundenkartei des Fitnesscenters. Und das Personalverzeichnis. Wenn die Leitung einen richterlichen Beschluss verlangt, beschaffst du einen.«

»Okay«, sagte Gerner noch einmal. »Bentzen, Winther und ich haben uns übrigens dabei abgewechselt, die Überwachungsbänder

der Algade durchzusehen und sie mit den Quittungen abzugleichen, die wir in Dorthe Bertelsens Tasche gefunden haben.«

»Ja, und?«

»Am Freitag war Dorthe im Supermarkt, sie hat im Schuhgeschäft neue Hausschuhe gekauft und einen Wintermantel in der Reinigung abgegeben. Soweit wir sehen konnten, war sie die ganze Zeit über allein. Jedenfalls zeigt keine der Aufzeichnungen sie in Gesellschaft. Am Samstag taucht sie auf keinem der Bänder mehr auf.«

»Na ja, einen Versuch war es wert«, sagte Annette.

»Zum Bügeleisen.« Wieder meldete sich Gerner zu Wort. »Allein hier in Christianssund haben sieben Geschäfte dieses Modell verkauft. Sie haben uns die Kassenabrechnungen geschickt, und ich habe sie durchsehen lassen. Keiner von denen, die mit Kreditkarte bezahlt haben, ist bisher in dem Personenkreis unseres Mordfalles aufgetaucht, aber wir speichern natürlich alle Namen. Die Kunden, die bar bezahlt haben, werden wir nur schwer ausfindig machen können.«

»Okay.« Annette blickte über die Versammlung. »Sonst noch etwas?«

»Ja«, sagte Lotte Andersen. »Ich hatte gestern ein längeres Gespräch mit Dorthes Exmann, als er für die Speichelprobe vorbeigekommen ist. Wir dachten, er sei vielleicht etwas weniger feindselig, wenn ich allein mit ihm rede, aber …« Sie zuckte die Achseln. »Er ist das, was ich grundbeleidigt nennen würde. Einer von den Typen, die von vornherein sauer sind. Wie die Support-Leute aus der IT-Abteilung. Kennt ihr das?«

Einzelne Lacher rund um den Tisch. Alle hatten schon mit den Support-Leuten von der IT des Präsidiums Bekanntschaft gemacht, für die gewöhnliche Computernutzer in der Regel als technisch unterfrankiert galten.

»Also hast du nichts aus ihm herausbekommen?«, wollte Annette wissen.

»Nichts, bis auf eine längere Tirade über Pia Waage, die angeblich seine Ehe zerstört habe. Er bleibt bei allem, was er bisher gesagt hat, und sein Alibi scheint stichhaltig zu sein. Die IT-Abteilung hat sich seinen Arbeitsnachweis angesehen, und wenn der Mann nicht ein Superhacker auf einem Niveau ist, wie es die Spezialisten hier noch nie erlebt haben, war er in einem Büro in Lund, so wie er es angegeben hat.«

»Vielleicht ist er tatsächlich ein Superhacker«, meinte Frank. »Vielleicht hat er sich in Waages und Dorthes Computer gehackt und die Mails dort hinterlegt.«

»Wenn es sich überhaupt um Hacken handelt«, warf Gerner ein.

»Was sagen die IT-Jungs, Lotte?«

»Sie sagen, es könnte sich um Hacking handeln, aber sie haben keine Beweise dafür gefunden. Noch nicht.«

»Ich denke, wir sollten bis auf Weiteres nicht allzu viel Kraft mit Spekulationen vergeuden«, brach Annette Poulsen die Diskussion ab. »Das wird ein reines Ratespiel, und wir haben eine Menge anderer Dinge zu erledigen.«

Frank sah sie an. »Was machst du heute?«

»Wir setzen die Vernehmungen von Pia Waage fort.«

»Hast du nicht gesagt, sie würde einfach alles abstreiten?«

»Tatsächlich sind wir mitten in einem ziemlich konstruktiven Verlauf«, erwiderte sie. »Sie hilft uns, ein facettenreicheres Bild des Opfers zusammenzusetzen. Je länger wir miteinander sprechen, desto mehr erinnert sie sich. Namen aus der Vergangenheit, halb vergessene Anekdoten. So etwas. Einzelne Details können wir vielleicht verwenden, andere nicht. Außerdem nutzt Waage die Zeit im Gefängnis sinnvoll: Sie legt eine Liste all derer an, denen sie im Laufe der Zeit als Polizistin auf die Füße getreten ist. Das gleichen wir mit all dem ab, woran sie sich aus Dorthes Leben erinnern kann. Möglicherweise finden wir eine Übereinstimmung – jemanden, der etwas gegen die eine wie die andere Frau hat.«

»Die Liste könnte sehr lang werden.«

»Das kann man wohl sagen. So wie bei jedem, der unseren Job ein paar Jahre macht.«

»Glaubst du, es hilft?«

Annette breitete die Arme aus. »Jedenfalls hilft es Waage, die Zeit in der Zelle totzuschlagen.«

»Und es hat einen Nebeneffekt.« Frank schaute ihr ins Gesicht. Sie erwiderte seinen Blick mit einem Grinsen.

Eine Moment war es still, dann fragte Lotte: »Was für einen Nebeneffekt?«

Frank wandte sich an seine Mitarbeiter. »Wenn sie diese Liste anlegt und so viel Zeit aufwendet, darüber zu reden, bekommt Pia das Gefühl, dass Annette versucht, ihr zu helfen. Je sicherer sie sich fühlt, desto größer die Chance, dass ihre Verteidigungsmechanismen versagen und sie sich plötzlich verrät. Habe ich nicht recht, Annette?«

Sie nickte. »Psychologie für Anfänger.«

30

Es war nicht das erste Mal, dass Dan Sommerdahl sich durch die Akten eines Mordfalls arbeitete, und er hatte inzwischen eine gewisse Routine. Die Berichte der Kriminaltechniker und Rechtsmediziner kamen auf zwei getrennte Haufen, die Verhörprotokolle auf einen dritten. Auf diese Weise konnte er sich langsam vorarbeiten, die Chronologie der Daten überprüfen und sich ein besseres Bild von den Ereignissen machen. Auf einem Block notierte er in Stichworten kleine Anmerkungen, jede mit der Sach- und Seitennummer der Akte versehen, auf die sich seine Notiz bezog. Es war eine langsame Vorgehensweise, aber er wusste, es würde sich auszahlen, wenn er jetzt systematisch vorging.

Lange betrachtete er die Fotos vom Tatort. Es war natürlich ärgerlich, dass er nicht in Dorthe Bertelsens Haus durfte, das bis auf Weiteres von der Polizei versiegelt blieb, doch mithilfe der Fotos konnte er sich dennoch einen Eindruck verschaffen. Dort gibt es ebenso viele Umzugskartons wie in Pia Waages Wohnung, dachte er. Zusammengefaltet stapelten sie sich an einer der Wände, und aufgefaltet standen sie überall dort, wo noch Platz auf dem Boden war. Dorthe ging gern auf Flohmärkte, stellte er fest. Große, altmodische Möbel mit Schnitzereien und altmodischen Kissen. Wären da nicht die vielen Blutspritzer gewesen, hätte es recht gemütlich ausgesehen.

Auf den meisten Fotos sah man Dorthes malträtierte Leiche aus verschiedenen Blickwinkeln, er überflog die makabren Details über den Zustand der Leiche sowie die Spuren des eigentlichen Mordes lediglich. Wie gewöhnlich interessierte ihn am meisten die Psychologie. Wer hat was über wen gesagt – und was könnte der Grund gewesen sein? Vor allem suchte er nach allen Äußerungen, in denen es um das Verhältnis zwischen Dorthe Bertelsen und Pia Waage ging. Hanne Busks Informationen vom Vortag hatten ihn neugierig werden lassen. Dennoch fand er weniger, als er gehofft hatte. Es war offensichtlich, dass er sich näher mit Else Forsberg unterhalten musste. Und mit diesem mürrischen William natürlich. Auch Dorthes Mutter würde er befragen müssen.

Doch vorerst konzentrierte sich Dan auf andere Dinge. Er notierte sich jene Details, die ihn mit Sicherheit auf eine falsche Fährte führen würden. Die Mailkorrespondenz las er dagegen so gründlich, dass er sie schließlich fast auswendig kannte. Er wunderte sich über Pias Stimmungsschwankungen, die in vielen Mails zum Ausdruck kamen – genau wie ihre Kollegen es ein paar Tage zuvor getan hatten. Er wurde immer sicherer, dass die Hauptverdächtige recht hatte, es waren Fakes. Nur ließ sich damit nicht viel anfangen, solange die Polizeiexperten ihre Arbeit noch nicht abgeschlossen hatten. Das berüchtigte Bügeleisen konnte er sich leider auch nicht näher ansehen.

Blieben die Schuhe. Pia Waages schicke Asics-Laufschuhe, die in einem Fitnesscenter gestohlen worden waren, neun Tage bevor jemand sie am Tatort benutzt und dann auf Pias Nachbargrundstück hinterlassen hatte. Dieser Geschichte wollte er auf den Grund gehen. Er blätterte in dem Stapel mit den Vernehmungsprotokollen und fand die Aussage, nach der er gesucht hatte: eine kurze Erklärung des Fitnesscenter-Chefs dazu, wie man mit Diebstahlsanzeigen umging. Der diensthabende Mitarbeiter registrierte den Diebstahl auf einem elektronischen Formular im Computer des Centers. Das Formular wurde in zwei Exemplaren ausgedruckt und von dem bestohlenen Mitglied und dem anwesenden Mitarbeiter unterschrieben. Dann bekam das Mitglied eine Kopie für seine Versicherung, die andere Kopie wurde in eine Schublade gelegt. Und das war's?, fragte sich Dan und las den kurzen Text noch einmal. Keine Suche am Schwarzen Brett? Keine Befragung der Mitglieder? Das war nicht viel. In diesem Fall ging es immerhin um Schuhe im Wert von über eintausend Kronen.

Eine Kopie des Formulars war an das kurze Vernehmungsprotokoll geheftet. Dan erkannte Pia Waages Unterschrift in der ein wenig kindlichen Schreibschrift sofort. Die Unterschrift des Mitarbeiters hingegen war nahezu unleserlich. Dan konnte ein großes D und ein kleines i unterscheiden, außerdem ein paar Kringel. Dann kam ein großes R – oder war es ein K? – und ein einzelner Kringel, der in einem langen Strich endete. Sehr künstlerisch und vollkommen unbrauchbar. Es hätte sonst etwas dort stehen können. Er legte die beiden Blätter beiseite. Im Grunde war es ja auch egal, welcher der jungen, trainierten Fitness-Jungs die Anzeige entgegengenommen hatte. Das Verfahren war jedenfalls eingehalten worden.

Dan sah auf die Uhr. Er wollte zusammen mit Laura bei seiner Mutter zu Abend essen, sie hatten verabredet, sich auf einen Drink zu treffen und dann zusammen zu ihr zu fahren. Er warf einen letzten Blick auf die Papiere, bevor er sich rasierte und ein frisch gebügeltes Hemd anzog. Irgendetwas rumorte in seinem Hinterkopf, doch er wusste nicht, was es war.

*

»Was ist damit? Hast du das gelesen?« Laura stand in der Belletristik-Abteilung der größten Buchhandlung der Stadt und hielt ein dünnes Taschenbuch in einem mattweißen Umschlag aus Karton hoch. Die Titelseite zeigte die Strichzeichnung einer schwarzen Katze. »Es ist zwar schon eine Weile her, dass es herauskam, aber ich glaube nicht, dass sie es schon hat.«

»Glaube ich auch nicht.« Dan nahm das Buch und überflog den Klappentext. »Ich weiß, dass sie Ida Jessens Romane mag ... Aber ist das überhaupt ein Roman?« Er blätterte darin. »Es geht darum, nach einer harten Scheidung wieder zu sich zu finden. Findest du das nicht ein bisschen zu aktuell?«

»Papa! Nicht alles dreht sich um dich.«

Er sah sie lächelnd an. »Touché.« Noch einmal schlug er das Buch auf. »Ich weiß wirklich nicht, ob das etwas für Oma ist.«

»Lass es uns kaufen«, insistierte Laura. »Sieht doch toll aus. Und die Rezensionen waren fantastisch. Ein paar Blumen brauchen wir auch noch.«

Wenige Minuten später standen Vater und Tochter wieder auf der Algade. Wie immer am Freitag war viel los. Jugendliche in größeren oder kleineren Gruppen, Familien mit Kindern, Freundinnen mit Einkaufstüten. Zwei ältere Herren gingen im Smoking nebeneinander, jeder mit einer Eiswaffel in der Hand. Es sah urkomisch aus.

»Wollen wir im Marina etwas trinken?«, schlug Dan vor.

»Ach, da ist doch nichts los, Papa. Die meisten Gäste sind zwischen achtzig und scheintot, und der Oberkellner behandelt mich, als wäre ich immer noch sieben und entzückt darüber, wenn er mir einen pinkfarbenen Strohhalm in die Cola steckt.«

»Okay.« Dan versuchte, über die etwas abschätzige Beurteilung seines Stammlokals nicht gekränkt zu sein. »Wohin dann?«

»Ins Café Nord. Das ist supergemütlich.«

»Ich weiß nicht mal, wo das ist.«

»An der Domkirche. Auf dem Weg können wir auch Blumen besorgen.«

Gesagt, getan. Im Blumenladen bekamen sie einen großen Strauß, und kurz darauf standen sie an der Bar des Café Nord. Dan sah sich in dem überfüllten Lokal um. Es schien, als ob sich sämtliche Jugendliche Christianssunds hier aufhielten. Alle Tische waren besetzt, selbst an der Bar gab es Gedränge. Die Gäste waren ausnahmslos höchstens halb so alt wie er.

Er beugte sich an Lauras Ohr: »Bist du dir ganz sicher, dass wir nicht woanders hingehen sollten? Hier versteht man ja sein eigenes Wort nicht.«

»Ach, Papa, jetzt hör schon auf,. Hier ist es doch supergemütlich, und … hej, Martin!«, rief sie plötzlich in voller Lautstärke, und einen Augenblick später umarmte sie einen jungen Mann, den Dan noch nie gesehen hatte.

Es war die erste von vielen Umarmungen. Offensichtlich bestand die gesamte Kundschaft dieses Cafés aus Lauras alten Schulfreundinnen und Schulfreunden. Jeder musste begrüßt, geküsst und umarmt werden. Dan legte den unhandlichen, in Cellophan gewickelten Strauß auf den Tresen und nippte an einem Glas Saft, während Laura von einer Gruppe zur anderen ging.

Er ließ den Blick über all diese jungen Gesichter schweifen. Die Nostalgie, die er anfangs empfunden hatte, ging rasch in Irritation über. All dieses Oberflächliche, all diese verlorene Energie, dieses ganze Spiel der Selbstdarstellung. Ja, er konnte sich gut entsinnen, wie es war, siebzehn, achtzehn, zwanzig Jahre alt zu sein, und zugegebenermaßen hatte er auch nie aufgehört, sich als einer von ihnen zu fühlen – ein Gefühl, das sie bestimmt ziemlich verblüfft hätte, wenn sie es kennen würden. Aber gleichzeitig spürte er auch, wie fremd ihm das alles doch war. Vielleicht musste das so sein, wenn man älter wurde? Er trat für einen durchtrainierten Jungen mit Hipster-Brille einen Schritt zur Seite. Seine Frisur bestand aus einem nicht sonderlich ansehnlichen Undercut: rasierte Seiten und lange Haare oben auf dem Kopf.

Als er sich umdrehte, entdeckte er ein junges Pärchen, das ganz allein an einem Tisch am Fenster saß. Er erkannte sie sofort. Robin Carlsen und Ditte Kløvborg, die beiden vom Schulmusical. Robin sah aus wie auf den Fotos: mit Gel hochgestylte Haare, sorgfältig gestutzter, dunkler Vollbart, die Zähne so blendend weiß wie sein frisch gebügeltes Hemd. Um den Hals trug er ein Tuch aus Seide mit Paisleymuster. Und Ditte war sogar noch hübscher als auf den Fotos. Ihre wilde, unbändige Tolle hatte eine brennend orangerote Nuance, die ihre kornblumenblauen Augen beinahe elektrisch leuchten ließen. Ein Mädchen wie Ditte Kløvborg sollte nur starke Farben tragen, fand Dan. Violett, Lindgrün, Löwenzahngelb, Türkis, Marineblau. Ganz auf indische Art. Oder mexikanisch. Alles, nur nicht diesen kreuzlangweiligen nordeuropäischen Trend, zu dem sich das Mädel offenbar bekannte – Schwarz, Weiß und Sandfarben vom Kopf bis zu den Zehenspitzen.

In diesem Moment kam Laura zurück, sie hatte rote Wangen nach all den anregenden Begegnungen. »Bestellst du mir ein Bier, Papa?«

»Ja, sicher. Aber dann fahre ich.«

Einen Augenblick überlegte sie. Laura liebte es, im Cabriolet ihres Vaters hinter dem Steuer zu sitzen, und nach ihrem Umzug nach Kopenhagen war es inzwischen selten, dass sie die Gelegenheit dazu hatte. An einem Tag wie diesem konnte man sogar auf das Verdeck verzichten und sich den Wind durch die Haare wehen lassen.

Dan sah, wie seine hübsche Tochter die Argumente abwog. Dann entschied sie sich: »Okay.«

Dan bestellte ein Bier für Laura und beugte sich an ihr Ohr. »Kennst du die beiden da drüben am Fenster? Die Rothaarige und den Jungen?«

Laura drehte sich um. »Ihn kenne ich nicht. Leider, hätte ich fast gesagt.« Ein freches Lächeln ließ sie einen Moment wie ihre Mutter aussehen. »Ist der nicht zum Vernaschen?«

»Findest du. Vielleicht ein wenig zu ... feminin, oder?«

»Aber nein, Papa. Was denkst du denn. Glaubst du, alle Männer müssten aussehen wie Bodybuilder?« Laura warf noch einen Blick zu dem Tisch. »Das Mädchen heißt Ditte. Ich kenne sie nicht wirklich, nur so vom Grüßen. Es heißt, sie sei ein ziemlich intrigantes Luder. Wieso?«

»Könntest du mich vorstellen?«

»Papa, Mann! Ditte ist dreißig Jahre jünger als du. Außerdem sieht sie ziemlich beschäftigt aus.« Laura nahm ihr Bier entgegen und trank einen Schluck.

»Doch nicht deshalb. Ich will mit den beiden reden.«

»Wieder dieser Detektiv-Kram? Geht es um Dorthe?«

Er nickte.

Sie nahmen ihre Getränke und gingen an den Tisch der Jugendlichen.

»Hej, Ditte«, grüßte Laura.

Ein herzförmiges Gesicht wandte sich ihnen zu. Aus der Nähe sah Dittes Sommersprossengewimmel noch anziehender aus als auf den Fotos. »Hej?«

»Laura. Laura Sommerdahl. Ich bin ein paar Klassen über dir gewesen.«

»Ach, Laura!« Ditte stand auf. »Ich habe dich fast nicht wiedererkannt. Neue Haarfarbe?«

»Nee, nur einen neuen Pony.« Die übliche Umarmung. »Wie geht's?«

Dan holte zwei Stühle vom Nachbartisch, und Robin rückte ans Fenster, damit sie Platz hatten.

»Mein Vater würde euch gern kennenlernen«, sagte Laura.

»Ach ja?« Ditte warf ihm einen elektrisierenden Blick zu, die weichen Lippen formten sich zu einem Lächeln. »Tja, natürlich gern.«

»Die Sache ist die ...«, begann Dan.

»Ich weiß, wer du bist«, unterbrach ihn Robin Carlsen. »Du bist doch dieser kahlköpfige Detektiv, oder? Hast du mit der Aufklärung des Mordes an Dorthe zu tun?«

Dan nickte. »Und du bist Robin, nicht wahr?«

»Ja.«

»Ich habe deinen Nachruf gelesen. Du schreibst gut.«

»Danke.«

»Ich bin ursprünglich Texter, ich weiß, wovon ich rede.«

»Okay.« Robin sah aus, als wollte er noch etwas hinzufügen, behielt es aber für sich.

»Wollt ihr ein Bier?«, fragte Dan.

Beide nahmen dankend an, sie etwas begeisterter als er.

»Ich gehe es holen.« Laura stand auf.

Als sie mit der Kreditkarte ihres Vaters verschwunden war, wandte Dan sich an Ditte. »Ich hatte nur so eine Idee, die ich mit dir besprechen wollte. Kann auch sein, dass es zu weit hergeholt ist.«

»Was ist es denn?« Sie fuhr sich mit den Fingern durch ihre rote Mähne.

Aus den Augenwinkeln bemerkte Dan, dass Robin unruhig hin und her rutschte. Seine Irritation war fast körperlich zu spüren. »Hast du einen Freizeitjob?«

»Ja, wieso?«

»Zufällig im Fitnesscenter am Justesens Plads?«

Ihre Hand sank in den Schoß. »Woher weißt du das?«

»Nur gut geraten.« Dan lehnte sich über den Tisch. »Du hast die Anzeige entgegengenommen, als Pia Waages Schuhe gestohlen wurden, oder?«

Einen Augenblick starrte sie ihn leer an. »Dorthes Freundin? Ja«, sagte sie dann. »Aber ich verstehe nicht, woher du weißt, dass ich …«

»Ich habe eine Kopie des Formulars gesehen.«

»Ah.«

»Mit deiner Unterschrift.«

»Ja?«

»Hat die Polizei dich nicht danach gefragt?«

»Die haben mit dem Chef geredet, soweit ich weiß.«

»Sie haben doch sicher auch mit dir geredet.«

»Darüber nicht.«

»Erzählst du mir davon?«

»Da gibt's nicht viel zu erzählen«, erwiderte Ditte. »Pia hat den Diebstahl gemeldet, ich habe ihn registriert. Ende.«

»Sind dir an dem Tag andere Leute im Center aufgefallen?«

»Andere?«

»Ja, war vielleicht jemand dort, den du nicht kanntest?«

Robin lachte. »Du weißt doch, dass das Center mehrere Hundert Mitglieder hat, oder? Woher soll Ditte die alle kennen?«

»Ich frage bloß.« Dan machte Laura Platz, die mit den frischen Getränken zurückkam.

»Ich war zum Beispiel auch dort«, erklärte Robin.

»Das stimmt«, bestätigte Ditte. »Du warst dort. Und Emma und Ellen auch. Und Andreas. Er stand direkt neben mir, als ich die Anzeige aufgenommen habe. Und dann natürlich noch die Trainer und viele andere Mitglieder. Ich kann mich erinnern, dass ein ganzer Haufen alter Krähen am Empfang stand. Total aufgebracht darüber, dass jemand die Schuhe geklaut hatte.«

»Es ist das Fitnesscenter, das dem Gymnasium am nächsten liegt«, erklärte Robin. »Eine Menge Schüler kommen auf dem Heimweg vorbei, um zu trainieren. Lehrer auch.«

»Dann bist du auch Mitglied?« Dan sah Robin an.

»Schon seit ich in die Stadt gezogen bin.«

»Möglicherweise kennst du sogar Pia?«

»Nur vom Sehen. Alle wussten ja, dass sie bei der Polizei ist, und es hieß, sie sei eine Lesbe. Das ist ziemlich exotisch in einem Kaff wie Christianssund.«

»Wusstest du, dass sie mit Dorthe zusammen war?«

Robin wollte gerade antworten, als ein junger, pickliger Kerl an ihren Tisch trat. »Hej, Ditte«, sagte er und schwankte so sehr, dass er sich an Dans Stuhllehne festhalten musste. »Sorry, Mann«, sagte er und lächelte unsicher.

»Hej, Andreas«, sagte Ditte.

»Un … was geht ab?« Andreas lehnte sich über den Tisch, Dans Nasenlöcher wurden von einem süßlichen Herrenparfüm attackiert, doch seinen Stuhl konnte er nicht wegrücken, weil Andreas ihn konsequent weiter festhielt. Dan lehnte sich ein wenig zurück.

Er begegnete Robins Blick und sah, dass er nicht Einzige war, der sich über den Eindringling ärgerte.

»Was geht ab, Leute«, wiederholte Andreas lallend, als niemand antwortete.

»Nichts«, entgegnete Ditte. »Wir unterhalten uns bloß.«

»Ach, trifft sich hier etwa die Clique?« Andreas lachte.

»So in etwa.« Sie lächelte freundlich. »Bis dann.«

»Schmeißt du mich raus?«

»Nein, aber …«

»Du hast gehört, was Ditte gesagt hat, Andreas«, unterbrach Robin sie. »Zisch ab.«

»Na, na, du.« Andreas ließ Dans Stuhl los und wandte sich an Robin. »Bisschen das Halstüchlein lüften, was?« Er rieb mit Daumen und Zeigefinger an Robins Seidentuch.

Robin schlug ihm die Hand weg.

»Ziemlich schwul.« Andreas drehte sich zu Ditte um. »Findest du nich?«

»Verschwinde, Andreas!«, forderte Robin ihn auf.

»Hört jetzt auf«, sagte Ditte. »Wir sehen uns Montag.«

Endlich gab Andreas auf und bahnte sich den Weg zurück zu der Gruppe von Jungen, mit denen er gekommen war.

»Idiot«, sagte Robin und richtete sein Halstuch.

»Wer war das denn?«, erkundigte sich Dan.

»Nur einer aus der Schule«, antwortete Ditte.

»Er ist scharf auf Ditte«, fügte Robin hinzu. »Und total sauer, dass sie immer mit mir zusammen ist.«

»Selbst wenn ich das nicht wäre, hätte er keine Chance.«

Sie blieben noch eine Viertelstunde sitzen. Dan erfuhr nicht mehr allzu viel. Aber er fand doch heraus, dass Robin ebenso arrogant wie hübsch war. Und Ditte ausgesprochen entgegenkommend. Gut, dass er mit Laura eine Anstandsdame dabeihatte. Allerdings verstand er die Beziehung der beiden Jugendlichen nicht. Ein Paar waren sie nicht, dagegen sprach schon die beinahe demonstrative Charmeoffensive, die Ditte direkt unter Robins Augen aufführte. Und doch verbindet die beiden etwas, dachte Dan.

»Ihr seid beide an der Schulaufführung beteiligt, oder?«, fragte er in einem Versuch, Robin in das Gespräch miteinzubeziehen. »Dieses Jahr ist es *Teenager Love*, nicht wahr?«

»Ja«, sagte Robin. »Kennst du das tatsächlich? Ich dachte, nur unsere uralten Pauker hätten davon gehört.«

»Na ja, ich bin ja auch schon uralt.«

Robin zuckte die Achseln. »Es ist ein ziemlich eigenartiges und wahnsinnig schweres Stück. Und ziemlich altbacken, finde ich. Ich weiß wirklich nicht, wie geil die Schüler es finden werden, die Lehrer fahren jedenfalls total darauf ab.«

»Spielt ihr beide mit?«

»Ich bin für die Technik verantwortlich, für das Licht und den Sound«, erklärte Robin. »Ditte bekommt wahrscheinlich eine der Hauptrollen.«

»Das ist noch lange nicht in trockenen Tüchern«, widersprach sie. »Am Mittwoch ist erst einmal Vorsingen.«

»Du wirst die Rolle schon bekommen, Ditte«, meinte Robin. »Die anderen können dir doch nicht das Wasser reichen.«

Ditte bedankte sich mit einem schmachtenden, geschmeichelten Lächeln. Dann wandte sie sich an Dan. »Kommst du auch vorbei? Dann kannst du mich singen hören.«

»Tja«, erwiderte Dan ein wenig zögerlich. »Kann man da einfach so auftauchen?«

»Das Vorsingen ist öffentlich.« Ditte schüttelte ihre roten Locken. »Wie bei der Superstar-Suche. Ich bin sicher, es bringt Glück, wenn du in der ersten Reihe sitzt und mir Beifall klatschst.«

Kurz darauf verabschiedeten sich Laura und Dan. Als sie aus dem Lokal traten, drehte sich Laura zu ihm um. »Andreas ist schon okay«, sagte sie.

»Der Besoffene? Kennst du ihn?«

»Er ist Stines jüngerer Bruder.« Stine war Lauras beste Freundin auf dem Gymnasium, erinnerte sich Dan. Ein fröhliches Mädchen mit einer Stupsnase. Er versuchte, vor seinem inneren Auge eine Ähnlichkeit zwischen ihr und dem großen, pickligen Jungen von vorhin festzustellen, allerdings vergeblich. »Ich glaube, er ist unsicher«, fügte Laura hinzu. »Er ist enorm schüchtern, und wenn man dann noch etwas getrunken hat …«

In diesem Moment klingelte Dans Telefon. Er warf Laura einen entschuldigenden Blick zu und nahm den Anruf entgegen.

»Ich bin's, Else«, sagte eine Stimme. »Else Forsberg. Ich dachte …«

»Ja.«

»Es gibt da etwas, das ich Ihnen gern erzählen würde.«

SAMSTAG, 25. AUGUST 2012

31

»Else ist im Garten.« Klaus Forsberg trat zur Seite, um Dan vorbeizulassen. »Gut, dass Sie schon heute Vormittag kommen konnten.«

»Ist etwas passiert?« Dan Sommerdahl legte den Fahrradhelm auf ein Tischchen im Flur. »Sie wollte am Telefon nichts sagen.«

»Ich glaube, es handelt sich um einen Sturm im Wasserglas. Sie muss ganz einfach jemandem ihr Herz ausschütten und braucht vielleicht noch einen guten Rat, wie sie mit einem Problem umgehen soll, über das sie sich den Kopf zerbricht.« Klaus sah ihn durch seine dicken Brillengläser an. »Aber das erzählt sie Ihnen besser selbst.«

»Natürlich.«

Dan folgte Klaus durch das ein wenig unaufgeräumt wirkende rote Backsteinhaus. In sämtlichen Ecken lagen Stapel, wie sie die meisten Menschen im Alltag anhäufen: Papiere, Postkarten, Kleinigkeiten, die repariert werden müssten, Nachschlagewerke. Die Art von Haufen, die ursprünglich nur kurz dort liegen sollten, aber so lange liegen blieben, bis man sie nicht mehr sah. So wie eine Schramme an einem Geländer, eine Leitung, die sich an einer Wand gelöst hat, oder eine hässliche Topfpflanze. Man bemerkt diese Schönheitsflecken erst, wenn man aus einem längeren Urlaub nach Hause kommt und sie mit neuem Blick sieht. Und sogar dann gewöhnt sich das Auge nach verblüffend kurzer Zeit wieder daran. Dan hatte nichts gegen diese Stapel, obwohl er wusste, dass viele Menschen nicht seiner Meinung waren. Tatsächlich dachte er, dass es oft genau diese gestapelte Unordnung war, die eine Wohnung zu einem Zuhause werden ließ.

»Else?« Klaus rief sie von der Tür des Wintergartens aus.

»Ja?« Eine Gestalt richtete sich mühsam an einem Beet ganz hinten im Garten auf. Else verzog für einen Moment das Gesicht, erst dann erreichte ihr Lächeln auch die Augen. »Hej!«, rief sie und kam näher. Sie zog den Gartenhandschuh aus und gab Dan die Hand. »Wollen wir bei diesem schönen Wetter nicht draußen bleiben?«

»Gern.«

Kurz darauf saßen sich Dan und Else an einem Gartentisch auf der Terrasse gegenüber. Die Sonne schien hinter zerrissenen Wolkenfetzen, die Luft war schwer, und es roch nach Regen. Ein paar Wespen schwirrten im zitternden Sonnenlicht umher.

»Was wollten Sie mit mir besprechen?«, begann Dan.

»Also …« Else sah ihn an. »Zuallererst: Ich will keinen Vortrag darüber hören, wie unmöglich es ist, dass ich nicht bei Facebook bin und keine Ahnung von Computern habe.«

Dan zog die Augenbrauen hoch. »Ah ja. Ich wüsste nicht, warum ich so einen Vortrag halten sollte.«

Else lächelte. »Vielleicht kommt es Ihnen ein bisschen lächerlich vor, wenn ich das sage. All das, worüber ich grübele, könnte ich wahrscheinlich selbst herausfinden, ich finde mich nur nicht im Internet zurecht.«

»Wenn Sie ein Facebook-Problem haben, sind Sie bei mir genau richtig. Ich bin viel zu oft drin.« Er sah sie lächelnd an und hoffte, dass es beruhigend wirkte.

»Das habe ich mir schon gedacht.« Sie starrte intensiv auf eine Wespe, die an ihrem Hosenbein hochkrabbelte. »Ein paar Wochen vor ihrem Tod hat mir Dorthe erzählt, sie habe den Verdacht, eine der Lehrerinnen am Gymnasium sei an einer Betrugsgeschichte im Internet beteiligt.« Else scheuchte die Wespe fort. »Ich habe leider nicht richtig zugehört, aber es ging wohl um eine Spendenaktion für irgendetwas im Nahen Osten. Dorthes Mutter hatte bei Dorthe Zweifel an dem Projekt gesät. Mehr weiß ich tatsächlich nicht.«

»Irgendetwas im Nahen Osten?« Dan sah sie an. »Entschuldigen Sie, das ist ein bisschen sehr vage, Sie wissen wirklich nicht mehr, Else?«

»Falls sie noch mehr erzählt hat, kann ich mich jedenfalls nicht daran erinnern. Tut mir leid.« Else schlug in die Luft. »Grässlich, diese Wespen! Ich glaube, es sind in diesem Jahr mehr als sonst.«

»Scheint so.«

»Jedenfalls wollte Dorthe auf keinen Fall Pia davon erzählen. Sie hatte Angst davor, dass der Sache dann wegen ihr nachgegangen würde, und die Grundlage ihres Verdachts war doch eher dünn. Sie wollte die Betreffende deshalb auch nicht ansprechen, denn die ist … Nun ja, man macht sie sich nicht gern zur Feindin.«

»Was haben Sie Dorthe geraten?«

»Ich war nicht so aufmerksam, wie ich es wohl hätte sein sollen, aber ich glaube, ich habe gesagt, sie solle jemand anderen bitten, es sich anzusehen. Jemand, der sich mit den Gepflogenheiten des Internets auskennt.«

»Hat sie das getan?«

»Ich weiß es nicht.« Else kratzte sich. »Wir haben nie wieder darüber gesprochen.«

»Was hat das alles mit Facebook zu tun?«

»In einer Facebook-Gruppe des Gymnasiums wurde diese Spendenaktion koordiniert.«

»Soll das heißen, ich soll es mir ansehen und bin dann vielleicht ein bisschen schlauer?«

Else zuckte die Achseln. »Das dürfen Sie mich nicht fragen. Ich kenne diese Gruppe ja nicht und weiß kaum, wie Facebook funktioniert.«

»Welche Rolle spielte Dorthe dabei? Warum interessierte sie sich für diese Sache?«

»Dorthe war die Administratorin für den Facebook-Account der Schule und hat großen Wert darauf gelegt, dass alles einwandfrei und ordentlich ablief. Sie hat konsequent überprüft, was gepostet wurde, oder wie man das nennt.«

Dan bemerkte eine Wespe, die sich auf seinen Unterarm gesetzt hatte. Er wischte sie mit dem Handrücken fort. Dann sah er Else an. »Wenn Sie über solche Dinge nachdenken …«

»Ja?«

»Ich bin nur neugierig … Haben Sie das Gefühl, Dorthes Verdacht könnte etwas mit ihrem Tod zu tun haben?«

»Nicht bewusst, nein, aber …« Else schaute auf. »Vielleicht habe ich das auch nur verdrängt.« Sie bewegte den Kopf von einer Seite zur anderen, langsam und schwer, als befände sie sich unter Wasser. »Hätte ich der Polizei davon erzählen müssen?«

»Wenn ich Sie wäre, hätte ich es getan«, sagte Dan und fügte rasch hinzu, als er sah, wie unangenehm es ihr war: »Jetzt haben Sie es ja mir erzählt, Else. Ich werde die Sache so rasch wie möglich überprüfen, und dann entscheiden wir gemeinsam, ob Sie damit zur Polizei gehen oder nicht.«

»Aber diskret bitte, Dan.« Sie legte ihre Hand auf seinen Arm. »Sehr diskret. Stellen Sie sich vor, Dorthe hätte sich geirrt.«

»Solange nur wir beide davon wissen, sind Sie Ihrer Kollegin gegenüber jedenfalls nicht illoyal gewesen. Welche Lehrerin ist denn eigentlich für diese Spendensammlung verantwortlich?«

Else zog ihre Hand zurück. »Sie heißt Svea Lorén.«

»Oh. Auf diesen Namen bin ich bereits gestoßen. Sie ist jetzt Facebook-Administratorin der Schule.«

»Genau. Und sehr stolz darauf.«

Dan sah sie an. »Sie ist eine von denen, die Ihnen Vorträge halten, wie altmodisch Sie sind, weil Sie nicht bei Facebook mitmachen.« Es war keine Frage, es war eine Feststellung.

Else nickte.

»Erzählen Sie mir von ihr.«

»Sie ist Sportlehrerin. Und sie ist bei den Schulaufführungen für die Choreografie verantwortlich. Wir haben in diesem Jahr zusammen die Regie übernommen, weil Dorthe doch …« Else brach ab.

»Sie können Svea nicht leiden.« Noch eine Feststellung.

»Sie ist dieser selbstgerechte Typ. Ständig macht sie die Leute fertig und weiß alles besser. Lesbisch. Obwohl das mit der Sache nichts zu tun hat«, fügte sie hastig hinzu.

Dan schwieg eine Weile und beobachtete eine Wespe, die jetzt die Armlehne hinaufkrabbelte und seiner Hand bedrohlich nahe kam. »Ich rede mit Dorthes Mutter, bevor ich zu Svea Lorén gehe«, sagte er. »Vielleicht kann sie sich erinnern, was sie ihrer Tochter erzählt hat.« Dan nahm Elses Gartenhandschuh und erschlug die Wespe. »Wissen Sie, um welche Summe es bei diesem Internetbetrug ging?«

»Keine Ahnung. Wie gesagt, ich habe nicht richtig zugehört. Ich höre meistens nicht hin, wenn irgendjemand von all dem schwadroniert, was er bei Facebook erlebt hat.«

Klatsch. Eine weitere Wespe.

»Wollen wir uns lieber ins Haus setzen?«, fragte Else und wedelte mit den Händen vor ihrem Gesicht. »Das ist ja eine regelrechte Invasion.«

»Sehr gern.« Dan stand auf.

Jakobsen empfing sie an der Terrassentür.

»Es ist schade für sie«, meinte Else und streichelte die mollige Katze. »Aber sie ist nie draußen gewesen und soll bald wieder in einer Wohnung leben, es nützt also nichts, sie an ein Leben im Freien zu gewöhnen.« Sie richtete sich auf. »Sie rechnen doch damit, dass Pia bald wieder auf freiem Fuß ist, oder?«

»Da bin ich ziemlich sicher.« Dan setzte sich in denselben Korbsessel wie vor anderthalb Tagen. »Darf ich Sie etwas ganz anderes fragen?«

»Solange Sie mich nicht fragen, ob mein Mann mit Dorthe ins Bett gegangen ist.« Sie setzte sich mit der Katze auf dem Schoß.

Dan runzelte die Stirn. »Sind Sie das gefragt worden?«

»Wenn Sie die Vernehmungsprotokolle gelesen haben, dann kennen Sie die Antwort auf diese Frage. Aber ja, das wurde ich gefragt, und Klaus auch. Wir fanden es ausgesprochen unangenehm. Nur weil er und Dorthe gemeinsame Interessen hatten. Wir sind jetzt fast vierzig Jahre verheiratet, und wenn er eine Affäre hätte, dann würde ich doch …« Sie unterbrach sich. »Aber danach wollten Sie offenbar gar nicht fragen?«

»Nein, eigentlich nicht. Ich bin mehr daran interessiert, etwas über die beiden Schüler zu erfahren, die mit in der Leitungsgruppe der Schulaufführung sitzen.«

»Robin und Ditte?«

»Genau.« Dan schlug die Beine übereinander. »Wenn ich mir die Fotos auf der Facebook-Seite des Gymnasiums ansehe, tauchen sie immer wieder auf. Gestern habe ich sie in der Stadt getroffen. Es scheint, als wären sie überall. Wie diese Wespen.«

»Sie sind tatsächlich sehr aktiv.« Else verzog ein wenig das Gesicht. »Jeder auf seine Weise, kann man getrost sagen.«

»Sie sind kein Paar, oder?«

»Nein, das glaube ich nicht. Vielleicht waren sie es einmal.« Sie dachte nach. »Ich bin nicht sicher, vielleicht, vielleicht aber auch nicht. Tatsächlich habe ich mich mehr als einmal gefragt, ob Robin nicht eigentlich schwul ist, aber … Ich habe ihn niemals mit jemand anderem als Ditte in engerem Kontakt erlebt, weder mit Jungen noch mit Mädchen. Sie ist dagegen gewaltig aktiv, wenn es um Männer geht. Ich glaube, sie ist sogar ein wenig berüchtigt, was das betrifft.«

»Aber nicht mit Robin?«

»Wie gesagt: Ich weiß es nicht. Befreundet sind sie in jedem Fall, sie sind fast ständig zusammen. Eigentlich ein bisschen eigenartig. Denn die beiden sind wie Tag und Nacht.«

»Sie kennen sie ziemlich gut, oder?«

»Na ja«, erwiderte Else ein wenig zögerlich. »So gut, wie man seine Schüler halt kennt. Mitunter ist es, als ob sie einer ganz anderen Art angehören als wir.«

»Amüsant. Ich habe gestern Abend tatsächlich dasselbe gedacht, als ich plötzlich von einer ganzen Truppe Achtzehn- bis Zwanzigjähriger umgeben war. Ich glaube, das ist so in etwa die Altersklasse.«

Sie lächelten sich an.

Dann räusperte sich Else. »Robin ist Anfang zwanzig. Er beendet nächsten Sommer die Schule. Und er ist Schulsprecher. Ich unterrichte ihn und Ditte in Dänisch. Er ist ein regelrechter Musterschüler, sehr intelligent und ungewöhnlich pflichtbewusst – jedenfalls nach den üblichen Standards. Vielleicht liegt es an seiner Erziehung. Er ist ein Einzelkind, hat überall auf der Welt gelebt und ist Schulen gewohnt, die größere Anforderungen stellen als die dänischen. Ich glaube, sein Vater ist auch ziemlich hart mit ihm umgegangen.«

»Sind sie wohlhabend? Seine Eltern, meine ich.«

»Da bin ich mir ziemlich sicher. Robin wohnt allein in einer riesigen Villa hier in Christianssund, seine Eltern sind in, ich glaube, in Texas oder Arizona.« Else kraulte Jakobsen hinter den Ohren. »Mir tut Robin ein bisschen leid. Es muss ein merkwürdiges, einsames Leben sein für einen jungen Menschen.«

»Ich finde, es sieht so aus, als käme er gut damit zurecht.«

»Das hoffe ich.«

»Sie mögen ihn?«

»Von Anfang an. Er ist in sozialen Zusammenhängen manchmal ein bisschen linkisch, aber Sie sollten mal die Aufsätze lesen, die er schreibt. Er ist wirklich begabt.«

Dan nickte. Es wäre nicht sonderlich förderlich, Robins größter Bewunderin mitzuteilen, was er von diesem arroganten, reichen Schnösel hielt. »Und Ditte?«, fragte er stattdessen. »Sind ihre Eltern auch reich?«

»Nein«, antwortete Else. »Ich bin ihnen nur ein Mal begegnet. Der Vater ist arbeitslos. Es wirkte so, als würde er trinken.«

»Und die Mutter?«

»Ich glaube, sie putzt. Sie war sicher irgendwann einmal so hübsch wie ihre Tochter, inzwischen sieht sie ziemlich verlebt aus. Ich vermute, sie ist ein wenig beschränkt.«

»Dumm?«

»Vielleicht. Mag sein.«

»Und Ditte?«

»Sie kommt einigermaßen zurecht.«

»Gibt es Geschwister?«

»Soweit ich weiß, ist sie ein Einzelkind. Und ihre Eltern scheinen sie zu vergöttern.«

»So sehr, dass sie ihre sicherlich nicht sonderlich großen Ersparnisse ausgeben, um ihr Sonia-Rykiel-Taschen und Chloé-Jacken zu kaufen?«

»Wie meinen Sie das?«

»Dittes Garderobe kostet Geld.«

»Ich finde ihre Kleidung eher langweilig.«

»Es ist ein Look.«

»Ja, was weiß ich? Vermutlich spart sie jede Krone. Ditte arbeitet in ihrer Freizeit.«

»Sie hat mir gestern erzählt, dass sie in einem Fitnesscenter arbeitet.«

»Sehen Sie.«

»Und gleichzeitig kommt sie mit ihren schulischen Aufgaben einigermaßen zurecht, wie Sie es ausdrückten. Sie muss also doch einige Ressourcen haben?«

Else nickte. Er spürte ihre Vorbehalte, aber offensichtlich wollte sie keinen Schüler schlechtmachen.

»Sie wirkt auf mich wie ein nettes Mädchen«, fügte Dan hinzu. Er versuchte, Else einen etwas persönlicheren Kommentar zu entlocken. »Und sympathisch.«

Else kniff die Lippen zusammen und schüttelte beinahe unmerklich den Kopf, es war nur ein kleiner Ruck zur Seite.

»Was denn?«, bohrte Dan.

»Nun ja.« Else atmete tief durch. »Ja, ja. Ditte ist fleißig und zielstrebig und sehr hübsch, aber …« Sie sah ihm ins Gesicht. »Dieses Mädchen ist das egozentrischste Wesen, das man sich vorstellen kann. Vor allem, wenn es um Musik und Theater geht. Ditte würde alles tun, um dabei zu sein, sie kämpft unermüdlich um die Hauptrollen und Solopartien. Sie hat durchaus Talent und wird es sicher zu etwas bringen, wenn sie sich weiter dafür interessiert. Sie ist nur nicht in der Lage, anderen Platz zu lassen. Das findet man erst heraus, wenn man sie eine gewisse Zeit lang kennt. Auf den ersten Blick wirkt sie sehr einnehmend, vor allem auf Männer.«

»Oh ja.« Dan lächelte.

»Passen Sie auf. Lassen Sie sich nicht mitreißen. Sie tut nur etwas, wenn sie einen persönlichen Nutzen darin sieht.«

*

Von zu Hause aus rief Dan Dorthes Mutter an. Ulla Bertelsen nahm sofort ab. Er erklärte sein Anliegen so kurz wie möglich, ohne sich in Einzelheiten zu verlieren. Am anderen Ende wurde es still. »Wir müssen uns wohl treffen«, sagte Ulla Bertelsen dann.

»Erinnern Sie sich nicht genau daran?«

»Doch, doch, ich bin nur gerade auf dem Sprung. Ich halte morgen einen Vortrag in einer Volkshochschule in Jütland, morgen Abend bin ich wieder zurück.« Erneute Stille. »Es ist eine alte Verabredung«, fügte sie dann hinzu. »Nicht, weil ich nicht trauere, aber …«

»Sie müssen mir nichts erklären«, unterbrach Dan. »Ich verurteile niemanden.«

»Nein, möglicherweise mache ich es aber selbst«, sagte sie so leise, dass er sich anstrengen musste, sie zu verstehen.

32

Die Beerdigung von Dorthe Bertelsen sollte am Montag um elf Uhr stattfinden, hatte der Anwalt gesagt, in Dorthes Geburtsstadt Roskilde, mehr als eine halbe Stunde mit dem Auto von Christianssund entfernt. Es hätte schon ein Wunder geschehen müssen, damit Pia Waage an der Trauerfeier ihrer Freundin hätte teilnehmen können. Der Antrag auf begleiteten Freigang war abgelehnt worden. Pia hatte beschlossen, sich nicht von Hoffnungslosigkeit übermannen zu lassen. Übermorgen würde sie sich im Kopf von Dorthe verabschieden, und dann würde sie einen Blumenstrauß auf Dorthes Grab legen, sobald sie aus dem Gefängnis kam. An das Leben danach, allein in der neuen Wohnung, wollte sie allerdings noch nicht denken.

Nach ihrem Treffen am Vortag hatte Mark Frandsen ihr mitgeteilt, dass er sie im Laufe des Wochenendes nicht besuchen würde, es sei denn, es geschähe etwas entscheidend Neues. »Wir haben Gäste, die über Nacht bleiben. Meine Eltern sind aus Struer gekommen«, hatte er erklärt, »und meine Frau würde es sehr schätzen, wenn ich daheimbliebe, um sie zu unterhalten.« Er lächelte mit seinen blendend weißen Zähnen, als würde er seine Bemerkung selbst witzig finden.

»Selbstverständlich«, hatte Pia geantwortet.

»Haben Sie alles, was Sie brauchen?«, hatte er gefragt, als er aufstand. »Fehlt Ihnen Lesestoff, irgendwelche Toilettenartikel?«

Pia hatte den Kopf geschüttelt. »Ich komme zurecht, danke. Sie haben mir ja einige dicke Bücher mitgebracht.« Sie selbst hätte vermutlich nicht die blutrünstigsten Krimis ausgesucht, die sich in der Buchhandlung finden ließen, aber es war nicht der passende Zeitpunkt, um wählerisch zu sein. »Könnten Sie mir beim nächsten Mal meine Laufschuhe mitbringen?«

»Laufschuhe?«

»Ich trainiere hier in der Zelle, damit ich nicht mit den übrigen Insassen zusammenkomme«, hatte sie ihm erklärt. »Aber der Fußboden ist zu hart für die Gelenke, wenn man in Sandalen läuft.«

»Okay.« Er hatte ihr die Hand gegeben. »Übrigens soll ich sie von Dan Sommerdahl grüßen.«

»Danke. Hat er angefangen?«

»Vorläufig hat er wohl nicht viel mehr getan, als für die Katze zu sorgen und Umzugskartons zu packen. Aber er hat sämtliche Akten des Falls und ist dabei, sie zu lesen.«

»Gut.«

»Wenn er Sie nächste Woche besuchen soll, könnte ich ...«

»Nein, danke«, unterbrach ihn Pia. »Wenn wir nicht über den Fall reden dürfen, ist es egal. Ich habe ja nur das Recht auf einen wöchentlichen Besuch von jemand anderem außer Ihnen, und ich würde lieber Hanne Busk sehen. Sie soll mir vom Umzug erzählen. Würden Sie sie anrufen?«

Als Mark gegangen war, hatte ein junger Gefängnisbeamter sie aus dem Besucherzimmer geholt. Sie hatte ihn nie zuvor gesehen, aber seinem schüchternen Benehmen war anzumerken, dass er genau wusste, wer sie war.

Auf dem Weg zurück in die Zelle waren sie an einer Gruppe Insassen vorbeigekommen, die im Aufenthaltsraum vor dem Fernseher saßen und sich ein Fußballspiel ansahen. Ein glatzköpfiger Kerl mit Piercings in beiden Ohren, der Nase und den Augenbrauen hatte sich umgedreht, Blickkontakt mit Pia bekommen und sofort den Blick abgewandt. Zu seinen Genossen hatte er so laut gesagt, dass es für Pia nicht zu überhören war: »Aufgepasst!

Die Rubbel-Bulette kommt!« Einer der anderen hatte zu ihr hinübergeblickt. »Die darf gern mal bei mir rubbeln!« Der Gepiercte hatte gelacht. »Ja, bei deinen Titten merkt sie den Unterschied erst, wenn's zu spät ist.« Die ganze Gruppe hatte sich zu ihr umgedreht und gefeixt. Einer hatte einen Pfiff ausgestoßen.

Pia war schneller gegangen und hatte es vermieden, zur Seite zu blicken.

»So.« Der junge Gefängnisbeamte hatte ihre Zellentür aufgeschlossen. »Es ist sicher nicht leicht, als Polizistin hier drin zu sein. Ich würde mich auch für die Isolation entscheiden.«

Es war jetzt fast einen Tag her. Einen ganzen Tag ohne Verhör, ohne Besuch, ohne anderen menschlichen Kontakt als die kurzen Gespräche mit den Gefängnisbeamten, die sie ins Bad begleiteten oder ihre Mahlzeiten brachten. Ein ganzer Tag, an dem Pia allein mit ihren Gedanken war.

Sie dachte an den Umzug. Es musste längst überstanden sein, es war ja bereits nach vier. Pia wusste, dass sie ihre Freundschaft ziemlich strapazierte, als sie Hanne und Ingelise bat, den Umzug zu übernehmen, aber was zum Teufel sollte sie machen? Wenn sie hier rauskam, musste sie die beiden zu einem anständigen Abendessen einladen. Dan Sommerdahl auch. Und Else und Klaus, die sich um Jakobsen kümmerten, wie ihr der Anwalt erzählt hatte. Oh, Miss Jakobsen, dachte Pia. Sie vermisste ihre Katze. In U-Haft sollte ein Schmusetier erlaubt sein. Allein die Vorstellung, wie viel Trost so ein schnurrendes Fellknäuel spenden konnte.

Pia versuchte, sich die Zeit mit etwas Vernünftigem zu vertreiben. Sie hatte einen Bleistift und einen Notizblock bekommen und erstellte Listen der Menschen, die sie im Laufe der Jahre gegen sich aufgebracht haben könnte. Auch ihre Notizen von den Gesprächen mit dem Anwalt las sie mehrfach. Sie hatte das Gefühl, eine Menge Unklarheiten in dem Fall zu sehen, und so, wie sie Frank Janssen und die beiden Kripobeamten aus Kopenhagen kannte, konnte sie doch nicht die Einzige sein, die diese Unklarheiten sah. Und dann gab es ja noch Dan. Wenn jemand über Unstimmigkeiten stolperte, dann er.

Wer weiß, dachte Pia und kaute auf dem Bleistift. Ob man beweisen kann, dass die Mailkorrespondenz gefälscht ist? Der Anwalt hatte ihr versprochen, einen Experten von außerhalb hinzuzuziehen, sollte die Spezialeinheit der Polizei für IT-Kriminalität keine klaren Anzeichen für einen Hacker finden. Mark Frandsen wirkte insgesamt sehr zuversichtlich.

Pia legte sich auf die Pritsche, den Bleistift noch in der Hand. Sie starrte an die Wand und versuchte, die Tränen zurückzuhalten, während sie einmal mehr die unbeholfenen Graffiti ihrer Vorgänger auf dem grauen Putz studierte. Spontan setzte sie die Bleistiftspitze an und zeichnete das Erste, was ihr einfiel: ein winziges Katzengesicht mit Schnurrhaaren und einer dreieckigen Schnauze. Sie zog den Mund nach, bis es aussah, als würde das Tier lächeln.

33

»Papa?« Lauras Stimme am Telefon. »Bist du da?«

»Sorry«, antwortete Dan, als er wieder sprechen konnte. »Ich dachte, ich müsste niesen.«

»Ah ja, ich wollte dir nur schnell sagen, dass ich mit Andreas gesprochen habe.«

»Mit wem?« Dan drückte seine Nasenflügel zusammen, um das letzte Kitzeln zu stoppen.

»Andreas, der im Café an unseren Tisch kam.«

»Und?«

»Ich habe Stine angerufen und um seine Nummer gebeten.«

Dan war verwirrt. »Äh, wieso?«

»Er hat mir leidgetan. Und dann dachte ich …« Sie hielt inne.

»Ja?«

»Ich dachte, wenn du so interessiert an den beiden bist – ich meine, an Robin und Ditte –, dann wäre es ganz gut, mit jemandem zu reden, der nicht wirklich zur Clique gehört.«

»Welcher Clique?«

»Och, Papa. Du bist so schwer von Begriff. Hast du nicht gehört, was gestern gesagt wurde? Andreas hat ganz eindeutig irgendein Problem mit Robin. Wäre es da nicht interessant, sich mal mit ihm zu unterhalten?«

»Ich weiß nicht, Laura, so interessiert bin ich an den beiden nun auch wieder nicht. Ich bin nur neugierig.«

»Jetzt habe ich ihm jedenfalls gesagt, dass du anrufst. Er würde gern mit dir reden.«

»Oh, Laura.« Dan stöhnte innerlich auf. »Ich weiß, du meinst es gut, aber ich habe sowieso genug zu tun.«

»Es kann doch nicht schaden.«

»Nein, sicher nicht …«

»Ich gebe dir mal die Nummer.«

Laura schlägt mehr und mehr nach ihrer Mutter, dachte Dan, als er sich Andreas Henningsens Handynummer notierte und anzurufen versprach. Wenn sie sich erst einmal etwas in den Kopf gesetzt hatte, gab es niemanden, der sie umstimmen konnte – egal, wie lange man argumentierte. Es war viel einfacher zu tun, was sie sagte, obwohl er absolut keine Lust hatte, seine kostbaren samstäglichen Stunden mit dem dämlichen kleinen Bruder von Lauras Freundin zu verschwenden. Am besten bringe ich es gleich hinter mich, dachte er und rief an.

Eine Stunde später saß er Andreas im Café Nord gegenüber. Der Jugendliche hatte eine Portion Pommes und eine Cola vor sich, Dan eine Tasse Kaffee.

»Wieso bist du sauer auf Robin?«, begann Dan.

»Weiß ich nicht.« Andreas rührte mit einem Pommes in der Mayonnaise und steckte ihn in den Mund. »Er glaubt, er wäre was Besonderes.«

»Nicht etwa, weil er mit Ditte zusammen ist? Bist du eifersüchtig?«

Andreas zuckte die Achseln. Er hatte Dan lediglich einen kurzen Moment in die Augen gesehen, als sie sich begrüßten. Danach hielt er seinen Blick konsequent abgewandt. Es würde nicht leicht werden, die Konversation aufrechtzuhalten.

»Erzähl mir von Robin«, versuchte Dan es erneut.

»Er ist eigenartig. Sondert sich ab, wenn er nicht mit Ditte herumhängt.«

»Ist er schwul?«

»Würde mich nicht wundern.«

»Du weißt es nicht?«

Andreas pulte an einem Pickel an seinem Nasenflügel, der kurz vorm Platzen war. »Ich habe ihn noch nie mit einem anderen Mädchen außer Ditte gesehen, und mit ihr war er garantiert nicht im Bett.«

»Wieso bist du dir so sicher?«

»Das spürt man doch, oder? Sie war mit vielen anderen Jungs zusammen, seit sie und Robin ein Paar sind, so kann man es wohl nennen. Aber sie fasst ihn nie an, abgesehen von rein freundschaftlichen Umarmungen.«

»Okay. Es ist denkbar, dass er homosexuell ist. Magst du ihn deshalb nicht?«

»Nein, eher, weil er sich über uns andere erhaben fühlt. Er ist ein richtiger Streber. Will nie mit anderen zusammen sein, will nur seine berühmten Aufsätze schreiben und sie der Klasse vorlesen.« Ein neuerliches Schulterzucken. »Robin schleimt sich bei einigen Auserwählten ein, und alle anderen sind ihm egal. Außer Ditte und den Lehrern kann ihn niemand leiden.«

Dan nickte. Das bestätigte seinen ersten Eindruck von diesem arroganten jungen Mann. »Aber er ist doch Schulsprecher, oder? Ihr müsst ihn doch gewählt haben?«

»Ha!« Andreas lachte. »Das liegt nur daran, dass sein Mitbewerber ein totaler Vollidiot war. Niemand will in diese Schülervertretung. Den Leuten ist das scheißegal.«

»Ich habe eine Menge Gutes über Robin gehört.«

»Von wem?«

»Zum Beispiel von Else Forsberg.«

»Lehrer zählen nicht. Die liiieeeben ihn. Vor allem die aus der Clique.«

»Du hast gestern auch eine Clique erwähnt. Wer gehört dazu?«

»Diese ganzen hyperaktiven Typen, die nicht genug bekommen von AGs und sozialer Gemeinschaftsarbeit. So wie die, von denen die Schulaufführung vorbereitet wird.«

»Also Else und Klaus …«

»… und Robin und Svea und Ditte, ja. Und Dorthe natürlich. Sie war beinahe die Schlimmste.«

»Wie?«

Andreas trank einen Schluck Cola. »Kennst du nicht diese Lehrer, die ihre Lieblinge haben?«

»Doch«, erwiderte Dan zögernd.

»Solche, die bestimmte Schüler total bevorzugen, sich mit ihnen auch privat treffen oder die Pausen verbringen.«

»Hat Dorthe das getan?«

Andreas nickte.

»Ist es nicht okay, wenn ein Lehrer sich mit einem Schüler anfreundet?«

»Nicht, wenn sie gleichzeitig alle anderen ignoriert.« Seine Finger pulten wieder am Nasenflügel. »Dorthe hatte so einen kleinen Kreis um sich versammelt, alle anderen waren ihr völlig egal. Innerhalb dieses Kreises war alles schön und gut, aber sobald man etwas tat, was ihr nicht gefiel, dann …« Er hob die Schultern.

»Klingt, als hättest du es erlebt?«

»Sicher«, sagte Andreas. »Ich hatte Dorthe in Gemeinschaftskunde, und in den ersten anderthalb Jahren gehörte ich dazu. Ich wurde enorm gelobt für meine Web-Thema-Aufgabe. Wir haben zusammen ein Spendenfest organisiert. Dann war ich aktiv in der Tagewerk-Gruppe und zu Planungstreffen bei ihr zu Hause. Ich war dabei, als die Platten in ihrer Einfahrt als Tagewerk-Projekt gelegt wurden … zusammen mit einem Typen, der Siggi heißt. Zu dieser Zeit war ich bei Dorthe superangesagt.«

»Was ist dann schiefgegangen?«

Andreas verzog das Gesicht. »Ich habe mir erlaubt, Robin zu kritisieren. Das hätte ich besser nicht getan.«

»Und das reichte?«

»Ach, zunächst war sie nur ein bisschen sauer und hat ihn verteidigt. Als ich dann ein paar Wahrheiten auf Facebook gepostet habe, hat sie mir eiskalt die Schulter gezeigt. Keine weiteren Mails, keine weiteren Aufforderungen, an Studienkreisen teilzunehmen, kein Lob mehr vor der ganzen Klasse.«

»Was für Wahrheiten?«

»Auf Facebook? Anfangs waren es nur Sachen über Robin. Dass ich ihn unangenehm fand, weil er sich zu fein war, nach dem Sport mit uns zusammen zu duschen. Und dass er uns ständig korrigierte, unsere Ausdrucksweise und so. Dorthe hat natürlich alle meine Beiträge sofort gelöscht.«

»Also, für mich klingt das nach Mobbing, Andreas. Ich glaube, ich hätte die Bemerkungen auch gelöscht.«

Andreas zuckte die Achseln und lachte. »Zu diesem Zeitpunkt haben wir das als Sport betrachtet. Ich und ein paar von den anderen Jungs. Wir haben alles Mögliche über Robin, über Dorthe und die anderen aus der Clique geschrieben. Und dann haben wir Wetten darüber abgeschlossen, wie lange man es lesen konnte. Meist waren es nur ein paar Stunden, aber wir haben dafür gesorgt, dass die Leute wussten, wann wir etwas posteten, so hatten alle unsere Texte gelesen, bevor sie von Dorthe gelöscht wurden.« Wieder lachte er. »Daraufhin hat sie mich auf der Facebook-Seite geblockt, aber ich konnte einen Freund überreden weiterzumachen, bis auch er geblockt wurde. Dann sind wir zu einer freundschaftlichen Unterhaltung ins Büro des Rektors gebeten worden. Er hat uns mit allem Möglichen gedroht. Es war wirklich komisch.«

Dan sah ihn an. »Ich finde das eigentlich nicht sonderlich komisch. Es klingt zutiefst unsympathisch.«

Andreas lachte dennoch. »Die waren doch selber schuld.«

»Wann warst du das letzte Mal bei Dorthe im Haus?«

Andreas' Grinsen verschwand bei dem plötzlichen Themenwechsel. »Das ist lange her«, sagte er nach einer kurzen Pause. »Vor einem halben Jahr vielleicht?«

»Du hast mit der Polizei geredet, oder?«

»Klar. Die wollten meine Fingerabdrücke und sonst nur wissen, wann ich Dorthe das letzte Mal gesehen hatte.«

Als Dan wenige Minuten später das Café Nord verließ, hatte sich etwas verändert. Robin war ihm nach wie vor unsympathisch, aber er empfand auch ein gewisses Mitgefühl für den sozial schwierigen und sexuell möglicherweise nicht wirklich entschiedenen jungen Mann, der allein in einem großen Haus wohnte, weit entfernt von seinen Eltern. Else hatte recht: Robin musste einsam sein. Ein Freund ist nicht genug im Leben eines Menschen, auch nicht, wenn es das hübscheste Mädchen der Schule ist. Dan entschloss sich, ihm gegenüber freundlicher zu sein, sollten sich ihre Wege wieder kreuzen.

SONNTAG, 26. AUGUST 2012

34

Ich bräuchte eine Sekretärin, dachte Dan, als er am nächsten Vormittag die Einträge der Facebook-Gruppe des Gymnasiums durchsah. Er suchte nach einem Beitrag, in dem es um die von Else erwähnte Spendenaktion für den Nahen Osten ging, und musste feststellen, dass diese Aufgabe unerwartet umfangreich war. Es ging auf der Seite um erstaunlich viele Projekte: von der großen, landesweiten Operation Tagewerk bis zu einer Vielzahl kleinerer Initiativen. Außerdem waren viele verschiedene Personen beteiligt, die sich in beinahe ebenso vielen Gruppen organisiert hatten. Und natürlich gab es die unterschiedlichsten Links zu diversen Homepages und Artikeln. Man musste sich wirklich auf Facebook auskennen, um sich einen Überblick zu verschaffen, und Dan arbeitete so konzentriert, dass sein Kaffee ständig kalt wurde.

Die Projekte reichten von ganz konkreten Vorhaben – zum Beispiel sollten von dem bei einem Schulfest erwirtschafteten Geld für ein Flüchtlingslager Schulbücher gekauft werden – bis zu größeren Initiativen, wie einem Unterstützungsfest für eine Hilfsorganisation oder einer Spendenaktion, bei der eine örtliche Firma eine Krone pro YouTube-Aufruf eines einfallsreichen Videos spendete, das die Schüler des Gymnasiums produziert hatten.

Waren eigentlich alle Gymnasien so aktiv, wenn es um Spendenaktionen ging, fragte sich Dan. Oder war das ein lokales Phänomen? Vielleicht konnte ihm Else helfen. Er rief sie an.

»Gut erkannt«, sagte sie. »Das ist tatsächlich eine Besonderheit an unserer Schule. Ich kenne jedenfalls keine andere Bildungseinrichtung, die so aktiv ist.«

»Gibt's dafür eine Erklärung, oder sind wir hier in der Stadt nur einfach besonders wohltätig?«

»Die Erklärung hieß Dorthe Bertelsen. Und ich bezweifle, dass dieses Phänomen noch lange existieren wird.«

»Wieso?«

»Es war so etwas wie ihr Spezialgebiet. Dorthe bot in ihren Anfängerklassen im Gemeinschaftskundeunterricht jedes Jahr eine Projektwoche über Spendensammlungen an. Es ging darum, wie man einen würdigen Empfänger findet, wie man das öffentliche Interesse weckt, wie man einen Spendenaufruf formuliert und die Spendenaktion organisiert werden muss. Sie hat vermittelt, wie sich das Wissen über soziale und organisatorische Fragen mit dem bewussten Einsatz von Massenkommunikationsmitteln kombinieren lässt. Die Schüler haben dabei gelernt, sich in den sozialen Medien professionell zu bewegen, und in Zusammenarbeit mit dem IT-Lehrer der Schule zudem gelernt, wie man selbst eine einfache Homepage gestaltet.«

»Von einer selbst ernannten Internet-Ignorantin wie Ihnen ist das eine sehr verständliche Erklärung.«

Else lachte geschmeichelt. »Denken Sie daran, wie oft ich mir Dorthes kleine Vorträge zu diesem Thema habe anhören müssen.« Ernster fügte sie hinzu: »Dorthe hat so die kreative Seite ihrer Schüler angesprochen und sie dazu gebracht, etwas mehr zu tun, als sich nur mit einer Sammelbüchse an die Algade zu stellen.«

»Ach, diese Spendenaktionen gab es tatsächlich? Also die, die als Aufgabe vorgegeben wurden? Das waren nicht bloß theoretische Ideen?«

»Sie waren absolut real, und im Laufe der Zeit wurde durch Dorthes Projektwochen viel Geld für Notleidende beschafft. Das war die eigentliche Idee. Bei den meisten Projekten handelte es sich um einmalige Ereignisse, aber einige Sachen laufen tatsächlich noch.«

»Zum Beispiel?«

»Das Nepal-Sponsoring. Vor zwei, drei Jahren hat eine Klasse mit einem Bekleidungsgeschäft in der Algade eine Vereinbarung getroffen, einen kleinen, aber festen Prozentsatz seiner Gewinne einer Schule für Kinder zu spenden, die in Kathmandu in der Textilindustrie arbeiten. Durch die dänische Brille gesehen ist es kein gewaltiger Betrag – es sind vielleicht sieben- oder achttausend Kronen im Jahr –, für die Empfänger ist es viel Geld. Das Bekleidungsgeschäft bekommt dafür jede Menge Zuspruch und positive Presse. Achten Sie mal auf das hübsche Plakat im Schaufenster, wenn Sie das nächste Mal daran vorbeigehen. Das haben die nepalesischen Kinder aus Dankbarkeit geschickt.«

»Aha.« Dan blätterte in dem Stapel, den er bisher ausgedruckt hatte. »Das Projekt, nach dem ich im Moment suche, entstand nicht in einer Projektwoche, oder? Dafür war doch ein anderer Lehrer verantwortlich?«

»Keine Ahnung.« Else dachte einen Moment nach. »Vielleicht sollten Sie nach dem Datum suchen.«

»Ja?«

»Ich kann herausfinden, wann die Projektwoche stattfand. Ich meine, es war immer die einundvierzigste Woche, die Woche vor den Herbstferien. Sehen Sie sich alle Aktivitäten an, die im Oktober stattfanden.«

»Okay.« Dan räusperte sich. »Ach, noch etwas.«

»Heraus damit.«

»Andreas Henningsen. Was können Sie mir über ihn erzählen?«

»Andreas? Er ist durchschnittlich intelligent und kommt gut zurecht, wenn er sich Mühe gibt.«

»Ich dachte eher an sein Sozialverhalten.«

»Ach, wissen Sie … So gut kenne ich ihn auch wieder nicht. Er ist einer der Jungen, die sich immer in irgendwelchen Gruppen aufhalten. Ich glaube, er spielt in der Fußballmannschaft der Schule. Er ist keiner von denen, die besonders auffallen.«

»Was ist mit den Problemen zwischen Robin und ihm?«

»Ja, da war irgendetwas mit Mobbing im Netz. Ich glaube, Dorthe hat Andreas und ein paar andere dabei erwischt. Ganz ehrlich, mehr weiß ich nicht.«

Dan schaute eine Weile in die Luft, nachdem er das Gespräch beendet hatte. Er fühlte sich plötzlich schläfrig, hätte sich am liebsten aufs Sofa gelegt und ein sonntägliches Nickerchen gemacht. Das ist doch wohl nicht wahr, sagte er sich und stand auf. Er brauchte frische Luft. Frische Luft und Bewegung. Sein schmerzendes Knie hinderte ihn weiterhin am Joggen, aber er konnte mit dem Fahrrad fahren. Egal, wie lächerlich es war, er wollte noch einmal zum Tatort. Er wusste genau, dass er nicht ins Forsthaus konnte, vielleicht gelang es ihm trotzdem, ein bisschen herumzuschnüffeln. Die Wahrscheinlichkeit, dass an einem Sonntag eine Woche nach dem Leichenfund die Kriminaltechniker noch im Haus arbeiteten, war minimal.

Er entschied sich diesmal für eine Route, die ihn am Wasser entlangführte. Sie war etwas länger, dafür vermied er die lange Steigung durch das Viertel Bøgebakke. Als er das Forsthaus erreichte, war er nicht einmal außer Atem.

Dan sah sofort, dass er mit seiner Annahme recht gehabt hatte und die Techniker den Sonntag heiligten. Alles war leer. Nur das leise flatternde, bonbongestreifte Absperrband der Polizei verriet das idyllische Bauernhaus noch als Schauplatz eines Verbrechens.

Dan stellte sein Fahrrad ab und schaute sich um, bevor er das Grundstück betrat. Aus reiner Gewohnheit drückte er die Klinke hinunter, selbstverständlich war die Haustür abgeschlossen. Er folgte einem gepflasterten Weg um das Haus und kam in den Garten. Ein Rasen mit inzwischen ziemlich hohem Gras nahm den größten Teil der Fläche ein. Ein paar Kletterrosen, eine Gruppe Sträucher mit Schwarzen Johannisbeeren, zwei Apfelbäume. Keine Beete, kein Kräutergarten. Abgesehen von einer aufgeschossenen, halb toten Geranie gab es auch keine Blumentöpfe auf der Terrasse. Dorthe hatte offensichtlich kein großes Interesse an Gartenarbeit gehabt, sagte sich Dan, als er die Klinke der Küchentür herunterdrückte. Ebenfalls verschlossen. Auf seinem Rundgang ums Haus blieb er an einem Fenster stehen und schirmte die Augen mit den Händen ab, als er hineinsah. Dort standen beinahe ebenso viele Umzugskartons wie in Pia Waages Wohnung, allerdings war der größte Teil von Dorthes Einrichtung noch nicht eingepackt.

Das Schlafzimmer zeigte in Richtung Osten. Ein kleiner, aber heller Raum, der beinahe vollständig von einem breiten Doppelbett ohne Laken und Bettdecken ausgefüllt wurde. Die hatte vermutlich die Polizei mitgenommen. Dan bemerkte ein großes Schwarz-Weiß-Foto über dem Kopfende. Pia Waages fröhliche Eichhörnchenaugen blickten ihn direkt an.

Das Wohnzimmer war eine Enttäuschung. Die Polizei hatte offenbar viele Gegenstände mitgenommen, und was noch im Raum stand, war voller Flecken von weißem und violettem Fingerabdruckpulver. Selbst wenn Dan versuchte, von dem Umzugs- und Untersuchungschaos zu abstrahieren, konnte er sich nur schwer vorstellen, wie das lange, nach Westen liegende Zimmer ausgesehen hatte. Vollgestellte Regale, schwere Möbel, die offensichtlich von Flohmärkten stammten, die Wände in einem grünlich-dunklen Ton. Als hätte Dorthe versucht, den großen sonnendurchfluteten Raum in eine Höhle zu verwandeln, dachte Dan und registrierte mit Unbehagen die Blutspritzer, die noch immer auf den Wänden und am Fernsehgerät zu sehen waren.

Er suchte ein paar Minuten nach einem Extraschlüssel. An der Tür hing zwar noch das Polizeisiegel, aber vielleicht konnte man ja so vorsichtig zu Werk gehen, dass es hinterher nicht bemerkt wurde. Dan drehte ein paar Steine um, hob einen umgedrehten Blumentopf an, überprüfte den Schuppen im Garten. Dann gab er auf. Wenn die Polizei Anzeichen für einen Einbruch entdeckte, würden sie … Sein Telefon unterbrach die Gedankenkette. Eine unbekannte Nummer. Er nahm an.

»Ich bin's.« Eine Frauenstimme, schrill vor Panik. »Anni. Anni Højgaard.«

»Ja?«

»Sie müssen mir helfen, Dan.« Sie fing an zu weinen.

»Ja, nur …«

»Würden Sie bitte sofort kommen?«, schluchzte sie.

35

Es dauerte nur ein paar Minuten, bis Dan sein Fahrrad vor Gunnar und Anni Højgaards Backsteinhaus abstellte. Sie stand am offenen Garagentor, mit dem Rücken zur Straße. Als sie den Kies unter Dans Füßen knirschen hörte, drehte sie sich um. Sollte sie vom Tempo überrascht sein, in dem er hier auftauchte, ließ sie es sich nicht anmerken. Die Tränen liefen ihr übers Gesicht. Das sonst so sorgfältige Make-up klebte in schwarzen Klecksen in den Augenwinkeln und unter den Wimpern. Anni Højgaard lief Dan entgegen, warf sich ihm in die Arme und schluchzte untröstlich.

»Was ist denn passiert?«, fragte Dan, als das Weinen ein wenig nachließ.

»Es ist Gunnar. Er ...« Wieder wurde sie von Tränen übermannt.

Dan schob sie mit beiden Armen ein Stück von sich und versuchte, Blickkontakt zu ihr zu bekommen. »Was?«

»Er ...« Sie deutete mit dem Kopf auf die Garage.

Bilder von Leichen tauchten vor Dans innerem Auge auf. Hängende Leichen, Leichen voller Tabletten, Leichen mit Kohlenmonoxyd-Vergiftung. Er schob die heulende Frau beiseite und trat in die Garage. Nach ein paar Sekunden hatten sich seine Augen an die Dunkelheit gewöhnt, und er entdeckte Gunnar Højgaard. Quicklebendig. Dan atmete erleichtert auf.

Der ältere Mann stand mit hängendem Kopf neben seinem schwarzen Volvo. Seine Hände hingen schlaff herunter. Es dauerte einen Moment, bevor Dan bemerkte, was die Frau dieses Mannes so aus der Bahn geworfen hatte. An den Wagen war mit reichlich Tape ein Staubsaugerschlauch montiert, der vom Auspuff durch eine hintere Fensterscheibe führte, die er mit einer Plastiktüte versiegelt hatte. Hätte Anni ihn nicht entdeckt, wäre er höchstwahrscheinlich innerhalb kurzer Zeit tot gewesen.

Gunnar hielt weiter die Klebebandrolle in der Hand, glotzte Dan mit einem herzzerreißend verzweifelten Blick an und sagte kein Wort. Selbst als Dan zum dritten Mal fragte, was hier eigentlich vor sich ginge, reagierte er lediglich mit einem schwachen Kopfschütteln. Im Hintergrund hörte man seine Frau schluchzen, und aus dem Haus war das Geräusch eines bellenden Hundes zu hören.

Dann brach Gunnar sein Schweigen. »Wer sind Sie?«, wollte er wissen. »Und was machen Sie hier?«

»Mein Name ist Dan Sommerdahl. Anni hat mich angerufen.«

»Der kahlköpfige Detektiv?«

»Kommen Sie«, forderte Dan ihn auf. »Gehen wir ins Haus.«

Gunnar starrte auf die Klebebandrolle, als wüsste er nicht, was er da in der Hand hielt. Dann legte er sie auf die Kühlerhaube des Wagens. »Ich verstehe einfach nicht …«

»Kommen Sie mit rein, Gunnar.«

Langsam bewegte der unglückliche Mann sich aus der Garage. Sobald Anni ihren Mann sah, sprang sie auf ihn zu. Bevor Dan es verhindern konnte, hatte sie Gunnar ein, zwei Mal geohrfeigt. Er stand absolut ruhig da, ohne sich zu verteidigen, sodass Dan den dritten Schlag verhindern musste.

»Stopp!«, befahl er und hielt ihr Handgelenk fest.

»Was zum Teufel hattest du vor?«, schrie Anni ihren Mann an.

»Ich weiß es nicht.«

»Wie kannst du mir so etwas antun?« Sie versuchte sich loszureißen. »Scheißkerl!«

»Entschuldige«, murmelte er, während seine Frau an Dans Fingern zerrte, um sich zu befreien.

»Lassen Sie mich los!«, brüllte sie.

»Nur, wenn Sie versprechen, ihn nicht wieder zu schlagen«, erwiderte Dan so ruhig, wie es ihm möglich war.

»Loslassen!«

Dan gab sie frei, und Gunnar trat unwillkürlich ein paar Schritte zurück, als seine Frau sich ihm wieder zuwandte.

Dieses Mal schlug sie jedoch nicht. »Du Arschloch!«, schrie sie nur, dann drehte sie sich auf dem Absatz um und rannte ins Haus. Sie hörten ein paar Türen knallen, und einen Augenblick später hörte der Hund auf zu bellen.

»Er vermisst nur seine Mutter«, sagte Gunnar mit einer Stimme, die nicht ihm zu gehören schien. »Bingo macht immer so ein Theater, wenn wir ihn allein lassen. Es ist schon ein wenig lästig.« Mit einem Mal sah es so aus, als würden ihm die Beine versagen.

Dan streckte einen Arm aus und stützte ihn. »Sind Sie okay?«

»Nicht wirklich.«

»Haben Sie etwas genommen? Tabletten?«

Gunnar schüttelte den Kopf. »Ich bin nur so müde.«

»Kommen Sie, Sie müssen sich hinsetzen«, sagte Dan und führte Gunnar ins Wohnzimmer. »Haben Sie einen Gammel Dansk? Oder einen Whisky?«, erkundigte er sich, als er den Selbstmordkandidaten auf dem Sofa hatte Platz nehmen lassen. »Sie müssen sich stärken.«

»Im Kühlschrank liegt eine Flasche Schnaps.«

Dan ließ ihn einen Doppelten trinken und setzte sich Gunnar gegenüber. »Wollen Sie mir erzählen, was passiert ist?«

»Gehen Sie damit zur Polizei?«

»Um anzuzeigen, dass Sie sich das Leben nehmen wollten? Das geht die Polizei nichts an. Vielleicht wäre es eine gute Idee, mit einem Psychologen zu reden. Wenn Sie Depressionen haben, meine ich.«

Gunnar sah ihn an. Der Alkohol hatte seine Wangen ein wenig gerötet. »Ich muss mit keinem Psychologen reden«, erwiderte er in entschiedenem Ton.

»Dann reden Sie stattdessen mit mir.« Dan sah ihn an. »Sie haben nicht geantwortet. Haben Sie Depressionen?«

»Ich habe mein Päckchen zu tragen.« Gunnar goss sich noch einen Schnaps ein. »Aber dabei können Sie mir nicht helfen.«

»Nur raus damit.« Dan betrachtete das Gesicht des Mannes. Die hervorstechende Nase, die buschigen Augenbrauen. Das kräftige graue Haar, das er mit einem resignierten Gesichtsausdruck zurückstrich.

»Hat es etwas mit dem Mord an Dorthe zu tun?«, fuhr Dan fort, als Gunnar nicht reagierte.

»Das könnte man sagen. In gewisser Weise.«

»Dann erzählen Sie es mir.«

Gunnar blickte auf. »Sie arbeiten mit der Polizei zusammen, nicht wahr?«

»Das stimmt nicht ganz. Ich ermittele auf eigene Faust.«

»Dann erzählen Sie es denen nicht?«

»Kommt ganz darauf an, was Sie zu berichten haben.«

»Ich möchte nur vermeiden, dass Anni …«

»Dass Anni was?« Seine Frau stand mit dem Hund im Arm in der Tür. Sie sah immer noch völlig aufgelöst aus, hatte aber offensichtlich die Kontrolle wiedergewonnen. »Gibt es etwas, das ich nicht wissen darf?«

Gunnar sackte zusammen und schlug den Blick nieder. Er bewegte den Kopf von einer Seite zur anderen, wieder und wieder, als könnte die wiederholte Bewegung an sich ihren Zorn abwenden.

»Findest du nicht, dass ich ein Recht darauf habe, zu erfahren, warum du dir plötzlich das Leben nehmen willst?« Ihre Stimme näherte sich erneut der schrillen Tonlage. »Du Riesenegoist!«

Der grauhaarige Kopf pendelte von einer Seite zur anderen, immer wieder.

»Würden Sie sich lieber allein mit mir unterhalten?«, erkundigte sich Dan, als die Pause peinlich zu werden begann. »Nur für den Anfang«, fügte er hinzu, als Anni Luft für einen weiteren Zornausbruch holte.

»Ich gehe nirgendwo hin«, erklärte sie, stellte den Hund auf den Boden und setzte sich in einen Ledersessel. »Ich habe gewisse Rechte.«

»Gunnar?« Dan versuchte, Blickkontakt zu ihm zu bekommen.

Gunnar beendete endlich sein Kopfwiegen. »Hör auf, mich anzuschreien, Anni. Oder zu schlagen.«

Seine Frau fuhr erneut auf. »Ich kann selbst entscheiden, was ich …«

»Halten Sie endlich die Klappe, Anni!«, sagte Dan ruhig.

Sie warf ihm einen rasenden Blick zu. »Und Sie reden in meinem eigenen Haus nicht so mit mir!«

»Versuchen Sie, sich einen Moment zu beherrschen und zuzuhören«, erklärte Dan. »Sie haben mich angerufen. Dann müssen Sie mir jetzt auch eine Chance geben, herauszufinden, was hier vor sich geht. Wenn Gunnar mir erzählt hat, was er auf dem Herzen hat, können Sie ja wieder loslegen. Nicht wahr, Gunnar?«

»Ja.«

Anni presste die Lippen aufeinander.

»Ist das ein Abkommen?«, fragte Dan. »Oder soll ich mit Gunnar woanders hingehen, um mich mit ihm zu unterhalten?«

Die Lippen wurden noch schmaler. Dann kam die Andeutung eines Nickens.

»Sie haben mein Wort, Gunnar.« Dan fühlte sich wie ein sehr begabter Paartherapeut.

Gunnar räusperte sich und drückte den Rücken durch. Fuhr sich mit der Hand noch einmal durch die graue Mähne. Dann blickte er Dan direkt in die Augen. »Dorthe war schwanger von mir.«

»Was?« Anni sprang aus ihrem Sessel auf.

Gunnar fuhr tapfer fort: »Und da ich wusste, dass die Polizei mich irgendwann um einen DNA-Test bitten würde, habe ich keinen anderen Ausweg mehr gesehen.«

»Was?«, schrie sie erneut. »Dann hast du das nur getan, um nicht entdeckt zu werden, du Schlappschwanz! Du hättest mich zur Witwe gemacht, mich in diesem Chaos hier allein zurückgelassen, nur weil du nicht wolltest, dass die Polizei herausfindet, was für ein untreuer Scheißkerl du bist?«

»Setzen Sie sich, Anni.« Auch Dan war jetzt auf den Beinen. »Und halten Sie bitte den Mund. Ich sage es jetzt zum letzten Mal!«

»Was glauben Sie eigentlich, wer Sie sind?«, kreischte sie. »Ein beschissener Amateurdetektiv!«

»Beruhigen Sie sich.«

»Beruhigen?«, schrie sie. »Ich gehe!«

Mit Bingo im Schlepptau verließ Anni den Raum, und wenige Sekunden später hörten sie die Haustür so heftig ins Schloss fallen, dass die Scheibe in der Tür klirrte. Dann legte sich die Stille wie ein lindernder Balsam über die beiden Männer.

»Verstehen Sie jetzt«, frage Gunnar, »warum ich mir lieber das Leben nehmen wollte, als das mitzuerleben?«

»Tja«, erwiderte Dan nur.

»Ich habe weit mehr Angst vor ihr als vor der Polizei.«

»Sie beruhigt sich schon wieder.«

»Früher oder später sicher.« Pause. »Sie hat jedenfalls keinen Grund, eifersüchtig zu sein. Es war bloß ...« Erneute Pause. »Besser, wir beeilen uns, bevor sie zurückkommt.«

»Ich habe es noch nicht ganz begriffen, Gunnar.« Seit dem Geständnis des Mannes betrachtete er ihn mit einem gewissen Erstaunen. Dan konnte sich eine leidenschaftliche Alliance zwischen der bisexuellen, bohemeartigen und so humorvollen Lehrerin und diesem knochentrockenen, älteren Wirtschaftsprüfer nur schwer vorstellen. »Sie und Dorthe hatten eine Affäre?«

»Überhaupt nicht«, widersprach Gunnar. »Sie hat mich lediglich benutzt. Obwohl, das habe ich erst später erfahren.«

»Das müssen Sie mir jetzt erklären.«

»Also.« Gunnar schluckte. »Ich habe ihr manchmal geholfen. Bei ihrem Renault. Das ist eine alte Kiste, der war ja oft ... Ich habe kein Geld dafür bekommen. Es war also keine Schwarzarbeit, lediglich so was wie Nachbarschaftshilfe.« Er wartete, bis er sah, dass Dan das für einen Buchhalter offenbar bedeutungsvolle Detail begriffen hatte, und fuhr dann fort: »Im Frühsommer war er wieder kaputt. Sie hörte ständig ein Klopfgeräusch und fragte mich, ob ich mir den Motor mal ansehen könnte. Ich fand keine Erklärung für das Geräusch, aber ich hatte es wenigstens versucht.« Wieder wartete er auf ein Nicken von Dan. »Und dann, ja, dann habe ich ihr erzählt, dass ich gerade Strohwitwer sei. Deshalb hatte ich ja Bingo dabei. Er kann doch so schlecht allein zu Hause bleiben, deshalb nehmen wir ihn immer mit.«

»Und wo war Anni?«, unterbrach Dan, bevor Gunnar sich in der Hundegeschichte verlor.

»Sie lag im Krankenhaus. Irgendeine Frauensache. Eine Zyste, die entfernt werden musste. Sie haben sie über Nacht dortbehalten.« Wieder schluckte er. »Das habe ich Dorthe erzählt, und sie hat mich zum Abendessen eingeladen. Sie konnte gut kochen, das muss ich schon sagen, vielleicht war das Essen ein bisschen zu stark gewürzt, denn ich habe mehr also sonst getrunken, und es war ein kräftiger Wein. Ein Amarone, glaube ich. Der hat fünfzehn Prozent, und das ist weit mehr als ich …«

»Sie waren also ein bisschen angeheitert?«, unterbrach Dan ihn erneut. Die Geschwätzigkeit des Mannes ist lästig, dachte er. Das lag sicher an dem Schnaps. Vielleicht lenkte er auch immer wieder ab, um den unangenehmen Teil der Geschichte hinauszuzögern?

»Genau«, bestätigte Gunnar. »Und plötzlich fing sie an, mich zu küssen. Das kam so überraschend.« Er sah Dan an. »Ich dachte doch, dass sie nur mit Frauen, oder? Sie war ja eine hübsche Frau, und … Tja, bevor ich mich's versah, lagen wir auf dem Boden und kamen zur Sache. Sie hat mich geritten.« Zum ersten Mal zeigte sich die Andeutung eines Lächelns in seinen Mundwinkeln. »Das war wirklich, na ja, ich bin das nicht so gewohnt.« Er hielt inne.

»Und dann?«, fragte Dan, als Gunnar offenbar in süßen Erinnerungen schwelgte.

»Nichts. Sie stand auf, zog ihr Höschen wieder an und sagte ordentlich Gute Nacht. Am nächsten Vormittag ging ich rüber zu ihr, um, Sie wissen schon.«

»Wollten Sie herausfinden, ob vielleicht noch mehr möglich wäre, oder wollten Sie sich vergewissern, dass sie nichts von Ihnen erwartete?«

»Beides, glaube ich. An Lust hätte es mir ja nicht gefehlt, aber ausgerechnet eine Affäre mit der Nachbarin anzufangen, wäre doch dumm, oder?« Gunnar breitete die Arme aus. »Doch ich brauchte mir keine Sorgen zu machen. Es war ganz klar eine einmalige Sache gewesen. Aus und vorbei. Ich war ebenso enttäuscht wie erleichtert.«

»Das kann ich mir gut vorstellen.«

»Bis vor ein paar Wochen haben wir nicht mehr darüber geredet. Dann bat mich Dorthe vorbeizukommen. Und erklärte mir, sie sei schwanger. Zuerst bin ich wütend geworden, dann hat sie mir erzählt, wie lange sie es schon versucht hatte. Dass es sozusagen ihre vielleicht letzte Möglichkeit gewesen wäre, schwanger zu werden.«

»Es war beabsichtigt?«

»Zuerst klang es nicht so, doch dann hat sie nach und nach zugegeben, dass es kein Zufall war. Dorthe hatte ihren Eisprung und war zufällig allein mit einem Mann. Es sei ein spontaner Entschluss gewesen, hat sie gesagt. Sie hat mich abgefüllt und benutzt, und dafür entschuldigte sie sich.«

»Sie haben gerade gesagt, Sie wären zuerst wütend geworden. Heißt das, Sie sind es nicht mehr?«

Gunnar nickte. »Nachdem ich den Zusammenhang begriffen hatte, war ich nicht mehr wütend. Ich weiß doch, wie es ist, unfreiwillig kinderlos zu sein. Anni konnte ja auch keine Kinder bekommen. Deshalb verstand ich nur zu gut, auf welch merkwürdige Ideen man da kommen kann. Dorthe versicherte mir, sie würde es niemals irgendwem erzählen. Ich würde weder Alimente zahlen müssen, noch sollte ich irgendetwas mit dem Kind zu tun haben. Sie versprach, dass Anni es niemals erfahren würde.«

»Warum hat sie Ihnen überhaupt von der Schwangerschaft erzählt, wenn Sie mit der Sache nichts zu tun haben sollten?«

»Dorthe war prinzipiell dagegen, ein Kind in die Welt zu setzen, ohne den Vater zumindest darüber zu informieren. So war sie eben. Grundanständig.«

Dan fuhr sich mit einer Hand über die Glatze. »Persönlich finde ich es nicht gerade grundanständig, einen Mann so zu manipulieren.«

»Tja, so kann man das sicher auch sehen.«

Dan betrachtete ihn eine Weile. »Warum haben Sie das nicht gleich gesagt, als sie tot aufgefunden wurde? Oder zumindest, als die Schwangerschaft bekannt wurde?«

»Das können Sie sich doch ja wohl denken. Zum einen wegen Anni, und dann hatte ich keine Lust, verdächtigt zu werden. Für einen Mord ist das doch ein einleuchtendes Motiv.«

»Soweit ich weiß, haben Sie ein ausgezeichnetes Alibi.«

Gunnar zuckte die Achseln. »Ich hätte einen Mörder anheuern können.«

»Okaaaay.« Der Gedanke an Gunnar, der mit Lesebrille auf der imponierenden Nase in den Gelben Seiten einen Auftragsmörder suchte, brachte Dan zum Schmunzeln, aber er wurde rasch wieder ernst. »Rufen Sie umgehend diese Nummer an.« Dan schrieb Frank Janssens Telefonnummer auf ein Stück Papier. »Und erzählen Sie ihm die ganze Geschichte.«

36

Dan entschloss sich, für den Rest des Tages nichts mehr zu tun. Erst am Abend setzte er sich wieder an den Schreibtisch und versuchte, sich auf die Spendenaktionen zu konzentrieren, doch seine Gedanken schweiften immer wieder ab zu Gunnar. Konnte man sich darauf verlassen, dass er Frank Janssen anrief? War es nicht im Grunde unverantwortlich von Dan, ihn sich selbst zu überlassen?

Nach einer Weile griff er zum Telefon.

»Frank Janssen.«

»Dan.«

»Hej.« Eine kurze Pause. Irgendetwas klapperte. »Was kann ich für dich tun?« Man hörte eine Frau in der Nähe des Telefons kichern.

»Störe ich?«

»Nun ja. Heute ist Sonntag.« Frank hörte sich an, als würde er lächeln. »So«, sagte er dann. »Jetzt bin ich aufgestanden. Schieß los.«

»Ich wollte mich nur erkundigen, ob dich ein Mann namens Gunnar Højgaard heute angerufen hat.«

»Dorthe Bertelsens Nachbar?«

»Genau.«

»Nein. Sollte er?« Die Frau im Hintergrund lachte. Frank legte die Hand auf den Hörer und sagte irgendetwas, Dan hörte allerdings nur ein fernes Murmeln. »Entschuldige. Zügellose Weiber«, meldete sich Frank wieder bei Dan. »Ich gehe in ein anderes Zimmer.«

»Ich glaube, es wird dich interessieren, was Gunnar Højgaard dir zu erzählen hat – egal, ob du deinen freien Tag hast oder nicht.«

Das Geräusch einer Tür, die geschlossen wurde. »Raus damit.« Frank klang jetzt ganz nah.

»Willst du es nicht lieber von ihm hören?«

»Es kann nicht schaden, vorher Bescheid zu wissen.«

»Okay.« Dan lieferte einen kurzen Bericht der Ereignisse vom Nachmittag. »Wenn er bis morgen früh nicht angerufen hat, solltest du Kontakt zu ihm aufnehmen, denke ich.«

»Mist«, sagte Frank nur.

»Was ist?«, wollte Dan wissen.

»Ach, nichts.« Neue Pause. »Danke, Dan. Gut, dass du ihn zu uns geschickt hast.«

»Eigentlich war die Sache mit der Schwangerschaft genau die Spur, die nicht in Pias Richtung führte, oder? Es gab zumindest eine winzige Chance, dass der Vater es getan hat.«

»Tja.« Frank räusperte sich. »Ja, ich fürchte, du hast recht, Dan. Ich darf die Geschichte nicht mit dir diskutieren. Auf keinen Fall.«

»Ich habe das Gefühl, ihr habt keine anderen Ideen.«

Eine kurze Pause. »Und du?«

»Vielleicht.«

»Darf man erfahren, was ...« Frank stoppte. »Nein, Dan. Du verführst mich nicht zu einem Gespräch über den Fall. Nochmals danke. Ruf an, wenn du mehr herausfindest, was ich wissen sollte. Okay?«

Dan blieb einen Moment stehen, nachdem er das Telefon auf den Tisch gelegt hatte. Er hatte Frank noch nie so abweisend erlebt. Na gut. Diese fremde Kommissarin hatte den örtlichen Beamten offenbar wirklich einen Heidenschrecken eingejagt.

*

Dan hatte den Eindruck, dass Ulla Bertelsen erschöpft wirkte, als er in das Haus in Roskilde gebeten wurde. Ihre Haut sah stumpf und glanzlos aus, die dunklen Schatten unter den Augen ließen sich auch mit viel Gesichtspuder nicht kaschieren.

Höflich lehnte Dan das Angebot einer Tasse Tee ab. Er wolle

ihre Zeit nicht vergeuden, sagte er und bemerkte die Erleichterung, mit der sie seine abschlägige Antwort akzeptierte.

»Ich habe darüber nachgedacht«, sagte sie und korrigierte den Sitz ihres Rocks mit einem kurzen, nervösen Zupfen. »Es ging nur um ein Projekt. Wir haben bei einem unserer letzten Treffen darüber gesprochen. Und wir …« Sie atmete tief durch. »Wir haben uns gestritten. Kein schöner Gedanke, jetzt.«

»Natürlich nicht.«

»Ich muss zugeben, dass wir uns nicht zum ersten Mal gestritten haben. Eigentlich haben wir das unser ganzes Leben getan, zumindest, nachdem Dorthe in die Pubertät kam. Wir waren so verschieden, verstehen Sie, wir hatten nichts gemeinsam, abgesehen von unserer Sturheit, und waren in so vielen Dingen nicht gleicher Ansicht.« Ulla ließ den Rand ihres Rocks los und legte die Hände übereinander. Sie bewegte die Finger der oberen Hand hin und her, als wollte sie sich durch das Streicheln selbst beruhigen. »Natürlich haben wir uns immer wieder vertragen, schließlich waren wir erwachsene Menschen. Das heißt, so war es bis vor ein paar Jahren.«

»Die Scheidung?«

Ulla schloss die Augen und nickte.

»Es ist Ihnen schwergefallen, Dorthes Beziehung zu Pia zu akzeptieren?«

»Ich schäme mich deshalb nicht.« Ulla Bertelsen sah Dan an. »Es hat nichts mit Vorurteilen zu tun. Es wäre dasselbe gewesen, wenn sie mit einem anderen Mann durchgebrannt wäre. Oder …« Eine kurze Pause. »Vielleicht nicht ganz dasselbe. Mit einem anderen Mann hätte sie ja noch die Chance gehabt, Kinder zu bekommen, obwohl es dafür beinahe schon zu spät war.«

»Sie wissen, dass sie …«, erkundigte Dan sich vorsichtig.

»Ja, ich weiß. Die Polizei war so freundlich, mir von Dorthes Schwangerschaft zu erzählen, bevor es in der Zeitung stand.«

»Wenn sie dieses Kind nun bekommen hätte. Was dann?«

»Ob ich ihr vergeben hätte, wenn ich doch ein Enkelkind bekommen hätte? Wenn sie und ihre Damenbekanntschaft das Kind zusammen aufgezogen und Kleinfamilie gespielt hätten?« Sie seufzte. »Vielleicht. Ich weiß es nicht. Die Scheidung war eine Gemeinheit gegenüber William, egal, wie es ausgegangen wäre.«

»Sie mögen Kinder?«

»Sehr.«

»Sehen Sie ihn noch?«

»Wenn sich die Gelegenheit ergibt. Er ist mit seiner Firma ja sehr beschäftigt. Ich wünsche ihm, dass er bald ein neues Mädchen findet. Oder eine Frau, sollte ich wohl besser sagen.« Sie verstummte, in Gedanken versunken.

Dan räusperte sich. »Sie wollten von Ihrem Streit erzählen.«

»Ach ja.« Ulla richtete sich abrupt auf. »Entschuldigung. Ich brauche ein Glas Wasser. Sind Sie sicher, dass Sie nicht doch irgendetwas möchten?«

»Machen Sie sich wegen mir keine Umstände.«

Dan schlug die Beine übereinander und wartete gelassen; er hörte Ulla an den Küchenschränken rumoren und den Wasserhahn öffnen. Ganz offensichtlich war es ihr unangenehm, über die Auseinandersetzung mit ihrer Tochter zu sprechen.

Sie stellte ein Tablett mit einer Kanne Wasser und zwei Gläsern auf den Couchtisch. »Falls Sie es bereuen«, sagte sie und zeigte auf das zweite Glas. »Es ist heute so schwül.« Sie goss sich ein und trank langsam, mit kleinen, vorsichtigen Schlucken, als hätte sie Angst, das Wasser in den falschen Hals zu bekommen.

»Na dann«, sie stellte das Glas beiseite. »Bringen wir es hinter uns.«

Dan räusperte sich noch einmal. »Wann war das?«

»Ende Juni, Anfang Juli. Ich bin nicht ganz sicher. Sie wollte mir ein Buch zurückgeben, das sie sich geliehen hatte, und war in Eile. Sie wirkte ein wenig gestresst, aber sie konnte dann doch eine halbe Stunde bleiben.« Ulla sah Dan an. »Man muss ja nehmen, was man bekommt. Und ich hatte so selten Gelegenheit, mit ihr allein zu sprechen.«

Dan nickte. »Sie saß auf dem Stuhl, auf dem Sie jetzt sitzen, und redete und redete. Das tat sie immer. Plapper, plapper, plapper.« Ein Lächeln glitt über Ullas Gesicht. »Seit sie ein kleines Mädchen war. Sie wusste genau, dass die Themen Pia und die neue Wohnung problematisch waren, also redete sie über andere Dinge. Wie es in der Schule lief, ihre Pläne für die Anfängerklasse. Und diese ganze Facebook-Geschichte. Damit verbrachte sie sehr viel Zeit. Sie erzählte von Gruppen und Projekten und allen möglichen Aktivitäten. Normalerweise hörte ich nicht richtig zu, diesmal wurde ich dann doch aufmerksam.«

»Wieso?« Dan beugte sich etwas vor.

»Sie hat von einem Spendenprojekt erzählt, das eine ihrer Kolleginnen organisierte und auf das Dorthe gewaltig stolz war, weil es ihnen gelungen ist, damit eine ordentliche Stange Geld einzusammeln. Es ging um eine Selbstverteidigungsschule für junge Mädchen in Saudi-Arabien. Absolut geheim natürlich. Derartige Aktivitäten, die angeblich die Gesellschaft untergraben, sind dort unten nicht gerade populär.«

»Aha.«

»Es klang alles sehr gut«, fuhr Ulla fort. »Ich hatte selbst einiges mit der Universität in Riad zu tun und war dort unten die Koordinatorin des Außenministeriums für einige humane Projekte gewesen, also stellte ich ein paar Fragen. Dorthe schien richtig froh zu sein, dass ich solches Interesse zeigte, und erklärte mir alles. Irgendwann erwähnte sie die lokale Organisation, die das Projekt betrieb – und dann habe ich ihr erzählt, dass diese Organisation nicht mehr existiert. Der Vorsitzende, den ich früher mehrfach getroffen hatte, ist schon vor ein paar Jahren gestorben, und ich wusste mit Sicherheit, dass der Rest der Aktivisten in alle Winde zerstreut war. Einige sitzen im Gefängnis, andere sind untergetaucht. Außerdem wird das Viertel der Stadt, in dem die Schule angeblich liegen soll, zum großen Teil von Priestern und hochstehenden Regierungsbeamten bewohnt. Kein Ort, den man unbedingt wählen würde, um eine verbotene Schule zu betreiben.«

»Und was haben Sie daraus für einen Schluss gezogen?«

»Ich fand, dass das gewaltig nach Betrug roch. Ich empfahl Dorthe, mit der Kollegin zu reden. Sollte es sich tatsächlich um Betrug handeln, wäre es klug gewesen, die Spendenaktion sofort zu stoppen und mit der ganzen Geschichte an die Presse zu gehen, bevor andere es taten. Stellen Sie sich bloß vor, in welchen Ruf das Gymnasium von Christianssund bei einem derartigen Skandal gekommen wäre. Ich bot ihr an, die Sache für sie zu prüfen. Die Diplomaten des Ministeriums wissen, wie man so etwas diskret angeht.«

»Und was hat Dorthe dazu gesagt?«

»Sie hat vor Wut getobt. Ob ich ihre Kollegin etwa beschuldigen wolle, in einen Betrugsfall verwickelt zu sein? Ich hätte überhaupt nichts zu untersuchen, erklärte sie.« Ulla sank ein wenig zusammen. »Daraufhin ist sie gegangen.«

»Das haben Sie der Polizei nicht erzählt.«

»Ich bin auch nicht gerade stolz darauf, dass wir uns gestritten haben. Außerdem haben mich die Beamten nur nach meinem letzten Treffen mit Dorthe gefragt. Und nach ihrem Verhältnis zu ihrem Exmann.«

Dan nickte.

»Sie glauben doch nicht, dass diese Geschichte etwas mit ihrem Tod zu tun hat?«

»Ich weiß es nicht«, erwiderte Dan.

»Von der Sache wussten nur Dorthe und ich, und sie wollte die Geschichte nicht weiterverfolgen.«

»Ihre Skepsis hat größeren Eindruck hinterlassen, als Sie denken. Nach Ihrem Gespräch hat Dorthe sich einer Freundin anvertraut. Über sie habe ich davon erfahren. Die Freundin hat nicht alle Details verstanden, aber hat sich daran erinnert, dass Dorthe von Ihnen auf den Gedanken gebracht worden ist, irgendetwas könnte faul an der Sache sein.«

Ulla schwieg eine Weile. »Glauben Sie, dass sie vom saudi-arabischen Geheimdienst ermordet wurde?«

»Es ist sicher viel zu früh für derartige Vermutungen.« Dan dachte nach. »Ich brauche mehr Informationen über diese Spendenaktion, Ulla, würden Sie mir helfen herauszufinden, ob Ihr Verdacht begründet war?«

»Selbstverständlich.«

»Sie haben vermutlich einen Computer mit Internetzugang? Sodass ich Ihnen direkt ein paar Daten zeigen kann?«

»Hier.«

Ulla führte Dan in ein kleines Zimmer, das als Büro eingerichtet war. Ein klotziger stationärer Computer stand neben dem Schreibtisch. Sie schaltete ihn ein und ging wieder ins Wohnzimmer. Einen Augenblick später hörte Dan die Erkennungsmelodie des Betriebssystems.

Während der Rechner hochfuhr, betrachtete Dan drei gerahmte Fotografien auf dem Schreibtisch. Das verblichene Farbfoto eines kleinen blond gelockten Mädchens, dessen Lachgrübchen sie augenblicklich als Dorthe auswiesen. Ein Hochzeitsfoto, das eine junge schlanke Dorthe in einem einfachen cremefarbenen Brautkleid mit einem Blumenstrauß in fröhlichen Farben zeigte. Neben ihr stand William. Er sah aus wie immer, nur jünger und rasiert. Vermutlich ganz gut, dachte Dan, als er sich das Gesicht genauer ansah, dass der Mann sich für einen dicken Vollbart entschieden hatte, um das fliehende Kinn zu verbergen. Das letzte Bild war ein neueres Porträt von Dorthe. Schwarz-weiß und mit kräftigen Kontrasten, sodass eine Hälfte des Gesichts ganz im Schatten lag. Es war ein professionelles Foto. Vielleicht ein besänftigendes Geschenk für die ewig kritische Mutter.

Dan stellte zufrieden fest, dass die Internetverbindung trotz des fortgeschrittenen Alters des Computers ausgezeichnet war. Er loggte sich bei Facebook ein, rief die Gruppe auf und suchte, diesmal etwas zielbewusster.

Nach einer Viertelstunde hatte er die Spendenaktion, für die eine eigene Seite eingerichtet worden war, endlich gefunden. »Enough!« hieß sie in aller Einfachheit. Er klickte sich durch die wichtigsten Informationen und stieß sofort auf Svea Loréns Namen. Sie war Koordinatorin des dänischen Teils des Projekts. Genau wie Ulla es erzählt hatte, wurden Spenden für eine geheime Selbstverteidigungsschule für saudi-arabische Frauen gesammelt. Auf der englischsprachigen Homepage für das Projekt wurden Fotos von jungen schwarzhaarigen Frauen in diversen Karatepositionen und mit anonymisierenden Balken über den Augen gezeigt, einige Links führten zu Artikeln über Frauen, die vergewaltigt und danach ausgepeitscht worden waren. Ein Artikel über das Projekt, der in *The Guardian* erschienen war, wurde vollständig vorgestellt.

Eigentlich logisch, dachte Dan. Für eine lesbische Sportlehrerin wie Svea Lorén lag die Kombination von körperlicher Entfaltung und Feminismus auf der Hand. Sollte der Zweck dieser Spendensammlung ein Schwindel sein, wäre auch die Geheimniskrämerei zu verstehen. Denn natürlich wurden weder Kontaktnamen noch andere Informationen genannt, das hätte ja die saudi-arabische Polizei auf die Spur der Schule bringen können.

37

»Annette Poulsen von der Polizei.«

»Ja, hej«, antwortete Dan.

»Gibt es etwas Neues?«

»Das weiß ich nicht«, sagte Dan. »Sie haben mich angerufen.«

»Ich wollte mich nur bedanken.« Annettes tiefe Stimme war zurückhaltend und freundlich. »Es war gut, dass Sie Gunnar Højgaard dazu gebracht haben, sich zu melden.«

»Hat er selbst angerufen?«

»Er hat gestern Abend Kontakt zu Frank Janssen aufgenommen, wir haben ihn heute Morgen verhört.«

»Und eine Speichelprobe genommen?«

»Selbstverständlich, obwohl seine Geschichte zweifellos richtig ist.«

»Er hat ein Alibi.«

»Ja, das überprüfen wir jetzt natürlich noch einmal, immerhin hatte er eine Beziehung zum Opfer. Auch wenn es so aussieht, als wäre es nur dieses eine Mal gewesen.« Sie räusperte sich. »Er steht nicht direkt unter Verdacht, doch er hat relevante Informationen in einem Mordfall zurückgehalten, was ja auch schon ernst genug ist.«

»Sicher.«

Annette machte eine Pause. »Ich muss wohl nicht sagen, dass dies auch für Sie gilt, Dan. Wenn Sie Informationen haben, die zur Aufklärung des Falles führen, ist es Ihre Pflicht, sie an uns weiterzugeben.«

Dan reagierte verstimmt. »Habe ich das nicht gerade getan?«

»Gestern haben Sie gegenüber Janssen angedeutet, dass Sie an einer neuen Spur arbeiten.«

»Ich habe eine Theorie, an der ich ein wenig herumprobiere.«

»Worauf läuft sie hinaus?«

»Ich muss erst ein paar Fakten checken.«

»Wir sind für so etwas ausgebildet. Geben Sie mir, was Sie haben, und überlassen Sie uns den Rest.«

»Ihr bekommt es, sobald ich meiner Sache sicher bin.«

Neue Pause. »Ich hoffe, Sie wissen, was Sie tun.«

Sie fing an, ihn zu ärgern. »Ich habe normalerweise ein ausgezeichnetes Verhältnis zur örtlichen Polizei. Wenn ich etwas finde, das Sie gebrauchen können, bekommen Sie es auch.«

»Hm.«

»Sie machen es mir allerdings nicht unbedingt leichter.«

»Was meinen Sie damit?«

»Sie haben der gesamten Abteilung verboten, mit mir zu kommunizieren. Auf diese Weise ist die Zusammenarbeit schwierig.«

Sie lachte trocken. »Und genau darin liegt Ihr Denkfehler, Dan. Ich habe niemals gesagt, dass wir zusammenarbeiten. Sie sind als Privatmann und Bürger ganz einfach dazu verpflichtet, relevante Informationen der Polizei zu übergeben.«

»Und genau das tue ich«, erklärte Dan und versuchte, sich die Irritation nicht anhören zu lassen. »Wenn ich mich davon überzeugt habe, dass die Informationen relevant genug sind, bekommt ihr sie. Oder wenn ich weiß, dass sie wirklich neu für euch sind – und das weiß ich ja leider nicht so genau, nachdem das Gespräch eine Einbahnstraße ist.« Er dachte einen Moment nach, bevor er beschloss, noch einen Trumpf auszuspielen: »Es gibt Dinge, die so banal sind, dass man davon ausgehen sollte, sie wären längst untersucht worden, obwohl das aus den Berichten nicht hervorgeht.«

»Denken Sie da an etwas Bestimmtes?«

»Hat bei der Polizei zum Beispiel irgendwer den Namen des Mitarbeiters im Fitnesscenter überprüft, von dem der Diebstahl der Laufschuhe registriert wurde?«

»Bitte?« Zum ersten Mal im Verlauf des Gesprächs schlich sich Unsicherheit in Annette Poulsens Stimme. »Da bin ich nicht ganz sicher.«

»Es ist nicht überprüft worden, sonst würde es ja in den Berichten stehen. Fragen Sie mal Ihren Stab aus lauter top-professionellen Ermittlern, ob irgendjemand daran gedacht hat. Ich denke, die Antwort wird Sie interessieren.« Als sie nicht antwortete, konnte er nicht anders und beendete das Gespräch mit: »Und nochmals vielen Dank.«

Sowie er aufgelegt hatte, ärgerte er sich, dass ihm das Temperament durchgegangen war. Das Letzte, was er jetzt brauchte, war eine Konfrontation mit der Polizeiführung. Er würde Pia Waage damit nur schaden und sie hatte ihn schließlich damit beauftragt, sich mit dem Fall zu beschäftigen. Seine Aufgabe war es, die Polizei mit Informationen zu versorgen, die sie auf neue Spuren brachte, nicht, Annette Poulsen gegen Pia aufzubringen.

Na ja, dachte er. Passiert ist passiert. Hoffentlich schämten sie sich ein bisschen, wenn sie herausfanden, dass sie die Verbindung zwischen zwei Aspekten des Falls übersehen hatten, egal, wie unbedeutend es möglicherweise sein mochte.

Pling! Eine Mail von Ulla Bertelsen war eingetroffen. Sie hatte die Morgenstunden genutzt und Kontakt mit dem dänischen Botschafter in Saudi-Arabien sowie mit einem der internen Experten des Ministeriums aufgenommen und sah sich in ihrem Verdacht bestätigt. Alles deutete darauf hin, dass die internationale Spendenaktion für die Selbstverteidigungsschule erfunden war, konstruiert nur mit dem Ziel, wohlmeinenden Menschen das Geld aus der Tasche zu ziehen.

Musste er den Betrugsfall nun an die Mordkommission weitergeben? Dan überlegt einen Moment. Unter normalen Umständen hätte er es vielleicht getan. Aber das Gespräch mit dieser herablassenden Kommissarin hatte ihn in einer Stimmung hinterlassen, die seine Bereitschaft zur Zusammenarbeit nicht gerade beförderte. Während er über das Dilemma nachdachte, sah er noch einmal seine Ergebnisse durch. Dann traf er einen raschen Entschluss, schrieb seine Notizen ins Reine und legte sie zusammen mit einem Ausdruck der Homepage, der Artikel und der Facebook-Seite in eine Plastikhülle. Es gab jemanden, der sehr viel besser wusste als er, was damit zu tun wäre.

*

»Hej, Dan.« Flemming Torp kam aus dem Eingangsbereich des Präsidiums. »Was verschafft mir die Ehre?«

»Ich habe etwas für dich.«

»Okay?« Als Flemming bemerkte, dass Dan nicht beabsichtigte, ihm sein Anliegen an der Schranke des Wachhabenden zu erklären, nickte er in Richtung Glastür, die zur Haupttreppe führte. »Willst du mitkommen?«

»Danke.« Dan folgte seinem alten Freund in den ersten Stock. »Hast du einen Moment?«

»Ein Moment ist sehr relativ, aber ja, im Augenblick ist nicht so viel los.«

Das Büro, das Flemming in seiner neuen Abteilung zugeteilt bekommen hatte, war erheblich kleiner als das Büro, das ihm als Leiter der Abteilung für Gewaltkriminalität zur Verfügung stand. Ein Schreibtisch, ein ergonomischer Bürostuhl mit einem gestreiften Keilkissen gegen seine Rückenschmerzen, ein einzelner Gästestuhl und eine Wand mit Regalen für Ringordner. Verschwunden waren der Konferenztisch, das Sofa und andere Statussymbole. Auch seine vom Staat gekauften Gemälde hatte er nicht mitnehmen können.

Dan bezweifelte, dass sich Flemming an der schäbigen Ausstattung störte. Der Raum befand sich in einem Stockwerk, das noch nicht renoviert worden war, und hatte deshalb eines mit seinem alten Büro gemeinsam: einen großen, alten Heizkörper. Er war keine Offenbarung an Schönheit, sondern mehrfach mit einer glanzlosen grauen Farbe übermalt und übersät von kleinen und großen Rostflecken. Auch die Temperatur ließ sich vermutlich nur sehr schwer regulieren, doch seinen Hauptzweck erfüllte er problemlos: Er diente als Stütze für Flemmings Hinterteil, wenn er seine Lieblingsposition mit dem Rücken zur Wand einnahm. Schon als Jugendlicher hatte sich Flemming gern in diese Sitzposition begeben. Vielleicht hatte er bereits damals Probleme mit dem Rücken. Dan erinnerte sich nicht, ob sie je darüber gesprochen hatten.

»Und?«, fragte Flemming. »Was hast du für mich?«

Dan nickte und holte die Hülle aus seiner Tasche. »Ich bin auf einen Betrugsfall gestoßen«, erklärte er und reichte die Hülle dem Polizisten. »Und ich glaube, es hat internationale Ausmaße.«

»Gib mir eine Zusammenfassung.« Flemming legte die Hülle auf seinen Schreibtisch. »Dann sehe ich mir die Papiere nachher an.«

»Es geht um eine Spendenaktion, die hier in Dänemark von einer Lehrerin des Gymnasiums von Christianssund gesteuert wird. So sieht es jedenfalls aus.«

»Des Gymnasiums? Warte mal einen Moment«, unterbrach ihn Flemming und hielt eine Hand hoch. »Hat das mit dem Mord an Dorthe Bertelsen zu tun?«

»Ich weiß es nicht mit Sicherheit, ausschließen kann ich es nicht. Ein paar Wochen vor ihrem Tod hat Dorthe den Betrug durch einen Zufall selbst entdeckt. Wenn sie die Verantwortliche damit konfrontiert hat, könnte vielleicht ...«

»Dann bin ich der Falsche für diese Unterlagen«, unterbrach ihn Flemming erneut und schob Dan die Hülle mit den Ausdrucken zu. »Wenn du glaubst, dass hier ein Mordmotiv zu finden sein könnte, musst du mit Annette Poulsen reden.«

»Aber …«

»Das ist ihr Fall.«

»Hör doch mal zu, Flemming. Hinterher kannst du damit machen, was du willst.«

Flemming schlug die Arme übereinander.

»Wenn ich recht habe, ist das hier eine große Sache, bei der es um Wirtschaftskriminalität geht. Und das ist doch dein Gebiet, oder?«

»Ja.«

»Mein Vorschlag lautet, dass du dir einen Überblick verschaffst und herausfindest, ob es einen Betrugsverdacht gibt. Ist es so, servierst du die ganze Herrlichkeit Annette Poulsen auf einem Silbertablett. Sie wird glücklich sein. Ein eindeutiges Motiv, ein einleuchtender Verdacht – und du kannst das Beweismaterial an die Spezialabteilung für Wirtschaftskriminalität der Rigspoliti weitergeben.«

»Ich will einen laufenden Fall nicht verzögern. Wenn du etwas hast, das im Zusammenhang mit Dorthe Bertelsens Tod steht, müssen die das sofort bekommen.«

»Was du dir ansehen sollst, dauert nicht mehr als ein paar Stunden. Jedenfalls nicht, wenn du schnell einen richterlichen Beschluss bekommst. Du musst dir Zugang zu einem Konto verschaffen.« Dan nahm die Hülle und fand den Ausdruck der Homepage der Aktion. »Die Nummer steht hier. Überprüf die Kontobewegungen, die Ein- und Ausgänge, vor allem zu ausländischen Konten und …«

»Ich weiß, wie ich meine Arbeit zu erledigen habe, Dan.«

»Sorry.« Dan legte die Plastikhülle wieder auf den Schreibtisch. »Ich meine doch nur, dass du das alles bereits morgen an Annette

Poulsen weitergeben kannst. Ich wäre nur froh, wenn du mit deinem geübten Auge meinen Verdacht bestätigen könntest, dass es sich hier um Betrug handelt. Wenn nicht, hat es auch nichts mit dem Fall zu tun.«

Flemming nickte langsam. »Okay, du Plagegeist. Das ergibt Sinn. Also, was hast du?«

»Okay«, begann Dan. »Es geht um eine Spendenaktion für eine Schule für Selbstverteidigung ...« Dan erklärte das Projekt, während Flemming ihm mit unbewegtem Gesicht zuhörte. Die Informationen von Dorthes Mutter, die Kontaktpersonen, die nicht mehr existierten, die Aussage der Botschaft. »Was sagst du?«, fragte er am Ende. »Das sieht doch nach Beschiss aus?«

»Es klingt so, als würdest du dir vorstellen, dass sich jemand eine Unmenge Arbeit gemacht hat. Und wofür?« Flemming richtete sich auf. Er massierte seine Lende, während er nachdachte. »Wie viel kann ein Gymnasium schon mit ein paar Wohltätigkeitsaktionen einsammeln?«

»Laut einer Information auf der Homepage kamen im ersten Monat über dreißigtausend Kronen zusammen.« Dan sah, dass Flemming etwas sagen wollte, und fügte rasch hinzu: »Das ist nur für einen Monat – und nur hier in Dänemark. Weltweit ist sicher von einem weit größeren Betrag die Rede.«

»Ein größerer Betrag? Eine halbe Million? Eine Million? Das ist immer noch Kleingeld.«

»Ja.« Dan dachte einen Moment nach. »Vielleicht haben die Hintermänner ihre Finger ja nicht nur bei einer Betrugsaktion im Spiel. Wenn man erst einmal die Idee entwickelt hat, ist es im Grunde total einfach, mehrere Betrügereien zu inszenieren. Möglicherweise ist das ein Riesengeschäft.«

»An Fantasie hat's dir noch nie gefehlt.« Flemming lächelte zum ersten Mal, seit Dan begonnen hatte zu argumentieren.

»Ich fange sofort an«, erklärte er und nahm hinter seinem Schreibtisch Platz. »Zumindest ist es eine Abwechslung zu diesen ganzen langweiligen Kioskabrechnungen, mit denen ich mich herumärgere.«

»Kioskabrechnungen?«

»Ich arbeite mit dem Finanzamt zusammen. Verdacht auf Betrug. Lange Geschichte.« Flemming nahm die Unterlagen aus der Hülle. »Und wer ist das?« Er zog eine Seite aus dem Haufen und wedelte damit in der Luft: der Ausdruck von Svea Loréns Facebook-Profil.

»Die dänische Kontaktperson. Sie ist Sportlehrerin am Gymnasium.«

»Und du verdächtigst sie des Mordes?«

»Es wäre eine Möglichkeit. Sie wurde auch mehrfach in dieser merkwürdigen Mailkorrespondenz erwähnt. Sie könnte der Kern der Sache sein.«

»Hast du sie schon kennengelernt?«

»Noch nicht.«

»Bleib ihr vom Hals. Wenn du recht hast mit deinem Verdacht, soll sie nicht die Möglichkeit bekommen, ihre Spuren zu verwischen, bevor wir sie schnappen.«

»Natürlich.« Dan sah ihn an. »Es ist vielleicht nur ein frommer Wunsch: Kann ich dabei sein, wenn ihr mit Svea redet?«

»Vergiss es, Dan.«

»Früher war das doch auch möglich.«

»Die Antwort ist nein.«

»Okay, okay.«

Flemming beugte sich über Dans ins Reine geschriebene Notizen. Nach einer Minute blickte er grinsend auf: »Bist du immer noch hier?«

»Ich dachte …«

Das Lächeln verschwand: »Oh nein, ich soll dir einen Gefallen tun?«

»Nur eine Kleinigkeit, Flemming. Und die Ermittlungsgruppe kann ich nicht fragen. Denen wurde verboten, mich mit Informationen zu versorgen.«

»Was bringt dich dazu zu glauben, dass dieses Verbot für mich nicht gilt?«

»Du arbeitest nicht mehr in der Abteilung, oder doch?«

Flemming seufzte. »Also, worum geht's?«

»Ich brauche die Browser-Historie von Dorthe Bertelsens Computer. Welche Internetseiten sie am häufigsten besucht hat.«

»Warum?«

»Ich habe das Gefühl, dass Dorthe diese Betrugsgeschichte untersucht hat. Vielleicht hat sie interessante Informationen gefunden, und vielleicht finde ich noch mehr, wenn ich ihren Spuren nachgehe.«

»Ich dachte, du hättest die Beweise, die du brauchst.«

»Ja, aber was ist, wenn ich ähnliche Fälle finde? Weitere Betrügereien durch dasselbe Netzwerk? Und sie mit Svea Lorén in Verbindung gebracht werden können?«

»Du hast mir den Fall gerade übergeben, Dan.«

»Deshalb bin ich nicht weniger neugierig. Du kennst mich doch.« Dan versuchte es mit einem Lächeln.

Es wurde nicht erwidert. »Soweit ich weiß, bist du formell bei Pia Waages Rechtsanwalt angestellt. Er hat Zugang zu allen Informationen, und du kannst sie ganz einfach bei ihm abholen.«

»Ich dachte nur, du kannst sie vermutlich schneller beschaffen. Ich bin etwas ungeduldig. Wenn du jetzt schnell zu den IT-Jungs gehen würdest, könntest du vielleicht …«

»Ganz ehrlich, Dan«, unterbrach ihn Flemming Torp. »Ich habe überhaupt keine Lust, mich mit Annette Poulsen anzulegen. Und schon gar nicht, wenn du die Möglichkeit hast, dir dieselben Informationen ganz legal zu beschaffen. Benutz die Kanäle, die dir zur Verfügung stehen, und lass mich in Ruhe meine Arbeit machen.«

Dan blieb noch einen Moment stehen, bevor er sich umdrehte und Flemmings Büro verließ. Er polterte die Haupttreppe hinunter, obwohl Unbefugte sich nicht ohne Begleitung im Haus aufhalten durften. Sie konnten ihn mal.

Es war das zweite Mal an diesem Tag, dass er vor Wut über die mangelnde Kooperationsbereitschaft der Polizei schäumte. Lieferte er seine Informationen nicht so schnell ab, wie es ging? Hielt er sich nicht an sämtliche Absprachen? Warum zum Teufel machten sie ihm das Leben so schwer? Er hätte am liebsten alles hingeworfen und lief in seiner Wut so schnell aus der Drehtür, dass er beinahe einen Verkäufer der Obdachlosenzeitung vor dem Eingang umgerannt hätte.

Dan ging direkt ins Hotel Marina, bestellte eine Cola und setzte sich an den äußersten Tisch auf dem Platz. Die Wut verebbte allmählich, so wie die Flüssigkeit im Glas verschwand. Er betrachtete die Passanten, versuchte Blickkontakt zu einer halbwegs attraktiven Frau ein paar Tische weiter zu bekommen und dachte an nichts.

Als er sich wieder beruhigt hatte und die halbwegs attraktive Frau gerade gegangen war, ohne ihn auch nur eines Blickes zu würdigen, erledigte er zwei Telefonate. Eines mit Else Forsberg, bei der er sich für ihren Tipp bedankte und der er erzählte, dass er die Sache jetzt der Polizei übergeben habe. Und eines bei Mark Frandsen, um ihn zu bitten, Dorthes Browser-Verlauf zu beschaffen. Als der Anwalt wissen wollte, weshalb, lieferte Dan ihm einen stark vereinfachten Bericht über seine Kontakte zur Ordnungsmacht und informierte ihn über die neue Spur.

»Hm«, sagte Mark, als Dan seinen Bericht beendet hatte. »Legen Sie sich nicht mit mehr Leuten als unbedingt nötig an.«

»Fangen Sie jetzt nicht auch noch damit an«, erwiderte Dan müde. »Sie haben mich gebeten, die Regeln einzuhalten, und das tue ich. Ganz exakt sogar. Aber wie es aussieht, ernte ich dafür nur Undank.«

»Hm.«

»Wann kann ich diese Browser-Historie bekommen?«

»Keine Ahnung, Dan. Ich weiß nicht, wie schnell ich sie beschaffen kann. Es wird schon einen Tag oder so dauern.«

Dan wollte sich schon wieder aufregen, hielt sich jedoch zurück. »Okay«, sagte er nur. »Okay, okay.«

38

»Heute Nachmittag oder spätestens morgen früh bekommen wir den Abgleich der DNA-Profile von Dorthe Bertelsens Embryo und Klaus Forsberg sowie Dorthe Bertelsens Exmann.« Frank Janssen nahm am Sitzungstisch Platz. »Aber das ist ja jetzt so gut wie egal.«

»Ja.« Annette Poulsen schob ihre Unterlagen ein Stück beiseite, damit Frank mehr Platz hatte. »Wir können vermutlich ausschließen, dass Dorthe Bertelsen zu diesem Zeitpunkt mit mehr als einem Mann zusammen gewesen ist.«

»Man kann nie wissen«, meinte Svend Gerner, der seinen langen, knochigen Körper am Tischende zusammengefaltet hatte. »Vielleicht hat sie ja den Geschmack am männlichen Geschlecht wiedergefunden, nachdem Gunnar Højgaard seinen Zauberstab geschwungen hat.« Er gluckste.

Niemand lachte mit.

»Hast du die Sache mit Gunnar schon Waage erzählt?«, wollte Lotte Andersen wissen.

Annette nickte. »Ich habe vorhin mit ihr geredet. Sie ist überzeugt, dass es sich um eine Vergewaltigung gehandelt haben muss.«

»Wieso?«

»Sie kann es sich einfach nicht vorstellen. Gunnar und Dorthe. Allerdings ist der Mann nicht mehr der Jüngste und sicherlich auch nicht der Spritzigste.«

»Manch einer würde ihn direkt langweilig nennen«, sagte Lotte. »Ich zum Beispiel.«

Annette nickte erneut. »Mir fällt es auch schwer, einen Vergewaltiger in ihm zu sehen.«

»Stille Wasser sind tief«, warf Lars Vogelbjerg ein.

»Wenn sie vergewaltigt worden wäre«, sagte Frank, »hätte Dorthe das Waage ganz bestimmt erzählt. Es klingt absolut unwahrscheinlich, dass man so etwas für sich behält, wenn die Lebensgefährtin bei der Polizei ist.«

»Richtig«, bestätigte ihn Annette. »Außerdem braucht man sich nicht allzu lange in der Gesellschaft von Dorthes Exmann William aufzuhalten, um das Gefühl zu bekommen, dass sie genau auf diesen Männertyp stand. Groß, knochentrocken und ein wenig langweilig.«

»Vielleicht hättest du eine Chance bei ihr gehabt, Gerner.« Frank bekam ein säuerliches Grinsen als Antwort. Lotte kicherte.

»Ich vermute«, fuhr Annette fort und ignorierte die Unterbrechung, »dass Dorthe ihn mit dem ausdrücklichen Ziel verführte, schwanger zu werden.«

»Kling etwas verzweifelt«, gab Lotte zu bedenken.

»Vielleicht war sie verzweifelt. Wir wissen, dass sie jahrelang versucht hat, ein Kind zu bekommen. Allmählich ist ihr die Zeit davongelaufen. Gleichzeitig hatte sie eine Freundin, die bei dem Gedanken an Kinder offensichtlich nicht Feuer und Flamme war.«

»Aber warum hat sie ausgerechnet ihn ausgewählt?« Lotte schüttelte den Kopf. »Selbst, wenn man von seinem mangelnden Sexappeal absieht, ist er doch eine sonderbare Wahl als Spender. Er hat ja selbst noch nicht einmal Kinder.«

»Vielleicht hat Gunnar Højgaard recht, und es war eine ganz spontane Sache. Vielleicht ist ihr plötzlich klar geworden, dass sie sich in einer ungewöhnlich günstigen Kombination befand: ein Mann im Haus, Rotwein auf dem Tisch, Eisprung.«

»Hm.« Lotte sah nicht überzeugt aus.

»Wir müssen ihn uns natürlich noch einmal vornehmen«, erklärte Annette. »Wenn Waage recht hat, ergeben sich für den Fall ganz neue Perspektiven.«

»Er hat ein Alibi.« Gerner schraubte den Deckel von der Thermoskanne. »Ich habe es selbst überprüft. Es gibt nicht einmal eine halbe Stunde an diesem Samstag, in der er nicht unter Aufsicht seiner gesamten Familie auf Møn gewesen ist.« Gerner schnüffelte am Kaffee, schnitt eine Grimasse und goss sich eine Tasse ein. »Wieso ist der Kaffee hier bloß immer so miserabel?«

»Du bist herzlich willkommen, der Abteilung eine neue Kaffeemaschine zu spendieren, Gerner.« Frank wandte sich an Annette Poulsen, ohne auf eine Antwort zu warten. »Sollen Lotte und ich noch einmal mit Højgaard reden?«

»Sehr gern. Ohne die Ehefrau.«

»Versteht sich von selbst.«

»Und jetzt zur guten Nachricht des Tages.« Annette richtete sich auf. »Wie einige von euch wissen, ist der Hammer, nach dem wir gesucht haben, endlich aufgetaucht. Verschmiert mit Blut, Knochensplittern, Haaren und Hirnmasse. Eingepackt in eine Plastiktüte von der Sorte, in der auch die Schuhe gelegen haben.«

»Wo?«, fragte Benjamin Winther, der am entgegengesetzten Ende des Tisches saß.

»Die Hundestaffel fand ihn neben einem Müllcontainer beim Fitnesscenter am Justesens Plads. Vielleicht wurde die Tüte absichtlich dort abgelegt, vielleicht war es auch ein Versehen, dass sie dort landete und nicht im Container.«

»Waages Fitnesscenter«, sagte Thor Bentzen.

»Genau«, bestätigte die Ermittlungsleiterin. »Eine weitere Spur, die ein bisschen zu eindeutig auf sie hinweist.«

»Klingt, als würdest du sie nicht mehr für die Schuldige halten?«

»Wie ich beim letzten Mal schon gesagt habe: Ich halte mir alle Möglichkeiten offen.«

»Darf ich die Sache mit dem Hammer an die Presse geben?«, erkundigte sich die Pressesprecherin Helle Gundersen und schaute von ihrem Notebook auf. »Oder ist das noch zu früh?«

»Behalten wir es noch für uns, bis wir sicher sind, dass es sich um den richtigen Hammer handelt«, entschied Annette. »Er ist jetzt im Labor. Sie stellen zunächst die Blutgruppe fest und lassen die Rechtsmediziner die Schlagfläche mit den Verletzungen des Opfers vergleichen. Dann kommt die DNA-Probe. Alles deutet darauf hin, dass es sich um den Hammer handelt, der benutzt wurde.«

»Es wird schwer werden, das vor den Journalisten zu verheimlichen«, meinte Gerner. »Einer dieser lokalen Genies war mit seinem Fotografen am Center, als die Hundestaffel dort unterwegs war. Ich denke, er hat mitbekommen, dass wir etwas gefunden haben.«

»Wir können die Presse nicht am Raten hindern, aber sie werden auf keinen Fall eine Bestätigung von irgendjemandem hier aus dem Haus bekommen«, erklärte Frank. »Das ist Gundersens Job.« Er sah die Pressesprecherin an, die nickte, ohne den Blick von ihrem Bildschirm zu heben, und weiter Notizen eintippte. Frank dachte daran, dass er nach der Besprechung mit ihr reden musste. Er wollte wissen, ob sein Verdacht gegen Gerner berechtigt war.

»Und da wir gerade beim Center sind«, ergriff Annette Poulsen wieder das Wort, »habe ich ein kleines Hühnchen mit dir zu rupfen, Winther.«

Benjamin zuckte zusammen. »Mit mir? Was habe ich getan?«

»Du solltest die Liste mit den Mitgliedern und dem Personal des Fitnesscenters überprüfen, nicht wahr?«

»Äh, ja.«

»Und du hattest den Auftrag, dem Personal die Fotos sämtlicher Beteiligten zu zeigen.«

»Ja.«

»Und diese Aufgabe hast du am Freitag bekommen?«

»Ja, das stimmt schon, aber ...«

»Zum Teufel noch mal, wie kann es angehen, dass ein lächerlicher Amateur wie Dan Sommerdahl mich darauf aufmerksam machen muss, wer am Empfang des Fitnesscenters stand und die Anzeige entgegengenommen hat, als Waages Schuhe gestohlen wurden? Es war Ditte Kløvborg, die Mitglied von Dorthe Bertelsens Schultheatergruppe ist. Sie ist mehrmals bei Treffen im Forsthaus gewesen und hat dort eine Menge Fingerabdrücke hinterlassen. Warum haben wir diese Verbindung nicht gesehen? Oder besser: Warum hast du sie nicht gesehen?«

Bereits als Dan Sommerdahls Name zu Beginn dieser Tirade fiel, wurde Benjamin blass. Dan, dem er so viel verdankte und den er grenzenlos bewunderte. Es fiel ihm schwer anzuhören, dass sein Idol als lächerlicher Amateur bezeichnet wurde. Und Frank tat der junge Beamte einfach nur leid.

Benjamin schaute bittend hinüber zu Gerner.

»Warum?«, wiederholte Annette, als sie keine Antwort bekam.

»Weil ...« Benjamin sah noch einmal hinüber zu Gerner, der tat, als ginge ihn das alles nichts an. »Weil Gerner gesagt hat ...« Endlich blickte der ältere Kripobeamte auf. »Ich habe die Listen am

Freitag bekommen und es bisher nicht geschafft, sie zu überprüfen oder die Fotos im Center zu zeigen. Gerner hat gesagt, das hätte Zeit bis nach dem Wochenende.«

»Gerner?« Annette wandte sich an ihn.

Der Ermittler zuckte die Achseln »Meiner Einschätzung nach gab es andere Aufgaben, deren Priorität höher war.«

Annette bedachte ihn mit einem Dieses-Thema-ist-noch-nicht-ausdiskutiert-aber-dazu-kommen-wir-später-Blick. Dann sah sie Benjamin wieder an. »Hast du es heute erledigt?«

Er nickte. »Du bekommst den Bericht, sobald ich fertig bin.«

»Gib uns die Kurzfassung.«

Benjamin blätterte in seinem Notizblock. »Das Center liegt bekanntlich nur wenige Hundert Meter vom Gymnasium entfernt. Ich bin dabei, die Listen des Centers mit den Schüler- und Lehrerverzeichnissen des Gymnasiums abzugleichen. Und es sieht aus, als gäbe es sehr viele Übereinstimmungen.«

»Erkannten die Mitarbeiter jemanden auf den Fotos?«

»Ditte Kløvborg natürlich. Also, niemand hat erwähnt, dass sie den Diebstahl aufgenommen hat, sie haben nur gesagt, dass Ditte an mehreren Nachmittagen in der Woche und hin und wieder auch am Wochenende am Empfang arbeitet. Außerdem …«, Benjamin warf einen Blick auf seine Notizen, »… ist Robin Carlsen Mitglied, Svea Lorén trainiert dort jeden Morgen vor dem Unterricht, Hanne Busk leitet dor ein paar Yoga-Gruppen, auch sie trainiert hin und wieder an den Geräten.« Er blätterte weiter. »Pia Waage war häufig dort, was wir ja schon wussten.«

»Was ist mit dem Mordopfer?«

»Nichts.« Benjamin schüttelte den Kopf. »Sie hat vor ein paar Jahren einmal an einem Yoga-Kurs bei Hanne Busk teilgenommen, ist aber kein Mitglied. Niemand hat sie dort gesehen, obwohl ihr Bild alle aus den Zeitungen kannten.«

»Die Højgaards?«

»Keiner der beiden ist Mitglied. Ich habe außerdem um eine Liste der Mitarbeiter und Mitglieder gebeten, die an dem Tag im Center waren, als Waages Schuhe gestohlen wurden. Die bekomme ich im Laufe des Tages.«

»Gut.« Annette lehnte sich zurück. »Ich erwarte deinen Bericht, Winther.«

Benjamin nickte, ohne seiner Chefin in die Augen zu sehen. Es fiel im offensichtlich schwer, sich an Annettes Art zu gewöhnen. Was man ihm im Grunde auch nicht verdenken kann, dachte Frank. Einen neuen, unsicheren Mitarbeiter in aller Öffentlichkeit herunterzuputzen, war nicht in Ordnung. Auch dann nicht, wenn Benjamin im weiteren Verlauf des Gesprächs gelobt worden war. Frank beschloss, später mit Benjamin zu sprechen.

»Du warst bei Dorthe Bertelsens Beerdigung heute Vormittag, oder?« Annette hatte sich an Frank gewandt.

»Ja. Zusammen mit Lotte Andersen.«

»Und wie ist es abgelaufen?«

»Still und leise. Es waren sehr viele Leute dort. Schüler und Lehrer des Gymnasiums. Dorthes Mutter. Der Exmann. Und …« Frank stockte, bevor ihm Dan Sommerdahls Name über die Lippen kam. Kein Grund, in diesem Wespennest zu stochern. »Viele Leute«, wiederholte er stattdessen etwas lahm.

»Gut.« Annette erhob sich und hob ihre Kalbsledertasche vom Fußboden. »Fangen wir an«, sagte sie. »Vogel und ich fahren zum Fitnesscenter und dann werden wir …« Ein vernehmliches Klopfen an der Tür unterbrach sie. Sie drehte sich um. »Ja?«

Flemming Torp steckte den Kopf herein. »Entschuldigt, dass ich störe.«

»Schon okay, Flemming. Wir waren fertig«, sagte Annette. »Wolltest du mich sprechen?«

»Ich habe einige Informationen, durch die sich eventuell neue Perspektiven ergeben.«

»Schieß los.«

Flemming sah sich in dem dicht besetzten Raum um. »Vielleicht sollten wir das zunächst in einem kleineren Kreis besprechen. Es gibt keinen Grund, die Zeit der gesamten Gruppe wegen eines Tipps zu verschwenden.«

»Dann ist es nur ein Tipp?«

»Ein Tipp, bei dem man sich im Vorfeld die Mühe gemacht hat, seine Behauptungen zu dokumentieren. Tatsächlich ist es gut durchgearbeitetes Material.«

»Es kommt von Dan Sommerdahl, oder?« Annette Poulsens entgegenkommender Gesichtsausdruck war verschwunden.

»Zugegeben, ja.«

»Und wen verdächtigt er diesmal?«

»Svea Lorén«, erwiderte Flemming.

»Ich ertrage das nicht!«, stieß die leitende Kommissarin aus und ließ sich mit ihrer Tasche im Schoß zurück auf den Stuhl fallen. »Es ist das dritte Mal innerhalb eines Tages, dass dieser Mann mit einer neuen Spur auftaucht. Und keine zeigt in dieselbe Richtung.«

»So ist das, wenn man mit Dan zusammenarbeitet«, erklärte Flemming. Frank glaubte, einen fast vergnügten Klang in Flemmings Stimme zu hören.

»Ich arbeite nicht mit ihm zusammen!« Annette schrie beinahe.

»Auch gut«, erwiderte Flemming. »Gehen wir's trotzdem mal durch?«

Annette massierte sich den Nasenrücken mit einem müden Gesichtsausdruck. »Ich ertrage das nicht«, wiederholte sie, bevor sie sich aufrichtete und Flemming zuhörte.

39

Frank wusste nicht, ob er Svea Lorén hübsch oder hässlich finden sollte. Sie war dünn und sehnig, hatte so gut wie keine Brüste, aber das ovale Gesicht wies sich deutlich abzeichnende Wangenknochen und gewölbte Augenlider auf. Die helle, gespenstisch graue Augenfarbe ließ sie hart aussehen, beinahe ein wenig unheimlich, und die platinblonde Jungensfrisur unterstrich diesen kühlen Look noch. Wenn Svea als junge Frau versucht hätte, als Fotomodell Geld zu verdienen, wäre sie vermutlich erfolgreich damit gewesen, dachte er. Und das auch wegen dieser Griesgrämigkeit, die sie gerade so demonstrativ zur Schau stellte.

Frank, Flemming und Annette saßen mit der unter Betrugsverdacht stehenden Sportlehrerin im Vernehmungszimmer. Auf dem Tisch stand eine Kanne Kaffee, aber niemand hatte bisher das Bedürfnis gehabt, sich zu bedienen.

Svea richtete ihre hellgrauen Augen auf Frank, den einzigen der drei Polizisten, den sie kannte. »Ich hoffe wirklich, dass es um etwas Wichtiges geht«, sagte sie. »Meine Klasse ist mitten in einem Handballspiel.«

»Ich bin sicher, Ihre Schüler kommen ausnahmsweise auch einmal ohne Sie zurecht«, entgegnete Frank und versuchte es mit einem entwaffnenden Lächeln. Sie erwiderte es nicht. Wenn Frank ehrlich sein sollte, fühlte er sich bei Svea unsicher. Ob es an ihren Augen oder ihrer Androgynität lag, er wusste es nicht. Vielleicht war es tatsächlich nur die Tatsache, dass er die Gesellschaft von Frauen nicht gewohnt war, die sich nicht von ihm angezogen fühlten. Und in diesem Mordfall gab es davon gleich mehrere. Er zählte sie im Kopf zusammen, wobei er den Blick auf Svea gerichtet hielt. Vier, nein, fünf lesbische Frauen waren in den Fall verwickelt, wenn man das Opfer mitzählte. Da würde doch jeder Mann ein bisschen nervös. Laut sagte er: »Wir müssen uns Klarheit über einige Dinge verschaffen, Svea.«

Sie seufzte demonstrativ. »Müssen wir den ganzen Quatsch noch einmal durchgehen?«

»Welchen Quatsch?«

»Na, dass ich angeblich ein Verhältnis mit Dorthe hatte. Das ist völlig absurd.«

»Das sagen Sie.«

»Aber so ist es. Ich hatte nie etwas mit ihr. Sie war nett, aber überhaupt nicht mein Typ.«

»Okay.«

»Eigentlich wollten wir mit Ihnen über etwas anderes sprechen«, ergriff Annette Poulsen das Wort. Sie legte ein Blatt Papier vor Svea auf den Tisch: der Ausdruck der Facebook-Seite »Enough!«. »Diese Spendenaktion …«

»Ja?« Svea zog die Augenbrauen zusammen und sah die Kommissarin an. »Was ist damit?«

»Sie sind für das Projekt verantwortlich?«

»Für den dänischen Teil, ja. Wieso?«

»Eine Spendenaktion für eine Selbstverteidigungsschule für junge Frauen in Saudi-Arabien.« Annette las aus dem Ausdruck vor. »Sehr nobel. Wie läuft's mit der Schule?«

»Tja, puh.« Svea sah verwirrt aus. »Gut, danke.«

»Wie weit sind die denn dort unten mit der Arbeit? Hat der Unterricht schon begonnen?«

»Das können Sie auf der Homepage des Projekts nachlesen. Die Schulleiterin hat einen Blog, in dem sie über den Alltag berichtet. Wie schwer es ist, den Unterricht vor den Familien der Schülerinnen geheim zu halten, und dass die Schule ein paarmal umziehen musste. Sie führen natürlich kein problemfreies Leben, meinem Eindruck nach geht es voran.«

»Haben Sie sich diese Schule mal angesehen, Svea?«

Sie schüttelte den Kopf. »Noch nicht. Aber ich würde es sehr gern tun.«

Annette betrachtete die Sportlehrerin eine Weile.

»Was ist?«, fragte Svea, als die Stille lang genug gedauert hatte.

»Nichts.«

»Ich verstehe nicht, worauf Sie hinauswollen. Seit wann interessiert sich die dänische Polizei für humanitäre Projekte?« Als Annette noch immer nicht antwortete, fuhr Svea, auf deren Oberlippe sich kleine Schweißperlen zeigten, fort: »Sie können doch nicht bestreiten, dass es hier um einen guten Zweck geht? Wenn Sie wüssten, was junge Frauen in einem Land wie Saudi-Arabien auszustehen haben. Die Schule liefert ihnen ganz konkrete, praktische Hilfe, um sich bei Übergriffen verteidigen zu können.«

Annette nickte ernst. »Ich habe keinen Zweifel, dass eine derartige Schule eine gute Idee in einem Staat wie Saudi-Arabien wäre.«

»Wo liegt dann das Problem?«

»Das Problem ist, dass es sich um einen Betrug handelt. Diese Schule existiert nicht.«

Die schlanke Gestalt richtete sich ruckartig auf. »Was meinen Sie damit?«

Annette sah Flemming an.

Er räusperte sich und begann mit seiner Erklärung. Ohne Dorthes Mutter, Dan Sommerdahl oder Else Forsberg namentlich zu erwähnen, erläuterte er, wie sich aus den Informationen mehrerer Quellen ein begründeter Betrugsverdacht ergeben hätte. Flemming hatte noch nicht das gesamte Material durchgearbeitet, konnte aber berichten, dass auch die dänische Botschaft in Saudi-Arabien an der Existenz des Projekts zweifelte.

»Das kann doch nicht stimmen«, sagte Svea mehrfach während seines kleinen Monologs. »Das kann einfach nicht stimmen.«

»Wir haben uns heute Morgen Zugang zu dem Konto verschafft, das auf der Homepage des Projekts und bei der Facebook-Gruppe angegeben ist«, beendete Flemming seine Ausführungen.

»Das Konto läuft auf meinen Namen«, sagte Svea.

»Genau so ist es.«

»Aber ...« Sie sah von einem ernsten Gesicht ins andere. »Sie glauben doch nicht etwa ...?« Svea legte die Hände mit den Handflächen nach oben auf den Tisch, wie um zu zeigen, dass sie nichts zu verbergen hatte. »Hören Sie. Dieses Konto wurde lediglich eingerichtet, damit sich jeder einzelne Spender nicht mit einer Auslandsüberweisung herumschlagen muss. Jeden Monat überführe ich den Betrag auf das Konto des internationalen Koordinators. Jede eingegangene Krone wird weitergeschickt.« Ihre kühle Fassade war angekratzt, die hellen Augen schimmerten. »Das müssen Sie doch auf dem Konto gesehen haben.«

Flemming nickte. »So ist es. Das Problem ist nur, dass ein richterlicher Beschluss in Dänemark uns keinen Zugriff auf ein ausländisches Konto gewährt. Es könnte sich durchaus um Ihr eigenes handeln.«

»So ist es nicht!«

»Sie behaupten also, dass jemand anderes das Geld von dem ausländischen Konto abhebt?«

Svea nickte schweigend.

»Wir müssen wissen, was Sie uns über diese Person erzählen können, die das Geld erhält. Dann werden wir diese Informationen zur Spezialabteilung für Wirtschaftskriminalität bei der Rigspoliti weiterleiten, die den Fall mit Interpol diskret weiterbearbeiten wird.«

»Diskret?«

»Wir wissen nicht, ob nicht von einem weit größeren Verbrechen als diesem hier die Rede ist. Vielleicht ist das ›Enough!‹-Projekt nur die Spitze einer größeren Organisation, die Spendengelder einsammelt.«

»Ich kann es noch immer nicht fassen«, sagte Svea nach einer Pause. »Diese Leute sind wirklich nett. Wir mailen und ...«

»Diese Mails müssen wir uns natürlich ebenfalls ansehen«, unterbrach sie Flemming.

»Sie sind privat«, erwiderte sie hastig.

Annette beugte sich ein wenig vor. »Ich glaube, Sie haben den Ernst der Sache noch nicht begriffen, Svea. Wir haben einen richterlichen Beschluss, und Ihr Computer wird Teil der Ermittlungen. Sie kommen gar nicht mehr in seine Nähe, bevor wir fertig sind. Von jetzt an ist hier nichts mehr privat.«

»Je offener Sie mit uns an der Aufklärung arbeiten, desto eher werden wir an Ihre Unschuld glauben«, fügte Flemming hinzu.

Svea blickte auf ihre Hände, die weiter offen und wie vergessen auf dem Tisch lagen. Sie legte sie in den Schoß und blickte auf. »Ich habe nichts davon gewusst. Das müssen Sie mir glauben.«

Flemming und Annette tauschten einen Blick aus. »In Anbetracht der Tatsache«, sagte Flemming dann, »dass Sie das Geld ins Ausland überwiesen haben, besteht die Möglichkeit, dass Sie von dem Betrug nichts wussten. Kooperieren Sie also mit uns, geben Sie uns die Informationen, die wir benötigen, sollte sich dann herausstellen, dass Sie recht haben – glauben wir Ihnen auch.«

»Okay.«

»Aber darüber können wir später reden. Im Moment sind andere Dinge wichtiger.« Mit einem Nicken überließ Flemming das Wort den Ermittlern der Mordsache.

Annette fragte in einem lockeren Plauderton: »Hat Dorthe Bertelsen Sie jemals über diese Spendenaktion ausgefragt?«

»Ausgefragt?« Svea kniff die Augen ein wenig zusammen. »Das kann man eigentlich nicht sagen. Sie hat die Aktion kommentiert.

Dorthe war stolz darauf. Das sind wir alle. Oder waren es …« Einen Moment sah sie völlig verloren aus. Frank goss Wasser in einen Plastikbecher und schob ihn ihr zu. »Weltweit wurden mehr als vierhunderttausend dänische Kronen gesammelt.« Svea rieb sich die Augen. »Das war schon ein Grund, stolz zu sein.«

»Ja, das kann man wohl sagen«, gab Annette ihr recht. »Aber wir sprachen über Dorthe. Sie stellte keine Fragen über die Hintermänner des Projekts oder Details der lokalen Kontakte? Sie hatten nicht den Eindruck, dass sie vermutete, etwas sei nicht in Ordnung?«

»Nein, ganz sicher nicht«, erwiderte Svea, die etwas von ihrer alten selbstsicheren Attitüde zurückgewonnen hatte. »Daran würde ich mich erinnern.«

»Die Sache ist nur, sie hatte diesen Verdacht tatsächlich. Das wissen wir mit Sicherheit. Dorthe hat mit anderen über die Spendenaktion geredet, aber nicht mit Ihnen. Finden Sie das nicht ein wenig seltsam?«

Svea zog die knochigen Schultern hoch. »Vielleicht hatte sie Angst vor mir?«

»Hatte sie Grund dazu?«

»Musste sie einen Grund haben?« Svea setzte sich gerade hin. »Viele haben ohne den geringsten Grund Angst vor mir.«

»Viele, sagen Sie?«

Svea nickte. Sie sah beinahe stolz aus.

»Sie müssen doch eine Ahnung haben, warum das so ist?«

»Die Leute sind es nicht gewohnt, dass die Dinge offen ausgesprochen werden.«

»Und Sie machen das?«

»Immer. Ich hasse Gefühlsduselei und krankhafte Rücksichtnahme, an der die meisten Leute leiden. Besonders Frauen. Solche wie Dorthe. Oder Else Forsberg, wenn Sie so wollen. Sie fressen wochenlang etwas in sich hinein, ohne zu sagen, was sie eigentlich auf dem Herzen haben. Das ist wahnsinnig lästig.«

»Dorthe hat also nichts zu Ihnen gesagt«, fasste Annette noch einmal zusammen.

»Nein.«

Die beiden Frauen sahen sich an. »Wo waren Sie am Samstag, den 18. August, tagsüber?«

»Das habe ich längst …« Svea hielt mitten in ihrem Ausbruch inne. »Verdächtigen Sie mich etwa des Mordes?« Sie starrte die drei Polizisten an. Schüttelte den Kopf. »Das ist wirklich zu abgefahren.«

»Samstag, den 18. August«, wiederholte Frank.

»Ich habe an einem Tanzseminar an der Kunsthochschule von Christianssund teilgenommen. Von Samstag um neun Uhr morgens bis zum späten Sonntagnachmittag. Das habe ich längst erklärt.«

»Haben Sie mit jemandem gesprochen?«

»Ja, was glauben Sie denn?« Ihre grauen Augen hatten ihre ganze Gespensterhaftigkeit wiedergewonnen. »Es war ein Seminar. Wir saßen im Unterricht zusammen, wir haben zusammen getanzt, wir haben zusammen gegessen, wir sind zusammen spazieren gegangen. Ich war die ganze Zeit über von Menschen umgeben.«

»Ich habe mit der Lehrerin gesprochen, die das Seminar leitete.«

»Frigg?«

»Genau. Sie sagt, es sei unmöglich gewesen, den ganzen Samstag über alle dreißig Teilnehmer im Auge zu behalten. Es gab verschiedene Arbeitsgruppen, und die Struktur des Programms war ausgesprochen elastisch.«

»Das ist ja das Tolle an diesen Seminaren«, entgegnete Svea. »Es gibt genügend Platz, um kreativ zu sein.«

»Wie schön. Das heißt aber auch, Sie hätten sich in jedem Fall für ein paar Stunden davonschleichen können. Und die Hochschule liegt mit dem Auto nur zwanzig, fünfundzwanzig Minuten vom Forsthaus entfernt.«

»Sie meinen also …«

»Ich meine, dass Sie ein recht gutes Motiv hatten, Dorthe Bertelsen zum Schweigen zu bringen, Svea. Und ich meine, dass man Ihr Alibi auch gleich zerknüllen und in den Papierkorb werfen kann. Es ist nicht zu gebrauchen.«

»Sie können die anderen Teilnehmer fragen. Ich kann den gesamten Tag rekonstruieren, mit wem ich wann und in welcher Gruppe war.«

»Das werden Sie tun müssen. Und wir werden natürlich mit jedem Einzelnen sprechen, mit dem Sie zusammen gewesen sind.« Annette und Flemming tauschten einen Blick aus. »Bis dahin …«

»Verhaften Sie mich?«

Annette sah sie einen Moment an. »Noch nicht, nein«, sagte sie dann. »Noch nicht.«

40

Jede einzelne Zelle in Else Forsbergs stattlichem Körper vibrierte vor Triumph. Man stelle sich vor, dass sie es gewesen sein könnte, die der Polizei den entscheidenden Hinweis gegeben hatte, um das Puzzlespiel des Mordes an Dorthe zu lösen. Auch wenn dieser Hinweis dazu geführt hatte, dass Svea Lorén wegen Mordes verdächtigt wurde! Nicht dass Else ein besonders boshafter oder rachsüchtiger Mensch gewesen wäre, aber dennoch. Eine kleine, geheime Seite an Else ließ sie vor Entzücken bei dem Gedanken brodeln, dabei zusehen zu dürfen, wie die irritierende Sportlehrerin in aller Öffentlichkeit demontiert wurde.

Sie betrat den Musikraum, wo die Gruppe sich zu einer letzten Sitzung vor dem Vorsingen am nächsten Tag traf. Robin war da, Ditte und Klaus. Aber keine Svea. Es sei nicht klar, ob und wann die Choreografin kommen würde, berichtete Robin.

»Wieso?«, fragte Else mit unschuldiger Miene und setzte sich.

»Keine Ahnung«, antwortete er. »Sie hat mir eine SMS geschickt, dass wir anfangen sollen.«

»Hat nicht sie sämtliche Anmeldungen für das Vorsingen und Vortanzen?«

»Nein.« Robin legte eine seiner schmalen, eleganten Hände auf einen Stapel zusammengehefteter Papiere. »Ich sollte sie für Svea ausdrucken.«

»Gut.« Klaus griff nach den Unterlagen. »Wie viele sind es?«

»Zweiundzwanzig Mädchen, und fast alle wollten die Rolle der Vivi.«

»Verstehe ich nicht.« Klaus runzelte die Stirn. »An der Rolle der Maggi ist doch viel mehr dran. Sowohl dramatisch wie gesangstechnisch.«

»Sie wollen einfach die junge blonde Schönheit spielen«, meinte Ditte. »Denen ist die fachliche Seite egal.«

»Zum Glück gibt es auch noch einige, die davon träumen, Billy Jacks Ehefrau Maggi zu spielen«, murmelte Klaus. Er hatte die Brille aufgesetzt und steckte die Nase in die Papiere.

»Bekommen kann die Rolle sowieso nur eine.« Robin sah Ditte an und grinste.

»Hm.« Klaus schüttelte den Kopf. »Keine der beiden Rollen ist einfach. Die meisten von denen, die sich gemeldet haben, sind nicht qualifiziert genug für den Schulchor, und schon gar nicht für schwierige Solopartien.«

»Nein.« Ditte rollte ihre roten Locken zwischen den Fingern. »Die Konkurrenz ist nicht besonders groß.«

Klaus tat, als hätte er sie nicht gehört. Er blätterte um zur nächsten Seite. »Und was ist mit den Jungen?«

»Es sind nur vier«, antwortete Robin. »Einer ist dein Altsaxofonist. Auf ihn kannst du in der Band nicht verzichten.«

»Nein.« Klaus fuhr mit den Fingern durch sein langes, grau meliertes dünnes Haar und überflog die kurze Liste. »So funktioniert das nicht«, erklärte er. »Von den drei anderen Herren ist doch keiner zu gebrauchen. Weder als Tommy noch als Billy Jack. Oder gar Plastic-Smith.«

»Und was jetzt?«, fragte Else. »Alle drei Rollen sind ziemlich groß. Und Billy Jack muss wirklich singen können. Wir können die Rolle nicht mit irgendeinem Brummbär besetzen, egal wie charmant er ist.«

»Könnt ihr euch noch daran erinnern, wie Andreas Henningsen darauf bestand, die Rolle des Tony in der *West Side Story* auszuprobieren?«, wollte Robin wissen. Ditte kicherte.

Klaus antwortete nicht und überflog wieder und wieder die Liste. Dann hob er den Kopf. »Es bleibt mir nichts anderes übrig, ich muss jemanden überreden«, erklärte er. »Philipp aus der Zwölften hat eine gute, jazzige Tenorstimme. Es wundert mich, dass er sich nicht gemeldet hat.«

»Er ist vielleicht zu sehr mit seiner neuen Freundin beschäftigt«, vermutete Robin.

»Ich frage ihn trotzdem.« Klaus machte sich eine Notiz. »Andere?«

»Morten aus meinem Französischkurs singt wirklich supergut«, sagte Ditte. »Und er hat Rhythmus.«

»Morten wer? Kenne ich den?«

»Morten Bach. Wahrscheinlich nicht. Er hat Musik nicht gewählt und singt auch nicht im Chor. Aber er ist Sänger in einer Band, ich hab ihn gehört. Er ist ziemlich gut.« Sie sah Klaus bittend an. »Unsere Stimmen würden supergut zusammen swingen.«

Klaus schüttelte lächelnd den Kopf. »Du gibst wohl nie auf, Ditte?«

»Niemals.«

»Sieh zu, dass dieser Morten morgen kommt. Wenn er es nicht schafft, irgendetwas von dem Stück einzuüben, muss er eben irgendein anderes Lied für uns singen.« Klaus setzte die Brille wieder auf. »Aber es gibt auch noch die anderen Männerrollen. Ich glaube, ich muss noch einmal mit den männlichen Chormitgliedern reden. Es muss doch möglich sein, weitere Kandidaten aufzutreiben.«

»Mit ist gerade etwas eingefallen«, warf Else ein. »Plastic-Smith ist doch ein älterer Herr. Wäre es nicht komisch, wenn die Rolle mit einem jungen Mann besetzt würde?«

»Tja, so sind nun mal die Bedingungen bei einer Schulaufführung«, erwiderte Klaus.

»Ich dachte nur, du wärst die perfekte Besetzung für die Rolle. Denk mal darüber nach«, fügte Else rasch hinzu, als sie sah, dass ihr Mann protestieren wollte. »Denk an die Position, die er in dem Stück hat. Macht, Autorität. Wäre es nicht raffiniert, wenn er wirklich von einem erwachsenen Mann gespielt würde?«

»Deine Stimme passt sogar gut«, meinte Robin. »Ich bin für Elses Vorschlag.«

»Ich auch«, stimmte Ditte ein und versetzte ihrem Musiklehrer einen sanften Stoß in die Seite. »Wir könnten zusammen auf der Bühne stehen.«

»Ditte …«, begann Else.

Ditte lachte. »Wartet nur, bis ihr mich beim Vorsingen hört. Ihr werdet mich einfach nicht ablehnen können.«

»Mit deinem Selbstvertrauen hattest du nie Probleme, was, Ditte?«, lachte Robin.

Else richtete ihren Blick auf Klaus. »Was sagst du?«

»Ich weiß nicht.« Er setzte die Brille ab und begann, sie mit einem Hemdzipfel zu putzen. »Ich muss doch die Band dirigieren.«

»Lass das Emil übernehmen, wenn du auf der Bühne stehst«, schlug Ditte vor.

»Er spielt doch Klavier. Da kann er doch nicht …«

»Nur, weil du ihn nicht lässt. Wenn er mit seiner eigenen Band spielt, hat er kein Problem damit, Bandleader und Pianist zu sein.«

»Ja, also vielleicht …« Klaus hielt die Brille ins Licht. »Sagen wir mal, falls wir keinen anderen finden, der die Rolle des Plastic-Smith übernimmt, mach ich es.«

»Das ist doch ein Wort«, stimmte Else zu und trank einen Schluck aus ihrer Wasserflasche. »Kommen wir zu den praktischen Dingen. Ich gehe davon aus, dass wir uns nicht hinter einen Jurytisch setzen, oder? Das wirkt so formell.« Sie sah die anderen an. »Einverstanden? Gut. Wir sitzen einfach in der Zuschauerreihe. Sollen wir den Leuten eine Zeit vorgeben, wie im letzten Jahr, und bitten wir sie in willkürlicher Reihenfolge auf die Bühne?«

»Ich denke, es wäre das Beste, wenn …«

Weiter kam Klaus nicht, denn die Tür des Musikraums ging auf.

»Hej!«, grüßte Svea Lorén laut. »Entschuldigt die Verspätung. Habe ich was verpasst?« Sie warf die Tür hinter sich zu.

»Svea!«, rief Robin. »Wo warst du denn?«

Sie verzog ihr Gesicht zu einer Grimasse und zog einen Stuhl an den Tisch. »Auf dem Polizeipräsidium.«

»Schon wieder? Musstest du auch zum DNA-Test?« Robin grinste. »Vielleicht halten sie ja dich für den Vater?«

»Ha. Ha. Ha.« Svea setzte sich mit einem mürrischen Gesichtsausdruck. »Sehr komisch.«

»Ja, weshalb dann?«, fragte Else.

Svea schüttelte den Kopf. »Ist nicht so wichtig. Wie weit seid ihr mit der Planung?«

Klaus schob ihr den Stapel mit den Anmeldungen zu und erläuterte ihr die Überlegungen der Gruppe mit Blick auf das Fehlen männlicher Teilnehmer. »Und außerdem hat Else vorgeschlagen, dass ich die Rolle des Plastic-Smith übernehme, sollte sich keine andere Möglichkeit ergeben.«

»Du?« Sveas hellgraue Augen ruhten ausdruckslos auf ihm.

Es wurde still im Raum, alles wartete auf die Fortsetzung, die in der Luft hing. Ganz unbeabsichtigt sah Else plötzlich ihren Mann mit Sveas Augen. Sein langes, dünnes Haar, von dem er selbst wohl annahm, dass es wie eine Künstler- oder Dirigentenfrisur aussah – in Wahrheit, und das sah sie jetzt, ähnelte er eher einem ungepflegten Obdachlosen. Die dicke, unmoderne Brille, die trotz aller nervösen Putzerei ständig fettig und verschmiert war. Seine schwere Stirn mit den buschigen grauen Augenbrauen. Und wuchsen ihm nicht zu allem Überfluss ein paar große Haarbüschel aus den Ohren?

Wie ein Echo von Elses Gedanken fuhr Svea fort: »Dann musst du dir auf jeden Fall einen Nasen- und Ohrenhaarschneider zulegen, Klaus. Die Make-up-Leute und der Friseur werden Überstunden machen müssen, wenn wir dich aussehen lassen wollen wie einen erfolgreichen Geschäftsmann.«

»Ich werde mir nicht die Haare schneiden«, erklärte er sofort.

»Du musst komplett aufpoliert werden. Ganz ehrlich: Du siehst eher aus wie ein Penner als wie ein Millionär, Klaus. Du willst doch einigermaßen glaubwürdig wirken, oder?«

»Könnte er nicht einen Hut tragen?«, schlug Ditte schlichtend vor. »Der könnte die Haare verbergen.«

Svea lachte. »Dann sieht er aus wie ein Penner mit Hut.«

Klaus wurde nicht rot, aber Else sah, wie verletzt er war.

»Ach, Svea. Gib dir einen Ruck«, sagte Ditte. »Es gibt doch auch diese exzentrischen Millionäre.«

»Tut mir leid.« Svea sah Else an. »Du musst mir doch recht geben, Else. Plastic-Smith muss Solidität, traditionelle Werte und wirtschaftliche Macht ausstrahlen. Er ist ein altmodischer Kapitalist.«

»Genau«, erwiderte Else. »Richtig, deshalb ist Klaus weit besser für die Rolle geeignet als irgendein Achtzehnjähriger. Er hat das Alter und die Stimme. Die Kleinigkeiten, die du erwähnt hast, können wir mit Kostüm und Schminke regeln.«

Wieder lachte Svea. »Entschuldigung, das ist doch die schwachsinnigste Idee überhaupt. Die ganze Schule lacht sich tot, wenn er auf die Bühne kommt.«

»Und ist das nicht auch Sinn der Sache? Dass man ein bisschen über die Lehrer und Schüler lachen kann, die den Mut haben, sich auf einer Bühne auszustellen?«

»Mir ist es lieber, wenn sie mit uns statt über uns lachen.«

»Und das kannst du unterscheiden?« Else wusste, dass ihre Stimme schrill wurde, doch der Anblick von Klaus, der verzweifelt versucht hatte mitzulachen, als die platinblonde Sportlehrerin sich über sein Aussehen mokierte, schmerzte sie bis ins Mark. »Ich denke, du solltest wirklich einmal darüber nachdenken, wie du mit einem Kollegen umgehst.«

»Else, ich finde, du solltest nicht …«, begann Klaus.

»Er hat doch selbst darüber gelacht«, unterbrach ihn Svea hitzig. »Nicht wahr, Klaus?«

Elses Mann wand sich, unangenehm berührt.

»Wenn du glaubst, dass irgendjemand deine perfide Machtdemonstration hier lustig findet, dann hast du dich gewaltig geschnitten.« Else schrie beinahe. »Humor erfordert Timing, Feingefühl, Einfühlungsvermögen …«

Svea drückte den Rücken durch. Ihre Augen glichen Eiskristallen. »Sagst du, ich hätte keinen Humor?«

»Das hast du gesagt, nicht ich.«

»Nein, also wirklich«, wollte Klaus eingreifen. »Sollten wir nicht ...«

Else ignorierte ihn. »Ich meine, du solltest dich bei Klaus entschuldigen, damit wir weitermachen können.«

»Ich mich entschuldigen?« Svea lachte erneut auf. »Das ist doch das Lächerlichste, was ich je gehört habe. Ich soll mich entschuldigen, weil ich mich weigere, alles immer in Watte zu verpacken?«

»Dir würde jedenfalls kein Zacken aus der Krone fallen, wenn du es hin und wieder mal mit Freundlichkeit probieren würdest.«

»Lügen, meinst du?«

»Nein, ich meine Rücksicht. Falls du weißt, was das ist.«

Svea kniff die Augen zusammen. »Du willst, dass ich für euch lüge, damit ihr euch weiter selbst belügen könnt.«

»Niemand spricht von Lügen.«

»Die Wahrheit ist doch, dass eure Selbstwahrnehmung ziemlich getrübt ist.«

»Was meinst du damit?«, fragte Else nach und vermied Klaus' Blick.

»Seht euch doch mal an!« Svea breitete die Arme aus. »Ihr vernachlässigt euer Aussehen, lasst eure Körper verkommen. Die eine ist fett, der andere ungepflegt. Aber ihr weigert euch, das zu sehen.«

Sie senkte ihre Stimme zu einem Zischen. »Nur hoch mit euch auf die Bühne, und zeigt der ganzen Welt diese tragischen Figuren. Was kommt als Nächstes, Else? Bewirbst du dich für eine Talentshow? Oder einen Schönheitswettbewerb? Vielleicht im Bikini?«

»Schluss jetzt!« Klaus sprang so plötzlich auf, dass sein Stuhl umkippte. »So redest du nicht mit meiner Frau. Was bildest du dir ein?«

»Na, da ist ja einer aufgewacht.« Svea lehnte sich zurück, die Arme übergeschlagen.

»Was um alles in der Welt ist bloß mit dir los?«, schrie Else. Und Ditte forderte Svea auf, doch bitte »nett« zu sein.

Es wurde still. Klaus stand leicht vorgebeugt und stützte sich mit beiden Händen auf den Sitzungstisch. Else kamen vor Demütigung fast die Tränen. Ditte und Robin sahen aus, als würden sie am liebsten im Boden versinken.

Svea wandte sich an Robin, der während des Streits als Einziger nichts gesagt hatte. »Findest du mich auch entsetzlich?«

Robin sah sie an. »Wenn ich ganz ehrlich sein soll«, sagte er nach einem Moment Bedenkzeit, »ja. Das ging eindeutig zu weit, Svea.«

Svea sah ihn eine Weile an, während sie darüber nachdachte. Dann sackte sie zusammen. »Entschuldigung«, sagte sie kaum hörbar. Sie fuhr sich mit den Händen durchs Gesicht. »Entschuldigung.«

»Was sagst du?«, fragte Else.

Svea räusperte sich. »Entschuldigung, Else.« Sie wandte ihren Blick ab. »Und entschuldige, Klaus. Ich weiß nicht, was in mich gefahren ist.« Ihre Augen glänzten, sie bedeckte sie mit den Händen.

Else und Klaus murmelten irgendetwas, das mit gutem Willen so gedeutet werden konnte, dass sie die Entschuldigung annahmen. Nach einer ganzen Weile, in der nichts gesagt wurde und alle nur über den ungewöhnlichen Anblick einer weinenden Svea stutzten, erkundigte sich Ditte: »Ist irgendwas nicht in Ordnung, Svea?«

Die Sportlehrerin schüttelte nur den Kopf, keine Antwort.

»Du bist doch sonst nicht so aufbrausend«, fuhr Ditte fort und sah aufrichtig besorgt aus.

Svea verbarg weiter ihr Gesicht.

Ich weiß genau, was mit dir los ist, du mieses Weibsstück, dachte Else. Laut sagte sie: »Es ist das Gespräch bei der Polizei, nicht wahr?«

»Else, ich glaube nicht, dass du …«, begann Klaus und wurde erneut unterbrochen.

Svea ließ die Hände fallen und richtete ihren Gespensterblick auf Else. »Was meinst du?«, fragte sie und wischte sich die Augen mit den Handrücken aus.

»Ich hatte nur das Gefühl, dass dich das Verhör aus der Fassung gebracht hat«, sagte Else katzenfreundlich. »Vielleicht hilft es, wenn du uns alles erzählst. Das ist ja auch alles furchtbar, oder?«

»Woher weißt du, dass ich …?«

»Ach, ich habe gewisse Verbindungen«, erwiderte Else und konnte die Spur eines Triumphes nicht aus ihrer Stimme verbannen.

»Dann warst du es also …« Svea unterbrach sich. »Aber wie konntest du, ausgerechnet du, wissen … Hat Dorthe …?« Svea stand auf. »Ich brauche frische Luft«, erklärte sie und wischte sich wieder die Tränen aus den Augen. »Wir sehen uns.« Sie stellte übertrieben sorgfältig ihren Stuhl an seinen Platz unter dem Tisch und verließ den Raum, ohne einen der anderen anzusehen. Die Tür schloss sich lautlos hinter ihr.

»Worum geht's eigentlich?«, wollte Robin wissen.

»Die Polizei verfolgt einen Betrugsfall«, sagte Else und ignorierte Klaus' Versuch, sie aufzuhalten. »Und Svea spielt dabei eine Hauptrolle. Möglicherweise gibt es sogar eine Verbindung zu dem Mord an Dorthe.«

»Wie?«

»Svea ist vielleicht die Mörderin.«

»Erzähl schon«, forderte Robin und beugte sich vor.

Klaus versuchte noch einmal, seine Frau zu unterbrechen: »Else, ich glaube nicht, dass es eine gute Idee ist, diese Geschichte auszubreiten.«

»Ach, Quatsch. Morgen steht es sowieso in allen Zeitungen.«

»Das weißt du doch gar nicht.«

»Wir halten den Mund.« Robin sah Ditte an. »Wir sind verdammt gut darin, Geheimnisse zu bewahren, oder?«

Sie lächelte. »Wir sind Weltmeister.«

»Okay, hört zu.« Else ließ sich viel Zeit und versuchte, sich an so viele Details wie möglich zu erinnern. Sie gab Dans Beschreibung der Reaktion der Polizei wieder. Angespornt von Dittes und Robins staunenden Mienen trug sie vielleicht ein bisschen zu dick bei ihrer eigenen Rolle in der Geschichte auf. Sie sagte nicht direkt, dass sie alle Informationen ausgegraben hatte, aber es war kurz davor. Das berauschende Gefühl, im Mittelpunkt zu stehen, ließ sie für eine Weile ihr Gewicht vergessen, ihre Minderwertigkeitskomplexe, ihre Unwissenheit in allen technischen Dingen. »Ich glaube«, schloss sie mit einer plötzlichen Idee, »ich will noch mehr herausfinden. Das hier ist bestimmt nur die Spitze des Eisbergs.«

»Was meinst du?«, fragte Ditte nach.

»Meine Theorie ist«, erklärte Else und ignorierte den Blick ihres Ehemanns, »dass derjenige, der für den Betrug verantwortlich ist, noch weitere Betrügereien auf dem Gewissen hat. Und die würde ich gern aufdecken. Wenn Svea auch mit denen zu tun hat, dann …« Else klatschte die Hände wie eine Rattenfalle zusammen.

»Wie willst du denn weitere Betrügereien, wie du sie nennst, aufdecken?«, wollte Robin wissen.

»Ich dachte, ich fange mit Facebook an.«

»Else, zum Teufel«, wandte Klaus ein. »Du hast doch nicht mal ein Profil.«

»Das kann man sich beschaffen«, widersprach sie. »So schwer kann das ja wohl nicht sein.«

41

Ikea, eine Firma mit Sanitärbedarf, *Politiken*, die Homepage des Gymnasiums, Facebook, Facebook, Facebook, *Information*, noch mehr Facebook. Dan Sommerdahl überflog die Liste, die der Rechtsanwalt ihm endlich als Mail geschickt hatte. Der Browser-Verlauf von Dorthe Bertelsens Computer war leer, aber die IT-Experten der Polizei hatten den Cache wiederhergestellt. Jetzt hatten sowohl die Kripobeamten als auch Dan einen Überblick über die vielen Websites, die Dorthe besucht hatte.

Einige konnte er ohne Weiteres identifizieren, andere Adressen waren ihm unbekannt. Er druckte die Liste aus, begann oben und hakte jede einzelne Seite ab, nachdem er sie identifiziert hatte. Nach der Hälfte der Liste musste er zugeben, selten einen so unschuldigen Internetverkehr gesehen zu haben. Dänische und ausländische Nachrichtenportale, Web-Shops für Wohnungseinrichtungen und unzählige Besuche bei Facebook. Es gab keine Pornografie, keine extremen politischen Vereinigungen, nichts, wofür man sich hätte schämen müssen. Warum hatte Dorthe den Verlauf eigentlich gelöscht? Dann fiel ihm ein, dass es ebenso gut der Hacker gewesen sein könnte. Umso wichtiger ist es, einen Grund zu finden, dachte er und suchte weiter.

Wie erwartet hatte Dorthe mehrfach die Homepage besucht, auf der es um das saudi-arabische »Enough!«-Projekt ging. Dan las ein paar Blog-Beiträge und prüfte, ob es Daten gab, die er beim ersten Mal übersehen hatte. Nicht direkt. Er ging weiter zur nächsten Seite: www.careencare.com. Was war das? Er gab die Webadresse ein und sah einen weißen Bildschirm mit lediglich einer Textzeile. Die

Seite existierte nicht. Dan runzelte die Stirn und gab den Namen erneut ein. Dasselbe Resultat. Seltsam. Das musste er näher untersuchen, sobald er die Liste durchgegangen war. Dan kreiste die Adresse ein und arbeitete weiter.

Eine amerikanische Seite über Queer-Aktivisten sah er sich mehrere Minuten an. Es war verblüffend, wie viele Minderheiten dieser Begriff abdeckte. Transvestiten, Homosexuelle, Bisexuelle, Menschen mit Geschlechtsumwandlungen und manches andere. Häufig ging es eher um Identität als um Sex, es wurde über Hautfarben oder Philosophie diskutiert. Er verstand gut, dass Dorthe als verhältnismäßig frisch geoutete Lesbe fasziniert davon war. Weiter. Ein paar Besuche bei Wikipedia, wo Dorthe sich über Transsexualität informiert hatte, dann wieder Facebook, Nachrichtenportale. Auf mehreren Seiten mit einem sehr jugendlichen Layout, die seit ihrer Freischaltung nicht mehr aktualisiert worden waren, ging es um verhältnismäßig einfache Spendenaktionen. Sie waren vermutlich das Ergebnis von Dorthes Unterrichtsthemen.

Eine Stunde später lag die durchgesehene Liste vor ihm. Hinter sämtlichen Adressen befand sich ein kleines Häkchen, mit Ausnahme dieser mysteriösen careencare.com. Was zum Teufel war das? Und war die Seite bereits gelöscht, als Dorthe versucht hatte, sie aufzurufen? Dans IT-Kenntnisse waren nicht groß genug, um zu wissen, ob das ebenfalls in der Historie auftauchen würde.

Er suchte nach »careencare« bei Google. Kein Treffer. Auch nicht, wenn er den Begriff in zwei Worte teilte, »careen care«. Dasselbe negative Ergebnis ergab die Suche auf Facebook. So kam er nicht weiter. Vielleicht sollte er es mit einer anderen Methode versuchen?

Er rief Pia Waages Anwalt an, dessen Stimme ein wenig müde klang, als Dan seinen Namen nannte.

»Kann man auf einer Harddisk ein Suchwort wiederherstellen?«, wollte Dan wissen.

»Was meinen Sie?«

»Die Polizeiexperten haben den Verlauf der Seiten rekonstruiert, die Dorthe besucht hat. Könnte man zusätzlich herausfinden, was sie auf Google gesucht hat? Und vielleicht auch, welche Begriffe sie bei Wikipedia nachgeschlagen hat? Kann man das ermitteln?«

Mark Frandsen seufzte. »Ich habe keine Ahnung.«

»Würden Sie die Polizei fragen?«

Erneutes Seufzen. »Ist es wichtig?«

»Vielleicht.«

»Okay«, willigte Mark nach einer kurzen Pause ein, in der er offensichtlich auf eine Erklärung gewartet hatte. »Ich frage nach.«

Streng genommen, dachte Dan nach dem kurzen Telefonat, ist es ein Schuss in den Nebel. Es könnte sich bei careencare.com ganz einfach um einen Tippfehler handeln. Vielleicht ging es nur um eine weitere Firma, die mit Badezimmereinrichtungen handelte. Oder Küchen. Canteen Care? Er versuchte es. Nichts. Care In Care? Auch nichts.

Dan wollte gerade weitere fantasievolle neue Wortschöpfungen des Homepage-Namens eingeben, als seine Klingel ihn aufschreckte. Er ging in den Flur und drückte den Knopf der Gegensprechanlage. »Ja?«

»Hier ist Benjamin.«

»Hej. Komm hoch.«

Wenige Augenblicke später stand Benjamin vor ihm.

»Mitten in der Arbeitszeit?«, fragte Dan und ließ ihn herein.

Benjamin nahm auf dem Sofa Platz. »Ich habe Mittagspause, und es war so nett, dich neulich getroffen zu haben, also dachte ich …«

»Du bist hier immer willkommen.«

»Ich darf mit dir nicht über den Fall sprechen.«

»Natürlich nicht. Hast du eine Wohnung gefunden?«

»Nein.« Benjamin sah ihn an. »Deshalb komme ich eigentlich. Du kennst doch so viele Leute hier. Vielleicht hast du von jemandem gehört, der eine Wohnung oder auch nur ein Zimmer zu vermieten hat.«

»Ich dachte, du wohnst bei deiner Mutter?«

»Ich werd verrückt bei ihr.«

»Leider nein. Aber wenn ich etwas höre, sage ich Bescheid.«

»Danke.«

Eine Weile sagte niemand ein Wort. Dann fragte Dan beiläufig: »Bist du in der Abteilung für Gewaltverbrechen noch zufrieden?«

»Na ja, also sie hat ganz schön Haare auf den Zähnen.«

»Sie? Ach, Annette Poulsen?«

Benjamin nickte. »Wir nennen sie die Hexe.«

»Ist sie wirklich so schlimm? Ich habe gehört, dass sie verdammt tüchtig sein soll.«

»Ist sie vielleicht auch«, gab Benjamin zu. »Trotzdem kann sie richtig eklig sein, jedenfalls den einfachen Beamten gegenüber.«

»Hat sie dich auf dem Kieker?«

Wieder nickte er. »Sie hat mir gestern vor der gesamten Abteilung einen Anschiss verpasst. Und als ich erklärte, es sei nicht meine Schuld gewesen, dass etwa schiefgegangen ist, hat sie meinen Vorgesetzten runtergeputzt. Jetzt ist er sauer und hackt ständig auf mir rum.«

»Wer? Frank Janssen?«

»Nein, Gerner natürlich.«

»Oh. Ja, der kann unangenehm sein.«

»Unangenehm. Er ist bösartig. Der weiß, dass wir uns kennen, und nutzt jede Gelegenheit, irgendetwas Fieses über dich zu sagen, wenn er nicht gerade etwas an mir auszusetzen hat.«

»Ein echter Charmebolzen.«

Wieder saßen sie eine Weile schweigend da. Dan hätte es begrüßt, wenn Benjamin gehen würde. Es fiel schwer, nicht über den Fall zu sprechen. Vor allem, weil sie sich sonst nicht allzu viel zu sagen hatten.

»Ich glaube, sie lassen die Anklage fallen«, sagte Benjamin plötzlich.

Dan hob eine Braue. »Darfst du mir das erzählen?«

»Nein. Aber ich weiß nicht, warum ich es nicht tun sollte. Hauptsache, du hältst den Mund. Ihr Verteidiger freut sich jedenfalls wie ein Honigkuchenpferd.«

»Welch erfreuliche Neuigkeit.« Innerlich schäumte Dan vor Wut. Wieso hatte der Anwalt ihm dieses wesentliche Detail nicht erzählt, als sie eben telefonierten? Dan war doch der Erste, der davon informiert werden musste, wenn seine Auftraggeberin auf freien Fuß gesetzt werden sollte. Seine Bereitschaft zur Zusammenarbeit mit Mark Frandsen und der Kripo hatte inzwischen ihren Tiefpunkt erreicht. Aber das musste er Benjamin ja nicht erzählen.

»Tja, ich muss noch ein bisschen arbeiten«, erklärte Dan, als die Stille bedrückend wurde.

»Vielleicht ist es auch gut, wenn ich jetzt gehe.« Benjamin stand auf.

»Das denke ich auch.«

»Ich platze bald bei all den Dingen, die ich dir nicht erzählen darf.«

Dan lachte. »Raus mit dir, bevor du irgendetwas sagst, das du hinterher bereust.«

42

»Hast du keinen Schnittlauch gekauft?« Marianne Sommerdahl blickte von der Einkaufstüte auf, die sie gerade leerte.

»Haben wir im Garten«, sagte Flemming. »Soll ich welchen holen?«

»Mach das. Ein ordentliches Bund bitte. Habt ihr Butter?«

»Ist im Kühlschrank.« Flemming holte eine Schere aus der Küchenschublade und ging in den Garten, wo Ursula ein kleines Kräuterbeet angelegt hatte. Als er die Blüten von dem Bund Schnittlauch knipste, das er abgeschnitten hatte, lächelte er, ohne es zu wissen.

Es war der erste Unterrichtsabend in »Mariannes Kochschule«, wie er es insgeheim bezeichnete. Als einziger Schüler sollte Flemming lernen, seine Lieblingsgerichte zu kochen. Vor ein paar Tagen hatte er ihr eine Liste zugemailt, und sie hatte ihm die Rezepte und Einkaufslisten für die zehn Gerichte mit dem trockenen Kommentar zurückgeschickt, dass man ihm zumindest nicht die Schuld an einer eventuellen Globalisierung der dänischen Küche geben könnte.

Sie hat recht, dachte er und ging in Gedanken seine Liste noch einmal durch. Frikadellen mit geschmortem Weißkohl, Falscher Hase, Gegrilltes Schweinefleisch mit Petersiliensoße, Knuspriger Schweinebraten, Hackfleischklößchen in Curry und so weiter. Solide dänische Gerichte, die seiner Ansicht nach bei ihnen viel zu selten auf den Tisch kamen. Nicht dass er unzufrieden mit Ursulas Küche war, überhaupt nicht. Viel Grünes, viel Fisch, viele Bohnen und Erbsen, brauner Reis und andere vernünftige Zutaten. Es fehlte an nichts. Doch hätte er selbst entscheiden können – und das war bei seiner Verabredung mit Marianne ja die eigentliche Aufgabe gewesen –, musste er sich eingestehen, dass die schwere, fette Hausmannskost seiner Kindheit ganz oben auf seiner Hitliste stand.

Es war allerdings nicht allein die Aussicht auf eines seiner Lieblingsgerichte – Eierkuchen nach alter Art, mit dicken Scheiben knusprigem Schinken und Schwarzbrot –, die ihn zum Lächeln brachte. Es war auch nicht die Tatsache, dass er sich in zehn Wochen in der Küche bedeutend besser allein zurechtfinden würde. Nein, der wichtigste Grund für seine ungewöhnlich strahlende Laune war, einen ganzen Abend allein mit Marianne verbringen zu können.

»Bitte sehr.« Flemming legte das Bund Schnittlauch auf den Küchentisch. »Reicht das?«

»Ja, das ist genug«, sagte Marianne und strich ihren Pony aus den Augen. »Bind dir eine Schürze um. Dann fangen wir an.«

Sie nahm den Unterricht wirklich ernst, und Flemming geriet mehr und mehr außer Atem. Marianne verlangte nämlich nicht nur, dass er alle praktischen Arbeiten selbst erledigte – Eier schlagen, Schnittlauch schneiden, Schinken wenden –, während sie mit übereinandergeschlagenen Armen danebenstand und ihn im Auge behielt; sie wollte auch, dass ihr Schüler sich zwischendurch genaue Notizen machte, damit er den gesamten Prozess eigenhändig wiederholen konnte.

»Denk daran, es ins Reine zu schreiben«, sagte sie und betrachtete kritisch die Krakeleien auf dem fettigen Notizblock, »sonst findest du dich nie damit zurecht. Man sollte es nicht für möglich halten, aber deine Handschrift ist tatsächlich noch schlimmer als meine.«

»Ja, ja«, erwiderte Flemming und überprüfte den Boden des Eierkuchens. »Reicht das noch nicht?«

»Er braucht noch ein bisschen, er soll oben nicht mehr flüssig sein, wenn wir ihn wenden. Dreh die Flamme ein bisschen zurück und leg den Deckel drauf.«

»Okay.« Flemming führte die Anweisungen aus und machte sich

Notizen. »Darf ... oben ... nicht ... mehr ... flüssig ... sein«, murmelte er, als wären es die weisen Worte einer höheren Macht.

Eine Viertelstunde später saßen sie sich am Gartentisch gegenüber und genossen das Ergebnis des abendlichen Unterrichts. Die Luft war schwer und stand still, selbst die Vögel klangen träge.

»Der ist gut geworden«, sagte Marianne. »Bravo!«

»Mein Verdienst ist das bestimmt nicht.« Flemming stapelte ein paar Scheiben von dem Schinken auf seine Portion. »Ohne deine Hilfe hätte ich es nie geschafft, ihn umzudrehen.«

»Unfug. Jetzt kennst du den Trick mit dem Topfdeckel.« Sie reichte ihm den Salat. »Mit diesem Eierkuchen kannst du dich sehen lassen.«

»Das hier würde Ursula gefallen.« Flemming verzog das Gesicht zu einem schiefen Lächeln. »Ich meine den Salat.«

»Was ist mit dem Rest? Der Schinken ist natürlich nicht so gut, aber der Eierkuchen ist doch gesund. Und das Schwarzbrot auch.«

»Ach, du kennst sie doch. Ständig ist sie hinter mir her. Hier wäre es das Cholesterin in den Eiern, über das sie sich aufregen würde.« Flemming nahm sich eine Scheibe Schinken und steckte sie sich genussvoll in den Mund.

»Tja.« Marianne hatte offensichtlich keine Lust, Ursulas Ansichten über Flemmings Diät zu diskutieren. »Ich glaube, es gibt ein Gewitter«, antwortete sie stattdessen.

Flemming warf einen Blick zum Himmel, wo sich graue Wolken sammelten. »Und ich glaube, du hast recht.«

Marianne sah ihn an. »Hast du etwas von Dan gehört?«

Flemming wischte sich den Mund ab. »Du nicht?«

»Wir halten Abstand. Die Stadtverwaltung hat mir gerade mitgeteilt, dass er den Hausarzt gewechselt hat.«

»Er meint es also ernst?«

»Daran besteht kein Zweifel«, sagte Marianne. »Er will nichts mehr mit mir zu tun haben.«

Flemming überlegte einen Moment, ob er irgendetwas Tröstendes sagen sollte, entschied sich aber, sich ebenso neutral zu verhalten wie Marianne gegenüber seiner Beziehung. »Er war gestern bei mir im Büro«, sagte er stattdessen.

»Dan? Wieso?«

»Du weißt doch, er arbeitet an dem Fall Dorthe Bertelsen.«

»Ich hab's in der Zeitung gelesen, ja. Aber du doch nicht, oder?«

»Nein, natürlich nicht. Also nicht direkt.« Flemming erklärte ihr in groben Zügen den Zusammenhang zwischen dem Mord und dem Betrugsfall, den Dan entdeckt hatte. »Ausnahmsweise trägt er ganz offiziell als Berater von Pia Waages Anwalt zu den Ermittlungen bei. Und tatsächlich hat er uns einige gute Tipps gegeben – die Betrugssache ist nur einer davon. Hätte ich noch die Leitung, wäre ich ihm dankbar. Wenn Dan richtig gut ist, dann ist er ein Geschenk für die Polizei.«

Marianne hob eine Augenbraue. »Das sind ja ganz neue Töne, Flemming. So klang das nicht, als du derjenige warst, der etwas zu sagen hatte.«

»Nein. Vielleicht sehe ich das aus der Entfernung jetzt auch etwas klarer.« Er blickte sie an. »Außerdem bilde ich mir ein, dass Dan sich geändert hat.«

»Wie kommst du darauf?«

»Vielleicht ist er einfach erwachsen geworden.«

»Pfft!« Marianne verdrehte die Augen. »Das wird er nie!«

»Es scheint so. Er versucht wirklich, sich an die Regeln zu halten und zusammenzuarbeiten. Er informiert uns loyal, sobald er eine neue Idee hat, obwohl er ein ums andere Mal abgewiesen wird. Und das nicht auf nette Weise.« Flemming spießte noch ein Stück

Eierkuchen auf und fuhr fort: »Diese Ermittlungsleiterin, die man uns geschickt hat, verhält sich ihm gegenüber wirklich ekelhaft. Einer aus der Gruppe hat mir erzählt, sie hätte verhindern wollen, dass ihm einige Informationen der Kriminaltechniker ausgehändigt werden, um die Pias Anwalt gebeten hatte. Glücklicherweise hat Janssen ihr klargemacht, dass das nicht in Ordnung ist. Es ist sogar eindeutig ungesetzlich, wenn die Verteidigung nicht alle Informationen bekommt, die sie braucht.«

»Also hat er sie bekommen?«

»Mit einem halben Tag unnötiger Verzögerung, ja. Es ist reine Schikane, wenn du mich fragst. Sie hat sich in den Kopf gesetzt, er hätte sich nicht einzumischen. Und jetzt will sie nicht nachgeben.«

»Und wie nimmt Dan das auf?«

Flemming schluckte. »Er mault ein wenig und scheint es sonst zu akzeptieren. Deshalb sage ich ja, dass er inzwischen erwachsen geworden ist. Vor ein paar Jahren wäre seine Wut im ganzen Präsidium zu hören gewesen. Jetzt beißt er bloß die Zähne zusammen und arbeitet weiter.«

Mariannes dunkle Augen betrachteten ihn unter dem dicken rotblonden Pony. »Pass auf, dass du daraus keine voreiligen Schlüsse ziehst.«

»Woraus?«

»Dass er die Zähne zusammenbeißt. Dan hat Zurückweisungen noch nie gut verkraftet.« Sie lehnte sich auf dem Gartenstuhl zurück und griff nach ihrem Weinglas. »Anfangs taucht er nur immer wieder an der Oberfläche auf, wie ein Korken im Wasser. *Flupp.* Und wieder. *Flupp.* Und wieder. *Flupp.* Er scheint nicht müde zu werden. Und wenn man dann versucht, ihn richtig herunterzudrücken, kommt irgendwann der Moment, in dem er explodiert. Das kenne ich nur zu gut.«

»Du meinst, er könnte auf die Idee kommen, die ganze Sache hinzuschmeißen? Das würde zumindest Annette Poulsen freuen.«

»Nein, das meine ich ganz bestimmt nicht. Es ist richtig, dass er sich schließlich entschieden hat, mich zu verlassen, aber wenn ich ganz ehrlich sein soll, geschah das nach mehreren Jahren unglaublich beharrlicher Versuche, seinen Willen bei mir durchzusetzen. Oder besser, bei der Art und Weise, wie wir leben sollten.« Marianne trank einen Schluck Rotwein und saß einen Moment schweigend da, bevor sie fortfuhr: »Nein, in diesem Fall … Wenn ihr ihn weiter außen vor lasst, kommt früher oder später eine Reaktion.«

»Und wie, glaubst du, sieht die aus – du Dan-Expertin?«

Marianne zog die Mundwinkel zu einem Lächeln hoch. »Ich kann mir jedenfalls nur schwer vorstellen, dass er sich weiter so erwachsen benehmen wird, wie du es sagst. Wenn er sieht, dass er nichts davon hat, artig die Regeln zu befolgen …«

Sie breitete die Arme aus.

»Du glaubst, es wird zu einem Alleingang kommen?«

»Wenn ihr ihm nicht hin und wieder einen Knochen hinwerft, ganz sicher.«

»Was für einen Knochen?«

»Ich kenne die Routine bei solchen Ermittlungen nicht, du schon. Ich glaube, er würde sich ernst genommen fühlen, wenn ihr ihn zu einer Besprechung einladet. Oder er mit einer Kontaktperson bei der Polizei sprechen darf, sodass nicht alles über den Anwalt laufen muss. Gebt ihm irgendetwas. Etwas, das ihm zeigt, wie ernst ihr ihn nehmt. Was ihr da gerade mit ihm macht, erträgt seine Eitelkeit auf keinen Fall.«

»Davon werde ich Annette Poulsen niemals überzeugen können.«

»Schade für sie.«

»Und schade für die Ermittlungen.« Flemming nickte ein wenig geistesabwesend. »Dan kann eine Menge Unfug anstellen«, sagte er langsam. »Und wenn er Zugang zu allen Akten hat, weiß er noch mehr als …«

»Es ist eindeutig besser, ihn für als gegen sich zu haben«, stimmte Marianne ihm zu.

»Du sagst es.«

»Kannst du nicht mit Janssen reden?«, fragte sie nach einer kleinen Pause.

Flemming schüttelte den Kopf. »Er hat das mit Annette Poulsen schon mehrfach diskutiert, sie gibt nicht nach.«

»He!« Marianne sah zum Himmel, wo sich die Wolken zu einer dunklen Masse zusammengezogen hatten. »Das war ein Tropfen. Und noch einer.« Sie lachte. »Komm, tragen wir das besser rein, bevor es ernsthaft losgeht.«

Flemming betrachtete sie, als sie in aller Eile das Geschirr, die Decke und die Stuhlpolster ins Haus trugen. Hin und wieder war es ihm vollkommen unverständlich, dass Marianne bereits Ende vierzig war. Man musste schon sehr nah an sie herantreten, um ihre feinen Falten zu entdecken; der rotblonde Zopf war immer noch so lang und dick wie ein Schiffstau, und die dunklen Augen leuchteten so klar wie damals vor vielen, vielen Jahren. Auch ihr Körper hatte sich kaum verändert, sie bewegte sich noch genauso geschmeidig und unbeschwert wie eh und je.

Bin ich vielleicht ein bisschen in Marianne verliebt?, dachte er, als sie abgewaschen hatten und sich ins Wohnzimmer setzten. Die Antwort lautete leider Ja, musste er zugeben. Oder besser: Er hatte sich erneut in sie verliebt. Vielleicht lag es an der Tatsache, dass Dan offensichtlich aus dem Spiel war, das hatte lange verdrängte Gefühle bei ihm freigesetzt. Und sie hatte doch selbst diese Kochabende vorgeschlagen. Wer weiß? Er warf ihr einen Blick von der Seite zu, als sie angeregt irgendeine Geschichte erzählte, die ihr

Hund heute angestellt hatte. Vielleicht gab es eine Chance? Eine winzige Chance, das war alles, was er sich wünschte.

Flemming ließ sich dermaßen von seinen süßen Tagträumen hinreißen, dass er zusammenzuckte, als er die Haustür hörte. Ein paar Stunden hatte Ursula durch Abwesenheit geglänzt – nicht nur physisch, sondern auch im Bewusstsein ihres Ehemannes. Und plötzlich stand sie quicklebendig da, mit tropfenden Haaren und durchweichten Schuhen.

Sieht sie immer so mürrisch aus?, dachte Flemming, als er aufstand, um seiner Frau ein Glas zu holen. Und so alt? Er hatte das Gefühl, als wäre sie mehrere Jahre fort gewesen – und als wäre sie im Laufe des Abends gealtert. Mit einem Mal war es sichtbar, dass sie eine halbe Generation älter war als Marianne und er. Normalerweise verschwendete er daran keinen Gedanken, aber nun … Arme Ursula. Das ist nicht fair, dachte er und küsste sie auf die Wange. Das war wirklich nicht fair. Er musste eine Entscheidung treffen.

MITTWOCH, 29. AUGUST 2012

43

Die ganze Nacht über regnete es stark, Regentropfen peitschten gegen die Fenster und sammelte sich zu sonderbar fließenden Mustern, die im Licht der Straßenlaternen glitzerten. Regelmäßig wurde die Landschaft von gleißenden Blitzen erleuchtet und von dem nachfolgenden Donnerschlag erschüttert. Und jedes Mal schien der Regen dann noch an Stärke zuzunehmen.

Dan Sommerdahl verschlief das Naturspektakel, bis ein besonders lauter Donner gegen vier Uhr ihn brutal aus einem Traum von roten Locken, sommersprossiger Marzipanhaut und tiefblauen Augen riss. Das Gewitter war ganz nah. Er blieb eine Weile liegen und versuchte, in seinen Traum zurückzufinden, bis er sich schließlich von einer aufdringlichen Erektion befreite und daraufhin zum Erkerfenster schlurfte, um in die Dunkelheit hinauszustarren. Ein neuer Blitz zerriss den Himmel über dem Fjord, und der Donner folgte so rasch, dass es ihm nicht gelang, die Sekunden zu zählen. Der Einschlag musste ganz in der Nähe gewesen sein, dachte er und öffnete das Fenster, um über die leere Hafenpromenade zu blicken. Nichts. Keine umgestürzten Bäume, keine brennenden Häuser. Der Blitz war wahrscheinlich ins Wasser eingeschlagen. Der Regen fühlte sich auf seiner nackten Glatze und den Armen eiskalt an. Er zog den Kopf zurück und schloss das Fenster.

Dan wusste, dass es ihm nicht gelingen würde, wieder einzuschlafen, also zog er sich an und putzte sich die Zähne. Bewaffnet mit einem doppelten Espresso und einem Käsebrot setzte er sich an den Schreibtisch, auf dem die Akten des Falls Dorthe Bertelsen ausgebreitet lagen.

Er wollte nicht alles noch einmal durchlesen, er kannte fast jeden einzelnen Bericht auswendig. Dennoch ließ ihn dieses Gefühl nicht los, etwas übersehen zu haben. Wahllos blätterte er in dem Wirrwarr von Papieren, während der Kaffee seine Wirkung tat.

In einer separaten Hülle lagen die Polizeifotos vom Tatort. Dan hatte ihnen bisher keine große Aufmerksamkeit geschenkt. Sein Bedürfnis, malträtierte Leichen zu betrachten, war ausgesprochen gering, jetzt zwang er sich, die abstoßenden Bilder genauer zu studieren. Er konzentrierte sich allerdings unbewusst weiter auf alles, was nicht zur Leiche gehörte. Die Umgebung, den Hintergrund. Der Polizeifotograf war gründlich gewesen. Jeden einzelnen Blutspritzer hatte er verewigt: am Fernsehbildschirm, auf der Tischplatte, den bogenförmigen Spritzer über die Buchrücken im Regal. Dan versuchte ein wenig zerstreut zu erkennen, welche Bücher die tote Dänischlehrerin gelesen hatte. Der Lifestyle-Experte in ihm wusste, dass die Wahl des privaten Lesestoffs alles über einen Menschen verriet – wenn dieser Mensch überhaupt ein Leser war. Doch davon konnte man bei Dorthe ausgehen.

Er nahm eine Lupe aus der Schreibtischschublade und wurde enttäuscht. In diesem Ausschnitt des Fotos gab es keine private Lektüre. Dafür erhielt er einen ausgezeichneten Eindruck von Dorthes beruflicher Identität. Das Foto zeigte nämlich eine Reihe von Büchern, die sie im Unterricht verwendet hatte: Textanalysen, literaturwissenschaftliche Bücher, Autorenbiografien und literaturgeschichtliche Nachschlagewerke. Im Regal daneben erahnte er eine entsprechende Auswahl an gesellschaftswissenschaftlichem Lesestoff. Auf dem untersten Regalbrett, ganz rechts im Bild, stand eine Reihe von pinkfarbenen Ordnern. Trotz der Lupe konnte er die Beschriftung der Rückenetiketten nicht lesen, dieser Teil des Fotos war zu unscharf.

Dan blätterte die übrigen Fotos durch und hatte Glück: Es gab noch ein Bild des Regals, aus einem anderen Winkel. Hier waren die Rückentexte der Ordner deutlich zu lesen: »Web-Thema 2009«, »Web-Thema 2010«, »Web-Thema 2011«. So, dachte Dan. Warum hatte er nicht vorher daran gedacht? Natürlich gab es auch eine Papierversion der einzelnen Projekte, allein schon für die Notengebung. Und selbstverständlich hatte die superengagierte Dorthe sie behalten, damit sie als Inspiration für kommende Jahrgänge dienen konnte.

Dan lehnte sich zurück. Wenn diese mystische Homepage, careencare.com, Teil dieser Themenprojekte gewesen war, würde er mit nahezu hundertprozentiger Wahrscheinlichkeit die fehlenden Informationen in einem dieser Ringordner finden. Er wusste, dass er seine Erwartungen nicht allzu hoch schrauben durfte. Bisher waren es lediglich Vermutungen, und nichts sprach wirklich dafür, dass die Seite irgendetwas mit einem dieser Spendenprojekte zu tun hatte. Aber dennoch. Es blieb eigenartig, in der ganzen langen Liste von Dorthes Browser-Historie lediglich eine Adresse zu finden, die ins Leere führte. Verband man das mit der Tatsache, dass irgendjemand sich die Mühe gemacht hatte, den Verlauf zu löschen, obwohl die übrigen Seiten vollkommen unschuldig waren, war es ein überdeutlicher Hinweis darauf, dass die nicht existierende Seite der eigentliche Grund für die Löschung gewesen sein musste. War es nicht logisch, dies überprüfen zu wollen? Und waren die Ringordner dafür kein einleuchtender Anfang?

Dan überflog die Liste der Gegenstände, die die Polizei vom Tatort mitgenommen hatte, ohne die rosafarbenen Ordner zu finden. Sie befanden sich also noch im Forsthaus. Er ging wieder auf seinen Aussichtsposten am Erkerfenster und überlegte weiter. Das Gewitter war vorübergezogen, der Regen ließ allmählich nach. Den Himmel bedeckten schwere, graue Wolken, doch auch sie konnten nicht verbergen, dass der Tag anbrach. Alles sah ein bisschen heller aus. Dan schaute auf die Uhr. Es war halb sechs. Es reizte ihn, seine vagen Ideen zu verwirklichen, aber noch war es zu früh, um jemanden anzurufen. Er gähnte, spürte plötzlich die Müdigkeit nach dem viel zu frühen Aufstehen. Sollte er noch einmal ins Bett gehen? Er musste heute fit sein. Dan warf sich aufs Sofa und schloss die Augen.

*

Als er aufwachte, war es beinahe elf. Er setzte sich mit einem Ruck auf und rieb sich die Augen. Er hatte nicht vorgehabt, so lange zu schlafen. Verwirrt kam er auf die Beine und ging direkt unter die Dusche, um richtig wach zu werden, bevor er sich an den Schreibtisch setzte und Pia Waages Anwalt anrief.

»Ich muss Sie um noch etwas bitten.«

Er hört das unterdrückte Seufzen nicht und wusste doch, dass es da war. Laut sagte Mark Frandsen nur: »Schießen Sie los.«

»Ich hätte gern Zugang zum Tatort. Es gibt da ein paar Dinge, die ich überprüfen möchte. Die sind doch fertig da draußen, oder?«

»Soweit ich weiß, ja.« Kurze Pause. »Wissen Sie, was, ich begleite Sie, Dan«, fügte der Anwalt etwas lebhafter hinzu. »Ich würde mir das eigentlich auch gern mal ansehen. Vielleicht kommt Pia ja auch mit.«

»Pia? Hat man sie freigelassen?«

»Wir müssen um elf Uhr zum Haftrichter. Dann werden wir sehen. Ich persönlich glaube, dass die Anschuldigungen fallen gelassen werden, das heißt, mit ein bisschen Glück ist sie heute Nachmittag frei.«

»Fantastisch.« Dann hatte Benjamin recht. Dan dachte einen Moment nach. »Aber wenn Pia entlassen wird, ist es ja eigentlich nicht mehr Ihr Fall?«

»Ich möchte das gern zu Ende bringen. Ich bin Pias Anwalt, bis der richtige Täter gefasst ist. Sie wird weiter als verdächtig angesehen.«

»Okay.«

»Dan, haben Sie eine Theorie?«

»Vielleicht. Es ist alles noch sehr vage. Ich weiß mit anderen Worten überhaupt nicht, wie alles zusammenhängt, aber das finde ich hoffentlich heute heraus.«

»Ich möchte ständig auf dem Laufenden gehalten werden, Dan. Selbst wenn es nur vage Ideen sind.«

»Hm.« Dan biss sich auf die Lippe, während er nachdachte. Er hatte wenig Lust, andere zu diesem Zeitpunkt einzuweihen. »Reden wir weiter, wenn wir uns in Dorthes Haus sehen«, sagte er dann und fügte wahrheitsgemäß hinzu: »Ich bin praktisch auf dem Sprung.«

»Wir dürfen uns dort nicht ohne einen Vertreter der Polizei aufhalten. Ich glaube, das Haus ist noch versiegelt. Ich prüfe das gleich.«

Dan beendete das Gespräch und rief eine weitere Nummer an.

»Else.« Ihre Stimme klang angestrengt.

»Störe ich? Sie haben im Moment keinen Unterricht, oder?«

»Nein, ich sitze im Lehrerzimmer und bereite eine Aufgabe vor. Mittwoch ist immer so ein merkwürdiger Tag. Drei Stunden Unterricht und eine Menge vergeudeter Zeit dazwischen.« Sie seufzte. »Aber heute ist es ganz schön mit all den Freistunden. Ich habe sehr schlecht geschlafen.«

»Ja, das Gewitter hat mich auch wach gehalten.«

»Auch deshalb, ja.«

Dan wartete auf weitere Erklärungen. Als sie nicht kamen, fragte er: »Erinnern Sie sich, dass Sie mir von diesen Projektwochen erzählt haben, die Dorthe veranstaltete? Die mit den Spendenaktionen?«

»Noch bin ich nicht senil, Dan. Natürlich erinnere ich mich. Weshalb?«

»Können Sie sich zufällig an Namen der Projekte erinnern?«

»Namen?«

»Ja, Internetadressen für die Homepages im Netz?«

Sie lachte trocken. »Wie soll ich mich denn daran erinnern können?«

»Sagt Ihnen die Webadresse careencare.com irgendetwas?«

»Nein, das … Augenblick, wie heißt die?«

»Careencare.« Er buchstabierte es.

»Irgendetwas klingelt da bei mir.« Sie zögerte.

»Ja?«

»Es gab so eine Spendensammlung für eine Amerikanerin«, sagte Else langsam. »Es ging wohl um eine Transplantation, eine sehr ergreifende Geschichte. Dorthe hat sie mir gezeigt.«

»Ja?« Dan spürte, wie sich eine Gänsehaut über seine Arme ausbreitete.

»Ich habe mir den Namen der Frau gemerkt, weil er so eigenartig war. Sie hieß Careen. Careen Carson, soweit ich mich entsinne. Klingt wie aus einem Western, oder?«

Careen Carson. Careencare.com. Die Gänsehaut hatte den Nacken erreicht. »Wer hat sich an dem Projekt beteiligt? Wissen Sie das noch?«

»Ditte Kløvborg. Und sie hat es allein gemacht. Das ist ziemlich ungewöhnlich, denn normalerweise arbeiten die Schüler an derartigen Aufgaben in Gruppen.«

Ditte? Dans Gedanken waren bereits weit weg, als er das Gespräch beendete. Einiges hatte er erwartet – nicht jedoch Ditte? Er sah ihr junges, hübsches, herzförmiges Gesicht vor sich, ihre klaren blauen Augen und das Kräuseln ihrer Mundwinkel, wenn die weichen Lippen ein Lächeln formten. Könnte sie tatsächlich für einen zynischen Betrug verantwortlich sein? Dan zweifelte. Es musste sich um einen Fehler handeln. Die Seite war vermutlich gelöscht worden, weil man irgendeine Web-Agentur nicht bezahlt hatte.

Noch immer in Gedanken versunken, sah er seine Mails durch. Und da waren sie – die Suchworte bei Google und Wikipedia, um die er die Polizei gebeten hatte. Er überflog die Liste, bis er auf den Namen stieß, nach dem er suchte: Careen Carson. Dorthe hatte also nicht nur versucht, auf die Homepage zu kommen. Sie hatte auch den Namen gegoogelt. Dan tippte den Namen ins Suchfeld. Vier Treffer – alle für die Website, die nicht mehr existierte. Es war eine Sackgasse, und Dorthe hatte das offenbar auch entdeckt.

Dan lehnte sich zurück und verschränkte die Finger im Nacken.

Eigentlich müsste ich mich mit meiner Entdeckung an die Polizei wenden, dachte er, aber diese massive Mauer aus Gleichgültigkeit und Herablassung, mit der er in den letzten Tagen konfrontiert worden war, ließ ihn den Gedanken sofort wieder vergessen. Höchstwahrscheinlich würde Annette Poulsen ihm nicht einmal zuhören. Und wenn sie es doch tat und ihn ernst nahm, hätte er diese Spur ab sofort nicht mehr weiterverfolgen dürfen, obwohl er sie gefunden hatte. Sein beträchtliches Ego protestierte heftig gegen diese Perspektive. Außerdem widerstrebte es ihm, Ditte Kløvborg der Ordnungsmacht auszuliefern, solange er sich seiner Sache nicht wirklich sicher war.

Nach ein paar Minuten des Nachdenkens entschloss er sich, selbst mit ihr zu reden, bevor er seine Informationen weitergab. Vielleicht heute beim Vorsingen? Oder riskierte er, sie einer Tat zu beschuldigen, die sie nicht begangen hatte? Nein, er musste die Sache untersuchen, bevor er mit dem Mädchen redete. Erst die Ordner in Dorthes Haus, dachte er und stand auf. Fand er die Beweise, die seinen Verdacht bestätigten, dann konnte er Ditte damit konfrontieren.

44

Der Kühlschrank des Lehrerzimmers war bis zum Rand gefüllt mit Plastikdosen in allen Farben und Größen, jede mit dem Namen des Besitzers versehen. Sie konnten alles Mögliche enthalten, dachte Else Forsberg und schob einen hellblauen Behälter zur Seite, um zu überprüfen, was dahinter stand. Einige hatten sich Salat zum Mittagessen mitgebracht, andere die Reste des Abendessens, die sie in der Mikrowelle der Teeküche aufwärmten. Die meisten aßen ganz normale belegte Brote. Nur Else von Fettberg musste sich wieder und wieder mit widerlichen Proteingetränken und sterbenslangweiligen Karotten begnügen. Sie war diese Diät so dermaßen leid.

Das Schlimmste ist, dachte sie, als sie ihren Diät-Shake herausnahm, dass ich meine Diät ständig verteidigen muss. Es war nicht einfach, enthusiastisch zu bleiben, wenn von den Kollegen einer nach dem anderen glaubte, es kommentieren zu müssen. Die Varianten reichten von »So eine Pulverkur kann doch unmöglich gesund sein« über »Ist es nicht eigentlich eine Frage der ausgewogenen Ernährung?« bis »Igitt. Gut, dass ich das nicht essen muss«. Else hatte gelernt, jede dieser dummen Bemerkungen zu parieren, es erforderte jedoch Energie. Jedes Mal aufs Neue. Und diese Energie hatte sie nicht immer.

Heute, zum Beispiel. Gerade heute, wo sie sich ganz auf das Vorsingen konzentrieren musste, hatte sie ein gewaltiges Energiedefizit. Sie hatte kaum geschlafen, und der Streit mit Svea gestern hatte ihr sämtliche Kraft genommen. Die Lust, an diesem Zirkus teilzunehmen, der sie heute erwartete, hätte kaum geringer sein können. Außerdem hatte sie beim morgendlichen Bußgang auf die Badezimmerwaage feststellen müssen, vierhundert Gramm zugenommen zu haben, obwohl sie gestern ihre Diät strikt eingehalten hatte. Allein das reichte, um sie zu deprimieren.

Und jetzt sollte sie schon wieder ein Pulvergetränk zu sich nehmen, während ihre perfekten, normalgewichtigen Kolleginnen mit ihren perfekten, normalgewichtigen Körpern sie dabei beobachteten. Komischerweise, dachte sie, als sie auf einen freien Tisch ganz hinten im Lehrerzimmer zusteuerte, kann doch niemand Zweifel an der zwingenden Notwendigkeit haben, dass ich etwas Drastisches unternehmen muss, um abzunehmen. Das Problem bestand eher darin, dass jede ihrer Kolleginnen meinte, mehr über die dabei korrekte Vorgehensweise zu wissen als sie selbst. Sie wünschte, sie würden an ihren aufgewärmten Lasagnen und fettigen Bulgursalaten ersticken. Und an ihren guten Ratschlägen über Essverhalten, Bewegung und ausgewogene Ernährung.

Else, die sich normalerweise für einen freundlichen Menschen hielt, hatte sich auf dem Weg durchs Lehrerzimmer dermaßen aufgeregt, dass selbst die kleinste Bemerkung sie explodieren lassen würde. Wehe der Ersten, die einen Ton sagte. Sie warf der neu eingestellten Mathematiklehrerin, die mit einem freundlichen Lächeln auf dem Weg zu Elses Tisch war, einen tödlichen Blick zu. Die Frau blieb verwirrt stehen und änderte dann die Richtung.

Es funktioniert, dachte Else triumphierend und schüttelte ihren Diät-Drink gründlich. Sie steckte den Strohhalm hinein und nahm einen ersten Schluck. Die leicht körnige, fade Konsistenz bereitete ihr Übelkeit, aber sie hatte Hunger und musste dieses Gefühl ignorieren. Sie trank einen weiteren Schluck und versuchte, nicht das Gesicht zu verziehen, als sie schluckte.

»Was machst du denn für ein muffliges Gesicht?« Klaus setzte sich zu ihr, wie gewöhnlich immun gegenüber ihren tödlichen Blicken.

»Ach, es ist nichts.« Else spürte plötzlich das wohlbekannte Brennen in den Augen, und noch bevor sie irgendetwas unternehmen konnte, schossen die Tränen hervor. Sie stellte den Diät-Shake ab und schlug die Hände vors Gesicht.

»Aber, Else.« Klaus kam zu ihr und legte einen Arm um ihre Schulter. »Du hast dich doch nicht etwa schon wieder mit Svea gestritten?«

Sie schüttelte nur den Kopf und weinte weiter.

»Was ist denn nur?«

Else erhob sich so hastig, dass sein Arm von ihrer Schulter flog. Blind vor Tränen lief sie auf die Damentoilette, fand eine freie Kabine und setzte sich. Anfangs versuchte sie, lautlos zu weinen, doch nach kurzer Zeit gab sie auf und schluchzte lautstark los, gleichgültig, ob jemand sie hörte oder nicht. Es schien, als wollten sämtlicher Kummer und alle Frustrationen, die sich in der letzten Zeit angehäuft hatten, plötzlich auf einmal heraus. Dorthes Tod, Sveas Unverschämtheiten, die ewige, elende, grässliche Schlankheitskur. Else schluchzte untröstlich. Sie fühlte sich dumm, alt und fett. Illoyal. Ein schlechter Mensch. Und ganz allein auf der Welt.

Erst als sie die Klingel nach der großen Pause hörte, riss sie sich zusammen. Sie hatte jetzt Unterricht. Und man lässt seine Schüler nicht im Stich, dachte sie, während sie sich gründlich die Nase putzte. Man erledigt seine Arbeit. Sie schloss die Tür auf und ging zum Waschbecken, spritzte sich kaltes Wasser ins Gesicht und trocknete sich mit einem der harten, kratzenden Papierhandtücher aus dem Automaten ab. Sie vermied es, in den Spiegel zu sehen.

Auf dem Weg ins Lehrerzimmer ignorierte sie die Blicke der Kollegen, die keinen Unterricht hatten. Klaus war glücklicherweise gegangen. Auf dem Tisch stand ihr zurückgelassener Diät-Trank. Sie leerte ihn und spülte mit einem Glas Wasser nach. Dann atmete sie ein paarmal tief durch und verließ das Lehrerzimmer. Sie blieb vor der Tür des Raums stehen, in dem sie längst hätte unterrichten sollen. Sie hörte ihre Schüler bis auf den Korridor. Wie immer waren die Jungs am lautesten. Ihre tiefen, aber noch brüchigen Stimmen. Potente Lachsalven, unterbrochen vom vereinzelten Kreischen eines Mädchens. Sie waren erwachsen, erinnerte sie sich selbst. Neunzehn Jahre und älter. Unglaublich. Manchmal konnte man meinen, sie wären gerade erst in die fünfte Klasse gekommen. Dieser Gedanke amüsierte sie in der Regel, heute war es lediglich irritierend. Sie zog die Luft tief in die Lungen und öffnete die Tür. Die neunundzwanzig Jugendlichen waren beinahe umgehend still, und Else unterdrückte ein Lächeln, als sie zum Lehrerpult schritt und sich für die Verspätung entschuldigte. Wenigstens das hier konnte sie. Sie war eine gute Lehrerin. Sie hatte Autorität und wurde von ihren Schülern respektiert. Wenn sie doch nur ebenso kompetent mit dem Rest ihres Lebens umgehen könnte.

Else blickte über die Klasse, in der die Tische der Schüler in Hufeisenform aufgestellt waren. Sie begegnete Robins Blick aus der Reihe, die den Fenstern gegenüberstand, und las Mitleid und Neugierde in seinen Augen.

Nach der Stunde kam er zu ihr. »Bist du okay?«

Sie wollte nicht schon wieder weinen und setzte ein munteres Lächeln auf, während sie mit den Fingerspitzen die geschwollene Haut um die Augen betupfte. »Mir geht's gut, danke. Ich glaube, ich habe irgendeine Allergie.«

Robin nickte. »Du kommst doch um zwei, oder?«

»Nicht einmal zehn Pferde würden es fertigbringen, mich vom Vorsingen fernzuhalten, Robin. Das weißt du doch.« Das angestrengte Lächeln schmerzte in den Wangen.

»Hast du jetzt Unterricht?«

»Nein, ich habe mir gedacht, ein paar Aufsätze zu korrigieren, bis wir uns treffen.«

»Ich habe auch eine Freistunde.«

»Hm.« Else bückte sich nach ihrer Tasche und gab sich Mühe, nicht laut aufzustöhnen, als sie ihre Hüfte spürte. »Schön«, sagte sie, als sie sich wieder aufgerichtet hatte.

»Ich dachte …«, sagte er, als sie zusammen das Klassenzimmer verließen. »Das, was du gestern gesagt hast, dass du bei Facebook mitmachen willst. Hast du das ernst gemeint?«

Else zögerte. »Tja …« Wenn sie ganz ehrlich sein sollte, hatte sie ihre hastig geäußerte Bemerkung bei der gestrigen Sitzung längst vergessen.

»Aber vielleicht willst du ja gar nicht mehr über diese Betrugsgeschichte herausbekommen?«

»Doch, eigentlich schon.« Tatsächlich war es ihr völlig egal, nur konnte sie das jetzt ja schlecht zugeben.

»Ich würde dir gern helfen«, bot Robin an. »Wir könnten dir jetzt ein Profil einrichten und dich anmelden.«

»Ich hatte überlegt, Dan Sommerdahl zu fragen.«

»Komm schon.« Er lächelte. »Ich bin garantiert die bessere pädagogische Hilfskraft als dieser kahlköpfige Detektiv.«

Else zögerte noch. »Das hat doch Zeit.«

»Es dauert nur eine halbe Stunde, länger nicht.« Robin hielt ihr seine Schultertasche hin. »Ich habe mein Notebook dabei.«

»Okay.« Else gab auf. Der Gedanke an ein Tête-à-Tête mit dem appetitlichen Robin war auch nicht gerade unangenehm, und sie brauchte im Moment jede Aufmunterung, die sie kriegen konnte. »Nett von dir.«

»Nicht der Rede wert.«

»Ach, und Robin«, sagte sie und blieb stehen, »eines musst du mir versprechen.«

»Ja?«

»Du darfst den anderen nicht erzählen, dass ich ein Profil habe. Vor allem Svea nicht. Sie würde es als persönlichen Sieg über einen Dinosaurier empfinden.«

Robin sah sie an. »Sie wird es sofort mitkriegen.«

»Und wie das?«

»Hast du dir nicht gedacht, innerhalb der Schulgruppe Detektiv zu spielen?«

»Ja, oder ...«

»Dafür musst du Mitglied sein. Und Svea muss dich akzeptieren.«

»Das verstehe ich nicht.«

»Das bedeutet ...« Er schüttelte den Kopf. »Ich zeige es dir, wenn wir dein Profil eingerichtet haben. Aber Svea entkommst du nicht.

Sie ist die Facebook-Spinne der Schule: Sie sieht alles, hört alles, weiß alles.«

»Ich weiß.« Else seufzte. »Und sie versäumt es selten, uns alle daran zu erinnern.«

Robin lachte. »Irgendwie hat sich das nicht ganz so schlimm angefühlt, als es noch Dorthe war, oder?«

Sie fanden ein leeres Klassenzimmer, und in verblüffend kurzer Zeit hatte Robin Else geholfen, ein Profil einzurichten und einen ersten Facebook-Freund zu bekommen, ihn selbst. Sie bewarb sich um die Mitgliedschaft in der Gruppe des Gymnasiums.

»So.« Robin lehnte sich zurück. »Das war doch nicht so schwer?«

»Was muss man unternehmen, um weitere Freunde zu bekommen?« Else war zu ihrer Überraschung fasziniert von den Vorgängen auf dem Bildschirm. »Ich weiß, dass meine beiden Kinder bei Facebook sind.«

»Genauso, wie ich dein Freund wurde. Gib die Namen ein.« Er leitete sie durch den Prozess. In weniger als einer Minute akzeptierte Sille die Freundschaft und schrieb einen überraschten, aber fröhlichen Willkommensgruß an ihre Mutter. Robin zeigte Else, wie man kommentierte, likte und eine persönliche Nachricht schrieb, und sie bekam rote Wangen, als sie eine Einladung nach der anderen in den Cyberspace schickte. Es war weitaus amüsanter, als sie gedacht hatte. Ihre schlechte Laune war wie weggeblasen.

»Wenn du deine Ungeduld einen Moment zügelst«, grinste Robin, »dann logge ich mich auch ein, damit wir uns die Gruppe ansehen können. Ich will dir zeigen, wie du nach den Spendenaktionen suchen kannst.« Robin war schnell, und es vergingen lediglich wenige Sekunden, bis sie die richtige Seite vor sich hatten. »Schau, das ist der Eintrag, von dem du gesprochen hast.«

»Oh, ja.«

»Und wenn du hier klickst, kommst du auf die eigentliche Projektseite.« Ein Foto der zum Kampfsport bekleideten Araberinnen tauchte auf. »Und so weiter.«

Sie saßen nebeneinander und sahen sich die Seite über das saudi-arabische Untergrundprojekt an.

»Hat Dorthe dir davon erzählt?«, wollte Robin wissen. »Also, dass es sich um Betrug handelt?«

Else nickte und las weiter.

»Weißt du, ob sie es auch anderen erzählt hat?«

»Nein.« Sie wandte ihm ihr Gesicht zu. »Das kann ich mir auch nicht vorstellen. Ich war«, fuhr sie mit schlecht verhohlenem Stolz in der Stimme fort, »ihre engste Vertraute.«

»Und dir hat sie alles Mögliche erzählt?«

»Eine Menge.«

»Ich kann mir aus irgendeinem Grund überhaupt nicht vorstellen, dass Dorthe schlüpfrige Geheimnisse hatte.«

»Schlüpfrig? Ach was. Nur ich wusste, dass sie schwanger war«, sagte Else, zum ersten Mal an diesem Tag mit dem Gefühl, eine gewisse Bedeutung zu haben. »Sie hat mich in viele private Dinge eingeweiht.« Else sah Robin an und fügte hinzu: »Manchmal auch in die anderer Leute. Aber nur, weil sie wusste, dass ich den Mund halten kann.«

45

»Ich verstehe das nicht«, sagte Benjamin Winther. »An den Indizien gegen Waage hat sich überhaupt nichts geändert. Deshalb hat sie der Richter doch in Untersuchungshaft gesteckt. Wieso lässt er sie jetzt frei?«

»Die IT-Abteilung hat mitgeteilt, dass die Computer von Pia und Dorthe offenbar gehackt worden sind«, erwiderte Frank Janssen. »Es lässt sich unmöglich feststellen, ob die Mails von Waage und ihrer Freundin geschrieben wurden oder nicht. Die Mailkorrespondenz war das stärkste Indiz der Staatsanwaltschaft gegen sie, und das ist jetzt mehr oder weniger hinfällig. Alles andere – die Schuhe, die Fingerabdrücke, der Fund des Hammers – ist nicht wirklich zu verwenden, es sei denn, es tauchen weitere handfeste Beweise auf, die sie mit dem Mord in Verbindung bringen.«

»Also ist sie noch nicht aus dem Schneider?«

»Nicht ganz.«

Die beiden Polizisten verließen die Kantine, nachdem sie ihr Sandwich gegessen hatten.

»Ich weiß, ich bin neu hier, aber …«, Benjamin warf seinem Vorgesetzten einen Blick von der Seite zu, »… ich habe die Indizien die ganze Zeit über für dünn gehalten.«

»Das lässt sich leicht sagen.« Frank nickte einem älteren, uniformierten Beamten zu, der ihnen auf der Treppe entgegenkam. »So in der Rückschau.«

»Ich meine«, nahm Benjamin seinen Mut zusammen, »wir haben doch die ganze Zeit über gewusst, dass die Computer möglicherweise gehackt worden sind.«

»Die technische Untersuchung hat nicht den Ausschlag gegeben«, erklärte Frank. »Ausgerechnet diese Mails, die Waage am meisten belasten, konnte sie, wie wir inzwischen wissen, gar nicht geschrieben haben. Das ist der wahre Grund für ihre Entlassung.«

»Wie?«

»Das ist der Grund für die Sitzung, die gerade einberufen wurde, das nehme ich jedenfalls an. Zumindest wird das eines der Themen sein.«

Benjamin sah ihn fragend an.

»Es ist etwas peinlich.« Frank blieb an der Tür seines Büros stehen. »Komm mal rein.« Er wartete, bis sie beide im Büro standen, und schloss die Tür zum Flur. »Annette Poulsen schäumt vor Wut. Sie ist sauer auf mich und wohl auch ein bisschen auf sich selbst.«

»Was ist denn passiert?«

»Nun ja, wir haben alle nicht daran gedacht, uns die Absendedaten der verschiedenen Mails genauer anzusehen.« Er schaute Benjamin an. »Du hast dich doch auch mit den Mails beschäftigt, oder?«

»Ja, sicher …« Benjamin bekam einen roten Kopf. »Ich sollte sie in die richtige Reihenfolge bringen. Niemand hat mir gesagt, dass …«

»Es macht dir ja keiner einen Vorwurf, Benjamin«, unterbrach ihn Frank. »Du hast getan, was dir gesagt worden ist. Der entscheidende Punkt ist, dass es logisch gewesen wäre, wenn wir gleichzeitig untersucht hätten, ob es Waage überhaupt möglich war, zu exakt den Absendezeiten vor dem Computer zu sitzen.«

»Daran hätte ich denken müssen.«

»Nein, daran hätte ich denken müssen. Oder Annette Poulsen. Oder Lars Vogelbjerg oder Gerner oder Bentzen. Keinem von uns erfahreneren Ermittlern ist diese Idee gekommen. Das ist doch unglaublich. Deine Schuld ist es bestimmt nicht. Du sagst ja selbst, dass du ganz neu hier bist.«

»Ich hoffe bloß, der Oberboss sieht das genauso.«

»Ich werd dich schon verteidigen, Benjamin. Annette Poulsen geht ziemlich hart mit dir ins Gericht, das sehe ich. Aber wenn dieser Fall geklärt ist, fährt sie wieder nach Hause.«

»Der Mord an Dorthe Bertelsen ist meine erste Chance zu zeigen, dass ich ein guter Kripobeamter werden kann.« Benjamin blickte auf seine Schuhe. »Vielleicht die einzige. Ich bin ja nur ausgeliehen. Wenn die Sache zu Ende ist, muss ich wieder die Uniform anziehen.«

»Du wirst eine weitere Chance in der Abteilung bekommen, das verspreche ich dir.«

»Danke.« Benjamin hob den Kopf. »Du hast noch nicht gesagt, welcher Beweis gefunden wurde.«

Frank setzte sich auf den Schreibtischrand. »Kannst du dich an diesen total abgefahrenen Teil der Mailkorrespondenz erinnern? Dieser schriftliche Streit, der sich über einen ganzen Abend zog und in dem Waage immer zickiger wurde? Wofür sie sich am nächsten Morgen entschuldigte?«

»Ja.«

»Genau an diesem Abend haben Waage und ich bei einem Kurs in Fredericia zu Abend gegessen. Ich saß ihr gegenüber und kann beschwören, dass sie keine Mails geschrieben hat.« Er sah Benjamin an. »Es hat sich ganz eindeutig jemand in ihren Computer gehackt. Die übrigen Indizien verlieren dadurch vollkommen an Bedeutung. Dass jemand falsche Spuren in ihrem Computer gelegt hat und sie selbst in der Stadt die Mordwaffe versteckt und überall Blutspuren hinterlassen haben soll, ist sehr unwahrscheinlich. Der Hacker und der Mörder sind ein und dieselbe Person.«

Benjamin erwiderte nichts, er blickte nur vor sich hin.

»Und ich habe mich bis auf die Knochen blamiert«, fuhr Frank fort. »Ich hätte es sofort entdecken müssen. Datum und Zeit standen direkt vor unseren Augen, als wir uns die Mails das erste Mal angesehen haben.«

»Hm.«

»Waage hat den Fehler selbst entdeckt, als sie die Ausdrucke mit Annette Poulsen durchgegangen ist.« Frank verzog das Gesicht. »Sie hat sich nicht darüber gefreut. Ich meine Annette. Waage war vermutlich entzückt.«

»Dann wird es heute hoffentlich keinen Anschiss für dich geben?«

»Oh, danke, den habe ich bereits hinter mir.« Frank sah auf die Uhr. »Und wenn wir nicht in dreißig Sekunden im Gemeinschaftsbüro stehen, bekommen wir noch einen.«

Die erste Viertelstunde des Briefings beschwerte sich Annette Poulsen ausführlich darüber, dass niemand daran gedacht hatte, Pia Waages Alibi mit Blick auf die Mailkorrespondenz zu überprüfen. Zu Franks Erleichterung unterließ sie es, ihre Wut an Benjamin auszulassen, der wie gewöhnlich etwas außerhalb des Kreises saß und aussah, als wollte er sich für seine Anwesenheit entschuldigen.

Schließlich ließ Annette das heikle Thema fallen und kam zu den anderen Aufgaben, mit denen sich die Gruppe beschäftigte. Gerner, der sowohl Svea Loréns wie Gunnar Højgaards Alibis noch einmal überprüft hatte, erklärte kurz angebunden, diese Spuren hätten sich als Sackgasse erwiesen. Er, Thor Bentzen und Benjamin hatten zusammen mit einem guten Dutzend Zeugen gesprochen, und das Ergebnis war eindeutig: Weder die Sportlehrerin noch Dorthes Nachbar konnten am Samstag, den 18. August im Forsthaus gewesen sein. »Dasselbe gilt für Gunnars Ehefrau«, ergänzte er mit irritiertem Gesichtsausdruck. »Diese Anni hätte ein gutes Motiv gehabt. Außerdem ist sie eine grässliche Person«, fügte er hinzu. Er hätte diesem Weibsbild gern Handschellen angelegt. Niemand grinste, als er sich über seine Bemerkung amüsierte. Aber es widersprach ihm auch niemand.

Lars Vogelbjerg, der für die Koordination der Betrugsspur verantwortlich war, richtete sich auf seinem Stuhl auf, als er an die Reihe kam: »Flemming Torp hat das getan, was er mit den Mitteln, die ihm zur Verfügung stehen, tun konnte. Am späteren Nachmittag oder morgen fahren wir zusammen zur Spezialabteilung für Wirtschaftskriminalität der Rigspoliti und übergeben denen die gesamte Angelegenheit.«

»Habt ihr überprüft, woher diese Mail kam, Vogel?«, wollte Annette wissen.

»Welche Mail?« Frank war einmal mehr irritiert, nicht fortlaufend informiert worden zu sein.

»Die Mail«, antwortete Lars in einem pädagogischen Ton, »mit der Svea Lorén aufgefordert wurde, Koordinatorin der dänischen Sektion des ›Enough!‹-Auftritts zu werden. Sie kannte die Absenderin nicht, eine Frau namens Fatima Haddid, aber im Laufe des letzten Jahres haben sie sich mehrfach Mails geschrieben. Natürlich habe ich versucht, sie zu überprüfen, doch es ist ein ganz gewöhnlicher arabischer Name, es dauert also eine Ewigkeit, bis wir sie über die normalen Kanäle gefunden haben. Ich bin bereit, eine Flasche Single Malt zu wetten, dass der Name frei erfunden ist. Die Mailadresse gehört zu einer amerikanischen Domain, und wir haben keine Möglichkeit, sie näher zu untersuchen. Dafür müssen ein paar internationale Strippen gezogen werden, und das können die Jungs der Spezialabteilung am besten.«

»Hatte Svea selbst eine Idee, warum gerade sie als dänische Repräsentantin ausgesucht wurde?«, erkundigte sich Lotte Andersen, die am Verhör der Sportlehrerin nicht teilgenommen hatte.

»Svea hat feministischen Kampfsport unterrichtet, unter anderem bei Sommercamps und bei einer internationalen LGBT-Veranstaltung vor ein paar Jahren. Sie hat sich selbst für eine logische Wahl gehalten.«

»Da würde ich ihr sogar recht geben. Klingt, als ob sie sich hundertprozentig für den Job eignen würde«, meinte Lotte.

»Tja, oder umgekehrt«, sagte Frank langsam. »Vielleicht wurde der Job ja auch für sie maßgeschneidert.«

»Was meinst du?«

»Vielleicht war der Betrug«, überlegte Frank, »von Anfang an auf Svea Lorén zugeschnitten. Es ist doch vorstellbar, dass die Hintermänner – in diesem Fall vielleicht besser Hinterfrauen – genau dieses Projekt für Svea erfunden haben. Jemand, der wusste, dass sie sofort anbeißen und sich engagieren würde.«

Annette sah ihn an. »Du meinst, jemand, der sie kannte? Jemand hier aus Christianssund?«

»Warum nicht? Die Wahrscheinlichkeit spricht dafür, dass es sich um jemanden handeln könnte, der ihre Ansichten sehr genau kennt. Und schließlich lebt sie hier.«

»Hm.«

»Wenn Flemming Torp recht hat, dann ist das nur eine von mehreren betrügerischen Spendenaktionen.«

»Du meinst, wenn Dan Sommerdahl recht hat«, warf Annette Poulsen trocken ein.

»Wie auch immer.« Frank hoffte, dass man ihm die Gereiztheit nicht anhörte. »Falls es sich um ein ganzes System von betrügerischen Aktionen handelt und jede dieser Aktionen auf eine ausgewählte Person zugeschnitten ist, von der ein Hintermann sicher sein kann, dass sie sich mit Zähnen und Klauen für diese Sache einsetzen wird, könnte man sich dann nicht vorstellen …«

»Ach was«, unterbrach ihn die Ermittlungsleiterin und wedelte mit den Händen. »Ein kriminelles Superhirn? Hier in Christianssund?« Sie lachte höhnisch. »Das kann ich mir nur schwer vorstellen.«

»Es passiert so einiges hier in der Stadt«, erwiderte Frank ein wenig angefasst.

»Niemand hindert uns daran, diese Überlegungen bei den Spezialisten zu erwähnen, wenn wir ihnen den Fall übergeben«, schlug Lars diplomatisch vor.

»Gut, erzähl ihnen davon, Vogel.« Annette breitete die Arme aus. »Es kann nicht schaden, obwohl es ziemlich weit hergeholt klingt.«

»Dann ist da noch die Sache mit der Browser-Historie«, sagte Lars Vogelbjerg. »Und den Suchbegriffen, um die Pia Waages Anwalt gebeten hat.«

»Was ist damit?« Annette wirkte so, als hätte sie größte Mühe, ihr Temperament zu zügeln.

»Na ja, wir wissen nicht, wozu er sie braucht. Vermutlich hat Dan Sommerdahl ihn darum gebeten. Er hat offenbar eine Idee, und ich vermute, dass es genau darum geht, worüber wir gerade reden: ob es außer dem Fall, den er aufgedeckt hat, weitere Betrugsfälle gibt.«

»Und wie lautet die Pointe?«

»Wir sollten uns den Verlauf selbst einmal ansehen. Vielleicht findet sich etwas Brauchbares.«

»Du willst, dass wir Dan Sommerdahl folgen?« Annette lehnte sich mit übergeschlagenen Armen zurück. »Und diesen Amateur bestimmen lassen, in welche Richtungen sich unsere Ermittlungen bewegen?«

»Es könnte durchaus sein, dass er recht hat?« Lars sah sie an. »Und mir würde es nicht gefallen, wenn er einen Vorsprung hätte. Wenn es sein muss, übernehme ich es selbst.«

»Fängst du jetzt auch schon an?« Annette Poulsen sah ihn einen Moment an und hob dann die Schultern. »Na gut, dann mach es in Gottes Namen, Vogel. Nur verschwende nicht allzu viel Zeit damit.«

»Okay.«

Frank atmete tief durch. »Ich habe es bereits gesagt, und ich sage es noch einmal, obwohl ich mich damit nicht gerade beliebt mache: Warum zum Teufel reden wir nicht mit Dan? Wenn er einen interessanten Ansatzpunkt gefunden hat, sollten wir ihn anhören, statt Zeit und Kraft darauf zu verwenden, selbst herauszufinden, worauf er hinauswill.«

»Das kommt nicht infrage«, erklärte Annette.

»Aber das ist doch Schwa…« Frank brach den Satz in letzter Sekunde ab. »Es wäre nur logisch, mit ihm zusammenzuarbeiten«, sagte er stattdessen in neutralem Tonfall. »Das hier entwickelt sich zu einem Wettlauf. Aber wer den Pokal holt, ist doch egal. Es geht letztlich darum, den Täter zu fassen, oder?«

»Ich weiß, dass ihr hier so denkt.« Die Kopenhagener Polizistin beugte sich über den Tisch. »Solange ich hier bin, ist diese Denkweise gestorben. Klar?«

Frank starrte sie an. Dann zuckte er die Achseln. »Okay. Und was jetzt? Was machen wir heute?«

Annette Poulsen verteilte die Aufgaben. Lars sollte sich weiter mit dem Betrugsfall befassen. Gerner musste bei einigen Zeugen noch einmal nachhaken, Thor und Lotte hatten Berichte zu schreiben.

»Ich würde Flemming Torps Idee gern mit Svea Lorén besprechen«, sagte Frank. »Und sie fragen, ob sie sich jemanden vorstellen kann, der …«

»Mach das«, fertigte Annette ihn ab, ohne Frank anzusehen.

Er wunderte sich. Annette Poulsen hatte zunächst einen so coolen und professionellen Eindruck hinterlassen. Sie hatte den örtlichen Beamten zugehört und war mit der ganzen Provinz- und Hauptstadtproblematik diplomatisch umgegangen. Und jetzt? Es schien, als verlöre sie mit jedem Tag eine Schicht Firnis. Dieser Fall zehrte offensichtlich an ihr, obwohl sie an vielen Ermittlungen beteiligt gewesen sein musste, die mindestens ebenso schwierig waren. Frank vermutete, dass ihr tatsächlich der Kontrollverlust zu schaffen machte. Sie war inzwischen mehrfach dazu gezwungen, Spuren zu folgen, die von etwas so Minderwertigem wie einem Privatdetektiv aufgezeigt worden waren. Das war offenbar zu viel für ihre Eitelkeit.

»Weißt du, was, Winther.« Annette richtete ihren Blick auf Benjamin. »So, wie es aussieht, können wir es gut und gern ein bisschen ruhiger angehen. Tatsächlich sind wir mit den Zeugenvernehmungen weitgehend durch. Du kannst also wieder deiner eigentlichen Arbeit nachgehen, wenn du deinen letzten Bericht abgeliefert hast.«

»Dann bin ich … gefeuert?« Benjamin sah verwirrt aus.

»Wir brauchen im Moment keine zusätzlichen Leute. Sollte es wieder aktuell werden, werden wir uns dich natürlich noch einmal auszuleihen.« Sie lächelte ihn freundlich an. »Sieh zu, dass du den letzten Papierkram noch erledigst.«

»Jetzt?«

»Wir sind hier ohnehin gleich fertig. Danke für den Einsatz, Winther.«

Benjamin blieb noch einen Moment sitzen. Er schaute Frank an, dann Annette. Der Stuhl schrammte über den Boden, als er aufstand.

Frank fluchte innerlich, als Benjamin die Tür hinter sich schloss. Warum musste diese Frau den jungen Beamten ständig auf diese Weise herunterputzen? Sah sie denn nicht, dass sein Selbstvertrauen ohnehin schon im Keller war? Es war natürlich richtig, die Größe der Mannschaft dem aktuellen Arbeitsanfall anzupassen, aber das hätte sie auch auf eine etwas rücksichtsvollere Art und Weise tun können, zum Beispiel unter vier Augen.

Als die Besprechung zu Ende war, zog Frank die Pressesprecherin auf dem Flur beiseite. »Hast du mit dem Journalisten geredet?«

Helle Gundersen nickte. »Du wirst nicht erfreut sein.«

»Dann ist es jemand aus der Abteilung, der nicht dichthält?«

»Exakt. Und du hast leider recht, dass …« Sie schwieg, als Lotte Andersen und Thor Bentzen auf die Haupttreppe zugingen.

»Komm vorbei und erzähl mir alles«, forderte Frank sie auf.

46

Einige Jugendliche standen rauchend vor dem Gymnasium und checkten ihre Mobiltelefone. Dan Sommerdahl unterdrückte den Impuls, sich den Zigarettenrauch aus dem Gesicht zu wedeln, als er an ihnen vorüberging. Er wollte nicht den angesäuerten alten Antiraucher geben, der ständig seinen Ekel zeigen musste, innerlich fluchte er jedoch, dass es kein Rauchverbot vor dem Haupteingang der Schule gab. Sogar dieser wenige Sekunden dauernde Gang durch die Rauchwolken hinterließ in ihm ein mürrisches Unwohlsein.

Auf dem Weg über die Flure zur Aula überkamen ihn die Erinnerungen an seine eigene Gymnasialzeit. Dort war die Toilette, wo er seine erste Line geschnupft hatte. Man sollte eine Gedenktafel aufhängen, dachte er. Andererseits ... würde man solche Meilensteine konsequent umsetzen, wären die Wände übersät mit gravierten Messingtafeln. Eine müsste zum Beispiel über seinem alten Garderobenschrank hängen, und eine in der Nische, wo er und Flemming gesessen hatten, als Flemming ihm erzählte, dass er sich nach dem Wehrdienst bei der Polizei bewerben wollte. Dan hatte die Idee für absoluten Schwachsinn gehalten. Für ihn klang das nach Höchststrafe: Nur Idioten konnten auf die Idee kommen, ihr Leben erst als Soldat und dann als Bulle zu verbringen. Er hatte damals jede Form von Job verachtet, der mit Waffen und Uniformen zu tun hatte. Und er hätte den Wehrdienst verweigert, wenn er nicht das unverschämte Glück gehabt hätte, gar nicht erst einberufen zu werden. Dan erinnerte sich an die vielen, langen Diskussionen mit Flemming. Sie waren sich nie einig darüber geworden. Aus heutiger Sicht betrachtet war es im Grunde unglaublich, dass ihre Freundschaft nicht darunter gelitten hatte. Und noch unglaublicher war, dass Dan mit der Zeit tatsächlich großen Respekt vor Polizisten und ihrer Arbeit bekommen hatte.

Er näherte sich der Aula, einem großen fensterlosen Raum zwischen Kantine und Turnhalle. Es gab Platz für achthundert Personen, wenn alle Stühle aufgestellt waren, und die Bühne war großzügig proportioniert, es konnten sogar relativ aufwendige Aufführungen gespielt werden. An der linken Seite führte hinter dem Vorhang eine schmale Metalltreppe hinunter in den Umkleideraum, die Toiletten und eine kleine Lounge mit Sesseln und Kaffeemaschine. Diesen Raum kannte Dan noch sehr gut von seinen eigenen zweifelhaften Versuchen auf den Brettern, die die Welt bedeuten.

Am deutlichsten erinnerte er sich an einen Abend, an dem er nach einem Fest ein Mädchen mit dorthin genommen hatte. Sie hatten sich in einer der Duschkabinen versteckt, als der für das Fest verantwortliche Lehrer die Räume kontrollierte und abschloss. Sie verbrachten dann die Nacht in der Lounge. Dan erinnerte sich an den Duft ihres Geschlechtsteils, den fremden Schweiß, der sich mit seinem eigenen mischte; ihre weichen, verblüffend muskulösen Schenkel, die sich um seine Hüften legten. Dan hatte den ungewohnten Luxus genossen, dass niemand sie hören konnte und sie sich nicht beeilen mussten. Hier gab es weder eine neugierige Mutter, auf die man Rücksicht zu nehmen hatte, noch das Risiko einer kleinen Schwester, die plötzlich ins Zimmer stürmte. Es ist vermutlich das erste Mal, dachte Dan, dass ich mich ernsthaft erwachsen gefühlt habe. Noch eine Gedenktafel. Als sie sich am nächsten Morgen in die Schule schleichen wollten, lösten sie den Alarm aus. Niemals war Dan so schnell gelaufen. Und das arme Mädchen – Anne? Anja? Er schämte sich, ihren Namen vergessen zu haben – hatte große Probleme gehabt, ihm zu folgen, aber es war ihnen gelungen zu entwischen, bevor der Hausmeister kam. Gut, dachte er jetzt, dass damals noch keine Überwachungskameras installiert waren.

»Hej, Dan.« Ditte Kløvborg stand vor ihm. Sie trug ausnahmsweise einen Rock, ein schwarzes Pencil-Shirt und ein Paar ungewöhnlich elegante Stilettos. Ein kurzer Blick auf die rote Sohle reichte, und Dan identifizierte die Marke als Christian Louboutin. Teure Dame. Dan blickte in ihr fröhliches, sommersprossiges Gesicht und musste lächeln. Ich hätte nichts dagegen, mich auch mit ihr in der Dusche zu verstecken, dachte er und freute sich, dass er die Zeit gefunden hatte, sein Lieblingshemd zu bügeln. Er bildete sich ein, es würde ihn jung und cool aussehen lassen, obwohl das vermutlich tatsächlich nur Einbildung war. Dan unterdrückte ein tiefes Seufzen. Er hoffte wirklich sehr, dass Ditte nichts mit der Betrugsaffäre zu tun hatte.

Sie gingen zusammen in die Aula, wo Robin gerade ein Mikrofonstativ aufstellte, während ein schlaksiger, junger Schüler mit hervortretendem Adamsapfel am Flügel saß und Jazzharmonien spielte.

»Das ist Emil«, sagte Ditte, die so dicht neben Dan stand, dass er die Wärme ihres Körpers spüren konnte. »Er spielt supergut.«

»Wird er die Teilnehmer begleiten?«

»Ja.« Sie stellte sich auf die Zehenspitzen und flüsterte ihm ins Ohr: »Ich bin die Einzige, die vorher mit ihm geübt hat, deshalb habe ich einen Vorsprung.« Ihre Lippen kitzelten an seinem Ohr. »Das darfst du aber nicht Klaus sagen.«

Als hätte er seinen Namen gehört, stand der Musiklehrer von einem Platz in der ersten Reihe auf.

»Haben Sie einen Moment Zeit?«, fragte er Dan.

»Natürlich.«

»Unter vier Augen«, sagte Klaus und sah Ditte an.

»Oh, entschuldige, dass ich geboren wurde«, erwiderte sie beleidigt und balancierte mit ihren eleganten Absätzen auf die Bühne.

»Haben Sie heute schon mit Else gesprochen?«, erkundigte sich Klaus, als sie außer Hörweite waren.

Dan sah ihn an. »Ganz kurz, ja. Heute Vormittag auf dem Handy. Warum?«

»Welchen Eindruck hatten Sie von ihr?«

»Sie klang okay. Vielleicht ein bisschen müde. Gibt es Probleme?«

Klaus schüttelte den Kopf. »Ich weiß es nicht. Sie wollte nicht darüber sprechen. Ich dachte, vielleicht wissen Sie etwas. Sie war so eigenartig, als sie mit Ihnen über diesen Betrugsfall gesprochen hat. Manchmal ist sie gewaltig hochnäsig, und dann wieder ...« Er zuckte die Achseln mit einem unglücklichen Gesichtsausdruck. »Heute hat sie plötzlich angefangen, Rotz und Wasser zu heulen.«

»Ist sie in den Wechseljahren? Na ja, Entschuldigung.«

»Die hat sie hinter sich. Nein, daran kann es nicht liegen.«

»Hej.« Else stand plötzlich neben ihnen, und Klaus klappte so hastig den Mund zu, dass Dan einen Moment fürchtete, er könnte sich auf die Zunge gebissen haben. »Schön, Sie zu sehen.«

Dan sah, dass Else geweint hatte. Die Haut um ihre geröteten Augen war leicht geschwollen. Aber es schien so, als hätte sie es überstanden.

»Sie raten nie, was ich heute getan habe, Dan«, sagte sie.

»Sie haben ein Facebook-Profil eingerichtet.«

»Was hast du?«, entfuhr es ihrem Mann.

»Woher wissen Sie das?«, fragte Else etwas enttäuscht darüber, dass Dan ihr die Neuigkeit vorweggenommen hatte.

»Sie haben mir eine Freundschaftsanfrage geschickt.« Dan lachte. »Es war überhaupt keine Detektivarbeit nötig, um sich den Rest zusammenzureimen.«

»Nein, nein.«

»Sie müssen noch ein Foto einsetzen.«

»Ich werde eins aussuchen, auf dem ich ...«

»Ich begreife es einfach nicht, Else«, unterbrach sie Klaus. »Du? Du hasst Facebook doch.«

»Ach, weißt du. Man muss mit der Zeit gehen«, sagte sie und entdeckte in diesem Moment Svea, die sich mit federnden Schritten näherte. »Ich muss noch etwas erledigen.« Und weg war sie.

»Klaus, wir müssen die Reihenfolge festlegen«, erklärte die Sportlehrerin, die Dan nach einem kurzen Nicken total ignorierte. »Wir können Tänzer und Sänger nicht durcheinander auftreten lassen. Ich dachte, wir ...«

Dan hörte nicht zu. Er stand nur da und betrachtete Svea. So sieht sie also leibhaftig aus, dachte er. Die Internetbetrügerin. Die Facebook-Administratorin. Die Kollegenmobberin. Der angebliche Gegenstand von Pia Waages Eifersucht. Bei Svea Loréns Anblick musste er an Metall denken. Alles an ihr hatte scharfe Ecken und Kanten. Ihr Körper war so muskulös, dass er wie gemeißelt wirkte. Sogar ihre Augen wirkten metallisch, wie gebürstetes Aluminium. Gar nicht zu reden von der kühlen platinblonden Farbe, die sie für ihr Haar gewählt hatte.

Dan dachte plötzlich an das Gespräch, das er mit seiner Tochter am Tag nach dem Fund der Leiche geführt hatte. Dorthe hätte nicht wie eine richtige Lesbe ausgesehen, hatte Laura gesagt. Dan hatte sie mit der Bemerkung abgefertigt, das sei Blödsinn. Lesben gäbe es in ebenso vielen Ausgaben wie andere Menschen auch. Aber Svea sah wirklich aus wie eine Lesbe. Niemand konnte an ihrer sexuellen Orientierung zweifeln. Nicht weil sie so maskulin gewesen wäre, Svea war unverkennbar eine Frau. Sie würde nur niemals als Hetero durchgehen. Vielleicht lag es an diesem totalen Fehlen von Signalen. Dan war gewohnt, dass Frauen in irgendeiner Form auf ihn reagierten. Svea Lorén hingegen war vollkommen verschlossen.

An eine Fortsetzung des Gesprächs mit Klaus war nicht zu denken, also setzte er sich stattdessen neben Robin, der an einem Mischpult Platz genommen hatte und sein Handy in die Luft hielt.

»Wie geht's?«, erkundigt sich Dan.

Robin drückte mit einem irritierten Gesichtsausdruck auf das Display. »Bin ziemlich beschäftigt.«

»Habe ich dich unterbrochen?«

»Ich habe gerade eine Tonaufnahme gemacht, nur so ein entferntes Brummen von Stimmen. Man weiß nie, wann man so was mal brauchen kann.«

»Wofür?«

Robin zuckte die Achseln. »Radiomontagen, Filme, was weiß ich. Ich will Tondesigner werden, deshalb nehme ich alle möglichen Geräusche für mein Archiv auf.«

»Interessant.« Dan war immer noch fest entschlossen, sich mit dem arroganten Kerl Mühe zu geben.

»Nicht besonders«, erwiderte Robin und beugte sich über das Mischpult. »Nicht für andere jedenfalls, für mich schon.« Er gab sich große Mühe, Dan nicht anzusehen, während er an den Knöpfen fummelte. Als Dan ungerührt sitzen blieb und ihn betrachtete, fragte er, ohne aufzublicken: »Willst du etwas Besonderes?«

»Ich würde mich tatsächlich irgendwann gern mit dir unterhalten. Vielleicht, wenn ihr hier fertig seid?«

»Worüber?« Der Widerwille des jungen Mannes war offensichtlich.

»Nur über einige Dinge, die ich nicht zusammenbringe. Vielleicht kannst du mir behilflich sein.«

»Bei was denn?«

»Nur einige Fragen.«

»Okay.« Robin wandte sich wieder dem Mischpult zu.

Dan versuchte nicht weiter, mit ihm ins Gespräch zu kommen,

und suchte sich einen Platz in der vierten Reihe. Die meisten Stühle waren leer, allmählich füllten allerdings einzelne Gruppen den Saal, die vor allem aus Mädchen bestanden. Ihm wurde schnell klar, dass die meisten einen Grund hatten, hier zu sein, entweder als Teilnehmer der Probe oder zur Unterstützung ihrer Freundinnen bei ihrem Auftritt. Alle kannten sich, spöttische Bemerkungen und lockere Sprüche flogen hin und her. Dan fühlte sich wie ein unwillkommener Eindringling, so wie bei dem verunglückten Besuch des Tatorts am Tag nach dem Fund von Dorthes Leiche. Die Assoziation ließ ihn unwillkürlich nach seiner Hand sehen. Eine hellrote Stelle an der Handfläche deutete noch auf die Verletzung hin, aber er hatte inzwischen glücklicherweise weder in der Hand noch im Knie Schmerzen.

Als das Vorsingen und Vortanzen begann, war die Konzentration im Saal nahezu körperlich spürbar. Eine Teilnehmerin nach der anderen kam auf die Bühne, sang einen Song des Stücks und trat wieder ab, während Klaus, Else und Svea sich Notizen machten und gedämpfte Kommentare austauschten.

Dan kannte *Teenager Love* nur dem Namen nach und war überrascht über die seltsame Musik. Ihm war durchaus bewusst, dass es mit einer ganzen Jazzband anders klingen würde, aber sogar in dieser abgespeckten Klavierversion wurde deutlich, wie anspruchsvoll die Musik war, vielleicht nicht unbedingt gesangstechnisch, aber rhythmisch. Und so kamen auch nur die wenigsten unbeschadet durch die Songs, obwohl die jeweilige Unterstützergruppe der einzelnen Teilnehmerinnen ungeachtet der Aufführungsqualität hingerissen klatschte.

Erst als Ditte die Bühne betrat, vollzog sich ein markanter Stimmungswechsel im Saal. Sie hatte sich umgezogen und trug nun ein schenkelkurzes Cocktailkleid mit schwarz-weißen Karos und lange, rote Lackstiefel. Das Haar war unter einer Ballonmütze verborgen, ein korallenroter Lippenstift vollendete das Bild. Kein Zweifel, dass sie sich gründlich informiert hatte, wie die Popstarhausfrau Maggi in der ursprünglichen Inszenierung in den Sechzigerjahren ausgesehen hatte. Dan vermutete, dass die junge, ambitionierte Schauspielerin sich die Rolle schon gesichert hatte, bevor sie überhaupt zum Mikrofon griff und mit perfektem jazzigem Rhythmus und wohlmodulierter Stimme Maggis Eröffnungssong sang.

Als sie ihren Auftritt beendet hatte, klatschte Dan zusammen mit dem übrigen Publikum begeistert. Dittes breites Lächeln reichte von einem Ohr zum anderen, sie riss sich die Mütze vom Kopf und ließ ihre enorme Mähne frei, die über den Bühnenboden fegte, als sie sich verbeugte. Dann warf sie den Zuschauern einen Handkuss zu und verschwand.

In diesem Moment stand der Pianist auf und ging zu den drei Lehrern in der ersten Reihe. Sie konferierten einen Augenblick, dann erhob sich Svea, klatschte in die Hände und rief mit ihrer Sportlehrerstimme: »Okay. Wir machen eine Viertelstunde Pause. Diejenigen, die rauchen«, sie warf einen vielsagenden Blick auf Emil, »oder sich einen Kaffee holen wollen oder auf die Toilette müssen, können das jetzt tun. Eine Viertelstunde!«

Eine Sekunde später wimmelten Schüler und Lehrer durcheinander. Vor dem Kaffeeautomaten im Vorraum der Aula bildete sich in verblüffend kurzer Zeit eine kleine Schlange. Dan beschloss, auf Kaffee zu verzichten, und ging nach draußen.

In angemessenem Abstand zur Rauchergruppe stellte er sich in einen Sonnenstrahl und rief Mark Frandsen an. »Sie klingen erfreut?«, sagte er, als der Anwalt abnahm.

»Ja«, sagte Mark, »das bin ich auch.« Kurze Pause, in der man eine Frauenstimme im Hintergrund hörte. Dann war er wieder da: »Hier ist jemand, der gern mit Ihnen reden möchte.«

»Okay.«

»Dan?« Es war Pia Waages Stimme.

»Pia! Haben sie dich rausgelassen! Glückwunsch.«

»Danke.« Sie räusperte sich.

»Bist du zu Hause?«

»Nein. Wir sitzen in Marks Büro. Ich muss mich erst ein bisschen sammeln, bevor ich in die neue Wohnung fahre, aber ich gehe davon aus, dass ich heute Nacht dort schlafe. Oder vielleicht ist es auch besser, bei Hanne und Ingelise zu übernachten. Das ist alles etwas viel.« Sie atmete tief durch. »Wie geht's meiner kleinen Miss Jakobsen?«

»Als ich sie das letzte Mal gesehen habe, gut. Else Forsberg kümmert sich um sie.«

»Ich muss sie abholen, aber … Glaubst du, das hat bis morgen Zeit?«

»Natürlich. Ich sage Else, dass du sie anrufen wirst. Sie ist mit mir hier im Gymnasium.«

»Danke.«

»Sollten wir uns nicht sehen?«, erkundigte sich Dan. »Wenn du so weit bist, meine ich.«

»Warum nicht jetzt?«

»Hm, es wäre besser gegen sechs. Oder ist das zu spät für dich?«

»Nein, ist okay.« Pause. »Mark sagt, dass du in Dorthes Haus willst. Wir könnten uns alle drei dort treffen.«

»Nur, wenn es dir recht ist«, erwiderte Dan sofort.

»Sonst würde ich nicht fragen.«

»Es gibt da einige Ringordner, die ich überprüfen muss. Es dauert nicht lange.«

»Okay. Ich will dort …« Sie verschluckte den Rest des Satzes. Ein weiteres tiefes Durchatmen. »Wir sehen uns um sechs. Mark bespricht das Notwendige mit dem Wachhabenden.«

»Schaffst du das auch?«

»Es geht schon, Dan«, entgegnete Pia. »Ich bin ein großes Mädchen.« Sie legte so rasch auf, dass er sich nicht einmal verabschieden konnte.

Als die Rauch- und Pinkel-Kaffeepause vorbei war, versammelte sich das Publikum wieder in der Aula. Auf den Zuhörerplätzen verteilt saßen die hoffnungsvollen Teilnehmer und warteten auf die zweite Runde. Auf der Bühne fluchte Robin Carlsen über ein Kabel, das nicht liegen bleiben wollte, und am Flügel stand Klaus Forsberg und ging mit dem Pianisten ein Notenblatt durch. Svea Lorén hatte sich auf den Bühnenrand gesetzt und blätterte ihre Notizen durch, wobei sie regelmäßig und demonstrativ auf ihre Armbanduhr sah.

Ditte Kløvborg war wieder normal gekleidet. Als einzige Teilnehmerin hatte sie kein Gefolge von Freundinnen mitgebracht, sondern hielt stattdessen Hof bei einer Gruppe Jungs, die allesamt aussahen, als ob sie Ditte am liebsten anknabbern würden. Was man ihnen ja nicht einmal verdenken konnte, sagte sich Dan und versuchte, nicht dorthin zu starren. Ditte beschäftigte sich unermüdlich mit ihrem roten Haar; sie zupfte es mit den Fingern, strich es hinter die Ohren, sammelte es im Nacken, band es zusammen oder strich darüber, während die Jungen jede Bewegung ihrer Finger verfolgten. Dieses Mädchen kennt seine Wirkung sehr genau, dachte Dan und bemerkte Andreas Henningsen, der am Rand dieser vor Testosteron dampfenden Gruppe stand. Er versuchte, Dittes Blick zu erhaschen.

»Hej, Andreas«, grüßte ihn Dan, als er an den Jugendlichen vorbeiging.

Andreas drehte sich um. »Hej.«

»Willst du auftreten?«

»Nein, ich bin nur Publikum«, antwortete Andreas und richtete seine Aufmerksamkeit wieder auf den Mittelpunkt der Gruppe.

Svea stand auf. »Die Pause ist vorbei!«, rief sie und tippte mit einem spitzen Zeigefinger auf das Ziffernblatt ihrer Uhr. »Sind alle da?«

»Else fehlt noch«, sagte Klaus.

»Sollen wir ohne sie anfangen?«

»Nein, gib ihr noch fünf Minuten«, bat der Musiklehrer, ohne Svea anzusehen, und ging an seinen Platz.

»Gut«, sagte Ditte, die das kurze Gespräch mit angehört hatte. »Dann kann ich auch noch pinkeln gehen.« Sie riss sich von ihren Bewunderern los und verschwand hinter dem Vorhang.

Sekunden später hörten sie einen Schrei.

Verdammte Stöckelschuhe, schoss es Dan durch den Kopf, als er aufsprang. Er war sich sicher, dass Ditte die steile Bühnentreppe hinuntergefallen war.

Ditte schrie noch einmal.

Svea fing an zu laufen, dicht gefolgt von Dan. Auf der Hälfte der Treppe blieb sie abrupt stehen. Dan konnte gerade noch rechtzeitig bremsen, fast wäre er auf sie gestürzt.

Auf der untersten Stufe stand Ditte und wandte ihnen das Gesicht zu. Auf dem Boden hinter ihr lag Else. Sie war aufs Gesicht gefallen, sie sahen ihren Rücken. Das olivgrüne Seidenkleid war hochgerutscht und entblößte ein Paar füllige weiße Schenkel und eine schwarze, altmodische Unterhose.

»Ich glaube, sie ist tot«, murmelte Ditte, ihre elektrisierenden blauen Augen weit aufgerissen. Sie stand unter Schock.

»Lass mich zu ihr.« Svea ging weiter die Treppe hinunter.

»Ich glaube nicht …« Ditte sah Else an. »Sie ist wirklich tot.« Sie bückte sich mechanisch und zog Elses Kleid herunter, sodass die Schenkel bedeckt wurden.

»Stopp!«, rief Dan und drückte sich an Svea vorbei. »Nichts anfassen!«

Ditte ließ erschrocken den grünen Stoff los.

Dan ging in die Knie und strich Elses Haar zur Seite. Sie war tatsächlich tot, um das festzustellen, benötigte man kein medizinisches Staatsexamen. Die graugrünen Augen starrten leer in die Luft, der Kopf lag in einem völlig falschen Winkel. Ein wenig Blut lief ihr aus der Nase.

Er sah hinauf zu Svea. »Wir müssen die Polizei rufen.«

»Die Polizei. Aber ist das nicht nur …?«

»Was ist denn los?« Eine Stimme von der obersten Treppenstufe unterbrach sie. Klaus tauchte auf. Vorsichtig ging er eine Stufe nach der anderen hinunter. »Hat Ditte sich verletzt?«

Svea drehte sich um, sie ging auf Klaus zu und versperrte ihm die Sicht. Mit einer ungewohnt sanften Stimme sagte sie: »Du solltest da jetzt nicht hinuntergehen, Klaus.«

»Aber wieso denn, ich will …« In diesem Moment sah er Ditte, die sich auf die unterste Stufe gestellt hatte und ihn anstarrte. Er versuchte Svea beiseitezuschieben und konnte erkennen, wer auf dem Boden lag. Er erstarrte. »Else?«

Svea wusste nicht recht, was sie unternehmen sollte. »Sie muss auf der Treppe gestolpert sein. Vielleicht ist ihr schlecht geworden. Oder sie ist einfach gefallen.«

»Aber warum sollte sie …« Er sah verwirrt aus. »Ist sie ohnmächtig?« Er versuchte erneut, an Svea vorbeizukommen. Als sie ihn aufhielt, rief er: »Was wolltest du denn bloß da unten, Else?«

»Sie wollte wahrscheinlich auf die Toilette«, sagte Svea und versuchte, ihn nach oben zu schieben, weg von der Leiche seiner Frau. »Hier unten ist die nächste.«

»Nein.« Klaus schüttelte den Kopf. »Else würde sich lieber eine Toilette in ein paar Hundert Metern Entfernung suchen, als sich auf diese Treppe zu wagen. Sie hasst Treppen. Vor allem diese steilen. Ihre Hüfte ist …«

»Komm, Klaus«, unterbrach ihn Svea. »Wir gehen hinauf und setzen uns, bis der Krankenwagen hier ist.«

Klaus versuchte noch einmal, an Svea vorbeizukommen. »Wir müssen ihr doch helfen. Wir müssen …«

»Es ist zu spät, Klaus.« Dan trat über Elses Körper. »Ich fürchte, sie ist tot.«

»Ich kann Mund-zu-Mund-Beatmung«, erwiderte Klaus, als hätte er nicht gehört, was Dan gesagt hatte.

»Klaus, gehen Sie bitte hinauf.« Dan sah ihn an. »Sofort.«

»Komm.« Svea nahm den Arm ihres Kollegen.

In seinem autoritärsten Ton fuhr Dan fort: »Svea, bitte bleiben Sie bei ihm. Und sorgen Sie dafür, dass niemand die Aula verlässt.«

47

»Es mag ja sein, dass dir das als rationale Reaktion erscheint.« Frank Janssen sah Annette Poulsen direkt ins Gesicht. »Siehst du denn nicht, dass du in der Abteilung schlechte Stimmung verbreitest? Ich muss hinter dir aufräumen, wenn du mit Vogel wieder in Kopenhagen bist.«

Annette erwiderte den Blick. »Kritisierst du mich etwa?«

»Nenn es, wie du willst. Ich versuche nur, an deinen gesunden Menschenverstand zu appellieren. Die Kollegen geben einfach nicht ihr Bestes, wenn sie das Gefühl haben, ständig von dir niedergewalzt zu werden.«

»Wenn es so schlimm ist, musst du halt eine förmliche Dienstbeschwerde einreichen«, erwiderte sie ruhig.

»Jetzt hör aber auf.« Frank stellte sich ans Fenster. Er sieht müde aus, dachte Annette. Sie war offenbar nicht die Einzige, die sich frustriert fühlte. »Mir fällt es schwer zu verstehen, warum man einen jungen Beamten vor aller Augen demütigen muss. Oder warum du dich weigerst, die Vorschläge erfahrener Ermittler anzuhören«, sagte er mit dem Rücken zu ihr.

»Was für Vorschläge, wenn ich fragen darf?«

»Lotte Andersen hatte ein paarmal das Gefühl, einfach ignoriert zu werden, wenn sie äußerst vernünftige Vorschläge für den weiteren Gang der Untersuchungen gemacht hat. Gerner hast du einige Male öffentlich in seine Schranken gewiesen. Und mich im Übrigen auch.« Er drehte sich um und sah ihr in die Augen. »Es ist zum Beispiel ein Ausdruck völliger Ignoranz gegenüber uns und unseren Leuten, dass du zu keinem Zeitpunkt zu einem Gespräch mit Dan Sommerdahl bereit warst. Im Moment ist er dabei, irgendeine Spur zu verfolgen. Wer weiß, ob er nicht etwas Konstruktives beizutragen hätte, wenn es ihm gestattet wäre? Tatsächlich haben wir hier gute Erfahrungen damit gemacht, auf ihn zu hören.«

Annette Poulsen spürte den Blutdruck wie ein Sausen in den Ohren, sie hatte bereits den Mund für eine harsche Antwort geöffnet, als Frank sie mit erhobener Hand zurückhielt.

»Du musst mich nicht sofort erschießen. Ich bin absolut einer Meinung mit dir, wenn du keine direkte Zusammenarbeit willst – und diese Übereinstimmung geht sehr weit. Ich finde auch, dass hier nicht alle möglichen Leute herumrennen und sich in unsere Arbeit einmischen sollten, und tatsächlich war ich mehr als einmal irritiert über Dans Rolle. Aber ich kann einfach nicht verstehen, warum wir nicht mit ihm reden sollten. Viele seiner Ideen sind mehr als brauchbar, aber wir bekommen unter keinen Umständen Einblick in seine Überlegungen, wenn wir die Tür nicht wenigstens einen Spalt weit öffnen. Ich habe heute Morgen mit Flemming Torp gesprochen, und er …«

»Torp hat Sommerdahl ursprünglich an der Aufklärung eines Falles mitarbeiten lassen, oder?«, wurde Frank unterbrochen. Ihre

Schultern hatte sie vor Anspannung hochgezogen. »Dan ist sein alter Kumpel, soweit ich weiß.«

»Er kennt ihn besser als jeder andere, ja.«

»Hm.« Annette blickte ihn einen Moment an und wechselte dann abrupt das Thema. »Habt ihr herausgefunden, wer die Informationen an die Presse durchsickern lässt?«

»Ja …« Frank kratzte sich im Nacken. »Helle Gundersen hat endlich den Journalisten zum Reden gebracht.«

»Und?«

»Ich würde das Gespräch gern selbst führen.«

»Selbstverständlich. Wenn es sich um einen deiner Mitarbeiter handelt, mische ich mich nicht ein. Aber ich würde gern wissen, wer es ist.«

»Mein Verdacht hat sich bestätigt, es ist Svend Gerner.«

Sie nickte. »Das überrascht mich nicht. Er hat ganz eindeutig ein Problem mit seinem Platz in der Hierarchie.«

»Genau. Und er ist rasend eifersüchtig auf Pia Waage.« Frank zuckte die Achseln. »Ich nehme ihn mir vor, sobald wir hier fertig sind. Ich will zuerst seine Sicht der Geschichte hören, bevor ich Meldung …« Frank wurde vom Klingeln seines Handys unterbrochen. Er blickte aufs Display und sah Annette mit einem schiefen Grinsen an. »Und das ist Dan Sommerdahl. Darf ich den Anruf annehmen?«

Sie breitete die Arme aus. »In Gottes Namen, ja. Vielleicht hat er ja *noch* eine Offenbarung, die uns die Arbeit vermasselt. Das dürfen wir uns doch nicht entgehen lassen.«

Frank nahm das Gespräch an. »Ja, Dan?« Er hörte einen Moment zu. Dann sah er Annette an und richtete sich auf. »Warte mal.« Seine Müdigkeit war wie weggeblasen. »Ich stelle dich laut.« Er drückte aufs Display und legte das Telefon auf Annettes Schreibtisch. »Kannst du das bitte noch mal wiederholen, Dan?«

»Ich stehe hier neben einer toten Frau«, erklang Dan Sommerdahls Stimme im Raum. »Und wie es aussieht, könnte es sich auch um Mord handeln.«

»Wo?«, fragte Frank.

»Im Gymnasium. In der Aula. Sie haben gerade ein Vorsingen für eine Schulaufführung veranstaltet.« Er räusperte sich. »Sie ist die Treppe hinuntergefallen. Oder zumindest sieht es so aus. Ich glaube, sie hat sich das Genick gebrochen.«

»Wissen Sie, wer die Tote ist?«, wollte Annette wissen.

»Ja, Else Forsberg.«

Annette und Frank tauschten einen Blick aus.

»Dorthe Bertelsens Kollegin«, ergänzte Dan, als niemand antwortete.

»Ja, danke, wir wissen, wer Else Forsberg war«, erwiderte Annette.

»Verfluchter Mist.« Frank beugte sich über sein Mobiltelefon. »Dan? Wir kommen sofort. Könntest du in der Zwischenzeit dafür sorgen, dass …«

»Ja, ja. Niemand fasst etwas an, niemand verlässt die Schule. Das habe ich schon veranlasst.«

»Danke, bis gleich.« Frank steckte das Telefon in die Tasche, während Annette nach ihrer Tasche griff, ohne ihn anzusehen.

»Heute wirst du nicht mehr mit Gerner sprechen können«, bemerkte sie.

»Wohl kaum«, antwortete Frank verbissen, als sie das Büro verließen. »Das muss warten.«

Auf dem Weg aus dem Gebäude machten sie zweimal halt. Zuerst im großen Gemeinschaftsbüro, wo sie die anderen Beamten über den neuen Todesfall informierten. Danach am Empfang, wo sie den Wachhabenden baten, die Rechtsmediziner und Kriminaltechniker zu alarmieren und für personelle Verstärkung zu sorgen.

»Garantiert sind da sehr viele Leute, die vernommen werden müssen«, sagte Frank, als sie die Treppe zur Parkgarage hinunterliefen. »Vielleicht hätten wir Lotte mitnehmen sollen. Und Vogel natürlich«, fügte er nach einem Blick auf Annette hinzu.

»Klären wir zuerst, ob es ein Fall für uns ist«, entgegnete Annette. »Vielleicht war es ja doch ein Unfall.«

»Das wäre schon ein sehr seltsamer Zufall, oder?«

Annette zuckte die Achseln. Natürlich hat er recht, dachte sie, aber sie wollte ihm nicht die Genugtuung verschaffen, es laut zu sagen. Sie versuchte, ihre Aufgeräumtheit zu verbergen. Annette Poulsen war diesen Fall ernsthaft leid, der sich inzwischen zu einem Durcheinander aus Computerhacking, Internetbetrug und internen Quertreibereien entwickelt hatte. Sollte Else tatsächlich ermordet worden sein, dann hätte sie plötzlich eine ganz normale Ermittlung, mit hoffentlich gut verwertbaren Spuren und einigermaßen verlässlichen Zeugen. Hier würde sie ihr Wissen und ihre Erfahrung einbringen können.

Außerdem war es erwiesen, dass ein weiterer Mord in demselben Fall häufig den Schlüssel zur Lösung lieferte. Sie zog den Reißverschluss zum Kosmetikfach ihrer Tasche auf. Vor allem, wenn der zweite Mord in Anwesenheit einer Menge Leute geschehen war. Viele Augen und Ohren, die mit ein wenig Glück bei der Aufklärung helfen konnten. Ein wenig Optimismus durfte sie sich leisten, obwohl es natürlich geschmacklos wäre, das allzu deutlich zu zeigen. Sie legte frischen Lippenstift auf, ohne in den Spiegel zu blicken, und warf Frank Janssen einen Seitenblick zu. Er achtete mit verbissener Miene auf den Verkehr. Mit Blaulicht auf dem Autodach manövrierte er den Wagen durch den dichten Nachmittagsverkehr zum Gymnasium.

Annette war gespannt auf ihre erste Begegnung mit diesem kahlköpfigen Detektiv. Sie begriff nicht, warum sich dieses kleine

Provinzpräsidium mit ihm abgab, und musste im Stillen zugeben, dass sie inzwischen doch einigermaßen neugierig war. Sie wusste, es würde jetzt, nachdem er eine Art Zeuge geworden war, noch schwieriger werden, ihn von den Ermittlungen auszuschließen. Doch diesen Kampf würde sie gewinnen.

Vor dem Gebäude wurden sie von einem jungen rothaarigen Mädchen in ungewöhnlich hohen Stöckelschuhen empfangen. »Dan hat mich gebeten, Ihnen den Weg zu zeigen«, sagte sie. »Er ist bei Else geblieben. Und Svea sorgt dafür, dass niemand die Aula verlässt.« Die Sommersprossen des Mädchens sahen beinahe dunkelbraun aus, so blass war sie, aber sie konnte auch nicht verbergen, dass sie die Situation gleichzeitig spannend fand.

»Gut gemacht, Ditte«, bedankte sich Frank.

»Ihr kennt euch?«, erkundigte sich Annette.

»Ditte Kløvborg«, erklärte Frank. »Aus dem Fitnesscenter. Und von der Schultheatergruppe. Wir haben mehrfach miteinander gesprochen.«

»Ah ja. Ich habe ein Foto von Ihnen gesehen, Ditte.«

Die Korridore des Gymnasiums waren am Nachmittag nahezu menschenleer, doch je näher sie der Aula kamen, umso deutlicher war das Durcheinander aufgeregter Stimmen zu hören. In der Tür des großen Saals stand Svea und diskutierte mit einer Gruppe Mädchen, die gehen wollten. Mit ihrem harten, muskulösen Körper ähnelte sie einem professionellen Türsteher, wenn auch in einer kleineren Ausgabe. Offensichtlich war sie ebenso effektiv.

Sie drehte sich um, als sie die Polizisten kommen hörte. »Ah, welch ein Glück«, sagte sie, »können Sie diesen kleinen Prinzessinnen hier bitte erklären, warum sie bleiben müssen?«

Annette nickte nur im Vorübergehen, doch Frank blieb stehen und sprach mit den aufgeregten Schülerinnen, die alle möglichen dringenden Verabredungen hatten und jetzt ganz einfach gehen wollten. Einige von ihnen heulten hysterisch, und ein Mädchen wiederholte ständig, es wolle nicht mit einem Mörder eingesperrt sein. Annette seufzte innerlich. Warum reagierten die Leute eigentlich immer so egozentrisch? Die Sache selbst war doch bedeutend schlimmer. Sie ging an einer kleinen Gruppe offenbar sensiblerer Schüler vorbei, die um einen weinenden Mann mit einer langen Dirigentenfrisur standen. Vermutlich der Witwer. Mit ihm würde sie natürlich reden. Aber alles zu seiner Zeit.

»Zeig mir, wo es ist, Ditte«, bat sie. »Du brauchst nicht mit hinunterzugehen«, fügte sie hinzu, als sie sah, wie das herzförmige Gesicht noch etwas blasser wurde.

Annette zog die Latexhandschuhe an und ging die Metalltreppe hinunter, ohne das Geländer anzufassen. Else Forsberg lag auf dem Bauch. Der Rock war hochgerutscht, ein Schuh vom Fuß gefallen, sodass sich ein Riss in der harten Hornhaut des Hackens zeigte.

Annette hob den Kopf und blickte direkt in ein Paar blaue Augen und auf eine schöne, gerade Nase unter einer braun gebrannten Glatze. An der linken Gesichtshälfte zog sich eine Narbe vom Mund- bis zum Augenwinkel. Der Mann war groß, hatte eine gute Figur, das diskret karierte Hemd war frisch gebügelt. »Sind Sie Dan Sommerdahl?«, fragte sie und wusste die Antwort bereits. »Kommissarin Annette Poulsen.«

Er nickte.

Annette setzte sich neben der Leiche in die Hocke. Sie wusste, dass sie nichts unternehmen durfte, bis der Rechtsmediziner und die Kriminaltechniker den Fundort untersucht hatten, dennoch konnte sie es nicht lassen, kurz eine Locke der toten Frau anzuheben, um Elses Gesicht sehen zu können. Tja, hier ist wirklich nichts mehr zu machen, dachte sie nach einem Blick in die leblosen Augen.

Sie stand wieder auf. »Sie haben nichts angefasst, oder?«

Dan räusperte sich. »Elses Mann, Svea Lorén, Ditte Kløvborg und ich haben die Treppe benutzt, einige von uns haben das Geländer angefasst. Ich ganz bestimmt. Nur Ditte und ich sind bei der Leiche gewesen. Ditte stand hier«, er zeigte auf die Stelle, »als ich dazukam, und sie saß ein paar Minuten auf diesem Stuhl, weil ihr schwindelig geworden war. Sonst hat niemand etwas berührt.« Dans Stimme war klar und deutlich. Das eine oder andere hatte dieser Amateur also durch seine Zusammenarbeit mit der hiesigen Polizei inzwischen gelernt. »Ihr habt, soweit ich weiß, schon von allen Fingerabdrücke«, fügte er hinzu.

»Auch von Ihnen?«

»Schon seit ich vor vielen Jahren in einen Mordfall an meinem damaligen Arbeitsplatz involviert war. Sie sind seitdem noch mehrfach gebraucht worden, ich vermute, dass sie noch im System sind. Sonst bekommt ihr sie halt noch einmal.«

»Okay. Die Techniker sind unterwegs. Der Rechtsmediziner auch.« Sie sah ihn an. »Wir beide bleiben besser hier unten. Je seltener jemand die Treppe rauf- und runtergegangen ist, desto besser.«

»Klar.«

»Wo waren Sie, als es passiert ist, Dan?«

»Ich habe Else zuletzt um 16:12 Uhr gesehen, als Svea Lorén entschied, eine Pause zu machen. Ich bin sofort hinaus in den Garten gegangen und habe knapp zehn Minuten telefoniert. Dann war ich auf der Toilette am Eingang und bin zurück in den Saal gekommen. Ditte hat die Leiche un 16:32 Uhr gefunden.«

Annette sah ihn an. »Woher wissen Sie das eigentlich so genau, ist es Ihr Hobby, ständig auf die Uhr zu sehen?«

Dan lächelte, sodass sich die Narbe auf der linken Wange ein wenig verzog. »Eher eine schlechte Angewohnheit.« Schöne, regelmäßige Zähne, dachte Annette gegen ihren Willen. »Ihr Mann sitzt oben. Ich weiß nicht, ob ihr ihn vernehmen könnt. Er steht unter Schock.«

»Ich habe ihn gesehen.« Annette ging in dem kleinen, fensterlosen Zimmer umher und steckte den Kopf in die angrenzenden Räume. Herren- und Damenumkleide, Toilette, eine Nische mit der Teeküche. »Was ist das hier eigentlich?«, wollte sie wissen, als sie den Blick über die weichen Sitzmöbel und die Couchtische schweifen ließ, auf denen zerlesene ausländische Musikmagazine lagen.

»Das hier ist die sogenannte Künstlerlounge der Schule«, antwortete Dan. »Hier unten wartet man auf seinen Einsatz, wenn man auftreten muss.«

»Sehr ambitioniert.« Sie sah ihn an. »Was wollte Else Forsberg hier unten?«

»Keine Ahnung.«

»Die Toilette benutzen?«

»Ihr Mann sagt, dass sie steile Treppen grundsätzlich gemieden hat und niemals auf die Idee gekommen wäre, hier unten aufs Klo zu gehen.« Er sah sie an. »Es gibt auch gleich neben der Aula Toiletten.«

»Klingt, als würden Sie sich hier auskennen?«

»Ich bin ein ehemaliger Schüler. Und meine beiden Kinder sind hier zur Schule gegangen.«

»Hej.« Sie hörten Frank Janssens Stimme von oben. »Kann ich herunterkommen?«

»Nein«, antwortete Annette. »Es waren schon zu viele Leute auf der Treppe. Schick den Rechtsmediziner runter, sobald er auftaucht.«

»Es sind ein paar Beamte gekommen, die mit den ersten Vernehmungen begonnen haben. Sie nehmen die Namen und Adressen aller Anwesenden auf. Hinterher können die meisten doch gehen, oder?«

Annette Poulsen dachte nach. Es würde Stunden dauern, alle detailliert zu vernehmen, und wenn es sich doch als Unfall herausstellte – trotz allem?

»Bitte diejenigen, die bereits in den Fall verwickelt sind, zu bleiben«, entschied sie. »Und lass den Rest gehen, es sei denn, jemand hat etwas von Interesse bemerkt.«

»Bleiben sollen also …?«

»Der Witwer und Svea Lorén, diese Ditte und dieser junge Mann.«

»Robin?«

»Ganz genau. Der Rest kann gehen, wenn sie gesagt haben, wann sie Else zuletzt gesehen haben und wo sie in der Pause gewesen sind.«

»Okay.«

Dan räusperte sich. »Darf ich noch einen Vorschlag machen?«, sagte er.

Annette sah ihn an.

»Ich finde, ihr solltet auch mit Andreas Henningsen sprechen.«

»Mit wem?«

»Das ist der Junge, der vor Dorthes Haus die Fliesen verlegt hat«, rief Frank von oben. »Wieso, Dan?«

»Er ist ein etwas sonderbarer Junge. Und er mochte ganz eindeutig weder Dorthe noch Else. Außerdem hatte er beim Vorsingen nichts zu suchen. Er ist weder Teilnehmer noch sonst …«

»Okay«, unterbrach ihn Annette. »Hast du das, Janssen?«

»Ja.«

Sie hörten, wie er über die Bühne ging.

»Sie können gern selbst noch einen Moment bleiben, Dan«, sagte Annette. »Vielleicht haben Sie irgendetwas von Bedeutung gesehen oder gehört.«

»Warum fragen Sie mich nicht einfach?«, sagte er, ohne sie anzusehen.

»Sie halten es für Mord, oder?«

»Elses Tod?« Er betrachtete den leblosen Körper auf dem Boden. »Darauf können Sie Gift nehmen.«

48

Es vergingen fast zwei Stunden, bis Dan Sommerdahl das Gymnasium verlassen durfte. Kurz vor sechs musste er Pia Waage anrufen und ihre Verabredung verschieben. Er erzählt in groben Zügen, was passiert war.

Kurz darauf rief Pia zurück. Mark Frandsen konnte nicht mit zum Forsthaus kommen, es wurde zu spät für ihn. »Kannst du mich irgendwo abholen?«, bat sie. »Am Bahnhof, zum Beispiel? Mark hat mit dem Revier gesprochen. Sie schicken einen Streifenwagen, sodass wir nicht gegen die Regeln verstoßen.«

»Einverstanden. Ich rufe an, sobald ich hier fertig bin.«

Den größten Teil der Zeit hatte Dan nur auf den Zuschauerplätzen gesessen und gewartet. Seine Einmischung wurde offensichtlich nicht gewünscht, also hatte er Abstand gehalten und sich damit begnügt zu antworten, wenn ihm jemand eine direkte Frage stellte. Dennoch hatte er dieses und jenes aufgeschnappt. Zum Beispiel, dass der Rechtsmediziner Kim Larsen-Jensen in seiner ersten Untersuchung zu keinem anderen Ergebnis gekommen war als Dan: Die Todesursache war vermutlich ein Genickbruch, der Tod war beinahe augenblicklich eingetreten, und die Temperatur der Leiche verriet, dass Else Forsberg in der Pause gestorben sein musste. Kim hatte sonst keine Meinung dazu, ob sie selbst gestürzt war oder man sie geschubst hatte, doch Annette entschied, ihren Tod vorerst als Mord anzusehen. Allein schon wegen der eindringlichen Versicherung von Klaus, seine schmerzgeplagte Frau wäre niemals freiwillig diese steile Treppe hinuntergegangen.

Ein paar uniformierte Beamte hielten Wache an der Tür und sammelten die persönlichen Daten aller Anwesenden, während Annette und Frank mit denen redeten, die auch während der Pause die Bühne im Blick behalten hatten. Auch Benjamin Winther war zu ihnen gestoßen, Dans Blicken wich er allerdings geflissentlich aus.

In einer Ecke saß Ditte und weinte. Robin hielt sie an den Schultern fest und redete eindringlich auf sie ein. Nur wenige Meter entfernt saß Andreas, der mehrmals versucht hatte, mit Ditte zu reden, und den beiden nun Seitenblicke zuwarf.

Frank holte Ditte an den Tisch der Kripobeamten, um ihre Zeugenaussage aufzunehmen. Robin stand ebenfalls auf, dabei würdigte er Andreas nicht eines Blickes. Er sieht genauso adrett und herausgeputzt aus wie immer, dachte Dan. Robin würde perfekt in eine Werbung aus den Fünfzigerjahren passen, so im Stil der damaligen Zigarettenwerbungen. Seine gesamte Erscheinung hatte etwas Gekünsteltes an sich. Als wäre er nicht wirklich im Gleichgewicht, doch sehr konkret hätte Dan seinen Eindruck gar nicht begründen können.

Robin stellte sich zu ihm. »Du wolltest mit mir reden?«

»Das kann warten«, erwiderte Dan.

Ein Schulterzucken. »Na gut.« Robin ging langsam zu seinem Mischpult und fing an, seine Ausrüstung zusammenzupacken.

Dans Augen folgten ihm. War das wirklich seine Art zu gehen? Seine Stimme? Er wusste es nicht. Sein Blick glitt hinüber zu Ditte, die aufgehört hatte zu weinen und Frank Janssens Fragen offenbar einigermaßen ruhig beantwortete. Offensichtlich flirtete sie nicht. Es war jedenfalls das erste Mal, dass er sie mit einem männlichen

Wesen reden sah, ohne dass sie ständig an ihrem Haar fummelte oder ihrem Gegenüber schmachtende Blicke zuwarf.

Schließlich ließ man sie gehen. Sie verließ die Aula in Begleitung von Robin, der ihr wieder den Arm um die Schulter gelegt hatte. Andreas sagte irgendetwas zu ihnen, als sie an ihm vorbeigingen, keiner der beiden antwortete.

Kurz darauf setzte sich Annette Poulsen neben Dan; so dicht, dass er ihr Parfüm wahrnahm, einen etwas trockenen, rosmarinartigen Duft. Sie hatte hübsche Hände. Gleichmäßige, ovale Nägel. Sie stellte ihre Tasche ab, ein großes, teuer aussehendes Teil aus schokoladenbraunem Leder.

»Haben Sie mit Andreas gesprochen?«, erkundigte sich Dan.

Sie nickte.

»Wieso ist er dann noch hier?«

»Keine Ahnung.« Annette sah ihn an. »Oh nein, ich werde Ihnen die Frage nicht beantworten, was er zu berichten hatte.«

»Natürlich tun Sie das nicht.« Dan lachte. »Aber ich habe eine qualifizierte Vermutung: Er hat irgendetwas beobachtet, das den Verdacht auf Robin lenkt, nicht wahr?«

»Ziemlich präzise. Nur er behauptet, Else und Robin in der Pause zusammen an der Treppe gesehen zu haben.«

»Unglaublich, wie er ständig hinter dem armen Kerl her ist.«

»Ja, er klang ziemlich verbittert.«

»Hoppla!«, rief Dan. »Jetzt haben Sie ja doch etwas verraten!«

»Ups.« Sie grinste, wurde aber sofort wieder ernst. »Dan, es ist doch nicht so, dass …«

»Wie?«

»Ich weiß, dass Sie uns erzählt haben, was Sie gesehen haben. Und das ist ja im Grunde nicht viel.« Sie sah ihm ins Gesicht. »Dennoch vermute ich, dass Sie uns etwas verschweigen. Ist das richtig?«

Dan nickte langsam. Plötzlich schien ihm seine Theorie allzu unklar, um sie Annette Poulsen mitzuteilen. Außerdem war er immer noch verstimmt über diese demonstrative Art, mit der diese fremde Kripochefin ihn auf Abstand hielt. Er entschloss sich, Annette einen kleinen Brocken hinzuwerfen und mit dem Rest zu warten, bis er etwas Konkreteres in der Hand hatte. »Else hatte in der letzten Zeit einige heftige Auseinandersetzungen mit Svea Lorén.«

»Das wissen wir«, erwiderte Annette, sofort in der Defensive, obwohl sie selbst um Input gebeten hatte. »Svea hat es uns selbst mitgeteilt.«

»Hat sie Ihnen auch erzählt, dass Else regelrecht damit geprahlt hat, diesen Betrugsfall entdeckt zu haben?«

»Wie?«

»Laut Klaus behauptete Else, die Sache selbst recherchiert zu haben. Und sie hat damit gedroht, im Netz nach weiteren Betrügereien zu suchen.«

»Und?« Der Ausdruck in den mandelförmigen Augen war irritiert. »Diese kleine Angeberei konnte eigentlich niemandem schaden. Abgesehen von Ihrer Eitelkeit, schließlich haben Sie die Sache ja ausgegraben.«

Dan zuckte die Achseln. »Mir persönlich ist das doch vollkommen egal. Aber jemand anderes konnte sich bedroht fühlen. Das ist doch immerhin vorstellbar, oder? Vielleicht hatte jemand Angst davor, dass weitaus Gravierenderes aufgedeckt wird oder auch nur die tatsächlichen Hintermänner auffliegen?«

»Ihre Theorie läuft also weiter darauf hinaus, dass es einen Hintermann für ein weltumspannendes System von Internetbetrügereien gibt? Hier in Christianssund? Und in diesem kleinen Kreis von Leuten?«

»Warum nicht? Wenn eure IT-Leute sich richtig anstrengen, müsste es möglich sein, einen entsprechenden Link zu finden.«

Annette stieß ein bellendes Lachen aus. »Wenn das alles ist, was Sie zu bieten haben«, sagte sie und stand auf, »dann muss ich meine Zeit nicht mit Ihnen verschwenden.«

»Schon okay«, erwiderte Dan. »Kann ich dann jetzt gehen? Ich komme ohnehin schon zu spät zu einer Verabredung.«

»Gehen Sie nur. Wir bleiben in Verbindung.« Annette sah ihn an. »Falls Ihnen noch etwas einfällt, vielleicht etwas, das Ihre vage Idee unterfüttert …«

»Dann sind Sie natürlich die Erste, die ich anrufe«, log Dan.

Er ärgerte sich maßlos, als er die Schule verließ. Nicht ein anerkennendes Wort darüber, wie er mit der Situation nach dem Fund der Toten umgegangen war. Nicht eine Bemerkung über seine Professionalität. Nicht eine wirklich interessierte Frage, wie er die Lage beurteilte.

Dan hatte den Parkplatz erreicht, als er hinter sich Schritte hörte. Er drehte sich um: »Benjamin?«

»Ich wollte nur …« Der junge Beamte sah kurz zurück. »Entschuldige, dass ich dir da drin aus dem Weg gegangen bin. Ich wollte nicht … na, du weißt schon.«

»Du wolltest mich nicht kennen?« Dan grinste.

Benjamin breitete entschuldigend die Arme aus. »Dann würde alles nur noch schlimmer.«

»Beruhige dich. Annette Poulsen weiß bestimmt, dass wir uns von früher kennen.«

»Ich wollte nur sagen … ach, ich wünschte, ich könnte alles hinschmeißen.«

»Wieso?«

»Ich bin noch nie so mies behandelt worden. Heute Morgen hat mich diese Hexe mir nichts, dir nichts rausgeschmissen. Und ein paar Stunden später holt sie mich ohne ein Wort der Entschuldigung zurück. Sie ist dermaßen arrogant. Und mit dir will sie überhaupt nichts zu tun haben.«

»Wir haben gerade miteinander gesprochen.«

»Ja, ja.« Benjamin stieß ein kleines, spöttisches Geräusch aus. »Gleich danach hat sie sich über dich lustig gemacht. Sie hat Janssen damit aufgezogen, dass er dich für klug hält. Sie sagt, du bist nichts als heiße Luft.«

»Ah ja.« Dan fühlte sich überhaupt nicht gekränkt. »Das ist schon okay«, erwiderte er. »Sie darf ja denken, was sie will.«

49

»Ich weiß weder, wo ich anfangen, noch, wo ich aufhören soll«, stöhnte Pia, die planlos in Dorthes Küche stand. Die beiden uniformierten Beamten, die sie vor dem Forsthaus empfingen, hatten die Arme übereinandergeschlagen und sahen aus, als würden sie sich langweilen. »Und wo soll ich das alles unterbringen?« Sie schlug mit der Hand auf den Haufen Umzugskartons.

»Was passiert mit dem Haus?«, fragte Dan. »Wird es verkauft?«

»Glücklicherweise hat sich noch kein Käufer gefunden. Es steht also niemand mit einem Möbelwagen vor der Tür. Der Makler kann es in diesem Zustand ja nicht präsentieren.«

»Du könntest einen Teil auch wieder auspacken, statt alles einzupacken. Und dann lässt du jemanden kommen, der putzt, aufräumt und die gepackten Umzugskartons in den Schuppen stellt.«

»Wieso?«

»Es ist immer besser, ein Haus möbliert zu präsentieren.«

»Tja …« Pia hantierte weiter planlos in der Küche, nahm einen Schubladeneinsatz mit Besteck heraus, stellte einen Stapel mit Tellern gerade, die einzeln in Zeitungspapier eingewickelt waren. Zu Dans großer Erleichterung weinte sie nicht. Er hatte im Laufe des Tages genügend Tränen gesehen und fürchtete eine Überdosis. Pia war blass, blass und verschlossen. Nur ganz kurz hatte sie ihn angesehen, ansonsten wandte sie konsequent ihren Blick ab. »Ich kann das jetzt nicht entscheiden«, erklärte sie. »Eigentlich ertrage ich es nicht, hier zu sein. Können wir gehen?«

»Ja, sicher.« Eigentlich hätte sich Dan gern ein wenig länger im Haus umgesehen. »Fahren wir woandershin und reden. Ich will nur schnell noch diese Ordner aus dem Wohnzimmer holen.«

»Das muss ich registrieren«, sagte einer der Beamten, ein junger Typ mit einem merkwürdig flachen Gesicht. Weder Pia noch Dan hatten ihn schon einmal gesehen. »Und ich brauche Ihre Unterschrift.«

»Natürlich.«

Pia zuckte die Achseln. »Ich gehe nach draußen. Komm einfach nach, wenn du so weit bist.«

Dan fand die pinkfarbenen Ringordner sofort und legte sie in einem großen Stapel aufeinander, ohne darin zu blättern. Es war am einfachsten, sie alle zur Hand zu haben, wenn er zeitlich länger zurückgehen müsste als erwartet. Während der Beamte sorgfältig eine Liste über die entfernten Gegenstände erstellte, bemerkte Dan einen weiteren Ordner auf dem untersten Regalbrett. Er war türkis und auf dem Rückenetikett stand nur ein Wort: Facebook.

»Den nehme ich auch noch mit.« Dan reichte dem Beamten den Ordner.

»Okay.« Er blickte nicht einmal auf.

Dan warf noch einen raschen Blick ins Wohnzimmer und blieb einen Moment bei den inzwischen schwarzen Blutspritzern an den Wänden und auf dem hellen Viereck auf dem Boden hängen, wo ein Teppich gelegen hatte. Neben dem hellen Feld sah er eine deutliche verschmierte Blutspur, er vermutete, dass man Dorthe an dieser Stelle erschlagen hatte. Den Teppich hatten die Techniker sicher mit ins Labor genommen.

Er unterschrieb, steckte die Ordner in eine Tüte und zog mit den Blicken der Beamten im Nacken die Tür zu.

»Wollt ihr auch zusehen, wie wir uns im Garten unterhalten?«, fragte Dan und schloss mit Pias Schlüssel ab.

»Das ist schon okay«, erwiderte der Flachgesichtige und brachte die Versiegelung wieder an der Tür an. Die beiden Beamten setzten sich in den Streifenwagen und fuhren davon.

Pia saß auf der Terrasse und betrachtete das kniehohe Gras mit einem resignierten Blick, als er in den Garten kam. »Ich sollte mir eine Sense oder so etwas ausleihen«, meinte sie.

»Das Gras läuft dir nicht davon.« Dan setzte sich neben sie auf die Gartenbank. »Warum ziehst du deine Truppen nicht zusammen?«

Sie drehte ihm den Kopf zu. »Welche Truppen?«

»Uns, die dir bei deinem Umzug geholfen haben. Hanne, Ingelise, William, mich. In einem Tag bringen wir Haus und Garten in Topform, sodass der Makler anfangen kann.«

»Nicht William«, sagte sie sofort.

»Aber wir anderen?«

Pia hob die Schultern, ohne zu antworten.

»Du bist wirklich müde, was?«

Neues Achselzucken. »Was wolltest du aus dem Wohnzimmer holen?«

Dan öffnete die Tüte, damit sie die Ringordner sehen konnte. »Ich habe eine Idee«, erklärte er. »Und vielleicht finde ich in den Ordnern Informationen, die mir weiterhelfen.«

»Erzähl mir von dieser Idee.«

»Schaffst du das auch?«

Pia grinste. »Alles ist besser als dieser praktische Hauskram.«

Dan lehnte sich zurück und berichtete, dass Dorthe anscheinend dem Betrug mit der Spendenaktion für die saudi-arabische Schule auf die Spur gekommen sei und er dann ebenfalls entsprechende Hinweise entdeckt habe. Und dass weder er noch die Polizei glaubten, Svea würde dahinterstecken, sondern dass es einen Hintermann geben musste.

»All das weiß ich bereits«, sagte sie anschließend. »Aber was hat das mit den Ordnern zu tun?«

»Ich habe nach vergleichbaren Betrugsfällen gesucht. Vermutlich gibt es andere Betrugsfälle dieser Art, jedenfalls wenn es einen Hintermann gibt. Dorthe ist vielleicht ebenfalls zu diesem Ergebnis gekommen. Ich habe mir ihre Browser-Historie geben lassen und bin über eine Webadresse gestolpert, die nicht mehr existiert. Dorthe hat die Seite im Laufe des Sommers mehrfach besucht; als ich es jetzt versucht habe, bin ich in einer Sackgasse gelandet. Die Seite wurde gelöscht.« Dan sah sie an. »Und genau hier wird es verwirrend. Ich hatte die Vermutung, diese gelöschte Homepage könnte möglicherweise etwas mit Dorthes Unterricht zu tun haben. Diesen Projektwochen …«

»Oh, die Projektwochen.« Pia verdrehte die Augen. »Wie oft musste ich mir das anhören!«

»Ja, sie waren offensichtlich wichtig für Dorthe. Ich gehe mal davon aus, dass sie sehr wütend geworden wäre, wenn jemand in die eigene Tasche gewirtschaftet hätte.«

»Oh ja.«

»Vielleicht so wütend, die Polizei einzuschalten?«

»Das glaube ich nicht. Dorthe war eine Glucke, wenn es um ihre Schüler ging. Sie hätte die Sache vermutlich selbst aufgeklärt.«

»Ja, aber was wäre gewesen, wenn sie entdeckt hätte, dass es um mehrere Betrügereien ging? Dass es sich um systematische Kriminalität handelte? Hätte sie das auch noch für sich behalten?«

Pia zuckte die Achseln. »Ich finde es merkwürdig, dass sie nicht mit mir gesprochen hat.«

»Dazu ist ihr vielleicht einfach keine Zeit mehr geblieben. Jedenfalls sind das meine Überlegungen. Möglicherweise liege ich falsch.« Er stand auf und begann, auf und ab zu gehen, während er fortfuhr: »Ich habe Else Forsberg angerufen und gefragt, ob sie die Webadresse careencare.com kannte.«

»Was ist das?«

»Das war die Seite, die Dorthe mehrfach in den Wochen vor ihrem Tod besucht hat, die aber inzwischen gelöscht wurde. Es war nur so ein Schuss ins Blaue, doch Else konnte sich tatsächlich daran erinnern. Ditte Kløvborg hatte im Zusammenhang mit der Projektwoche eine sehr gelungene Spendenaktion für eine gewisse Careen Carson organisiert, eine junge Amerikanerin, die eine Transplantation brauchte und keine Krankenversicherung hatte.«

»Okay?« Pia sah ihn verständnislos an.

»Careen Carson. Und die gelöschte Seite hieß careencare.com. Ein seltsamer Zufall, oder?«

Pia sah ihn lange an. Das aufgewühlte Gefühl, dass Dan zu seinem rastlosen Auf-und-ab-Gehen veranlasst hatte, verließ ihn schlagartig. »Du findest, es klingt schwachsinnig, oder?«, erkundigte er sich niedergeschlagen.

»Vielleicht nicht direkt schwachsinnig, nur ein bisschen dünn«, erwiderte Pia. »Sorry.«

»Dann lass uns den Ordner des letzten Jahres durchgehen. Sollte Dittes Projekt dabei sein und es wirklich ›careencare‹ heißen, haben wir etwas, finde ich.« Er nahm die Ringordner aus der Tüte und griff sich »Web-Thema 2011«. Jede Spendenaktion, die in dem schweren Ringordner abgelegt war, hatte ihre eigene Plastikhülle, sorgfältig beschriftet mit den Namen der Schüler und dem Titel des Projekts. In den einzelnen Hüllen lagen die Ausdrucke der Onlineauftritte, die von den Schülern eingerichtet worden waren, sowie eine Beschreibung des Projektverlaufs und des Ergebnisses. Die Papiere waren mit Dorthes handschriftlichen Kommentaren versehen. Die Noten hatte sie auf der letzten Seite notiert. Die Aufgabenstellungen und ihre Lösungen waren sehr unterschiedlich: eine nicht sehr einfallsreiche Spendensammlung für sauberes Wasser in einem Dorf in Mali, ein durch ein Video dokumentiertes Flashmob-Arrangement, das Geld für ein hiesiges Fürsorgeheim für Kinder beschaffen sollte, eine Party an einem Freitag nach der Schule, deren Überschuss an ein Flüchtlingslager in Afghanistan gegangen war. Dan fand auch die Aufgabe von Robins Gruppe: eine Internetauktion von Waren, die Geschäftsleute der Stadt gespendet hatten. Von dem Erlös waren Spielkonsolen für eine Krankenhausabteilung mit herzkranken Kindern gekauft worden. Dan blätterte weiter.

»Hier ist es!«, rief er triumphierend. »Sieh mal!« Er öffnete den Metallbügel und nahm die Hülle heraus. »Ditte Kløvborg, careencare.com. Ich wusste es!« Er zog die Ausdrucke aus dem Umschlag und fing an zu lesen. Die einzelnen Seiten gab er weiter an Pia.

Es sah ganz normal aus. Eine ergreifende Geschichte von einem an Leukämie erkrankten achtzehnjährigen Mädchen. 2009 war sie zum ersten Mal in ein Krankenhaus in Detroit gekommen. Die Eltern hatten ihr bescheidenes Reihenhaus verkauft, um sich die Chemotherapie ihrer Tochter leisten zu können, die von der Versicherung nicht gedeckt wurde. Die Behandlung hatte angeschlagen, und Careen Carson konnte weiterstudieren, anderthalb Jahre später erlitt sie einen Rückfall. Sie konnte lediglich durch eine

Knochenmarkstransplantation gerettet werden, doch die Familie hatte keine weiteren finanziellen Reserven, eine Spendenaktion wäre der einzige Ausweg, erklärte der Text auf der ersten Seite der Homepage.

Auf der Seite hatte es einen englischsprachigen Blog gegeben, in dem Careen Carson über ihren Alltag und die vielen Behandlungen berichtete. Es gab auch Beiträge von Ditte, die darüber informierte, wie viel Geld bereits eingegangen war – zum Zeitpunkt des letzten Beitrages waren es über zwanzigtausend dänische Kronen. Einige der Beiträge waren Selbstporträts. Verglich man die neueren Fotos mit dem ursprünglichen Bild, das sie hochgeladen hatte, war der Unterschied erschütternd. Der hübsche Teenager mit dem fröhlichen Lächeln und dem kräftigen blonden Haar war auf den Fotos, die nach dem Start der Chemotherapie gemacht worden waren, beinahe nicht wiederzuerkennen: ein dünnes, bleiches Mädchen mit einem Kopftuch, das stramm um den vermutlich kahlen Schädel gebunden war. Sie lächelte angestrengt mit geschlossenem Mund und hatte dunkle Ränder unter den Augen, die zum Teil hinter einer starken Brille verborgen waren. Vielleicht kann sie ihre Kontaktlinsen nicht mehr benutzen, dachte Dan. Beeinträchtigte die Chemotherapie die Netzhaut? Er hatte keine Ahnung.

Er betrachtete das Foto näher.

»Das ist doch unglaublich!«, stieß er plötzlich aus.

Pia schaute von ihrem Blatt auf. »Was?«

»Sieh mal.« Dan zeigte ihr das Foto. »Da, die Sommersprossen. Direkt unter dem Schlüsselbein.«

»Was soll damit sein?«

»Careen hatte keine Sommersprossen, als sie gesund war.« Er tippte auf das erste Bild.

»Vielleicht sind es Nebenwirkungen der Chemo?«

Dan schüttelte den Kopf. »Davon habe ich noch nie gehört«, widersprach er und schaute noch einmal auf das Foto. »Weißt du, was ich glaube?«

Pia verzog das Gesicht. »Du klingst nicht so, als könntest du es für dich behalten.«

»Das hier sind Fotos von zwei verschiedenen Mädchen. Das Ganze ist ein Schwindel.«

»Dan, also wirklich. Du siehst inzwischen überall nur Lügen und Betrug.«

»Erkennst du irgendeine Ähnlichkeit zwischen den beiden Mädchen hier?« Er legte die Fotos nebeneinander.

»Die Gesichtsform«, sagte Pia sofort. »Sie ist beinahe herzförmig. Und …« Sie kniff die Augen zusammen. »Ja, die Augen. So klare blaue Augen sind selten.«

»Noch etwas?«

»Nicht wirklich. Es ist schwer zu erkennen, weil sie eine Brille trägt. Und dieses Kopftuch. Das viel geringere Gewicht muss man auch berücksichtigen. Trotzdem glaube ich, dass es Careen sein könnte.«

»Ich kenne ein Mädchen mit herzförmigem Gesicht, kornblumenblauen Augen und Sommersprossen«, sagte Dan. »Es zufällig genau das Mädchen, das diese Aufgabe erledigt hat.«

»Ditte Kløvborg? Du glaubst, dass sie dieses kranke Mädchen auf den Fotos ist?«

»Ich bin mir sogar sicher, dass sie es ist.«

»Und sie hat sich als Krebspatientin verkleidet?«

»Tja, warum nicht? Es wäre jedenfalls ein wahnsinnig guter Betrug. Ditte findet das Foto eines Mädchens, das zufällig die gleiche Gesichtsform und Augenfarbe hat wie sie, und benutzt es als erstes Bild. Dann schminkt sie sich bis zur Unkenntlichkeit, vergisst aber eine kleine Sommersprosse im Ausschnitt.«

»Also, ich weiß nicht.«

»Wir können es untersuchen, Pia. Wir könnten ihr Foto an das Krankenhaus in Detroit schicken.«

Pia schüttelte den Kopf. »Sie würden eine derartige Information niemals herausgeben.«

»Dann suchen wir nach dem Spendenkonto. Das muss doch aufzuspüren sein. Stell dir vor, es führt zu dem gleichen ausländischen Konto, das für den saudi-arabischen Betrugsfall eingerichtet wurde.«

»Du willst offenbar gegen Windmühlen kämpfen, Dan.«

Er sah sie an. »Du meinst also, diese Spendenaktion war echt?«

»Warum sollte sie es nicht sein?«

»Und was sagt uns das kleine Detail, dass jemand diese Seite im Netz gelöscht hat? Vielleicht hat Dorthe die Ähnlichkeit des kranken Mädchens mit Ditte ebenfalls bemerkt. Vielleicht hat sie Ditte darauf angesprochen, und Ditte hat die Seite dann gelöscht. Was sonst sollte der Grund sein?«

»Das weiß ich nicht.« Pia legte die Blätter beiseite. »Vielleicht ist die Stammzellentransplantation nicht gelungen. Möglicherweise ist Careen Carson tot. Es wäre ziemlich pietätlos, diese Website dann weiter im Netz zu lassen, oder?«

»Hm.« Dan schüttelte den Kopf. »Weißt du, was?«, sagte er nach einer Pause. »Ich finde, Flemming sollte einen Blick auf die Sache werfen.«

»Torp? Weshalb?«

»Er kennt den anderen Betrugsfall ziemlich gut. Vielleicht findet er ein Detail, das wir übersehen haben.« Er sah sie an. »Außerdem habe ich nicht viele Bekannte, die so viel über Leukämie wissen wie er.«

»Tu das. Aber ich komme nicht mit.«

»Was machst du dann?«

»Ich bin todmüde. Ich glaube, ich fahre zu Hanne und Ingelise. Bringst du mich hin? Mein Auto steht noch in der Lundbygade.«

Dan versuchte, seine Enttäuschung zu verbergen, als sie zu seinem Auto gingen. Eigentlich hatte er gehofft, Pia dabeizuhaben, er hätte ihr gern von all den anderen lockeren Theorien erzählt, noch nie zuvor war er bei einer Ermittlung so allein gewesen. Bisher hatte er mit Flemming, Frank oder Pia zusammengearbeitet. Oder mit Benjamin – vor vielen Jahren. Es ist wie in der Literatur, dachte er. Jeder Detektiv braucht einen Helfer. Sherlock Holmes hatte seinen Dr. Watson, Hercule Poirot seinen Captain Hastings und Inspektor Morse seinen Sergeant Robert »Robbie« Lewis an seiner Seite. Das gehörte einfach dazu. Aber dieses Mal gab es niemanden, der mit ihm zusammenarbeiten wollte.

»Übrigens«, sagte er, als er sich ins Auto setzte. »Meine Arbeit für dich ist ja eigentlich beendet. Darf ich mit der Rechnung noch ein paar Tage warten?«

»Beendet?« Pia sah ihn an. »Weshalb?«

»Na ja, du bist draußen.«

»Sicher, und du solltest trotzdem weiterarbeiten. Deine Ideen klingen zwar ein bisschen dünn, aber wer weiß? Vielleicht bist du ja auf etwas gestoßen.« Sie lächelte blass. »Das haben wir ja schon häufiger erlebt.«

»Ich setze die Arbeit unter allen Umständen fort, ich kann nicht einfach aufhören. Nur musst du mich dafür ja nicht bezahlen.«

»Unsinn. Fang Dorthes Mörder. Das mit dem Geld klären wir später.«

Als sie an dem roten Backsteinhaus vorbeifuhren, sah er Gunnar Højgaard, der die Hecke schnitt.

Dan bremste und ließ das Seitenfenster hinunter. »Alles okay?«

Gunnar kam zum Wagen und beugte sich hinunter. »Ich glaube, das Schlimmste ist überstanden«, sagte er. »Sie redet wenigstens wieder mit mir.« Er bemerkte Pia. »Oh, hallo«, grüßte er. »Hat man Sie freigelassen?«

Pia nickte, ohne zu antworten. Sie hielt ihren Blick auf die Straße gerichtet, während Dan und Gunnar einige weitere Bemerkungen wechselten. Als sie einen Augenblick später weiterfuhren, sagte sie: »Ich hätte große Lust, ihm eine zu knallen.«

»Eifersüchtig?«

»Nein. Doch. Vielleicht ein bisschen.« Sie lachte hohl. »Bescheuert, oder? Als ob man ausgerechnet auf so jemanden eifersüchtig werden müsste.«

»Dorthe hat schließlich mit ihm geschlafen.«

»Ein Mal, ja.«

»Falls er die Wahrheit gesagt hat.«

»Ich weiß inzwischen schon, dass es Seiten an Dorthe gab, die ich nicht gesehen habe.« Pia drehte sich zu ihm um. »Sie hatte zum Beispiel auf eigene Faust beschlossen, schwanger zu werden. Und ich glaube, Gunnar Højgaard sagt in diesem Punkt die Wahrheit. Dorthe hätte niemals aus Lust mit diesem Mann geschlafen.«

»Ich denke, du hast recht – ohne Dorthe gekannt zu haben.« Dan warf seiner Beifahrerin einen Seitenblick zu. »Wundert dich das nicht? Dass sie beschlossen hat, schwanger zu werden, ohne es dir vorher zu sagen?«

Pia zuckte die Achseln. »Ich wundere mich bald über gar nichts mehr. Ich habe Dorthe für eine so offene und ehrliche Frau gehalten, wie man es sich nur vorstellen kann. Offenbar hatte sie auch eine andere Seite und weit mehr Geheimnisse, als ich dachte.«

»Einiges deutet darauf hin.«

Eine Weile blieb Pia stumm und schaute auf die Straße. Dann wandte sie ihm wieder den Kopf zu. »Wir haben so oft über ein Kind diskutiert, Dan. Ich war schon bereit nachzugeben, aber ich kann nicht sagen, ich hätte es mir gewünscht. Und das wusste sie vermutlich ganz genau.« Sie räusperte sich. »Wenn ich raten müsste, dann würde ich sagen, Dorthe hat das in einem letzten verzweifelten Versuch getan, getreu der Devise: ›Es wird einem leichter vergeben als etwas genehmigt‹. Sie wusste, dass ich ihre Pläne möglicherweise ablehnen würde, und sie wusste andererseits auch, dass ich sie niemals hinausgeworfen hätte, wenn der Schaden, um es mal so zu sagen, bereits angerichtet war. So bin ich nicht.«

50

Flemming Torp massierte sich die Schläfen. Ein dröhnender Kopfschmerz war im Anmarsch, und er brauchte dringend Ruhe, die ihm Ursula jedoch nicht gestattete, obwohl er die Tür zum Wohnzimmer geschlossen hatte. Sie trampelte über den Parkettboden des Schlafzimmers, öffnete und schloss Schubladen, warf Schranktüren zu. Es klang tatsächlich, als würde sie sich größte Mühe geben, so laut wie möglich zu sein. Bang! Noch eine Schranktür wurde zugeworfen. Nach einer Weile gab Flemming es auf. Er zog seine Gartenjacke an und verließ die Wohnung. Diese demonstrative Wut seiner Frau war nicht auszuhalten, er wollte sich nicht weiter mit ihr streiten und auch nicht mehr mit ihr in einem Haus sein.

Andererseits, dachte er und zog die Terrassentür hinter sich zu, kann ich es mir nicht wirklich erlauben, das Grundstück zu verlassen, solange sie noch hier ist. Es wäre ein wenig zu unfreundlich gewesen, nach dem, was er ihr gerade mitgeteilt hatte. Wo sollte er auch hin? Es war sicher, dass sowohl Dan wie Marianne Sommerdahl ihn erfreut aufnehmen würden, doch allein der Gedanke, jemandem erklären zu müssen, was gerade passiert war, ermüdete ihn. Er würde es noch eine Weile ertragen müssen, schließlich konnte es nicht mehr allzu lange dauern, bis Ulla und ihre Koffer verschwunden waren.

Es war zu kühl, um still zu sitzen, also ging Flemming ein wenig durch den Garten und suchte sich irgendeine Beschäftigung. Seine Wahl fiel auf das Fegen der Gartenwege. Er war gründlich, ließ sich viel Zeit. Das trockene Geräusch des Besens auf den Zementfliesen folgte ihm von der Terrasse bis in den Vorgarten. Er begann gerade mit der Einfahrt, als ein Auto vorfuhr. Es hielt am Bürgersteig, der Motor wurde abgestellt. Flemming richtete sich auf. Er erkannte sofort das schwarze Audi A4-Cabriolet seines Freundes. Dan stieg aus.

»Hej«, grüßte Flemming.

»Hej.« Dan schloss den Wagen ab und kam mit einer Plastiktüte in der Hand auf seinen alten Freund zu. »Komme ich ungelegen?«

Unwillkürlich blickte Flemming zur Haustür. »Ein wenig«, sagte er.

»Was ist los? Habt ihr euch gestritten?«

»Ich habe Ursula gerade erklärt, dass ich mich scheiden lassen will.«

»Meine Güte!« Dan sah ihn an. »Und wie hat sie es aufgenommen?«

»Nicht so gut. Sie packt gerade ihre Koffer.«

»Wo will sie hin?«

»Sie kann bei einer Kollegin übernachten, bis sie eine Wohnung gefunden hat.«

Dan nickte. »Und du? Wie geht's dir?«

»Ich will das nur noch hinter mir haben.« Flemming schob ein paar welke Blätter auf den kleinen Haufen, den er zusammengefegt hatte. Dann hob er den Kopf. »Eigentlich will ich gar nicht darüber reden. Willst du etwas Besonderes?«

»Ich wollte dir etwas zeigen.« Dan hob die Plastiktüte hoch.

»Komm. Wir können uns in den Garten setzen.«

»Ist das nicht zu kalt?«

»Nur bis Urs gegangen ist. Im Haus halte ich es im Moment nicht aus.«

Flemming stellte den Besen neben die Haustür. Gleich würde ja niemand mehr hier sein, der ihn als unordentlich beschimpfen konnte, dachte er. Man konnte es gut schon mal ausnützen.

»Bier?«, fragte er, als Dan und er die Terrasse erreicht hatten.

»Nur eins.«

Auf dem Weg in die Küche stand Flemming plötzlich Ursula gegenüber.

»Dass du dich nicht schämst«, sagte sie zum mindestens siebzehnten Mal innerhalb der letzten beiden Stunden.

Flemming seufzte. »Urs. Es gibt nichts mehr zu besprechen. Wir sind nicht füreinander geschaffen. *End of story.*«

»Ich habe mich um dich gekümmert, als du krank warst, ich habe dich gepflegt«, fuhr sie unbeeindruckt fort. »Und dafür gesorgt, dass du immer gesund lebst, damit du keinen Rückfall erleidest. Wie würde deine Gesundheit denn heute aussehen, wenn ich nicht gewesen wäre?« Sie stieß ihn unsanft vor die Brust. »Wie kannst du da nur sagen, dass wir nicht füreinander geschaffen sind?« Ein neuer Stoß. »Dass du dich nicht schämst!«

»Hör jetzt auf damit, Urs«, erwiderte Flemming müde. »Schluss jetzt. Wir reden ein andermal darüber. Ich habe einen Gast.«

Noch ein Stoß. »Ist es Marianne?«

»Ursula, also …«

»Es ist schon unglaublich, wie eilig es dieses Weibsstück hat, ihre Füße hier unter den Tisch zu stellen. Sie hätte wenigstens warten können, bis ich aus der Tür bin.«

»Zwischen Marianne und mir ist nichts. Wie oft soll ich dir das noch sagen?«

»Halt deinen Mund!«, schrie Ursula. Wieder stieß sie ihn vor die Brust. »Du untreuer Scheißkerl.« Noch einmal. Hart. »Hat die Liebhaberin schon auf der Treppe sitzen, damit ihr direkt ins Bett gehen könnt, und …« Sie setzte zu einem weiteren Stoß an, aber diesmal gelang es Flemming, ihre Hände zu fassen und sie von sich fernzuhalten.

»Es reicht jetzt«, sagte er. »Hör sofort damit auf.«

Sie wand sich, um ihre Hände zu befreien.

Flemming erklärte: »Ich rufe jetzt ein Taxi. Und wir reden an einem anderen Tag, wenn du dich ein wenig beruhigt hast.«

Ursula hörte auf zu kämpfen.

»Urs«, sagte Flemming und ließ sie los. »Sieh mich an.« Er wartete, bis sie ihren Kopf hob. »Es ist Dan, nicht Marianne.«

Sie begann zu weinen.

»Es ist nichts zwischen ihr und mir. Wir sind lediglich Freunde.«

Ursula schüttelte den Kopf und heulte weiter. Einen Moment tat sie Flemming leid, doch dann ermannte er sich. Er trug die fertig gepackten Koffer seiner Frau zum Bürgersteig, dann rief er ein Taxi, half ihr in den Mantel, schaute, ob ihr Handy in der Handtasche war, und wartete, bis sie sich ins Taxi gesetzt hatte. Als sie losfuhr, hob er die Hand zum Abschied. Ursula drehte sich nicht um.

Flemming blieb einen Moment stehen und sah den roten Rücklichtern nach, die auf der Straße verschwanden. Die Dämmerung hatte eingesetzt. In einem der Nachbargärten sprühte ein Rasensprenger, ein paar hartnäckige Amseln trotzten der einsetzenden Dunkelheit und wechselten sich in ihrem Gesang ab. Wenn die Territorialstreitigkeiten der Menschen doch ebenso angenehm fürs Ohr wären, dachte Flemming. Es tat ihm leid, er schämte sich und war gleichzeitig erleichtert und guter Dinge. Vor allem erleichtert, musste er sich eingestehen. Er sah bereits den Tag vor sich, an dem Ursula ihre Habseligkeiten holte. Die Bilder, das klobige Klavier. Und ihre Textilien natürlich. Und dann natürlich die Kissen und Plaids, die Teppiche und die Vorhänge, die sie so sehr liebte. Ihn hatten sie immer gestört. Genauso wie all die Weichheit auf sämtlichen Möbeln und Oberflächen.

*

»Flemming?« Dan war nach einer längeren Wartezeit ums Haus gegangen.

Flemming fuhr zusammen und drehte sich um. »Entschuldige«, sagte er. »Ich habe mich in meinen Gedanken verloren.«

»Bist du okay?«

»Natürlich. Und jetzt brauche ich ein Bier!« Flemming schlug Dan ein wenig ungeschickt auf die Schulter. »Jetzt können wir uns auch ins Wohnzimmer setzen.«

»Ist Ursula weg?«

»Ja!«

Sie setzten sich ins Wohnzimmer. Oder besser: Dan nahm Platz, während Flemming umherging und sämtliche Sofakissen einsammelte. Er legte sie auf einen Haufen vor das Klavier, die ganze Zeit mit Dans erstauntem Blick im Rücken.

»So«, sagte er und richtete sich auf. »Jetzt bin ich wieder Junggeselle. Genau wie du.«

Dan nickte, ohne zu antworten. Er betrachtete seinen alten Freund genau, so als würde er die Spur eines möglichen Zusammenbruchs suchen.

»Hör auf, mich so anzustarren. Ich bin völlig okay, das habe ich doch gesagt.« Flemming stellte zwei kalte Flaschen Bier auf den Tisch. »Was wolltest du mir zeigen?«

»Das hier.« Dan öffnete einen Ringordner und zog eine durchsichtige Plastikhülle heraus.

»Hast du noch eine betrügerische Spendenaktion gefunden?« Flemming nahm die Papiere aus der Hülle.

»Vielleicht. Lies es, und lass mich hören, was du davon hältst.«

Flemming überflog den Text, aber als seine Augen eine bestimmte Buchstabenfolge erfassten, hielt er inne. »ALL?« Er sah Dan an. »Akute lymphatische Leukämie?«

Dan nickte. »Ich weiß, dass du über dieses Thema eigentlich viel weißt, obwohl es sich um einen anderen Typus als bei dir handelt. Vielleicht fällt dir irgendein Detail auf, das ich bisher übersehen habe.«

»Zum Beispiel?«

»Lies einfach.«

Flemming begann von vorn. Ohne ein weiteres Wort arbeitete er sich durch das Material: Careen Carsons Blog-Beiträge, die medizinischen Erklärungen, die Konstruktion der eigentlichen Spendenaktion.

Dan nutzte die Wartezeit, um sich den türkisfarbenen Ordner mit der Facebook-Aufschrift anzusehen. Wie erhofft, enthielt er eine Unmenge an Ausdrucken von Postings auf Facebook, und zwar vor allem von Postings, die aus dem einen oder anderen Grund entfernt worden waren. Dorthe hatte als gewissenhafte Administratorin alles ausgedruckt, bevor sie es gelöscht hatte.

Sie hatte eine ganze Menge zu tun, überlegte Dan, als er den verblüffend dicken Haufen aus schlüpfrigen Witzen, Fotos von Schülern, die sich erbrachen, Links zu Pornoseiten, kreuzlangweiligen Spiele-Apps und persönlichen Mitteilungen durchblätterte, die ganz offensichtlich nicht auf die Seite gehörten. Es war ein anstrengender Job, Administrator eines Facebook-Accounts zu sein, auf dem sich mehrere Hundert Jugendliche tummelten. Plötzlich stieß er auf einen Beitrag, der ihn stutzig werden ließ. Seine neue Bekanntschaft hatte ihm geschrieben:

Andreas Henningsen findet, es ist an der Zeit, irgendeine Regel für das Duschen nach dem Sport zu finden. Es ist eklig, wenn Leute die ganze Schule vollstinken, weil sie das Duschen überspringen. Hast du das kapiert, **Robin Carlsen**?

Unter dem Post gab es eine ganze Reihe von Kommentaren, vor allem von Jungen, die Andreas recht gaben und in noch härteren Formulierungen ausdrückten, wie sehr sie Robins mangelnde Hygiene störte.

Eigentlich ist das seltsam, dachte Dan, der zunächst nicht über Andreas' Behauptung nachgedacht hatte. Robin, der immer ganz besonders gepflegt aussah? Er wirkte nicht so, als würde er freiwillig eine Dusche auslassen. Höchstwahrscheinlich war es lediglich ein Mal passiert. Oder der verbitterte Andreas und seine Kumpane logen ganz einfach.

Er blätterte weiter und stolperte über weitere Nachrichten von Andreas. Üble Beschimpfungen anderer Schüler, vor allem jedoch gegen Robin, und harte Angriffe gegen Lehrer, deren Namen er nannte. Insbesondere auf Dorthe Bertelsen hatte er es abgesehen, das passte also. Sie sei manipulierend, ungerecht und missbrauche ihre Macht. An einer Stelle ging Andreas so weit, dass er eine Unterschriftensammlung vorschlug, um Dorthe als Facebook-Administratorin abzulösen, weil sie seine Beiträge zensierte. Er nannte sie eine Beton-Lesbe, und in einer anderen Nachricht deutete er an, dass sie ein Mädchen aus der Oberstufe angebaggert hätte. Die Kommentare – diesmal von Jungen wie von Mädchen – hielten die Anschuldigung offensichtlich für einen Witz und schlugen weitere Opfer für Dorthes Mordshunger auf Sex vor, darunter eine Gruppe Schafe auf dem Feld hinter dem Sportplatz. Reines Mobbing. Dan konnte gut nachvollziehen, warum Dorthe den Rektor wegen Andreas um Hilfe gebeten hatte.

Flemming unterbrach seine Gedankenkette: »Wenn ich mir die Fotos richtig ansehen soll, reichen diese Ausdrucke nicht.« Er machte Anstalten, sich zu erheben. »Ich hole mein Notebook.«

Dan legte den türkisfarbenen Ordner beiseite. »Das kannst du dir sparen. Die Homepage gibt es nicht mehr.«

Flemming zog die Augenbrauen zusammen. »Hast du deshalb den Verdacht?«

»Genau. Und was meinst du?«

»Auf den ersten Blick wirkt es ganz glaubwürdig. Das ist eine ergreifende Geschichte. Ich kenne das amerikanische Gesundheitssystem nicht gut genug, um zu wissen, ob sie wirklich eine junge Frau sterben lassen würden, wenn ihre Versicherung keine Stammzellentransplantation übernimmt, aber das müsste herauszufinden sein.«

»Was hältst du von den Fotos?«

»Das ist es ja. Es ist schwierig, etwas zu erkennen, aber ...« Flemming schob die Brille in die Stirn und kniff die Augen zusammen. »Da ist irgendetwas faul.«

»Was?« Dan saß nun auf der Sofakante.

»Ich kann es dir nicht genau sagen.« Flemming kam auf die Beine. »Warte mal einen Moment, ich hole eine Lupe.«

»Hast du die Vorher-nachher-Fotos verglichen?«, erkundigte sich Dan, als Flemming wieder saß.

»Immer mit der Ruhe.« Flemming studierte die beiden Fotos durch die Lupe. Für das erste mit der fröhlichen, gesunden Achtzehnjährigen benötigte er nur wenige Sekunden, das andere betrachtete er lange. Es sah sich nicht nur die kranke Frau an, sondern auch die Umgebung. Den Kissenbezug, der hinter ihrem Kopf zu erkennen war. Ein Tropfstativ. Die Ecke eines amerikanischen Taschenbuchs auf dem Nachttisch. »Da ist irgendetwas faul«, sagte er noch einmal.

»Kann man von der Chemo Sommersprossen bekommen?«, erkundigte sich Dan, der nicht länger den Mund halten konnte.

»Soweit ich weiß, nicht. Das musst du einen Experten fragen.« Flemming beugte sich noch einmal mit der Lupe über das Nachher-Foto. »Wo siehst du da Sommersprossen?«

»Dort.« Dan setzte sich neben Flemming und zeigte es ihm. »Direkt unter dem Schlüsselbein. Und auf dem ersten Foto sind keine Sommersprossen. Siehst du nicht, dass …«

»Jetzt weiß ich es!«, unterbrach ihn Flemming. »Jetzt weiß ich, was fehlt. Genau hier, wo dein Finger sich befindet.«

»Was?«

»Kannst du dich an meinen ZVK erinnern, den zentralen Venenkatheter? Man sieht es bis jetzt.« Flemming knöpfte die oberen beiden Knöpfe seines Hemdes auf und entblößte die Haut am rechten Schlüsselbein, wo man eine kleine weiße Narbe ahnen konnte. »Allen Leukämiepatienten wird von Anfang an ein zentraler Venenkatheter in eine Vene des Brustkastens operiert. Durch ihn bekommt man die Chemo, Blut, Medizin, Nährflüssigkeit. Bei dem Mädchen auf dem Foto fehlt er.«

»Vielleicht hat sie ihn gerade entfernt?« Dan nahm die Lupe.

»Nein«, sagte Flemming. Er knöpfte sein Hemd zu. »Ein ZVK ist fest mit der Haut verbunden, bis die Behandlung beendet worden ist. Erst dann wird er entfernt. Und dann sieht man noch lange danach die kleine Narbe. Das Mädchen auf dem Foto hat weder einen Katheter noch eine Narbe.«

»Das heißt also …« Dan sah Flemming ins Gesicht. »Dass diese Sache ein Schwindel ist.«

»Ganz eindeutig. Mag sein, dass dieses Mädchen krank ist. Es kann sogar sein, dass sie Krebs hat. Leukämie hat sie bestimmt nicht.«

51

Nachdem Dan sich verabschiedet hatte, setzte er sich in seinen Wagen, ohne den Motor anzulassen. Er blieb eine Weile sitzen und blickte auf die dunkle Straße, während sein Gehirn unter Hochdruck arbeitete. Er versuchte, seine Gedanken zu sortieren, zwischen Vermutungen und Fakten zu unterscheiden. Zu den Fakten gehörte, dass die Spendenaktion von Ditte erfunden war. Dan hielt es auch für sicher, dass man auf dem zweiten Foto Ditte selbst sah. Die Sommersprossen hatte sie überschminkt, die beeindruckende Mähne zurückgekämmt und unter einem strammen Kopftuch versteckt, die Augen mit einer starken Brille und violetten Schatten maskiert.

Obwohl er es nur ungern zugab, deutete alles darauf hin, dass dieses hübsche Mädchen eine Betrügerin war. Und tatsächlich war dieser Gedanke nicht so ungewöhnlich, wenn man es genau betrachtete. Dan sah die exklusive Kleidung und die teuren Accessoires der jungen Gymnasiastin vor sich. Konnte sich ein Mädchen aus bescheidenen Verhältnissen eine Garderobe finanzieren, die sich aus Markenbekleidung von Armani, Chloé, Sonia Rykiel und Louboutin zusammensetzte? Selbst mit einem oder mehreren Freizeitjobs ist das so gut wie unmöglich, überlegte Dan, der die Problematik besser als viele andere kannte. Sein eigener Geschmack war für ihn finanziell ebenfalls an der Oberkante.

Die Frage war, ob er an seiner ursprünglichen Vermutung festhalten konnte. Hatten die beiden gefälschten Spendenaktionen denselben Hintermann? War es möglich, dass Ditte, die mit Sicherheit für eine Aktion verantwortlich war, auch die andere inszeniert hatte? Es passte sehr gut zu seiner Theorie, dass derjenige, der die Idee einer Spendenaktion für das saudi-arabische Selbstverteidigungsprojekt hatte, Svea Lorén gut gekannt haben musste, um das Projekt hundertprozentig auf sie abzustimmen. Die andere Möglichkeit – dass es sich um zwei voneinander unabhängige

Betrugsfälle handelte – verwarf er nach kurzem Nachdenken als unwahrscheinlich.

Die logische Folge seiner Überlegungen war eine weitere unangenehme Frage. War es ein und derselbe Täter, der die betrügerischen Spendenaktionen organisiert und Dorthe ermordet hatte? Hätte ein schmächtiges Mädchen ihre Dänischlehrerin mit einem Hammer erschlagen können? Für Dan war das nur schwer vorstellbar, aber ausschließen wollte er diese Möglichkeit nicht. Ditte hatte jedenfalls ein handfestes Motiv, und soweit er sich erinnerte, gehörte ihr Alibi für den Zeitpunkt des Mordes zu den eher wackligen.

Und was war mit Elses Tod? Dan versuchte sich zu erinnern, wo Ditte sich befand, als er nach der Pause in die Aula zurückgekommen war. Sie hatte zusammen mit Andreas und einer Gruppe anderer Jungen zusammengestanden. Aber wie lange stand sie bereits dort? Theoretisch hätte sie es durchaus schaffen können, einige Minuten vorher Else zur Treppe zu locken, vielleicht unter dem Vorwand, ihr irgendetwas zeigen zu wollen. Der eigentliche Mord hatte nur Sekunden gedauert. Ein kräftiger Stoß in den Rücken, und es war überstanden. Der Lärm des jungen Publikums in Pausenstimmung hatte wahrscheinlich Elses Schrei wie den Aufschlag ihres schweren Körpers übertönt. Jedenfalls konnte sich niemand erinnern, irgendetwas gehört zu haben. Hatte Ditte es nicht plötzlich sehr eilig gehabt, auf die Toilette zu gehen, nachdem Else nach der Pause nicht wiederauftauchte? Wollte sie diejenige sein, die zuerst am Tatort war, um sicherzugehen, dass ihr Opfer tot war? Möglich, absolut möglich, dachte Dan.

War Ditte klug genug, nicht nur mindestens zwei Internetbetrügereien durchzuführen, sondern auch in die Computer ihres Opfers und von Pia Waage einzudringen? Dan war sich unsicher. Einerseits machte sie nicht den Eindruck eines zweiten Einstein, andererseits sollte man den Hund nie nach dem Schwanz beurteilen. Nur weil man ein hübsches kleines Puppengesicht hat, kann man trotzdem hochintelligent sein. Allerdings hatte Else Forsberg gesagt, dass Ditte in der Schule gerade so zurechtkäme, aber das konnte ja auch reine Faulheit sein. Ditte hatte die Höchstnote für ihre Web-Aufgabe bekommen, erinnerte er sich. Irgendetwas musste sie also können.

Flemming hatte versprochen, das Konto zu überprüfen, auf dem das Geld eingezahlt wurde, sobald er morgen im Präsidium war. Mit einem Gerichtsbeschluss würde es eine Kleinigkeit sein, herauszufinden, ob die gesammelten Beträge auf ein ausländisches Konto überwiesen wurden oder ob Ditte sie selbst abgehoben hatte. Flemming hatte, wenngleich zögernd, Dan sein Wort gegeben, der Ermittlungsleitung von dieser neuen Spur erst zu berichten, wenn Dan die Geschichte näher untersucht hatte.

»Du hast zwölf Stunden, Dan«, hatte er gesagt, als die beiden Männer sich in der Einfahrt verabschiedeten. »Länger kann ich es nicht hinauszögern. Morgen muss ich Annette Poulsen Bescheid geben. Willst du mit ihr reden, oder soll ich das machen?«

»Ich übernehme es selbst.«

»Ich werde das kontrollieren«, erklärte Flemming in einem warnenden Tonfall. »Sollte sie bis zehn Uhr nicht Bescheid wissen, bekommt sie die Geschichte von mir.«

»Okay.«

»Und ich muss wohl nicht betonen, dass du auf eigene Faust keine Zeugen vernehmen darfst, oder?« Er hatte Dan mit leicht zusammengekniffenen Augen angesehen. »Du hältst dich von Ditte fern. Verhöre sind Aufgabe der Polizei.«

Na gut. Dan ließ den Motor an. Wenn Flemming wirklich glaubte, er würde diesmal gehorchen, hatte er sich geirrt. In dem Moment, in dem Annette Poulsen der Sache nachgehen würde, wäre

Dan aus dem Spiel, und das wollte er nicht noch einmal riskieren. Er wollte zuerst mit Ditte reden. Er sah auf die Uhr. Knapp zehn. Sie schlief sicher noch nicht, doch er musste sich beeilen.

In diesem Moment klopfte es an der Seitenscheibe. Dan zuckte zusammen.

»Warte.« Jemand öffnete die Tür. Flemming.

»Was ist?«, fragte Dan irritiert.

»Ich kenne dich«, antwortete sein alter Freund und setzte sich auf den Beifahrersitz. »Wenn du so lange im Auto sitzen bleibst, kann das nur eines bedeuten.«

»Was meinst du?«

»Du bist den ganzen Fall noch einmal durchgegangen und hast überlegt, ob du halten willst, was du mir gerade versprochen hast.« Flemming wandte sich ihm zu. »Und ich könnte wetten, dass du dich entschlossen hast, genau das nicht zu tun.«

»Ach, nun hör aber auf, Flemming.«

»Du hast dich entschieden, mit Ditte Kløvborg zu sprechen, bevor Annette Poulsen dir einen Tritt in den Arsch versetzt.«

»Unfug.«

»Ich kenne dich«, wiederholte Flemming.

Hörte er da ein Lächeln in der Stimme? Dan warf ihm einen vorsichtigen Blick zu. »Und was jetzt, Boss? Hast du dir gedacht, mich die ganze Nacht über zu bewachen, damit ich keine Dummheiten mache?«

»Nein.« Flemming lachte. »Ich werde mitkommen.«

»Mitkommen?«

»Zu Ditte.« Er wandte Dan erneut den Kopf zu. »Du hast zu Recht darauf hingewiesen, dass Annette Poulsen nicht meine Vorgesetzte ist, und diese Spur hat bis zum Beweis des Gegenteils mit dem Mordfall nichts zu tun. Wenn ich mich als Verantwortlicher für die Abteilung Wirtschaftskriminalität entscheide, einen Verdächtigen in einem Betrugsfall zu vernehmen, kann sie nichts dagegen tun.«

Dan schüttelte lächelnd den Kopf. »Gerissen.«

»Außerdem machst du es ja ohnehin, egal, ob ich dabei bin oder nicht. Also kann ich mich genauso gut ebenfalls mit der Sache amüsieren.«

»Da spielt aber einer heute Abend den Rebellen«, kommentierte Dan.

»Ich kann sowieso nicht schlafen.« Flemming zuckte die Achseln.

»Unglaublich, wie viel Energie freigesetzt wird, wenn man seine Frau rausgeschmissen hat.«

»Fahr endlich los«, forderte Flemming ihn auf.

»Ich muss zuerst nach Hause, Dittes Adresse holen.«

»Die habe ich hier.« Flemming zog ein Blatt Papier aus seiner Hemdtasche. »Während du hier draußen gegrübelt hast, habe ich mir noch einmal Dittes Alibi für den 18. August angesehen. Nur zur Sicherheit.«

»Zwei Seelen.« Dan legte den Gang ein. »Und wie sieht ihr Alibi aus?«

»Sie ist gegen elf aufgestanden, hat mit ihren Eltern gefrühstückt und hatte ab zwölf die Nachmittagsschicht im Fitnesscenter.«

»Dann haben ihre Eltern aber lange geschlafen.«

»Offensichtlich.«

»Könnte sie rein hypothetisch nicht gegen zehn losgefahren sein, um Dorthe zu ermorden, während ihre Eltern noch schliefen?«

»Rein hypothetisch schon.« Flemming schnallte sich an. »Das wird sich zeigen.«

Sie unterhielten sich weiter über den Fall, während sie durch die Stadt zu dem Wohnkomplex fuhren, in dem Ditte und ihre Eltern wohnten. Es ist schon merkwürdig, dachte sich Dan. Vor ein paar Stunden hatte er sich danach gesehnt, mit jemandem zusammenzuarbeiten, und jetzt saß der Partner neben ihm, mit dem er am liebsten arbeitete. Flemming konnte bisweilen durchaus lästig sein mit all seinem Respekt vor den Regeln, aber seine Korrektheit war durch ihre lebenslange Freundschaft so gut mit Dans Impulsivität koordiniert, dass die Zusammenarbeit mühelos funktionierte. Die beiden alten Freunde ergänzten sich normalerweise hervorragend.

»Hier muss es sein.« Dan hielt vor einem gelben Ziegelbau am südlichen Stadtrand, kurz bevor das Wohnviertel in ein Industriegebiet überging. Das Gebäude sah aus, als sei es in den Siebzigerjahren gebaut worden, vor jeder Wohnung gab es einen winzigen Balkon mit grün lackiertem Geländer.

Sie stiegen aus und schauten hinauf. »Dritter Stock rechts«, sagte Flemming und zählte. »Dort oben. Mit den weißen Blumen.« Er zeigte auf einen Balkon. »Es brennt noch Licht.«

»Am besten, ich klingle«, meinte Dan. »Und ich glaube auch, ich sollte zunächst das Gespräch mit ihr führen. Sie mag mich.«

»Dann wirkt es auch nicht so offiziell«, stimmte Flemming zu. »Wir wollen ja niemanden erschrecken. Wir riskieren nur, dass sie dichtmacht und einen Anwalt verlangt. Dann wären wir genauso weit wie vorher.«

»Eben.«

»Dan … Halt dich an die Fragen, die mit dem Betrug zu tun haben. Bring nicht den Mordfall ins Spiel. Das ist nicht unser Spielfeld.«

»Okay, okay.« Dan klingelte.

Sekunden später meldete sich eine mürrische Männerstimme: »Ja?«

»Hier ist Dan Sommerdahl. Ist Ditte zu Hause?«

Keine Antwort, abgesehen vom Brummen des elektrischen Türöffners. Als sie im dritten Stock aus dem Fahrstuhl traten, stand Ditte mit einem breiten Lächeln in der Tür. Sie trug einen Frotteebademantel über einem kurzen Nachthemd.

»Hej, Dan«, begann sie in einem flirtenden Ton, bemerkte dann aber Flemming. Sie zog die Augenbrauen zusammen. »Äh, hej.«

»Das ist mein guter Freund Flemming Torp«, stellte Dan ihn vor. »Entschuldige, dass wir so spät kommen. Hast du fünf Minuten Zeit für uns?«

»Ich bin Polizist«, sagte Flemming und gab ihr die Hand. »Abteilung für Wirtschaftskriminalität.«

»Ich …« Ditte sah perplex aus. »Was wollt ihr?«

»Können wir nicht irgendwo hingehen?«, fragte Dan, der durch die offene Tür einen Ausschnitt des Wohnzimmers sah, in dem der Fernseher lief. »Damit wir deine Eltern nicht stören.«

»Denen ist das um diese Uhrzeit egal«, sagte Ditte und trat zur Seite. »Mutter schnarcht vor der Glotze, und mein Vater …« Sie machte eine Handbewegung vor dem Mund, als ob sie einen Schluck aus einer Flasche trinken würde.

Sie ging über einen kurzen Flur voraus und öffnete die Tür zu einem verblüffend großen Zimmer. »Entschuldigt die Unordnung. Ihr müsst auf dem Bett sitzen. Schiebt das Bettzeug einfach zur Seite.«

Unordnung war untertrieben, dachte Dan. Nicht nur das Bett, auch der Fußboden, der Schreibtisch und eine große Kommode in der Ecke waren übersät mit Illustrierten, benutzten Tellern und anderem Treibgut aus dem Alltag einer Jugendlichen. Und Klamotten, bemerkte er, als er sich auf die Bettkante setzte. Jeder Menge Klamotten. Teuren Klamotten. Einem Bodystocking von Wolford, ein paar Dolce-&-Gabbana-Jeans, mehreren Blusen von Sand.

Die Jacke von Chloé lag mit umgestülpten Ärmeln auf dem Boden – offensichtlich so, wie sie sich aus ihr herausgeschält hatte, als sie nach Hause gekommen war.

»Wieso kannst du dir das ganze teure Zeug leisten, Ditte?«, fragte Dan und schaute auf ihren Schreibtisch. »Und ein MacBook Air hast du auch? Bist du besonders geschickt beim Sparen?«

»Ja.« Sie hatte sich auf den einzigen Stuhl des Zimmers gesetzt. »Außerdem schufte ich ziemlich. Ich habe in meiner Freizeit immer einen Job, manchmal sogar zwei.« Sie sah ihn an, und dabei fiel ihr ihre Pflicht als Gastgeberin ein. »Wollt ihr etwas trinken? Kaffee?«

»Nein, danke«, lehnte Dan ab. »Wir wollen dir nur ein paar Fragen stellen.«

Ditte lehnte sich zurück und ließ den Bademantel zur Seite fallen, sodass ihre langen, attraktiven Beine mit Sommersprossen zum Vorschein kamen. Unter dem zarten Knöchel ließ sich der Schatten einer violetten Blutader ahnen.

Dan wandte mit großer Mühe den Blick ab und holte die Plastikhülle mit Dittes Web-Aufgabe heraus. »Das hier ist eine Gemeinschaftskunde-Aufgabe von dir.«

Es mochte sein, dass Ditte Talent als Schauspielerin hatte, aber ein kurzes Zusammenzucken konnte sie nicht ganz verbergen. »Wo habt ihr das her?«

»Wir haben es in Dorthe Bertelsens Unterlagen gefunden.«

»Zum …« Sie hielt inne. »Okay«, sagte sie dann nur.

»Der Anblick überrascht dich?«

Sie zuckte die Achseln, ohne zu antworten.

»Das verstehe ich gut«, fuhr Dan fort. »Denn du hast die Seite im Netz gelöscht, nicht wahr?«

»Ja, als die Aktion zu Ende war, wurde sie schließlich nicht mehr gebraucht.« Dittes Stimme klang entspannt, aber ihr Blick war wachsam. In dem hübschen Gesicht war jegliche Andeutung eines Flirts verschwunden.

»Ah ja?«

»Es kostet Geld, und es gab keinen Grund, die Seite online zu lassen.« Sie schwieg.

»Okay.« Dan wartete auf eine Fortsetzung, die nicht kam. »Wie geht es Careen Carson inzwischen?«, erkundigte er sich, als die Stille lange genug angedauert hatte. »Hat sie ihre Transplantation bekommen?«

»Ja.« Ditte sah ihm starr und ohne zu blinzeln in die Augen. »Ja, das hat sie«, fügte sie überflüssigerweise hinzu.

»Würdest du einen Kontakt für uns zu ihr herstellen, damit wir uns selbst erkundigen können, wie es ihr geht? Du hast doch sicher ihre Mailadresse?«

»Ja, aber …« Eine beinahe kaum wahrnehmbare Pause. »Na ja, in der Zwischenzeit ist Careen, also, sie ist leider gestorben. Deshalb könnt ihr nicht mit ihr reden.«

»Das ist traurig.« Dan richtete weiter seinen Blick auf sie. »Aber du hast doch bestimmt andere Kontakte. Den Arzt, der sie behandelte, zum Beispiel. Oder ihre Eltern.«

»Nein, leider nicht.«

»Du kannst uns mit anderen Worten nicht dabei behilflich sein, den Wahrheitsgehalt dieser Geschichte zu ermitteln?«

»Den Wahrheitsgehalt?«

»Ja, wir hätten gerne Beweise dafür, dass es auch stimmt.«

»Es ist wahr«, behauptete Ditte. »Glaubt ihr etwa, ich lüge? Ich habe zwölf Punkte für die Aufgabe bekommen!«

»Soll ich dir sagen, was ich glaube, Ditte?«, fragte Dan und fuhr fort, ohne die Antwort abzuwarten: »Ich glaube, dass diese Geschichte von A bis Z erfunden ist. Ich glaube, das hier auf dem Foto bist du.« Er blätterte zu dem richtigen Bild und zeigte es ihr.

»Und ich glaube, dass das Konto, auf das die Leute ihr sauer verdientes Geld überwiesen haben, dir gehört.«

»Selbstverständlich gehört es mir. Wie hätte ich das mit der Spendenaktion sonst machen sollen?«

»Dann kannst du uns auch die Überweisungen zeigen, mit denen das Geld an Careen Carson weitergeleitet worden ist?«

»Ja, sicher.« Sie warf Flemming einen raschen Blick zu und sah dann wieder Dan an. »Ich habe sie … irgendwo.«

»Gut. Wir freuen uns darauf, sie zu sehen. Und das Foto?«

»Das bin ich nicht.«

»Ich wage zu behaupten, dass du es doch bist. Und ich glaube, Dorthe Bertelsen war sich da auch sicher.«

»Was willst du damit sagen?«

»Dan«, mischte sich Flemming in warnendem Tonfall ein.

Dan ignorierte ihn. »Ich will damit sagen, dass es ein hervorragendes Motiv für einen Mord wäre, wenn deine Lehrerin den Betrug bei deiner Spendenaktion entdeckt hätte. Hat sie dir mit der Polizei gedroht?«

»Nein, verflucht!«, schrie Ditte.

»Ich glaube, wir beenden das jetzt«, sagte Flemming.

Dan fuhr unbeeindruckt fort: »Wollte Dorthe damit zum Rektor gehen? Wollte sie, dass du das Geld zurückzahlst?«

»Ich habe niemanden ermordet!« Ditte sprang auf. »Ich finde, ihr solltet jetzt gehen.«

»Das denke ich auch.« Flemming stand auf.

Dan blieb sitzen. »Ditte, du musst uns noch erklären, wie es sein kann, dass das Mädchen hier auf dem Foto …«

»Raus!«, brüllte sie.

»Wir sind schon unterwegs.« Flemming stieß Dan unsanft an die Schulter.

»Verschwindet!«, schrie Ditte. »Sofort!«

In diesem Moment ging die Tür auf. Ein Mann trat ein. Sein schwarzes, verwaschenes T-Shirt spannte sich über einer kugelrunde Wampe, das Gesicht war vor schnapsgetränkter Wut verzerrt.

»Was zum Henker ist hier los?«, brüllte er. »Wer sind Sie?«

»Sie beschuldigen mich des Mordes, Papa.«

»Polizei.« Flemming zeigte ihm seine Marke. »Wir mussten Ihrer Tochter lediglich ein paar Fragen stellen.«

Dittes Vater warf einen kurzen Blick auf die Marke. »Verdammte Bullen.« Eine biergeschwängerte Wolke aus Speicheltropfen spritzte aus seinem Mund. »Überfallen ein junges Mädchen mitten in der Nacht und beschuldigen sie des Mordes. Ihr habt sie doch nicht mehr alle.«

»Es tut uns leid«, sagte Flemming mit seiner ruhigsten Stimme. »Wir lassen Sie jetzt in Ruhe.« Er ging auf die Tür zu, die der wütende Mann versperrte.

»Was bilden Sie sich eigentlich ein?«, brüllte er, angespornt von der Wirkung, die sein Erscheinen gehabt hatte. »Wir werden uns beschweren, ja, das werden wir.«

»Das ist Ihr gutes Recht«, erwiderte Flemming und wischte sich Speichel von der Wange.

»Nehmen wir Ditte nicht mit?«, fragte Dan.

»Nein, ich finde, wir sollten die Familie jetzt in Ruhe lassen. Wir werden morgen wieder mit Ditte sprechen. Komm.«

Dan zuckte die Achseln und folgte ihm.

Dittes Vater fluchte weiter und drohte mit Beschwerden von der Verbraucherzentrale bis zum Justizministerium, trat dann aber beiseite, sodass erst Flemming und dann Dan vorbeikam. Als sie an der Wohnzimmertür vorübergingen, sah Dan für einen Moment eine dünne, verhärmte Frau mit breiten grauweißen Stellen in ihren unnatürlich roten Haaren, auch sie mit einem Bademantel bekleidet. Vermutlich Dittes Mutter. Sie sah den Eindringlingen hinterher, ohne ein Wort zu sagen.

52

»Warum tust du nie das, was man dir sagt, Dan?« Flemming schäumte.

»Aber sie hat uns doch ganz direkt angelogen.« Dan schloss den Wagen auf und stieg ein. »Ich finde einfach, es ist das Logischste …«

»Ich hoffe nur, dass ihr Vater sich nicht tatsächlich beschwert«, unterbrach ihn Flemming, als er sich auf den Beifahrersitz setzte. »Dann stecke ich in der Klemme. Ein hochrangiger Polizist, der mit einem Privatdetektiv mitten in der Nacht eine Jugendliche beschuldigt, einen Mord begangen zu haben, ohne die leitende Ermittlerin drüber zu informieren. Das ist absolut unerhört. Ich habe gesagt, du sollst dich an den Betrugsfall halten. Dann hätte ich das verteidigen können. Jedenfalls einigermaßen.« Er holte sein Telefon heraus und schob die Brille nach oben, während er nach einer Nummer suchte.

»Wen rufst du an?«

»Annette Poulsen. Ich muss sie informieren. Wenn sie morgen unvorbereitet eine Beschwerde auf ihrem Schreibtisch findet, explodiert sie mit einem Knall, der bis ganz nach oben zu hören sein wird.«

»Warte.« Dan legte eine Hand auf Flemmings Handy. »Nur zehn Minuten.«

»Warum?« Flemming sah ihn an.

»Lass uns noch einmal darüber reden. Glaubst du, Ditte hat gelogen?«

»Über die Betrugssache? Ja, ganz eindeutig.«

»Und den Mord?«

»Schwer zu sagen.« Flemming kratzte sich an der Nase. »Ich hatte das Gefühl, sie protestierte ein bisschen zu heftig.«

»Ich weiß nicht ... Vielleicht müssen wir umdenken.«

»Ich rufe jetzt an, Dan.«

»Warte! Schau mal, wer da kommt!« Er zeigte auf den Bürgersteig. Ditte war aus der Haustür gekommen und schloss ihr Fahrrad auf.

»Es ist Viertel vor elf.« Flemmings Blick war nun auch auf die schmächtige Gestalt mit den roten Haaren gerichtet, die jetzt zu einem nachlässigen Pferdeschwanz gebunden waren. Die Hand mit dem Telefon war unbemerkt in den Schoß gesunken, die Brille saß wieder auf dem Nasenrücken. »Seltsamer Zeitpunkt für eine Radtour, oder?«

»Vor allem, wenn man bedenkt, dass sie noch vor wenigen Augenblicken ins Bett gehen wollte.«

Flemming nickte langsam. Ohne darüber nachzudenken, steckte er sein Telefon wieder ein. »Schauen wir mal, wohin sie will.«

Dan grinste. Flemming war also doch neugierig. Er ließ den Motor an und folgte Ditte in sicherer Entfernung. In den stillen Straßen am späten Abend war sie leicht zu verfolgen, obwohl sie ziemlich schnell durch die Stadt fuhr. Am Koldgårdsvej bog sie rechts ab, kurz darauf fuhr sie links die steile Straße zum Bøgebakkeviertel hinauf. Jetzt allerdings langsamer.

Hätte Ditte sich umgesehen, wäre sie beim Anblick des schwarzen Autos, das hinter ihr in hundertfünfzig Meter Entfernung dahinschlich, sicher misstrauisch geworden, aber sie hielt die Nase die ganze Zeit in den Wind und zögerte nicht einen Moment. Sie wusste, wohin sie wollte, und sie kannte den schnellsten Weg dorthin. Sie ist diesen Weg schon oft gefahren, dachte Dan und bewunderte im Stillen ihre Ausdauer: Erst an einer Sackgasse ganz oben stieg Ditte vom Rad. Dan fuhr umgehend an den Straßenrand und schaltete die Scheinwerfer aus, aber es gab keinen Grund, nervös zu werden. Auch jetzt schaute Ditte sich nicht um. Sie schob das Fahrrad in die Einfahrt. Dan ließ den Motor wieder an und rollte vorwärts. Wenige Augenblicke später fuhren sie an der Einfahrt vorbei und sahen noch, wie eine Tür geschlossen wurde.

»Cedervænget Nr. 4«, sagte Flemming. »Ich überprüfe das gerade.« Über sein Handy rief er das Straßenverzeichnis von Christianssund auf und gab die Adresse ein, während Dan drehte. »Benny und Anne-Marie Carlsen«, las er vor. »Sagt dir das etwas?«

»Tja … es ist nur ein Carlsen in den Fall verwickelt«, erwiderte Dan und parkte gegenüber der Einfahrt.

»Robin.«

»Genau. Und er wohnt im Haus seiner verstorbenen Großmutter. Ich wette, seine Eltern heißen Benny und Anne-Marie.«

Flemming schaute hinüber zu dem Haus auf der anderen Straßenseite. »Er ist ein guter Freund von Ditte, oder?«

»Ja. Es ist in gewisser Hinsicht logisch, dass sie ihn aufsucht, wenn sie Unterstützung braucht.«

»Sind sie ein Paar?«

»Es ist eher ein merkwürdig symbiotisches Verhältnis. Er ist eindeutig in sie verliebt, und sie ist total verrückt nach ihm, trotzdem glaube ich, dass sie nur befreundet sind.«

»Robin?«, wiederholte Flemming, dessen Blick mit einem Mal leer wurde, als er sein Gedächtnis durchforstete. »Sag mal, hat er nicht den DNA-Test verweigert?«

»Äh …«

»Du hast doch die Akte gelesen?«

»Ja, aber das ist mir nicht aufgefallen. Tut mir leid.«

»Doch, er war das. Da bin ich mir fast hundertprozentig sicher. Ich habe gleich gedacht, dass da etwas nicht stimmt«, sagte Flemming. »Ich meine … Robin war schließlich nicht der Vater von Dorthes Embryo. Das wissen wir inzwischen. Warum hat er sich also geweigert, sich testen zu lassen? Und warum um alles in der Welt hat Annette Poulsen ihn nicht dazu gezwungen?«

»Das hätte sie früher oder später sicher getan, wenn sich Gunnar Højgaard nicht gemeldet hätte.«

»Wäre ich noch Chef der Abteilung, würde ich …«, begann Flemming und unterbrach sich dann selbst. »Aber das bin ich ja nicht.«

»Vielleicht hat er sich aus ethischen Gründen geweigert?«, meinte Dan. »Ich könnte mir gut vorstellen, dass jemand wie Robin alle möglichen Prinzipien und Ansichten zu Überwachung und Registrierung hat. Vielleicht ist er auch einfach nur gegen eine Zusammenarbeit mit der Polizei. Er ist ein ziemlich herablassender junger Mann.«

»Sie hätten ihn trotzdem zwingen müssen. Bei einem Mordfall kann man auf vornehme Empfindsamkeiten keine Rücksicht nehmen.«

Dan überlegte. »Was ist, wenn …« Er hielt inne und blickte auf die palaisartige Villa mit ihren eleganten Säulen, während ihm ein Wirbelsturm aus Erinnerungssplittern durch den Kopf fuhr. Facebook-Fotos von Ditte und Robin. Ein dünner Vollbart, ein sehnsuchtsvoller Blick. Das ewige Halstuch. Eine DNA, die geheim bleiben sollte. Etwas Undefinierbares, das falsch zu sein schien. Ein junger Kerl, der sorgfältig auf seine persönliche Hygiene achtete, aber nach dem Sportunterricht nicht mit den anderen duschen wollte. Dorthes Interesse an den Internetseiten über Transsexualität … All diese kleinen unbedeutenden Details setzten sich langsam zu einem Bild zusammen. Dan sah Flemming an. »Was ist, wenn Robin in Wahrheit eine Frau ist … nein, vielmehr eine Frau gewesen ist?«

»Wie bitte?«

»Siehst du nicht den Zusammenhang? Wenn er nun als Mädchen geboren wurde und eine Geschlechtsumwandlung hinter sich hat.«

»Also, Dan ...«

»Denk den Gedanken zu Ende, Flemming, bevor du ihn einfach beiseitefegst. Die Hormone haben ihm zu dem Bartwuchs verholfen, seine Muskeln gekräftigt und seine Stimme tiefer werden lassen. Vielleicht hat er sich die Brüste entfernen lassen, vielleicht hat er sogar männliche Geschlechtsteile bekommen. Wenn er den Prozess weit genug durchlaufen hat, hat er als Mann inzwischen auch eine neue Personennummer mit einer ungeraden Endziffer.«

Flemming antwortete nicht, er schüttelte lediglich den Kopf.

»Spezialisten und Behörden können heutzutage unglaublich viel, nur eines können sie nicht ändern, das kann niemand: Die DNA eines Menschen wird immer enthüllen, mit welchem Geschlecht man geboren wurde.«

»Das ist einfach zu weit hergeholt, Dan.«

»Sogar sein Name ist perfekt. Robin kann von beiden Geschlechtern benutzt werden – vor allem im englischsprachigen Raum. Und streng genommen ist er ja in den USA aufgewachsen.«

»Du bist doch verrückt.«

»Robin will ganz offensichtlich ein Geheimnis bewahren. Das könnte sehr gut erklären, warum ein reicher junger Mann, der die Noten und den Hintergrund dafür hat, an jeder Privatschule in den USA aufgenommen zu werden, sich für eine banale Gymnasialausbildung in einer Provinzstadt in Dänemark entscheidet, wo niemand ihn kennt. Wo niemand weiß, dass er noch vor wenigen Jahren ein Mädchen gewesen ist. Ich fand es von Anfang an merkwürdig, dass der intelligente und ambitionierte Robin nicht längst eine Universität besucht. Persönliche Probleme, mit seinem Geschlecht und seiner Sexualität zurechtzukommen, würden den späten Gymnasiumbesuch in ein ganz neues Licht rücken, oder?«

Erneutes Kopfschütteln.

»Es würde auch sein sonderbares Verhältnis zu Ditte erklären«, fuhr Dan ungerührt fort. »Robin hält diese Geschichte offensichtlich vor allen geheim, aber wenn er sich auf ein sexuelles Verhältnis mit Ditte einlassen würde, wäre er sofort enttarnt – egal wie weit seine Geschlechtsumwandlung fortgeschritten ist. Frauen können als Männer absolut glaubhaft wirken, solange sie nur bekleidet sind und eventuell den Hals abdecken, damit niemand bemerkt, dass man den Adamsapfel nicht sieht. Aber nackt ...« Dan schüttelte den Kopf. »Es wird immer Narben an der Brust geben, und den Penis kann man, soweit ich weiß, unmöglich naturgetreu nachbilden. Ditte würde die Wahrheit auf der Stelle erkennen, wenn sie miteinander ins Bett gehen würden.«

Wieder schüttelte Flemming den Kopf. »Woher weißt du so viel über Geschlechtsumwandlungen?«

»Als ich Dorthe Bertelsens Browser-Verlauf und die Suchworte überprüft habe, bin ich über einen Wikipedia-Eintrag über Geschlechtsumwandlung und Links zu amerikanischen Queer-Seiten gestolpert. Ich dachte mir nichts dabei, sie hätte die Informationen ja in Verbindung mit irgendeinem schulischen Thema checken können – oder aus reiner Neugierde. Es ist ein faszinierendes Thema, also habe ich mich auch ein bisschen damit beschäftigt. Jetzt habe ich keinen Zweifel daran, dass Dorthe das Geheimnis von Robin entdeckt hat. Vielleicht hat sie das ihr Leben gekostet.«

»Okay«, entgegnete Flemming müde. »Fassen wir noch einmal zusammen, damit ein alter Kripobeamter wie ich es kapiert: Weder Svea Lorén noch Ditte sind Mörder, sondern der junge Robin? Weil er nicht als ehemalige Frau enttarnt werden wollte?«

»Ja ...«

»Und die Betrugsfälle? Und die Theorie, dass der Mord in Wahrheit eine Rache an Waage war? All das ist plötzlich unbedeutend und nebensächlich?«

»Ich weiß es nicht.«

»Fällt dir nicht auf, wie wenig das alles zusammenpasst?«

Dan schaute immer noch auf das Haus. Ein paar längst verblühte Flieder schirmten den Blick ab, aber jedes Mal, wenn der Wind in die Blätter fuhr, konnte er Licht in einem Fenster im Erdgeschoss erkennen.

»Was ist …«, begann er langsam, während sein Gehirn weiter im Überholmodus arbeitete. »Was ist, wenn Robin für die Betrügereien verantwortlich ist? Wenn er sich zum Beispiel Geld für die letzten Operationen beschaffen musste?«

»Bekommt man so etwas nicht von der Krankenkasse bezahlt?«

»Doch, wenn man das dänische Gesundheitswesen nutzt. Vielleicht sitzen die Ärzte, die ihm Hormone verschreiben, aber auch irgendwo im Ausland. Vielleicht sogar in Fernost. Ich weiß, dass viele Transsexuelle sich in Thailand oder Malaysia operieren lassen, wo es wirklich hoch spezialisierte Ärzte auf diesem Gebiet gibt. Vermutlich finden sich auch Möglichkeiten in den USA. Nur kostet das garantiert ein Vermögen.«

»Ich dachte, seine Eltern sind wohlhabend? Dann sollte der Preis doch kein Problem sein.«

»Wer sagt denn, dass sie auch dafür bezahlen wollen? Wir wissen nicht, ob sie seine Entscheidung unterstützen. Du hast keine Kenntnis darüber, was für Leute das sind und welche moralischen Prinzipien sie haben. Sie wohnen seit Jahren in den USA. Vielleicht sind seine Eltern tiefreligiös, vielleicht halten sie eine Geschlechtsumwandlung für eine Todsünde.« Dan schaute hinüber zu Flemming. »Abgesehen davon muss man weder besonders intolerant sein noch an religiösem Wahn leiden, um sich bei dem Gedanken aufzuregen, dass sein Kind eine Geschlechtsumwandlung plant. Stell dir mal vor, es wäre deine Tochter.«

Flemming schüttelte den Kopf. »Das Ganze ist absurd.«

»Genau. Lass uns annehmen, ich hätte recht. Robin steckt mitten in einer Geschlechtsumwandlung, und er organisiert Betrügereien im Netz, um sich Geld für die letzten notwendigen, sehr teuren Operationen zu verschaffen.«

»Okay. Als Gedankenexperiment.«

»Diese Theorie passt sehr gut zu dem, was wir die ganze Zeit über gesagt haben. Der Hintermann dieser Betrugsfälle wählt genau aus, wer für die jeweilige offizielle Seite der Sache verantwortlich sein soll, damit die einzelnen Spendenaktionen wie maßgeschneidert auf den unwissenden Strohmann passen. Vorläufig wissen wir von Svea Lorén und Ditte Kløvborg, ich vermute, es gibt noch weitere Opfer. Wenn wir annehmen, dass es Robin ist, der …«

»Halt, stopp«, unterbrach Flemming. »Das stimmt so nicht. Svea Lorén war vielleicht ein unschuldiges Zwischenglied, aber Ditte Kløvborg trägt sicher eine Mitverantwortung. Sie ist es auf dem Foto, und sie hat die Spendeneinnahmen aller Wahrscheinlichkeit nach verwendet, um sich Kleidung zu kaufen. Sie muss gewusst haben, dass sie an einem Betrug beteiligt ist.«

Dan nickte. »Du hast recht. Ganz unschuldig kann sie nicht sein. Vielleicht hat sie mit Robin zusammengearbeitet. Dennoch glaube ich, dass Robin die Betrugsfälle organisiert hat. Vom Typus her ist er wie geschaffen für die Rolle des Hintermanns.«

»Du magst ihn nur nicht«, erwiderte Flemming. »Aber lass dich davon nicht in deiner Urteilskraft beeinflussen. Du hast nichts gegen ihn in der Hand – außer dem fehlenden DNA-Test und einem vagen Gefühl. Der ganze Rest ist frei erfunden.« Nach einer kleinen Pause fügte er hinzu: »Und die Morde? War er dafür auch verantwortlich?«

»Wenn Dorthe herausgefunden hatte …«

»Was? Die Geschlechtsumwandlung oder den Betrug?«

»Beides. Vielleicht hat sie ihm mit der Polizei gedroht, und in einem Augenblick der Verzweiflung hat er sie nieder…«

»Stopp, stopp, stopp.« Flemming hielt eine Hand hoch. »Es gab bei diesem Mord keinen ›Augenblick der Verzweiflung‹, Dan. Vergiss die Schuhe nicht, die eine Woche vorher gestohlen worden sind, das Bügeleisen, das der Mörder zu diesem Zweck mitgebracht hat. Die Blutspuren, die sorgfältig am Auto und an der Haustür angebracht wurden. Ganz zu schweigen vom Hacken der Computer. Da hat jemand gewaltige Vorarbeit geleistet, um den Verdacht auf Pia Waage zu lenken. Das war bestimmt keine spontane Eingebung.«

»Irgendwie muss es zusammenhängen«, widersprach Dan beharrlich. »Ich muss nur herausfinden, wie.«

Flemming lachte. »Du gibst nie auf, was?«

»Niemals.« Dan lächelte zurück und wurde dann wieder ernst. Er starrte auf das Haus. »Ist sie nicht schon ziemlich lange bei ihm?«

»Zwanzig Minuten. Vielleicht ein bisschen länger. Das ist noch nicht sehr lange.«

»Ich will sehen, was da los ist.« Dan öffnete die Tür. »Kommst du mit?«

53

Das Haus war größer, als man von der Straße aus vermutete, stellte Dan fest und zählte vier große Erker allein an dieser Fassade, zwei an jedem Stockwerk. Die Fenster sahen frisch geputzt aus, die Fensterrahmen waren sorgfältig lackiert, und das weiß verputzte Mauerwerk war sauber und ohne Risse. Wenn Robin hier gratis wohnte und für den Erhalt sorgte, kam er seinen Verpflichtungen nach. Dan stellte sich neben den ersten Erker. Vorsichtig blickte er hinein. Die Gardinen waren nicht zugezogen, man hatte freien Blick auf ein schönes, aber leeres Wohnzimmer. Dunkle, polierte Holzmöbel, eine Menge Figuren der Königlichen Porzellanfabrik, hübsche, gepflegte Topfpflanzen. Als würde immer noch eine alte Dame im Haus leben, dachte Dan.

»Weiter«, flüsterte Flemming, der neben ihm stand.

Sie bewegten sich an der Hausmauer entlang zum nächsten Fenster. Auch in diesem Raum – einem altmodischen Esszimmer mit steifen Mahagonistühlen um einen ovalen Tisch – gab es keinerlei Anzeichen von Leben. Erst an der Glastür zum Wintergarten entdeckten sie Robin und Ditte. Die beiden saßen auf einem gepolsterten Korbsofa und unterhielten sich. Oder besser: Robin redete. Ditte hörte zu. Ihren niedlichen kleinen Mund umgab ein harter, entschlossener Gesichtsausdruck, den Dan bisher noch nicht an ihr gesehen hatte.

»Sie ist okay«, flüsterte Flemming. »Komm, gehen wir.«

»Warte einen Moment.« Dan blickte von einem angespannten Gesicht zum anderen. Robins Gesicht wirkte dunkel und appellierend. Dittes unerbittlich. »Da ist irgendetwas faul.«

»Ich weigere mich, hier noch weiter zu stehen und zu lauschen«, flüsterte Flemming. »Komm jetzt.«

Dan antwortete nicht. Er sah den beiden im Wintergarten fasziniert zu, während Robins Redefluss nicht abbrach. Warum war ihm das nicht bereits vorher aufgefallen? Robins schmale, elegante Hände, die ovale Gesichtsform, die langen, dunklen Wimpern. Dan hatte einfach nur gedacht, der junge Mann würde etwas feminin aussehen. Er war sich seiner Sache sicherer denn je zuvor.

Mit einem Mal brach Ditte aus der Rolle der passiven Zuhörerin aus. Sie erhob sich halb und schrie Robin irgendetwas ins Gesicht.

»Ein kleiner Hitzkopf?«, erkundigte sich Flemming gedämpft.

Dan nickte und verfolgte weiter die Pantomime im Wintergarten. Der Streit – denn es war eindeutig, dass es sich dazu entwickelt hatte – eskalierte von Augenblick zu Augenblick mehr. Jetzt waren beide aufgestanden. Sie schrien so laut, dass man durch die Glastür einzelne Worte verstehen konnte.

»... MACH das doch, wenn du nicht ...«, brüllte Ditte.

»... doch SELBST!«, erwiderte Robin.

»... mich zum NARREN!«

»... warst doch verdammt noch mal DU ...«

Mit einem Mal richtete Ditte sich auf und knöpfte ihre Jacke zu. Sie fing an, in einem leisen, ruhigen Tonfall zu sprechen. Es war unmöglich, die Worte zu unterscheiden. Robin versuchte, sie zu unterbrechen, aber sie redete einfach weiter. Plötzlich schlug Robin zu. Er traf Ditte am Kiefer, und für den Bruchteil einer Sekunde standen sie sich gegenüber und starrten sich an, sie presste eine Hand auf die Stelle, an der er sie getroffen hatte.

Robin hob erneut die Hand zu einem Schlag, doch diesmal konnte sie ausweichen. Sie drehte sich auf dem Absatz um und lief auf die Tür ganz hinten im Raum zu. In diesem Moment stürzte Robin sich auf sie. Er warf sie zu Boden, sie fiel auf den Bauch, er lag auf ihr. Ditte schrie auf. Robin legte einen Arm um ihren Hals und drückte ihn gegen Dittes Kehlkopf.

Dan und Flemming reagierten synchron, ohne sich ansehen zu müssen: Dan trat die Scheibe der Tür ein, gleichzeitig riss sich Flemming die Jacke vom Leib und wickelte sie um seinen Arm. Eine Sekunde später steckte er die Hand durch die zersplitterte Scheibe, griff nach dem Schnappschloss, und einen Moment später standen beide im Wintergarten.

Ditte schrie nicht mehr, fiel Dan auf dem kurzen Weg zu den beiden kämpfenden Gestalten auf. War es bereits zu spät?

»Polizei!«, rief Flemming. »Sofort loslassen!« Er packte Robins linken Arm mit einem festen Griff und drehte ihn auf den Rücken, während Dan an seinem rechten Arm zerrte, der jedoch weiter Dittes Hals umklammerte. Nach einem erbitterten Kampf gelang es ihnen, Ditte zu befreien. Flemming hielt Robin fest, Dan zog das Mädchen in Sicherheit. Sie war noch bei Bewusstsein, atmete jedoch keuchend und stoßweise, ohne auf Fragen zu reagieren. Dan hob sie vom Boden und legte sie auf das Korbsofa, dann sah er hinüber zu Flemming, der ein Knie zwischen Robins Schulterblätter gesetzt hatte und versuchte, die Arme des jungen Mannes festzuhalten. Es schien nicht leicht zu sein. Robin kämpfte wie ein wildes Tier. Er wand und drehte sich und brüllte dabei etwas von Polizeibrutalität und Menschenrechten.

»Brauchst du Hilfe?«, rief Dan in einem Versuch, den Strom der Beschimpfungen zu übertönen.

Flemmings Stimme klang außer Atem: »Ruf einen Krankenwagen und Verstärkung, Dan. Und find irgendetwas, womit ich ihn fesseln kann.«

Diesmal machte Dan genau das, was man ihm aufgetragen hatte. Nachdem er das Gespräch mit der Notrufzentrale beendet hatte, wandte er sich wieder an Ditte. Er bemerkte, dass sie aufgehört hatte, um Atem zu ringen. »Ditte? Bist du okay?«, fragte er und legte eine Hand auf ihre Schulter. Sie antwortete nicht. Er schüttelte sie ein wenig. Als sie keine Reaktion zeigte, versuchte er vergebens, ihren Puls zu spüren.

»Verfluchter Mist!«, rief Dan und ging neben dem Sofa in die Hocke, »Ditte!« Mund-zu-Mund-Beatmung, dachte er. Herzmassage. Adrenalinspritze. Oder war es eine Überdosis? Ihm wurde klar, dass er keine Ahnung hatte, was er mit dem bewusstlosen Mädchen anstellen sollte.

»Was ist?«, rief Flemming angestrengt.

»Ich glaube, sie atmet nicht mehr!«, rief Dan zurück. »Kannst du Erste Hilfe leisten?«

»Natürlich.« Flemming wollte aufstehen. »Halt ihn so lange fest.«

Hätte Dan ein wenig mehr Übung im Nahkampf gehabt und Flemming einen kräftigeren Rücken, wäre die Situation niemals so außer Kontrolle geraten. Dann hätten die Mannschaft des Krankenwagens und die uniformierten Polizisten, die in diesem Moment mit eingeschalteten Sirenen und Blaulicht durch Christianssund fuhren, in aller Ruhe die Verantwortung übernehmen können. Doch so weit sollte es nicht kommen.

Flemming drückte Robins Arme weiter auf den Rücken und versuchte aufzustehen. Dabei musste er sich immer mehr bücken, bis sein Hinterteil schließlich zum höchsten Punkt seiner Gestalt wurde. Mit einem Mal stieß er ein Brüllen aus und blieb wie festgefroren in dieser vornübergebeugten Haltung stecken.

»Was ist?«, rief Dan.

»Mein Rücken!«, jammerte Flemming. Weitere Erklärungen waren überflüssig. Dan hatte mehrmals erlebt, wie es war, wenn Flemming einen Hexenschuss bekam, er wusste, sein Freund würde für Stunden kampfunfähig sein. Dan musste allein zurechtkommen.

In diesem Moment riss Robin sich mit einer unerwarteten Bewegung los und brachte den vom Schmerz gelähmten Polizisten mit einem Tritt zu Fall. Flemming schrie laut auf, als er zu Boden fiel. Der junge Mann sprang auf und stand nun Dan gegenüber. Jeder Muskel seines Körpers war angespannt, seinen Kopf streckte er wie ein wütender Stier vor. Er atmete tief durch, während er seinen Gegner im Auge behielt. Noch bevor Dan etwas unternehmen konnte, erhielt auch er einen Tritt. Er traf ihn an der Schulter, und zwar so hart, dass Dan das Gleichgewicht verlor und zurücktaumelte. Robin lief an ihm vorbei durch die offene Glastür.

Die Scherben der zerschlagenen Scheibe knirschten unter seinen Schuhsohlen.

Eine kurze Sekunde wusste Dan nicht, was er tun sollte. Auf dem Boden lag sein alter Freund, durch den Hexenschuss bewegungsunfähig. Auf dem Sofa das junge leblose Mädchen. Und in die Nacht hinein verschwand ein Mörder. Sollte er versuchen, ihn zu fangen, oder war es besser, hierzubleiben und einen ungeschickten Wiederbelebungsversuch zu unternehmen?

»Lauf!«, stöhnte Flemming. »Der Krankenwagen muss jeden Moment hier sein.«

Das Heulen der Sirenen gab ihm recht, Hilfe nahte.

Robin rannte um das Haus, dann über die abschüssige Rasenfläche, sprang über einen Zaun und verschwand. Als Dan das Hindernis einen Augenblick später überwunden hatte, registrierte er, dass die flüchtende Gestalt in der Dunkelheit sehr deutlich zu erkennen war. Es war kein Problem, ihm zu folgen. Dan dankte den höheren Mächten für sein wieder voll funktionstüchtiges Knie.

Sie liefen eine Weile, ohne dass sich der Abstand zwischen ihnen verringerte. Durch Villengärten, über leere Straßen, auf einem Wegesystem, das durch den unteren Teil des Waldes führte. Robin ist gut in Form, dachte Dan, der auf diesem Gebiet keine Konkurrenz gewohnt war. Der Scheißkerl war offenbar ebenso schnell wie er. Mehrfach verlor Dan ihn aus den Augen, doch jedes Mal verriet Robin sein Hemd, das in dem schwachen Mondlicht leuchtete.

Irgendwann verließ Robin den Weg und begann, zwischen den Bäumen zickzack zu laufen. Total gefährlich, dachte Dan und wurde langsamer. Der Waldboden war voller herabgefallener Zweige und wilder Brombeeren, und in der Dunkelheit war es beinahe unmöglich, allem auszuweichen. Er sprang zwischen stechenden Zweigen, halb verfaulten Ästen und Brennnesseln herum. Weit entfernt hörte er, wie Robin dem gleichen Kampf ausgesetzt war. Wenn der Kerl klug wäre, überlegte Dan, bliebe er einfach mucksmäuschenstill hinter einem Baum stehen und ließ ihn bei dem Versuch, ihn zu finden, seine letzten Reserven aufbrauchen. Doch Robin war zu panisch für eine vernünftige Vorgehensweise.

Nach kurzer Zeit hatte Dan, der glaubte, die Gegend recht gut zu kennen, völlig die Orientierung verloren. Wo zum Teufel war er? Er wusste es nicht und suchte vergeblich nach Orientierungspunkten, während er in der Dunkelheit weiterstolperte. Plötzlich kam er an einen schmalen Weg, der auf der rechten Seite nach unten führte – höchstwahrscheinlich zum Koldgårdsvej und zum Krankenhaus. Bog man links ab, ging es steil bergauf. Dan blieb einen Moment stehen und horchte. Dann entschied er sich und lief nach links. Die Möglichkeiten, sich zu verstecken, waren oben im Wald größer als unten in den Wohngebieten.

Dan lief schneller und ignorierte die Tatsache, dass sein Hemd durchgeschwitzt war und unangenehm am Körper klebte. Auch um die zahlreichen Schrammen, die er sich im Wald zugefügt hatte, kümmerte er sich nicht. Er war noch nicht müde, allerdings war sein Puls inzwischen so hoch, dass er die morgige Joggingrunde getrost auslassen konnte. Er lief weiter. Nach ein paar Hundert Metern blieb er erneut stehen und horchte. Diesmal hatte er Glück: schwere Schritte auf dem festgestampften Waldweg. Er hatte sich richtig entschieden und war Robin offensichtlich auf den Fersen. Tüchtiger Junge, Dannyboy, dachte er und lief mit verstärkten Kräften weiter.

Kurz darauf sah er Robins Hemd, als der Weg für eine kurze Zeit eben wurde. Der Abstand zwischen ihnen betrug keine zwanzig Meter, vermutete Dan. Jetzt wusste er auch, wo er war. Diese Bank dort und diese Bronzestatue … Es war der Weg zum Aussichtspunkt.

Robin war auf der Plattform stehen geblieben. Dan sah, wie sich die Silhouette gegen den Nachthimmel abzeichnete, an dem ein paar treibende Wolken vom Halbmond erleuchtet wurden. Er wusste, dass Robin jetzt gefangen war. Von der Plattform führte nur ein Weg zurück, und den kam Dan gerade hinauf. Einiges deutete darauf hin, dass der junge Mann den Wald bei Weitem nicht so gut kannte wie sein Verfolger.

»Bleib mir vom Leib«, stöhnte Robin außer Atem, als Dan nur noch wenige Meter von ihm entfernt war. »Verschwinde.«

»Wir müssen uns unterhalten«, schnaufte Dan.

»Verschwinde!« Das Wort wurde begleitet von einer neuen Kostprobe von Robins Karatetritten, diesmal war er jedoch zu erschöpft und zu unkonzentriert, um gut genug zu zielen. Sein Fuß traf ins Leere, als er unheimlich schnell emporschoss. Für einen Moment sah es so aus, als würde er das Gleichgewicht verlieren, dann konnte er sich gerade noch am Geländer der Plattform festhalten. Es knarrte beunruhigend.

Dan spürte sofort das Schwindelgefühl, das er schon beim bloßen Gedanken an einen Sturz bekam. Marianne hatte ihn immer damit aufgezogen, dass er sich als Alphatier der Familie eine Hand vor die Augen halten musste, wenn ein Film Szenen auf Hochhausdächern oder Kirchtürmen enthielt, aber er konnte nichts dagegen tun: Höhe erschreckte ihn zu Tode. Das dünne, grün lackierte Geländer um den Aussichtspunkt war, soweit er wusste, zu seinen Lebzeiten nie erneuert worden. Hielt es, wenn Robin sich dagegenlehnte?

»Hau ab!«, schrie Robin verzweifelt.

Er hätte ihn sich jetzt schnappen können, wenn er nur ein paar Schritte auf ihn zugegangen wäre. Aber das Geräusch des noch einmal bedenklich knarrenden Geländers und die Gewissheit der abgrundtiefen Dunkelheit dahinter ließen ihn Abstand halten. Er konnte Robin aus der kurzen Entfernung deutlich sehen. Auch sein Hemd war durchgeschwitzt. Das Halstuch mit dem Paisleymuster hing feucht um seinen Hals und bewegte sich im Takt seiner keuchenden Atemzüge. Das dunkle Haar war feucht von Schweiß, das Gesicht glänzte mit den Augen um die Wette.

»Robin.« Dan kämpfte, um seine Atmung unter Kontrolle zu bringen, damit seine Stimme ruhig und vertrauenerweckend klang. »Beruhige dich, Robin. Ich will dich nur ein paar Dinge fragen.«

»Bleib mir vom Hals!« Robin rang um Atem.

»Die Polizei ist unterwegs«, japste Dan und hoffte, dass Robin seine Lüge nicht durchschaute. »Du kannst dich ebenso gut sofort ergeben.«

Als Robin nicht antwortete, kam Dan einen Schritt näher. In diesem Moment schwang der junge Mann ein Bein über das Geländer. »Dann musst du mich erst kriegen!«, rief er.

»Pass auf!«, stieß Dan aus und trat unwillkürlich einen weiteren Schritt auf seinen Gegner zu. »Pass auf, man kann ...«

»Bleib, wo du bist.« Ein rascher Sprung und Robin stand an der äußeren Kante, die Hände umklammerten das Geländer. »Ich springe, wenn du näher kommst.«

Dan ging mit erhobenen Händen ein paar Schritte zurück. »Ich unternehme nichts, Robin. Es ist lebensgefährlich, was du da machst.«

Robin sah ihm direkt in die Augen. Es sah aus, als würde er das Für und Wider abwägen, als das Geländer plötzlich nachgab. Erst ein lautes Knarren, dann ein Bersten. Robin riss schockiert die Augen auf, der Mund öffnete sich zu einem Schrei. Bevor Dan ihm zu Hilfe eilen konnte, war der junge Mann in der Tiefe verschwunden.

54

Eine Reihe dumpfer Aufschläge, ein Schrei, Äste, die brachen und splitterten. Dann herrschte Stille, bis Dan lautes Jammern und Stöhnen hörte. Er wagte sich an das zerbrochene Geländer heran. Die Dunkelheit des Gebüsches am Fuß des Abhangs war undurchdringlich. Nur die verzweifelten Schmerzensschreie verrieten, dass sich dort unten jemand befand.

»Robin?«, rief er. »Bist du okay?«

»Aua, aua, aua«, jammerte die Stimme. »Verdammte Scheiße.«

Dan richtete sich auf. Er holte sein Telefon aus der Tasche und rief noch einmal den Notruf an. Diesmal musste er einiges erklären, und der Wachhabende seufzte allein bei dem Gedanken, wie schwierig es werden würde, eine verletzte Person an einer so unzugänglichen Stelle zu retten, die weder mit Autos noch einer Tragbahre erreicht werden konnte. Als der Mann anfing, etwas von Spezialausrüstung, Scheinwerfern und (hier wurde seine Stimme lebhaft) vielleicht sogar einem Hubschrauber zu murmeln, wusste Dan, dass es lange dauern würde, bis Hilfe eintraf.

»Aua, aua, ah …« Robins Jammern hielt an.

Dan musste handeln. Ja, Robin war unsympathisch, arrogant und zynisch, möglicherweise war er sogar ein Mörder. Trotzdem war er ein lebendes Wesen und im Moment in Not. Jemand musste bei ihm sein, ihn beruhigen. Und bei diesem Jemand konnte es sich nur um Dan handeln. Der Humanist in ihm wusste, dass er keine Wahl hatte. Er würde seine Angst überwinden und sich wie ein anständiger Mensch, wie ein erwachsener Mann benehmen.

Dan nutzte sein Smartphone als Taschenlampe und entdeckte einen schmalen Pfad, der um die Plattform herumführte – die Spur von Generationen Zehnjähriger, die sich voller Todesverachtung als Bergsteiger versucht oder den Pfad als lebensgefährliche Rutschbahn genutzt hatten. Wenn er diesem Pfad folgte, würde er auf dem Hintern bis zu einer Stelle der Böschung rutschen können, an der das Gefälle nicht ganz so schlimm war. Er sah nicht, wo die Spur endete, wusste jedoch, dass er es nicht schaffen würde, diesen Weg wieder hochzukommen. Eine Einbahnstraße im wahrsten Sinne des Wortes.

Sein Brustkasten zog sich mit einem Mal vor Angst zusammen, er bekam kaum Luft. Er spürte den Abgrund in einem schwindelnden Sog auf sich zukommen und richtete sich auf. Er konnte nicht, doch dann erinnerte ihn ein weiteres schmerzhaftes Aufstöhnen von Robin daran, dass er es tun musste.

Dan atmete ein paarmal tief durch, drehte sich mit dem Rücken zur Böschung, setzte sich auf den Boden und fing, bevor er es bereuen konnte, langsam an, rücklings nach unten zu kriechen. Es ist gar nicht so schlimm, dachte er nach ein paar Metern. Hauptsache, er dachte nicht an die Tiefe und orientierte sich mithilfe seines Tastsinns, dann würde es schon gehen. Die Schwerkraft sorgte dafür, dass er den richtigen Weg fand, seine einzige Aufgabe bestand darin, sich festzuhalten, damit der Abstieg nicht allzu schnell vonstattenging. Er klammerte sich an Grasbüschel und Baumwurzeln, benutzte einen großen Stein, der aus der Erde ragte, als Stütze für seine Füße. Ganz langsam bewegte er sich abwärts, begleitet von Robins konstantem, enervierendem Jammern.

Irgendwann stießen Dans Füße an eine Kante, die eine willkommene Stütze bot. Er richtete sich auf und ließ die Wurzel los, an die er sich klammerte, um sich mithilfe des Lichts seines Smartphones zu orientieren. Das Geländer der Aussichtsplattform war noch zu sehen, er hatte höchstens die Hälfte des Weges geschafft, stellte er enttäuscht fest. Versuchsweise tippte Dan auf das Telefon und ließ das bläuliche Licht die Böschung hinunterleuchten, bis zu dem Punkt, von dem die konstanten Schmerzensschreie kamen. Er sah dort etwas Weißes zwischen den Zweigen aufblitzen, bevor der

Schwindel ihn wieder übermannte und er sich mit beiden Händen festhalten musste, um nicht zu fallen.

Durch die plötzliche Bewegung ließ er sein Telefon los, das ihm aus der Hand flog und in einem leuchtenden Bogen auf den Boden fiel. Es schlug einmal auf. Ein schwaches Rascheln war zu hören, dann war es verschwunden. Mist!, dachte Dan und blieb einen Moment mit geschlossenen Augen stehen, während er das Gleichgewicht wiedergewann. Er hatte ein beinahe symbiotisches Verhältnis zu diesem Telefon. Der Gedanke, dass es sich absolut außerhalb seiner Reichweite befand, war beinahe ebenso angsterregend wie der Abgrund vor ihm.

Robin schrie erneut. »Ahhhh ...«

Dan ermannte sich und nahm den langsamen Abstieg wieder auf, Grasbüschel für Grasbüschel, während seine Füße verzweifelt Halt suchten. Ein paarmal rutschten ihm die Füße weg, jedes Mal fand er rasch das Gleichgewicht wieder und setzte den Abstieg fort.

Endlich stand er auf festem Grund und hörte Robins Stimme ungefähr zehn Meter entfernt. Dan tastete sich in der Dunkelheit vor und bekam einen Ast mit Blättern zu fassen. Hier gab es also Bewuchs. Das bedeutete, dass er sich dem Fuß des Abhangs näherte. Er fuhr mit den Fingern einen Zweig entlang, bis er den nächstgrößeren Ast erreichte. Mit festem Griff um den Ast bewegte sich Dan vorsichtig zur Seite, Zentimeter für Zentimeter. Jetzt wurde der Waldboden flacher, stellte er fest. Er ließ den Ast los und wagte einen längeren Schritt in Richtung des anhaltenden Jammerns.

Dort lag Robin. Sein weißes Hemd ließ sich zwischen den Zweigen erkennen. Dan kämpfte sich durch ein Gebüsch. Eine kräftige Brombeerranke hakte sich in seinen Arm. Er befreite sich vorsichtig von den spitzen Dornen, dann hatte er Robin erreicht. Dan keuchte, sein Herz schlug bis zum Hals.

»Ich bin hier, Robin.« Er hockte sich neben den Verletzten. Das schwache Mondlicht wurde von den Baumkronen abgeschirmt, hier im Gebüsch war es tiefdunkel.

»Aua, aua, ah.«

»Wo tut es dir weh?«

»Am Bein«, stöhnte Robin. »Und hier.«

»Wo?«

»Die Hüfte. Oh, aua. Scheiße!«

»Der Krankenwagen ist unterwegs. Aber es kann eine Weile dauern, bis sie …« Er wurde von einem Klingelton unterbrochen. Das Mobiltelefon lag offenbar nicht allzu weit entfernt, aber ganz eindeutig außerhalb seiner Reichweite. »Mist«, fluchte er, als es erneut klingelte. Er suchte vergeblich das Licht des Displays.

»Was ist?«, stöhnte Robin.

»Ich habe mein Telefon verloren, als ich zu dir geklettert bin. Und vielleicht wollten die Sanitäter mich erreichen.«

»Nimm meines. Es ist hinten in der Hosentasche.«

»Okay.« Dan streckte den Arm aus, bis seine Finger Stoff fühlten.

»Nicht da«, stöhnte Robin auf. »Das ist mein Knie. Warte.« Mit einem Jammern fummelte er selbst sein Handy aus der Hose und reichte es Dan.

Ein Anruf bei der Notrufzentrale, und es war klar, dass nicht sie angerufen hatten, aber der Mann versicherte Dan, dass der Krankenwagen unterwegs sei. Außerdem das Technische Hilfswerk mit Kletterausrüstung. Sie sollten sich nur etwas gedulden, sagte der Wachhabende ruhig. Dan stellte sich vor, wie er mit einer Tasse Kaffee und Pantoffeln an den Füßen in seinem sicheren Büro saß und sich ärgerte, dass der Hubschrauber doch nicht gebraucht wurde. Geduld, dachte Dan, der Mann hat gut reden. Er beendete das Gespräch.

Wer hatte versucht, ihn zu erreichen? Natürlich könnte es Flemming gewesen sein. Vielleicht gab es etwas Neues von Ditte. Dan hoffte, dass die junge Frau überlebt hatte. Glücklicherweise hatte er Flemmings Nummer im Kopf. Rasch gab er sie in das fremde Telefon ein. Keine Antwort. Dan steckte das Handy nachdenklich in die Tasche.

Robin stöhnte erneut.

»Die sind bald hier«, versuchte ihn Dan zu beruhigen. »Kann ich irgendetwas für dich tun?«

»Findest du nicht, dass du … au! … schon genug angerichtet hast?«

»Niemand hat dich gezwungen, über das Geländer zu steigen, Robin. Oder zu der Joggingrunde, wenn du so willst.«

»Du hättest dich nur nicht … au, verflucht! … einzumischen brauchen, du Idiot.«

»Du hast zwei Menschen ermordet. Vielleicht drei, wenn Ditte nicht überlebt.«

»Fick dich!«

Dan reagierte nicht darauf. Es war weder die Zeit noch der Ort für eine Konfrontation. »Soll ich versuchen, dich aus dem Gebüsch zu ziehen?«

Ein lautes Stöhnen. »Ich will nirgendwo rausgezogen werden, danke!«

»Ich wollte doch nur …«

»Halt die Fresse, Dan Sommerdahl!«

Und für dich habe ich Leib und Leben riskiert, dachte Dan und zog sich ein Stück zurück, bis er einen Flecken Erde fand, der einigermaßen eben war und groß genug, um sich zu setzen. Dieser kleine, arrogante Scheißer, fuhr er in seinem inneren Monolog fort, während sein durchgeschwitztes, misshandeltes Hemd nach und nach eiskalt wurde. Ich hätte oben auf der Plattform bleiben sollen. Dann hätte ich mir diese Albtraumkletterei über die Böschung erspart. Und ich hätte mein Telefon noch. Ich könnte dort oben auf der Bank in aller Ruhe Tetris spielen, statt die Zeit mit diesem Idioten hier am Waldhang zu verbringen.

Die Minuten vergingen, ohne dass sie miteinander redeten. Robin wimmerte hin und wieder. Er fror, er hatte Durst, und er hatte Schmerzen. Aber die Erschöpfung übermannte ihn, und es verging mehr Zeit zwischen den einzelnen Ausbrüchen. Dan war es nur recht. Selten hatte er sich hilfloser gefühlt. Irgendwann klingelte sein Telefon wieder. Soweit er hören konnte, war es höchstens vier oder fünf Meter von ihm entfernt, aber er konnte es nicht orten. Vermutlich lag es mit dem Display zum Boden.

Er gab sich seinen Gedanken hin. Das letzte Puzzleteilchen fehlte noch. Er war sich sicher, dass Ditte in irgendeiner Form mit Robin bei dem Careen-Carson-Betrug zusammengearbeitet hatte. Er hielt es auch für wahrscheinlich, dass Robin hinter der saudiarabischen Spendenaktion mit Svea Lorén als unschuldiger Vermittlerin stand, und er war überzeugt, dass seine Theorie über Robins Geschlechtsumwandlung sich als richtig herausstellen würde. Aber wie hing das sonst alles zusammen? Und wie hatte es zu zwei Morden an Lehrern des Gymnasiums führen können?

Dan würde wirklich sehr gern dabei sein, wenn die Fäden bald entwirrt wurden, aber er wusste, dass seine Chance, die Verhöre begleiten zu dürfen, ausgesprochen gering war. Annette Poulsens Verhalten ihm gegenüber gab bereits jetzt kaum Anlass zu irgendwelchen Hoffnungen, und nach den Ereignissen dieses Abends dürfte sich daran nichts ändern. Im Gegenteil. Wenn er doch Robin nur zum Reden bringen könnte.

»Wir können ebenso gut versuchen, uns die Zeit zu vertreiben, während wir warten«, sagte er laut.

»Hm«, kam es undeutlich zurück.

»Ich würde gern wissen, wie du zum Mörder geworden bist.«

Robin stöhnte. »Lass mich in Ruhe.«

»Es ist reine Neugierde.«

Keine Antwort.

»Okay, dann erzähle ich dir, was ich glaube. Du musst nichts sagen, nur zuhören.«

»Mach, was du willst«, erwiderte Robin. Ein Rascheln vom Waldboden deutete darauf hin, dass er seine Stellung veränderte, er stöhnte vor Schmerzen laut auf.

»Du bist als Mädchen geboren worden, nicht wahr?«, begann Dan.

Schweigen.

»Es wird ohnehin rauskommen, sobald du ins Krankenhaus kommst. Dort kannst du es nicht verbergen.«

Weiteres Schweigen.

»Also: Und irgendwann hast du beschlossen, ein Mann zu werden.«

Das Schweigen hielt an. Dann sagte Robin: »Das war nichts, was ich beschlossen habe. Es war auch nichts, was ich werden musste. Ich war immer ein Junge.«

»Aber genetisch warst du ein Mädchen, oder? Das wird die DNA beweisen, sobald die Polizei den Test durchgeführt hat.«

Noch eine Pause. Dann: »Wie hast du es herausgefunden?«

»Nur Vermutungen«, gab Dan zu. »Du siehst ja wie ein perfekter Mann aus, nur …«

»Ich sehe nicht nur wie ein Mann aus!«, unterbrach ihn Robin wütend. »Ich bin ein Mann! Überprüf meine Personennummer, wenn du mir nicht glaubst.«

»Okay, okay«, sagte Dan. »Jedenfalls hast du den DNA-Test abgelehnt. Und es gab noch ein paar andere Dinge.«

Schweigen.

»Hast du dich schon immer wie ein Junge angezogen? Auch als du ein Kind warst?«

Robin stieß ein kurzes, freudloses Lachen aus. »Das durfte ich nicht. Nur wenn ich in den Ferien bei meiner … au! … Oma war. Sie war cool. Ihre Nachbarn und Freunde hier in der Stadt dachten, ihr Enkel sei ein Junge.« Erneutes Auflachen. »Meine Eltern waren glücklicherweise nie dabei. Es war ihnen nur recht, dass ihr Freak von einer Tochter jetzt hier lebte und außer Sichtweite war.«

»Wann hast du mit der physischen Geschlechtsumwandlung begonnen?«

»2008 begann ich mit Hormonen. Die Mastektomie wurde vor zwei Jahren vorgenommen, kurz bevor ich nach Christianssund zog.«

»Mastektomie? Die Entfernung der Brüste, oder?«

»Du bist … aua! … nicht ganz so dumm, wie du aussiehst, Sommerdahl!« Ein neues Rascheln. Robin stöhnte. »Wann kommt dieser Scheißkrankenwagen?«

»Er ist unterwegs. Versuch, dich zu entspannen.« Dans Augen hatten sich so weit an die Dunkelheit unter den Bäumen gewöhnt, dass er nun das bleiche Oval von Robins Gesicht erkennen konnte. »Wo wurde die Operation durchgeführt?«

»In einer Privatklinik in Kalifornien. Dort habe ich auch mit der Hormonbehandlung begonnen.«

»Klingt teuer?«

»Meine Großmutter hat es bezahlt.«

»Sie ist vor zwei Jahren gestorben, nicht wahr?«

Robin antwortete nicht.

»Wer hat deine Medikamente seitdem bezahlt? Bekommst du sie von der Krankenkasse?«

»Nein. Ich war bei einem Gespräch in der Sexologischen Klinik des Rigshospitals, das wäre nicht gegangen. Die wollten, dass ich zu einem Psychologen gehe und so.«

»Und das wolltest du nicht?«

»Ich beschloss, es besser gleich selbst in die Hand zu nehmen … Was sollte ich beim Psychologen? Ich bin ja nicht verrückt, oder?«

Darüber ließe sich streiten, dachte Dan. Laut sagte er: »Was hast du getan? Man muss die Hormone doch regelmäßig nehmen, oder?«

»Das ganze Leben lang, ja. Ich kaufe sie im Internet.«

»Und die letzte Operation? Ich vermute, du willst gern … auch noch den Rest?«

»Du meinst, ob ich einen Schwanz will?«

»Äh, ja.«

»Dann sag es doch. Oh Mann, warum bist du denn so verklemmt.«

»Willst du?«

»Selbstverständlich. Früher oder später.«

»Und das kannst du dir mit deiner Ausbildungsförderung leisten? Soweit ich weiß, kostet die Operation ein kleineres Vermögen.«

»So teuer ist es nun auch wieder nicht.«

»Ich habe gehört, dass …«

»Hallo?«, wurden sie plötzlich von einer Stimme über ihnen unterbrochen. »Ist da jemand?«

»Hier!« Dan stand auf und blickte den Abhang hinauf. Einen Augenblick später wurde er von einer kräftigen Taschenlampe geblendet. Er schirmte die Augen mit den Händen ab. »Wir sind hier unten. Seid ihr mit dem Krankenwagen da?«

»Ja!«, rief die Stimme. »Wie schlimm ist es?«

»Ich glaube, er ist schwer verletzt. Möglicherweise ein Beckenbruch. Er kann jedenfalls nicht selbst hinaufkommen.«

Der Lichtkegel fegte zur Seite, bis er auf Robin traf. Erst jetzt sah Dan, dass er nicht übertrieben hatte, als er von einer schweren Verletzung sprach. Robins rechter Unterschenkel hing in einen seltsamen Winkel, als hätte er zwei Kniegelenke, seine Hose war blutgetränkt.

»Von hier oben sieht es aus wie ein offener Beinbruch!«, rief der Sanitäter. »Sind Sie bei Bewusstsein?«

»Ja«, stöhnte Robin. »Aber es tut höllisch weh.«

»Wie heißen Sie?«

»Robin Carlsen.«

Das Licht wurde wieder auf Dan gerichtet. »Haben Sie Erste Hilfe geleistet?«

»Ich habe nicht gewagt, etwas anzufassen. Man kann hier unten seine eigene Hand nicht vor den Augen sehen.«

»Sie müssen die Blutung stoppen.«

Dan kroch zu dem verunglückten Jugendlichen und folgte den Anweisungen des Rettungssanitäters. Robin jammerte laut, als Dan vorsichtig das Hosenbein hob, um sein Bein zu untersuchen. Das Schienbein war direkt über dem Knöchel gebrochen, ein Knochensplitter ragte aus der Haut.

»Es sieht schlimm aus!«, rief er. »Aber ich glaube, es blutet nicht mehr.«

»Versuchen Sie, oberhalb der gebrochenen Stelle mit irgendetwas das Bein abzubinden!«, schrie der unsichtbare Mann von oben zurück.

»Okay.« Dan zog sein Hemd aus. Die Nachtluft fühlte sich eiskalt an. Vorsichtig steckte er einen Arm unter Robins Bein und zog die provisorische Binde so stramm wie möglich. Robin schrie vor Schmerzen.

»Erledigt!«, rief Dan zur Plattform hinauf.

»Wir sind unterwegs!«, schrie der Retter, der die Taschenlampe gehalten hatte, damit Dan sah, was er tat. »Es kommt ein Mitarbeiter der Forstverwaltung, der uns auf einem anderen Weg zu ihnen bringt. Hier kommen wir nicht weiter.«

»Beeilt euch!«

»Sorgen Sie dafür, dass er bei Bewusstsein bleibt.«

Dan schaute Robin an, der nun leise mit geschlossenen Augen wimmerte.

»Weshalb?«

»Vielleicht hat er eine Kopfverletzung«, antwortete der Sanitäter. »Reden Sie mit ihm. Geben Sie ihm etwas zu trinken.« Eine kurze Pause. »Ich werfe eine Flasche runter.«

Er hat gut gezielt, das muss man ihm lassen, dachte Dan, als er einen Augenblick später eine Halbliterflasche Mineralwasser aus Plastik vom Waldboden aufhob, nur einen Meter entfernt. Sobald er wieder neben Robin stand, wurde die Taschenlampe oben ausgeschaltet. Alles war wieder dunkel.

55

Nach einem langen Schluck sagte Robin: »Jetzt entkomme ich der Polizei nicht mehr.«

»Kaum.« Dan fror so sehr, dass er mit den Zähnen klapperte.

»Aber die haben keine Beweise.«

»Das wird sich zeigen«, erwiderte Dan und rieb sich die Oberarme kräftig, um ein wenig Wärme zu erzeugen. »Zuerst werden sie deine Wohnung auf den Kopf stellen.«

»Dort finden sie einen Scheiß.«

»Und die Festplatte deines Computers.«

»Vergiss es. Die ist nagelneu. Nicht eine Spur.«

»Und dein alter PC?«

»Es war kein PC. Sondern ein Mac. Und der ist zerstört.« Robin trank einen weiteren Schluck. »Ich streite alles ab. Die haben nichts gegen mich in der Hand.«

»Deine Auslandskonten werden dich überführen.«

»Welche Auslandskonten?«

»Hör schon auf, Robin. Interpol arbeitet bereits daran.«

»Ich habe keine Ahnung ... au! ... wovon du redest.« Robins Stimme zitterte vor Kälte und Erschöpfung.

Wir sind erfroren, bis die uns erreichen, fürchtete Dan. Es war zwar noch Sommer, doch nachts wurde es schon empfindlich kühl. Er stand auf und ruderte mit den Armen. Robin lag ganz ruhig, das leise Wimmern war kaum zu hören.

Dan trat auf ihn zu. »Du schläfst doch nicht etwa?«

»Hm?«

»Robin, du musst wach bleiben. Hast du nicht gehört, was er gesagt hat.«

»Doch.«

Dan setzte sich wieder. Er musste das Gespräch in Gang halten. »Hast du Ditte von deiner Geschlechtsumwandlung erzählt?«

»Bist du verrückt?« Robin stieß ein Grunzen aus. »Das konnte ich doch nicht machen. Was glaubst du, wie sie reagiert hätte? Vielleicht hätte sie aus Abscheu nichts mehr mit mir zu tun haben wollen. Oder mich ausgelacht. Alle ihre Freundinnen hätten erfahren, was für ein Freak ich bin.«

»Ist Ditte wirklich so?«

»Mag sein, dass ich ihr unrecht tue, aber ich wollte nichts riskieren.«

»Bist du verliebt in sie?«

Schweigen.

Dan rieb sich erneut die Oberarme. »Willst du den Rest der Geschichte hören, so wie ich sie mir vorstelle?«

Robin stöhnte. »Habe ich eine Wahl?«

»Ich glaube, du hast ein ganzes System von Internetbetrügereien auf die Beine gestellt, um Geld für den letzten Teil deiner Geschlechtsumwandlung zu beschaffen.« Ohne eine Antwort abzuwarten, fuhr Dan fort: »Die saudi-arabische Selbstverteidigungsschule ist die einzige Nummer, die wir bisher definitiv aufgedeckt haben, ich bin mir sicher, dass wir noch auf andere Fälle stoßen, wenn Interpol sich Zugang zu den ausländischen Konten verschafft hat.« Keine Antwort. »Du hast deine Spuren sorgfältig verwischt. Eigentlich ist die Sache erst schiefgegangen, als du so unvorsichtig warst, Ditte zu helfen, oder?«

»Ich wollte ihr nur zeigen, dass …«

»Dass du sie liebst?«

»Ja. Oder sie einen Freund hat, auf den sie sich verlassen konnte.« Eine Weile war Robins zähneklapperndes Atmen das einzige Geräusch, das zu hören war. Dann fügte er hinzu: »Vor einem Jahr, als wir diese Themenaufgabe bekamen, hatte ich sie gerade kennengelernt. Sie war so, nein, ist so überirdisch hübsch, oder? Du kannst dir nicht vorstellen, wie hart es war. Neben ihr im Unterricht zu sitzen, sie mit anderen Kerlen zusammen zu sehen. Und ich konnte nichts dagegen machen.«

»Es muss frustrierend gewesen sein.«

»Und wie.« Robin atmete tief durch und erzählte weiter: »Es wurde auch nicht gerade besser, als sie deutlich ihr Interesse an mir zeigte. Ich musste sie ja abweisen. Ich habe es nicht gewagt, ihr zu sagen, wer ich bin. Noch nicht. Es war, ach, es ist schwierig. Ich dachte, wenn ich hier in Dänemark bin, dann würde alles … au!« Er wartete, bis der Schmerz nachließ. »Ich dachte, ich würde freier sein, mehr Selbstsicherheit bekommen. Das Gegenteil war der Fall.«

»Und warum?«

»Ich weiß nicht, wie ich es erklären soll. Vielleicht, weil die Leute mich als Mann wahrgenommen haben, nachdem ich in die Stadt gezogen bin. Es war wie ein Zaubertrick, den niemand durchschauen kann. Ein Trick, bei dem niemand bemerkt, dass es sich um einen Trick handelt. Ich dachte, ich könnte über Wasser gehen. Und ich dachte, wenn ich auch nur einen einzigen Menschen in mein Geheimnis einweihe, würde die Magie verfliegen. Hätte Ditte Verdacht geschöpft, wäre die Sache etwas anderes gewesen, aber sie schöpfte keinen Verdacht. Niemand tat es.«

»War es denn nicht schwer, es geheim zu halten? Zum Beispiel beim Sport?«

»Ich war nicht der Einzige, der lieber zu Hause duschen wollte. Eigentlich war das kein Problem. Oder, doch, es gab natürlich ein paar, die mich deshalb anmachten, aber …« Er unterbrach sich. »Hätte ich mit Ditte Sex haben wollen, wäre zuerst eine ganz große Aussprache nötig gewesen. Ich habe das wieder und wieder vor mir hergeschoben, und plötzlich war es irgendwie zu spät. Dann habe ich beschlossen, sie wenigstens als Freundin zu gewinnen, wenn wir schon kein Paar sein konnten. Ditte ist überzeugt, ich sei ein verkappter Schwuler.« Er stieß ein Geräusch aus, das irgendwo zwischen Weinen und Lachen lag. »Und jetzt sind wir halt die allerbesten Freunde. Ein Homo und seine beste Freundin.« Seine Stimme versagte mitten in einem weiteren kurzen ironischen Auflachen. »Glücklicherweise hat sie nie versucht, mich mit ihren schwulen Freunden zu verkuppeln. Das wäre ziemlich peinlich geworden.«

»Und die careencare-Nummer?«

»Wir bekamen diese Aufgabe mit den Spendenaktionen. In Gemeinschaftskunde. Es ging darum, dass …«

»Ich weiß, worum es ging«, unterbrach ihn Dan, der Angst hatte, die Rettungsmannschaft könnte eintreffen, bevor er dem verletzten jungen Mann die ganze Geschichte aus der Nase gezogen hatte. »Was habt ihr gemacht?«

»Es fing als Witz an. Nach der Stunde, in der Dorthe die Aufgabe vorstellte, haben Ditte und ich darüber gesprochen, wie wir die Sache angehen und für wen wir Geld sammeln wollten. Ditte sagte so halb aus Spaß, sie würde am liebsten eine Spendenaktion für sich selbst organisieren. Sie bräuchte nämlich dringend Geld, sagte sie. Armes Elternhaus, in der Freizeit jede Menge Nebenjobs – und trotzdem hatte sie nie Geld genug für die Sachen, die sie sich wünschte.« Robin trank noch einen Schluck Wasser. Dan spürte, wie seine Zunge vor Durst am Gaumen klebte, dennoch brachte er es nicht fertig, Robin um einen Schluck zu bitten. »Ich habe sofort die Chance gesehen, bei Ditte Eindruck zu schinden. Internetbetrug ist unglaublich einfach – vor allem, wenn es um Wohltätigkeit geht. Das habe ich ihr gesagt, wirklich eher aus Spaß, aber sie war dann Feuer und Flamme. Bevor ich mich's versah, hatte sie mich dazu gebracht, ihr die mögliche Vorgehensweise zu erklären. Ich habe ihr bei den Vorbereitungen geholfen, die Symptome recherchiert und die Gesetzeslage.«

»Du hast auch das Foto gemacht, oder?«

»Ja.«

»Etwas verstehe ich nicht«, fragte Dan nach. »Warum habt ihr ein Foto von Ditte genommen, statt euch ein Foto von einem Mädchen mit Leukämie aus dem Netz zu besorgen? Es muss doch tonnenweise brauchbare Fotos von echten Krebspatienten geben? Ich wette, ihr hättet sogar ein Vorher-nachher-Foto von demselben Menschen gefunden. Warum die Dinge komplizieren und riskieren, erwischt zu werden?«

Robin lachte kurz. »Das habe ich auch gesagt. Doch Ditte war in diesem Punkt stur. Ich konnte sie nicht umstimmen. Sie verkleidet sich wahnsinnig gern und wollte die Gelegenheit für einen Auftritt nutzen. Das Kopftuch, die Schminke, die Brille … Wir haben das Foto in einem Zimmer im Krankenhaus von Christianssund gemacht. Ihre Mutter arbeitet dort als Putzfrau, es war also leicht, eine Entschuldigung für unsere Anwesenheit zu finden. Wenn wir gefragt worden wären, was wir dort suchen, hätten wir einfach gesagt, wir suchen Dittes Mutter. Aber wir wurden nicht einmal gefragt.« Kurze Pause. »Wie hast du herausgefunden, dass sie es ist? Ich fand, sie war nicht wiederzuerkennen.«

»Ihre Sommersprossen. Sie hatte ein paar nicht abgedeckt«, antwortete Dan, der sich entschlossen hatte, Robin nicht auf den fehlenden Venen-Katheter aufmerksam zu machen. Dieses Detail wollte er der Polizei für das Verhör überlassen.

»Ah.« Robin bewegte sich ein wenig. »Ich bin nicht der Einzige, der sich Ditte genau angesehen hat, was?«

»Und das erste Foto?«

»Haben wir im Netz gefunden. *Easy-peasy.* Ich habe Careen Carsons Blog-Beiträge in perfektem Amerikanisch geschrieben, Ditte hat den Rest übernommen. Es gab zwölf Punkte für ihre Aufgabe und zwanzigtausend Kronen, als die Spendenaktion zu Ende war.«

»Sie muss dir doch sehr dankbar gewesen sein?«

»Das kann man wohl sagen.« Wieder lachte er, aber eine neue Schmerzwelle stoppte ihn. Nach einer Weile ergänzte er: »Von dem Tag an waren wir die allerbesten Freunde.«

»Mit dieser Freundschaft ist es nun zu Ende, meinst du nicht auch?«

Schweigen.

»Worüber habt ihr euch vorhin gestritten?«

»Sie wollte …« Robin hielt inne. »Als Dorthe anfing …« Er unterbrach sich erneut.

»Womit anfing?«, fragte Dan nach, als Robin lang genug geschwiegen hatte.

»Ach, nichts.«

»Dann muss ich es dir erzählen.« Dan biss die Kiefer fest zusammen, um seine klappernden Zähne zur Ruhe zu bringen. »Dorthe hatte zu Beginn des Sommers bei dem saudi-arabischen Spendenbetrug Verdacht geschöpft und beschlossen, die Sache zu untersuchen, bevor sie es irgendjemandem erzählte. Alle, mit denen ich geredet habe, sagten, dass sie großes Vertrauen zu dir hatte. Und sie wusste, wie gut du dich mit Computern auskennst.« Er wartete auf eine Bestätigung, die aber nicht kam. »Dann hat sie dich um Rat gefragt, wie man den Betrug aufdecken könnte. Es muss ein ziemlicher Schock gewesen sein?« Wieder wartete Dan vergebens auf eine Reaktion. »Robin?«, sagte er. »Du hast mich doch verstanden, oder?«

»Ja, ja, ich höre zu.«

»Gut. Vielleicht ist ihr auch zuerst die Geschichte mit Dittes Spendenaktion aufgefallen, das weiß ich nicht. Jedenfalls hattest du Angst, die Experten der Polizei könnten alles entdecken, wenn sie den Betrug anzeigt. Und deshalb hast du sie ermordet.«

»Das ist deine Theorie?«

»Und heute hast du Else die Treppe hinuntergestoßen, weil sie damit angegeben hatte, dass sie es gewesen wäre, die den Betrug zuerst entdeckte, und nun nach weiteren Fällen suchen wollte.«

»Wow.«

»Ist das richtig?«

Schweigen.

»Robin? Liege ich mit meinen Vermutungen richtig?«

Ein langes Seufzen, dann kam tränenerstickt: »Aua, verflucht.« Robin atmete tief durch. »Du hast kein Mikrofon an dir, oder?«

»Natürlich nicht. Hier sind nur wir beide.«

»Okay.«

»Liege ich richtig?«, fragte Dan noch einmal.

»Teilweise.« Robin versuchte, sich in eine angenehmere Position zu bringen, und stöhnte auf, als er sein Bein bewegte. »Wann kommen denn endlich diese Sanitäter?«

»Es kann nicht mehr lange dauern. Willst du etwas unter den Kopf?«

»Du hast doch schon dein Hemd ausgezogen.«

»Warte.« Dan stand auf und zog seine Hose aus. Er rollte sie zu einer festen Wurst zusammen und steckte sie unter Robins Nacken. »Besser?«

»Danke.«

Dan setzte sich. Er trug nur seine Boxershorts und fror noch schlimmer als schon zuvor. »Erzähl«, forderte er Robin auf, krümmte sich zusammen und faltete die Arme um seine angezogenen Beine.

»Du hast recht, dass Dorthe mich bei dem ›Enough!‹-Projekt um Rat fragte. Und du hast recht, dass ich mich erschrak. Nur war das nicht das Schlimmste.« Wieder seufzte er. »Als wir ein bisschen mit dem Computer gearbeitet hatten, fragte sie plötzlich, ob ich ihr helfen könnte, ein Kind zu bekommen. Ich sollte der biologische Vater sein, ohne juristische Verantwortung oder Umgang mit dem Kind.«

»Nur um das ganz klarzustellen: Hat sie dich gebeten, Sex mit ihr zu haben, oder wollte sie lediglich, dass du deinen Samen spendest?«

»So weit sind wir nicht gekommen. Aus naheliegenden Gründen war es unmöglich, egal, was sie sich gedacht hatte. Ich fand nicht gleich eine Ausrede, also habe ich Nein gesagt, kaum, dass sie es ausgesprochen hatte, und das klang vielleicht ein bisschen zu hart. Dorthe war jedenfalls sehr traurig, so vehement abgewiesen zu werden. Sie forderte eine Erklärung. Ob es aus ethischen Gründen wäre? Oder aus gesundheitlichen. Ich weiß nicht, warum ich zu einer von all den Möglichkeiten, die sie aufzählte, dann Ja gesagt habe, aber ich konnte das einfach nicht fassen, ich wollte nur raus aus dieser peinlichen Situation. Also bin ich gegangen.«

»Hm.«

»Von diesem Tag an verhielt sie sich mir gegenüber völlig anders. So war sie. Gehörte man dazu, war alles gut, enttäuschte man sie, war es aus und vorbei. Ich hatte das schon bei anderen erlebt, trotzdem war es ein Schock, dass es jetzt mich plötzlich traf.«

»Denkst du an Andreas?«

»Unter anderem. Nicht, dass mir dieser Idiot leidgetan hätte ...« Robin unterdrückte ein neuerliches Wimmern. »Aber jetzt war ich es, der in die Kälte geschubst wurde. Vorher war ich ihr Vertrauter, ihr Liebling. Der Musterschüler, auf den sie sich verließ und mit dem sie bevorzugt bei allen möglichen Projekten zusammenarbeitete. Jetzt ging sie mir aus dem Weg. Es war nicht so schwer, es passierte zu Beginn der Sommerferien, wir sahen uns also ohnehin nicht mehr jeden Tag. Dennoch. Es gab ein einziges Treffen der Leitungsgruppe, und eines Tages liefen wir uns in der Algade über den Weg. Sie kam mit ihrem Bullenliebchen und grüßte mich kaum. Schließlich habe ich es nicht mehr ausgehalten. Ich mochte Dorthe ja, und es war ein großer Vertrauensbeweis, dass sie mich gefragt hatte, ob ich der Vater ihres Kindes werden wollte. Eigentlich hätte ich mich geschmeichelt fühlen können. Außerdem wusste ich, dass wir für die Schulvorstellung im Herbst zusammenarbeiten mussten. Und von alldem abgesehen war sie meine Dänisch- und Gemeinschaftskundelehrerin. Ich habe nicht gewagt, daran zu denken, was aus meinen Noten werden würde, wenn sie weiterhin so feindlich geblieben wäre, also habe ich sie vor drei, vier Wochen dann besucht. Ich hatte beschlossen, ihr die Wahrheit zu sagen. Und war mir sicher, sie würde den Mund halten, das Risiko wäre also nicht allzu groß, dachte ich.«

Dan verschränkte die Arme fester um die angezogenen Knie, um das bisschen Körperwärme, das noch in ihm steckte, zu halten. »Was ist passiert?«

»Ich habe ihr alles erzählt und gesagt, sie sei die Einzige in Christianssund, die davon wissen würde, dass ich ursprünglich ein Mädchen gewesen bin. Und ich habe sie angefleht, es niemandem zu sagen.« Robins Stimme war ruhiger geworden. Als ob die Erleichterung, die Wahrheit zu sagen, ihn die Kälte und die Schmerzen vergessen ließe. »Zuerst war sie fassungslos. Dann hat sie sich über mich lustig gemacht, weil ich offenbar glaubte, etwas Besonderes für sie zu sein, nachdem sie mich für ein Kind ausgewählt hatte. Und sie erklärte, längst einen anderen Samenspender gefunden zu haben. Sie sei schon schwanger und würde mich nicht brauchen, egal, was ich mir einbildete.«

»Hm.«

»Daraufhin hat sie begonnen, mich auch noch zu beschimpfen. Sie fand es mies, dass ich mich nicht geoutet habe. Wenn sie offen mit ihrer Sexualität umgehen könne, müsste ich das ja wohl auch hinkriegen, sagte sie. Sie akzeptierte nicht ein einziges Argument, das ich vorbrachte. Dass es mir nicht um Sexualität ging, sondern um Identität, dass für mich allein die Tatsache, von allen als Mann gesehen zu werden, eine große Sache war, dass ich dafür auf Sex verzichten wollte, wenn es sein musste. Und dass ich zum ersten Mal in meinem Leben kein Freak war, sondern nur ein Mann wie alle anderen Männer auch. Dann kam sie mir mit Ditte. Dorthe behauptete, ich würde mit Dittes Gefühlen spielen, wenn ich ihr nicht alles erzählte. Sie drohte sogar, Ditte selbst einzuweihen, wenn ich es nicht tat.«

»Also hat Dorthe dir sogar doppelt gedroht«, warf Dan ein, als Robin ein paar Sekunden still war. »Sie hatte noch nicht entdeckt, dass du hinter der ›Enough!‹-Aktion steckst, aber wenn sie diese Sache anzeigte, wäre das Risiko groß gewesen, dass die Polizei es herausgefunden hätte. Und sie wollte Ditte von deiner Geschlechtsumwandlung erzählen. Auch dann wäre es zu einer Katastrophe gekommen.«

»Genau. Es war …« Robins Stimme versagte. Er räusperte sich. »In dem Moment ist mir klar geworden, dass Dorthe verschwinden musste, bevor sie weiteren Schaden anrichten konnte. Ich überredete sie, mir zwei Wochen zu geben, um es Ditte selbst zu sagen. Und ich habe ihr versprochen, alles zu unternehmen, um ihr bei den getürkten Spendenaktionen zu helfen – als eine Art Dank für ihre Verschwiegenheit.«

»Warum hast du gewartet, nachdem du beschlossen hattest, sie zu ermorden? Warum hast du es nicht auf der Stelle getan?«

»Impulsmorde sind leicht aufzuklären. Ich habe Zeit für die Vorbereitungen gebraucht.«

Ziemlich zynisch, dachte Dan. »Und dann hast du beschlossen, es so aussehen zu lassen, als hätte Pia Waage es getan? Du bist in ihre Computer eingedrungen …«

»Eigentlich wollte ich nur Dorthes hacken, um meine Mails zu entfernen. Aber dann hatte ich die Idee, eine fiktive Korrespondenz zwischen ihr und ihrer Liebsten zu platzieren und es so aussehen zu lassen, als sei sie bewusst gelöscht worden.«

»Und du hast Pias Schuhe gestohlen, um sie für den Mord zu benutzen – zum Glück haben deine Füße immer noch eine Damengröße, oder?«

»Gedrückt haben sie trotzdem.«

»Du hast die Schuhe, den Hammer und das Bügeleisen so angebracht, dass alle Beweise auf Pia Waage hinwiesen, und du hast Blutflecken an ihren Wagen und die Haustür geschmiert … eine Menge Arbeit, um jemand anderem die Schuld in die Schuhe zu schieben.«

»Es hat funktioniert, oder?«

»Glücklicherweise nur bis zu einem gewissen Grad. Aber warum ausgerechnet Pia Waage?«

»Es war das Logischste.«

»Logisch? Eine Unschuldige als Sündenbock zu benutzen?«

In der Dunkelheit sah Dan nicht, dass Robin die Achseln zuckte, doch er hörte es am Tonfall, in dem der junge Mann fortfuhr. »Es werden doch immer zuerst die Geliebten verdächtigt, oder? Und dann fand ich es auch eine Art *poetic justice*, wenn ein Bulle beschuldigt wird.«

»Poetische Gerechtigkeit?« Dan kämpfte mit sich, um die Wut in seiner Stimme zu unterdrücken. »Mir fällt es schwer zu erkennen, was daran gerecht gewesen sein sollte. Hat Pia dir jemals etwas getan?«

»Nicht sie persönlich, doch die Polizei besteht aus korrupten Idioten. Denen tut es ganz gut, wenn sie hin und wieder etwas abbekommen.« Er lachte. »In Wahrheit ist es Zufall gewesen. Ich war am gleichen Tag wie sie im Fitnesscenter und habe gesehen, wie sie im Vorraum ihre Schuhe auszog. Es war eine plötzliche Eingebung, sie mir zu schnappen. Der Rest hat sich so nach und nach ergeben. Das größte Problem war, nach dem Mord den Computer der Polizistin zu hacken. Da ist mir der Schweiß auf die Stirn getreten. Scheiße, der war wirklich effektiv geschützt.«

Dan hatte größte Lust, hinüberzukriechen und Robin windelweich zu schlagen. Glücklicherweise brachte ihn ein blinkendes blaues Licht zwischen den Bäumen auf andere Gedanken. Das fehlte noch, dass er aufgrund dieses kleinen Scheißkerls selbst angezeigt würde.

»Und das Bügeleisen? Hast du das mitgebracht?«

»Das war ein Fehler. Ich weiß nicht, was ich mir dabei gedacht habe. Ich fand, es sei eine gute Sache, dabei war es die erbärmlichste Mordwaffe der Welt. Viel zu leicht und nicht scharf genug.«

»Weiß Ditte das alles?«

»Ditte? Nein. Vor ihr wollte ich es doch geheim halten.«

»Was wollte sie dann heute Abend von dir?«

»Das kannst du dir doch wohl denken. Ihr habt sie des Mordes beschuldigt. Und als sie die Verbindung zwischen dem Internetbetrug und dem Mord an Dorthe begriffen hat ... Sie wollte herausfinden, welche Rolle ich dabei spielte. Als ich versuchte, es ihr auszureden, fand sie ihren Verdacht bestätigt, und dann wurde sie gierig. Dittes Hauptcharakterzug, wie ich inzwischen herausgefunden habe.« Er schwieg einen Moment. »Hunderttausend Kronen oder sie würde zur Polizei gehen, sagte sie. Hunderttausend Kronen, die ich nicht habe und die ich unmöglich beschaffen kann. Ich habe versucht, ihr das zu erklären, ich musste sie aufhalten, Dan.«

Das Blaulicht kam in ungefähr fünfzig Meter Entfernung zum Stehen. Sie hörten, wie ein paar Männer miteinander redeten, eine Autotür wurde zugeworfen.

»Eine allerletzte Frage«, sagte Dan rasch, bevor sie unterbrochen wurden. »Else Forsberg. Du hast ihr geholfen, ein Facebook-Profil einzurichten. Warum?«

»Sie hatte bei einer Sitzung damit angegeben, wie tief sie gegraben hätte. Ich musste sie unter vier Augen sprechen, um herauszufinden, was sie wusste. Ob sie sich überhaupt darüber im Klaren war, wonach sie suchte.«

»Und, war sie das?«

»Überhaupt nicht. Sie hatte null Ahnung.« Robin lachte auf. »Und wenn sie den Rest des Jahres im Internet Detektiv gespielt hätte, wäre sie nie auf irgendetwas gestoßen. Sie war keine Gefahr, weder für Ditte noch für mich.«

»Warum musste sie dann sterben?«

»Das war nicht geplant. Else kam zu mir auf die Bühne, als ich neben der Treppe ein Kabel verlegte. Sie war total begeistert von Facebook und plapperte über all die Möglichkeiten, die sie nun hätte, um an der ›Sache‹, wie sie es nannte, weiterzuarbeiten. Und dann erwähnte sie, wie viele Dinge sie von Dorthe über andere Menschen erfahren hätte, auch geheime Dinge ... Plötzlich hatte ich das Gefühl, als sähe sie mich so komisch an. Ich bekam Panik und schubste sie. Sie flog direkt die Treppe hinunter. Und wie du ja selbst herausgefunden hast, hatte sie mit den Betrugsermittlungen nichts zu tun. Ich vermute, dass sie sich nur auf unschuldige Weise gegenüber einem attraktiven jungen Mann interessant machen wollte. Das hätte sie besser bleiben lassen sollen«, fügte er trocken hinzu.

Wieder musste Dan seinen Drang bekämpfen zuzuschlagen, und noch einmal war es die Rettungsmannschaft, die ihm zu Hilfe kam.

»Hallo«, hörten sie eine Männerstimme, vermutlich die gleiche, die sie vor einer halben Stunde von der Plattform aus gerufen hatte. »Wo sind Sie?«

»Hier.« Dan stand auf.

»Ist er noch bei Bewusstsein?«

»Ja.«

»Wir bahnen Ihnen einen Weg. Wir müssen nur etwas Licht aufstellen.«

»Okay.« Dan zitterte jetzt so sehr vor Kälte, dass er kaum sprechen konnte. Bei dem Gedanken an einen warmen Krankenwagen und eine mollige Decke wurde ihm gleich noch kälter. »Beeilen Sie sich.«

DONNERSTAG, 30. AUGUST 2012

56 Zur gleichen Zeit wartete auch Flemming Torp auf eine Art Krankentransport. Man hatte ihn auf eine Pritsche im Korridor der Notaufnahme gelegt, und ein junger, überarbeiteter Arzt hatte seine unerträglichen Schmerzen als »einen lumpigen Hexenschuss« diagnostiziert, hervorgerufen durch eine unglückliche Kombination aus schwacher Muskulatur und einer spontanen falschen Bewegung. Lumpig? Ich werde dir helfen, du Lump, dachte Flemming und versuchte eine Stellung zu finden, in der er sich entspannen konnte. Eine ordentliche Betäubungsspritze hatte die schlimmsten Schmerzen gelindert, er wollte ein Taxi bestellen, sobald der Arzt ihm grünes Licht gab.

Flemming wusste, dass Ditte noch am Leben war. Die Sanitäter hatten sie bereits wiederbelebt, als sie das Mädchen abholten, ihr Zustand war stabil. Flemming hatte ein paarmal versucht, Dan zu erreichen, um ihm die gute Nachricht mitzuteilen, aber der Mann ging nicht ans Telefon. Sie hatten keinen Kontakt mehr, seit Dan vor gut anderthalb Stunden durch die zersplitterte Terrassentür gestürzt war, um Robin zu verfolgen. Flemming hoffte, dass seinem alten Freund nichts passiert war, seine Hoffnung schwand jedoch mit jedem vergeblichen Anruf.

»Hier liegst du also und versteckst dich, du dummes Schwein!«

Flemming schlug die Augen auf und sah einen wütenden und bestimmt nicht ganz nüchternen Mann über sich. Er identifizierte ihn umgehend an seinem verwaschenen T-Shirt und den Tätowierungen. Auch die Speicheltropfen, die ihm ins Gesicht regneten, meinte er wiederzuerkennen.

»Wegen meines Rückens …«, begann Flemming und fasste sich an die Seite.

»Mir ist dein Rücken scheißegal.« Dittes Vater beugte sich über ihn, die Hände auf die Knie gestützt. »Meine Tochter könnte tot sein!«

»Wir haben ihr das Leben gerettet«, protestierte Flemming. »Wenn wir nicht eingegriffen hätten, wäre sie …«

»Wenn ihr nicht aufgetaucht wärt, wäre sie nie dorthin gefahren«, unterbrach ihn der wütende Vater. »Dann wäre das nie passiert.« Er richtete sich auf, und erst jetzt sah Flemming, dass Dittes Mutter hinter ihrem Ehemann stand und den Dialog verfolgte. »Wir werden uns beschweren«, erklärte der Vater. Die Mutter nickte.

»Das ist Ihr gesetzlich verbrieftes Recht.« Flemming blickte den Korridor hinunter. So wie er auf der Pritsche lag und sich kaum rühren konnte, hatte er das Gefühl, diesem aggressiven Mann, der vor ihm stand und ihn beschimpfte, hilflos ausgeliefert zu sein. Es war niemand in der Nähe, der ihm hätte zu Hilfe kommen können. Das Personal war mit allen möglichen anderen Dingen beschäftigt, und offensichtlich blieb das kleine Intermezzo an der Pritsche unbemerkt. »Sie müssen sich an die Beschwerdestelle der Polizei wenden, Herr … äh … Kløvborg«, sagte Flemming, der den Vornamen des Mannes nicht kannte. »Ich habe die Telefonnummer nicht dabei, Sie finden sie im Internet.«

»Willst du etwa auch noch frech werden?« Ein neuer Speichelregen ergoss sich über Flemming, als der Mann zum »f« kam. »Hältst du mich für zu blöd, um selbst herauszufinden, wo man sich beschwert?«

»Das war keineswegs meine Absicht. Ich wollte lediglich …«

»Eigentlich sollte ich dir eine solche Abreibung verpassen«, unterbrach ihn Dittes Vater erneut.

»Tommy«, mischte sich Dittes Mutter ein. »Lass jetzt.«

»Ich würde diesem verdammten Bullen verflucht gern eine reinhauen. Und diesem glatzköpfigen Vollidioten, mit dem er rumzieht, sowieso.« Der Vater hielt Flemming eine Faust vor die Nase. »Wo steckt der Kerl?«

»Immer mit der Ruhe«, sagte Flemming. Er stellte die Beine auf den Boden und versuchte, sich aufzusetzen. »Ich finde, wir sollten besser …«

»Jette Kløvborg?« Eine Krankenschwester war zu ihnen gekommen. Sie konzentrierte sich auf die Einzige, die nicht in die angespannte Situation an Flemmings Schmerzenslager involviert war.

»Ja?«

»Ihre Tochter ist zu sich gekommen. Sie fragt nach Ihnen.«

»Sie ist auch meine Tochter!«, brüllte der Vater und ließ seine Frustration jetzt an der Krankenschwester aus. »Typisch, dass Sie nur mit der Mutter reden. Ihr solltet verflucht noch mal …«

Dittes Mutter schlug ihm auf den Oberarm. »Tommy! Halt jetzt endlich die Klappe, und komm mit.«

Dittes Vater blickte von seiner Frau zu der Krankenschwester und wieder zurück. Dann verließ ihn der Mut, und er trottete den beiden Frauen hinterher.

Flemming sank zurück, doch der unvermittelte Adrenalinschub ließ sein Herz rasen. Er schloss die Augen und horchte auf das rhythmische Brausen in den Ohren. Eine Krankenschwester der Hämatologischen Abteilung des Rigshopitals hatte ihm seinerzeit, als ihm vor allem die Nebenwirkungen der Chemotherapie zu schaffen machten, eine Visualisierungstechnik beigebracht, die ihn mehr als einmal die vielen langen Stunden im Bett hatte ertragen lassen. Jetzt versuchte er, sich einen schönen, friedlichen Ort vorzustellen, ohne Schmerzen und Sorgen, an dem die Geräusche der hektischen Notaufnahme nach und nach in ein schwaches Hintergrundgeräusch übergingen.

Als es ihm gerade gelungen war, wurden mit einem Knall die Eingangstüren aufgestoßen und rasend schnell eine Krankenbahre durch den Korridor in die Notaufnahme geschoben. Ein Sanitäter lief mit einem Tropf nebenher, und ein paar Frauen in weißen Kitteln schlossen sich der kleinen Prozession an, die in wenigen Sekunden den Raum durchquert hatte. Den Patienten auf der Bahre konnte Flemming aus seiner Stellung nur flüchtig sehen. Eine Strähne dunkles Haar, ein Tropfkatheter, der mit Pflaster an der Hand befestigt war.

Hinter ihnen erschien eine sonderbare Gestalt in einem etwas gemäßigteren Tempo. Ein großer kahlköpfiger Mann, der lediglich Boxershorts und Bootsschuhe trug. Seine Hände und Arme waren von Erde, Blut und grasgrünen Flecken verschmiert, lange Schrammen zogen sich über die Unterarme und eine Seite seines Gesichts. Wie ein Mantel hing eine große orangefarbene Decke aus dem Krankenwagen über seinen Schultern.

»Dan!«, rief Flemming und arbeitete sich hoch, indem er sich auf die Ellenbogen stützte.

Dans Blick fiel auf seinen alten Freund. »Flemming! Wie geht's?«

»Ich habe eine Spritze bekommen, es geht so.«

»Und Ditte? Ist sie …«

»Sie lebt.«

»Was für ein Glück.« Dan zog einen Stuhl an die Pritsche und ließ sich darauf fallen.

»Was ist mit Robin?«, fragte Flemming. »War er das auf der Bahre?«

»Er ist vom Aussichtspunkt gestürzt. Gebrochenes Schienbein und Verdacht auf Beckenbruch, heißt es. Vielleicht weitere Verletzungen, er hat viel Blut verloren.«

»Aber du hast ihn erwischt.«

Dan nickte, ohne zu antworten.

»Und was ist mit dir?« Flemming betrachtete die orangefarbene Mantel-Decke. »Du siehst aus wie ein Indianerhäuptling auf dem

Kriegspfad ... Wieso bist du fast nackt? Und warum hast du meine Anrufe nicht beantwortet? Ich habe immer wieder versucht, dich zu erreichen.«

»Lange Geschichte«, erwiderte Dan müde.

»Dann musst du sie mir nicht jetzt erzählen. Annette Poulsen ist auf dem Weg hierher, um mit Ditte und ihren Eltern zu sprechen. Ich hatte sie vor ein paar Minuten am Apparat. Sie ist nicht gerade beeindruckt von unserem Einsatz bei Ditte Kløvborg, und von der Geschichte mit Robin hat sie sicher noch nichts gehört.«

»Sie kann mich mal«, sagte Dan. »Wir haben den Mörder für sie gefasst. Worüber beschwert sie sich.«

»Ich glaube, es ist am besten, wenn du dich von ihr fernhältst, bis sie sich ein wenig beruhigt hat.«

»Soll ich ihr keine Erklärung liefern?«

»Du solltest dir erst einmal etwas anziehen. Lass uns zu dir fahren. Dann kann sie ja vorbeikommen, wenn sie etwas von uns will.«

Dan nickte. Er sah erschöpft aus, fiel Flemming auf.

»Hilfst du mir mal?«

Dan zog seinen Freund in eine senkrechte Position, ohne zu antworten.

Flemming bewegte sich vorsichtig und trat von einem Fuß auf den anderen, bis er sicher war, dass der Rücken durchhielt. »Ich muss mir nur noch grünes Licht vom Arzt geben lassen, dann können wir gehen.«

Dan gähnte. »Mein Auto steht oben am Cedervænget.«

»Wir nehmen ein Taxi und holen es ab.«

Der Fahrer verzog keine Miene, als er den beiden Männern kurz darauf die Türen öffnete. Einer beinahe nackt, und der andere schlurfte mit winzigen Schritten dahin. Vermutlich war er einiges gewohnt, wenn es um Fahrten vom Krankenhaus ging.

57 Um halb drei Uhr nachts schlief Dan tief. Er hatte es noch geschafft, Flemming einen einigermaßen zusammenhängenden Bericht seines Gesprächs mit Robin zu liefern, dann hatte er den schmerzgeplagten Mann nach Hause geschickt, sich lange unter die heiße Dusche gestellt und einen brühend heißen Glühwein getrunken. Es waren nur wenige Minuten vergangen, bis Körper und Geist in einen tiefen Schlaf gesunken waren.

Die Klingel – immer länger und in immer kürzeren Zwischenräumen wurde sie gedrückt, bis er es registrierte. Dan hatte eine eindeutige Ahnung, wer da so anhaltend und aggressiv klingelte, und als er endlich die Gegensprechanlage betätigte, wurde seine Ahnung bestätigt.

»Annette Poulsen, lassen Sie mich rein«, ertönte die alles andere als freundliche Stimme.

Dan seufzte. »Hat das nicht bis morgen Zeit, Annette?«, fragte er. »Ich bin fix und fertig.«

»Lassen Sie mich rein«, wiederholte sie nur.

Während sie die Treppe hochkam, zog Dan sich ein T-Shirt über und fuhr sich mit der Hand durchs Gesicht, um wach zu werden. Funktioniert nicht wirklich, sagte er sich und gähnte inbrünstig. Er war jetzt beinahe noch erschöpfter als vor einer Stunde, länger hatte er nicht geschlafen, und der Gedanke an eine nächtliche Gardinenpredigt von dieser kratzbürstigen Ermittlungsleiterin stand nicht unbedingt ganz oben auf seiner aktuellen Wunschliste.

Als Annette auf dem Treppenabsatz in Sicht kam, sagte sie nichts. Sie sah ihn lediglich an. Die mandelförmigen Augen waren dunkel vor Zorn.

»Was gibt es so Dringendes?«, erkundigte sich Dan. »Ich habe geschlafen.«

»Oh, Sie müssen wirklich entschuldigen,« sagte sie mit vor Verachtung triefender Stimme. »Das hätte ich nicht vermutet.«

»Wieso haben Sie nicht angerufen?«

»Ich habe es seit Mitternacht versucht!«

»Oh«, sagte Dan. »Sorry. Ich habe mein Handy verloren. Kommen Sie herein.« Er trat zur Seite und ließ sie in die Wohnung.

Erst als sich die Tür hinter ihr geschlossen hatte, ließ Annette Poulsen ihrer Wut freien Lauf. Sie machte sich nicht einmal die Mühe, sich zu setzen. Sie stand vor Dan im Wohnzimmer, hielt ihn mit ihrem Blick fest und hechelte durch einen langen Redestrom, der keinen Raum für Unterbrechungen ließ. Dass so ein Amateur sich selbst, einen hochrangigen Polizisten und zwei junge Menschen in Lebensgefahr gebracht habe, weil er absolut auf eigene Faust handeln musste. Und nein, sie sei keineswegs der Meinung, es sei ein mildernder Umstand, dass er Flemming Torp in die Angelegenheit hineingezogen habe. Erkenne er denn nicht, wie idiotisch es war, auf Mörderjagd zu gehen, ohne auch nur die grundlegendsten Nahkampftechniken zu beherrschen? Absolut unprofessionell sei das. Nicht einmal Erste Hilfe habe Dan leisten können, höhnte sie. Und ja, sie sei gerade bei Torp gewesen, der ihr erzählt habe, wie es dazu kommen konnte, dass er wider alle Vernunft und Erfahrung einen schon ergriffenen Täter losgelassen habe, um mit Dan die Plätze zu tauschen. Und wie er schließlich am Boden gelegen habe, von einem Hexenschuss gelähmt. Das sei wie bei Pat und Patachon!

Wenn die Presse Wind von den Einzelheiten bekäme, wäre das gesamte Corps auf Jahre lächerlich gemacht. Annette Poulsen redete so schnell, dass sie sich mehrfach verhaspelte. Sie wetterte, fluchte und drohte mit Anzeigen, Klagen und anderen Repressalien. Ihr Blutdruck muss sich in einer akuten Gefahrenzone befinden, dachte Dan.

Anfangs versuchte er noch, sie mit Entschuldigungen und Erklärungen zu unterbrechen, aber er gab es rasch auf und ließ sie sich austoben. Erst als Annette Poulsen nach einem mehrminütigen Lavastrom aus Worten innehielt, um Luft zu schnappen, konnte er eine Frage stellen: »Haben Sie mit Robin gesprochen?«

»Was geht Sie das an?«, fauchte Annette. Sie starrte ihn an wie eine Katze, die um ihr Territorium kämpft, während sie gereizt japsend nach Luft schnappt. Sie standen sich gegenüber, so dicht, dass er den feinen Flaum auf ihrer Oberlippe, die fächerförmige Formation ihrer Lachfalten um die Augen und den zuckenden Muskel an einem Mundwinkel sehen konnte. Seine Nase registrierte noch einmal ihren trockenen, rosmarinartigen Duft.

»Warum sind Sie denn bloß so aggressiv, Annette?«, fragte er ruhig, in einem bewussten Versuch, die Stimmung umzudrehen. »Ich habe gerade einen zweifachen Mörder für Sie gefangen.«

»Ach ja, Sie sind ein Supermann«, erwiderte Annette, ohne einen Millimeter zurückzutreten. »Was würden wir doch nur ohne diesen kahlköpfigen Detektiv machen.«

»Ich habe es nur getan, um zu helfen.«

Sie schnaubte. »Helfen? Sie sind ein Riesenegoist!«

In diesem Moment sah Dan in ihrem Blick etwas aufblitzen, das er aus den vielen Jahren mit Marianne nur zu gut kannte. Ihre Streitereien waren häufig durch Sex beendet worden, dem besten Sex in ihrer Beziehung – für Dan und Marianne konnte sich Wut im Bruchteil einer Sekunde in Geilheit verwandeln. Es gab sicher viele Paare, denen es ähnlich ging, vermutete Dan. Das Wort Versöhnungssex gab es schließlich nicht grundlos. Er hatte dieses Aufblitzen in den Augen noch nie bei jemand anderem als seiner Exfrau gesehen. Jedenfalls nicht bisher. Dan spürte, wie der Zorn, der Schlafmangel und die Frustration seine Sinne schärften und sich alle Eindrücke in einem heißen, pochenden Punkt unterhalb des Gummibandes seiner Boxershorts sammelten. Er wusste instinktiv, dass es Annette so ähnlich ging.

Bevor er es bereuen konnte, beugte Dan sich vor, sodass sich sein Gesicht nur wenige Zentimeter vor dem der tobenden Frau befand. Ohne sie mit den Händen zu berühren, küsste er Annette auf den Mund, gerade als sie zu einem neuen Wutausbruch ansetzen wollte. Sie zuckte zusammen und fuhr mit erhobener Hand zurück, als wollte sie ihm eine schallende Ohrfeige versetzen. Bevor sie jedoch dazu kam, zog Dan sie an sich und wiederholte sein Manöver. Diesmal blieb sie stehen, und als er die Lippen öffnete und den Kuss vertiefte, erwiderte sie ihn nach kurzem Zögern. Der Rosmarin, der sich nun, wie er bemerkte, mit einem schwachen Salzgeruch verband, stieg ihm in die Nasenlöcher. Er spürte Annette Poulsens Zorn ganz physisch – ihre schweren Atemzüge, die zusammengezogenen Augenbrauen, sogar ihre Art, zu küssen: hitzig, mit angespannten Kiefermuskeln, als müsse sie sich beherrschen, um ihm nicht die Zunge abzubeißen. Die Haut der Ermittlungsleiterin war warm und sehr weich, bemerkte er, als er eine Hand unter ihre Bluse schob und hinaufgleiten ließ.

Nach diesem Moment ließen sich die Ereignisse kaum noch auseinanderhalten. Schwer zu sagen, wer was tat, wer der Eifrigere war, als sie sich auszogen und die Schuhe abgestreift hatten. Der eigentliche Akt wurde heftig, wortlos und verblüffend unbeschwert vollzogen. Kein Vorspiel, keine avancierten Positionen, nur die rohe und effektive Befriedigung eines gemeinsamen Bedürfnisses. So wie bei Tieren, die sich paaren. Ihre Beine schlossen sich um seinen Rücken und hielten ihn in einem Schraubstock, als sie kam, Sekunden vor ihm.

Dan blieb eine Weile liegen. Er spürte Annettes Herz an seiner Brust. Er küsste ihren Mundwinkel und ließ sich dann neben sie fallen. Auf den Teppich, mitten im Wohnzimmer, mitten in der Nacht. Ausgelaugt und erschöpft.

»Ich bin immer noch wütend«, erklärte Annette und drehte sich auf die Seite. Ihre Brust schmiegte sich weich an seinen Oberarm und unterminierte die Wirkung der Worte.

»Hm.«

»Du bist ein Idiot«, sagte sie und platzierte ihre Hand auf seinem Brustkasten.

»Hm.«

Annette spielte gedankenverloren mit Dans Brusthaar, während er ganz still lag und an die Decke blickte. Warum um alles in der Welt hatte er das getan? Es war doch einfach unreif, so einem stupiden Reflex nachzugeben. Wie kam er da auf anständige Art und Weise wieder heraus? Hoffentlich hatte sie das jetzt nicht völlig falsch verstanden. Noch schlimmer wäre es, wenn sie darüber reden wollte. Über ihr »Verhältnis«. Dan lief es allein bei dem Gedanken kalt den Rücken hinunter; er war heute Nacht ganz einfach zu erschöpft für weitere Dramen. Er beschloss, das Gespräch von allen Themen wegzuführen, die persönlich interpretiert werden könnten.

»Du hast mir nicht geantwortet«, sagte er. »Hast du mit Robin geredet?«

Sie zog die Hand zurück. »Das geht dich nichts an.«

»Jetzt hör schon auf damit.« Er drehte den Kopf und sah sie an. »Ich habe kapiert, dass du wütend bist, und ich habe mich entschuldigt. Damit könnten wir die Deckung doch endlich mal fallen lassen.«

»Okay.« Annette seufzte. »Ich habe ein paar Worte mit ihm gewechselt, bevor sie ihn in die Narkose versetzt haben«, antwortete sie nach einer Pause. »Er musste sofort operiert werden. Der Oberarzt der Orthopädischen Chirurgie versucht gerade, das Bein wieder so herzurichten, dass es wie ein Bein aussieht. Es klang wie ein größeres Projekt.«

»Hat Robin etwas gesagt? Darüber, was heute Nacht passiert ist?«

»Er hat gesagt, du hättest ihn im Wald verfolgt und ihn über den Abhang gejagt. Laut Rettungsmannschaft ist er über zwanzig Meter tief gefallen. Sie meinen, dass er nur überlebt hat, weil er mehrmals auf der Böschung aufgeschlagen und im Gebüsch gelandet ist. Ganz senkrecht geht es nämlich nicht runter. Das Gebüsch hat den Fall dann gebremst.«

»Hat er auch gesagt, dass er selbst über das Geländer gesprungen ist? Dass ich mehrere Meter entfernt stand und ihn überhaupt nicht bedroht habe? Und dass ich hinterher den ganzen Weg hinuntergeklettert bin, um mich um ihn zu kümmern, bis der Krankenwagen kam?«

»Nur das Letzte. Es war völlig idiotisch, Dan. Stell dir vor, du wärst auch gefallen, dann hättet ihr beide dort gelegen, absolut hilflos.«

»Ich hatte nicht so viel Zeit, darüber nachzudenken. Weißt du, was Robin mir erzählt hat?«

»Ich konnte nur etwas über den Unfall aus ihm herausbekommen.« Annette kratzte sich am Arm. »Er wollte nichts zu dem Überfall auf Ditte sagen und stritt ab, irgendetwas mit Dorthe Bertelsens Tod zu tun zu haben.«

»Flemming weiß alles.«

»Ja, das ist mir bekannt. Du hast dich entschieden, die Geschichte einem Polizisten zu erzählen, der in einer ganz anderen Abteilung arbeitet und nichts mit dem Fall zu tun hat, statt auf mich zu warten.« Sie stützte sich auf den Ellenbogen, sodass ihr Gesicht sich direkt über seinem befand. »Torp hat mir gerade berichtet, was er von dir erfahren hat. Dass Robin eine transsexuelle Person ist, die ihre Behandlungen mit Internetbetrug finanziert und gemordet hat, um das zu verheimlichen.« Sie verzog das Gesicht. »Das ist wirklich ganz weit hergeholt, Dan.«

Er zuckte die Achseln. »Es stimmt. Robin hat gestanden, während wir auf Hilfe gewartet haben.«

»Hast du Beweise? Zeugen?«

»Nein. Ihr habt nur mein Wort.«

»Dann hoffen wir mal, dass der Mann sein Geständnis in einer etwas offizielleren Form wiederholt. Wenn er deine Geschichte abstreitet, steht Aussage gegen Aussage.«

»Die Geschlechtsumwandlung werden sie dir im Krankenhaus bestätigen.«

»Natürlich rede ich mit ihnen.« Sie ließ sich auf den Rücken fallen, ihre Brüste lagen flach an den Rippen. »Eine Geschlechtsumwandlung ist jedoch kein Verbrechen.«

»Ihr werdet irgendetwas in seiner Wohnung finden, das ihr verwenden könnt«, sagte Dan. »Da bin ich mir sicher. Und Ditte wird garantiert erzählen, was sie weiß. Sie wird kein Interesse daran haben, Robin noch länger zu schützen.«

»Was war das für eine Geschichte, dass sie versucht hat, ihn zu erpressen?«

»Das behauptet Robin.«

»Und was glaubst du?«

»Ich glaube, er sagt die Wahrheit. Es passt zu dem, was Flemming und ich durchs Fenster beobachtet haben.« Er ignorierte Annette, die ihre Augen verdrehte, und fügte hinzu: »Und es passt zu dem Eindruck, den ich inzwischen von Dittes Charakter habe.«

»Wie das?«

»Gierig. Selbstbezogen. Manipulierend. Egozentrisch.« Dan übermannte ein Gähnen. Er entschuldigte sich, bevor er seinen Gedankengang fortsetzte: »Eigentlich ziemlich ärgerlich, denn ich finde, Ditte ist so ein hübsches Mädchen.«

»Auf mich wirkt sie wie eine kleine verzogene Göre.«

Dan gähnte erneut. »Du hast das falsche Geschlecht, Annette.

Vermutlich bemüht sich Ditte nur bei Männern. Vielleicht ist es sogar verständlich, dass Robin ihre Reaktion fürchtete, wenn sie die Wahrheit über ihn erfahren hätte.«

Annette legte ihre Hand wieder auf seine Brust, diesmal etwas eindringlicher. Mit sanftem Druck glitt sie über seinen Bauch. Er klopfte ihr sanft auf die Finger und setzte sich auf, bevor sie auf dumme Gedanken kam. »Es tut mir leid, ich kann mich nicht länger wach halten«, erklärte er. »Du musst doch auch müde sein?«

»Das kann man wohl sagen.« Annette stand auf und hob ihre Sachen vom Boden auf. Sah sie enttäuscht aus? Dan wusste es nicht genau.

»Ach, fast hätte ich es vergessen …«, sagte sie dann, »Robin hat mich gebeten, dir das zu geben.« Annette zog eine zusammengerollte Stoffwurst aus ihrer voluminösen schokoladenfarbenen Tasche und reichte sie Dan. »Er hat gesagt, sie gehört dir.«

»Danke.« Dan rollte seine Jeans aus. Sie war nicht zerrissen, aber dreckig, stellte er fest und untersuchte routinemäßig die Taschen, damit die Hose in den Korb mit der schmutzigen Wäsche konnte. In einer Tasche erfühlte er einen kompakten viereckigen Gegenstand.

»Es gab wohl auch noch ein Hemd«, fügte Annette hinzu, die mit dem Rücken zu ihm stand und den Reißverschluss ihres Rocks zuzog. »Es war so zerrissen, dass sie beschlossen haben …«

»Weißt du, was das hier ist?«, unterbrach Dan sie und hielt seinen Fund hoch.

Sie drehte sich um. »Ein Smartphone.«

»Robins Smartphone.«

»Hör auf, so viel daran herumzufingern«, sagte Annette sofort und holte ein Paar dünne Latexhandschuhe aus einem der vielen Fächer ihrer Ledertasche. »Es könnte eine Spur sein.«

»Zu spät. Ich habe damit heute Nacht ein paarmal telefoniert.«

»Und wie ist es in deiner Tasche gelandet?« Sie nahm das Gerät mit einer Latexhand entgegen.

»Ich habe es mir geliehen, weil meins verschwunden war, und dann muss ich es in die Tasche gesteckt haben, ohne darüber nachzudenken.«

»Wenn wir Glück haben …« Annette setzte sich auf die Kante des Finn-Juhl-Sofas.

»Der Touchscreen funktioniert nicht mit Handschuhen«, sagte Dan, als Annette versuchte, das Telefon einzuschalten. »Aber wie gesagt, es ist egal. Das Telefon ist voller Fingerabdrücke, mariniert in Schweiß und garniert mit Fusseln – und alles stammt von mir.«

Wortlos zog Annette die Handschuhe aus. Eine Weile klickte sie sich durch diverse Apps und Menüs. Ihre Bluse hatte sie nicht zugeknöpft, sodass Dan freien Blick auf ihren nougatbraunen Spitzen-BH hatte. Er versuchte, den Blick abzuwenden.

»Findest du etwas?« Dan setzte sich neben sie, wo die Aussicht ihn nicht so ablenkte.

»Hm.« Sie war tief konzentriert. »Nichts im Kalender«, murmelte sie. »Nichts in den Mails«, ergänzte sie kurz darauf.

»Versuch's mit den Kurznachrichten. Und den Notizen.« Dan musste äußerste Selbstbeherrschung aufbringen, um nicht nach dem Telefon zu greifen.

»Ich weiß, wie man in einem Telefon sucht, Dan.« Annette richtete sich auf. »Hier. Der letzte Anruf. Gestern um 22:30 Uhr.«

»Von Ditte«, vermutete Dan.

»Genau. Das Gespräch dauerte anderthalb Minuten.« Sie suchte weiter. »Keine einzige SMS von Ditte. Das ist doch seltsam, oder?«

»Er hat vermutlich alles gelöscht. Mit etwas Glück finden wir sie auf Dittes Handy.«

»Es gibt ein paar alte Nachrichten an Dorthe Bertelsen und von ihr«, sagte Annette. »Aber sie sehen aus wie irgendwelche praktischen Informationen.«

»Es könnte sein, dass er sie manipuliert hat. Ihr müsst sie mit denen auf Dorthes Handy vergleichen. Vielleicht gibt es Abweichungen …«

Annettes Blick brachte ihn zum Schweigen. »Wie gesagt, ich weiß, was ich zu tun habe, Dan.« Wieder beugte sie sich über das Telefon. »Hier haben wir die Notizen. Vielleicht hilft uns eine davon weiter.«

Dan setzte sich regelrecht auf seine Hände, um ihr Robins Smartphone nicht zu entreißen. Habe ich es nicht gefunden?, dachte er, die Schultern aus Frustration bis an die Ohren gezogen. Mit größter Kraftanstrengung zwang er sich zur Ruhe und betrachtete Annettes gesenkten Kopf. Die scharf geschnittene graue Pagenfrisur war ausnahmsweise in Unordnung geraten.

»Irgendetwas gefunden?«, erkundigte sich Dan, als die Stille lange genug gedauert hatte. »Irgendetwas Verwertbares, meine ich?«

»Sieht nicht danach aus«, sagte sie langsam, wobei sich ihre Augen weiter auf das kleine Display richteten. »Das meiste sind Listen über zu erledigende Arbeiten in Verbindung mit dem Haus oder Notizen zu Schularbeiten, soweit ich es sehen kann.« Sie hob den Kopf, verzog das Gesicht und lächelte Dan an. »Tut mir leid, Sherlock. Keine ausländische Kontonummer oder entlarvende Hacker-Codes.«

Dan streckte die Hand aus. »Darf ich es mir mal ansehen?«

Annette sah ihn an und überlegte. »Okay«, sagte sie dann und legte ihm Robins Telefon in die Hand.

»Mir ist etwas eingefallen«, sagte Dan und öffnete eine App. »Robins Funktion in Verbindung mit der Schulvorstellung, er ist ein guter Tonmann. Ich habe ihn gestern erlebt, als er …« Dan beendete den Satz nicht. Er starrte auf eine lange Liste mit Tondateien auf dem eingebauten Diktafon des Smartphones. Keine war mit einem Namen versehen, nur Zeitpunkt und Länge waren angegeben. »Sieh mal.« Er hielt das Telefon so, dass Annette das Display sehen konnte. »Jede Menge Tonaufzeichnungen.«

Dan klickte auf eine zufällige Datei vom Frühjahr. Eine verzerrte Wiedergabe von etwas Funkjazzartigem kam aus dem Lautsprecher des Telefons. Nach zwanzig Sekunden war Robins Stimme zu hören: »Geocology. Belgische Band, live auf dem Gråbrødre Torv. Album aus 09, Titel ist ›H-X-X‹.« Er klickte auf die nächste Datei, das Geräusch von Regen an einer Scheibe. Wieder verging eine Weile, bis Robins Stimme kam: »Sommerregen, schräges Fenster im oberen Badezimmer.« Die nächste Tonspur war eine halbe Stunde später aufgenommen und bestand aus einem heftigen Platschen. »Sommerregen. Abflussrohr an der Kellertreppe.«

»Er benutzt das Diktafon für Musiknotizen«, hielt Annette fest. »Und Geräusche.«

»Und Gott weiß wofür noch.« Dan hörte in weitere Musikstücke und Alltagsgeräusche. Nach ein paar Sekunden ging er weiter zur nächsten Spur. »Er träumt davon, Tondesigner zu werden«, sagte Dan. »Das hat er mir erzählt.« Er klickte auf die nächste Datei. Ein fußlahmer Psalm, vorgetragen von einer nicht sonderlich gut singenden Gemeinde, offensichtlich aufgenommen während eines Gottesdienstes, dröhnte mit voller Lautstärke aus dem Lautsprecher. Dan stoppte die Aufnahme sofort.

Annette wurde ungeduldig. »Sollen die Techniker sich um den Rest kümmern«, sagte sie und streckte die Hand nach dem Telefon aus. »Es hat ja keinen Sinn, dass wir hier Zeit vergeuden.«

»Augenblick noch.« Dan ignorierte die ausgestreckte Hand. Er hatte eine Datei entdeckt, die länger war als die anderen. »Lass uns noch diese anhören«, sagte er. »Sie wurde am späten Nachmittag des 18. August aufgenommen. Dorthes Todestag.«

Annette ließ die Hand sinken.

Zunächst war nichts zu hören. Dan stellte lauter, und jetzt hörten sie jemanden atmen. Einen Augenblick später begann Robin zu sprechen. Bei dieser Aufnahme gab es keine Hintergrundgeräusche, nur seine Stimme. Die Arroganz des jungen Mannes klang immer wieder durch. Trotzdem hörte es sich anders an als sonst. Betroffener, dachte Dan und konzentrierte sich auf die Worte, die von dem kleinen Lautsprecher des Telefons wiedergegeben wurden: »Ich weiß eigentlich gar nicht, warum ich das aufnehme. Die Wahrscheinlichkeit, dass es jemand zu hören bekommt, ist ziemlich gering. Vermutlich ist es eher für mich. Wenn man etwas erlebt, das so ... brutal ist. Man hat das Bedürfnis, es mit jemandem zu teilen. Aber das geht aus verständlichen Gründen nicht.«

Es gab eine kurze Unterbrechung, als ob er die Pausentaste gedrückt hätte. Dann fuhr Robins Stimme fort: »Na, jedenfalls habe ich mir gedacht, dass es besser als gar nichts ist. Und wenn mir etwas zustoßen sollte, gibt es vielleicht irgendjemanden, der dies hier findet. Ich weiß nicht ...« Eine weitere Pause. Es knisterte ein bisschen. Dann wieder die Stimme: »Vielleicht lösche ich das Ganze auch wieder, bevor es so weit kommt. Wahrscheinlich.«

Dan und Annette hörten Robins Bericht bis zum Ende. Ein paarmal tauschten sie einen Blick aus, wenn ein besonders widerliches Detail beschrieben wurde, die meiste Zeit saßen sie einfach nur da und hörten zu.

»Alles verlief absolut nach Plan. Niemand wird mich mit dem Mord in Verbindung bringen können. Aber meine Arbeit ist noch nicht beendet.«

Die Aufnahme endete, bevor das letzte Wort verklungen war.

»Wer weiß, ob er unterbrochen wurde«, sagte Dan. »Wollen wir nach einer Fortsetzung suchen?«

»Es reicht«, entschied Annette, und dieses Mal nahm sie ihm das Telefon ab. »Wenn es noch mehr gibt, werden die Techniker es finden.«

»Okay.« Dan gähnte. Er war zu müde, um zu protestieren.

»Das ist doch Schwachsinn.« Annette schüttelte den Kopf. »Es ist ja eine Sache, dass er es überhaupt aufgezeichnet hat, aber warum hat er es später nicht gelöscht? Du sagst, er hat seinen Computer ausgetauscht und alle Spuren in seiner Wohnung verwischt. Und er hat sämtliche Kurznachrichten und Mails von seinem Smartphone gelöscht. Warum also nicht diese entlarvende Datei?«

»Ich habe keine Ahnung.« Dan rieb sich die Augen. »Vielleicht hat er es ganz einfach vergessen. Vielleicht wollte er auch gefunden werden – unterbewusst. Ich weiß es wirklich nicht.« Wieder gähnte er.

»Sogar kluge Verbrecher begehen Fehler. Glücklicherweise.« Annette sah Dan an. »Danke. Es war gut, dass du das Telefon sichergestellt hast.«

»Na dann.« Dan lachte. »Scheint fast so, als hätte ich mich doch ein wenig nützlich machen können?«

Annette Poulsen konnte ein kleines Lächeln nicht unterdrücken. »Ich werde zusehen, das ich etwas aus der ganzen Bescherung mache.« Sie erhob sich. »Also diese Nummer gestern Abend. Es wird natürlich eine interne Untersuchung über Torps Rolle dabei geben. Ich werde mit dem Polizeidirektor persönlich besprechen, wie wir mit dir verfahren. Und dann müssen wir der Presse gegenüber eine Erklärung finden.«

»Normalerweise übernimmt das Helle Gundersen, sie ist …«

»Ich weiß, wer die Pressesprecherin der Polizei von Christianssund ist, Dan. Und ich bin mir vollkommen darüber im Klaren, wie man sie einsetzt.«

Dan hob die Hände. »Sorry.«

Einen Moment standen sie sich gegenüber und sahen sich an. Sie brachen ihr Schweigen gleichzeitig: Dans »Weißt du, es tut mir leid, wenn …« fiel genau zusammen mit Annettes »Ich finde, du solltest wissen …«.

Beide unterbrachen sich, lächelten ein wenig verlegen.

»Du zuerst«, sagte Dan dann.

»Ich wollte nur sagen, das hier …« Annette zeichnete einen Kreis in die Luft, der den Teil des Fußbodens umfasste, auf dem die karrierebewusste Ermittlungsleiterin gerade noch gelegen und mit einem Amateurdetektiv aus der Provinz kopuliert hatte. »Es kam ziemlich unterwartet.«

»Du sagst es.«

»Überraschend. Also auf eine gute Weise.«

»So ist es.«

»Ich bin verheiratet«, fuhr Annette Poulsen fort. »Glücklich verheiratet. Normalerweise mache ich so etwas nicht.«

»Okay.«

»Mehr wird nicht passieren, Dan. Ich meine, es wird kein zweites Mal geben.«

Dan gab sich Mühe, seine Erleichterung zu verbergen.

»Du wolltest etwas Ähnliches sagen, oder?« Sie betrachtete sein Gesicht. »Du hast nach einer anständigen Art und Weise gesucht, um eine Wiederholung zu vermeiden.«

»Nein«, log Dan. »Ich wollte nur um Entschuldigung bitten. Noch einmal. Ich weiß, dass ich euch Schwierigkeiten bereitet habe.«

Sie schüttelte den Kopf. »Du weißt genau, dass du dich ständig benimmst, als ob du klüger wärst als der gesamte Polizeiapparat zusammen. Und das ist wahnsinnig provozierend. Nicht nur für mich, auch für die Kollegen hier in Christianssund.«

»Entschuldige. Ich bin es nur nicht gewohnt, kaltgestellt zu werden.«

»Wenn du gern dabei sein möchtest, musst du dir überlegen, Polizist zu werden.« Wieder lächelte Annette. »Obwohl es sicher nicht einfach wäre, in deinem Alter noch auf der Polizeischule angenommen zu werden.«

DONNERSTAG, 30. AUGUST, BIS DIENSTAG, 4. SEPTEMBER 2012

58

»Tausend Dank, Klaus, dass sie noch eine Nacht bleiben durfte.« Pia Waage hatte Jakobsen auf dem Schoß. Sie hatte fast schon vergessen, wie dick und weich ihre alte Katze war, und begrub ihre Nase in ihrem Pelz. »Ich hatte nicht die Kraft, sie gestern noch zu holen.«

»Ich weiß nicht einmal, ob ich ihr das Richtige zu fressen gegeben habe«, sagte Klaus Forsberg. »Es war ja Else, die …« Seine Stimme versagte. »Sie hat sich um alles gekümmert.«

Pia spürte sofort ihr schlechtes Gewissen, weil sie die Ursache für einen weiteren Stressfaktor gewesen war. Es war ja kaum einen Tag her, dass der arme Mann seine Frau verloren hat. »Bist du okay?«, erkundigte sie sich.

Er schüttelte den Kopf, konnte nicht antworten.

»Ist irgendjemand bei dir?« Pia hatte ein Paar hochhackige goldene Sandalen im Flur bemerkt; nicht gerade ein Modell, das sie mit Else Forsberg und ihrem etwas beschwerlichen Gang verband.

»Meine … unsere Tochter«, brachte Klaus heraus. »Sie ist …« Die Stimme versagte erneut, er begnügte sich mit einem Nicken in Richtung Garten.

Pia spürte einen Kloß im Hals und ging mit Jakobsen im Arm ans Fenster. Eine blonde Frau in zu großen Holzschuhen war dabei, die verblühten Rosen zu beschneiden. Hin und wieder blieb sie stehen und wischte sich mit dem Ärmel die Augen aus. Es sieht nicht nach regulärer Gartenarbeit aus, eher nach dem Versuch, eine Weile seinen eigenen Gedanken nachzuhängen, dachte Pia und drehte sich zu Klaus um, der nun mit dem Gesicht in den Händen am Tisch saß. Er weinte hemmungslos.

»Ich will euch nicht weiter stören«, sagte sie. »Wenn du mir nur noch zeigst, wo der Transportkorb und die anderen Sachen sind, dann gehe ich jetzt.«

Klaus zog ein zerknülltes weißes Taschentuch aus der Hosentasche und putzte sich langsam und sorgfältig die Nase. »Stell dir vor, Robin ist verhaftet worden«, sagte er dann. »Und Ditte. Es fällt mir immer noch schwer zu glauben …« Er schnäuzte sich noch einmal.

»Hält dich die Polizei auf dem Laufenden?«

»Sie waren heute Morgen hier und haben mir die Neuigkeit erzählt. Frank Janssen und die Beamtin mit dem Pferdeschwanz.«

»Ich kenne nicht die ganze Geschichte, aber soweit ich weiß, ist Robin für die Morde verantwortlich. Ditte ist vermutlich nur in einen Betrugsfall verwickelt.«

»Mir will das nur nicht in den Kopf. Ich meine … Robin? Else mochte ihn so gern. Das ist ganz …« Klaus' Stimme versagte schon wieder. Er stand auf. »Entschuldige. Ich weiß überhaupt nicht, was ich mache.« Er ging voraus in die Küche, wo Jakobsens Ausstattung stand.

»Du musst dich nicht entschuldigen.« Wieder spürte Pia, wie der Kloß in ihrem Hals größer wurde. Diese Situation war dem, was sie in den letzten Wochen durchgemacht hatte, viel zu ähnlich, sie wollte jetzt nicht auch noch anfangen zu weinen.

»Ich dachte …«, sagte Klaus, nachdem Pia die Katze in den Transportkorb gesteckt hatte. Jakobsen hatte sich kaum dagegen gesträubt. »Kennst du jemanden, der daran Interesse haben könnte?« Er zeigte auf den Küchentisch, auf dem eine imponierende Sammlung weißer Pappschachteln stand, die mit einer hellen, modernen Schrift und Fotos von leckeren Lebensmitteln dekoriert waren.

»Was ist das?« Pia hob eine der Schachteln. »Diätpulver?«

»Eine Schlankheitskur. Wir … Meine Tochter hat heute Morgen die Speisekammer inspiziert, weil sie eine Einkaufsliste schreiben wollte. Dabei hat sie das alles gefunden. Else hat ja ständig eine Diät gemacht. Sie war zu … Oder sie meinte selbst, dass sie zu …« Erneut versagte die Stimme. »Ich fand sie genau richtig.«

»Nein, ich glaube nicht«, begann Pia.

»Von uns braucht das niemand«, fuhr Klaus fort, »und das Zeug kostet schließlich ein Vermögen, es wäre doch ärgerlich, alles wegzuwerfen. Vielleicht hast du eine Freundin, die sich darüber freuen würde.«

»Vielen Dank«, erwiderte Pia. »Das ist nett von dir, Klaus.« Sie bemerkte eine kleine braune Pappschachtel, die neben den Diätpulver-Packungen stand, und schaute hinein. Schokoladenriegel, Lakritzkonfekt, Schaumküsse. »Und das hier?«

»Ach, das. Else hatte offenbar …« Er verzog das Gesicht zu einem Grinsen. »Sille findet ständig neue Vorräte. Jedes Mal, wenn sie eine Schublade ihrer Mutter aufmacht, purzeln ihr Tüten mit Süßigkeiten entgegen.«

»Abwechselnd Diätpulver und Süßigkeiten-Orgien. Es war sicher nicht leicht für Else.«

Wieder kamen ihm die Tränen.

Der Kloß im Hals war jetzt so groß, dass er drohte die Oberhand zu gewinnen. Sie griff nach dem Transportkorb und ging zur Tür, bevor ihr ebenfalls die Tränen kamen. Sie musste hier weg. Raus aus der privaten Hölle von Klaus und zurück zu sich nach Hause.

*

Frank Janssen stand in Robin Carlsens Schlafzimmer und schüttelte langsam den Kopf. »Wie kann man nur so wohnen?«

»Wie meinst du das?«, fragte Annette Poulsen, die bei einem der Kriminaltechniker stand, der den Inhalt einer Kommode des jungen Bewohners durchging. »Ist doch sehr ordentlich hier.«

»Ja, genau. Es sieht aus, als sei er hier nur zu Gast gewesen. Als wäre er nie richtig eingezogen.« Frank zeigte auf die Bettlampe, deren zartgelber Seidenschirm mit winzigen Quasten in der gleichen Nuance verziert war. »Das ganze Haus sieht aus wie ein Museum. Mahagonimöbel, geblümte Tapeten, gehäkelte Deckchen auf den Armlehnen und Sideboards.«

Annette nickte.

»Es ist das Haus einer alten Dame, nicht das eines jungen Mannes«, fügte Frank hinzu.

»Einverstanden. Es sieht schon etwas merkwürdig aus.« Annette betrachtete die sorgfältig gepflegten Topfpflanzen. »Ich glaube nicht, dass er nach dem Tod seiner Großmutter irgendetwas verändert hat. Er hat es sauber und ordentlich gehalten, das muss man sagen.«

»Erinnert mich an diesen Typen in Psycho.«

»Ach.« Annette lächelte. »Hat Bates nicht mit dem Skelett seiner Mutter gelebt?«

»Ja.« Frank hob eine Ecke des Bettüberwurfs und betrachtete das weiße, frisch gebügelte Bettzeug. Unter dem Kopfkissen fand er einen sorgfältig zusammengelegten Pyjama. »Er hat sich damit begnügt, im Geist mit seiner toten Großmutter zusammenzuleben. Das hier ist ein einziger großer Erinnerungsschrein. Aber ein

Mörder wie Bates ist er auch.« Er öffnete die Tür des Nachttischschranks und untersuchte die Etiketten der vielen Tablettengläser. »Die Medikamente gehören ihm. Wir nehmen alles mit«, sagte er zu dem Kriminaltechniker, der einen Daumen in die Luft reckte und an den Schubladen der Kommode weiterarbeitete.

»Wir müssen zurück ins Krankenhaus und sehen, ob er schon vernehmungsfähig ist«, sagte Annette. »Und vorher würde ich gern ein paar Worte mit dir wechseln, Janssen.« Sie ging zur Tür. »Wir unterhalten uns im Auto.«

Sie kamen an Robins Arbeitszimmer vorbei, wo Lars Vogelbjerg und ein Techniker gerade den Computer einpackten. Vogel nickte kurz, als er Blickkontakt mit Frank bekam.

Im Wagen hatte Annette ohne weitere Ausflüchte ein ziemlich überraschendes Anliegen: Sie forderte Frank auf, sich auf eine neu eingerichtete Stelle bei der Mordkommission der Rigspoliti zu bewerben. »Ich sitze in der Auswahlkommission«, fügte sie hinzu. »Und ich würde dich gern empfehlen.«

»Und weshalb?« Frank war so verwirrt, dass er beinahe zu blinken vergaß, als sie aus dem Koldgårdsvej bogen. »Du müsstest doch jede Menge Kandidaten in euren eigenen Reihen haben.«

»Es ist immer gut, wenn mal jemand von außen dazukommt.«

»Aber … Wir beiden haben uns doch fast nur gestritten, seit du gekommen bist.«

»Genau deshalb. Diese Auseinandersetzungen haben mir gezeigt, wer du bist. Du hast keine Angst, an deinen Standpunkten festzuhalten, und bist dennoch in der Lage, einem Befehl zu gehorchen, der ihnen widerspricht. Du bist tüchtig, kannst andere führen, du bist initiativ und in der Lage, schnelle Beschlüsse zu fassen.« Sie sah ihn an. »Außerdem hattest du letzten Endes ja recht.«

»Womit?«

»Damit, dass dieser Dan Sommerdahl kein Vollidiot ist.«

Frank zuckte die Achseln. »Er hat es jedenfalls wieder mal geschafft, für eine Menge Ärger zu sorgen.«

»Wenn wir mit Dan geredet hätten, statt ihn als Konkurrenten zu sehen, wären wir vielleicht ohne so große Verluste zum selben Ergebnis gekommen«, sagte sie. »Genau das hast du mir ja die ganze Zeit über verständlich machen wollen.«

Frank runzelte die Stirn. Was war da bloß passiert? Wieso hatte sich ihre Meinung von Dan plötzlich um hundertachtzig Grad gedreht? War es der Gedanke, den Fall bald abschließen und zurück nach Kopenhagen fahren zu können, der sie so mild stimmte?

»Was sagst du?«, wollte sie nach einer Weile wissen. »Kann ich mit einer Bewerbung von dir rechnen?«

»Ist es eine leitende Position?«

»Nicht auf dem Niveau, das du von Christianssund gewohnt bist. Du wirst mehrere gleichgestellte Kollegen haben, das heißt, die Konkurrenz ist größer, aber es ist ja auch eine größere Einheit. Du bist weiter Kommissar mit eigener Verantwortung und kompetenten Mitarbeitern. Wenn du wirklich scharf auf eine Karriere bist, sind die Aufstiegsmöglichkeiten bei uns natürlich weitaus besser als hier. Du weißt doch: großer Fisch in einem kleinen Teich oder kleiner Fisch in einem großen – das ist Geschmackssache. Obwohl einige von uns ja den Gedanken am reizvollsten finden, ein großer Fisch in einem riesigen Teich zu sein.« Sie lachte. »Denk drüber nach, Janssen. Aber nicht zu lange. Wir beginnen nächste Woche mit den Vorstellungsgesprächen.«

*

Eintrag auf der Facebook-Seite des Gymnasiums von Christianssund:

Svea Lorén

30. August um 16:21

Leider müssen wir *Teenager Love*, die diesjährige Schulvorstellung, absagen. Wie bekannt sind zwei Mitglieder der Leitungsgruppe, Dorthe Bertelsen und Else Forsberg, verstorben, und die Schülervertreter der Gruppe werden im Zusammenhang mit den Ermittlungen im Augenblick von der Polizei festgehalten. Allein Klaus Forsberg und die Unterzeichnerin sind noch im Team. Niemand von uns will oder kann das Projekt unter diesen tragischen Umständen durchführen.

*

Svend Gerner drehte sich um, als er die Tür beinahe erreicht hatte. »Vielleicht ist es gut, dass wir zwei nicht mehr zusammenarbeiten müssen.«

Frank zog die Augenbrauen zusammen. »Was meinst du damit?«

»Manche Gerüchte verbreiten sich schnell.« Gerner zog die Mundwinkel zu einer Art Lächeln hoch. »Du hast einen neuen Job.«

»Ich bin dazu aufgefordert worden, mich auf eine andere Stelle zu bewerben, ja. Und noch weiß ich nicht, ob ich sie auch bekomme.« Frank sah ihn an. »Ich dachte, es wüsste niemand. Woher stammen die Gerüchte?«

»Ein kleiner Vogel hat gesungen.« Gerner betonte sorgfältig das mittlere Wort des Satzes.

Vogelbjerg. Natürlich. Warum um alles in der Welt hatte Annette die Angelegenheit mit ihm besprochen? Was ging ihn das an? Es erklärte ziemlich gut, warum der Mann sich kaum von Frank verabschiedet hatte, als er und seine Chefin am Nachmittag in Christianssund aufbrachen. Vogelbjerg glühte vermutlich vor Wut, dass er nicht befördert werden sollte. Ebenso wie Gerner jetzt im Moment – nach dem Anschiss, den er gerade bekommen hatte. Frank konnte sich gut vorstellen, wie die beiden Kripobeamten in einer Ecke gestanden und miteinander geredet hatten.

»Noch etwas?«, wollte Gerner wissen.

»Raus«, befahl Frank müde.

Gerner hat recht, dachte er und begann mit den unbedingt nötigen Aufräumarbeiten seines Schreibtisches. Es wäre wirklich gut, wenn sie nicht mehr zusammenarbeiten müssten. Flemming Torp wusste, wie man mit dem tüchtigen, aber auch etwas trägen Prinzipienreiter umgehen musste. Er hatte nie größere Auseinandersetzungen mit ihm gehabt, aber Torp war aus dem Spiel, er hatte nichts mehr zu sagen.

In gewisser Hinsicht kann man die Frustration des Mannes ja verstehen, dachte Frank und blätterte geistesabwesend einen Haufen Papiere der Personalabteilung durch. Es fiel nicht leicht, sich einzugestehen, dass man keine weiteren Aufstiegsmöglichkeiten mehr hatte. Zumindest, wenn man gleichzeitig keinerlei Ambitionen mehr hatte. Doch das entschuldigte nicht, dass Gerner vertrauliche Informationen an die Presse hatte durchsickern lassen.

Frank hatte sich nach längeren Überlegungen entschieden, die Sache intern zu regeln, ohne die Leitung zu informieren, seine Botschaft an den illoyalen Beamten war trotzdem ganz eindeutig gewesen: Noch ein Fehler – und es hätte Konsequenzen für sein Anstellungsverhältnis.

Ich muss daran denken, meinen Nachfolger zu informieren, dachte Frank und schrieb einen weiteren Punkt auf seine inzwischen lange Übergabeliste: Er beneidete seinen Nachfolger nicht. Gerner war kein Mitarbeiter, den man gern erbte.

*

SMS, abgeschickt am Dienstag, 4. September, 12:41 Uhr von Frank Janssen an Pia Waage:

Ich habe versucht, Dich anzurufen, aber Du bist nicht ans Telefon gegangen. Ist alles okay? Ich vermute, Du hast die Nachricht von der Personalabteilung bekommen, dass Deine Dienstbefreiung aufgehoben ist. Du kannst Dir natürlich noch freinehmen, wenn es nötig ist. Ruf an.
VGF

Antwort von Pia Waage am gleichen Nachmittag, 17:05 Uhr:

Alles okay, danke. War mit einer Freundin bei Ikea und hatte das Handy vergessen – und jetzt gehst Du nicht ran. Ts, ts ☺ Ich will so schnell wie möglich wieder anfangen. Muss auf andere Gedanken kommen. Ruf an.
Pia

*

»Ich wurde heute zum Polizeidirektor zitiert«, erzählte Flemming und stellte ein Tablett auf den Tisch. »Du trinkst doch ein Glas Wein mit mir, oder?«

»Danke.« Dan nahm ihm das Glas ab. »Was wollte er? Sich über unsere anarchistische Mörderjagd neulich beschweren?«

»Nein.« Flemming lachte. »Das hat er bereits letzte Woche hinter sich gebracht. Merkwürdigerweise unterstützt uns Annette Poulsen voll und ganz. Sie behauptet sogar, über unsere Pläne informiert gewesen zu sein. Sowohl mein Besuch bei Ditte Kløvborg als auch die Zusammenarbeit ist angeblich in vollem Einverständnis mit ihr geschehen.«

»Das ist ja erstaunlich.«

»Ich glaube, sie riecht die Möglichkeit, selbst das Verdienst einzuheimsen, den Mörder gefasst zu haben. Von mir aus geht das in Ordnung. Alle Kniffe sind erlaubt, Hauptsache, wir beide kommen mit heiler Haut aus der Sache raus.«

»Und was ist mit all den Geschichten, die passiert sind? Der verunglückte Kampf in Robins Wintergarten? Und sein Sturz von der Aussichtsplattform?«

»Natürlich hätte das nicht passieren dürfen, aber es hätte ebenso gut auch passieren können, wenn ein Beamter mit dabei gewesen wäre. Mal abgesehen davon, dass du nicht zuschlagen kannst, du Schwächling.« Flemming lachte. »Ich glaube, die Sache ist rasch vergessen, es sei denn, die Presse bekommt Wind davon, dass wir uns nicht auf Befehl der Ermittlungsleitung der Sache angenommen haben.« Er trank einen Schluck Wein. »Nein, darum ging's beim Polizeidirektor nicht. Er hat mir einen Job angeboten.«

»Einen Job? Erzähl.«

»Es ist noch nicht offiziell, aber es sieht so aus, als würde Frank Janssen auf eine neu eingerichtete Stelle bei der Rigspoliti befördert.«

»Und du bekommst deinen alten Posten zurück?«

»Wenn alles so läuft, ja.«

»Und willst du das?«

»Ich habe nicht eine Sekunde gezögert.«

Dan sah ihn an. »Was ist mit all deinen Überlegungen, dass du nicht mehr die Kraft dafür hast? Hast du keine Angst, es könnte dir zu viel werden?«

»Ich bin fit wie ein Turnschuh, Dan.« Flemming lachte. Er sah so glücklich aus, wie Dan ihn lange nicht mehr gesehen hatte. »Ursula war die Einzige, die darauf beharrte, mich wie einen Patienten zu behandeln. Ich fühle mich mit jedem Tag, der vergeht, gesünder, nachdem ich sie los bin. Und endlich bin ich auch bei einem ordentlichen Physiotherapeuten, der auch als Personal Trainer arbeitet. Das bewirkt Wunderwerke an meinem Rücken.«

»Fantastisch!« Dan hob sein Glas. »Skål, und viel Glück mit dem Job.«

»Das ist noch zu früh.«

»Dann stoßen wir eben nur auf deinen Rücken an.«

»Okay.« Flemming nahm sein Glas. »Skål.«

»Was gibt's sonst Neues von den Ermittlungen? Hat Robin gestanden?«

Flemming schüttelte den Kopf. »Er leugnet hartnäckig. Aber die Beweise und die Indizien häufen sich, sodass der Staatsanwalt zuversichtlich ist. Diese Aufnahme, die Annette Poulsen in seinem Telefon gefunden hat«, fügte er hinzu und ignorierte Dans Gesichtsausdruck, »ist natürlich Gold wert. Sie wurde einer Stimmenspezialistin geschickt, und wenn sie bereit ist zu schwören, dass es sich um Robins Stimme handelt, haben wir ihn.«

»Gut.« Dan stellte seine Eitelkeit zurück. Wenn Annette die Ehre wollte, die Tonspur gefunden zu haben, und ihn dafür deckte, konnte er damit leben.

»Ich hoffe, dass auch die Ermittlungen der Kollegen von der Wirtschaftskriminalität auf Robin hinweisen. Wenn das Konto, auf das Svea Lorén das Geld aus der falschen Spendenaktion überwiesen hat, sich als seins erweist, sind wir ebenfalls ein ganzes Stück weiter. Die Abteilung für Wirtschaftskriminalität arbeitet mit Interpol zusammen, um die Informationen der Bank zu bekommen. Wenn sie die Kontoauszüge haben, können sie gleichzeitig sehen, ob es weitere Betrugsfälle gibt.«

»Gut.«

»Und dann haben wir noch Dittes Zeugenaussage. Sie redet wie ein Wasserfall, heißt es. Wenn ich Robin wäre, würde ich mir große Sorgen machen, an was sich das Mädchen inzwischen alles erinnert. Immerhin war sie in der Zeit, um die es hier geht, sehr eng mit ihm zusammen. Und sie ist bestimmt nicht dumm. Sie kann durchaus Dinge gesehen oder gehört haben, die damals vielleicht keine Bedeutung hatten, sich inzwischen aber als relevant herausstellen.«

Flemming wurde unterbrochen durch das Läuten der Haustürklingel. Er sah Dan an. »Ach ja. Das hätte ich dir erzählen müssen«, sagte er und stand auf.

»Was?«

»Das ist Marianne.«

»Okay?« Auch Dan kam auf die Beine. »Soll ich gehen?«

»Das soll sie entscheiden.« Flemming ging hinaus, um zu öffnen, und Dan horchte vergeblich, um etwas von ihrem Gespräch mitzubekommen. Nach mehreren Minuten intensiver gedämpfter Debatte kam Flemming mit Dans Exfrau zurück.

»Hej«, sagte Dan, der mitten im Zimmer stand und nicht recht wusste, was er tun sollte. Eine Umarmung war ausgeschlossen, ein Händedruck zu formell. Schließlich hob er eine Hand zu einem ungeschickten Gruß. »Hej, lange her.«

Marianne nickte, ohne sein versuchsweises Lächeln zu erwidern. »Weißt du, was …«, wandte sie sich an Flemming. »Das geht nicht. Ich komme ein andermal wieder.«

»Nein, Marianne, jetzt hör auf damit. Ich habe eingekauft«, widersprach Flemming. »Ich will heute doch lernen, wie man gegrilltes Schweinefleisch mit Petersiliensoße macht.«

»Ich kann nur nicht …« Sie warf ihrem Exmann einen Blick zu.

»Ist überhaut kein Problem«, sagte Dan. »Ich gehe.« Er ging auf die Tür zu.

»Verflucht!«, rief Flemming. »Das ist doch Schwachsinn. Ihr seid erwachsene Menschen.« Er blickte von einem zum anderen. »Und ihr seid meine besten Freunde. Soll ich wirklich immer nur mit einem von euch zusammen sein? Hört endlich auf damit. Dan isst mit. Und du bleibst hier, Marianne.«

Sie blieben stehen. Dan mitten im Schritt erstarrt, Marianne mit einer Hand in die Seite gestützt. Sie sahen sich an.

»Du hast recht«, erklärte Marianne dann. »Lass uns so tun, als wären wir erwachsen. Zumindest wegen dir, Flemming. Aber er hat sich nicht in den Unterricht einzumischen.«

»Unterricht?«, fragte Dan.

»Ach, das hast du ihm nicht erzählt?« Marianne sah Flemming an und bekam zum ersten Mal seit ihrer Ankunft einen spöttischen Ausdruck in ihre dunklen Augen.

»Marianne bringt mir Kochen bei«, wandte sich Flemming an Dan. »Jeden Dienstag.«

»Ah.« Dan ließ die Schultern fallen. »Ich freue mich darauf zuzusehen.«

TONSPUR, 30. OKTOBER 2012, 14:14 UHR

Man darf hier drinnen kein Handy haben. Nicht einmal, wenn man seine Sim-Karte abliefert und überhaupt niemanden anrufen kann. Idioten. Na, aber mein Anwalt hat mir dieses Diktafon beschafft. Ist zumindest besser als nichts.

Es sind jetzt zwei Monate vergangen, und es tut immer noch unglaublich weh. Ich bin drei Mal operiert worden, sie haben das Bein kreuz und quer wieder zusammengeschraubt. Jetzt habe ich diese Gipsbandage und kann mit Krücken herumhumpeln. Tatsächlich wäre ich am liebsten im Krankenhaus geblieben, aber das ging nicht. Wenn der Beckenbruch schlimmer gewesen wäre, könnte ich noch dort liegen, aber ... Scheiße, es juckt.

Jetzt liege ich jedenfalls hier, auf einer todlangweiligen Pritsche, in einer todlangweiligen Zelle, in diesem todlangweiligen Gefängnis. Natürlich isoliert. So wird das wohl auch für den Rest der Zeit bleiben, die ich im Gefängnis verbringen muss. Ich will nichts anderes. Allein die Vorstellung, wie meine Mitgefangenen reagieren, wenn sie herausfinden, was der neue Typ zwischen den Beinen hat. Es würde eine sehr, sehr lange Vergewaltigung. Ehrlich gesagt fühle ich mich nicht einmal hier in der Isolation sicher. Ganz kann man den anderen nicht aus dem Weg gehen, man muss hin und wieder in den Duschraum, und sollte der Wärter irgendwann mal wegschauen, dann ...

Es heißt, dass es noch mehrere Monate dauern könnte, bis mein Fall vor Gericht kommt. Es ist offenbar schwierig, die finanziellen Dinge zu klären, und nachdem Interpol damit zu tun hat, geht es wohl sehr bürokratisch zu.

Von meinen Eltern habe ich nichts gehört. Nicht ein einziges Wort. Dabei sollte man doch meinen, dass sie ...

Okay, was haben wir hier? Ein Hakenkreuz. Die Zeichnung eines Schwanzes. Kevin 030411. Eine Fotze. Und ein Katzengesicht ... Nein, wie niedlich. Man sieht es direkt vor sich: Ein großer, heftig tätowierter Insasse zeichnet eine kleine Miezekatze an die Wand. Wie rührend.

Ich habe heute Nacht von dem Mord geträumt. Oder ... nicht direkt, es gab nur einen Zusammenhang. Ich ging durch einen dunklen Korridor, in dem an beiden Seiten irgendwelche Sachen hingen, Mäntel und so. Egal, wie sehr ich darauf geachtet habe, in der Mitte des Korridors zu bleiben, ständig habe ich in der Dunkelheit irgendwelchen Stoff gestreift; wenn nicht von der einen, dann von der anderen Seite. Es war schrecklich. Plötzlich bin ich ausgerutscht. Ich versuchte, mich an den Mänteln festzuhalten, aber sie wurden nur im Fallen mitgerissen. Ich landete auf dem Boden und spürte etwas Feuchtes. Plötzlich wurde es hell, und ich lag mit dem Gesicht neben ihrem Gesicht, neben Dorthes. Ihre toten Augen starrten mich an. Ich hob die Hand, um sie wegzuschubsen, aber die Hand war voller Blut, und es tropfte auf sie hinunter. Als ich erwachte, war das ganze Bett schweißnass. Es hat lange gedauert, bis ich wieder einschlafen konnte.

Mein Verteidiger sagt, ich müsse mit sechzehn Jahren rechnen. Mindestens. Ich werde neununddreißig sein, wenn sie mich entlassen. Neununddreißig. Scheiße, dann ist das Leben doch zu Ende, Mann.

Scheiße, einfach zu Ende.

DANK

Dank an die ersten Leser, *Rune David Grue*, *Hanna Wideman Grue* und *Jesper Christiansen*, der mir und meinem widerspenstigen Detektiv einmal mehr seinen scharfen Intellekt zur Verfügung gestellt hat.

Dank an die Fachleute – Kriminalassistent *Alex Knudsen* und Rechtsmedizinerin *Christina Jacobsen* –, die den ersten Entwurf durchgegangen sind und kommentiert haben.

Dank an den ehemaligen Leiter der Mordkommission *Ove Dahl*, der mir Tipps dazu gegeben hat, wie von außen kommende Polizisten in einem kleinen lokalen Revier agieren können. Und Dank an die Krankenschwester der Hämatologischen Abteilung des Rigshospitals, *Maiken Hjerming*, die mich über die Behandlung von Leukämiepatienten informiert hat.

Dank an meine liebe Kollegin *Susanne Staun*, die mich zu einem Großreinemachen bei der zweiten Fassung überredet hat, an *Lene Juul*, *Charlotte Weiss* und alle anderen guten Verlagsfrauen sowie an *Esthi Kunz*, die verbissen daran arbeitet, dass Dan Sommerdahl auch im Ausland erscheint.

Last und wie immer *not least*: Tausend Dank an meine tüchtige Lektorin *Anne Christine Andersen* und meinen unermüdlichen Agenten *Lars Ringhof*. Ohne euch … und all das. Danke!